国家古籍整理出版規劃专项資助項目

國家社科基金重大項目《全宋詞人年譜行實考》（17ZDA255）

尤袤集編年校注

朱光立　編年校注

人民文學出版社

圖書在版編目（CIP）數據

尤袤集編年校注 / 朱光立編年校注. -- 北京 ：人民文學出版社，2024. -- ISBN 978-7-02-018964-9

Ⅰ. I214.42

中國國家版本館 CIP 數據核字第 2024249L7Z 號

責任編輯　葛雲波
裝幀設計　李思安
責任印製　張　娜

出版發行　人民文學出版社
社　　址　北京市朝内大街 166 號
郵政編碼　100705

印　　刷　三河市中晟雅豪印務有限公司
經　　銷　全國新華書店等

字　　數　660 千字
開　　本　880 毫米×1230 毫米　1/32
印　　張　24.25　插頁 1
印　　數　1—3000
版　　次　2024 年 10 月北京第 1 版
印　　次　2024 年 10 月第 1 次印刷

書　　號　978-7-02-018964-9
定　　價　76.00 圓

總目錄

前言
凡例
目錄
卷一　編年詩
卷二　未編年詩
卷三　編年文
卷四　未編年文
附錄　尤袤集資料彙編
參考文獻

前言

趙宋一朝，南渡之後，學術中興，詩文昌明，代表人物有尤、楊、范、陸四家。居首之尤袤（一一二四—一一九三），字延之，號遂初，無錫人。官至禮部尚書，謚文簡。學問該博，善於書畫創作，精於金石鑒賞，有『書廚』之譽〔一〕。工詩，入太學卽以詞賦聞名，後與楊萬里、范成大、陸游並稱『中興四大詩人』。

一

『半點暄涼能幾許？古來豪傑總成空。』（楊萬里《誠齋集》卷二〇《新寒戲簡尤延之檢正》）當年位居南宋四大家之首的尤袤，時至今日，竟連生卒之年月都衆說紛紜，莫衷一是。現今傳世的各種資料，除了尤袤自身文字外，均屬於間接材料；其中雖然沒有行狀、墓誌之類描寫翔實的文獻，但是尤氏友人文集裏的相關記載，較之後世描摹爲可靠。比讀各人所述，亦能還原其生平。

明確記錄尤袤生年的第一手資料，當爲宋光宗紹熙二年（一一九一）三月十五日尤袤自作的《〈西

〔一〕葉寘《坦齋筆衡》，涵芬樓本《說郛》卷一八。

塞漁社圖卷〉跋》。《西塞漁社圖卷》，歷經清人梁清標，近人葉公綽、張大千等先生之弆藏，在一九五八年被轉讓給了美國人顧洛阜（John Crawford），一九八四年又入藏美國紐約大都會博物館（亞洲藝術部），自此游離出國人的視野。二〇〇九年筆者遊學英倫之時，經由國際友人襄助，獲得原圖以及其後所附包括尤袤在内的自宋代至近代十二位文士題跋的掃描件。尤袤在文中徑稱『予生甲辰，與公同歲而衰病特甚』[二]，所謂甲辰年，卽宋徽宗宣和六年（一一二四）。另外，根據撰寫於紹熙四年（一一九三）的陳傅良《正議大夫守給事中兼侍講尤袤除禮部尚書兼侍讀制（四年正月十一除禮書，三月二十日兼侍讀，二詞並行）》（《止齋先生文集》卷一二）所述，『惟毋以謝事之年而有遐心，則朕以懌』，可知其時尤袤已屆『謝事之年』，卽宋人七十致仕之歲；由此逆推，尤袤亦當生於宣和六年，足證其自言生年，當屬可信。紹熙四年八月十一日陳傅良上《繳奏張子仁除節度使狀》（《止齋先生文集》卷二三），其中又提及尤袤：『至如尤袤，三朝老儒，而陛下之潛邸僚友也。最蒙睿簡，行且大用，而其致仕遺表之章，亦數月未報。』據此可知，尤袤應當卒於紹熙四年八月十一日前『數月』，卽夏秋之際的六月。而《宋史·尤袤傳》關於其去世前後情況的記載，恰恰也印證了陳傅良的相關表述：『時上已屬疾，國事多舛，袤積憂成疾，請告，不報。疾篤，乞致仕，又不報，遂卒，年七十。』儘管這段文字只點出了尤袤的享年『七十』歲，未能明確記錄其病逝的具體年月；但所云『疾篤，乞致仕，又不報，遂卒』與『其致仕遺表之章，亦數月未報』的說法相脗合。

〔二〕『公』指宋人李結。根據這一表述，亦可確定李氏生年。

高宗紹興三十一年（一一六一），尤袤在泰興，知縣事。三十二年，注江陰軍學教授。孝宗乾道五年（一一六九），在臨安，任將作監簿。八年，任祕書丞、著作郎兼實錄院檢討官。九年，任著作郎，兼太子侍讀。除知吉州，未到任即返。淳熙元年（一一七四），在臨安，於東宫講經。二年，於東宫講經，後出知台州。五年，台州任滿，持節歸無錫。在臨安，始識陸游。在泰州，任提舉常平。六年，改江東，往池州。七年，在池州，任提舉常平。八年，在池州，任提舉常平、通判。移南昌，任轉運判官。九年，在南昌，任江西轉運判官，遷兼知隆興府。十年，在南昌，任轉運判官兼知隆興府。在臨安，任吏部員外郎，後兼太子侍講。十一年，任吏部員外郎。除樞密院檢詳文字兼太子侍講，後兼國史院編修官。十二年，歷任右司郎中兼太子侍講、國史院編修官，中書門下檢正諸房公事，仍兼侍講。十三年，任右司郎中。除左司郎中，兼國史院編修。十四年，任左司郎中，升兼太子左諭德；後除太常少卿，仍兼諭德。十五年，任太常少卿兼太子左諭德；曾在會稽，主虞祭。後以權禮部侍郎兼同修國史、實錄院同修撰。十六年，任權禮部侍郎兼權中書舍人、直學士院，六月奉祠歸里。

光宗紹熙元年（一一九〇），在金華，知婺州。二年，知太平州。三年，在臨安，爲給事中，兼侍講、實錄院同修撰。四年，除禮部尚書兼實錄院同修撰、侍讀。六月，卒於位。

二

『尤、蕭、范、陸四詩翁，此後誰當第一功？』（《誠齋集》卷四一《進退格，寄功父、姜堯章》）作爲南宋『中興四大詩人』之一的尤袤，由於其身後個人文集的散失亡佚與史籍記載的語焉不詳，造成了其文學成就評價的波動震盪。

尤袤出生於北宋滅亡前夕，一生經歷徽宗、欽宗、高宗、孝宗、光宗五朝，出仕高、孝、光三帝，而受知於乾道、淳熙之時。『德壽宮中撰冊新，書廚尤氏最移人』（厲鶚《南宋雜事詩》卷六）。自乾道末身兼國史院編修官、實錄院檢討官，尤袤即一直秉筆撰史；淳熙中，除太常少卿、權禮部侍郎，至紹熙年間而爲禮部尚書，則又長期擔任禮官。這與其學問該洽、通於世務密切相關，同時也和他富於文詞、議論詳明密不可分。紹興年間初入太學之際，尤袤就『以詞賦冠多士，尋冠南宫』（《宋史·尤袤傳》）；十八年（一一四八），進士出身，亦因『治詩賦』（陳騤《南宋館閣錄》卷七）。孝宗朝後期，尤袤身處文字之職，很多制冊均出其手，而時人『皆服其雅正有體』（史能之《咸淳毗陵志》卷一七）。如孝宗即以『溫潤』二字評之（張端義《貴耳集》卷下所引）；而樓鑰也曾以光宗的口吻稱其『兼兩朝制誥之工』（《攻媿集》卷三八《正議大夫尤袤轉一官守禮部尚書致仕制》）。除卻得到君王的賞識，尤袤的文名亦受到當時士人的認可。如果說陳傅良、袁說友、陸游等人的『蓋棺定論』或有詩飾之嫌，那麼楊萬里、趙蕃等人在尤袤生前的論述，則可爲史家的記錄提供旁證。作爲文壇後輩，趙蕃曾於淳熙九年（一一八二）秋日，拜會尤袤，兩人論及詩學。趙蕃有《呈尤運使袤延之五首》（《淳熙稿》卷一）、《以近詩寄尤運使》（《淳熙稿》卷七）等作，認爲尤袤的文風接近於韓愈（『少年見公文，大類韓退之。』，《呈尤運使袤延之五首·其三》），並欲學詩於尤袤。其後，趙氏又於江西廬陵得見尤袤、楊萬里、陸游等人的詩歌鈔本（『季秋過廬陵，客有示新録。尤楊兩詩翁，間以嚴州陸』，《淳熙稿》卷一《贈尤檢正四首·其四》），足以證明尤袤之詩名已然與楊、陸等人同爲當世所重。而與尤袤多有唱和的摯友楊萬里，則首次正式將尤氏列入『中興四大詩人』之中。當然，無論是慶元六年（一二〇〇）的『四詩將』（范、尤、蕭、陸）之稱，還是嘉泰三年（一二〇三）的『四詩翁』（尤、蕭、范、陸）之論，都將楊氏自己排除在外，似有自謙之意。事實上，早在淳熙十六年（一一八九）一次與尤袤唱和的過程中，楊萬里已然明確地用盛唐詩人李白、杜甫來直接評價彼此了（『誰把尤楊語同日？不教李杜獨齊名』，《誠齋集》卷二五《延之寄詩覓〈道院集〉，遣騎送呈，和韻謝之》）；則其排序與標榜，當出公允。由此可見，尤袤之聲名，乃是當時朝野上下、文壇内外一致推崇的結果。

摘得『中興四大詩人』的桂冠以後，尤袤便於文學史上佔有了一席之地。然而隨著宋刻原本的焚毁、元刊孤本的罕傳，直至清代輯本的寥落；面對近乎亡佚並且缺乏名篇佳作的詩文集，學界逐漸質疑其昔日的盛名。四庫館臣或認爲『即今所存諸詩觀之，殘章斷簡，尚足與三家抗行，以少見珍』（《四庫全書總目》卷一五九集部别集類《梁溪遺稿》提要），『片羽一鱗，猶見龍鸞之章采』（《四庫全書簡明目録》卷一六集部别集類《梁溪遺稿》提要）；或又稱『篇什寥寥，未足定其優劣』（《四庫全書總目》卷一六〇集部别集類《石湖詩集》提要），遂啓後世疑竇。以近百年的文學史爲例，無論是通史性質的著作，抑或是斷代性質的專論，大多因爲尤袤作品留下的太少而不再對其加以評論；其受到關注的程度，實在是難以再與楊、范、陸三家同日而語了。

自古能文之士，其姓名之隱顯、詩文之存亡，或有幸與不幸。隨著時間的流逝，聲名自有變遷、升降。從尤氏殘存的篇章來看，其詩頗能寫景，其文清切平和，尚能體現其文學思想與藝術水準。後世之人，實在無需苛求所謂次第高下； 特別是對於那些篇什散落者，更不能輕易根據今時殘剩之餘，隨意論定當日評騭之確否。

三

『誰把尤楊語同日？ 不教李杜獨齊名。』（《誠齋集》卷二五《延之寄詩覓〈道院集〉，遣騎送呈，和韻謝之》）當時文壇，尤袤原與楊萬里並駕齊驅； 後世傳播，尤袤集卻湮沒不存。今本一百三十三卷之《誠齋集》，先由楊萬里長子楊長孺於嘉定元年（一二〇八）二月編定，後經楊萬里門人羅茂良於端平元年（一二三四）校勘，次年六月刊行。相對地，尤袤集刻印之時間、散佚之始末、輯佚之詳略卻史無成文； 而其作品之編纂和流傳，又與其詩詞之特色和評價息息相關，且直接關乎其後世之聲名、影響以及在文學史上之地位。

宋代鈔本——孝宗淳熙末年，尤袤官中書門下檢正諸房公事之時〔二〕，趙蕃即於『季秋過廬陵，客有示新錄。尤楊兩詩翁，間以嚴州陸』（《贈尤檢正四首·其四》）。由此可知，尤袤生前，其詩篇已然與楊萬里、陸游等人的作品一道，爲時所重且有鈔本流傳（如趙氏所見之江西鈔本）。在他突然辭世之際，詩作已達千首，詩名亦稱於當世，此從友人樓鑰之挽詩『風月吟千首，雷霆寄一名』（《攻媿集》卷一

〔二〕 根據宋人何異《中興東宮官寮題名》的記載，尤袤是除最早在淳熙十二年（一一八五）八月。

三《尚書尤公袤挽詞・其四》）即可見一斑。身後十餘年，亦有『詩集傳世』（《誠齋集》卷一一四《誠齋詩話》[一]）。然而到了寶慶初年（一二二五），遂初堂大火，尤袤所藏、所著皆付之一炬，故全部之『家集』難以問世（魏了翁《鶴山先生大全文集》卷三三《答客山張監茶伯酉書》），後經『尤氏子孫』的不懈努力方終有所成：先出《梁溪集》五十卷行於世，理宗朝後期（一二六二前）陳振孫曾經收藏（《直齋書録解題》卷一八『別集類』[二]）；後有《遂初小集》六十卷、《内外制》三十卷藏於家，咸淳四年（一二六八）史能之當寓目（《咸淳毗陵志》卷一七）。又據方回《跋遂初尤先生尚書詩》（《桐江集》卷二）所述，『尤、楊、范、陸，特擅名天下，三家全集板行，遂初先生尚書文簡公厥後□□□，獨未暇及此』，則上述各集當均爲鈔本而未及刊刻。但是由於原稿已燼於火，因此所集闕漏、訛誤當不在少數。咸淳九年（一二七三），尤袤曾孫尤藻通判徽州，恰逢因監華州西嶽廟而奉祠歸鄉的方回拜見，遂延請方氏襄助是正，以便印行。根據方回的表述，明年（一二七四）即『先以公詩二十卷鋟諸梓』（《桐江集》卷二《跋遂初尤先生尚書詩》）。至於其全集是否隨後板行，史籍記載闕如；清人朱彝尊《〈梁溪遺稿〉序》言之鑿鑿（『尤公《梁溪集》五十卷，公之孫藻鋟木新安』），恐出臆測！

元代刊本——尤袤詩作刻印兩年後臨安陷落，又三年南宋滅亡。理宗朝的大火吞噬了尤袤著作之原本，而宋末元初的兵燹又焚毀了尤藻付梓的尤袤詩集。萬幸的是，方回尚存有校勘時得自『其家

[一] 該詩話乃楊氏退休後所作，完成於宋寧宗嘉泰年間（一二〇一—一二〇四）。

[二] 據《直齋書録解題》『別集類』、『詩集類』之區分，是書乃合編詩文之別集。

所鈔副本』（《瀛奎律髓》卷二〇方回自注），雖『頗有訛缺』，但是尤袤的詩作卻因之而傳。至元二十年（一二八三），方氏撰成《瀛奎律髓》一書，其中收錄尤袤作品達二十四題四十七首（實際著錄文本三十一首〔一〕），占清初《梁溪遺稿》『詩鈔』部分的近三分之二。儘管方回聲稱其『未有別本』，但是不能因之而臆斷尤袤集此時已成孤本。事實上，散見於史籍、方志的諸多作品，正可以説明其流傳尚有一定的廣度。又過了數載，到了大德年間，五十卷本《梁溪集》終於刊印——根據清人陳徵芝《帶經堂書目》（卷四集部別集類）的記載，該書前有曾幾序及『杭州聚德堂鋟梓』一條〔二〕，遞爲明人楊榮、吳岫等收藏〔三〕。又據吳師道《吳禮部詩話》所述，尤袤、楊萬里、樓鑰等三人曾題詩於李伯時《飛騎習射圖》之上，因爲當時『尤、楊、樓有集』，遂不錄三人詩作之原文。由此可知，尤袤集在至正年間（一三四四前）尚有傳本〔四〕。而成書於至正五年（一三四五）的《宋史》則在《尤袤傳》中記載了『《遂初小稿》六十卷、《内外

〔一〕其中《梅》、《次韻渭叟〈蠟梅〉》均爲二首取一，《甲午春前得雪》十五首取三，《送提舉楊大監解組西歸》三首取一。

〔二〕曾幾（一〇八五—一一六六），字吉甫，自號茶山居士，其先贛州人，徙居河南府。事蹟具《宋史》卷三八二本傳。其爲尤袤前輩，則該序可疑：或出後人僞撰，或爲誤題作者。

〔三〕楊榮（一三七一—一四四〇），字勉仁，建安人。建文二年（一四〇〇）進士，歷官工部尚書兼謹身殿大學士。卒謚文敏。事蹟具《明史》本傳。吳岫，字方山，號濠南居士，吳縣人。嘉靖諸生。家多貯書，前後收書逾萬卷，有藏書樓曰『塵外軒』。

〔四〕吳師道（一二八三—一三四四），字正傳，婺州蘭溪（今屬浙江）人。至治三年（一三二三）進士，官至禮部郎中。其詩話創作的具體時間難以確定，今據其生平姑繫於此時。

制》三十卷』，但是所謂的『《遂初小稿》』史源當爲宋時檔案等。

明代傳本——據清人沈佳《明儒言行錄》卷一記載，尤袤十世從孫尤文，弱冠曾讀『《遂初先生集》』，永樂中（一四〇三—一四二四）徵聘不就，則該書當成於元末明初。永樂六年（一四〇八），《永樂大典》成書，尤袤詩文於其中『各韻，時時遇之』（法式善《陶廬雜錄》卷三）；僅以今存《永樂大典》殘本證之，亦可見此言不虛——『《大暑留召伯埭》』一詩，或因原次於汪藻《泊召伯埭》詩之後，故被四庫館臣誤輯入今本《浮溪集》中；『《二賢堂記》』一文，見於《永樂大典》卷七二三六。則當時編纂《永樂大典》所依據者，或即尤文所讀之本歟？此後尤袤集罕傳，與《永樂大典》同時而稍晚出的《詩淵》已隻字未提，正統六年（一四四一）編成的《文淵閣書目》亦未見登載，而萬曆十四年（一五八六）王圻《續文獻通考》所著錄的『《尤學士内外制》三十卷』，或僅因襲《咸淳毗陵志》之說；至於焦竑《國史經籍志》卷五所載的『《梁溪集》五十卷』，或亦爲鈔錄舊目，或指由楊榮、吳岫遞藏之元刊孤本。

清代傳本——元刊五十卷本《梁溪集》入清以後，曾於康熙、雍正年間爲吳焯所見〔二〕，其有七絕一首，『我曾把讀《梁溪集》，五世三公喬木材。此日君臣詠魚藻，湖園親駕翠龍來』，自注『《梁溪集》，尤

〔二〕吳焯（一六七六—一七三三），字尺鳧，號繡谷，錢塘（一說安徽歙縣）人。史稱焯喜聚書，有藏書樓名『瓶花齋』，收藏有許多珍本祕笈，尤其是不少宋元刊本更爲寶貴。

袤延之著，凡五十卷』（《南宋雜事詩》卷二〔二〕）。則此孤本當時或爲其所藏。到了嘉慶、道光年間，又歸福建人陳徵芝所有〔二〕，其《帶經堂書目》卷四詳細描述了該書。其後朱學勤語焉不詳，既稱『尚存』，又說『已不可得見』（《朱修伯批本四庫簡明目錄》卷一六集部四别集類三）；莫伯驥（《五十萬卷樓羣書跋文》史三）、劉聲木（《萇楚齋隨筆》卷一）等人雖引述而均未能親見。

傳世之《梁溪遺稿》二卷，乃康熙三十九年（一七〇〇）自稱尤袤十八世孫的尤侗據朱彝尊所輯鈔本刻印。中國國家圖書館藏本一册（索書號爲〇四三三六），書名頁後，依次爲《宋史本傳》、《家譜本傳》及朱彝尊《序》，無目録。凡《詩鈔》一卷〔三〕、《文鈔》一卷，末有吴梅跋語。每半葉十行，行二十一字，小字雙行同，黑口，左右雙邊。尤侗《跋》稱：『古今詩四十三首，雜文二十五首，匯成二卷，手鈔示予。』今筆者依次檢之，凡詩三十六題四十三首（原本五十九首，其中《梅》、《次韻渭叟〈蠟梅〉》均爲二首取一，《甲午春前得雪》十五首取三，《送提舉楊大監解組西歸》三首取一。又《拄杖》一首，實非尤袤所作；《瀛奎律髓》引此詩於尤袤《海棠盛開》、《玉簪花一名鷺鷥》兩詩之後，署名『滕甫』〔四〕，《梁溪遺稿》或因位置接近而誤輯），文十五題二十五篇。

〔一〕《南宋雜事詩》，乃沈嘉轍、吴焯、陳芝光、符曾、趙昱、厲鶚、趙信等七人共同撰寫的詠史詩總集。該組詩寫於康熙六十一年（一七二二）至雍正元年（一七二三）之間，初刊於雍正年間。

〔二〕陳徵芝，嘉慶七年（一八〇二）進士，曾知紹興縣。喜藏書，所得八萬餘卷，命其樓爲『帶經堂』。

〔三〕今上海圖書館藏勞格批《詩鈔》一卷零本，或即莫友芝《郘亭知見傳本書目》所謂『輯刪本二卷』之一。

〔四〕《宋詩紀事》、《全宋詩》均作『滕岑』，《御定分類字錦》則稱其字『滕元秀』。

乾隆十一年（一七四六），厲鶚撰成《宋詩紀事》，其中的卷四七收録了尤袤詩作，凡九題十首，又殘句三條。厲氏別摭數書，進行增補；然《庚子歲除前一日游茅山》、《游張公洞》兩首已見於康熙刻本。較之《梁溪遺稿》，實際新增三題四首又殘句兩條，豈其所據《梁溪遺稿》之版本有所闕漏歟？

乾隆四十六年（一七八一）十二月，四庫館臣據兩淮馬裕家藏本《梁溪遺稿》鈔入《四庫全書》，文淵閣本的責任館臣結銜分別爲『詳校官庶吉士臣龍廷槐』、『主事臣呂雲棟覆勘』、『總校官編修臣王燕緒』、『校對官中書臣王天禄』、『謄録監生臣徐豫吉』。是鈔正文同康熙本，惟前無《宋史本傳》、《家譜本傳》兩篇，後無尤侗跋語。今南京圖書館又藏有一藍格鈔本[一]，卷首爲《四庫全書總目提要》相關文字，無目録。所鈔詩文數目與文淵閣本同，然順序爲先文後詩。每半葉十行，行二十一字，四周單邊，白口，單魚尾。

乾隆四十九年（一七八四）八月，《梁溪遺稿》鈔入文津閣《四庫全書》，其責任館臣結銜分別爲『詳校官編修臣裴謙』、『臣紀昀覆勘』、『總校官舉人臣章維桓』、『校對官編修臣戴心亨』、『謄録監生臣曹洪梁』。是鈔款式一同文淵閣本，惟文字略有出入，可供參閲。

道光元年（一八二一），尤袤二十三世孫尤興詩延月舫重刊本[二]。該刻本雖然聲稱根據康熙本『重

[一] 據首頁鈐『四庫著録』、『江蘇省立第一圖書館』、『八千卷樓藏書之記』三印可知，該本源自丁丙舊藏。

[二] 尤興詩（一七六〇—？），字肄三，號春樊，一號月舫，長洲人。乾隆五十一年（一七八六）舉人，官至內閣侍讀。事蹟具《皇清書史》卷二〇。

授梨棗』，實際上已經『改頭換面』——題作《梁溪遺稿詩鈔文鈔》[一]，依次爲朱彝尊《序》與《宋史本傳》，無目録。每半葉十行，行二十一字，黑口，四周雙邊。版心上題書名，下標頁數。後爲《家譜本傳》及尤侗、尤興詩二跋。詩文順序一如康熙本，惟《詩鈔》後增『《米敷文〈瀟湘圖〉》二首』、『《重登斗野亭詩》二首』等二題四首[二]，《文鈔》後補《米敷文瀟湘跋》一題一篇；較之厲鶚，尤興詩補齊了《重登斗野亭詩》。但其並未於跋語中具體説明這一變動，而僅曰『重鐫』，並將尤侗《跋》改作『得古今詩四十七首，雜文二十六首』，以符合其實際著録的詩文數目。此舉致使盛宣懷、尤桐以及後世大多數研究者均誤將其視作康熙原本的收録總數[三]！

道光十年（一八三〇），尤袤二十二世孫尤堃刻本。是本刊於惠山祠堂；較之前人，其又新增《〈呂氏家塾讀詩記〉序》、《五賢祠記》、《定業院新鑄銅鐘記》、《祭李白文》、《輪藏記》五篇文章[四]，《浮遠堂》、《送趙成都》二題四首詩歌。然而所謂《送趙成都二首》的實際作者乃趙蕃，原題共五首，此二首爲其一、其二；《瀛奎律髓》引之，置於尤袤《别李德翁》詩作之後，《遂初小稿》因位置接近而誤輯，

[一] 此據上海圖書館藏本著録：是本前無封面，後有兩印，其一爲『吴興伯子』，則曾爲錢東垣所藏。另外，中國國家圖書館（索書號爲一〇一〇六七）、中國科學院、蘇州大學與日本京都大學等處亦有收藏（詳見《現存宋人别集版本目録》的相關論述）。

[二] 其稱並據『《揚州府志》』，然《題米元暉〈瀟湘圖〉二首》一題二首實出自明趙琦美《趙氏鐵網珊瑚》。

[三] 如《宋集珍本叢刊書目提要》（中）第四十六册《梁溪遺稿》敘録。

[四] 《祭李白文》乃尤袤出守當塗時，拜謁青山李白墓所寫的一首歌行雜體詩。故筆者新輯本改入詩集内。

該本亦沿其誤矣。

道光二十七年（一八四七），勞格校補鈔本一卷。該本書名頁題『《欽定四庫全書梁溪遺稿》（兩淮馬裕家藏本）』，則當源自《四庫全書》本。每半葉八行，行二十一字。所鈔詩文數目與《四庫全書》本同，然順序爲先文後詩。《補遺》部分，首題『道光丁未（一八四七）九月丁丑朔重九日季言檢校並錄補遺』[一]，依次著錄《參雲亭》、《雙巖堂》、《玉霄亭》、《清平閣》、《霞起堂》、《台州四詩》（四首）、《寄林景思》、《題米元暉〈瀟湘圖卷〉》（二首）、《瑞鷓鴣·海棠》（實即《詩鈔》中『《海棠盛開》』一首）、《淮民謠》（二首[二]）、《大暑留召伯埭》、《重登斗野亭》（二首）十三題十八首詩歌，《贈故太師王公神道碑》、《龍圖閣學士錢周林志銘》、《〈說文繫傳〉跋》、《〈獨醒雜誌〉跋》、《〈山海經〉跋》、《〈申鑒〉題辭》、《〈文選〉跋》、《題米元暉〈瀟湘圖卷〉》、《范文正與尹師魯二帖跋》、《答楊客亭啓》十篇文章。末附方回《跋遂初尤先生尚書詩》一篇。另外，書名頁背面有小字數行：『梁叔子丞相生日，孝宗賜酒物。是時梁母太夫人在，尤延之代作謝表云：「小人有母，雖喜君羹之嘗；大烹養賢，每虞公餗之覆。」《誠齋集》八十六《詩話》。』[三]或爲《補遺》成卷之後，勞氏又從《誠齋集》中輯出，未及擬題，故未正式編入

[一] 勞格（一八一九—一八六四），字季言，仁和人。
[二] 出《三朝北盟會編》卷二四〇者爲《淮民謠》，卷二二九轉引者當爲《易帥守》。
[三] 該篇出《誠齋集》卷一一四，此作『八十六』，恐誤。

《補遺》之內。是本後歸丁丙所有〔二〕，現藏於南京圖書館。

光緒二十三年（一八九七），盛宣懷《常州先哲遺書》本。該版稱用尤興詩本『重雕』，實際上改動之處亦在不少——卷首朱彝尊《序》前添《四庫提要》文字一篇，後增『《梁溪遺稿》目錄』三葉，落款爲『光緒丙申（一八九六）武進盛氏思惠齋刊，臨桂況周儀、陽湖吳文鬱、江寧馬長儒仝校』。每半葉十四行，行二十五字，四周單邊，上下黑口，單魚尾。版心上題書名簡稱『梁集』，下標頁數。詩文二卷後有《補遺》一卷〔三〕，著錄《淮民謠》、《台州郡圃雜詠》（五首）、《台州四詩》、《寄林景思》等四題十一首詩歌，殘句二條；《〈昭明文選〉跋》一篇文章。其後爲《附錄》一卷，收錄《宋史本傳》、《家譜本傳》兩篇。末尾分別爲盛宣懷、尤侗、尤興詩三跋。和《遂初堂書目》一樣，是書亦先有單行朱文印本（今藏南京圖書館）：首列朱彝尊《序》，後爲《四庫提要》文字；其餘款式，則與叢書本《常州先哲遺書》第一集第二十八冊）同。是本流傳較廣，如民國二十四年（一九三五）《叢書集成續編》（第一〇四冊）即據之排印。

在上述衆多的《梁溪遺稿》本之外，尚有一《永樂大典》輯本——自乾隆三十八年（一七七三）《四庫全書》開館纂修始，四庫館臣即根據《永樂大典》輯錄前代逸書。然而，由於馬裕已將朱彝尊輯本進

〔二〕封面鈐『八千卷樓珍藏善本』朱印，並丁氏題識：『尤侗輯一卷，凡文二十四首（光立案：當作二十五），詩四十三首，仁和勞季言從《相山集》、《景定建康志》、《鐵網珊瑚》、《客亭書啓編》、《三朝北盟會編》、《揚州府志》、《赤城志》、《天台續集》、《萬柳溪邊舊話》諸書增輯，較原書幾及半矣。』

〔三〕《郘亭知見傳本書目》誤作『《補編》』，《現存宋人別集版本目錄》、《宋人別集敘錄》等書均沿其訛。

呈，館臣便不再另起爐灶，利用《永樂大典》裒輯尤袤的詩文遺篇。至嘉慶年間，蒙古族學者法式善翻檢《永樂大典》，發現尤袤作品散見各韻，遂摘錄成帙。是本後歸翰林編修孫爾準[一]，據法式善所述（《陶廬雜錄》卷三），孫氏是舉乃因該書爲其鄉賢之作而意欲付梓；但最終結果如何，文獻闕載[二]。現存《永樂大典》業已寥若晨星，據之補錄，無甚收穫——除已輯出之《三賢堂記》一篇外，舊有《永樂大典》殘帙以及筆者於英國獲贈之蘇格蘭阿伯丁大學所藏一卷之掃描件，皆無尤氏文字。

近世諸本——民國二十一年（一九三二），學者高燮跋其亡友李之鼎所鈔《梁溪遺稿》時稱，是本錄自《四庫全書》而未及刻入李氏所輯《宜秋館匯刻宋人集》中[三]。該叢刊之整理始於民國三年（一九一四），歷時十年，最終完成了甲、乙、丙、丁四編；則是鈔當成於民國十三年、十四年間。卷末有三位責任館臣結銜：『總校官編修臣吴裕德、檢討臣徐鑒、校對生員臣劉堅』，又有『道光丁未（一八四七）九月丁丑朔重九日季言檢校並錄補遺』；則此先文後詩之本，實際乃據勞格校補本轉鈔，而非直接錄自《四庫全書》本。

[一] 孫爾準，字平叔，無錫人。嘉慶十年（一八〇五）進士，以翰林院編修出守汀州，擢安徽巡撫、浙閩總督，卒謚文靖。

[二] 今中國國家圖書館藏（索書號爲〇九三〇〇）法氏存素堂《宋元人詩集》鈔本，有《梁溪遺稿詩鈔》一卷、《文鈔》一卷。每半葉十行，行二十餘字不等，白口，四周單邊，版心下鐫『存素堂鈔本』。或即是本。

[三] 高燮（一八七八—一九五八），字吹萬，別號葩翁，以字行，江蘇金山（今屬上海）人。李之鼎（一八六五—一九二五），字振唐，號宜秋館主人，江西豫章道南城縣人。

民國二十四年（一九三五），尤桐《錫山尤氏叢刊》本。是刊以宜秋館所鈔爲底本，以《常州先哲遺書》本、尤興詩刻本、尤堃刻本及各種選集爲校本（然據其跋語『西堂原跋已言得古今體詩四十七首』可知，其亦未曾親見康熙原刻本），可謂集舊本之大成。總成一千部，一半訂入《尤氏宗譜》，在尤氏族羣中保存；另一半編入《尤氏叢刊甲集》，送存各處圖書館。筆者所據卽爲南京大學圖書館所藏錫山尤氏鉛印本，凡《梁溪遺稿》二卷、《補編》二卷〔一〕。版心題『《梁溪遺稿》』，小字注明具體類別。每半葉十二行，行三十四字，小字雙行，行三十五字，黑口，四周雙邊，單魚尾。卷首依次爲《直齋書錄解題》、《文淵閣四庫全書》、《四庫全書總目提要》、《四庫全書簡明目錄》等相關提要文字以及朱彝尊《序》。正文部分，先文後詩，先目錄後本文〔二〕，先原鈔後補編——《文鈔》十五題二十五篇，《補編》二十一題二十一篇（其中《與曾〔侍郎〕無玷書》、《緩定配享疏》兩篇，乃尤桐新輯）；《詩鈔》三十六題四十三首（《拄杖》非尤袤所作），又殘句四條（《目錄》作『三條』，乃漏計《淮民謡》内一句），《補編》十三題二十一首（《送趙成都二首》亦非尤袤所作）。凡文四十六篇、詩六十首。卷末分別收録方回《跋遂初尤先生尚書詩》及尤侗、尤興詩、高燮（署名『葩翁』）、盛宣懷、尤桐、尤寅照等人跋語。較之前輯，是本著録最豐；然以舊本所有，雖明知誤收之作，亦未加刪削，而代之校語説明。

今人整理古籍，尤袤作品分爲四卷——詩一卷，見吴鷗先生整理的《全宋詩》卷二三三六；文三

〔一〕《現存宋人別集版本目録》誤作『補遺』，《宋人別集敘録》誤作『外編』。

〔二〕《文鈔目録》漏《〈山海經〉跋》一篇；《詩鈔目録》衍《霞起堂〔記〕》之『記』字，漏注《浮遠堂》有『二首』。

卷，見吴洪澤先生整理的《全宋文》卷四九九九至五〇〇一。《全宋詩》按輯録所依文獻之成書年代編次，參考前人成果，又有所增删：如補入《誠齋集》卷二四所附《蒙楊廷秀送〈西歸〉、〈朝天〉二集贈以七言》七律一首、清習全史《順治涇縣誌》卷一一《藝文》所收《題秋霜閣後山泉》七絶一首以及《瀛奎律髓》評注所引逸句八條等。因成於衆手，《全宋詩》卷二三九六又别出所謂尤懋《石井泉次沈太守韻》七絶三首，整理者爲孟憲忠先生；然而宋代並無『尤懋』其人，當即尤袤之訛。《全宋文》則以文體編排，新輯校録遺文數篇：如《東萊集》所附《祭直閣大著郎中呂公文》、《西山公集》所附《薦蔡元定》等。

筆者新輯，打破現存各舊本之序次，重加排比，具體工作包括：編年、繫地、校證、箋注、補遺，對已知尤袤文字都進行了分類、分體、分韻。全集共分爲正文、附録兩個部分：正文凡四卷，卷一爲編年詩，凡收詩六十四題，一百零五首（存目三十四首，殘句十一條）；卷二爲未編年詩，凡收詩七題（《送趙成都二首》、《拄杖》乃舊輯本所誤輯者，非尤袤所作，今特標出，附於卷末，未列入統計），十首（存目一首，殘句一條）；卷三爲編年文，凡收文一百四十一題，一百四十五篇（存目五十篇，殘句八條）；卷四爲未編年文，凡收文十題，十五篇（存目三篇，殘句五條）。合計收詩七十一題一百一十五首，文一百五十題一百六十篇。附録部分，乃與尤袤集相關的資料彙編，今特按其成書時間順序臚列，凡十一篇。較之舊本，筆者新增凡詩歌十四題、二十七首（存目二十五首，殘句二條），文章八十六題、八十八篇（存目五十三篇，殘句十四條）。尤袤集，原本久佚，今采掇衆書而成者，雖未能頓還舊觀，然已得十之一二；此吉光片羽，猶可見其崖略矣。故謹以作品年代編次，分輯成卷，以備考證之資焉。囿於條件，筆者難以窺見數種『善本』之廬山真面，故而期待進一步深入補輯。

凡例

壹、關於體例

『分類有益於揣摩文章，編年有利於明白時勢。倘要知人論世，是非看編年的文集不可的。』（魯迅《且介亭雜文末編》）尤袤一生，身閲三朝，歷官中外，入以事君，出以治民，仕而已，已而仕，出處之蹟屢更。且所值之世，正當宋室南渡，戰和局勢數變，一切處於兵荒馬亂之際，皆在革故鼎新之中。故其言論風旨多及時事，政教條令多著州邑，詩文之寫作時地多可確考，藉之編年、繫地，則可還原其生平軌跡，所遭之時、所過之地、所逢之人、所遇之事、所處之境，亦可略窺其全貌。因此本集採用編年、繫地體例，兼及詩歌分體、分韻，文章分類。具體作品之編年、繫地、分體、分韻、分類等情況，都在『目録』之篇名後括注呈現，以求醒目；正文中，則均列在『箋注』第一條之首要位置。

又尤袤作品，雖以文爲主，然其以詩聞名，且傳世輯本詩文分編而大多先詩後文，故本集一仍其舊。正文凡四卷，卷一爲編年詩，凡收詩六十四題，一百零五首（存目三十四首，殘句十一條）；卷二爲未編年詩，凡收詩七題，十首（存目一首，殘句一條）；卷三爲編年文，凡收文一百四十一題，一百四十五篇（存目五十篇，殘句八條）；卷四爲未編年文，凡收文十題，十五篇（存目三篇，殘句五條）。合計收詩七十一題一百一十五首，文一百五十題一百六十篇。

凡本次整理新增篇目，擬題皆據原始文獻，如《廷對論『欲起晉、唐之陵夷，接東漢之軌迹，及柔道所理，當有品章條貫』策》，卽根據李心傳《建炎以来繫年要錄》卷一五七所載董德元、陳孺、王佐等三人的文章題目擬定。

貳、關於時地

本集在『編年』、『繫地』部分交待作品具體的創作時間、地點與人事背景。其正文有明確時地者，直接標出；有歧解異説需進一步考證者，則擇要闡釋。詳略不一，力求簡潔。

文本中用年號或干支紀年的，括注公元年份，如『宣和六年（一一二四）』。同一段落中的年號紀年、括注，遵循承前省略及類推原則，以免重複冗贅。古籍多以干支記日，重要的干支日，尤其是作品的創作時間，均標注具體日期。

文本中涉及方輿地理者，必詳加考辨，並注明今之地名或方位所在。屬行政區劃者，括注治所今地名，如『兩浙西路臨安府（今浙江杭州）』。古今地名一致者，則只括注今屬省份，如『兩浙東路台州（今屬浙江）』。

叁、關於校勘

尤氏文字殘闕太甚，雖零章斷句、撮述大意、對話等，亦可凸顯其生平，故概予以收錄。底本及參校本列於作品之左，用楷體，第一種爲底本，餘爲校本。文字皆以其原始出處爲據，以善本爲底本。底本文字與參校諸書有異而非誤者，一般以底本爲據，不輕易改動底本。凡底本之誤字、闕字、衍文、倒文等確有問題者，以及其它明顯訛誤之處，有參校諸書可供訂正者，則參伍他書，擇善而從，調整底本文字；凡改動處，均作校記説明。具有一定參考價值之異文，均在校記中加以反映。避諱字回改，則一般徑改，不出校。異體字、通假字等，概不出校。

凡人名、地名、書名等專有名詞，遵循名從主人原則。

常用版本，略作簡稱：

《宋史》，〔元〕脱脱等撰，中華書局一九七七年版。卷三八九《尤袤傳》簡稱『《宋史》本傳』。

《常州先哲遺書》，〔清〕盛宣懷輯，清光緒二十五年（一八九九）武進盛氏刻本。簡稱『盛刻』。

《錫山尤氏叢刊·甲集》，尤桐輯，民國乙亥年（一九三五）錫山尤氏鉛印本。簡稱『尤刊』。

肆、關於注釋

本集『箋注』包括貫通詞句，以史證詩，探揣作意，闡釋要旨。著重注明本事、典故、史實、輿地、詞語出處、詩文本意等方面，盡力揭示其依據，力求詳明，以期有助於對文本之理解。在鉤稽考核事實的基礎上，對前人訛誤多所匡正，非故作別解新見。

注釋一般一句一注，整句整聯疏解者以詞語先後爲次。於理解全篇大旨之前提下，對個別語句進行確切詮釋，以求做到理明義精。於解字釋詞之餘，亦兼及遣詞造句之淵源。然各篇之隱顯難易不同，故注釋之體式無法一致；原文字句通曉易達者，一律不加説明，惟視其癥結所在而分別疏解之。如有必要，則參伍己見，稍加簡短按語（用『光立案』標出），以備讀者裁取。

原文中使事用典，本集注意徵引其最早出處，詳核原文，標出文獻基本信息。徵引典籍，於首次標明時代、作者等項（凡宋人，前不加年代），其後則僅録書名、卷次。

凡原文化用古語成辭，精當靈活又推陳出新者，本集亦探析其用語之來源，或徑引前人詩文以爲註腳，或發明其言外之意。所引詩文，均標明原著者、書名、卷次；惟十三經、二十四史、諸子百家、杜詩、韓文、蘇詞等常見典籍，只列具體篇名（詳細版本信息見書後『參考文獻』部分），以省篇幅。

伍、關於附錄

本集『附錄』徵引别説，以廣見聞，偶附己見，僅供參考。舉凡對詩文之時地、人事有參考價值，或有影響的認識；不惟與尤氏所述之文相輔相成者，即使相反、相對，然確有一得之見，亦不没其獨識。均别引其説於『附錄』。如詩文所涉及人事之有關資料，唱和贈答、同題分詠之他人作品等，亦予附錄。

正文末所附尤袤集主要相關資料選輯，按其著述問世先後或作者時代次第排序。

全書末附『引用文獻』。

目錄

卷一　編年詩

紹興年間（一一三一—一一六二）

青山寺（一一五二　無錫　七律　灰韻）……一

題雲海亭（一一五二　無錫　七絕　刪韻）……四

聽鶯閣（一一五二　無錫　五絕　齊韻）……五

易帥守（一一六一　泰興　五古　有韻）……六

淮民謠（一一六一　泰興　五古　歌韻）……八

大暑留召伯埭（一一六二　召伯　五古　遇韻）……一一

重登斗野亭二首（一一六二　召伯　五律　支韻）……一四

雪（一一六二　泰興　五律　庚韻）……一六

隆興年間（一一六三—一一六四）

和渭叟《梅花》（一一六四　無錫　五律　監韻）……一八

次韻渭叟《蠟梅》（一一六四　無錫　七律　真韻，二首存一）……二〇

乾道年間（一一六五—一一七三）

浮遠堂二首（一一六八　江陰　七絕　東韻）……二三

淳熙年間（一一七四—一一八九）

甲午春前得雪（一一七四　臨安　七律　蕭韻，存三首及六殘句）……二六

台州郡圃雜詠十二首……三一

霞起堂（一一七六　台州　五古　翰韻）……三一

台州郡圃雜詠十二首……三三

樂山堂（一一七六　台州　五律　有韻）……三三

台州郡圃雜詠十二首……三五

玉霄亭（一一七六　台州　五古　潸韻）……三五

台州郡圃雜詠十二首 …… 三七
清平閣（一一七六　台州　五古　紙韻） …… 三七
台州郡圃雜詠十二首 …… 四〇
參雲亭（一一七六　台州　五律　元韻） …… 四〇
台州郡圃雜詠十二首 …… 四二
雙巖堂（一一七六　台州　五古　物韻） …… 四二
次韻德翁苦雨（一一七六　台州　七律　侵韻） …… 四三
題紹德庵真如軒（一一七六　玉山　七律　魚韻　存目） …… 四六
台州郡圃雜詠十二首 …… 四八
凝思堂（一一七七　台州　五古　佳韻） …… 四八
台州郡圃雜詠十二首 …… 五〇
匿峯亭（一一七七　台州　五古　支韻） …… 五〇
台州郡圃雜詠十二首 …… 五三
節愛堂（一一七七　台州　五古　儉韻） …… 五三
台州郡圃雜詠十二首 …… 五五
君子堂（一一七七　台州　五古　豪韻） …… 五五
台州郡圃雜詠十二首 …… 五八
駐目亭（一一七七　台州　五古　庚韻） …… 五八
台州郡圃雜詠十二首 …… 六〇
靜鎮堂（一一七七　台州　存目） …… 六〇
入春半月未有梅花（一一七七　台州　七律　支韻） …… 六一
德翁有詩再用前韻三首（一一七七　台州　七律　支韻） …… 六三
別李德翁（一一七七　台州　五律　真韻） …… 六六
別林景思（一一七七　台州　七律　文韻） …… 六八
台州四詩（一一七八　台州　七絕　寒歌　真韻） …… 七〇
台州秩滿歸（一一七八　台州　七言　庚韻　殘句） …… 七三
游張公洞（一一七八　宜興　五古　職韻） …… 七四
己亥元日（一一七九　泰州　七律　刪韻） …… 八四

送提舉楊大監解組西歸（一一七九　泰州　七律，三首存一刪韻及殘句一先韻）…… 八六
劉屯田墓壯節亭（一一七九　池州　七律　寒韻）…… 九一
庚子歲除前一日游茅山（一一八一　句容　五古　虞韻）…… 九四
正月二十八日夜大雪　辛丑（一一八一　池州　七律　尤韻）…… 九九
題米元暉《瀟湘圖》二首（一一八一　池州　六絕　陽麻韻）…… 一〇〇
送晦庵南歸（一一八一　池州　七律　齊韻）…… 一〇三
寄贈袁知州雙蓮（一一八一　池州　存目）…… 一〇七
題秋霜閣後山泉（一一八一　涇縣　七絕　先韻）…… 一〇七
廬山雜詠（一一八二　星子　五古　存目）…… 一〇九
游閣皂山（一一八三　新淦　七絕　陽韻）…… 一一二
入紫宸殿賀雪（一一八四　臨安　七律　蕭韻　存目）…… 一一四
寄林景思（一一八四　臨安　七律　真韻）…… 一一五
右司郎署疏竹（一一八五　臨安　七律　庚韻　存目）…… 一一六
郊祀大禮慶成詩（一一八五　臨安　存目）…… 一一七
和楊廷秀新涼（一一八五　臨安　五古　紙韻　殘句）…… 一一八
送趙子直帥蜀，得『須』字二首（一一八六　臨安　七律　虞韻）…… 一二〇
立春後一日和張功父《園梅未花》韻（一一八七　臨安　七律　支韻　存目）…… 一二五
功父桂隱花開，蒙邀賞，和韻以謝之（一一八七　臨安　七律　侵韻　存目）…… 一二七
寄黄宗諒（一一八七　臨安　七言　支韻　殘句）…… 一二九
蒙楊廷秀送《西歸》、《朝天》二集贈以七言（一一八八　臨安　七律　先韻）…… 一三一
寄楊廷秀（一一八九　臨安　七律　尤韻　存目）…… 一三四

寄贈張功父七言（一一八九　臨安　七律　存目）……一三五
題李伯時《飛騎習射圖》（一一八九　臨安　七言　存目）……一三六
楊廷秀寄中洲茶（一一八九　無錫　七律　庚韻　存目）……一三八
覓楊廷秀《道院集》（一一八九　無錫　七律　庚韻　存目）……一三九
玉簪花一名鷺鷥（一一八九　無錫　七律　真韻）……一四〇
紹熙年間（一一九〇——一一九四）
落梅（一一九〇　無錫　七律　東韻）……一四二
海棠盛開（一一九〇　無錫　七律　侵韻）……一四五
石井泉次沈太守韻（一一九二　臨安　七絕　先寒支韻）……一四七

卷二　未編年詩

寄友人（七古　虞韻　殘句）……一五三
梅（五律　陽韻　二首存一）……一五四
梅花（五律　庚韻）……一五五
蠟梅（五律　陽韻）……一五六
次韻尹朋《梅花》（七律　元韻）……一五八
梅花二首（七律　麻侵韻）……一六〇
送吳待制帥襄陽二首（七律　庚冬韻）……一六二
附　舊誤收二題
送趙成都二首（五律）……趙蕃　一六七
拄杖（七律）……滕岑　一六九

卷三　編年文

紹興年間（一一三一——一一六二）
與汪端明書（一一四五　無錫　書啓　存目）……一七一

省試論『剛中而應』策（一一四八　臨安　論說　存目）……一七三
廷對論『欲起晉、唐之陵夷，接東漢之軌迹，及柔道所理，當有品章條貫』策（一一四八　臨安　論說　存目）……一七五
楊抑之事實（一一六一　泰興　傳狀　存目）……一七八
乾道年間（一一六五—一一七三）
龍圖閣學士錢周材誌銘（一一六七　無錫　墓誌銘）……一七九
祭尚書吏部員外郎朱君孺人祝氏文（一一六九　臨安　祭文　存目）……一八五
與朱元晦書一（一一六九　臨安　書啓　存目）……一八七
應候周子充言（一一七〇　臨安　論說）……一八八
謝賜生日酒物表代梁叔子（一一七一　臨安　奏議　殘句）……一九〇
諫召張說封事（一一七二　臨安　奏議　存目）……一九二
與朱元晦書二（一一七二　臨安　書啓　存目）……一九四
跋《蘭亭帖》一（跋）……一九七
跋《蘭亭帖》二（一一七二　臨安　跋）……一九九
跋《蘭亭帖》三（跋）……二〇一
與周子充舍人必大劄子（一一七二　臨安　書啓　殘句）……二〇六
《說文繫傳》跋（一一七三　赴吉州途中　跋）……二〇七
淳熙年間（一一七四—一一八九）
旌表臨海縣貢士朱柏履妻陳氏奏（一一七五　台州　奏議　存目）……二一三
霞起堂記（一一七六　台州　記）……二一四
玉霄亭柱記（同上）……二一九
節愛堂記（一一七七　台州　記）……二二三
題王順伯第二本（一一七七　台州　跋）……二二九
昊天殿記（台州　雜記　殘句）……二三七
與徐季節先生書（台州　書啓　存目）……二三九

定業院新鑄銅鐘記（台州　記）…………二四一
戒子孫寶藏山谷帖辭（一一七七　衢州　跋）…二四三
梅花賦（一一七八　無錫　辭賦　存目）……二四五
與友人論藏書目（一一七八　無錫　論説）…二四六
雪巢記（一一七八　無錫　記）…………二四九
《雪巢小集》序（一一七八　無錫　序）……二五四
答朱元晦一（一一七八　泰州　書啓　存目）…二六二
二賢堂記（一一七九　泰州　記）…………二六四
報恩光孝寺僧堂記（一一七九　池州　記）…二七三
臨海縣重建縣治記（同上）…………………二八六
五賢祠記（同上）……………………………二九八
毛平仲墓誌銘（池州　墓誌銘　存目）……三一三
《樵隱集》序（池州　序　存目）…………三一五
與朱元晦書三（一一八〇　池州　書啓
　殘句）……………………………………三一七
答朱元晦二（同上　存目）…………………三一八
《山海經》跋（一一八〇　池州　跋）……三一九
思賢堂三贊（一一八〇　池州　贊）………三二七
　畢文簡公………………………………三二七
　元章簡公………………………………三二七
　章郇公…………………………………三二八
陳能之少卿墓誌銘（池州　墓誌銘　存目）…三三四
輪藏記（一一八一　都昌　雜記）…………三三六
跋米元暉《瀟湘圖》（一一八一　池州　跋）…三四四
朱逢年詩集序（一一八一　池州　序）……三四九
《昭明文選》跋（一一八一　池州　跋）……三五七
與呂伯恭書（一一八一　池州　書啓　存目）…三六七
與周子充參政必大劄子（同上）……………三六七
祭直閣大著郎中呂公文（一一八二　南昌
　祭文）……………………………………三六八
《呂氏家塾讀詩記》序（一一八二　南昌
　序）………………………………………三七四
《申鑒》題辭（同上）………………………三七九
與陸子靜書一（一一八二　南昌　書啓

存目）……三八一
論字法（一一八二 南昌 論說 存目）……三八二
與曾無玷書（一一八三 饒州 書啓）……三八三
與周子充知院必大劄子（同上 存目）……三八六
論救荒之政奏（一一八三 臨安 奏議）……三八七
刑部郎官題名記（一一八四 臨安 記）……三九三
吳公墓誌（一一八四 臨安 墓誌 殘篇）……三九八
奉使直祕閣朱公墓誌銘（一一八四 臨安 墓誌銘 存目）……四〇二
答朱元晦三（一一八五 臨安 書啓 存目）……四〇七
《定武蘭亭》跋（一一八五 臨安 跋）……四〇八
范文正公與尹師魯二帖（一一八五 臨安 跋）……四一二
辭領封椿庫奏（一一八五 臨安 奏議）……四一八
跋《溪上翁集》（一一八五 臨安 跋 存目）……四一九
跋蔣穎叔《樞府日記》（同上）……四二〇
與陸子靜書二（一一八五 臨安 書啓 存目）……四二二
答朱元晦四（同上）……四二三
題跋王順伯第一本（一一八六 臨安 跋）……四二四
題東坡《子高》、《無雪》二帖（同上 存目）……四二六
皇帝加上德壽宮尊號冊文（一一八六 臨安 詔令 存目）……四二七
與朱元晦書四（一一八七 臨安 書啓 存目）……四二九
論兵民奏（一一八七 臨安 奏議 存目）……四三〇
應詔上封事（一一八七 臨安 奏議）……四三一
論欑宮不當置五使（同上 殘句）……四三五
論引見金國人使疏（一一八七 臨安 奏議）……四三七
大行太上皇帝廟號疏一（一一八七 臨安 奏議）……四四〇
大行太上皇帝廟號疏二（同上）……四五六
大行太上皇帝廟號疏三（同上）……四六一
乞大祥禮畢改服小祥之服奏（同上）……四六二

答朱元晦五（一一八七　臨安　書啓　存目）……四六六
論賀正使不當卻疏（一一八八　臨安　奏議）……四六七
薦蔡元定章（同上）……四七一
獻皇太子書（同上）……四七四
稟東宮劄子（同上　存目）……四七七
答朱元晦六（一一八八　臨安　書啓　存目）……四七八
論喪制疏（一一八八　臨安　奏議）……四七九
論緩定配饗疏（同上）……四八〇
乞俟喪畢再議升配奏（同上）……四九四
乞裁定將來明堂大禮所設神位奏（同上）……四九七
乞於後殿視事奏（同上）……五〇〇
乞裒高宗御集及立閣名奏（同上　存目）……五〇三
聖節人使禮數奏（一一八八　臨安　奏議　存目）……五〇五
擬皇太后宮殿名奏（一一八八　臨安　奏議　殘句）……五〇六
論引見金國人使奏（一一八八　臨安　奏議）……五〇六
跋歐陽文忠公《集古錄跋尾》（一一八九　臨安　跋）……五〇七
論人才奏（一一八九　臨安　奏議　殘句）……五一〇
言攻道學之非疏（一一八九　臨安　奏議）……五一五
論接送伴使服飾奏（同上）……五一七
講筵奏一（一一八九　臨安　奏議　殘句）……五一八
講筵奏二（同上）……五一九
講筵奏三（一一八九　臨安　奏議　存目）……五二〇
論官制奏（一一八九　臨安　奏議）……五二一
張武子詩集序（一一八九　臨安　序跋　存目）……五二三
與楊廷秀書（一一八九　無錫　書啓　存目）……五二五
跋《蘭亭帖》四（跋）……五二六
跋《蘭亭帖》六（跋）……五二八

紹熙年間（一一九〇—一一九四）

與吳斗南書（一一九〇　無錫　書啓）……五三〇
中奉大夫直煥章閣王公誄辭（一一九〇　金華　誄　存目）……五三六
《河南集》跋（一一九〇　金華　跋）……五四四
《西塞漁社圖卷》跋（一一九一　太平州　跋）……五四六
李白墓（一一九一　當塗）……五五九
答楊客亭啓（一一九一　太平州　書啓）……五六一
就職昌言（一一九二　臨安　奏議）……五六四
繳中貴四人賞（同上　存目）……五六六
入對奏劄（同上）……五六六
論廢法用例之弊奏一（同上　存目）……五六八
請施行諸州教養課試陞貢之法奏（一一九二　臨安　奏議）……五六九
與周子充觀文必大劄子（一一九二　臨安　書啓　存目）……五七六
《獨醒雜志》跋（一一九二　臨安　跋）……五七七
論駁除奏（一一九二　臨安　奏議　存目）……五八三
繳韓侂胄轉官（一一九二　臨安　奏議）……五八四
再繳韓侂胄轉官（同上）……五八六
諫不省重華宮封事（同上）……五八七
繳林大中辭免權吏部侍郎除直寶文閣事與郡（同上）……五八八
繳耶律适嘿除承宣使（一一九二　臨安　奏議　存目）……五九二
論天下爵祿屬公議（一一九二　臨安　奏議　殘句）……五九二
乞裁節濫賞奏（一一九二　臨安　奏議　存目）……五九三
論廢法用例之弊奏二（同上）……五九四
跋徐仁叔藏《樂毅論》（一一九二　臨安　跋）……五九五
跋《蘭亭帖》五（同上）……六〇〇
贈故太師王公神道碑（一一九三　臨安　墓碑）……六〇二
乞朝重華宮疏（一一九三　臨安　奏議

殘句）……六三七
題楊補之《四清圖》（一一九三　臨安　跋　存目）……六三八
題桑澤卿《蘭亭博議》（一一九三　臨安　跋　存目）……六四〇
諫召陳源、姜特立封事（一一九三　臨安　奏議）……六四二
遺奏（同上　殘句）……六四八
遺書（同上　存目）……六四九
瑣語
與楊廷秀論舊詩（一一八八　臨安　論說　殘句）……六五〇
與楊廷秀論八卦（同上）……六五一
論祭金國文奏（一一八九　臨安　論說　殘句）……六五二
與姜堯章論詩體（一一八九　無錫　論說）……六五三
與王仲言論史籍（一一九三　臨安　論說）……六五七
與王仲言論米元章《章聖天臨殿銘》（同上　殘句）……六五九

卷四　未編年文

題《淳化帖》（跋）……六六三
論秦漢碑刻（論說）……六六五
說高麗本《孟子》（論說）……六六六
題定武舊本《蘭亭》帖（跋）……六六七
跋范文度模《禊帖》（跋）……六六八
評張文定慶曆兩制（論說）……六七〇
河鮋所原起（論說）……六七二
題西臺書（跋　存目）……六七四
《七君子帖》題辭（序跋　存目）……六七五
跋鄧隱《十二國圖》（跋　存目）……六七七
附　瑣語
殘句一……六七八
殘句二……六七九
殘句三……六八〇

殘句四 …… 六八一
殘句五 …… 六八三

附録　尤袤集資料彙編

宋陳振孫《直齋書録解題》卷一八《梁溪集》提要 …… 六八五
元方回《桐江集》卷二《跋遂初尤先生尚書詩》 …… 六八五
清尤侗《〈梁溪遺稿〉跋》 …… 六八六
清朱彝尊《〈梁溪遺稿〉序》 …… 六八七
清紀昀《四庫全書總目》卷一五九《梁溪遺稿》提要 …… 六八八
清紀昀《四庫全書簡明目録》卷一六《梁溪遺稿》提要 …… 六八八
清法式善《陶廬雜録》卷三 …… 六八九
清尤興詩《〈梁溪遺稿〉跋》 …… 六八九
清陳徵芝《帶經堂書目》卷四《梁溪集》提要 …… 六八九
清莫友芝撰，傅增湘訂補《藏園訂補郘亭知見傳本書目》卷一三《梁溪遺稿》 …… 六九〇
清朱學勤《朱修伯批本四庫簡明目録》卷一六《梁溪遺稿》提要 …… 六九〇
清盛宣懷《〈梁溪遺稿〉跋》 …… 六九〇
胡玉縉《四庫全書總目提要補正·梁溪遺稿》 …… 六九一
高燮《〈梁溪遺稿〉跋》 …… 六九一
尤桐《〈梁溪遺稿〉跋》 …… 六九二
劉聲木《萇楚齋隨筆》卷一《尤袤〈梁溪集〉五十卷原本》 …… 六九四
尤乙照等《〈梁溪遺稿〉跋》 …… 六九四

參考文獻 …… 六九七

尤袤集編年校注卷一　編年詩

紹興年間（一一三一—一一六二）

青山寺（一）

峥嶸樓閣插天開，門外湖山翠作堆〔一〕（二）。蕩漾烟波迷澤國〔二〕（三），空濛雲氣認蓬萊（四）。香銷龍象輝金碧〔三〕（五），雨過麒麟剝翠苔〔四〕（六）。二十九年三到此，一生知有幾回來。

陳思《兩宋名賢小集》卷二二三《遂初小稿》，又見元《無錫縣志》、明《無錫縣志》卷四上、明王永積《錫山景物略》、清尤侗刊《梁溪遺稿》卷一（《無錫新志》）、清顧光旭《梁溪詩鈔》、康雍乾《無錫縣志》、清秦瀛《無錫金匱縣志》卷三二、盛刻、尤刊、《全宋詩》卷二三三六。

【編年】

據其題名，該篇當作於紹興二十四年（一一五四）張俊卒前，因張俊葬此後寺改名『華藏』；而尤袤生於宣和六年（一一二四），至紹興二十二年（一一五二）恰爲『二十九年』，則該篇應作於紹興二十二年（一一五二）。

【繫地】

據其題名，該篇當作於兩浙西路常州無錫縣（今江蘇無錫）。尤袤游青山，有是作。

【彙校】

〔一〕『翠作』，尤刊作『作翠』。

〔二〕『澤國』，《錫山景物略》作『震澤』。

〔三〕『銷』，明《無錫縣志》誤作『鋪』。『象』，《錫山景物略》誤作『篆』。

〔四〕『剝』，諸縣志、盛刻、尤刊均作『駁』。『翠』，《梁溪詩鈔》作『蘚』。

【箋注】

〔一〕該七言律詩，『灰』字韻。據《無錫縣志》的記載（『青山去州西北三十五里，面太湖，山下有張循王墓及華藏寺』），紹興間，太師張俊敕葬於此，因建寺墓左，以奉歲祀，賜名『華藏褒忠顯親禪寺』。《錫山景物略》：『華藏山，古名青山，前面皆太湖，以太湖爲沼，以山爲華，華藏之名起焉。華，蓮華也。上下左右望，皆蓮華也。山前舊建有雲海亭，即望湖亭。東南西北望，皆湖也。』清邵涵初《慧山記續編》：『邑之青山有二，華藏本名青山，華藏寺初名青山寺，東臨太湖，下有青山嶺、小嶺、塔嶺，尤文簡公袞有《青山寺》詩。』

（二）『門外』句：　蘇軾《九日尋臻闍黎遂泛小舟至勤師院二首》其二：　『湖上青山翠作堆，葱葱鬱鬱氣佳哉。』

（三）『蕩漾』句：　毛滂《二月二十八日禱雨龍湫》（《東堂集》卷四）：　『赤地黄埃迷澤國，老龍飲血亦分甘。』澤國，多水的地區，水鄉。

（四）『空濛』句：　劉敞《初雪朝退與諸公至西閣》（《公是集》卷二三）：　『真有燭龍浮渤澥，卻占雲氣認蓬萊。』

（五）龍象：　龍與象。水行中龍力大，陸行中象力大，故佛氏用以喻諸阿羅漢中修行勇猛有最大能力者。這裏指羅漢像。金碧：　顔料中的泥金、石青和石綠形成的金黄和碧綠的顔色。

（六）翠苔：　翠綠的苔蘚。

【附録】

錢紳《題青山寺》：　『窈窕招提入翠微，碧波千頃照巖扉。白頭人向斜陽立，黄帽僧衝細雨歸。芳樹遠從湖外見，殘雲紛繞雁邊飛。分明一片佳山景，卻憶松邊筍蕨肥。』（七言律詩，『微』字韻）錢紳，字仲仲，無錫（今屬江蘇）人。徽宗大觀三年（一一〇九）進士。曾爲知州，既仕而歸，隱居漆塘山。事蹟具清康熙《無錫縣志》卷二〇本傳。

題雲海亭〔一〕

亭前山色繞危欄〔二〕，亭下波濤直浸山〔三〕。波上漁舟亭上客〔四〕，相看渾在畫圖間。

史能之《咸淳毗陵志》卷二三，又見元明《無錫縣志》、《錫山景物略》、《梁溪遺稿》卷一、清華湛恩《錫金志外》、清張豫章等《御選宋詩》卷六九、清陸心源《宋詩紀事補遺》、清周有壬《錫金考乘》、盛刻、尤刊、《全宋詩》卷二三三六。

【編年】

據《錫山景物略》的記載（「東臨太湖，舊有雲海亭，即望湖亭也」），雲海亭與青山寺毗鄰，該篇當作於尤袤游覽太湖之際； 具體時間難以確定，姑繫於此，俟詳考。

【繫地】

據其題名，該篇當作於無錫。尤袤游太湖，有是作。

【彙校】

〔一〕「題」，元明《無錫縣志》無。「亭」，《御選宋詩》誤作「寺」。尤刊校語：「一本無「題」字。」

〔二〕「欄」，元明《無錫縣志》、《錫金志外》、《御選宋詩》、盛刻均作「闌」。

〔三〕「濤」，元明《無錫縣志》均作「瀾」。

〔四〕「波上」，元明《無錫縣志》、《錫山景物略》、《錫金志外》均作「亭下」。「客」，《梁溪遺稿》、

《御選宋詩》、《錫金考乘》、盛刻、尤刊均作『屋』。

【箋注】

該七言絕句，『删』字韻。

【附録】

姜夔《華藏寺雲海亭望具區（寺爲張循王功德院）》（《白石道人詩集》卷上）：『茫茫復茫茫，中有山蒼蒼。大哉夫差國，坐占天一方。夫差醉蓮宫，巨浪搖不醒。越師何從來，奪我玉萬頃。年年亭上秋，一笛千古愁。誰能知許事，飛下雙白鷗。』（五言古詩，『尤』字韻）

潘璵《華藏雲海亭》：『一亭突兀出湖邊，慣與漁翁繫釣舡。吳越興亡今已矣，山川流峙只依然。詩情空寄千年恨，眼力誰窮萬里天。獨有緇郎閑似我，卻於鷗鷺結清緣。』（七言律詩，『先』字韻）潘璵（一作嶼），四明（今浙江寧波）人。與柴望、賈似道等有交。有《鄮屋拙藁》（《詩淵》），已佚。

聽鶯閣（一）

春催金谷曉（二），一望百花齊（一）（三）。不作遼西夢，從渠著意啼。（四）

《遂初小稿》，又見《梁溪遺稿》卷一（《無錫新志》）、《御選宋詩》卷六二、盛刻、尤刊、《全宋詩》卷二三三六。此詩又見明唐順之《荊川集》卷三，注『係後家居時作』。

【編年】

聽鶯閣，在天平山莊內，天平山在蘇州吳縣靈巖山北。該篇當亦作於尤袤游覽太湖之際，具體時間難以確定，姑繫於此，俟詳考；又據『春催』的表述，則應作於春日。

【繫地】

據其題名，該篇當作於無錫。尤袤游太湖，有是作。

【彙校】

〔一〕『望』，尤刊注『一作「日」』。

【箋注】

（一）該五言絕句，『齊』字韻。

（二）『春催』句：唐李中《桃花》（《全唐詩》卷七四七）：『幾樹半開金谷曉，一溪齊綻武陵深。』

（三）『一望』句：唐吳融《春詞》（《唐英歌詩》卷上）：『春期莫相誤，一日百花殘。』

（四）『不作』二句：唐金昌緒《春怨》（《全唐詩》卷七六八）：『打起黃鶯兒，莫教枝上啼。啼時驚妾夢，不得到遼西。』

易帥守〔一〕（一）

維揚五易帥，山陽四易守（二）。我來七八月，月月常奔走。帑藏憂煎熬（三），官民困馳驟〔四〕。世態競趨新，人情羞諸舊〔二〕。如其數移易，是使政紛揉〔五〕。被席不得溫〔三〕，設施亦何有。淮南重彫瘵〔六〕，十室空八九。況復苦將迎〔七〕，不忍更回首。嘗聞古爲治，必假歲月久。安得如弈棋，易置翻覆手。

趙甡之《中興遺史》（徐夢莘《三朝北盟會編》卷二二九轉引），又見尤刊（亦題作《淮民謠》）、《全宋詩》卷二三三六。

【編年】

據《三朝北盟會編》卷二二九的記載（『〔七月〕十一日壬午……泰興縣令尤袤以陽楚頻易帥守，作詩以諷之』），該篇當作於紹興三十一年七月十一日（一一六一年八月四日）。

【繫地】

據其題名，該篇當作於淮南東路揚州泰興縣（今屬江蘇）。尤袤知泰興縣，以陽楚頻易帥守，作該篇以諷之。

【彙校】

〔一〕該篇尤刊題作『淮民謠』，乃誤將兩首詩作一題。

〔二〕『羞諸』，底本作『蓋詣』，據尤刊校改。

〔三〕『被』，底本作『彼』，據尤刊校改。

【箋注】

〔一〕該五言古詩，『有』字韻。

（二）山陽：古縣名，現江蘇省淮安市楚州區，在民國以前稱山陽縣。唐代爲楚州治所所在；南宋建炎三年（一一二九），置楚、泗、承州。漣水軍鎮撫使、淮東安撫制置使、京東河北鎮撫大使等均駐節楚州山陽城；明代爲淮安府治所。

（三）帑藏：亦作『帑臧』，指國庫。《漢書》卷九九《王莽傳下》：『長樂御府、中御府及都内、平準帑藏錢帛珠玉財物甚衆。』帑，貯藏錢財的府庫。

（四）馳驟：奔競、趨承。唐杜甫《九日寄岑參》：『君子强逶迤，小人困馳驟。』這裏指驅使。

（五）紛揉：紛亂而混雜。揉，通『糅』，混雜。

（六）彫瘵：泛指民生疾苦。《新唐書》卷一一九《白居易傳》：『按鍔誅求百計，不恤彫瘵，所得財號爲「羡餘」以獻。』

（七）將迎：迎來送往。《莊子·知北游》：『唯無所傷者，爲能與人相將迎。』

淮民謡（一）

東府買舟船，西府買器械（二）。問儂欲何爲（一）（三）？團結山水寨（四）。寨長過我廬（五），意氣甚雄粗。青衫兩承局（二）（六），暮夜連勾呼（三）。勾呼且未已（四），摧剝到雞豕（五）。供應稍不如，前向受笞箠（六）。驅東復驅西，棄卻鋤與犁。無錢買刀劍，典盡渾家衣（七）。去年江南荒，趁熟過江北（七）；江北不可往（八），江南歸未得！父母生我時，教我學耕桑；不識官府嚴，安能事戎行！　執槍不解刺，執弓不能射；　團結我何爲，徒勞定無益。　流離重流離〔九〕，忍凍復忍飢；　誰謂天地寬〔八〕，一身無所依！　淮南喪亂後，安集亦未久〔九〕。　死者積如麻，生者能幾口！　荒村日西斜，破屋兩三家；　撫摩力不足〔一〇〕，將奈此擾何！〔一一〕

《三朝北盟會編》卷二四〇，又見清厲鶚《宋詩紀事》卷四七（『句』引『去年江南荒』二句，署《無題》）、清汪景龍《宋詩略》、《梁溪詩鈔》、盛刻、尤刊、錢鍾書《宋詩選注》、《宋詩一百首》、范寧等《宋遼金詩選注》、《全宋詩》卷二三三六；　《誠齋集》卷一一五、《誠齋詩話》、魏慶之《詩人玉屑》卷二引『去年江南荒』二句。

【編年】

據元馬端臨《文獻通考》卷一五六記載（『紹興四年，承、楚、泰三州各有水寨，民兵合力擊賊，詔免十年租稅。三十一年，中丞汪澈乞存恤淮南山水寨鄉豪，各收其用』），自紹興三十一年始，南宋政府開始『團結山水寨』；　而三十年秋江南大旱，十月又出現螟蝝，可謂『荒』矣，符合『去年江南荒』的說法。則該篇當作於紹興三十一年（一一六一）。

【繫地】

據《三朝北盟會編》卷二四〇：　『袤，字延之，嘗以淮南置山水寨擾民不能保其家屬，竊悲哀之，作《淮民謡》一篇。』該篇當作於泰興。　尤袤知泰興縣，作該長篇竊哀淮南置山水寨擾民。

【彙校】

〔一〕『欲』，《梁溪詩鈔》作『若』。

〔二〕『衫』，《宋詩略》、《梁溪詩鈔》均作『山，一作襟』。

〔三〕『勾』，《宋詩紀事》、盛刻、尤刊均作『句』，下同。『勾呼』：調集、傳喚。

〔四〕『且』，《梁溪詩鈔》作『日』。

〔五〕『摧』，他書均作『椎』。『摧剝』：猶摧殘。王安石《丙申八月作》（《臨川文集》卷二二）：『秋風摧剝利如刀，漠漠昏烟玩日高。』『椎剝』：宰殺，謂殘酷搜刮。

〔六〕『前向』，他書均作『向前』。

〔七〕『熟』，底本作『熱』，《誠齋集》、《誠齋詩話》、《詩人玉屑》、《宋詩紀事》（『句』）、《梁溪詩鈔》均作『逐』，據改。『趁熟』：指到未遭災荒的地方去乞討謀生。『趁熱』：冒暑。『趁逐』：追隨、相隨。

〔八〕『往』，《誠齋集》、《誠齋詩話》、《詩人玉屑》、《梁溪詩鈔》均作『住』。

〔九〕『重』，《梁溪詩鈔》作『復』。

〔一〇〕『足』，《宋詩紀事》、盛刻、尤刊均作『給』。

〔一一〕盛刻此處尚有小注：『《三朝北盟會編》：紹興三十一年，金主亮傾國入寇，嘗以淮南置山水寨擾民，泰興令尤袤竊哀之，作《淮民謠》。』

【箋注】

（一）該五言古詩，『歌』字韻。

（二）東府、西府：泛指掌管地方武裝的官府。

（三）問儂：猶言『借問』。儂，他。

（四）團結：組織、集結、聯合。山水寨：卽鄉勇。宋兵制，官軍之外有鄉兵，選自百姓或自己應募，就地組織起來，作爲防守部隊。

（五）寨長：指鄉勇首領。

（六）青衫：泛指官職卑微。歐陽脩《聖俞會飲》（《文忠集》卷一）：『嗟余身賤不敢薦，四十白髮猶青衫。』承局：公差。

（七）渾家：妻子，也可指全家。

（八）『誰謂』句：唐孟郊《贈别崔純亮》（《孟東野詩集》卷六）：『出門卽有礙，誰謂天地寬。』

（九）安集：安定、睦集。《史記》卷五四《曹相國世家》：『問所以安集百姓。』

大暑留召伯埭（一）〔一〕

清風不肯來，烈日不肯暮。（二）平生山林下，散髮頗箕踞（三）。一官走王事（四），三伏在道路〔二〕。我非紈襪兒（五），亦爾困馳騖（六）。居然戀俎豆（七），安得免羈馽（八）。區區竟何營，汩汩此飄寓（九）。淵明應笑人，有底不歸去（一〇）？

汪藻《浮溪集》卷二九，又見尤刊、《全宋詩》卷一四三七又卷二三三六。

【編年】

召伯埭，在揚州域（《晉書》卷七九《謝安傳》：『及至新城，築埭於城北，後人追思之，名爲召伯埭』）；尤袤具體創作的時間難以確定，但據『一官走王事，三伏在道途』的表述，其時居官揚州卻可推知，姑繫於紹興末（三十二年，一一六二）。

【繫地】

該篇或作於淮南東路揚州江都縣召伯鎮（今屬江蘇）。

【彙校】

〔一〕尤刊案語：『此詩《浮溪集》原次《泊召伯埭》詩後，題云《尤袤大暑留召伯埭》，疑《永樂大典》本編次汪詩，後館臣因誤録入汪集耳。』《全宋詩》按語：『此詩原出明《永樂大典》，清四庫館臣誤輯入汪藻《浮溪集》卷二九。本書亦誤入汪藻一，今仍録入尤袤名下。』

〔二〕『路』，《全宋詩》卷二三三六作『途』，不知何據。

【箋注】

〔一〕該五言古詩，『遇』字韻。召伯埭：鄭興裔《奏祀謝太傅狀》（《鄭忠肅奏議遺集》卷上）：『伏按晉太傅廬陵文靖公謝安，以三公出鎮廣陵，設奇謀以卻敵騎，築新城以壯金湯。城北四十里有湖，每以水漲沒田爲患，特築平水埭，隨時蓄洩，歲用豐稔。後人追思之，名爲召伯埭。』

〔二〕『清風』二句：王令《暑旱苦熱》（《廣陵集》卷九）：『清風無力屠得熱，落日著翅飛上山。』

〔三〕箕踞：兩腳張開，兩膝微曲地坐著，形狀像箕。這裏是一種無拘無束的姿態。

（四）『一官』句：王安禮《麴院輸麥二十二韻呈開父》（《王魏公集》卷一）：『一官走窮僻，百事真黽勉。』一官，泛指官職。

（五）褦襶兒：喻指不曉事之人。許綸《午暑睡起忽懷范武子走筆當簡》其二（《涉齋集》卷一五）：『吾甘飢凍死即死，觸熱生憎褦襶兒。』陳造《次俞簿韻》（《江湖長翁集》卷五）：『傍睨褦襶兒，真堪裂人眥。』

（六）亦爾：也是。馳騖：奔走、奔競。《史記》卷八七《李斯列傳》：『今秦王欲吞天下，稱帝而治，此布衣馳騖之時而游說者之秋也。』

（七）俎豆：俎和豆是古代祭祀、宴饗時盛食物用的兩種禮器，这裏謂祭祀、奉祀。《論語·衛靈公》：『俎豆之事則嘗聞之矣，軍旅之事未之學也。』

（八）羈馽：馬絡頭和絆馬索，引申爲拘束。《莊子·馬蹄》：『連之以羈馽，編之以皁棧。』

（九）汩汩：動盪不安貌。杜甫《自閬州領妻子卻赴蜀山行三首》其一：『汩汩避羣盜，悠悠經十年。』飄寓：飄泊寄居。梁劉勰《文心雕龍》卷七《章句》：『事乖其次，則飄寓而不安。』

（一〇）有底：爲甚。黃庭堅《芭蕉》（《山谷別集詩注》卷下）：『有底春風能好事？解持刀尺翦青天。』

【附錄】

汪藻《泊召伯埭》（《浮溪集》卷二九）：『孤舟渺無根，夜歷數村雨。今朝亂晴景，水鏡寫霜樹。哀鴻念羣聲，正到客愁處。男兒有懷抱，何事亦關汝。蒼烟接牛斗，惝恍迷歸路。明發問吾儂，乘流去

復住。』(五言古詩,『遇』字韻)

重登斗野亭二首(一)

野色涵空闊,平蕪接渺瀰(二)。江淮天設險(三),星斗地分維。喬木千年意,滄波萬古悲。(四)老僧尤好事〔一〕,見客索題詩〔二〕(五)。豪傑舊游處,此亭名亦俱。凄涼謝公堰(六),浩蕩董家湖(七)。陳迹成興廢,遺篇今有無(八)。登臨何限恨,搔首獨長吁(九)。

清阿克當阿《嘉慶重修揚州府志》卷三一,又見《梁溪詩鈔》、盛刻、尤刊、《全宋詩》卷二三三六、李坦等《揚州歷代詩詞》第二八八頁;《宋詩紀事》卷四七引其一,《錦繡萬花谷續集》卷九(作者誤作『无哀』)、潘自牧《記纂淵海》卷一一引其一之頷聯,李廷忠《橘山四六》卷五注引『江淮天設險』一句。

【編年】

斗野亭,在江都邵伯鎮梵行院之側,宋熙寧二年(一〇六九)建。《輿地志》云:揚州於天文屬斗野,故名。尤袤具體創作的時間難以確定,或居官揚州時,姑繫於紹興末(三十二年,一一六二)。

【繫地】

該篇或作於江都召伯鎮。

【彙校】

〔一〕「尤」，《宋詩紀事》、尤刊均作「猶」。

〔二〕「客」，底本作「在」，據《宋詩紀事》、尤刊校改。「索」，《梁溪詩鈔》誤作「素」。「見客」：接待來賓。「見在」：尚存、現今存在；現時、現在。

【箋注】

〔一〕該五言律詩，「支」字韻。

〔二〕渺瀰：水流曠遠貌。木华《海賦》（《文選》卷一二）：「沖瀜沆瀁，渺瀰湠漫。」李善注：「渺瀰湠漫，曠遠之貌。」

〔三〕「江淮」句：唐李頻《黎嶽集·送薛能赴鎮徐方》：「山河天設險，禮樂牧分憂。」

〔四〕「喬木」二句：杜甫《憑韋少府班覓松樹子栽》：「欲存老蓋千年意，爲覓霜根數寸栽。」陳與義《登岳陽樓二首》其一（《簡齋集》卷一二）：「白頭弔古風霜裏，老木滄波無限悲。」

〔五〕「見客」句：杜甫《大雲寺贊公房四首》其三：「湯休起我病，微笑索題詩。」

〔六〕謝公堰：據《晉書》卷七九《謝安傳》記載，謝安鎮廣陵新城，築埭於城北，後人思之，因名爲邵伯埭，即此堰也。

〔七〕董家湖：邵伯諸湖之一。

（八）遺篇：當有孫覺《題召伯斗野亭》（五言古詩，『庚』字韻），張琬《和孫莘老題召伯斗野亭》（雜言古詩，『庚』字韻），蘇軾《次韻孫莘老斗野亭寄子由在邵伯堰》（五言古詩，『庚』字韻），張舜民《和孫莘老題召伯斗野亭》（五言古詩，『庚』字韻），蘇轍《召伯埭上斗野亭》（五言律詩，『尤』字韻）、《和子瞻次孫覺諫議韻題邵伯閘上斗野亭見寄》（五言古詩，『庚』字韻），李之儀《再登斗野亭路舊韵寄太虛》（五言古詩，『庚』字韻），黄庭堅《外舅孫莘老守蘇州留詩斗野亭庚申十月庭堅和》（五言古詩，『庚』字韻），秦觀《和孫莘老題召伯斗野亭》（五言古詩，『庚』字韻）、《次韵子由題斗野亭》（五言律詩，『尤』字韻），劉燾《題召伯埭斗野亭》（五言律詩，『寒』字韻），鄒浩《登召伯斗野亭用孫莘老韵寄秀老參寥》（五言古詩，『庚』字韻），李綱《過召伯埭遊斗野亭次司諫孫公韻》（五言古詩，『庚』字韻），陳淵《登召伯斗野亭》（五言古詩，『有』字韻）等作品。

（九）搔首：以手搔頭，焦急或有所思貌。《詩經·邶風·靜女》：『愛而不見，搔首踟躕。』長吁：長嘆。

雪（一）

睡覺不知雪（二），但驚窗戶明（三）。飛花厚一尺，和月照三更。草木淺深白，丘塍高下平（二）。饑民莫咨怨（四），第一念邊兵。

元方回《瀛奎律髓》卷二一，又見《遂初小稿》、明曹學佺《石倉歷代詩選》卷一八九、《梁溪遺稿》卷一、清陳焯《宋元詩會》卷三八、盛刻、尤刊、《全宋詩》卷二三三六、《御定分類字錦》卷二引頸聯。

【編年】

尤袤具體創作的時間難以確定，據其所述，似作於紹興末（三十二年，一一六二）江南饑荒之際、宋金議和之前，姑繫於此，待詳考。

【繫地】

該篇或作於泰興。

【彙校】

〔一〕『塍』，《石倉歷代詩選》作『堘』。尤刊校語：『《瀛奎律髓》「塍」作「堘」』，則其所據本如此。『塍』：田間的土埂。《說文》：『塍，稻中畦也。』『堘』：古同『塍』。

【箋注】

（一）該五言律詩，『庚』字韻。

（二）睡覺：睡醒。

（三）『但驚』句：唐白居易《夜雪》（《白氏長慶集》卷一〇）：『已訝衾枕冷，復見窗戶明。』

（四）咨怨：嗟嘆怨恨。《陳書》卷五《宣帝本紀》：『飛芻挽粟，征賦頗煩，暑雨祁寒，寧忘咨怨。』

【附錄】

方回評（《瀛奎律髓》卷二一）：『見雪而念民之饑，常事也。今不止民饑，又有邊兵可念。歐陽詩「可憐鐵甲冷徹骨，四十餘萬屯邊兵」，以此忤晏相意，而晏相亦坐此罷相。然則凡賦詠者，又豈但描寫物色而已乎。』

袁說友《和程泰之閣學詠雪十二題·嘲雪》（《東塘集》卷六）：『浪走嬌兒意卻癡，長安餓客最憂時。尤憐甲士寒侵骨，十萬邊兵政有辭。』

隆興年間（一一六三—一一六四）

和渭叟《梅花》[一]（一）

不避風霜苦，自甘丘壑潛。未禁沾額角，信好插梳尖。春意已張本[二]，寒威今解嚴。殷勤留客意，尚許隔牆覘。

《瀛奎律髓》卷二〇，又見《遂初小稿》、《梁溪遺稿》卷一、盛刻、尤刊、《全宋詩》卷二三三六；《御定韻府拾遺》卷二九引首尾兩聯。

【編年】

尤袤具體創作的時間難以確定，現據姜大呂（？—一一六四？）生平，姑繫於此，待詳考。

【繫地】

該篇或作於無錫（其時尤袤在家鄉待闕）。

【彙校】

〔一〕《御定韻府拾遺》題作『梅』。

【箋注】

（一）該五言律詩，『監』字韻。渭叟：姜大呂（？—一一六四？），字渭叟，溫州樂清（今屬浙江）人。王十朋（一一一二—一一七一）之友，高宗紹興十一年（一一四一），王十朋有詩寄贈（《梅溪前集》卷二《懷姜渭叟兼簡謝守中用前韻》題注及後跋）。《全宋詩》卷二〇四四録其詩《懷王龜齡》一首。王十朋《雜說》（《梅溪先生文集》卷一九）：『名之所在，人所必爭而同忌也。能避人之所爭，樂人之所同忌，斯可謂之君子。掩惡揚善，朋友之道。語曰：「尺有所短，寸有所長。」予所短多矣，然於交友中常道其善，不道其惡，是亦寸中之長者。昔姜渭叟能言之，姜死矣，無知我者。渭叟負逸才豪氣者也，而不修細行。惡有所不掩，亦朋友之罪。姜之念，予蓋有所激云。』又《跋季仲默詩》（《梅溪先生文集後集》卷二七）：『舊游從者八人，有八叟之號，仲默號勁叟。其後劉銓全之、鎮長方、毛宏叔度與予皆相繼塵忝祿位。仲默才氣不在人下，獨不霑一命而死，悲夫！予因録其詩詞，凡二十六首，及予和仲默與孫子尚、姜渭叟二詩于後，示其子徽，俾家藏之，以貽後人。』

（二）張本：開始。李心傳《建炎以來朝野雜記·甲集》卷一四《財賦一·東南折帛錢》：『東南折帛錢者，張本於建炎，而加重於紹興。』

【附録】

鄧深《寄月湖先生兼簡渭叟》（《大隱居士詩集》卷下）：『山莊杖屨飽相從，每月須拚十日中。鼎足三人同宿留，甕頭一盞奉從容。別來不隔千山月，舊賞難乘兩腋風。更想先生新活計，烟波別業興方濃。』鄧深，字資道，一字紳伯，湘陰（今屬湖南）人。高宗紹興中進士。十七年（一一四七），以從政郎通判郴州。入爲太府丞。二十七年，以輪對稱旨，提舉廣西市舶。三十年，知衡州。擢潼川路轉運使。晚年居家，構軒曰大隱，因號大隱居士。有文集十卷，已佚。清四庫館臣據《永樂大典》輯爲《大隱居士詩集》二卷。事蹟具《永樂大典》鄧字韻引《古羅志》（《四庫全書·大隱居士詩集提要》引）、《萬姓統譜》卷一〇九、《宋史翼》卷二一本傳。《全宋詩》卷二〇七〇以影印文淵閣《四庫全書·大隱居士詩集》爲底本，新輯集外詩附於卷末。

次韻渭叟《蠟梅》〔一〕（一）

□□□□□□□，□□□□□□□。□□□□□□□，□□□□□□□。□□□□□□□，□□□□□□□。强學瞿曇金作面〔二〕，只應惟怪老禪親。

快瀉鵝黃若下春〔二〕（三），要將香色鬬清珍。蠟丸暗拆東君信〔三〕（四），梔貌寧欺我輩人（五）。光價未輸何遜早〔四〕（六），詩篇重見豫章新〔五〕（七）。渾金璞玉爭多少（八），要與江梅作近親（九）。

《瀛奎律髓》卷二〇，又見《遂初小稿》、《石倉歷代詩選》卷一八九、《梁溪遺稿》卷一、盛刻、尤刊、《全宋詩》卷二三三六；《御定分類字錦》卷五四引尾聯。

【編年】

尤袤具體創作的時間難以確定，現據姜大呂（？—一一六四？）生平，姑繫於此，待詳考。

【繫地】

該篇或作於無錫（其時尤袤在家鄉待闕）。

【彙校】

〔一〕《瀛奎律髓》、《全宋詩》小注『二首取一』。

〔二〕『若下』，《梁溪遺稿》作『逗小』。『若下春』：亦作『箬下春』，酒名，即箬下酒。唐劉禹錫《洛中逢韓七中丞之吳興口號五首》其四（《劉賓客文集》卷二八）：『駱駝橋上蘋風急，鸚鵡杯中箬下春。』

〔三〕『拆』，《梁溪遺稿》、盛刻、尤刊均作『坼』。『坼』：裂開、分裂。

〔四〕『光』，《梁溪遺稿》作『聲』。『光價』：榮耀的身階。《隋書》卷五七《盧思道傳》：『翦拂吹噓，長其光價。』『聲價』：指名聲和社會地位。

〔五〕『重』，《梁溪遺稿》、盛刻、尤刊作『早』。

【箋注】

（一）該七言律詩，『真』字韻。

（二）强學：勤勉地學習。瞿曇：釋迦牟尼的姓，一譯喬答摩（Gautama），亦作佛的代稱。金作面：指釋迦牟尼。佛像的臉部大都塗成金黄色，故稱。陳與義《覺心畫山水賦》（《簡齋集》卷一）：『天寧堂中，黄面老禪。四海無人，碧眼視天。』胡穉箋注：『翠巖稱釋迦爲黄面老，見《傳燈録》。』

（三）鵝黄：指酒。蘇軾《乘舟過賈收水閣，收不在，見其子三首》其二：『小舟浮鴨緑，大杓瀉鵝黄。』

（四）蠟丸：蠟制的丸狀物。因能防濕保密，古代常用以内藏文字，以傳遞祕密書信、文檔等。故亦以『蠟丸』指用蠟封裹的書信、文件等。東君：司春之神。唐王初《立春後作》（《全唐詩》卷四九一）：『東君珂佩響珊珊，青馭多時下九關。方信玉霄千萬里，春風猶未到人間。』

（五）梔貌：女子飾額黄的容貌，借指臘梅花的顔色。我輩：我等、我們。

（六）何遜早：梁何遜《何水部集·詠早梅》：『兔園標物序，驚時最是梅。銜霜當路發，映雪擬寒開。枝横卻月觀，花繞淩風臺。朝灑長門泣，夕駐臨邛杯。應知早飄落，故逐上春來。』

（七）『詩篇』句：豫章，卽黄庭堅，其有《短韻奉乞蠟梅》（《山谷集》卷一一）：『卧雲莊上殘花笑，香似早梅開不遲。淺色春衫弄風日，遣來當爲作新詩。』

（八）渾金璞玉：未經提煉的金和未經琢磨的玉。比喻天然美質，未加修飾。梁元帝《爲東宮薦石門侯啓》（唐歐陽詢《藝文類聚》卷五三）：『渾金璞玉，才匹山濤。』

（九）江梅：一種野生梅花。范成大《范村梅譜》：『江梅，遺核野生、不經栽接者，又名直腳梅，或謂之野梅。凡山間水濱荒寒清絕之趣，皆此本也。花稍小而疏瘦有韻，香最清，實小而硬。』

【附録】

方回評（《瀛奎律髓》卷二〇）：『「蠟丸」、「梔貌」亦新。前首末句云：「强學瞿曇金作面，只應惟怪老禪親。」皆能言其色也。』

乾道年間（一一六五—一一七三）

浮遠堂二首（一）

杖藜同上最高峯（二），腳力雖窮興未窮。領略江山歸眼界，盡吞淮海入胷中。

我生家住浙江西，不見江山自是癡。浮遠堂前今日望，畫圖待我看潮時。

尤刊（《詩鈔補編》），又見《全宋詩》卷二三三六。

【編年】

浮遠堂，在江陰縣君山上，取蘇軾《同王勝之游蔣山》詩中『江遠欲浮天』意以名；則該篇當作於江陰學官任上，卽乾道四年（一一六八）。光立案：尤桐謂從《江陰縣志》輯出，今筆者所查明嘉靖、清道光與光緒幾種《江陰縣志》及民國《江陰縣續志》——〔明〕趙錦《江陰縣志》，上海古籍書店，一九六三年影印明嘉靖本。〔清〕陳延恩《江陰縣志》，清道光二十年（一八四〇）江陰縣署刻本。〔清〕盧思誠《江陰縣志》，清光緒四年（一八七八）江陰縣署刻本。陳思《江陰縣志》，民國十年（一九二一）刻本——均未見，姑繫此備考。

【繫地】

該篇當作於兩浙西路江陰軍（今江蘇江陰）。尤袤或游歷浮遠堂，而有是作。

【箋注】

（一）該七言絶句，『東』字韻。浮遠堂：仲并《江陰君山浮遠堂記（紹興二十年正月）》（《常郡八邑藝文志》卷二）：『客有誦東坡「江遠欲浮天」之詩者，侯曰：「是可以名吾堂矣。」謂余其遂記之。』

（二）杖藜：謂拄著手杖行走。藜，野生植物，莖堅韌，可爲杖。《莊子·讓王》：『原憲華冠縰履，杖藜而應門。』

【附録】

丘崈《浮遠堂》：『西來江水浮天遠，臥看飛鴻入杳冥。雲過有山皆點點，潮迴無地不青青。風光浩蕩連淮海，氣象高寒近日星。醉裏不禁頻極目，敌峯如黛涕先零。』『已作垂垂雨，相爲澹澹引。吾徒一笑粲，造物用功深。跬步西山勝，終年梁甫陰。年來賞心處，徒得與軍臨。』（七言律詩，『青』字韻）

王寧《和樓守浮遠堂留題》（《宋詩紀事》卷五三）：『久去鄉關始一來，竹輿行樂亦佳哉。還尋童子釣游處，又趁史君旌騎回。風物於人隨意好，江山如畫得天開。向來紀勝歸名筆，喜爲重鑱置石崖。』（七言律詩，『灰』字韻）王寧，字德和，江陰（今屬江蘇）人。孝宗乾道二年（一一六六）進士。知歸安縣。光宗紹熙四年（一一九三），爲大理寺主簿。寧宗慶元元年（一一九五），遷太府寺丞兼左曹郎官。三年，以貪黷由淮東提舉放罷。嘉泰元年（一二〇一），由四川總領改差湖北路轉運副使。有《笑庵集》十卷（《萬姓統譜》卷四四），已佚。《全宋詩》卷二五二一錄其詩《秋夜賞桂》、《和樓守浮遠堂留題》等二首。

吳漢英《浮遠堂》：『天險東南限此江，支分暨水北爲陽。孤山不動嬰潮怒，客艇飛來說路長。檻外烟雲如出沒，坐中頃刻變炎涼。裴回頓覺塵纓絆，一曲滄浪酬月光。』（七言律詩，『陽』字韻）吳漢英（一一四一—一二一四），字長卿，江陰（今屬江蘇）人。孝宗乾道五年（一一六九）進士。爲廬江簿。歷主管湖南運司帳司，知繁昌縣，通判滁州。寧宗開禧二年（一二〇六），爲國子監主簿，尋遷大理寺丞。嘉定元年（一二〇八），除大宗正丞，權兵部郎中，爲史彌遠忌，主管台州明道觀。七年，卒，年七十四。有《歸去集》二十卷，已佚。事蹟具劉宰《漫塘集》卷二八《故兵部吳郎中墓誌銘》。今《全宋詩》卷二五九〇錄其詩《浮遠堂》一首。

戴復古《江陰浮遠堂》（《石屏詩集》卷六）：『横崗下瞰大江流，浮遠堂前萬里愁。最苦無山遮望眼，淮南極目盡神州。』（七言絶句，『尤』字韻）

淳熙年間（一一七四—一一八九）

甲午春前得雪宗美有詩，交和往復，成十五首〔一〕（一）

寒聲昨夜響蕭蕭〔一〕，逗曉階庭亦已消〔二〕（三）。殘臘距春無幾日，一年飛雪只今朝。微陽欲動梅驚萼〔四〕，餘潤纔沾麥放苗〔五〕。天意未能違物意，漫留殘白占山腰。

飛英迴旋逐風飄〔三〕（六），爽氣令人意欲消。荏苒流年春送臘，殷勤密雪暮連朝。冬回庾嶺花無數〔七〕，烟暖藍田玉有苗〔四〕。一飽自今真可望〔五〕（八），更看南畝麥齊腰。

凍雲排陣擁山椒〔六〕（九），待伴還應不肯消（一〇）。皎月冰壺千頃夜（一一），冷烟茅屋幾家朝。梅枝堆亞難尋萼〔七〕，萱草侵凌不辨苗。殘甲敗鱗隨處是，被誰敲折玉龍腰〔八〕。（一二）

□□□□□□□，□□□□□□□。□□□□□□□，□□□□□□□。千尺龍鱗蟠檜頂，一番蝸甲長蔬苗（一三）。□□□□□□□，□□□□□□□。

□□□□□□□，□□□□□□□。□□□□□□□，□□□□□□□。剩對風花吟柳絮，更將冰水瀹芎苗。□□□□□□□，□□□□□□□。

□□□□□□□，□□□□□□□。□□□□□□□，□□□□□□□。萬室歡呼忘凍餒，一犂酥潤到根苗（一四）。□□□□□□□，□□□□□□□。□□□□□□□，□□□□□□□。□□□□□□□，□□□□□□□。寄語高人來問法，莫辭門外立齊腰（一五）。□□□□□□□，□□□□□□□。□□□□□□□，□□□□□□□。前村酒美無錢換，怪底金龜不繫腰（一六）。□□□□□□□，□□□□□□□。□□□□□□□，□□□□□□□。寒窗莫怪吟聲苦，舉室長懸似細腰。（一七）

《瀛奎律髓》卷二一，又見《遂初小稿》、《石倉歷代詩選》卷一八九、《梁溪遺稿》卷一、《梁溪詩鈔》、盛刻、尤刊、《全宋詩》卷二三三六；《宋元詩會》卷三八引其一、二，《御選宋詩》卷五一引其一；《御定分類字錦》卷二引『寄語高人來問法』一句。

【編年】

據題名之『甲午春』，當作於淳熙元年（一一七四）初。

【繫地】

該篇當作於兩浙西路臨安府（今浙江杭州）。尤袤其時於東宮講經，春前得雪，友人宗美有詩，尤袤與之交和往復，成十五首，今存三首及六殘句。

【彙校】

〔一〕題名又作『甲午春前得雪三首』(《梁溪遺稿》、盛刻、尤刊),此據《瀛奎律髓》、《全宋詩》小注(『原題:「宗美有詩,交和往復,成十五首。」今取其三』)校改。除前三首,原詩情況已不明,本處對於殘句姑且如此編排。

〔二〕『庭』,《梁溪遺稿》、《御選宋詩》、盛刻、尤刊均作『前』。

〔三〕『英』,《梁溪遺稿》、盛刻、尤刊均作『霙』。

〔四〕該句尤刊校語:『《瀛奎律髓》「藍」作「蘭」』,則其所據本如此。藍田玉,中國四大名玉之一,素有『玉種藍田』之美稱,是中國開發利用最早的玉種之一,『藍田玉』之名是因其產於陝西省西安市的藍田山而得名。

〔五〕『可』,《梁溪遺稿》作『有』。

〔六〕『擁』,《梁溪詩鈔》作『壓』。

〔七〕『尋』,《梁溪詩鈔》作『成』。

〔八〕『敲折』,《遂初小稿》作『敲破』,《石倉歷代詩選》作『敲折』。

【箋注】

(一)該組七言律詩,『蕭』字韻。此宗美,當爲與尤袤同時代之人,生平事蹟不詳。

(二)寒聲:寒冬的聲響,如風聲、雨聲、鳥鳴聲等。唐朱鄴《扶桑賦》(李昉等《文苑英華》卷一四五):『巨影倒空而漠漠,寒聲吹夜以飋飋。』

（三）逗曉：破曉，天剛亮。

（四）微陽：謂陽氣始生。《逸周書》卷六《周月》：『微陽動於黃泉，陰降慘於萬物。』

（五）餘潤：向四旁浸潤或流淌的水。唐溫庭筠《休浣日西掖謁所知因成長句》（《溫飛卿詩集箋注》卷八）：『荀令鳳池春婉娩，好將餘潤變魚龍。』

（六）飛英：即『飛霙』，指飄舞的雪花。劉安上《澄源堂落梅如茵》（《給事集》卷一）：『落英回旋雪飛餘，誰向庭中細細鋪。』司馬光《又和早春夜雪》（《傳家集》卷九）：『繁霙回夜雪，淩亂落春雲。』

（七）『冬回』句：孔處度〔鷓鴣天〕《臘梅》（黃大輿《梅苑》卷六）：『恥隨庾嶺花爭白，疑是東籬菊返魂。』庾嶺，山名，即大庾嶺，爲五嶺之一，在江西省大庾縣南。嶺上多植梅樹，故又名梅嶺。

（八）『一飽』句：劉敞《朝日偶作呈友人》（《公是集》卷二九）：『和氣滿天真可望，憑君須上最高臺。』可望，可以指望，有希望。

（九）凍雲：嚴冬的陰雲。唐方干《冬日》（《玄英集》卷三）：『凍雲愁暮色，寒日淡斜暉。』山椒：謝莊《月賦》（《文選》卷一三）：『菊散芳於山椒，雁流哀於江瀨。』李善注：『山椒，山頂也。』華鎮《聞韶亭》（《雲溪居士集》卷七）：『重華祠宇下，危構壓山椒。』

（一〇）待伴：亦作『待泮』，謂冰雪未融化。蔡絛《西清詩話·王君玉詩》：『王君玉謂人曰：「詩家不妨間用俗語，尤見工夫。雪未消者，俗謂之待伴。嘗有雪詩：待伴不禁鴛瓦冷，羞明常怯玉鉤寒。待伴、羞明皆俗語。」』

（一一）冰壺：盛冰的玉壺，這裏指月光。唐元稹《獻滎陽公詩五十韻》（《元氏長慶集》卷一二）：『冰壺通皓雪，綺樹眇晴烟。』

（一二）『殘甲』二句：陳鵠《耆舊續聞》（卷六）：『華山狂子張元，天聖間坐累終身，嘗作《雪詩》云：「七星仗劍攪天池，倒捲銀河落地機。戰退玉龍三百萬，斷鱗殘甲滿天飛。」』

（一三）蜩甲：蟬脱落的外殻。《莊子·寓言》：『予蜩甲也，蛇蜕也。』成玄英《疏》：『蜩甲，蟬殻也。』

（一四）一犁酥潤：指春雨。雨量足夠開犁耕種，故名。張耒《有感三首》其三（《柯山集》卷一〇）：『山邊夜半一犁雨，田父高歌待收穫。』

（一五）『莫辭』句：釋重顯《因雪示衆》（《祖英集》卷上）：『爲瑞爲祥也難得，不知誰解立齊腰。』

（一六）怪底：亦作『怪得』，驚怪、驚疑。杜甫《奉先劉少府新畫山水障歌》：『堂上不合生楓樹，怪底江山起烟霧。』金龜：指所佩雜玩之物。唐李白《對酒憶賀監》詩序：『太子賓客賀公，於長安紫極宫一見余，呼余爲「謫仙人」，因解金龜，换酒爲樂。』王琦注：『金龜蓋是所佩雜玩之類，非武后朝内外官所佩之金龜。』

（一七）『寒窗』二句：蘇軾《自昌化雙溪館下步尋溪源至治平寺二首》其二：『宦游莫作無家客，舉族長懸似細腰。』

台州郡圃雜詠十二首

霞起堂〔一〕（一）

□□赤城山〔二〕，霞色起夜半。建標自古□，□□羡吟玩。仙人□□□，招手若可喚〔二〕。彤光射胷臆，三嚥骨自換〔三〕。

林表民《天台續集別編》卷四，又見盛刻、尤刊、《全宋詩》卷二三三六。

【編年】

霞起堂，淳熙三年（一一七六）尤袤建，用孫綽《游天台山賦》：『赤城霞起以建標，瀑布飛流以界道』之義（李善注：『孔靈符《會稽記》曰：「赤城，山名，色皆赤，狀似雲霞……建標，立物以爲之表識也。」』光立案：據善注，『霞起』指紅霞飛起，『建標』指樹立標識）；則該篇當作其建成之時（正月己未始建，二月壬午竣工）。

【繫地】

該篇當作於兩浙東路台州（今屬浙江）。尤袤知台州，建霞起堂，有是作。

【彙校】

〔一〕題名又作『台州郡圃雜詠五首·霞起堂』（盛刻）、『台州郡齋雜詠十二首·霞起堂』（《全宋詩》）。十二首中，《天台續集別編》列之於第九，尤刊、《全宋詩》均列於第十一。

〔二〕『招』，底本作『□』，據盛刻補。

【箋注】

〔一〕該五言古詩，『翰』字韻。

〔二〕赤城山：在天台縣北六里，一名燒山，其上石壁皆如霞色，望之如雉堞然，故後人以此名山。

〔三〕三嚥：吞食三口。《孟子·滕文公上》：『井上有李，螬食實者過半矣，匍匐往，將食之，三咽，然後耳有聞，目有見。』換骨：道家謂服食仙藥、金丹等使之化骨升仙。陳師道《次韻答秦少章》（《後山集》卷二）：『學詩如學仙，時至骨自換。』

【附錄】

林憲《台州郡治十二詩太守尤延之命賦（其五）·霞起堂》（《天台續集別編》卷四）：『赤城在何處？明霞坐中起。大千無色界，向背五雲裏。羽人跨丹鳳，千載一來止。嚥漱餐泰和，瓊田結珠蕊。』

李庚《題尤使君郡圃十二詩（其一〇）·霞起堂》（《天台續集別編》卷六）：『赤城古洞天，彤霞照山谷。爛爛丸光垂，餘輝借草木。伊予有痼疾，企望常不足。待與馬練師，耘芝灌松竹。』李庚，字子長，台州臨海（今屬浙江）人。高宗紹興十五年（一一四五）進士，調長沙尉，知崑山縣。二十六年，召爲御史臺主簿。二十七年，爲監察御史，守兵部員外郎。孝宗乾道二年（一一六六），提舉江南東路常平茶鹽公事。歷知南劍、撫二州，調知袁州，未上而卒。著有《詩癡符集》，已佚。事蹟具《嘉定赤城志》卷三三。《全宋詩》卷二〇六〇錄其詩十五首，《全宋文》卷四六六八錄其文《幼幼新書序》（紹興二十年九月）、《乞革薦舉之弊奏》（紹興二十六年七月）、《學宮立歐陽祕閣修撰祠祝文》等三篇。

台州郡圃雜詠十二首

樂山堂〔一〕（一）

草堂有遺基，榛莽歲月久（二）。我來始經葺，挹翠開戶牖（三）。羣山供笑傲〔二〕，萬象皆奔走〔三〕。所以名樂山〔四〕，欲企仁者壽〔五〕（四）。〔六〕

陳耆卿《嘉定赤城志》卷五，又見《天台續集別編》卷四、《遂初小稿》、明李賢等《明一統志》卷四七、《梁溪遺稿》卷一、《宋詩紀事補遺》、《梁溪詩鈔》、盛刻、尤刊、《全宋詩》卷二三三六。

【編年】

樂山堂，淳熙三年（一一七六）尤袤建，取『仁者樂山』之義；則該篇當作於其建成之時。

【繫地】

該篇當作於台州。尤袤知台州，立樂山堂，有是作。

【彙校】

〔一〕題名又作『括署四咏・樂山堂（其四）』（《遂初小稿》）；底本作『樂山堂』，現據《天台續集別編》增補。十二首中，《天台續集別編》列之於第五，盛刻、尤刊、《全宋詩》均列於第四。

〔二〕『笑』，《全宋詩》作『嘯』。『笑傲』：嬉笑游玩。『嘯傲』：放歌長嘯，傲然自得。形容放曠不受拘束。

〔三〕『皆』，《梁溪詩鈔》作『共』。

〔四〕『樂』，《梁溪遺稿》、尤刊均誤作『學』。

〔五〕『企』，《明一統志》作『全』。

〔六〕《梁溪遺稿》、盛刻此處均有小注：『陳耆卿云：樂山堂，淳熙三年尤守建。』尤刊注：『樂山堂在清平閣下，淳熙三年尤守袤建，取「仁者樂山」之義。慶元二年劉守坦之徙閣於今地，前爲堂，後爲挹爽。』

【箋注】

〔一〕該五言律詩，『有』字韻。

〔二〕榛莽：蕪雜叢生的草木。

〔三〕挹：舀、酌，把液體盛出來。翠：青綠色。

〔四〕仁者壽：謂懷有仁愛之心、胷懷寬廣的人容易長壽。《論語・雍也》：『子曰：知者樂水，仁者樂山。知者動，仁者靜。知者樂，仁者壽。』

【附録】

林憲《台州郡治十二詩太守尤延之命賦(其六)·樂山堂》(《天台續集別編》卷四):『茲堂雖不華,三面受山色。直東接溟海,雲霧時振翮。幾年蕪穢深,一日洞天坼。悠然舒嘯中,自得仁所宅。』

李庚《題尤使君郡圃十二詩(其六)·樂山堂》(《天台續集別編》卷六):『青山如避世,豈肯詣公府。仁人如好賢,招邀入庭戶。拄笏對朝氣,卷簾當暮雨(此堂面西)。是中有佳趣,莫與兒輩語。』

台州郡圃雜詠十二首

玉霄亭〔一〕(一)

青山圍郡城,東望獨空遠。蒼茫溟海近,想像蓬萊淺〔二〕。朝光上遺堞(二),雲氣接虛巘。羨門與安期(三),鸞鶴若在眼(四)。

《天台續集別編》卷四,又見《宋詩紀事補遺》、盛刻、尤刊、《全宋詩》卷二三三六。

【編年】

玉霄亭,紹興十七年(一一四七)曾惇建,取玉霄峯而名;重建於三十年後,則當爲淳熙三年。據該組詩歌之創作時間,該篇當作於淳熙三年(一一七六)。

【繫地】

該篇當作於台州。尤袤知台州，重建玉霄亭，有是作。

【彙校】

（一）題名又作『玉霄亭』（《宋詩紀事補遺》）、『台州郡圃雜詠五首・玉霄亭』（盛刻）、『台州郡齋雜詠十二首・玉霄亭』（《全宋詩》）。十二首中，《天台續集別編》列之於第三，盛刻、尤刊、《全宋詩》均列於第九。

（二）『想』，《全宋詩》作『相』。

【箋注】

（一）該五言古詩，『潸』字韻。

（二）朝光：早晨的陽光。劉宋鮑照《代堂上歌行》（《鮑明遠集》卷三）：『陽春孟春月，朝光散流霞。』遺堞：殘存的城堞。堞，城牆上齒形的矮牆。唐沈佺期《初冬從幸漢故青門應制》（《文苑英華》卷一七八）：『故基仍嶽立，遺堞尚雲屯。』

（三）羨門：傳說掌握長壽法術的方士。楚宋玉《高唐賦》（《文選》卷一九）：『有方之士，羨門高溪。』安期：一名安期生，琅琊（今山東膠南）人，主要活動在秦漢之際，爲著名術士，方仙道的創始人。曾賣藥海上，受學於河上丈人，習黃老之術。

（四）鸞鶴：鸞與鶴，相傳爲仙人所乘。借指神仙。劉宋湯惠休《楚明妃曲》（郭茂倩《樂府詩集》卷五八）：『驂駕鸞鶴，往來仙靈。』

【附録】

林憲《台州郡治十二詩太守尤延之命賦（其四）·玉霄亭》（《天台續集別編》卷四）：『蜿蜒龍顧山，霄漢在人境。古亭壓虛無，雲氣倒天景。天澄碧芙蕖，一葉一亭影。凝然千葉上，有客動深省。』

李庚《題尤使君郡圃十二詩（其三）·玉霄亭》（《天台續集別編》卷六）：『亭亭玉霄峯，列仙皆羽化。把酒碧桃間，吹簫明月下。嗟我落塵凡，鶴背應難跨。夫子真癯儒，好上班麟駕。』

台州郡圃雜詠十二首

清平閣〔一〕

舉世溷濁中，誰當清見底。崎嶇太行道，誰貴平如坻。安得□□美，如此一池水。悠悠小閣□，視水知此理〔二〕。

《天台續集別編》卷四，又見《宋詩紀事補遺》、盛刻、尤刊、《全宋詩》卷二三三六。

【編年】

清平閣在節愛堂右山上，舊址在堂前，參政賀允中以太守蕭洽清平而名，淳熙三年（一一七六）尤袤重建；則該篇當作於其建成之時。

【繫地】

該篇當作於台州。尤袤知台州，重建清平閣，有是作。

【彙校】

〔一〕題名又作『清平閣』(《宋詩紀事補遺》)，『台州郡圃雜詠五首・清平閣』(盛刻)，『台州郡齋雜詠十二首・清平閣』(《全宋詩》)。十二首中，《天台續集別編》列之於第八，尤刊、《全宋詩》均列於第十。

〔二〕『知』，《宋詩紀事補遺》、盛刻均作『如』。

【箋注】

該五言古詩，『紙』字韻。

【附錄】

林憲《台州郡治十二詩太守尤延之命賦(其九)・清平閣》(《天台續集別編》卷四)：『飲濁斯貴清，路險斯貴平。明明古君子，日用無非誠。寒潭寒徹底，坦道安無傾。日用儻如此，政化天與成。』

李庚《題尤使君郡圃十二詩(其七)・清平閣》(《天台續集別編》卷六)：『彼美東堂下，方池誰鑿成。蕭侯慨不見，亦足窺典型。湛湛魚可數，怗怗鷗不驚。此心有如水，通國號神明。』

黄閣《清平閣記》(林表民《赤城集》卷一一)：『客有暫釋塵俗，游乎郡治。彷徉四顧，有閣翬飛，上冠新亭，下臨清池，可以觀政，可以燕賓，可以賞心而娱情。問其閣，則曰郡侯黄公之所築也。既成而名，揭以「清平」，取梁太守蕭洽宏襧爲政之旨。問其名，則曰參政賀公之所命也。既命而書，彩題粲粲，龍鳳飛躍，映帶雲楣。問其書，則曰戶侍錢公之所筆也。游覽既周，喟然歎曰：「郡侯之政，見賞於賢士大夫如是！」歸而訪諸庠序，則士者歌於學；采之田里，則農者歌於野。熙熙油油，萬口一舌。麥秀之歧然，桑茂之沃然，多稼斯積，京然坻然。則又躍然而喜曰：「郡侯之政，不惟賢士大夫詠之，邦人皆誦之。」泮宮既飭，取其餘材於臺於池，民弗煩也，材弗殫也，美具而名益傳也。台自吳爲郡，地饒海陸。古者火耕水耨，其民不過食魚稻，業樵獵，無他事也。江左以來，爲政者或簡約，或清廉，或撫綏而安葺。宏禰之在當時，又其傑然，攷之圖志，風采可想見已。宋興二百餘年，車駕幸錢塘，而台爲之輔。生齒日滋，官府日宂，江山風物，古今十百，循良輩出，磊磊相望。然斯民習治之久，逐末而忘本者衆，被甲荷戈，出沒乎鹺茗之場紛如也。胥吏持文書，索租賦，叫號於細民之門者容或有之，牒訴號爲繁矣。黄公下車，期年於茲，約己以清，與民以簡，凡政之蠹民者一切務去。凌者抑，弱者扶。法有所當宥，則釋之而不疑；刑有不得已，則終持之以恕。山澤之禁不敢弛，不以矯俗，而人自遷於善；軍國之須不敢後，不以强民，而人樂輸於上。雖更多故，環境內外曾無鷄鳴犬吠之驚。吾又知郡侯之政，不唯邦人誦之，上而朝列且將以不擾聞，邊陲向清，國步向平。登斯閣也，挹清風之徐來，瞰平波之不興。左顧君子，右盼靜鎮，朋休儷美，豈直登玉霄，上參雲，爲極目之榮觀而已哉！大書特書不一書，以爲我朝牧伯得人之慶，子墨客卿之職也。公名章，字仲微，伯仲第一流人，居朝者聳風烈，治郡者藹聲名，一門之懿，以併列之云。』黄閣，紹興府諸暨（今屬浙江）人。紹興二十四年（一一五四）登進士第（張淏《會稽續志》卷六），仕至軍器監。事蹟具雍正《浙江通志》卷一二五。今《全宋文》卷四九五九錄其文《清平閣記》一篇。

台州郡圃雜詠十二首

參雲亭〔一〕

昔賢已跨鶴〔二〕，故蹟餘參雲。舊德慨云遠，干霄氣仍存。青山宿霧捲〔三〕，喬木蒼烟昏。尚想來游處，笙簫中夜聞。

《天台續集別編》卷四，又見《宋詩紀事補遺》、盛刻、尤刊、《全宋詩》卷二三三六。

【編年】

參雲亭，慶曆七年（一〇四七）太守元絳建；據該組詩歌之創作時間，該篇當作於淳熙三年（一一七六）。

【繫地】

該篇當作於台州。尤袤知台州，雜詠台州郡圃，而有是作。

【彙校】

〔一〕題名又作『參雲亭』（《宋詩紀事補遺》），『台州郡圃雜詠五首·參雲亭』（盛刻），『台州郡齋雜詠十二首·參雲亭』（《全宋詩》）。十二首中，《天台續集別編》列之於第一，盛刻、尤刊、《全宋詩》

均列於第七。

〔二〕『跨』，尤刊誤作『誇』。『跨鶴』：乘鶴、騎鶴。道教認爲得道後能騎鶴飛升。亦用作逝世的婉辭。

〔三〕『捲』，《宋詩紀事補遺》作『倦』，盛刻作『卷』。

【箋注】

該五言律詩，『元』字韻。『參雲亭』：元絳《台州雜記》（《赤城集》卷一）：『然士大夫必有退公息偃之地，乃取城闉剩材，於二山之交作雙巖堂廡，緣山椒作參雲亭。天空地迥，萬象在下。射有長圃，飲有曲水。賓友衎衎，哨壺雅詠，日爲文酒之樂。』

【附録】

林憲《台州郡治十二詩太守尤延之命賦（其二）·參雲亭》（《天台續集別編》卷四）：『孤雲不可攀，浩氣相與遙。著亭翠微頂，飛簷侵泬寥。紫麟迂遠駕，黃鵠回扶搖。雲收天籟息，亭影摩重霄。』

李庚《題尤使君郡圃十二詩（其一）·參雲亭》（《天台續集別編》卷六）：『元公來把麾，與民脫水厄。當時游息地，危亭冠州宅。梁棟宿寒雲，去天纔一握。尚餘手種木，甘棠思邵伯（台州當大水之餘，元章簡公作民居數千區，甓城置堰，至今爲利，見本傳）。』

台州郡圃雜詠十二首

雙巖堂〔一〕

兩巖鬱青蒼，中有堂突兀。回廊外環遶，脩竹布行列。懸崖上幽徑，窺壁見遺碣〔二〕。面牆誰所築，除去礙膺物。

《天台續集別編》卷四，又見《宋詩紀事補遺》、盛刻、尤刊、《全宋詩》卷二三三六。

【編年】

雙巖堂，慶曆八年（一〇四八）元絳建，紹興十七年（一一四七）曾惇增修；據該組詩歌之創作時間，該篇當作於淳熙三年（一一七六）。

【繫地】

該篇當作於台州。尤袤知台州，雜詠台州郡圃，而有是作。

【彙校】

〔一〕題名又作『雙巖堂』（《宋詩紀事補遺》），『台州郡圃雜詠五首・雙巖堂』（盛刻），『台州郡齋雜詠十二首・雙巖堂』（《全宋詩》）。十二首中，《天台續集別編》列之於第二，盛刻、尤刊、《全宋詩》

均列於第八。

〔二〕『遺』，《宋詩紀事補遺》、盛刻均作『餘』。『遺碣』：前代留傳下來的碑碣。

【箋注】

該五言古詩（『物』字韻）。

【附錄】

林憲《台州郡治十二詩太守尤延之命賦（其一）·雙巖堂》（《天台續集別編》卷四）：『兩崖玉巉然，秀色真可餐。嵐烟落窻几，慘澹雲水間。幽人美清夜，和月凭欄干。天空山影直，八表生晴寒。』

李庚《題尤使君郡圃十二詩（其二）·雙巖堂》（《天台續集別編》卷六）：『吾州山水窟，城郭擁寒綠。戢戢羣峯間，峙此一雙玉。相對如佳賓，可敬不可瀆。空翠撲衣裳，夜來雨新沐。』

次韻德翁苦雨（一）

十年江國水如淫〔一〕（二），怕見三秋雨作霖（三）。可念田家妨卒歲〔二〕（四），須煩風伯蕩層陰（五）。禾頭昨夜憂生耳（六），木德何時卻守心（七）。兀坐書窗詩作祟（八），寒蟲鳴咽伴愁吟（九）。

《瀛奎律髓》卷一七，又見《遂初小稿》、《石倉歷代詩選》卷一八九、《梁溪遺稿》卷一、盛刻、尤刊、《全宋詩》卷二三三六。

【編年】

據《宋史》本傳記載，淳熙三年（一一七六）九月台州城大水，則該篇當作於此時。

【繫地】

該篇當作於台州。尤袤知台州，與友人李龜年唱和，而有是作。

【彙校】

〔一〕該句《瀛奎律髓》注『「如」，一作「爲」』。

〔二〕『田』，《遂初小稿》、《石倉歷代詩選》均作『農』。『田家』：指從事農業生產的人家，即農家。

【箋注】

〔一〕該七言律詩，『侵』字韻。次韻：依次用所和詩中的韻作詩。也稱步韻。德翁：李龜年字。龜年，號樟溪老人，長安（今陝西西安）人，鄭望之姪壻。事蹟具樓鑰《攻媿集》卷五二《靜齋迂論序》，謝采伯《密齋筆記》卷三。今《全宋文》卷四二九〇錄其文《上巳致語》一篇。苦雨：連綿不停的雨，久下成災的雨。

〔二〕江國：河流多的地區，多指江南。

〔三〕三秋：指秋季的第三個月，即農曆九月。

〔四〕可念：可憐。《世說新語》卷上之上《德行》：『老翁可念，何可作此！』田家妨卒歲：田錫《水霖》（《咸平集》卷一六）：『卻爲農家妨歛穫，叢祠精舍儗祈晴。』卒歲，度過年終。

（五）風伯：卽指風神，漢族神話傳説中的人面鳥身的神怪。又稱風師、飛廉、箕伯等等。層陰：指密布的濃雲。唐李商隱《寫意》（《李義山詩集》卷中）：『日向花間留返照，雲從城上結層陰。』

（六）禾頭：農作物的頂端。耳：耳狀物，指穀物經雨而長出的芽。禾頭生耳，卽莊稼頂部出芽，那麼這種莊稼也就報廢了。此爲災年的徵兆。杜甫《秋雨嘆》：『禾頭生耳黍穗黑，農夫田父無消息。』

（七）木德：謂上天生育草木之德。語出《禮記·月令》：『（孟春之月）某日立春，盛德在木。』孔穎達《疏》：『盛德在木者，天以覆蓋生民爲德，四時各有盛時，春則爲生，天之生育盛德，在於木位。』心：天蠍座中的紅色一等亮星——心宿二，由於它紅光如血似火，故又稱之爲『大火』。天蠍座是黄道星座，在傳統的天文學中屬於二十八宿的心宿，心宿有三顆星，分别代表了皇帝與皇子等皇室中最重要的成員。《天文錄》曰：『歲星留心，天下大豐。』歲星者，東方星，屬春木，於五常爲仁，主福，主大司農司，主五穀所在之宿，主其國壽昌富樂。心爲天子之位而木德守之，天下之福不止歲豐而已。

（八）兀坐：獨自端坐。唐戴叔倫《暉上人獨坐亭》（《全唐詩》卷二七三）：『蕭條心境外，兀坐獨參禪。』作祟：人或某種因素作怪、搗亂。劉子翬《春興》（《屏山集》卷二〇）：『兀坐還無味，微行卻自由。只嫌詩作祟，呫呫不能休。』

（九）『寒蟲』句：白居易《秋霖中過尹縱之仙游山居》（《白氏長慶集》卷九）：『巖鳥共旅宿，草蟲伴愁吟。』寒蟲，寒天的昆蟲。

【附錄】

方回評(《瀛奎律髓》卷一七):『苦雨誰不能和?「禾頭生耳」本是俗語,忽用「木德守心」爲對,則奇之又奇,前無古人矣。《天文錄》曰:「歲星留心,天下大豐,穀賤。」《天文總論》曰:「歲星經心,帝必延年。」陶隱居曰:「歲星守心,天下吉善。」甘德曰:「歲星守心,天下大豐。」《孝經援神契》曰:「歲星守心,年穀豐。」傳曰:「心三星,天王之正位。中星爲明堂天子位,前星爲太子,後星爲庶子。」歲星者,東方星,屬春木,於五常爲仁,主福,主大司農,司主五穀所在之宿,主其國壽昌富。樂心爲天子之位,而木德守之,天下之福不止歲豐而已。尤遂初押韻、用事神妙如此,敬歎敬歎。』

題紹德庵真如軒(存目)

【編年】

淳熙三年(一一七六)汪應辰卒,尤袤與朱熹、楊樫等均往信州玉山弔唁,而有該篇。

【繫地】

該篇當作於江南東路信州玉山(今屬江西)。

【箋注】

該篇爲七言律詩,『魚』字韻。原詩已不存,見朱熹等和韻(參見附錄)。

【附録】

朱熹《熹次延之年兄韻，敬題紹德庵真如軒，寫呈伯時、季路二兄》（《晦庵先生朱文公文集》卷一〇）：『先生可是愛吾廬，來往鄰庵幾閏餘。柏下竟開千歲室，竹間猶插萬籤書。悲涼共識臨風處，游戲誰知落筆初。寄語山靈勤守護，莫將題柱比相如。』乃唱和尤氏之作。楊樫，字伯時，又字路分，號槃齋。尤袤同時代人。淳熙四年（一一七七），尤袤題王厚之所藏《蘭亭序》，論及其所藏本。又據桑世昌《蘭亭考》卷一一所述，尤袤曾用其本刻印《蘭亭序》。

樓鑰《寄題汪端明墳菴真如軒》（《攻媿集》卷八）：『山藏佳處竹藏廬，見說離家百里餘。已矣空求真學士，傷哉閒殺老尚書。後生自恨登門晚，壯歲寧忘跪履初。悵望九京那可作，此心徒切慕相如。』『萬箇篔簹一草廬，傷心埋璧十年餘。革聲誰聽尚書履，金榜空懸少保書。無復遺音追正始，尚傳新作過黃初。真成一代風流盡，歎息浮生信六如。』樓鑰（一一三七—一二一三），字大防，舊字啓伯，自號攻媿主人，明州鄞縣（今浙江寧波）人。孝宗隆興元年（一一六三）進士第，試教官，調溫州教授。爲敕令所刪定官，改宗正寺主簿，歷太府、宗正寺丞，出知溫州。光宗卽位，除考功郎，兼禮部。改國子司業，擢起居郎兼中書舍人，俄兼直學士院。遷給事中。寧宗受禪，遷吏部尚書，因忤韓侂冑，以顯謨閣學士提舉江州太平興國宮。尋知婺州，移寧國府。罷，仍奪職致仕。侂冑誅，起爲翰林學士，遷吏部尚書兼翰林侍講。嘉定元年（一二〇八）除端明殿學士，簽書樞密院事，升同知，進參知政事。位兩府者五年，累疏求去，除資政殿學士、知太平州，辭免，進大學士，提舉萬壽觀。六年卒，年七十七。贈少師，謚宣獻。鑰爲官剛直，文辭精博，有《攻媿集》一百二十卷、《范文正公年譜》等作品。傳世《攻媿先生文集》有宋刻本及鈔本數種。清修《四庫全書》刪去其中的青詞、朱表、疏文等部分，重編爲一百十二卷。事蹟具袁燮《絜齋集》卷一一《資政殿大學士贈少師樓公行狀》，《宋史》卷三九五本傳。《全宋詩》卷二五三六至二五四九收其詩十四卷，以北京大學圖書館藏南宋四明樓氏家刻本《攻媿集》爲底本，底本殘缺部分，據武英殿聚珍版《四庫全書》本補足，其中五至七卷，武英殿本分爲四卷，仍改按底本目錄爲序，校以影印文淵閣《四庫全書》本，新輯集外詩附于卷末；《全宋文》卷五九〇〇至六〇一六收其文一百十七卷，以武英殿聚珍版《攻媿集》爲底本，校以文淵閣《四庫全書》本。四庫館臣所刪之文字，以中國國家圖書館所藏傅增湘校補本補之。另輯得集外佚文若干篇，釐爲一百十七卷。

台州郡圃雜詠十二首

凝思堂〔一〕(一)

失腳墮塵網〔二〕(二)，牒訴裝我懷〔三〕(三)。公庭了官事(四)，時來坐幽齋。天風肅泠泠〔四〕(五)，山鳥鳴喈喈(六)。我思在何許？獨對蒼然崖。〔五〕

《嘉定赤城志》卷五，又見《天台續集別編》卷四、《遂初小稿》、《梁溪遺稿》卷一、《梁溪詩鈔》、盛刻、尤刊、《全宋詩》卷二三三六。

【編年】

凝思堂，淳熙四年（一一七七）正月尤袤建，取孫綽《天台山賦》『凝思幽巖，朗詠長川』之義；則該篇當作於其建成之時。

【繫地】

該篇當作於台州。尤袤知台州，建凝思堂，有是作。

【彙校】

（一）題名又作『括署四咏·凝思堂（其三）』（《遂初小稿》）；底本作『凝思堂』，現據《天台續集別編》增補。十二首中，《天台續集別編》列之於第六，盛刻、尤刊、《全宋詩》均列於第三。

（二）『墮』，尤堃刻本同，《遂初小稿》作『隨』，他書均作『墜』。

（三）『裝』，《遂初小稿》作『障』，《梁溪遺稿》、盛刻、尤刊均作『擾』。

（四）『泠泠』，《遂初小稿》、尤刊均作『冷冷』。

（五）《梁溪遺稿》、盛刻此處均有小注：『陳耆卿云：凝思堂，淳熙四年尤守建。』尤刊注：『凝思堂在霞起堂後，淳熙四年尤守袤建。』

【箋注】

（一）該五言古詩，『佳』字韻。

（二）『失腳』句：戴復古《求先人墨迹呈表兄黃季文》（《石屏詩集》卷一）：『我翁本詩仙，游戲滄海上。引手掣鯨鯢，失腳墮塵網。』曾肇《題王晉卿所藏鄭虔著色山水圖》（孫紹遠《聲畫集》卷四）：

『曾訪江南鳥爪仙，悮隨塵網落人間。』塵網，謂人在世間受到種種束縛，如魚在網，故稱塵網。

（三）牒訴：訟辭、訴狀。孔稚珪《北山移文》（《文選》卷四三）：『敲扑喧囂犯其慮，牒訴倥偬裝其懷。』呂向注：『牒，文牒也；訴，告也。』

（四）公庭：公堂、法庭。

（五）泠泠：形容清涼、冷清。杜甫《橋陵詩三十韻因呈縣内諸官》：『雲闕虛冉冉，風松肅泠泠。』

（六）喈喈：象聲詞，禽鳥鳴聲。《詩經·周南·葛覃》：『黃鳥于飛，集於灌木，其鳴喈喈。』

【附録】

林憲《台州郡治十二詩太守尤延之命賦（其三）·凝思堂》（《天台續集別編》卷四）：『遠思八表外，澹然何所凝？蒼巖窅空闃，脩竹風泠泠。秋老竹亦瘦，月上巖更清。手持玉如意，天豁河漢明。』

李庚《題尤使君郡圃十二詩（其五）·凝思齋》（《天台續集別編》卷六）：『孫綽賦天台，伻人以圖至。公今身見之，情親心更醉。坐想復行吟，商頌得十二。寄語范榮期，金聲重擲地。』

台州郡圃雜詠十二首

匿峯亭〔一〕（一）

山亭在山背〔二〕，不見山巍巍。但見四面峯〔三〕，輻湊朝宗之〔二〕。深藏固甚智，自牧甘處

卑〔三〕。一謙受四益〔四〕，是以能不危。〔四〕

《嘉定赤城志》卷五，又見《天台續集別編》卷四、《梁溪遺稿》卷一、《梁溪詩鈔》、盛刻、尤刊、《全宋詩》卷二三三六。

【編年】

匿峯亭，淳熙四年（一一七七）正月尤袤建，取孫綽《游天台山賦序》『或倒景於重溟，或匿峯於千嶺』之義；則該篇當作於其建成之時。

【繫地】

該篇當作於台州。尤袤知台州，建匿峯亭，有是作。

【彙校】

〔一〕題名底本作『匿峯亭』，現據《天台續集別編》增補。十二首中，《天台續集別編》列之於第四，盛刻、尤刊、《全宋詩》均列於第五。

〔二〕『山亭』，《梁溪遺稿》、盛刻、尤刊均作『小亭』。

〔三〕『峯』，底本作『風』，此據《天台續集別編》校改。

〔四〕《梁溪遺稿》、盛刻此處均有小注：『陳耆卿云：匿峯亭，淳熙四年尤守建，取孫綽賦「匿峯千嶺」之句。』尤刊注：『舒嘯亭在參雲亭後，舊名「匿峯」，淳熙四年尤守袤建，取孫綽賦「匿峯千嶺」之句。紹興元年，江守乙祖更今名。』

【箋注】

（一）該五言古詩，「支」字韻。

（二）輻湊：也作「輻輳」，形容人或物聚集像車輻集中於車轂一樣。朝宗：比喻小水流注大水。《尚書·禹貢》：「江漢朝宗於海。」孔穎達《疏》：「朝宗是人事之名，水無性識，非有此義。以海水大而江漢小，以小就大，似諸侯歸於天子，假人事而言之也。」張伯端《悟真篇》：「輻來湊轂水朝宗，妙在抽添運用。」

（三）「自牧」句：《周易·謙》：「謙謙君子，卑以自牧也。」牧，養也。

（四）「一謙」句：《尚書·大禹謨》：「滿招損，謙受益。」

【附録】

林憲《台州郡治十二詩太守尤延之命賦（其八）·匿峯亭》（《天台續集別編》卷四）：「千嶺隨指顧，一峯不可匿。如何超逸士，勘破造化蹟。隱然胷中奇，礧磚巖烟碧。夜半秋月寒，人境俱峻極。」

李庚《題尤使君郡圃十二詩（其四）·匿峯亭》（《天台續集別編》卷六）：「新亭方半丈，衆山之所宗。慳容半窗月，劣受一簾風。旁人笑老子，游戲如兒童。亂峯徒頡頏，不與汝爭雄。」

台州郡圃雜詠十二首

節愛堂〔一〕（一）

誰憐窮山民，糠籺不自贍（二）。紛紛死溝壑，往往困征斂〔二〕（三）。夫惟節與愛，是謂仁且儉。揭茲聖人言，聊用自鍼砭〔三〕。〔四〕

《嘉定赤城志》卷五，又見《天台續集別編》卷四、《遂初小稿》、《梁溪遺稿》卷一、《梁溪詩鈔》、盛刻、尤刊、《全宋詩》卷二三三六。

【編年】

節愛堂，舊名燕豫，淳熙四年（一一七七）尤袤重建改稱，取『節用愛人』之義（《論語·學而》：『子曰：「道千乘之國，敬事而信，節用而愛人，使民以時。」』）；該篇當作於其重建之時。

【繫地】

該篇當作於台州。尤袤知台州，重建節愛堂，有是作。

【彙校】

〔一〕底本作『節愛堂』，現據《天台續集別編》增補。題名又作『括署四咏·節愛堂（其二）』（《遂初小稿》)。十二首中，《天台續集別編》列之於第十一，盛刻、尤刊、《全宋詩》均列於第二。

〔二〕該句尤刊校語：『「困」，一作「苦」。』

〔三〕『鍼』，《梁溪詩鈔》作『箴』。

〔四〕《梁溪遺稿》、盛刻此處均有小注：『陳耆卿云：節愛堂在君子堂右，舊曰「燕豫」，淳熙四年尤守更今名。』尤刊注：『《赤城志》：節愛堂在君子堂右，舊名「燕豫」，淳熙四年尤守袤重建，取「節用愛人」之義，更今名。』

【箋注】

〔一〕該五言古詩，『儉』字韻。

〔二〕糠籺：亦作『糠核』，米麥的碎屑，指粗劣的食物。《史記》卷五六《陳丞相世家》：『人或謂陳平曰：「貧何食而肥若是？」其嫂嫉平之不視家生產，曰：「亦食糠核耳。」』裴駰《集解》：『孟康曰：「麥糠中不破者也。」晉灼曰：「核音紇，京師謂麤屑爲紇頭。」』自贍：養活自己。

〔三〕『往往』句：程俱《傷時哭賈生》(《北山集》卷一〇)：『蒼生困征歛，黃屋久咨嗟。』征歛，官府向民間征捐歛財。

【附錄】

林憲《台州郡治十二詩太守尤延之命賦(其一二)·節愛堂》(《天台續集別編》卷四)：『聖人定規模，用節民自愛。後來巧施爲，民害深可慨。先生壽正脈，吾道燦然在。揭以榜屋梁，流風萬千載。』

李庚《題尤使君郡圃十二詩(其一二)·節愛堂》(《天台續集別編》卷六)：『吾愛巴揚州，夜不然官燭。吾愛陽道州，日炊米二斛。使君美無度，力蹈前賢躅。宜爾海雲邊，十萬戶蒙福。』

台州郡圃雜詠十二首

君子堂〔一〕〔一〕

堂堂文簡公〔二〕，一世夔與皋〔三〕。君子哉若人，此言聖所褒〔四〕。遺愛在斯民，誰能薦牲牢〔五〕。獨有坐嘯地〔六〕，清風仰彌高〔七〕。〔二〕

《嘉定赤城志》卷五，又見《天台續集別編》卷四、《遂初小稿》、《明一統志》卷四七、《梁溪遺稿》卷一、清曾筠等《浙江通志》卷四六、盛刻、尤刊、《全宋詩》卷二三三六。

【編年】

君子堂，太平興國三年（九七八）畢士安爲守，真宗有『君子人』之稱，故名；據該組詩歌之創作時間，該篇當亦作於淳熙四年（一一七七）。

【繫地】

該篇當作於台州。尤袤知台州，雜詠台州郡圃，而有是作。

【彙校】

〔一〕題名又作『括署四咏・君子堂（其一）』（《遂初小稿》）、『題府署君子堂』（《浙江通志》）；底本作『君子堂』，現據《天台續集別編》增補。十二首中，《天台續集別編》列之於第七，盛刻、尤刊、《全宋詩》均列於第一。

〔二〕《梁溪遺稿》、盛刻此處均有小注：『陳耆卿《赤城志》云：太平興國三年，畢文簡公士安來守郡，真宗有「君子人」之稱，堂以是名。』尤刊注：『《赤城志》：君子堂在靜鎮堂前，太平興國三年，畢文簡士安來守，真宗有「君子人」之稱，故名。慶元元年周守曄重建。』

【箋注】

〔一〕該五言古詩，『豪』字韻。王銍《題五老圖》（《趙氏鐵網珊瑚》卷一三）：『是時畢文簡公繼李文靖公爲相，兩公皆以忠厚仁恕爲心，既同寇萊公成澶淵之舉，惟力贊許盟、罷兵，以安萬世。其清淨爲治，如曹參於漢也。故褒語有「清德君子」之稱。今台州舊治有君子堂存焉。……紹興十三年小雪，汝陰老民王銍謹書。』

〔二〕文簡公：畢士安（九三八—一〇〇五），一名士元（《嘉定赤城志》卷九），字仁叟，一字舜舉（楊億《武夷新集》卷一一《畢公墓誌銘》、曾鞏《隆平集》卷四本傳），代州雲中（今山西大同）人。太祖乾德四年（九六六）進士。太宗太平興國中，爲監察御史，出知乾州。淳化二年（九九一），召入翰林爲學士。真宗即位，權知開封府事。咸平中，復爲翰林學士，以目疾出知潞州，又入爲翰林侍讀學士。景德初，進吏部侍郎，參知政事，拜平章事。二年十月卒，年六十八，謚文簡。有文集三十卷。事蹟具《宋史》卷二八一本傳。今《全宋詩》卷二一錄其詩《禁林讌會之什》、《楊照承議蘆雁枕屏》、《國清寺》、《答王黃門寄密蒙花》四首,《全宋文》卷六一錄其文《皇太后已升祔乞復舉樂奏》(景德元年十月二十一日)、《乞詔奉常陳雅樂奏》(景德二年七月二十三日)、《與寇準書》三篇。

(三)夔與皋:夔,舜時樂官;皋陶,舜時刑官。兩人居官皆有政績,後因以借指賢明的輔弼大臣。

(四)『君子』句:《論語·公冶長》:『子謂子賤,君子哉若人,魯無君子者,斯焉取斯。』《論語·憲問》:『南宮适出,子曰:君子哉若人,尚德哉若人。』

(五)牲牢:猶『牲畜』。《詩經·小雅·瓠葉序》:『上棄禮而不能行,雖有牲牢饔餼,不肯用也。』漢鄭玄《箋》:『牛羊豕爲牲,繫養者曰牢。』

(六)坐嘯:閒坐吟嘯。東漢成瑨少修仁義,篤學,以清名見,任南陽太守,用岑晊(字公孝)爲功曹,公事悉委岑辦理,民間爲之謠曰:『南陽太守岑公孝,弘農成瑨但坐嘯。』(《後漢書》卷九七《黨錮傳序》)。後因以『坐嘯』指爲官清閒或不理政事。

(七)仰彌高:愈仰望愈覺得其崇高,表示極其敬仰之意。《論語·子罕》:『顏淵喟然歎曰:「仰之彌高,鑽之彌堅,瞻之在前,忽焉在後,夫子循循然誘人。」』

【附錄】

林憲《台州郡治十二詩太守尤延之命賦(其一〇)·君子堂》(《天台續集別編》卷四):『古人不可逢,豈徒慕其名。茲堂號君子,想像勞我情。高山仰後世,作者追前聲。何處見文簡,堂虛風更清。』

李庚《題尤使君郡圃十二詩（其八）・君子堂》（《天台續集別編》卷六）：『文簡爲州時，不求赫赫譽（畢文簡公嘗語人曰：僕仕宦無赫赫之譽，但力自規檢，庶幾寡過爾）。溫恭君子儒，豈弟民父母。黃堂能幾年，清風藹千古。願公踵前修，持此相明主。』

台州郡圃雜詠十二首

駐目亭〔一〕〔一〕

攀梯上甓級，小憩得危亭〔二〕。一覽盡寥廓，四山聳寒青〔二〕。浩若凌太虛〔三〕，翩如逐遐征〔四〕。昏花拭病目，望處增雙明。〔五〕

《嘉定赤城志》卷五，又見《天台續集別編》卷四、《梁溪遺稿》卷一、《梁溪詩鈔》、盛刻、尤刊、《全宋詩》卷二三三六。

【編年】

據該組詩歌之創作時間，該篇當亦作於淳熙四年（一一七七）。

【繫地】

該篇當作於台州。尤袤知台州，雜詠台州郡圃，而有是作。

【彙校】

〔一〕題名又作『駐日亭』（《梁溪遺稿》、盛刻、尤刊）； 底本作『駐目亭』，現據《天台續集別編》增補。十二首中，《天台續集別編》列之於第十，盛刻、尤刊、《全宋詩》均列於第六。

〔二〕『小』，《天台續集別編》作『上』。

【箋注】

（一）該五言古詩，『庚』字韻。該亭在參雲亭右，慶曆七年（一〇四七）太守元絳建，取杜甫《上後園山腳》詩『曠望延駐目，飄飄散疏襟』之句（駐目，即注目、注視）； 則題『日』者誤。

（二）寒青： 指能給人以清涼感覺的蒼翠色。

（三）太虛： 指天、天空。孫綽《游天台山賦》（《文選》卷一一）：『太虛遼廓而無閡，運自然之妙有。』李善注：『太虛，謂天也。』

（四）遐征： 遠行、遠游。漢繁欽《與魏文帝箋》（《文選》卷四〇）：『詠北狄之遐征，奏胡馬之長思。』

（五）『昏花』二句： 孟郊《城南聯句》（《全唐詩》卷七九一）：『遠目增雙明。』

【附録】

林憲《台州郡治十二詩太守尤延之命賦（其一一）·駐目亭》（《天台續集別編》卷四）：『郡齋多勝覽，隨處山拱揖。一亭更留人，小立雲百級。峯巒方獻狀，霾霧且無集。是中頗空洞，不礙山色入。』

李庚《題尤使君郡圃十二詩（其一一）·駐目亭》（《天台續集別編》卷六）：『吏散長廊靜，杖藜巾一幅。只圖寬眼界，不管窮腳力。野水露微灣，寒山出寸碧。待拍洪崖肩，蓬萊直咫尺。』

台州郡圃雜詠十二首

靜鎮堂（存目）

【編年】

據該組詩歌之創作時間，該篇當亦作於淳熙三、四年（一一七七—一一七八）間。

【繫地】

該篇當作於台州。尤袤知台州，雜詠台州郡圃，而有是作。原文今已不存。

【彙校】

題名又作『靜鎮堂』（《梁溪遺稿》、《全宋詩》）。十二首中，《天台續集別編》、《全宋詩》（注：詩原闕）均列之於第十二，尤刊無。

【箋注】

該篇出《天台續集別編》卷四，又見《梁溪遺稿》卷一、《全宋詩》卷二三三六。靜鎮堂，唐李嘉祐爲太守，竇常《南薰集》贊之，有『雅登郎位，靜鎮方州』之句，故名。

【附録】

林憲《台州郡治十二詩太守尤延之命賦（其七）・靜鎮堂》（《天台續集別編》卷四）：『天下本無事，智者欣有作。誰能此堂上，靜坐對寥廓。魚游鳥翔回，千里受真樂。從渠錦繡腸，天壤自卜度。』

李庚《題尤使君郡圃十二詩（其九）・靜鎮堂》（《天台續集別編》卷六）：『海邦本淳古，山民亦顓蒙。汝不探赤丸，我無爲鉅篙。熙熙樵與牧，藹藹春風中。何必師齊相，虚堂舍蓋公。』

入春半月未有梅花〔一〕

枯樹扶疏水滿池，攀翻未見玉團枝〔二〕。應羞無雪教誰伴，未肯先春獨探支〔二〕。幾度杖藜貪看早，一年芳信恨開遲〔二〕。留連東閣空愁絶，只誤何郎作好詩。〔三〕

《瀛奎律髓》卷二〇，又見《遂初小稿》、《石倉歷代詩選》卷一八九、《梁溪遺稿》卷一、盛刻、尤刊、《全宋詩》卷二三三六。

【編年】

據題名之『入春半月』，當作於淳熙四年（一一七七）正月。

【繫地】

該篇當作於台州。尤袤知台州，與李龜年唱和，而有是作。

【彙校】

〔一〕『支』，《遂初小稿》、《石倉歷代詩選》作『枝』。光立案：據後三首可知，當作『支』。

〔二〕『信』，《遂初小稿》作『訊』；『恨』，《梁溪遺稿》、盛刻、尤刊均作『未』。『芳信』：花開的訊息。春日百花盛開，因亦以指春的消息。蘇軾《謝關景仁送紅梅栽二首》其一：『年年芳信負紅梅，江畔垂垂又欲開。』『芳訊』：亦指花開的信息。

【箋注】

〔一〕該七言律詩，『支』字韻。

〔二〕玉團：團狀或圓形物的美稱，這裏指花朵。

〔三〕『留連』二句：描寫尋花不遇的慨嘆。杜甫《和裴迪登蜀州東亭送客逢早梅相憶見寄》：『東閣官梅動詩興，還如何遜在揚州。』仇兆鰲注：『東閣，指東亭。』後因以稱款待賓客之所。『何郎作好詩』：何遜《何水部集》有《詠早梅》詩：『兔園標物序，驚時最是梅。銜霜當路發，映雪擬寒開。枝橫卻月觀，花繞淩風臺。朝灑長門泣，夕駐臨邛杯。應知早飄落，故逐上春來。』何遜，南朝梁詩人，字仲言，東海郯（今山東省蘭陵縣長城鎮）人，劉宋御史中丞何承天曾孫，劉宋員外郎何翼孫，南齊太尉中軍參軍何詢子。八歲能詩，弱冠州舉秀才，官至尚書水部郎。詩與陰鏗齊名，杜甫將二人合稱『陰何』。文與劉孝綽齊名，世稱『何劉』。其詩善於寫景，工於煉字。爲杜甫所推許，有集八卷，今失傳，明人輯有何水部集一卷。後人稱『何記室』或『何水部』。

德翁有詩再用前韻三首〔一〕（一）

文章仙伯記仇池（二），每想橫斜竹外枝（三）。未放柔柯攢玉雪（四），稍看紅蔕染燕支〔二〕（五）。別來望遠憑誰寄，老去尋春只恐遲（六）。把酒問花花解語（七），定應催促要新詩〔三〕。

立馬黃昏繞曲池〔四〕，幾回踏雪問南枝〔五〕。不應春到花猶未，定恐寒侵力不支。隴上已驚傳信晚〔六〕，樽前只想弄妝遲〔七〕。臨風不語空歸去，獨立無憀自詠詩〔八〕。（八）

嘗記尋芳到習池〔九〕（九），攀條頻認去年枝。曉穿曲徑千林去，晚度危橋一木支。不避春寒來得得，只緣人望故遲遲。（一〇）無錢可辦羅浮醉（一一），報答春光只有詩（一二）。

《瀛奎律髓》卷二〇，又見《遂初小稿》、《梁溪遺稿》卷一、《梁溪詩鈔》、盛刻、尤刊、《全宋詩》卷二三三六；《石倉歷代詩選》卷一八九引其一，清陳夢雷等《古今圖書集成·曆象彙編·歲功典》卷一六『孟春部』、《御選宋詩》卷五一引其二，明沈行《白香集卷·詠雪集句》（九九）引其三之尾聯。

【編年】

據題名之『再用前韻』，當亦作於淳熙四年（一一七七）正月。

【繫地】

該篇當作於台州。尤袤知台州，與李龜年唱和，而有是作。

【彙校】

〔一〕題名又作『德翁有詩再用前韻』（《遂初小稿》）、『入春半月未有梅花德翁有詩再用前韻』（《古今圖書集成》、《御選宋詩》）。

〔二〕『蔕』，《梁溪遺稿》、尤刊均誤作『帶』，《全宋詩》作『蒂』。

〔三〕『新』，《石倉歷代詩選》作『和』。

〔四〕『立』，《梁溪遺稿》作『駐』，尤刊作『瘦』。

〔五〕『踏』，盛刻作『蹋』。

〔六〕『上』，《遂初小稿》誤作『工』。

〔七〕『樽』，盛刻作『尊』。

〔八〕『憀』，尤刊作『聊』。『無憀』：空閒而煩悶的心情，閑而鬱悶。李商隱《離亭賦得折楊柳二首》其一（《李義山詩集》卷上）：『暫憑樽酒送無憀，莫損愁眉與細腰。』

〔九〕『嘗』，《梁溪詩鈔》作『常』。

【箋注】

（一）該七言律詩，『支』字韻。

（二）『文章』句：李彭《對雪有懷廬山道中・再和（其二）》（《日涉園集》卷九）：『仇池仙伯烟

霄外，妙出湖州寫墨裙。』張孝祥〔鷓鴣天〕《餞劉共甫》（《于湖集》卷三二）：『憶昔追游翰墨場，武夷仙伯較文章。』仙伯：借稱官職清貴、文章超逸的人物。仇池：《乾隆西和縣志》：『仇維，周時人，居仇池。池爲三十六洞天之一。後仙去。山又名仇維。』

（三）『每想』句：蘇軾《和秦太虛梅花》：『江頭千樹春欲闇，竹外一枝斜更好。』

（四）柔柯：柔弱的枝條。蘇軾《滿庭芳》：『好在堂前細柳，應念我，莫翦柔柯。』玉雪：借指白色的花，喻潔白美麗。

（五）燕支：草名，可作紅色染料。這裏泛指紅色。

（六）『老去』句：沈遼《池陽三首》其一（《雲巢編》卷二）：『老去尋春不嫌早，春深留與少年郎。』

（七）解語：會説話。唐司空圖《杏花》（《全唐詩》卷六三四）：『解笑亦應兼解語，只應慵語倩鶯聲。』

（八）『臨風』二句：杜甫《樂游園歌》：『此身飲罷無歸處，獨立蒼茫自詠詩。』

（九）習池：即習家池，位於湖北襄陽城南約五公里的鳳凰山（又名白馬山）南麓，建於東漢建武年間。襄陽侯習郁，依春秋末越國大夫范蠡養魚法，在白馬山下築一長六十步、寬四十步的土堤，引白馬泉水建池養魚。東晉時，習郁後裔習鑿齒在此臨池讀書，登亭著史，留下《漢晉春秋》這一千古名作，成爲名播後世的史學家，而使習家池益負盛名。

（一〇）『不避』二句：魏野《留題敷水李先生隱居》（《東觀集》卷一）：『棠樹陰中來得得，蓮花峯下去遲遲。』

（一一）羅浮：山名。在今廣東省東江北岸。風景優美，爲粵中游覽勝地。晉葛洪曾在此山修道，道教稱爲『第七洞天』。相傳隋開皇中，趙師雄在此夢遇一女郎。與之語，則芳香襲人，語言清麗，遂相飲竟醉，及覺，乃在大梅樹下（見舊題柳宗元《龍城録》）。後因以爲詠梅典實。唐殷堯藩《友人山中梅花》（《全唐詩》卷四九二）：『好風吹醒羅浮夢，莫聽空林翠羽聲。』

（一二）『報答』句：杜甫《江畔獨步尋花七絶句》其三：『報答春光知有處，應須美酒送生涯。』

【附録】

方回評尤袤《入春半月未有梅花》《德翁有詩再用前韻三首》（《瀛奎律髓》卷二〇）：『首唱以「入春半月梅花未開」爲題，八句極委曲有味。卻不料「支」字難和，有所酬答，又成三首。遂初詩不見其有著氣力處，而平淡中自有拗斡，三「支」字，皆壓倒。』

別李德翁（一）

長恨古人少，斯人今古人。（二）二難俱益友（三），兩載覺情親。世態深難測，心期久益真（四）。相看俱半百，此別倍酸辛（一）。

《瀛奎律髓》卷二四，又見《遂初小稿》、《石倉歷代詩選》卷一八九、《梁溪遺稿》卷一、盛刻、尤刊、《全宋詩》卷二三三六。

【編年】

該篇當作於淳熙四年（一一七七）尤袤台州任滿，與李氏兄弟別離之際。

【繫地】

該篇當作於台州。尤袤知台州，與友人李龜年兄弟告別，而有是作。

【彙校】

〔一〕『辛』，《石倉歷代詩選》作『心』。『酸辛』：辛酸、悲傷痛苦。『酸心』：人心裏感到悲痛，傷心。

【箋注】

（一）該五言律詩，『真』字韻。此尤袤台州任滿，告別李龜年、李龜朋兄弟，則標題或缺『才翁』。李龜朋，字才翁，號靜齋，長安（今陝西西安）人。與兄龜年齊名，中特科，監南嶽廟。高宗紹興末隨錢忱寓臨海。年六十八卒。事蹟具《嘉定赤城志》卷三四。今存《賀熊克進九朝要略轉一官》（謝采伯《密齋筆記》卷三）、《同謝子肅諸公飲巾山岊上人房》（林表民《天台續集別編》卷五）兩詩，《全宋詩》卷二〇〇八收錄。

（二）『長恨』二句：黄庭堅《追和東坡題李亮功歸來圖》（《山谷集》卷一一）：『今人常恨古人少，今得見之誰謂無。』

（三）二難：用《世說新語·德行》陳寔贊美兒子『元方難爲兄，季方難爲弟』之典。此處代指李龜年、李龜朋兄弟。

（四）心期：深交。《南史》卷一七《向柳傳》：『我與士遜心期久矣。』

【附錄】

方回評（《瀛奎律髓》卷二四）：『不用景物，語意一串，古淡有味。此台州任滿别二李，一曰才翁。』

别林景思〔一〕（一）

二年無德及斯民〔二〕，獨喜從游得此君〔三〕。囊乏一錢窮到骨，胷蟠千古氣淩雲〔四〕。論交（二）卻恨相逢晚，别袂真成不忍分（三）。後夜相思眇空闊〔五〕（四），尺書應許雁知聞。

《瀛奎律髓》卷二四，又見《遂初小稿》、《石倉歷代詩選》卷一八九、《梁溪遺稿》卷一、《梁溪詩鈔》、《全宋詩》卷二三三六。

【編年】

該篇當作於淳熙四年（一一七七）尤袤台州任滿，與林氏别離之際。

【繫地】

該篇當作於台州。尤袤知台州，與友人林憲告别，而有是作。

【彙校】

〔一〕『别』，《遂初小稿》作『送』。

〔二〕「二」，《遂初小稿》、《石倉歷代詩選》均作「三」。

〔三〕「喜」，《梁溪遺稿》誤作「善」。

〔四〕「千」，《梁溪詩鈔》作「萬」；「氣」，《梁溪詩鈔》作「壯」。

〔五〕「眇」，尤刊作「渺」；尤刊校語：「「夜」，一作「來」」，「「空」，一作「生」」。

【箋注】

〔一〕該七言律詩，「文」字韻。林憲，字景思，號雪巢，吳興（今浙江湖州）人。據淳熙初樓鑰《攻媿集》卷五二《雪巢詩集序》所引述「吾行於世五六十年」可推知其約生於北宋末年。乾道間特科，監西嶽廟。後棄官隨妻祖賀允中寓居台州天台（今屬浙江）。工詩，得句法於魏衍，爲陳後山一派。與尤袤、楊萬里、范成大爲友。有《雪巢小集》，尤袤、楊萬里、樓鑰等人均爲作序，已佚。事蹟具《梁溪遺稿》卷二《雪巢記》、《雪巢小集序》，《誠齋集》卷八一《雪巢小集後序》，《攻媿集》卷五二《雪巢詩集序》，《宋史翼》卷三六本傳。今《全宋詩》卷二〇五四據《天台續集別編》等書所錄，編爲一卷。據葉適《水心集》卷二三《朝議大夫祕書少監王公墓誌銘》所述，尤袤知台州期間，林憲常與聚會。

〔二〕論交：結交、交朋友。唐高適《送前衛縣李寀少府》（《高常侍集》卷三）：「怨別自驚千里外，論交卻憶十年時。」

〔三〕別袂：猶分袂，舉手道別。唐李益《城西竹園送裴佶王達》（《全唐詩》卷二八二）：「遠行從此始，別袂重淒霜。」

〔四〕「後夜」句：陳師道《過杭留別曹無逸朝奉》（《後山集》卷七）：「後夜相思隔烟水，夢魂空寄過江船。』唐韓愈《合江亭》：『瞰臨眇空闊，綠淨不可唾。』

【附録】

方回評（《瀛奎律髓》卷二四）：『吴興林憲，字景思，少從其父宦游天台，因留蕭寺寓焉。初賀參政允中奇其才，妻以女孫而不取奩田。貧甚，爲詩學韋蘇州。淳熙五年戊戌，尤延之爲守，爲作《雪巢記》，又爲《〈雪巢小集〉序》（『雪』，《四庫》本均誤作『雲』）。「柔櫓晚湖上，寒燈深樹中。汲井延晚花，推窗數新竹。」延之謂唐人之精者不是過。此詩相别，有古人交道意。』

台州四詩〔一〕（一）

三日霪霖已渺漫〔二〕，未晴三日又言乾。（二）自來説道天難做〔三〕，天到台州分外難。（三）

百病瘡痍費撫摩〔四〕，官供仍媿拙催科〔四〕（五）。自憐鞅掌成何事〔六〕，贏得霜毛一倍多〔七〕。

多病多愁老使君〔五〕，不憂風雨不憂貧。三年不識東湖面，枉與東湖作主人。

兩載終更過七旬，今朝方始是閑身。細看壁上題名記〔八〕，六十年間只五人。

《天台續集别編》卷四，又見《宋詩紀事補遺》、盛刻、尤刊、《全宋詩》卷二三三六；蔡振孫《唐宋千家聯珠詩格》卷一四、祝穆《方輿勝覽》卷八均引其一，題作『台州禱旱』。

【編年】

尤袤於淳熙二年十月三日（一一七五年十一月十七日，是年閏九月），以承議郎知台州。據『兩載終更過七旬』之描述，該題四首當作於淳熙五年（一一七八）正月。

【繫地】

該篇當作於台州。尤袤知台州任滿，游東湖，題壁創作。

【彙校】

〔一〕『台州』，元尤玘《萬柳溪邊舊話》、《宋史》本傳均作『東湖』。『東湖』：以緊臨台州古城牆東側而得名，原爲城北白雲、山宮數溪匯合處。北宋熙寧四年（一〇七一），郡守錢暄開鑿爲湖。南北長近五百米，東西寬約一百五十米。

〔二〕『霪霖』，《唐宋千家聯珠詩格》作『淋淫』。『霪霖』：久雨。唐林寬《苦雨》（《全唐詩》卷六〇六）：『霪霖翳日月，窮巷變溝坑。』『淋淫』：浸漬。莊季裕《雞肋編》卷上：『又春多暴雨淋淫，秋則常苦旱暵。』

〔三〕『自』，《方輿勝覽》、《唐宋千家聯珠詩格》、《宋詩紀事補遺》、盛刻均作『從』。『自來』：歷來。『從來』：歷來、向來。

〔四〕『供』，《宋詩紀事補遺》、盛刻均誤作『洪』。

〔五〕『多病多愁』，尤刊作『多愁多病』。

【箋注】

（一）該組七言絶句：其一，『寒』字韻；其二，『歌』字韻；其三、其四，『真』字韻。台州，越地。漢屬東甌國，唐置台州。《宋史》本傳：『會有毀袤者，上疑之，使人密察，民誦其善政不絶口，乃録其《東湖》四詩歸奉。上讀而歎賞，遂以文字受知。』

（二）『三日』二句：此言天台地勢如此，晴雨皆非所宜。吕南公《聞仙都李道士下世》其三（《灌園集》卷六）：『九月霪霖穀欲登，稻芽連穗水漫塍。』唐王昌齡《越女》（《全唐詩》卷一四〇）：『湖上水渺漫。』渺漫，廣遠、幽長。

（三）該首詩意：三日陰雨既云澇矣，晴未三日又云旱乾，則天將何以爲哉？是則雨亦怨，晴亦怨也，故天固難做，而於天台則尤甚難矣。大抵言極致爲十分，今云『分外難』，蓋十分之外又加一分，言極難也。

（四）瘡痍：比喻災害或戰亂後民生凋敝的情形。漢桓寬《鹽鐵論》卷七《國病》：『然其禍累世不復，瘡痍至今未息。』撫摩：安撫。蘇軾《策略五》：『昔之有天下者，日夜淬厲其百官，撫摩其人民。』

（五）拙催科：韓愈《順宗實録》：『〔陽城〕出爲道州刺史……一不以簿書介意，税賦不登，觀察使數誚讓。上考功第，城自署第曰：「撫字心勞，徵科政拙，考下下。」』後以『撫字催科』指地方官吏的治政。催科，催收租税。租税有科條法規，故稱。

（六）鞅掌：煩勞、忙碌。《詩經・小雅・北山》：『或棲遲偃仰，王事鞅掌。』

（七）霜毛：白髮。韓愈《答張十一功曹》：『吟君詩罷看雙鬢，斗覺霜毛一半加。』

（八）題名：古人爲紀念科場登錄、旅游行程等，在石碑或壁柱上題記姓名。

台州秩滿歸（殘句）〔一〕

送客漸稀城漸遠〔二〕，歸途應減兩三程。

《誠齋集》卷一一四《詩話》；又見《誠齋詩話》、《詩人玉屑》卷二、《宋詩紀事》卷四七（『句』）、盛刻、尤刊、《全宋詩》卷二三三六。

【編年】

據題名之『秩滿』，該篇當作於淳熙五年（一一七八）。

【繫地】

該篇當作於台州。尤袤知台州任滿，离任，而有是作。

【彙校】

〔一〕『歸』，《誠齋詩話》、《詩人玉屑》均作『而歸』。

〔二〕『城』，《宋詩紀事》、盛刻、尤刊均作『人』。

【箋注】

該七言詩，『庚』字韻。秩滿：謂官吏任期屆滿。《陳書》卷一九《虞寄傳》：『前後所居官，未嘗至秩滿，裁朞月，便自求解退。』

游張公洞〔一〕〔一〕

舟次湖汊〔二〕〔二〕，侍季父、伯兄游洞靈。步行五里〔三〕，夾道皆喬木參天，鶴巢其上，若笑若咳〔四〕。澗水滮滮〔三〕，鳴聲甚悲，殆不類人間也。入洞宫〔五〕，覽前賢留題，徘徊久之。由石徑里許達於洞，洞深數十丈〔六〕，磴道險絶〔四〕，俯僂僅可下〔五〕。寬廣容數百人〔七〕，大石離立〔八〕〔六〕，或下聳欲落，若劍盾矛戟相撑拄〔七〕；或甍棟連地崛起而不斷〔九〕〔八〕，若虎豹蹲伏俯踞而拏攫〔九〕。中有小門，持炬乃得入，丹竈、井壇在焉〔一〇〕。由石罅而上〔一〇〕，皆流石怪形〔一一〕〔一一〕，無窮其狀〔一二〕。旁行屈曲，益深遠不可到〔一三〕。其陽有懸崖滴乳水〔一四〕〔一二〕，水流澗谷，乍細乍大，自成宫商。横澗得小閣可憩。朱藤纏絡崖上〔一三〕，丹花簌簌下墜〔一四〕，芬香襲人〔一五〕。毛髮凜然，欲少留而大風作，遂歸。

余游山川多矣〔一六〕，茲游最可紀，因成五百字，貽我同志，以備他日觀覽焉。〔一七〕

吾聞荆溪南〔一八〕〔一五〕，有地仙所宅。十年勞夢想，今日著腳歷。扁舟下湖汊〔一九〕，水漲沒砂磧〔二〇〕。結纜小橋傍〔二一〕，杖藜從所適〔二二〕。平岡面坡陁〔二三〕〔一六〕，疊嶂堆襞積〔一七〕。行行三兩里〔二四〕，夾道喬木植。其末幾合抱〔二五〕，其高乃千尺。風生萬壑響，日照四山赤。

時搖樹林杪〔二六〕，忽見屋宇脊。宮門何崢嶸，南路頗脩直〔二七〕。長廊景曀曀〔二八〕（一八），崩殿人寂寂。寥落昔賢題，摩挲壁間墨。捫蘿上層巔〔二九〕（一九），俯瞰得深窟。危梯交枝撐〔三〇〕，鳥道穿詰屈。投身乍寬縱〔三一〕，跼步仍逼窄（二〇）。攀援愁顛躋（二一），傲睨驚險僻。懸崖朵頞頷（二二），亂石拱〔三二〕劍戟。白雲何時橫，乳溢或自滴。中空正澒洞〔三三〕（二三），了不見天隙。冥行迷近遠，傴僂猶擿埴（二四）。巉巖豈人工（二五），隱軫入地脈（二六）。窮幽或篝火〔三四〕，俯跪僅容席。仙壇尚故處，丹竈儼遺蹟。山蟲鳴咿嚶，野鼠聲嘖唶。傳聞老父語〔三五〕，以往深莫測〔三六〕。中有白玉堂，橫絕巨石塞〔三七〕。傍連洞庭野〔三八〕，欲去不可極。潛窺目先旋〔三九〕，縱走膝無力。邅迴步仄徑〔四〇〕（二七），突兀出峭壁。樅楓高枝樛〔四一〕（二八），藤蔓青陰冪（二九）。芳草何芊緜（三〇），丹花亦狼藉。躊躇古亭上，頫仰幽澗碧。丁當下流水〔四二〕，磊磈欲落石（三一）。雖云培塿高（三二），氣與嵩華敵〔四三〕。其南有空穴，澮瀨殷幽黑（三三）。陰風互吞吐〔四四〕，冷氣森噴逼。蛟龍久伏藏，金玉閟簡冊（三四）。靈蹤信茫昧，幻怪紛慘戚。將無神物守（三五），欲與世壞隔。平生丘壑念〔四五〕（三六），蚤歲泉石癖〔四六〕。豈不思三山，所恨無六翮（三七）。樂哉茲辰游〔四七〕，逸興潛有激。仙翁在何許，綠髮尚如昔。髣髴笙簫聲，徘徊鸞鶴翼。俗緣磨不盡，夢境坐形役〔四八〕（三八）。何階築衡茅〔四九〕（三九），幽討窮日夕〔五〇〕。風雲西北起〔五一〕，天地忽改色。倉皇促歸旆〔五二〕，造物豈戲劇〔五三〕。良游易乖悟〔五四〕（四〇），真賞難再得（四一）。寄語山中人〔五五〕，重來儻相識。

《咸淳毗陵志》卷二三，又見《遂初小稿》、明沈敕《荆溪外紀》、《梁溪遺稿》卷一、《宋詩紀事》卷四七、《御選宋詩》卷六九、清盧文弨《常郡八邑藝文志》、清于琨《常州府志》、《梁溪詩鈔》、清莊仲方《南宋文範》、盛刻、尤刊、《全宋詩》卷二三三六。

【編年】

《序》稱『因成五百字，貽我同志，以備他日觀覽焉』，而其好友楊萬里《荆溪集》（起淳熙五年戊戌夏，迄是年秋，居官常州時作）中有《謝尤延之提舉郎中自山間惠訪長句》（『淮南使者郎官星，瑞光夜燭荆溪清。平生龐公不入城，今我折卻屐齒迎。交游雲散別如雨，同舍諸郎半爲土。二老還將兩鬢霜，三更重對孤燈語……秋風呼酒荷邊亭，主人自醉客自醒』），描述了其自張公洞（卽所謂『山間』）游歷後兩友聚會的情形，則該篇當作於淳熙五年（一一七八）秋日。

【繫地】

該篇當作於宜興。尤袤持節歸鄉，游歷張公洞，有詩並序。

【彙校】

〔一〕『游』，《全宋詩》無。《梁溪遺稿》、《宋詩紀事》、《御選宋詩》、盛刻、尤刊均有小注『並序』。

〔二〕〔一九〕『汊』，《梁溪遺稿》、盛刻、尤刊均作『洑』。

〔三〕『五』，《梁溪遺稿》作『五百』。光立案：據詩中『行行三兩里』的描述，當作『五』。

〔四〕『若笑』，《宋詩紀事》無。

〔五〕『洞』，《荆溪外紀》、《梁溪遺稿》、《宋詩紀事》、《御選宋詩》、盛刻、尤刊均作『洞靈』。

〔六〕『洞』，《宋詩紀事》、《御選宋詩》均無。

〔七〕『寬』，《荊溪外紀》、《梁溪遺稿》、《宋詩紀事》、《御選宋詩》、盛刻、尤刊均作『下寬』。

〔八〕『離』，《梁溪遺稿》作『林』。

〔九〕『甍棟連地』，《荊溪外紀》、《梁溪遺稿》、《宋詩紀事》、《御選宋詩》、盛刻、尤刊均作『甍連』。

〔一〇〕『壇』，《梁溪遺稿》、盛刻、尤刊均作『田』，《宋詩紀事》、《御選宋詩》、《常郡八邑藝文志》則作『臼』。

〔一一〕『流』，《梁溪遺稿》、《常郡八邑藝文志》均作『奇』，《宋詩紀事》作『亂』。

〔一二〕『無窮』，《梁溪遺稿》作『莫名』。

〔一三〕『益』，《御選宋詩》、尤刊均作『蓋』。

〔一四〕『水』，《常郡八邑藝文志》無。

〔一五〕『香』，《梁溪遺稿》、盛刻、尤刊均作『芳』。

〔一六〕『山川』，《宋詩紀事》作『名山』。

〔一七〕《遂初小稿》無此序。

〔一八〕『溪』，《梁溪遺稿》、《御選宋詩》、盛刻、尤刊均誤作『漢』。

〔二〇〕『沒』，《宋詩紀事》誤作『投』。『砂』，《遂初小稿》、《荊溪外紀》、《梁溪遺稿》、《宋詩紀事》、《御選宋詩》、盛刻、尤刊均作『沙』。

〔二一〕『傍』，《遂初小稿》、《荊溪外紀》、《梁溪遺稿》、《宋詩紀事》、盛刻、尤刊均作『旁』。

〔二二〕『所』，《遂初小稿》、《荊溪外紀》、《梁溪遺稿》、《宋詩紀事》、《御選宋詩》、盛刻、尤刊均作『此』。

〔二三〕『平』，《南宋文範》作『下』。『坡』，《遂初小稿》、《荊溪外紀》、《梁溪遺稿》、《宋詩紀事》、盛刻、尤刊均作『陂』。

〔二四〕『三兩』，《遂初小稿》、《宋詩紀事》均作『兩三』。

〔二五〕『末』，《遂初小稿》、《荊溪外紀》、《梁溪遺稿》、盛刻、尤刊均作『木』，《宋詩紀事》作『大』。

〔二六〕『杪』，《全宋詩》誤作『抄』。

〔二七〕『南路』，《遂初小稿》、《荊溪外紀》、《梁溪遺稿》、《宋詩紀事》、《御選宋詩》、盛刻、尤刊均作『古道』。

〔二八〕『廊』，《遂初小稿》作『廟』，尤刊作『廓』。

〔二九〕『巔』，《全宋詩》作『嶺』。

〔三〇〕『枝』，《梁溪遺稿》作『支』。

〔三一〕『縱』，《遂初小稿》、《荊溪外紀》、《宋詩紀事》、《御選宋詩》、盛刻、尤刊均作『閒』，《梁溪遺稿》作『間』。

〔三二〕『拱』，《梁溪遺稿》、《御選宋詩》、盛刻、尤刊均作『供』。

〔三三〕『中空正』，《宋詩紀事》作『正中空』。

〔三四〕『窮』，《遂初小稿》、《宋詩紀事》、《常州府志》均作『窗』。『窮幽』：謂探尋幽深、僻靜之處。

〔三五〕『老父』，《御選宋詩》、《南宋文範》作『父老』；『語』，尤刊作『話』。

〔三六〕『深』，《遂初小稿》、《荊溪外紀》、《梁溪遺稿》、《宋詩紀事》、《御選宋詩》、盛刻、尤刊均作『真』。

〔三七〕『塞』，《御選宋詩》作『室』。

〔三八〕『傍』，《梁溪詩鈔》作『旁』。『庭』，《遂初小稿》作『遞』。

〔三九〕『先』，《梁溪遺稿》作『光』。

〔四〇〕『仄』，底本作『西』，現據《遂初小稿》、《宋詩紀事》、《常郡八邑藝文志》、《常州府志》等書校改。『仄徑』：狹窄的小路。

〔四一〕『楓』，底本作『風』，據《常郡八邑藝文志》校改。

〔四二〕『丁當』，《遂初小稿》、《常州府志》均作『叮當』，《梁溪遺稿》、盛刻、尤刊則作『玎璫』。

〔四三〕『嵩華』，《御選宋詩》作『華嶽』。

〔四四〕『互吞』，《遂初小稿》、《宋詩紀事》均作『訝谷』，盛刻、尤刊則作『牙吞』。

〔四五〕『念』，《遂初小稿》、《宋詩紀事》均作『志』。

〔四六〕『蚤』，《遂初小稿》、《宋詩紀事》、盛刻均作『早』。

〔四七〕『辰』，《遂初小稿》、《宋詩紀事》均作『晨』。

〔四八〕『夢』，《遂初小稿》、《宋詩紀事》均作『塵』。

〔四九〕『階』，《遂初小稿》、《宋詩紀事》均作『當』。

〔五〇〕『討』，《遂初小稿》、《宋詩紀事》同，他書均作『時』。『幽討』：尋幽探勝。

〔五一〕『雲』，《宋詩紀事》作『雨』。

〔五二〕『旆』，《御選宋詩》、盛刻、尤刊均作『舟』。『歸旆』：返回。

〔五三〕『豈』，《御選宋詩》作『類』。

〔五四〕『悟』，《遂初小稿》、《荊溪外紀》、《梁溪遺稿》、《宋詩紀事》、《御選宋詩》、盛刻、尤刊均作『忤』，《御選宋詩》作『誤』。《全宋詩》校語：『疑當作「牾」。』

〔五五〕『語』，《遂初小稿》、《常州府志》均作『與』。

【箋注】

〔一〕該五言古詩，『職』字韻。張公洞，又名庚桑洞，是著名石灰巖溶洞，宜興『三奇』之一，位於宜興城西南約二十二公里的孟峯山麓。該洞有大小洞穴達七十二個，各洞的溫度又不相同，素有『海內奇觀』之稱。相傳漢代張道陵曾在此修道，唐代張果老在此隱居，故名。

〔二〕湖㳇：地名，江蘇省宜興市有湖㳇鎮。明王穉登《荊溪疏》（清張玉書等《康熙字典》卷一六）：『蜀山折而南，可二十里，曰湖㳇。湖㳇，山中大市也。宋時置務於此，榷採山之利，今作「㳇」，亦「務」字之譌。』㳇溪：亦在宜興。樂史《太平寰宇記》卷九二《江南東道四·常州》：『㳇山溪，在縣東五里，源出荊山，北入荊溪。』

〔三〕㶁㶁：象聲詞，水流聲。韓愈《藍田縣丞廳壁記》：『水㶁㶁循除鳴。』

(四)磴道：登山的石徑。劉宋顔延之《七繹》(《藝文類聚》卷五七)：『巖屋橋構，磴道相臨。』險絕：極險。

(五)俯僂：低頭曲背。晉潘尼《贈陸機出爲吴王郎中令》(《文選》卷二四)：『俯僂從命，奚恤奚喜。』

(六)離立：並立。《禮記·曲禮上》：『離立者，不出中間。』孔穎達《疏》：『又若見有二人並立，當己行路，則避之；不得輒當其中間出也。』

(七)撐拄：支撐、頂拄。

(八)甍棟：即屋梁。梁劉孝綽《酬陸長史倕》(明馮惟訥《古詩紀》卷九七)：『朝猿響甍棟，夜水聲帷薄。』

(九)拏攫：搏鬥。漢揚雄《羽獵賦》(《文選》卷八)：『犀兕之抵觸，熊羆之拏攫。』

(一〇)石罅：石頭的縫隙，这裏指狹谷中小道。

(一一)流石：山谷中被水衝下的石頭。

(一二)乳水：鐘乳洞所流的泉水。梁任昉《述異記》卷下：『〔武陵〕源上有石洞，洞中有乳水。』

(一三)朱藤：紫藤。唐許渾《途經敷水》(《丁卯詩集》卷上)：『重尋繡帶朱藤合，更認羅裙碧草長。』

(一四)簌簌：墜落貌。

（一五）荊溪：水名，在今江蘇省宜興市，因靠近荊南山而得名。

（一六）坡陁：亦作『陂陁』、『陂陀』，傾斜不平貌。《史記》卷一一七《司馬相如列傳》：『登陂陁之長阪兮，坌入曾宮之嵯峨。』

（一七）襞積：亦作『襞績』，原指衣服上的褶襉，引申爲堆積。《梁書》卷三四《張纘傳》：『藴芳華以襞積。』

（一八）曀曀：陰沉昏暗貌。《詩經·邶風·終風》：『曀曀其陰，虺虺其靁。』朱熹《集傳》：『曀曀，陰貌。』

（一九）捫蘿：攀援葛藤。梁范雲《送沈記室夜別》（《藝文類聚》卷二九）：『捫蘿正憶我，折桂方思君。』層巔：亦作『層顛』，高聳而重迭的山峯。王維《暮春太師左右丞相諸公于韋氏逍遥谷讌集序》（《王右丞集箋注》卷一九）：『館層巔，檻側逕。』

（二〇）跼步：小步。《文心雕龍》卷八《誇飾》：『軒翥而欲奮飛，騰擲而羞跼步。』逼窄：猶狹窄。

（二一）顛隮：下墜。《尚書·微子》：『今爾無指告，予顛隮。』

（二二）頦頷：下巴。唐柳宗元《游黄溪記》（《柳河東集》卷二九）：『石皆巍然，臨峻流，若頦頷齗齶。』

（二三）澒洞：水勢洶湧。蘇軾《廬山二勝·棲賢三峽橋》：『空蒙烟靄間，澒洞金石奏。』

（二四）冥：昏暗。冥行：夜間行路。擿：點。埴：地。夜間摸黑走路，如同盲人拿著手杖點地而行。揚雄《法言》卷二《修身》：『擿埴索塗，冥行而已矣。』

（二五）巉巖：亦作『巉巗』，險峻的山巖。宋玉《高唐賦》（《文選》卷一九）：『登巉巖而下望兮，臨大阺之稸水。』

（二六）隱軫：猶『隱賑』，衆盛、富饒。隱，通『殷』。左思《蜀都賦》（《文選》卷四）：『邑居隱賑，夾江傍山。』劉逵注：『隱，盛也。賑，富也。』

（二七）邅迴：輾轉、盤旋、縈繞。漢劉安《淮南子》卷八《本經》：『曲拂邅回，以像湡浯。』高誘注：『邅回，轉流也。』

（二八）樅：樅樹，常綠喬木，又叫冷杉。樛：樹木向下彎曲。

（二九）羃：覆蓋。

（三〇）芊緜：草木茂盛貌。梁元帝《郢州晉安寺碑銘》（《藝文類聚》卷七六）：『鳳凰之嶺，芊緜映色。』

（三一）磊磈：亦作『磈礧』，衆石累積貌。

（三二）培塿：本作『部婁』，小土丘。《左傳·襄公二十四年》：『部婁無松柏。』杜預注：『部婁，小阜。』應劭《風俗通·山澤·培》引《左傳》作『培塿』。

（三三）澹灧：蕩漾貌。杜甫《萬丈潭》：『削成根虛無，倒影垂澹灧。』

（三四）閟：閉也，掩蔽。《漢書》卷三四《盧綰列傳》：『綰愈恐，閟匿。』

（三五）將無：表示懷疑、揣測的語氣詞，即莫非。

(三六)丘壑：　謂隱逸。劉宋謝靈運《齋中讀書》(《文選》卷三〇)：『昔余游京華，未嘗廢丘壑。』

(三七)六翮：　謂鳥類雙翅中的正羽，用以指鳥的兩翼。

(三八)形役：　謂爲形骸所拘束、役使，猶言被功名利祿所牽制、支配。

(三九)衡茅：　即衡門茅屋，簡陋的居室。晉陶潛《辛丑歲七月赴假還江陵夜行塗中》(《陶淵明集》卷三)：『養真衡茅下，庶以善自名。』

(四〇)良游：　猶『暢游』。漢劉楨《黎陽山賦》(《文選》卷二四)：『良游未厭，白日潛暉。』乖悟：　同『乖迕』，抵觸、違逆。漢王充《論衡》卷一《逢遇》：『操志乖忤，不遇固宜。』

(四一)真賞：　指值得欣賞的景物。唐蔡文恭《奉和夏日游山應制》(《全唐詩》卷七七七)：『悠然動睿思，息駕尋真賞。』

【附錄】

清翁方綱《石洲詩話》卷四：『《梁溪集》詩亦平雅，其《游張公洞》五古長篇，雖不及香山，尚較皮、陸有實際。(竹垞云：「尤延之、范致能爲楊廷秀所服膺，而不入其流派。」)』

己亥元日(一)

玉曆均調歲啓端(二)，東風又逐斗杓還(二)。蕭條門巷經過少，老病腰支拜起難(二)。(三)

白髮但能欺槁項〔三〕，青春不解駐朱顏。餘齡有幾仍多幸（四），占得山林一味閒〔四〕（五）。

《瀛奎律髓》卷一六，又見《遂初小稿》、《石倉歷代詩選》卷一八九、《梁溪遺稿》卷一、盛刻、尤刊、《全宋詩》卷二三三六。

【編年】

元日：正月初一。《尚書·舜典》：『月正元日，舜格於文祖。』孔安國《傳》：『月正，正月；元日，上日也。』據題名，該篇當作於淳熙六年正月初一日（一一七九年二月九日）。

【繫地】

該篇當作於淮南東路泰州（今屬江蘇）。尤袤任提舉常平茶鹽，於病中吟詠。

【彙校】

〔一〕『杓』，《梁溪遺稿》作『樞』。『斗杓』：即斗柄。《淮南子》卷三《天文》：『斗杓爲小歲。』高誘注：『斗，第五至第七爲杓。』『斗樞』：北斗七星的第一星，名『天樞』，亦泛指北斗。

〔二〕『支』，《梁溪遺稿》、盛刻、尤刊均作『肢』。

〔三〕『槁』，底本誤作『稿』，據他書校改。『槁項』：羸瘦貌。

〔四〕『閒』，《石倉歷代詩選》作『間』。

【箋注】

（一）該七言律詩，『刪』字韻。

（二）玉曆：指正朔，農曆正月初一。均調：均衡協調、均勻和諧。《莊子·天道》：『所以均調天下，與人和者也。』成玄英《疏》：『均平調順也。』

（三）『蕭條』二句：杜甫《賓至》：『幽棲地僻經過少，老病人扶再拜難。』

（四）『餘齡』句：歐陽脩《寄答王仲儀太尉素》（《文忠集》卷五七）：『豐樂山前一醉翁，餘齡有幾百憂攻。』餘齡，猶餘歲、餘年。

（五）一味：一直。

【附録】

方回評（《瀛奎律髓》卷一六）：『「幽棲地僻經過少，老病人扶再拜難。」少陵詩也。尤延之小改用作元日詩，卻似稍切。』

送提舉楊大監解組西歸（一）（一）

□□□□□□□，□□□□□□□。□□□□□□□，□□□□□□□。□□□□□□□，□□□□□□□。歸裝見說渾無物，添得新詩數百篇。（二）

征轅已動不容攀（三），回首棠陰蔽芾間（二）（四）。爲郡不知歌舞樂，憂民羸得鬢毛斑（三）。澄清未展須持節（五），注想方深便賜環（四）（六）。從此相思隔烟水，夢魂飛不到螺山。（七）

《瀛奎律髓》卷二四，又見《遂初小稿》、《石倉歷代詩選》卷一八九、《梁溪遺稿》卷一、盛刻、尤刊、《全宋詩》卷二三三六。

【編年】

淳熙六年（一一七九）楊萬里知常州任滿，正月除廣東提舉。據題名『西歸』與詩句中的『螺山』可知，他即將返回家鄉吉州吉水，則該篇當作於其間。

【繫地】

該篇當作於泰州。楊萬里知常州滿，正月除廣東提舉，時提舉淮南東路常平之尤袤有七言律詩送之。

【彙校】

〔一〕《瀛奎律髓》、《全宋詩》小注『三首取一』。尤刊案語：『觀此詩題「解組西歸」，末句又云「夢魂飛不到螺山」，而方氏稱其首篇亦有「歸裝見説渾無物」之句，是送之歸吉州，非送之之廣東任也。』

〔二〕『間』，《石倉歷代詩選》、盛刻均作『閒』。

〔三〕『斑』，尤刊誤作『班』。

〔四〕『便』，《梁溪遺稿》、盛刻、尤刊均作『合』。『賜』，《石倉歷代詩選》作『使』。

【箋注】

〔一〕該組七言律詩，今三首存一，『删』字韻；及一殘句，『先』字韻。提舉：官名，原意是管理。此時楊萬里提舉廣東常平茶鹽，故稱。大監：宋時如將作監監、少府監監等諸監監（長官），可稱『大監』或『正監』，與『少監』之爲副貳相對。楊萬里知常州前曾任將作少監，然文獻似未見長官之任，然尤袤之稱，當有據。解組：猶解綬，解下印綬，指辭去官職。《梁書》卷一五《謝朏傳》：『雖解組昌運，實避昏時。』楊萬里（一一二七—一二〇六），字廷秀，號誠齋，吉州吉水（今屬江西）人。高宗紹興二十四年（一一五四）進士，調贛州司戶參軍。歷永州零陵丞、知隆興府奉新縣。孝宗乾道六年（一一七〇），召爲國子博士，遷太常博士，尋升丞兼吏部侍右郎官，轉將作少監。出知漳州，改常州。淳熙六年（一一七九），提舉廣東常平茶鹽，尋除本路提點刑獄，以憂去。免喪，召爲尚左郎官。十二年（一一八五），以地震應詔上書，擢東宮侍讀。十四年（一一八七），遷祕書少監。十五年（一一八八），因上疏駁洪邁太廟高宗室配饗議，以直祕閣出知筠州。光宗即位，召爲祕書監。紹熙元年（一一九〇），兼實錄院檢討官，會孝宗日曆成，宰臣令他人爲序，遂以失職丐去，出爲江東轉運副使，權總領淮西江東軍馬錢糧。因論江南行鐵錢不便，忤宰相意，改知贛州，未赴，遂乞祠。除祕閣修撰、提舉萬壽宮，自是不復出。寧宗即位，屢召屢辭。慶元五年（一一九九），進寶文閣待制致仕。開禧二年（一二〇六）卒，年八十。謚文節。萬里早年受學于張浚，工詩，爲南宋四大家之一。有《誠齋集》一百三十三卷、《易傳》二十卷等作品傳世。事蹟具清乾隆刊《楊文節公文集》卷末附錄其子長孺所撰墓誌，《宋史》卷四三三本傳，清人鄒樹榮編有《楊文節公年譜》。《全宋詩》以日本東京宮內廳書陵部藏南宋端平間刊本爲底本，校以中國國家圖書館藏南宋淳熙、紹熙間遞刻之《誠齋先生江湖集十四卷荊溪集十卷西歸集四卷南海集八卷江西道院集五卷朝天續集八卷退休集十四卷》（原書該共六十三卷，今本殘存六十卷）、影印清文淵閣《四庫全書》本《誠齋集》，參校上海圖書館藏明末毛氏汲古閣鈔本《誠齋集》、清乾隆六十年（一七九五）吉水楊氏帶經軒刊《楊文節公詩集》。另從諸書輯得之集外詩，編爲第四十四卷。《全宋文》以《四部叢刊》影宋抄本《誠齋集》爲底本，校以影印文淵閣《四庫全書》本、毛晉汲古閣抄本。傳世又有《誠齋策問》二卷，爲本集所無，據《豫章叢書》本録入。另輯得佚文九篇，總釐爲九十四卷。其《誠齋易傳》（周易類）、《楊誠齋詩》（別集類）等書均首見於《遂初堂書目》。

（二）『新詩數百篇』：淳熙五年至六年，楊萬里知常州，此時作品結集爲《荊溪集》，據其淳熙十四年丁未作《誠齋荊溪集序》，『凡十有四月，而得詩四百九十二首』。楊萬里《誠齋荊溪集序》（《誠齋集》卷八〇）：『予之詩始學江西諸君子，既又學後山五字律，既又學半山老人七字絶句，晚乃學絶句於唐人。學之愈力，作之愈寡。嘗與林謙之屢歎之，謙之云：「擇之之精，得之之艱，又欲作之之不寡乎？」予喟曰：「詩人蓋異病而同源也，獨予乎哉！」故自淳熙丁酉之春上暨壬午，止有詩五百八十二首，其寡蓋如此。其夏之官荊溪，既抵官下，閲訟牒，理邦賦，惟朱墨之爲親，詩意時往日來於予懷，欲作未暇也。戊戌三朝時節賜告，少公事，是日即作詩，忽若有寤，於是辭謝唐人及王、陳、江西諸君子，皆不敢學，而後欣如也。試令兒輩操筆，予口占數首，則瀏瀏焉，無復前日之軋軋矣。自此每過午，吏散庭空，即攜一便面，步後園，登古城，采擷杞菊，攀翻花竹，萬象畢來，獻予詩材，蓋麾之不去，前者未讎，而後者已迫，渙然未覺作詩之難也。蓋詩人之病去體將有日矣。方是時，不惟未覺作詩之難，亦未覺作州之難也。明年二月晦，代者至，予合符而去，試彙其藁，凡十有四月，而得詩四百九十二首。予亦未敢出以示人也。今年備官公府掾，故人鍾君將之自淮水，移書於予曰：「荊溪比易守，前日作州之無難者，今難十倍不啻。子荊溪之詩未可以出歟？」予一笑，抄以寄之云。淳熙丁未四月三日，廬陵楊萬里廷秀序。』

（三）『征轅』句：歐陽脩《送學士三丈》（《文忠集》卷五五）：『供帳洛城邊，征轅去莫攀。』征轅，遠行人乘的車。

（四）『回首』句：《詩經・召南・甘棠》：『蔽芾甘棠，勿翦勿伐，召伯所茇。』相傳西周的召伯曾在棠樹下聽訟斷獄，辦理政事，公正無私，使官民各得其所，天下大治。後人因作《甘棠》詩歌頌其政績。『棠蔭』，棠樹樹蔭；『蔽芾』，小樹幹及小樹葉，形容樹木枝葉小而密。皆比喻惠政或良吏的惠行。梁簡文帝《罷丹陽郡往與吏民別》（《藝文類聚》卷五〇）：『柳栽今尚在，棠陰君詎憐。』唐劉長卿《奉和趙給事使君留贈李婺州舍人兼謝舍人別駕之什》（《劉隨州集》卷四）：『庭顧婆娑老，邦傳蔽芾新。』

（五）澄清：使變清，喻平治天下。《北齊書》卷四四《張雕》：『帝亦深倚仗之，方委以朝政。彫便以澄清爲己任，意氣自高。』

（六）注想：注望思念。唐文宗《上巳日賜裴度》（《全唐詩》卷四）：『注想待元老，識君恨不早。』賜環：亦作『賜圜』，舊時指放逐之臣遇赦召還。《荀子》卷一九《大略》：『絕人以玦，反絕以環。』楊倞注：『古者臣有罪待放於境，三年不敢去，與之環則還，與之玦則絕，皆所以見意也。』

（七）『從此』二句：陳師道《過杭留別曹無逸朝奉》（《後山集》卷七）：『後夜相思隔烟水，夢魂空寄過江船。』螺山：在江南西路吉州府城（治今江西吉安市）北十里。歐陽守道《螺山靈泉院記》（《巽齋文集》卷一七）：『環廬陵十里，佛寺萃於西南，而東北特少。出東門，循江左達於吉水，巋然一螺山靈泉院爾……螺山者宛委如螺，掘地不盈尺輒得金螺無數，大僅如珠，而形奪真。』《明一統志》卷五六《吉安府》：『螺山：在府城北一十里。山南臨贛江，宛委如螺。或云，昔有漁人游此，忽遇風雨，見神螺光彩五色，取而懷之，至山下涉水，螺失所在。俗呼爲螺子山。』

【附録】

方回評（《瀛奎律髓》卷二四）：『三首取一。此楊誠齋萬里也，知常州滿，除廣東提舉，尤延之家居作此詩送之。首篇有云：「歸裝見説渾無物，添得新詩数百篇。」卽所謂《荊溪集》傳於世。』

劉屯田墓壯節亭〔一〕〔一〕

西澗當年卜考槃〔二〕，便於神武挂衣冠〔三〕。後生無復知前輩〔四〕，故老猶能説長官。三尺荒墳埋玉冷，百年壯節倚天寒。表章賴有羣賢力〔二〕〔五〕，誰把生芻奠酒盤〔三〕〔六〕。

《瀛奎律髓》卷二八，又見《遂初小稿》、《石倉歷代詩選》卷一八九、《梁溪遺稿》卷一、《宋詩紀事》卷四七、盛刻、尤刊、《全宋詩》卷二三三六。

【編年】

劉渙於神宗元豐三年（一〇八〇）卒，至孝宗淳熙六年（一一七九）恰爲『百年』，而朱熹於是年五月修復其墓，則該篇當作於淳熙六年（一一七九）。

【繫地】

該篇當作於江南東路池州府（今屬安徽）。尤袤任提舉江南東路常平茶鹽，應朱熹之邀作詩。

【彙校】

〔一〕『節』，《石倉歷代詩選》無。又《石倉歷代詩選》小注『劉諱渙，字凝之』，《宋詩紀事》小注『劉名渙，字凝之』。

〔二〕『賢』，《梁溪遺稿》作『臣』。

〔三〕『酒盤』，《遂初小稿》、《石倉歷代詩選》、《宋詩紀事》均作『一餐』。

【箋注】

〔一〕該七言律詩，『寒』字韻。劉屯田：即劉渙（一〇〇〇—一〇八〇），字凝之，號西磵居士，高安鈞山（今江西高安）人，恕之父。仁宗天聖八年（一〇三〇）進士，爲潁上令。官至屯田員外郎。年五十歸隱廬山。歐陽脩高其節，賦《廬山高》詩以美之。渙居廬山三十餘年，環堵蕭然，饘粥以爲食，而游心塵垢之外，無戚戚意。神宗元豐三年（一〇八〇）九月卒，年八十一（蘇轍《欒城集》卷一八《劉凝之屯田哀辭》，劉元高《三劉家集》引作《哀西磵先生辭》；又黄庭堅《宋黄文節公全集·正集》卷二六《跋歐陽文忠公廬山高詩》）。事蹟具蘇轍《欒城集》卷一八《劉凝之屯田哀辭并敘》，《宋史》卷四四四《劉恕傳》。《全宋詩》卷二三九錄其詩《初及第歸題淨慈寺壁二絕》、《自潁上歸再題寺壁二絕》四首，又殘句『東臺乃主人，吾身同過客』一條；《全宋文》卷五七九錄其文《廬山記序》、《騎牛歌後敘》（熙寧六年正月）二篇。壯節亭：在府治西，劉渙墓前，郡守朱熹建並記。

（二）卜考槃：謂以占卜擇定居住之地。《詩經·衛風·考槃》：『考槃在澗，碩人之寬。』毛《傳》：『考，成；盤，樂。』陳奐《傳疏》：『成樂者，謂成德樂道也。』《考槃序》：『刺莊公也。不能繼先公之業，使賢者退而窮處。』故後即以喻隱居。

（三）『便於』句：《南史》卷七六《陶弘景傳》：『永明十年，脫朝服挂神武門，上表辭祿。』陶弘景於南齊永明十年（四九二），辭去朝廷食祿，隱居句容句曲山（今江蘇茅山），傳上清大洞經籙，開道教茅山宗。

（四）無復：不再，不會再次。《呂氏春秋》卷一四《義賞》：『詐僞之道，雖今偷可，後將無復。』

（五）表章：同『表彰』，顯揚、表揚。《漢書》卷六《武帝紀贊》：『卓然罷黜百家，表章《六經》。』

（六）生芻：鮮草。《詩經·小雅·白駒》：『生芻一束，其人如玉。』陳奐《傳疏》：『芻所以萎白駒，托言禮所以養賢人。』漢徐穉用以弔唁，見《後漢書》卷八三《徐穉傳》。

【附錄】

楊萬里《寄題劉凝之墳山壯節亭，用轆轤體》（《誠齋集》卷二三）：『見了廬山想此賢，此賢見了失廬山。胷中書卷雲淩亂，身外功名夢等閒。一點目光牛背上，五絃心在雁行間。欲吟壯節題崖石，筆挾風霜齒頰寒。』（七言律詩，『寒』字韻）

朱熹《壯節亭記》（《晦庵先生朱文公文集》卷八〇）：『淳熙己亥歲，予假守南康。始至，訪求先賢遺蹟，得故尚書屯田外郎劉公凝之之墓於城西門外草棘中。予惟劉公清名高節，著於當時而聞於後世，暫而挹其餘風者，猶足以激懦而律貪，顧今不幸饋奠無主，而其丘墓之寄於此邦者又如此，是亦長民者之責也。乃爲作小亭於其前，立門牆、謹扃鑰，以限樵牧。歲以中春率羣吏諸生而祠焉。郡之詩人史驌請用歐陽公語名其亭以『壯節』，適有會於予意，因屬友人黄銖大書以揭焉。自是以來，東西行而過者莫不顧瞻起敬，而予亦自以爲茲丘之固且安可以久而不壞矣。紹熙二年，歲在辛亥，予去郡甫十年，而今太守章貢曾侯寔來，按圖以索其故，則門牆亭牓皆已無復存者，爲之喟然太息。卽日更作門牆，築亭其間，益爲高厚宏闊，以支永久。又礲巨石以培其封，植名木以廣其籟，求得舊牓，復置亭上，歲時奉祀，一如舊章。且割公田十畝以畀旁近能仁僧舍，使專奉守，爲增葺費。而又以予爲嘗經始於此也，以書來曰：「願得一言以記之，使後之人知吾二人者所爲拳拳之意，而不懈其尊賢尚德之心也。斯不亦有補於世教之萬分乎？」予曰諾哉。曾侯名集，字致虛，學有家法，故其爲政知所先後如此云。三年夏五月癸未，新安朱熹記。』

【附録】

方回評（《瀛奎律髓》卷二八）：『劉屯田，諱渙，字凝之，后山所謂「身在菰蒲中，名滿天地間」者是也。子恕，字道原，父子名塞天下。尤延之詩，語不驚人，細咀有味。』

庚子歲除前一日游茅山〔一〕

犯寒出行邁〔一〕〔二〕，值此歲云除。剛風駕飆輪〔三〕，送我游清都〔二〕〔四〕。華陽第八天〔五〕，仙聖之所居。洞門劣容人〔三〕，中寬如室廬。横前大溪水，於焉限塵區〔六〕。其右萬石林，錯落空翠圖〔七〕。茅庵著深秀〔八〕，細路緣崎嶇。幽泉見客喜，頗亦類逃虛〔九〕。山深日易曛〔一〇〕，捷徑趨元符〔四〕〔一一〕。琳宮照金碧〔一二〕，天籟鳴笙竽。側睨白雲峯〔一三〕，前瞻赤山湖〔五〕。金壇聳百丈〔一四〕，陰洞通七塗〔一五〕。俯視人間世，擾擾真蟲蛆。早以凡陋質〔六〕，忝分赤城符〔一六〕。豈悟夙昔緣，復造神靈墟〔七〕。平生夢寐處，恍若登華胥〔八〕〔一七〕。歸來拜綠章〔一八〕，足力尚有餘。珍館十六所，安能遍遨娛〔九〕。窮探恨不盡〔一九〕，太息仍躊躇。

元劉大彬《茅山志》卷一五（《全宋詩》誤作『卷二九』），又見《梁溪遺稿》卷一、《御選宋詩》卷一八、《宋詩紀事》卷四七、盛刻、尤刊、《全宋詩》卷二三三六。

【編年】

據題名之『庚子歲除前一日』，該篇當作於淳熙七年十二月二十九日（一一八一年一月十五日）。

【繫地】

該篇當作於江南東路建康府句容（今屬江蘇）。尤袤游茅山，而有是作。

【彙校】

〔一〕『邁』，《全宋詩》誤作『遇』，並加注『疑作邁』。

〔二〕該句尤刊校語：『「清」，一作「青」。』

〔三〕『門』，《梁溪遺稿》作『小』，《宋詩紀事》作『房』。『劣』，《御選宋詩》作『岃』，《梁溪遺稿》作『不』。

〔四〕『符』，《御選宋詩》、盛刻均作『苻』，《全宋詩》小注：『「符」字與後「赤城符」重韻。』

〔五〕『山』，底本作『沙』，據尤刊校語『「沙」，一作「山」』改。『赤山湖』： 唐李吉甫《元和郡縣圖志》卷二六《江南道·句容縣》：『赤山湖，在縣南三十五里。』

〔六〕『凡』，《宋詩紀事》作『卑』，《梁溪遺稿》、《御選宋詩》、盛刻、尤刊均作『宂』。『凡陋』： 平庸淺陋、平凡陋劣。『卑陋』： 平庸淺陋。曾鞏《自福州召判太常寺上殿劄子》（《元豐類藁》卷二九）： 『其政治所出，大抵踵襲卑陋，因於世俗而已。』

〔七〕『霄』，《全宋詩》作『靈』。『靈墟』： 洞天福地。

〔八〕『恍』，尤刊誤作『忱』。

〔九〕該句尤刊校語： 『原本「娛」字缺，依《宋詩紀事》補。』

【箋注】

〔一〕該五言古詩，『虞』字韻。茅山位於江蘇省常州市金壇區與鎮江市句容市的邊界，南北約長十公里，東西約寬五公里，面積五十多平方公里。相傳漢元帝初元五年（前四四），陝西咸陽茅氏三兄弟來茅山采藥煉丹，濟世救民，被稱爲茅山道教之祖茅山師，其後齊梁隱士陶弘景集儒、佛、道三家創立了道教茅山派。唐、宋以來，茅山一直被列爲道教之『第一福地、第八洞天』，曾引來諸多文人墨客留下詩篇。

〔二〕犯寒： 冒著寒冷。唐鮑溶《冬夜答客》（《鮑溶詩集》卷五）： 『幸君霜露裏，車馬犯寒過。』

〔三〕剛風： 八風之一，指從西方來的風。《靈樞經》卷一一《九宮八風》： 『風從西方來，名曰剛風。其傷人也，內舍於肺，外在於皮膚，其氣主爲燥。』飆輪： 指禦風而行的神車。唐陸龜蒙《和襲美

〈江南道中懷茅山廣文南陽博士〉三首次韻》其一（《全唐詩》卷六二四）：『莫言洞府能招隱，會輾飆輪見玉皇。』

（四）清都：傳説中天帝居住的宮闕。《楚辭·遠游》：『集重陽入帝宮兮，造旬始而觀清都。』

（五）『華陽』句：唐李德裕《寄茅山孫練師》（《李衛公別集》卷三）：『何地更翛然，華陽第八天。』《方輿勝覽·浙西路·鎮江府》：『茅山在金壇縣六十五里，卽三十六洞天華陽第八洞天也，漢有三茅來治，故名。』

（六）於焉：於此。塵區：猶塵世、塵界。

（七）空翠：指綠色的草木。謝靈運《過白岸亭》（《古詩紀》卷五八）：『空翠難强名，漁釣易爲曲。』

（八）深秀：指山色幽深秀麗。歐陽脩《醉翁亭記》（《文忠集》卷三九）：『望之蔚然而深秀者，琅琊也。』

（九）逃虛：逃避世俗，尋求清靜無欲的境界。王安石《次韻酬吳彦珍見寄》其二（《臨川文集》卷二五）：『白日憶君聊遠望，青林嗟我似逃虛。』

（一〇）『山深』句：程俱《謹追和諸父留題雲門聲闍黎經閣詩一首》（《北山集》卷九）：『谷煖春先到，山高日易曛。』曛，黯淡無光。

（一一）元符：卽元符宮，又稱『印宮』，在茅山積金峯。初有梁道士陶弘景曾於此結廬，唐至德（七五六—七五八）年間始造道觀。北宋元符元年（一〇九八）秋，敕於茅山故居，重修道觀，賜名元符觀。南宋建炎四年（一一三〇），元符宮毁於兵燹。紹興二十八年（一一五八），高宗賜金重建，並御書宫額。

（一二）琳宫：仙宫，亦爲道觀、殿堂之美稱。

（一三）白雲峯：清趙宏恩等《江南通志》卷四三《輿地志·寺觀》：『在句容縣中，茅峯西。』

（一四）『金壇』句：陶弘景《真誥》卷一一《稽神樞》：『句曲山，秦時名爲句金之壇，以洞天内有金壇百丈，因以致名也。』句曲山，即茅山。而金壇前身爲金山縣，於隋大業末年（六一七）建置。唐垂拱四年（六八八），因東陽郡已有金山縣，又因茅山華陽洞内有『金壇百丈』，遂更名爲金壇縣，由此沿用至今。

（一五）『陰洞』句：劉宋山謙之《南徐州記》（《太平寰宇記》卷八九）云：『〔茅〕山内有靈府洞室，七塗九源，交通四方，有五穴，南二、東西北各一。』《真誥》卷一一《稽神樞》：『此山洞虚内觀内有靈府，洞庭四開，穴岫長連，古人謂爲金壇之虚臺，天后之便闕，清虚之東窻，林屋之隔沓。衆洞相通，陰路所適，七塗九源，四方交達，真洞仙館也。』

（一六）分符：猶剖符，謂帝王封官授爵，分與符節的一半作爲信物。唐孟浩然《送韓使君除洪州都曹》（《孟浩然集》卷二）：『述職撫荊衡，分符襲寵榮。』

（一七）華胥：《列子》卷二《黄帝》：『晝寢而夢，游於華胥氏之國。』這裏指夢境。

（一八）緑章：即青詞。舊時道士祭天時所寫的奏章表文，用朱筆寫在青藤紙上，故名。唐李賀《緑章封事》（《昌谷集》卷一）：『緑章封事諮元父，六街馬蹄浩無主。』王琦《彙解》：『《演繁露》：

「今世上自人主，下至臣庶，用道家科儀奏事於天帝者，皆青藤紙朱字，名爲青詞。」綠章卽青詞，謂以綠紙爲表章也。』

（一九）窮探：極力研求，深入探索。韓愈《盧郎中雲夫寄示盤谷子歌以和之》：『窮探極覽頗恣橫，物外日月本不忙。』

正月二十八日夜大雪 辛丑〔一〕（一）

一冬無雪潤田疇（二），渴井泉源凍不流。昨夜忽飛三尺雪，今年須兆十分秋〔二〕。占時父老應先喜，忍凍饑民莫漫愁（三）。晴色已回春氣候，晚風搖綠看來牟（三）。

《瀛奎律髓》卷二一，又見《遂初小稿》、《梁溪遺稿》卷一、盛刻、尤刊、《全宋詩》卷二三三六。

【編年】

據所注『辛丑』，該篇當作於淳熙八年正月二十八日（一一八一年二月十三日）。

【繫地】

該篇當作於池州。尤袤任提舉江南東路常平茶鹽，夜大雪，有詩。

【彙校】

〔一〕校本題下均無『辛丑』小注。

〔二〕『須兆』，盛刻作『預兆』，尤刊作『須古』。

〔三〕『牟』，《遂初小稿》誤作『年』。『來牟』：古時種植的大小麥子的統稱。《詩經·周頌·思文》：『貽我來牟。』來，小麥；牟，大麥。

【箋注】

（一）該七言律詩，『尤』字韻。

（二）『一冬』句：無名氏（《宋史》卷一四一《樂志》引）：『宿雪潤田疇。』疇，已耕作的田地。

（三）漫愁：徒然犯愁。

【附錄】

方回評（《瀛奎律髓》卷二一）：『淳熙八年辛丑，遂初爲江東倉行部時詩，三四輕快。』

題米元暉《瀟湘圖》二首〔一〕（一）

萬里江天杳靄（二），一村烟樹微茫（三）。只欠孤篷聽雨（四），恍如身在瀟湘。

淡淡晴山橫霧〔二〕，茫茫遠水平沙。安得綠蓑青笠（五），往來泛宅浮家〔三〕（六）。

〔淳熙辛丑仲夏〔四〕梁溪尤袤觀於秋浦（七）〕〔五〕。

明趙琦美《趙氏鐵網珊瑚》卷一一（《全宋詩》誤作『卷三』），又見明郁逢慶《續書畫題跋記》卷二、明汪砢玉《珊瑚網》卷二八、《石渠寶笈》卷四二、清卞永譽《書畫彙考》卷四三、清倪濤《六藝之一錄》卷四〇〇、《宋詩紀事》卷四七、盛刻、尤刊、《全宋詩》卷二三三六。

【編年】

據其落款，該篇或作於淳熙八年二月十八日（一一八一年三月五日），一説於四月十六日（一一八一年五月三十日）。

【繫地】

該篇當作於池州。尤袤任池州通判，題米元暉《瀟湘圖》。

【彙校】

〔一〕題名又作『米敷文瀟湘長卷』（《續書畫題跋記》、《珊瑚網》、《六藝之一録》），『題米元暉《瀟湘圖》』（《宋詩紀事》），『米敷文瀟湘圖並題長卷』（《書畫彙考》），『宋米友仁《瀟湘圖》』（《石渠寶笈》），『米敷文《瀟湘圖》二首』（盛刻），『題米元暉《瀟湘圖卷》』（尤刊）。

〔二〕『晴』，《續書畫題跋記》、《珊瑚網》、《石渠寶笈》、《書畫彙考》、《六藝之一録》、《宋詩紀事》、盛刻均作『曉』。

〔三〕『往來』，《石渠寶笈》作『往往』。

〔四〕『仲夏』，《續書畫題跋記》、《珊瑚網》、《石渠寶笈》、《六藝之一録》均作『中春十八日』，《書畫彙考》、盛刻則作『中春十八日（一作「仲夏十六日」）』。

〔五〕『淳熙』二句： 底本與《宋詩紀事》、《全宋詩》均無此款識，據他書增補。

【箋注】

〔一〕該六言絶詩，『陽』字韻又『麻』字韻。米友仁（一〇七二—一一五一），一名尹仁，字元暉，自稱懶拙老人。祖籍太原（今屬山西），遷襄陽（今屬湖北），定居潤州丹徒（今江蘇鎮江），芾長子。幼力學嗜古，文詞書畫深得家法，世稱『小米』。早年歷知州縣。高宗紹興九年（一一三九），知滁州。十二年，由將作少監遷屯田員外郎。十四年，權兵部侍郎。十五年以敷文閣待制提舉神祐觀，奉朝請，故世稱『米敷文』。事蹟具劉宰《京口耆舊傳》卷二、明陶宗儀《書史會要》卷六本傳。《全宋詩》卷一三一七錄其詩十二首，《全宋文》卷三〇八二錄其文四十九篇。所作《瀟湘圖》卷現藏上海博物館。瀟，指湖南省境內的瀟水；湘，指的是橫貫湖南的河流，湘江。瀟湘一詞，最早見於《山海經·中次十二經》：『澧沅之風，交瀟湘之淵。』

（二）杳靄：雲霧飄緲貌。

（三）微茫：隱約，不清晰。

（四）孤篷：孤舟的篷，常用以指孤舟。

（五）『安得』句：唐張志和《漁歌子》（《全唐詩》卷三〇八）：『青箬笠，綠蓑衣，斜風細雨不須歸。』

（六）『往來』句：指以船爲家，在水上生活，漂泊不定。《新唐書》卷一九六《張志和傳》：『志和曰：願爲浮家泛宅，往來苕、霅間。』泛，漂浮；宅，住所。

（七）秋浦：即今安徽貴池。趙琦美《瀟湘圖考》（《趙氏鐵網珊瑚》卷一一）：『尤袤，字延之，無錫人，嘗侍光宗春坊，官至禮部尚書，謚文簡。此凡兩題，皆淳熙辛丑二月，時通判池州，故其一觀於秋浦。辛丑者，八年也。』

【附錄】

錢端禮《題米元暉瀟湘圖》(《續書畫題跋記》卷二)：『畫手自高前輩，雲山已屬吾曹。若會瀟湘物色，便當醉讀《離騷》。』

朱熹《題米敷文瀟湘圖卷》(《珊瑚網》卷四)：『閒雲無四時，散漫此山谷。幸乏霖雨姿，何妨媚幽獨。』

送晦庵南歸[一](一)

二年摩手撫瘡痍，恩與廬山五老齊(二)。合侍玉皇香案側(三)，卻持華節大江西[二](四)。鼎新白鹿諸生學(五)，築就長虹萬丈堤[三](六)。待哺饑民偏戀德(七)，老翁猶作小兒啼(八)。

《瀛奎律髓》卷二四，又見《遂初小稿》、《石倉歷代詩選》卷一八九、《宋元詩會》卷三八、《梁溪遺稿》卷一、《梁溪詩鈔》、盛刻、尤刊、《全宋詩》卷二三三六。

【編年】

該篇當作於淳熙八年閏三月二十七日(一一八一年五月十二日)朱熹南康任滿，除江西提刑，去郡之際。

【繫地】

該篇當作於池州。閏三月，贈詩與朱熹。

【彙校】

〔一〕『晦庵』,《梁溪遺稿》、盛刻、尤刊均作『朱晦庵』。

〔二〕『華』,《梁溪詩鈔》作『旌』。

〔三〕該句尤刊校語:『一本「築」字缺。』『萬丈』,《石倉歷代詩選》、《宋元詩會》均作『百尺』。『堤』,《遂初小稿》誤作『提』。

【箋注】

〔一〕該七言律詩,『齊』字韻。晦庵:朱熹(一一三〇—一二〇〇),字元晦,一字仲晦,號晦庵、遯翁,祖籍徽州婺源(今屬江西),生於南劍州尤溪(今屬福建)。高宗紹興十八年(一一四八)進士,授泉州同安主簿。罷歸請祠,監潭州南嶽廟。孝宗朝,歷官祕書郎,知南康軍,直祕閣,提舉江西、浙東常平茶鹽,江西提刑,祕閣修撰。光宗即位,知漳州。紹熙四年(一一九三),知潭州兼荊湖南路安撫。寧宗即位,除煥章閣待制兼侍講,尋提舉南京鴻慶宮。慶元二年(一一九六),韓侂胄專政,行僞學黨禁,落職罷祠。六年,卒,年七十一。嘉定二年(一二〇九),追謚文。理宗淳祐元年(一二四一),從祀孔廟。熹登第五十載,任地方官僅七年半,立朝時間更短,生平主要從事著述和講學,是宋代理學集大成者,在中國哲學史上占有重要地位,並在國際上產生了廣泛影響。朱熹著述甚富,計有文集一百卷、續集十一卷、別集十卷,編有《上蔡先生語錄》三卷,《河南程氏遺書》二十五卷,《河南程氏外書》十二卷,《名臣言行錄》前集十卷、後集十四卷,《近思錄》十四卷,《四書章句集注》十九卷,《太極圖解》注一卷,《通書解》一卷,《伊洛淵源錄》十四卷,《詩集傳》二十卷(『二十』,《全宋文》卷五四二八《朱熹小傳》誤作『八』),

《資治通鑑綱目》五十九卷，《楚辭集注》八卷，《朱子語類》一百四十卷等作品，俱存世。事蹟具黄榦《勉齋集》卷三六《文公朱先生行狀》，《宋史》卷四二九本傳。朱熹的文集在宋代已有多種版本，但是只有《晦庵先生朱文公文集》一百卷、續集十一卷、别集十卷本流傳了下來。元人所編，已無完整的本子傳世。明代文集刻印甚衆，其中編輯較早、校刻較精的是嘉靖十一年（一五三二）張大輪、胡岳刻本。《全宋詩》卽以《四部叢刊》影印明嘉靖十一年（一五三二）《晦庵先生朱文公文集》（其中卷一至卷一〇及别集卷七詩部）爲底本，校以宋寧宗時刻本、明成化十九年（一四八三）刻本、影印文淵閣《四庫全書》本、朝鮮李朝英祖辛卯（一七七一）刊《朱子大全》等。底本卷末考異，酌予吸收。新輯集外詩，編爲第十一、十二卷；《全宋文》亦以嘉靖十一年（一五三二）《晦庵先生朱文公文集》爲底本，參校宋淳熙間刻本、宋浙江刻本、宋閩中刻本及宋刊明印之續集、别集單行本等。浙、閩二本皆附《考異》，又清人賀瑞麟作《朱子文集正訛》、《記疑》，亦予采録。各本之外，又輯得集外文一百六十篇，合原集共編爲二百六十三卷。朱熹中第五甲第九十人，賜同進士出身。此後二公交往頻繁，朱子文集中多與尤袤談論學術之信函，如討論前人李建中（九四五—一〇一三）書法、高麗本《孟子》、《春秋繁露》等。其《紹興禮器圖》一書僅見於《遂初堂書目》（禮類），《朱氏易本義》（周易類）、《朱氏集傳稿》（詩類）、《朱氏中庸大學》、《深衣制度》、《古今家祭禮》、《四家禮範》（並禮類）、《語孟集義》（論語類）、《本朝名臣言行録》（本朝雜傳類）、《朱氏十書》（儀注類）、《朱氏通書太極圖解》、《上蔡語録》（並儒家類）等書則首見於《遂初堂書目》。其叔祖朱弁的《曲洧舊聞》一書首見於《遂初堂書目》（小説類），《遂初堂書目》（道家類）亦著録《朱弁注文子》一書。《無錫金匱縣志》卷一三《古蹟》：『來朱者，曾與考亭講道於此，後人因圖其像於壁。』然檢各種朱子《年譜》，均未記載其於無錫講學之事。

（二）廬山五老：　廬山東南側的五老峯，爲廬山著名的高峯，受巖層垂直節理的影響，形成了既相互分割又彼此相連的五個雄奇的峯嶺。五座主峯儼若五老並坐，故名。

（三）『合侍』句：　指在宫廷中隨侍帝王。元稹《以州宅夸於樂天》（《元氏長慶集》卷二二）：『我是玉皇香案吏，謫居猶得住蓬萊。』

（四）『卻持』句：　唐張九齡等《唐六典》卷八《門下省》：『旌節之制，命大將帥及遣使於四方，則請而假之，旌以專賞，節以專殺。』

（五）『鼎新』句：　鼎新，革新。淳熙五年（一一七八）史浩再度爲相，薦朱熹知南康軍（今江西星子縣），屢辭不許，次年（一一七九）赴任。訪白鹿洞書院遺址，奏請修，復舊觀，訂立學規，從事講學。

（六）『築就』句：　淳熙七年（一一八〇）九月，朱熹奏南康旱災，申請修築鄱陽湖石堤。

（七）『待哺』句：　淳熙七年（一一八〇）七月，朱熹向朝廷稟奏南康軍旱災，請求乞除『總經製錢』（交易稅）、『月樁錢』（軍費）對於老百姓的盤剝。

（八）小兒啼：　謂聲似小孩啼哭。《史記》卷一一九《循吏列傳》：『丁壯號哭，老人兒啼。』

【附錄】

方回評（《瀛奎律髓》卷二四）：『淳熙八年辛丑三月初四日，朱文公在南康除江西提刑。先是，嘗有任滿奏事之旨，故延之詩云耳。』

寄贈袁知州雙蓮（存目）

【編年】

袁説友有七言絶句《題尤提舉惠雙蓮二首》（《東塘集》卷六），據其『六月炎歊苦盛長』句，則該篇當作於淳熙八年（一一八一）六月。

【繫地】

該篇當作於池州。尤袤任通判，送花，或兼有贈詩與袁説友。

【附録】

袁説友《題尤提舉惠雙蓮二首》（《東塘集》卷六）：『十年蹤跡落修門，賸憶西湖菡萏風。今日江城秋浦上，舞綃依約舊相逢。』『六月炎歊苦盛長，一枝遺伴北窗涼。此花便合雄文記，擬爲君書瑞應堂。』

題秋霜閣後山泉（一）

誰把機關引石泉，穿崖一溜響濺濺（二）。爭如廬阜香爐頂，坐看銀河落九天。（三）

清習全史《順治涇縣志》卷一一《藝文》，又見《全宋詩》卷二三三六。

【編年】

李白《游水西簡鄭明府》：『五月思貂裘，謂言秋霜落』，名閣取此意也；尤袤游歷、創作的具體時間難以確定，因秋霜閣在江東境内，據尤袤江東任官之下限，姑繫於淳熙八年（一一八一）。

【繫地】

該篇當作於江南東路寧國府涇縣（今屬安徽）。尤袤游歷秋霜閣，有詩。

【箋注】

（一）該七言絶句，『先』字韻。

（二）一溜：一行、一排。濺濺：流水聲。

（三）『爭如』二句：李白《望廬山瀑布》（《李太白集注》卷二一）：『日照香爐生紫烟，遥看瀑布挂前川。飛流直下三千尺，疑是銀河落九天。』

【附録】

呂本中《宿秋霜閣後方丈》（《東萊詩集》卷一一）：『秋霜閣後山屈蟠，行人衝泥脚未乾。正是水西佳絶處，不辭風雨夜深寒。』

周紫芝《宿秋霜閣後方丈》（元汪澤民、張師愚《宛陵羣英集》卷一二，《太倉稊米集》卷九題作《水西壁間見呂居仁絶句次其韻》）：『秋霜落後題詩處，醉墨淋漓苦未乾。不見窮愁孟東野，亂峯空鎖一溪寒。』

李宏《宿秋霜閣方丈》（《宛陵羣英集》卷一二）：『青山夭矯虬龍蟠，溪流瀉竭灘聲乾。履霜未落秋尚早，夜半已作貂裘寒。』

徐良弼《秋霜閣》：『秋霜閣下水潺潺，一片清泉漱玉寒。試把塵襟來此濯，要看披腹吐琅玕。』

廬山雜詠（存目）

【編年】

據朱熹《奉同尤延之提舉〈廬山雜詠〉·白鹿洞書院》所述，『荒榛適剪除，聖謨以汪洋。亦有皇華使，肯來登此堂』，則尤袤是訪當於書院修繕之後；然具體創作時間難以確定，今以朱熹江西任職之下限，姑繫於淳熙九年（一一八二）。

【繫地】

該篇當作於江南東路南康軍星子（今屬江西）。尤袤或在廬山，與朱熹唱和，而有是作。

【箋注】

該組爲五言古詩。據朱熹《奉同尤延之提舉〈廬山雜詠〉》（《晦庵先生朱文公文集》卷七）可知，該組詩凡十四首，分別論及白鹿洞書院（『養』字韻）、折桂院黃雲觀（『陽』字韻）、楞伽院李氏山房（『陽』字韻）、棲賢院三峽橋（『月』字韻）、西澗清淨退庵（『元』字韻）、臥龍庵武侯祠（『藥』字韻）、萬杉寺（『支』字韻）、開先漱玉亭（『紙』字韻）、簡寂觀（『侵』字韻）、歸宗寺（『先』字韻）、陶公醉石歸去來館（『先』字韻）、温湯（『紙』字韻）、康王谷水簾(『尤』字韻)、落星寺(『歌』字韻)等。

【附錄】

朱熹《奉同尤延之提舉〈廬山雜詠〉》(《晦庵先生朱文公文集》卷七)

《白鹿洞書院》:『昔人讀書地,町疃白鹿場。世道有升降,茲焉更表章。矧今中興年,治具一以張。絃歌獨不嗣,山水無輝光。荒榛適剪除,聖謨已汪洋。亦有皇華使,肯來登此堂。問俗良懇惻,懷賢增慨慷。雅歌有餘韻,絕學何能忘。』

《折桂院黃雲觀》:『城中東北望,五老何蒼蒼。下有前朝寺,一原頗深藏。門前林澗幽,屋後雲木荒。閑窗亦明潔,著此瑞錦張。更能理枯笻,步上林北岡。仰視天宇闊,俯瞰江流長。受書彼何人,姓字不足詳。竹帛有遺臭,桂樹徒芬芳。』

《楞伽院李氏山房》:『躡石循急磵,穿林度重岡。俛入幽谷邃,仰見奇峯蒼。李公英妙年,讀書此雲房。一去上臺閣,致身何慨慷。蘇公記藏書,文字有耿光。餘事亦騷雅,戲墨仍風霜。兩公不歸來,歲月忽已荒。何用建遺烈,寒泉薦孤芳。』

《棲賢院三峽橋》:『兩岸蒼壁對,直下成斗絕。一水從中來,湧潏知幾折。石梁據其會,迎望遠明滅。倏至走長蛟,捷來翻素雪。聲雄萬霹靂,勢倒千嵽嵲。足掉不自持,魂驚詎堪說。老仙有妙句,千古擅奇崛。尚想化鶴來,乘流弄明月。』

《西澗清淨退庵》:『凌兢度三峽,窈窕復一原。絕壁擁蒼翠,奔流逝潺湲。聞昔避世人,寄此茅三間。壯節未云遠,高風杳難攀。深尋得遺墟,縛屋臨清灣。坐睨寒木杪,飛泉閟雲關。茲游非昔游,累解身復閑。保此清淨退，當歌不能諼。』

《臥龍庵武侯祠》：『空山龍臥處，蒼峭神所鑿。下有寒潭幽，上有明河落。我來愛佳名，小築寄幽壑。永念千載人，丹心豈今昨。英姿儼繪事，凜若九原作。寒藻薦芳馨，飛泉奉明酌。公來識此意，顧步慘不樂。抱膝一長吟，神交付冥漠。』

《萬杉寺》：『休沐聊命駕，駕言何所之。行尋慶雲寺，想像昭陵時。門前杉徑深，屋後杉色奇。空山歲年晚，鬱鬱凌寒姿。當年雨露恩，千載有餘滋。匠石不敢睨，孤標儼相持。更啓石室藏，仰瞻天像垂。願以清淨化，永爲太平基。』

《開先漱玉亭》：『奇哉康山陽，雙劍屹對起。上有橫飛雲，下有瀑布水。崩騰復璀璨，佳麗更雄偉。勢從三梁外，影落明湖裏。平生兩仙句，詠歎深仰止。三年落星灣，悵望眼空睎。今朝隨杖屨，得此弄清泚。更誦玉虹篇，塵襟諒昭洗。』

《簡寂觀》：『高士昔遺世，築室蒼崖陰。朝真石壇峻，煉藥古井深。結交五柳翁，屢賞無絃琴。相攜白蓮渚，一笑傾夙心。晚歲更市朝，故山鎖雲岑。柴車竟不返，鸞鶴空遺音。我來千載餘，舊事不可尋。四顧但絕壁，苦竹寒蕭槮。』

《歸宗寺》：『金輪紫霄上，寶界鸞溪邊。往昔王內史，願香有餘烟。千年今一歸，景物還依然。澗水既蕩潏，山花亦清妍。不辭原隰勞，樂此賓從賢。訪古共紆鬱，勞農獨勤拳。憐我乖勝踐，裂牋寄真詮。逃禪公勿遽，且畢區中緣。』

《陶公醉石歸去來館》：『予生千載後，尚友千載前。每尋高士傳，獨歎淵明賢。及此逢醉石，謂言公所眠。況復巖壑古，縹緲藏風烟。仰看喬木陰，俯聽横飛泉。景物自清絶，優游可忘年。結廬倚蒼峭，舉觴酹潺湲。臨風一長嘯，亂以歸來篇。』

《溫湯》：『連山西南來，中斷還崛起。干霄幾千仞，據地三百里。飛峯上靈秀，衆壑下清美。逮茲勢力窮，猶能出奇偉。誰燃丹黃燄，爨此玉池水。客來爭解帶，萬劫付一洗。當年謝康樂，絃絶今已矣。水碧復流溫，相思五湖裏。』

《康王谷水簾》：『循山西北騖，崎嶇幾經丘。前行荒蹊斷，豁見清溪流。一涉臺殿古，再涉川原幽。縈紆復屢渡，乃得寒巖陬。飛泉天上來，一落散不收。披崖日璀璨，噴壑風颼飀。追薪爨絶品，瀹茗澆窮愁。敬酹古陸子，何年復來游。』

《落星寺》：『浩浩長江水，東逝無停波。及此一回薄，湖平烟浪多。孤嶼屹中川，層臺起周阿。晨望愛明滅，夕遊驚蕩磨。極目青冥茫，回瞻碧嵯峨。不復車馬迹，唯聞榜人歌。我願辭世紛，茲焉老漁蓑。會有滄浪子，鳴舷夜相過。』

游閣皂山（一）

春山靈草百花香，誰識仙家日月長。（二）滿院莓苔綠陰匝（三），棋聲何處隔宮牆（四）。

《遂初小稿》，又見盛刻、尤刊、《全宋詩》卷二三三六。

【編年】

閣皂山，道教第三十六福地。張君房《雲笈七籤》卷二七《洞天福地》引唐司馬承禎《天地宮府圖·七十二福地》云：『第三十六，閣皂山，在吉州新淦縣，郭真人所治處。』以其形如閣，色如皂，故名；尤袤游歷、創作的具體時間難以確定，因閣皂山在江西臨江軍境內，據尤袤江西任官之下限，姑繫於淳熙十年（一一八三）。

【繫地】

該篇當作於江南西路臨江軍新淦（今江西新干）。尤袤游歷閣皂山，有詩。

【彙校】

題名又作『閣皂山』（《詩人玉屑》）、『閣皂山作』（《宋詩紀事》）。『閣』，《全宋詩》作『閤』。

【箋注】

（一）該七言絕句，『陽』字韻。此詩《詩人玉屑》卷一九、《宋詩紀事》卷七三均署作『劉遂初』（劉正之，字子正，臨江人。其亦有『遂初堂』，友人黃幹曾爲之記，見《勉齋集》卷一九）。周必大《泛舟遊山錄》（《文忠集》卷一六九）：『丁亥，午後至臨江軍……戊子，早至軍學觀石刻，赴李守會。軍治據富壽岡，後圃有清江臺對閣皂山。山雖小，頗類匡廬，江心又有蕭渚。』

（二）『春山』二句：蘇軾《續麗人行》：『深宮無人春日長，沉香亭北百花香。』

（三）莓苔：青苔。

（四）『棋聲』句：唐司空圖《與李生論詩書》（《司空表聖文集》卷二）：『得於道宮，則有「棋聲花院閉，幡影石幢高」。』

入紫宸殿賀雪（存目）

【編年】

楊萬里《追和尤延之檢詳〈入紫宸殿賀雪〉》（《誠齋集》卷一九）乃追次尤氏之作，其題名下夾注：『淳熙十一年底作於行在所。』（『詳』，《四庫全書》本作『討』）則尤氏該篇當作於淳熙十一年（一一八四）冬日。

【繫地】

該篇當作於臨安。尤袤除樞密院檢詳文字兼太子侍講，於紫宸殿有賀雪之作。

【箋注】

該篇爲七言律詩，『蕭』字韻。紫宸殿，卽文德殿，爲用於上壽時的稱呼（《咸淳臨安志》卷一《宮闕一》）。

【附錄】

楊萬里《追和尤延之檢詳〈入紫宸殿賀雪〉》（《誠齋集》卷一九）：『錫山詩老立層霄，黃竹賡歌宴在瑤。有客夢中聞雪作，曲肱篷底信船搖（雪時余方解舟三衢）。遥知瑞葉飄香袖，笑向梅花趁早朝。未嘆山人負猿鶴，負渠縮項與長腰。』

又《早朝紫宸殿賀雪呈尤延之二首》（《誠齋集》卷一九）：『雪花將瑞獻君王，晴早銷遲戀建章。不肯獨清須帶月，猶嫌未冷更吹霜。』『雪妃月姊宴羣仙，珠閣銀樓集玉鸞。老子來看收不徹，梅梢拾得水精盤。』

寄林景思（一）

臨海睽離七度春（二），都城相見話悲辛〔一〕。蒼顏白髮渾非舊（三），短句長篇卻有神。一第蹉跎真可嘆（四），半生奔走坐長貧。老懷先〔二〕自難爲別（五），相識如君更幾人。

《天台續集別編》卷四，又見《宋詩紀事補遺》、盛刻、尤刊、《全宋詩》卷二三三六。

【編年】

尤袤於淳熙四年（一一七七）台州任滿與林憲告別，至淳熙十一年（一一八四）恰爲七年，則該篇當作於十一年。吳洪澤《尤袤年譜》繫於三年（一一七六），誤。

【繫地】

該篇當作於臨安。林憲應舉落第後，尤袤有詩寄之。

【彙校】

〔一〕『相』，《宋詩紀事補遺》、盛刻均作『想』。

〔二〕該句此處《全宋詩》夾注：『自注：去聲。』

【箋注】

（一）該七言律詩，『真』字韻。

（二）睽離：分離、離散。《世說新語》卷上之下《文學》：『自頃世故睽離，心事淪藴。』

（三）蒼顔白髮：面容蒼老，滿頭白髮。歐陽脩《醉翁亭記》（《文忠集》卷三九）：『蒼顔白髮，頹然乎其間者，太守醉也。』

（四）第：科第，科舉時代考試合格列入的等第。也指取得的功名。

（五）老懷：老年人的心懷。

右司郎署疏竹（存目）

【編年】

楊萬里有《二月望日遞宿南宫，和尤延之右司郎署疏竹之韻》（《誠齋集》卷一九）乃唱和尤氏之作，則該篇當作於淳熙十二年（一一八五）二月。南宫，即尚書省，在臨安府和寧門北，舊顯寧寺都堂。

【繫地】

該篇當作於臨安。尤袤任右司郎中兼太子侍講、國史院編修官，有詩寄贈楊萬里，楊萬里有和詩。

【箋注】

該首爲七言律詩，『庚』字韻。尤袤時居官右司郎中任，檢正左右司衙署在都堂西諫院之右，面東

（《咸淳臨安志》卷四《朝省》）。

【附錄】

楊萬里《二月望日遞宿南宮，和尤延之右司郎署疏竹之韻》（《誠齋集》卷一九）：『此君見我眼猶青，笑我吟髭雪點成。憶昔與君同舍日，聽渠將雨作秋聲。夜來遞宿三更悄，葉底春寒一倍生。夢入故園數新筍，穿籬破蘚幾莖莖（『莖莖』，《四庫全書》本作『莖橫』）。』

郊祀大禮慶成詩（存目）

【編年】

據《南宋館閣續錄》卷五《撰述》所題尤袤之官銜（『右司郎中兼國史院編修官』），則該篇當作於淳熙十二年（一一八五）二月後，今已不存。

【繫地】

該篇當作於臨安。尤袤任右司郎中兼太子侍講、國史院編修官，而有是作。

【箋注】

《南宋館閣續錄》卷五《撰述・進詩》：『〔淳熙〕十二年，恭進《郊祀大禮慶成詩》（祕書監沈揆，右司郎中兼國史院編修官尤袤，將作少監兼國史院編修官何澹，軍器少監兼國史院編修官范仲藝，祕書丞梁汝永，著作郎黄倫、羅點，祕書郎黄唐、高雲，校書郎倪思、莫叔光，正字鄧馹、王叔簡各一首）。』

【附録】

蘇頌《皇帝初郊大禮慶成詩》(《蘇魏公文集》卷一):『六帝貽謀聖繼明,兩宫崇祀上躬行。熙壇初展嚴禋報,觀盥三終孝享成。仰法祖宗尊本始,致隆高厚罄純精。告虔並薦圓方玉,在滌交充繭栗牲。吉土兆南殊漢畤,景圭迎至協周正。羽旄備物甘泉仗,觚陛層垓委粟營。齋寢累朝思志意,真廷穀旦奉粢盛。八神警蹕敺氛沴,九貊梯航入貢菁。過廟徂郊紆步武,撤茵停蓋肅公卿。服裘尚質遵前製,配冊修辭正重名。篆鼎割烹工奏夏,午階登降斗旋衡。先時非霧滋鱗隰,竟夕祥光燭縵城。鐘虡四廂庭樂畢,樵蒸千石燎烟輕。龍回雕輦昇嶢闕,鶴負恩書下采楹。海外鶏星占澤霈,樓前鼉鼓震霆驚。風雲氣應靈臺候,雷雨仁深犴圄清。有昊感通欽輔德,聿修寅畏念持盈。旁求遺逸搜巖穴,寬舍租逋惠隸氓。天錫泰元神策瑞,民歌華黍歲豐聲。老臣扈從知何補,敢次輿言頌太平。』

和楊廷秀新涼(殘句)

□□□□□,□□□□幾。□□□□□,□□□□至。□□□□□,□□□□已。□□□□□,□□□□起。□□□□□,□□□□髓。□□□□□,□□□□駛。□□□□□,□□□□此。□□□□□,□□□□倍。□□□□□,□□□□意。□□□□□,早歸山林歲。

【編年】

此爲尤氏於淳熙十二年(一一八五)初秋和楊萬里《新涼五言呈尤延之》(《誠齋集》卷一九)而作。

【繫地】

該篇當作於臨安。尤袤任右司郎中兼太子侍講、國史院編修官，與楊萬里唱和，而有是作。

【箋注】

該篇爲五言古詩，『紙』字韻，末章有『早歸山林歲』之句，其餘部分今已不存。

【附録】

楊萬里《新涼五言呈尤延之》（《誠齋集》卷一九）『暑極無可增，夏餘亦復幾？幽人暍欲臘，日日望秋至。秋至涼不隨，夏去熱未已。一夕睡美餘，秋從簟波起。新涼來何方？灑若清到髓。夕前輕雨作，雨後微風駛。涼偶與之偕，未必涼因此。向來亦風雨，既止暑更倍。但令暑爲涼，老病有生意。何必問所求，亦莫悲徂歲。』

又《尤延之和予新涼五言，末章有『早歸山林』之句，復和謝焉》（《誠齋集》卷一九）：『投分詎云稀，會心諒亡幾？從君澹何奇，與我凜獨至。相逢情若忘，每別懷不已。偶因《新涼篇》，令予懦全起。藉草分澗芳，陟巘共石髓。松陰俯逝波，不徐亦不駛。平生還山約，終食能忘此。可憐各異縣，千里復三倍。它日寄相思，百書那寫意。從今可相疏，卻嘆日爲歲。』

方岳《夜聞雨用誠齋『新涼』韻》（《秋崖集》卷五）：『歲事不可常，吾生復餘幾？立秋五十日，殊未涼風至。山田欲生烟，旱氣亦可已。摵摵聲入桐，中夜攬衣起。未議填飢腸，且與洗渴髓。霢霂倘優渥，安用雷電駛。相傳水晶宫，法施政如此。焦枯寬一分，熱惱清十倍。稽首不昧香，我意則佛意。問雨從何來，君其無罪歲。』

送趙子直帥蜀，得『須』字二首〔一〕（一）

射策當年首漢儒〔二〕（二），去登雲路只斯須〔三〕（三）。飽聞治最誇閩部〔四〕（四），已有先聲到益都〔五〕（五）。壯略定羌元自許〔六〕，宗英帥蜀舊來無〔七〕。前驅叱馭休辭遠〔八〕，看取東歸上政塗〔九〕。

帝念西南在一隅，簡求才德應時須〔一〇〕。羌彝種落誇威令〔六〕（一一），秦隴關河聽指呼。自古功名多少壯，及今談笑定規模〔七〕。玉山舊政人誰記〔一二〕，應掃棠陰看畫圖〔八〕（一三）。公前夢玉山江端明，次日有帥蜀之命。〔九〕

《瀛奎律髓》卷二四，又見《遂初小稿》、《石倉歷代詩選》卷一八九、《梁溪遺稿》卷一、盛刻、尤刊、《全宋詩》卷二三三六。

【編年】

該篇作於淳熙十三年（一一八六）三月趙汝愚制置四川兼知成都府前。

【繫地】

該篇當作於臨安。與楊萬里等人送趙汝愚赴成都任制置四川兼知成都府，行前作詩。

【彙校】

〔一〕『二首』，《遂初小稿》、《石倉歷代詩選》亦無，現據他書增補。

〔二〕『漢』，《遂初小稿》誤作『漠』。

〔三〕『斯』，《遂初小稿》誤作『欺』。

〔四〕『部』，《梁溪遺稿》、盛刻、尤刊均作『郡』。

〔五〕該句尤刊校語：『「到」，一作「壯」。』

〔六〕『彝』，底本、《遂初小稿》、《石倉歷代詩選》、盛刻亦作『夷』，現據他書校改。羌一般指的是生活在陝西西部和青藏高原東部的民族，夷一般指的是古代中國南部和東南的民族；而彝族主要分佈在滇、川、黔、桂四省區的高原與沿海丘陵之間，主要聚集在楚雄、紅河、涼山、畢節、六盤水和安順等地。

〔七〕『模』，《遂初小稿》、《石倉歷代詩選》均作『摹』。

〔八〕『畫』，《遂初小稿》誤作『晝』。

〔九〕此注據《瀛奎律髓》卷二四方回引『元注』補。

【箋注】

〔一〕該七言律詩，『虞』字韻。趙子直：趙汝愚（一一四〇—一一九六），字子直，開封（今屬河南）人，僑居饒州餘干（今屬江西）。宋宗室，善應子。孝宗乾道二年（一一六六）進士，簽書寧國軍節度判官。召試館職，除祕書省正字，遷校書郎、著作郎。八年，知信州。淳熙二年（一一七五），知台州，尋除江西轉運判官。入爲吏部侍郎兼太子侍講，遷祕書少監權給事中，權吏部侍郎兼太子右庶子。九年，出爲福建路安撫使兼知福州，遷直學士，十三年，任四川制置使，兼知成都府。進敷文閣學士知福州。光宗紹熙二年（一一九一），召爲吏部尚書。四年，遷知樞密院事。五年，孝宗卒，光宗以疾不能執喪，與外戚韓侂胄擁立寧宗，拜右丞相。在相位僅半年，即遭韓排擠出知福州，尋謫永州安置，慶元二年（一一九六）至衡州暴卒，年五十七。後謚忠定，封周王。事蹟具清《道光餘干縣志》卷二一劉光祖《宋丞相忠定趙公墓誌銘》，《宋史》卷三九二本傳。著有《太祖實録》、詩文集十五卷，已佚；編有《國朝諸臣奏議》一百五十卷，傳世。今《全宋詩》卷二五八三録其詩八首，又殘句『早晚扁舟會東下，莫占衡岳問歸程』、『寒雪冥濛外，山雲顯晦中』等兩條；《全宋文》卷六一八五至六一九三收其文九卷。其與尤袤亦有文字往來，如曾同跋曾敏行《獨醒雜志》。其《分門名臣奏議》一書首見於《遂初堂書目》（章奏類）。

（二）射策：漢代考試法之一，一種以經術爲内容的選士考試方法。主試者提出問題，書之於策，覆置案頭，受試人拈取其一，叫作『射』；按所射的策上的題目作答。『射』是『投射』之意。漢代射策之法，一般應用於太學諸生的考試，選補博士以及明經、察舉的考試。

（三）雲路：顯達的宦途。登雲路，比喻做官一帆風順，平步青雲。斯須：須臾、片刻。《禮記·祭義》：『禮樂不可斯須去身。』鄭玄注：『斯須，猶須臾也。』

（四）飽聞：猶『多聞』。杜甫《憑何十一少府邕覓榿木栽》：『飽聞榿木三年大，與致溪邊十畝陰。』

（五）先聲：昔日的聲望。蘇軾《送穆越州》：『舊政猶傳蜀父老，先聲已振越溪山。』

（六）『壯略』句：指北宋熙寧七年（一〇七四），熙河路經略安撫使王韶率軍進攻吐蕃定羌城（今甘肅廣河）等地的作戰。

（七）宗英：皇室中才能傑出的人。《漢書》卷一〇〇《敘傳下》：『禮樂是修，爲漢宗英。』在趙汝愚之前，無宗室帥蜀者。

（八）叱馭：《漢書》卷七六《王尊傳》：『遷益州刺史。先是琅邪王陽爲益州刺史，行部至邛郲九折阪，嘆曰：「奉先人遺體，奈何數乘此險！」後以病去。及尊爲刺史，至其阪，問吏曰：「此非王陽所畏道邪？」吏對曰：「是。」尊叱其馭曰：「驅之，王陽爲孝子，王尊爲忠臣。」』叱，呼喝；馭，駕車人；驅之，驅馬讓它快走。後遂以『叱馭』爲因公忘險、奮不顧身之典。

（九）看取：看。取，作助詞，無義。猶『且看』。東歸：指回京城臨安。政塗：治道。《梁書》卷一《武帝本紀上》：『思弘政塗，莫知津濟。』

（一〇）簡求：揀選尋求。《後漢書》卷一〇《皇后紀序》：『自古雖主幼時艱，王家多釁，必委成冢宰，簡求忠賢，未有專任婦人，斷割重器。』

（一一）種落：種族部落。《晉書·載記序》：『天未悔禍，種落彌繁。』威令：政令、軍令。

（一二）『玉山』句：汪應辰（一一一八—一一七六），初名洋，字聖錫，信州玉山（今屬江西）人。高宗紹興五年（一一三五）狀元，授鎮東軍簽判，召爲祕書省正字。九年，因反對議和，出通判建州。奉祠，寓居常山，起通判袁州、靜江府、廣州。二十六年，召爲吏部郎官，遷右司。未幾，以親老乞外，出知婺州。二十九年，入朝，除祕書少監，遷權吏部尚書、權戶部侍郎兼侍講。三十二年，知福州。孝宗隆興元年（一一六三），除四川安撫制置使兼知成都府。乾道四年（一一六八），除吏部尚書，兼侍讀，因言事多與中貴不合，力求去。六年，以端明殿學士出知平江府。卒謚文定。應辰少從呂居仁、胡安國游，精于義理，張栻、呂祖謙皆深器之。立朝剛正，多革弊端，中貴人皆側目。事蹟具《宋史》卷三八七本傳。著有《玉山文集》、《石林燕語辨》等。《玉山文集》，明初有五十卷，後亡，賴程敏政從内閣藏本摘輯爲《汪文定公集》十三卷（『十三』，《全宋文》卷四七六一《汪應辰小傳》作『十二』），有嘉靖間夏浚刊本。清乾隆中四庫館臣據《永樂大典》輯補爲《文定集》二十四卷，其中詩一卷。《全宋詩》以影印文淵閣《四庫全書》本爲底本，校以明嘉靖夏浚刊本。新輯集外詩附於卷末；《全宋文》以影印之文淵閣《四庫全書》本《文定集》作底本，參校武英殿聚珍版本，另輯得佚文三十九篇，共編爲二十二卷。據《宋史》本傳記載，尤袤幼年曾從之游。紹興中（約十二年至二十五年間，此據汪應辰信中『魏公再相』的提法而定），尤袤或拜訪之（《文定集》卷一五《與呂叔潛書》）。兩人書函往來，討論學術，涉及《神宗實錄》等書（《文定集》卷一五《答尤延之書》）。乾道五年（一一六九），尤袤以其薦召除將作監簿。淳熙三年（一一七六），其卒後，尤袤與朱熹、楊樫等人均往信州玉山弔唁，有《題紹德庵真如軒》之作。其《二禮雅言》（禮類）、《汪端明内制》（别集類）等書首見於《遂初堂書目》；又，《遂初堂書目》（實錄類）著錄《神宗實錄》一書，或亦鈔自汪氏。舊政：汪應辰曾以敷文閣直學士爲四川制置使知成都府。據尤袤注，帥蜀之命下之前，趙汝愚曾夢及汪應辰。

（一三）『應掃』句：用蘇軾《送周正孺知東川》『爲君掃棠陰，畫像或相踵（蜀中太守無不畫像者）』之典故。周尹，字正孺，成都府新繁（今屬四川成都）人。仁宗慶曆六年（一〇四六）進士，嘗知利州。神宗熙寧末累官屯田郎中，九年兼侍御史，十年提點荊湖北路刑獄。歷提點河北刑獄，知眉州。丁母憂，服除，入爲主客郎中，遷考功郎中兼權吏部。哲宗元祐四年（一〇八九）知梓州，五年除直祕閣。事蹟具李燾《續資治通鑑長編》卷二七三、二八四、四四九，《宋史翼》卷一，《宋蜀文輯存作者考》。

【附録】

方回評（《瀛奎律髓》卷二四）：『元注云：「公前夢玉山汪端明，次日有帥蜀之命。」校其出處，大略相似。且俱以四十七歲入蜀，其夢玉山持帚相拜，故用東坡送周文儒「帥梓棠陰」之語。成都太守，自國朝以來，至今皆畫像云。玉山汪應辰諱端明，趙子直諱汝愚，皆狀元出身，以宗室帥蜀自子直始。後以爲相，亦越前此也。』

楊萬里《餞趙子直制置閣學侍郎出帥益州分，未到五更猶是春，二十八字爲韻，得『猶』字》（《誠齋集》卷二〇）：『錦水花潭照碧油，西清學士舊遨頭。隨身琴鶴如清獻，治蜀功名更武侯。無晚十行看暮召，不應三峽隔辰猶。垂楊管得人離別，舞破春風勸玉舟。』

立春後一日和張功父《園梅未花》韻（存目）

【編年】

此爲尤氏於淳熙十四年（一一八七）正月和張鎡《立春日園梅未花，書呈尤檢正》（《南湖集》卷五）而作。

【繫地】

該篇當作於臨安。正月，立春後一日，和張鎡詩。

【箋注】

該首爲七言律詩，『支』字韻，有『冰柱』句，其餘部分今已不存。張鎡（一一五三—一二一一），字時可，又字功甫，號約齋，秦州成紀（今甘肅天水）人，南渡後居臨安（今浙江杭州），俊曾孫。孝宗淳熙五年（一一七八），直祕閣、通判婺州。寧宗慶元間歷司農寺主簿、丞。開禧三年（一二〇七）爲司農少卿，因預殺韓侂胄密謀，爲史彌遠所忌，一再貶竄。嘉定四年（一二一一）十二月爲奉議郎，坐扇搖國本除名，象州羈管，死于貶所。事蹟具楊萬里《誠齋集》卷八〇《約齋南湖集序》。鎡藉父祖遺蔭，生活侈汰，於淳熙十二年（一一八五）構園林於南湖之濱。曾先後從楊萬里、陸游學詩，並多唱和。作有詩三千首，編爲《南湖集》二十五卷，又有《玉照堂詞》，皆久佚；清四庫館臣據《永樂大典》輯爲十卷，其中詩九卷。今《全宋詩》以影印清文淵閣《四庫全書》本爲底本，校以《永樂大典》殘本及清乾隆鮑廷博校刻本等，新輯集外詩編爲第十卷；《全宋文》卷六五六五錄其文九篇。其《張鎡南湖集》一書首見於《遂初堂書目》（別集類）。

【附錄】

張鎡《立春日園梅未花，書呈尤檢正》（《南湖集》卷五）：『凍禽先自起多時，暖戀衾重曉不知。栩栩夢回思樹繞，綿綿息動離床支。十行猶用午年曆，數首初編丁稿詩。臘雪已多春定好，願求名句檄南枝。』

楊萬里《立春後一日和張功父〈園梅未花〉之韻》（《誠齋集》卷二一）：『前夕三更月落時，東風已動萬花知。江梅端合先交割，春色如何未探支。只欠梁溪冰柱句，追懷和靖暗香詩。張家剩有葱根指，不把瓊酥滴一枝。』頸聯『只欠梁溪冰柱句，追還和靖暗香詩』，則尤袤該篇中當有『冰柱』一句。

功父桂隱花開，蒙邀賞，和韻以謝之（存目）

【編年】

楊萬里有詩《木犀初發呈張功父》、《又和》等七首（《誠齋集》卷二三），該卷所錄，起淳熙十四年（一一八七）夏，迄淳熙十五年（一一八八）正月；則尤氏該篇當作於十四年（一一八七）秋。

【繫地】

該篇當作於臨安。尤袤應邀與楊萬里、京鏜等人，至張鎡桂隱軒賞花，彼此唱和。

【箋注】

該首爲七言律詩，『侵』字韻。京鏜（一一三八—一二〇〇），字仲遠，號松坡，洪州新建（今江西南昌）人。高宗紹興二十七年（一一五七）進士。歷知江州瑞昌縣。孝宗淳熙中以薦召對，言甚切至，擢爲監察御史，累遷右司郎官，轉中書門下省檢正諸房公事。金人弔高宗喪，鏜爲報謝使。還，除權工部侍郎。十五年，授四川安撫制置使兼知成都府，蜀以大治。光宗紹熙二年（一一九一），召爲刑部尚書。五年，簽書樞密院事、參知政事。寧宗慶元元年（一一九五），除知樞密院事。二年，除右丞相。六年，進左丞相，封冀國公。尋卒，年六十三。謚文忠，改莊定。事蹟具《誠齋集》卷一二三《文忠京公墓誌銘》、《宋史》卷三九四本傳、《雍正江西通志》卷五〇。著有《松坡集》，已佚，有詞集《松坡居士樂府》傳於世。《全宋詩》卷二五五七錄其詩《留金館作》、《漳河疑塚》二首，又殘句『八千里隔東西境，十二時分晝夜泉』、『湖邊春色十分深』兩條；《全宋文》卷六一一五錄其文十八篇。

【附錄】

楊萬里《木犀初發呈張功父》（《誠齋集》卷二三）：『塵世何曾識桂林，花仙夜入廣寒深。移將天上眾香國，寄在梢頭一粟金。露下風高月當戶，夢回酒醒客聞砧。詩情惱得渾無那，不爲龍涎與水沈。』

《又和六首》（《誠齋集》卷二三）：『詩人家在木犀林，萬頃湖光一徑深。夾路兩行森翠蓋，西風半夜散麩金。邀賓把酒香浮玉，擘水庖霜膾落砧。掇取仙山入京洛，不妨冷眼看昇沈。』

『分得吳剛斫處林，鵝兒酒色不須深。系從犀首名千木，派別黃香字子金。衣濺薔薇兼水麝，韻如月杵應霜砧。餘芬薰入旃檀骨，從此人間有桂沈。』

『端能小脫簿書林，招喚詩流卜夜深。老我愁隤半山玉，憑君淺酌一荷金。水邊賞桂秋團坐，雨後摘蔬香滿砧。乘醉卻來湖上戲，手翻波月看浮沈。』

『約齋詩客坐詩林，派入江西徹底深。縫霧裁雲梭織錦，明堂清廟玉摐金。已呼毛穎哦齏臼，更約姮娥聘藁砧。細詠新來木犀句，一燈明滅夜沈沈。』

『老子江西有故林，萬松圍裏桂花深。憶曾風露飄寒粟，自領兒童拾落金。割蜜旋將揉作餅，擣香須記不經砧。一枝未覺秋光減，燈影相看萬籟沈。』

『帝城底裏有山林，桂樹團團烟霧深。玉臂折來數枝月，銀髯羞插滿頭金。談間千首有此客，空外一聲何處砧。酒亦銷愁亦生病，不須不醉不須沈。』

張鎡《桂隱花正開，得誠齋木樨七言，次韻奉酬》（《南湖集》卷五）：『未說香高衆卉林，清名先已入人深。衣青萼綠不見珮，屋貯阿嬌純用金。久恨酒腸慳似琖，更輸詩字響如砧。公能爲辦歸休計，肯向花前嘆陸沈。』

又《誠齋再韻見遺，走筆復和，並邀尤檢正、京右司觀花》（《南湖集》卷五）：『要趁清霜未染林，小山同賞桂叢深。已拚醉後纏頭錦，莫待風前布地金。蘭槳遡流歌客櫂，麝材勻搗付香砧。戈揮就借如椽筆，不信湖邊日易沈。』

又《尤丈、京丈和篇沓至，四用前韻爲謝》（《南湖集》卷五）：『江南從識桂花冰，歲歲逢秋屬意深。夜氣未添承露掌，曉光先上辟寒金。玉笙殿迴應留月，鐵杵巖高不用砧。爭似吾家種流水，擁香亭榭綠沈沈。』

寄黃宗諒（一）（殘句）

……金馬玉堂慚我輩（二），青衫白髮念君遲（三）……

樓鑰《黃仲友墓誌銘》（《攻媿集》卷一〇四），又見尤刊、《全宋詩》卷二三三六。

【編年】

據樓鑰『禮部尚書尤公袤時居西掖』的提法，其時尤袤居官中書省（『西掖』是中書或中書省的別稱），而淳熙十四年十月七日（一一八七），因周必大薦，尤袤除太常少卿，兼太子左諭德。則該篇當作於此前爲中書門下檢正諸房公事之際，故繫於此。

【繫地】

該篇當作於臨安。曾有詩寄黃宗諒。

【箋注】

（一）該七言詩，『支』字韻，今存一殘句。黃宗諒（一一二二—一一九八），字仲友，其先洪州雙井（今屬江西）人，後遷諸暨（今屬浙江）。孝宗淳熙五年（一一七八），以特恩補將仕郎。六年（一一七九），中銓授處州遂昌尉。十年（一一八三），調台州司法參軍，尋授信州軍事推官。事蹟具樓鑰《攻媿集》卷一〇四《黃仲友墓誌銘》。

（二）金馬：漢代的金馬門，是學士待詔的地方。玉堂：玉堂殿，供侍詔學士議事的地方。漢時學士待詔之處，後因以稱翰林院或翰林學士。這裏指進朝廷做官。

（三）白髮青衫：泛指官職卑微。歐陽脩《聖俞會飲》（《文忠集》卷一）：『嗟余身賤不敢薦，四十白髮猶青衫。』

【附錄】

樓鑰《黃仲友墓誌銘》（《攻媿集》卷一〇四）：『……君資彊毅，而與人謙和，及見前輩，源流有自。他無嗜好，惟教子甚力。交游至多，未嘗失色。遂昌邑庠草創，二丁祭器亦不能備，君悉力整辦，爲之一新。課試士子，翕然悅服。尚書王公佐方尹京邑，貽書相賀，有「闢黌舍以延生員，爲斯文宗主」之語。在丹丘時，直閣田公渭以倉使按郡，一見唶曰：「老先生尚爾淹恤，乃令吾徒冒乘傳之寄，自顧歉然。」卽以舉削來詞曰：「學高前輩，政有典刑。允謂老成，尚堪繁劇。」人以爲知言。禮部尚書尤公袤時居西掖，以詩寄君，有云：「金馬玉堂慚我輩，青衫白髮念君遲。」三數公皆上庠故人，故知君尤深，推此可見君之爲人……』

蒙楊廷秀送《西歸》、《朝天》二集贈以七言（一）

《西歸》累歲卻《朝天》（二），添得囊中六百篇（三）。垂棘、連城三倍價（四），夜光、明月十分圓（五）。競誇鳳沼詩仙樣，當有雞林賈客傳。（六）我似岑參與高適，姓名得入少陵編。（七）

《誠齋集》卷二四附，又見《全宋詩》卷二三三六。

【編年】

據楊萬里和詩自注『新歸自朝陵所』，則尤袤該篇當作於淳熙十五年（一一八八）四月。

【繫地】

該篇當作於臨安。楊萬里送《西歸集》、《朝天集》來，尤袤題詩贈之。

【箋注】

（一）該七言律詩，『先』字韻。淳熙七年（一一八〇）春，楊萬里編輯詩作曰《西歸集》；淳熙十四年六月十五日（一一八七年七月二十二日），楊萬里編輯詩作曰《朝天集》。

（二）累歲：《西歸集》『計在道及待次凡一年』（楊萬里《誠齋西歸詩集序》）。

（三）六百篇：凡《西歸集》二百首、《朝天集》四百首。楊萬里《誠齋西歸詩集序》（《誠齋集》卷八〇）：『予假守毘陵，更未盡三月，移官廣東常平使者。既上二千石印綬，西歸過姑蘇，謁石湖先生范公，公首索予詩。予謝曰：「詩在山林而人在城市，是二者常巧於相違，而喜於不相值。某雖有所謂《荊溪集》者，竊自薄陋，不敢爲公出也。」既還舍，計在道及待次凡一年，得詩僅二百首，題曰《西歸集》，錄以寄公。今復寄劉伯順與鍾仲山。淳熙丁未六月十五日，誠齋野客楊萬里序。』又《誠齋朝天詩集序》（《誠齋集》卷八〇）：『予游居寢食，非詩無所與歸。淳熙壬寅七月，既嬰戚還家，詩始廢。至甲辰十月一日，禫之徙月也，大兒長孺請曰：「大人久不作詩，今可作矣乎？」予蹙然曰：「三年不爲禮，禮必壞。三年不爲詩，詩必頹。善如爾之請也。」是日始擬作進士題。後二十七日拜除召之命，後十日就道入京，道塗僅僅得二十餘詩，然自覺其扞格不如意，蓋哀未忘故也。既至中都，就列庀職。明年二月，被旨爲銓試考官，與友人謝昌國倡和，忽混混乎其來也。至丁未六月十三日，得故人劉伯順書，送所刻《南海集》來，且索近詩，於是彙而次之，得詩四百首，名曰《朝天集》寄之云。誠齋野客楊萬里序。』

（四）垂棘：春秋時晉地名，以產美玉著稱，後借指美玉。《左傳·僖公二年》：『晉荀息請以屈産之乘與垂棘之璧，假道於虞以伐虢。』杜預注：『垂棘出美玉，故以爲名。』連城：戰國時，趙惠文王得和氏璧，秦昭王寄書趙王，願以十五城易璧，事具《史記》卷八一《廉頗藺相如列傳》。後以『連城』指和氏璧或珍貴之物。

（五）夜光：珠名。葛洪《抱朴子·祛惑》（《內篇》卷四）：『凡探明珠，不於合浦之淵，不得驪龍之夜光也；采美玉，不於荊山之岫，不得連城之尺璧也。』明月：指明珠。《楚辭·九章·涉江》：『被明月兮珮寶璐。』王逸注：『言己背被明月之珠。』

（六）『競誇』二句：王安國有詩（魏泰《東軒筆錄》卷八）：『誰使詩仙來鳳沼，欲傳賈客過雞林。』鳳沼：鳳凰池，即中書省。雞林賈客：指詩名遠揚。《新唐書》卷一一九《白居易傳》：『居易於文章精切……當時士人爭傳，雞林（光立案：此爲古國名）行賈售其國相，率篇易一金。』

（七）『我似』二句：杜甫《寄彭州高三十五使君適、虢州岑二十七長史參三十韻》：『高岑殊緩步，沈鮑得同行。』

【附錄】

楊萬里《偶送〈西歸〉、〈朝天〉二集與尤延之，蒙惠七言，和韻以謝之》（《誠齋集》卷二四）：『梁溪歸自鏡湖天，筆捲湖光入大篇。傾出錦囊和雨濕，炯如柘彈走盤圓。許分句法何曾付？自笑蕪辭敢浪傳。兩集不須求序引，祇將妙語冠陳編。』（自注：尤丈號梁溪居士，新歸自朝陵所。）

寄楊廷秀（存目）

【編年】

楊萬里有《和尤延之見戲『觸藩』之韻以寄之》（《誠齋集》卷二五）乃唱和尤氏之作，成於淳熙十六年（一一八九）二月，則該篇當作於此前。

【繫地】

該篇當作於臨安。有詩寄楊萬里。

【箋注】

該首爲七言律詩，『尤』字韻，有『觸藩』一詞，其餘部分今已不存。據楊萬里和詩自注：『延之戲誠齋爲羊，誠齋戲延之爲蝆蛸。詩所云云，謂蝆蛸也』，則該篇當描摹了羊的形象。《周易·大壯》：『羝羊觸藩羸其角。』羝羊，公羊；觸，抵撞；藩，籬笆。公羊的角纏在籬笆上，進退不得。後遂以『觸藩』等指以角抵撞藩籬。比喻碰壁，進退兩難。

【附錄】

楊萬里《和尤延之見戲『觸藩』之韻以寄之》（《誠齋集》卷二五）：『儂愛山行君水游，尊前風味獨宜秋。文戈卻日玉無價，器寶羅胷金欲流。欬唾清圜談者詘，詩章精悍古人羞。子房莫笑身三尺，會看功成自擇留。』

寄贈張功父七言（存目）

【編年】

淳熙十六年（一一八九）六月二十二日，尤袤罷權禮部侍郎；據張鎡《南湖有懷遂初尤公侍郎寄贈七言》（《南湖集》卷六）『侍郎』之提法，該篇當作於是年六月前。

【繫地】

該篇當作於臨安。有詩寄贈張鎡，鎡有答詩。

【箋注】

據張鎡詩作推斷，該篇或爲七言律詩。全文今已不存。

【附錄】

張鎡《南湖有懷遂初尤公侍郎寄贈七言》（《南湖集》卷六）：『停驂曾送柳邊舟，忽忽今冬病故秋。望遠溪山常入夢，寫殘書信只成愁。明心坐斷三千佛，謁帝行歸十二樓。臨水憶君誰復信，亂烟淒暮白蘆洲。』

題李伯時《飛騎習射圖》（存目）

【編年】

據朱熹《跋李伯時馬》（《晦庵先生朱文公文集》卷八四）：『觀龍眠《飛騎圖》，及讀延之、廷秀、大防三君子佳句，因思法雲秀公語，尤物移人，甚可畏也。慶元三年孟冬八日，朱熹仲晦父。』則尤袤當有是詩，今已不存。又據朱熹所述三人題詩次序，尤袤是作，當在楊萬里之前；而楊萬里《題汪季路所藏李伯時〈飛騎斫鬃射楊枝及繡毬圖〉二首》（《誠齋集》卷三〇）出《朝天續集》，作於淳熙末、紹熙初，則尤袤該篇當亦作是時（一一八九），姑繫於此。

【繫地】

該篇當作於臨安。尤袤題詩於汪逵家藏李公麟《飛騎習射圖》。

【箋注】

該篇爲七言詩，全文今已不存。李公麟（一〇四九—一一〇六），字伯時，號龍眠居士，舒城（今屬安徽）人，南唐李昪四世孫。神宗熙寧三年（一〇七〇）進士。歷南康、長垣尉，泗州錄事參軍。陸佃薦爲中書門下後省刪定官、御史檢法。元豐二年（一〇七九），爲禮部試試官。官至朝奉郎。哲宗元符三年（一一〇〇），病痹致仕，歸龍眠山。徽宗崇寧五年（一一〇六）卒，年五十八。公麟好古博學，長於詩，多識奇字，自夏、商以來鐘鼎尊彝，皆考訂世次，辨識款識。尤工畫，鞍馬、佛像、山水、人物皆臻精妙，論者謂當爲宋畫中第一。著有《考古圖》五卷。事蹟具鄧椿《畫繼》卷三，《宋史》卷四四四本傳。今《全宋詩》卷一〇六九錄其詩二十首，《全宋文》卷二五六三錄其文八篇。

【附錄】

元吴師道《吴禮部詩話》：李伯時畫《飛騎習射圖》，其手帖云，『尤延之、楊廷秀、樓大防皆有題詩。朱文公跋云：「觀龍眠《飛騎圖》，及讀延之、廷秀、大防三君子佳句，因思法雲秀公語，尤物移人，甚可畏也。」……浦江趙敬叔先購得圖，後得帖，遂爲完美。謂圖出玉山汪季路家，缺二馬及楊、樓詩，蓋爲人裁取别作卷也……尤、楊、樓有集，詩不錄，王、章二作皆佳，不以能詩名，故表而出之。』

楊萬里《題汪季路所藏李伯時〈飛騎斫鬃射楊枝及繡毬圖〉二首》（《誠齋集》卷三〇）：『虎夫馳射殿西偏，一箭穿毬不再彎。飛騎新圖天上本，龍眠偷得到人間。』『君王將幸寶津園，刷洗天駒尚未乾。禁地何緣有闌入，考官應奉得來看。』

王叔簡《題李伯時〈飛騎習射圖〉》（《吴禮部詩話》）：『飛毬飲羽柳如截，馬氣横生人更傑。不作遊觀御寶津，騎戰還應一當百。天家行樂少人知，龍眠屬從天上歸。意象慘淡研精微，曹霸以來無此奇。壯夫披圖雙淚垂，時危那得生致之。』王叔簡，字敬父，廣安軍渠江（今四川廣安）人。孝宗淳熙五年（一一七八）進士。十年九月，以太學錄兼國史院編修官，除博士。十三年，通判潼川府。十六年，遷校書郎兼國史日曆所檢討官。光宗紹熙元年（一一九〇），除祕書郎。二年，假朝奉大夫、守太常少卿兼史館修撰。進著作佐郎，出知洋州。事蹟具《南宋館閣續錄》卷八、卷九。今《全宋詩》卷二六五八錄其詩《題李伯時飛騎習射圖》一首，《全宋文》卷六四一一錄其文《知洋州謝表》一篇。

章良能《題李伯時〈飛騎習射圖〉》（《吳禮部詩話》）：『禁營貔虎天廐龍，技癢不奈芻粟豐。聞道寶津嘗護駕，前期踴躍矜驍雄。紅綃低繫柳枝碧，滿滿彎弓斫鬉射。偶然穿葉未爲奇，截下紅綃方破的。綵繩長曳綵毬輕，閃爍眩轉如奔星。弦頭霹靂起馬腳，回看一箭落欃槍。烏紗帽穩春衫薄，交轕煥爛青絲絡。千步場深隔九關，畢景馳驅有餘樂。李侯應奉隨春官，日晏歸穿衛士班。平生抵死憐神駿，絕藝那能不細看。不學閻公伏池側，倉皇丹粉供宣索。他年乘輿試追尋，妙處祇須憑子墨。十六蹄翻意態真，磬控應節顧眄親。當時騎士盡應爾，尚想元豐兵制新。慨今多事困供億，養兵殆且殫民力。未聞士歌馬騰槽，安得從容觀戲劇。』章良能（？—一二一四），字達之，處州麗水（今浙江麗水）人，居吳興（今浙江湖州）。孝宗淳熙五年（一一七八）進士。寧宗慶元六年（一二〇〇）爲樞密院編修官兼實錄院檢討官。嘉泰元年（一二〇一），除起居舍人。開禧二年（一二〇六）爲宗正少卿。嘉定元年（一二〇八），直學士院兼侍講。二年，除同知樞密院。六年，除參知政事。七年正月，卒於位。著有《嘉林集》（《吳興詩存》二集卷七），已佚。事蹟具《宋中興學士院題名》，《宋宰輔編年錄》卷二〇，《南宋館閣續錄》卷八、卷九，《宋詩紀事》卷五五，《全宋詞》第二一二五頁。

楊廷秀寄中洲茶（存目）

【編年】

楊萬里有《寄中洲茶與尤延之，延之有詩，再寄黃蘗茶，仍和其韻》（《誠齋集》卷二五）乃唱和尤氏之作，成於淳熙十六年（一一八九）秋日，則該篇當亦作於此時。

【繫地】

該篇當作於無錫。受楊萬里中洲茶，有詩寄之。楊詩有『更送玉塵澆錫水』。

【箋注】

該首爲七言律詩，『庚』字韻，原作今已不存。中洲：地名，屬江西茶陵。

【附錄】

楊萬里《寄中洲茶與尤延之，延之有詩，再寄黄蘗茶，仍和其韻》（《誠齋集》卷二五）：『詩人可笑信虚名，擊節茶芽意不輕。爾許中洲真後輩，與君顧渚敢連衡。山中寄去無多子，天上歸來太瘦生。更送玉塵澆錫水，爲搜孔思攪周情。』

王洋《題前寺中洲茶》（《東牟集》卷六）：『中洲絕品舊聞名，瀹以寒泉雪乳輕。怪得道人長不睡，一甌喚醒夢魂清。』

覓楊廷秀《道院集》（存目）

【編年】

楊萬里有《延之寄詩覓〈道院集〉，遣騎送呈，和韻謝之》（《誠齋集》卷二五）乃唱和尤氏之作，成於淳熙十六年（一一八九）秋日，則該篇當亦作於此時。

【繫地】

該篇當作於無錫。覓楊萬里《道院集》，有詩寄之。

【箋注】

該篇爲七言律詩（『庚』字韻），原作今已不存。楊萬里《誠齋江西道院集序》（《誠齋集》卷八一）：『某昔歲四月上章丐補外，壽皇聖帝有旨畀郡，尋賜江西道院，蓋山水之窟宅，詩人之淵林也。既抵官下，二百有八旬有四日，皇上詔令奉計詣北闕，駿奔道塗，踰月乃至脩門。道中得詩可百許首，乃併取歸塗及在郡時詩錄之，凡二百有五十首，析爲三卷，目曰《江西道院集》。先是，舟經釣臺，地主故人陸務觀載酒相勞於江亭之上，索誦近詩，因舉「兩度立朝今結局」之句，務觀大笑曰：「立朝結局，此事未可料。」《朝天集》真結局矣。因併書之自笑云。淳熙己酉十月三日，誠齋野客廬陵楊萬里序。』

【附錄】

楊萬里《延之寄詩覓〈道院集〉，遣騎送呈，和韻謝之》（《誠齋集》卷二五）：『與君鬢髮總星星，詩句輸君老更成。別去多時頻夢見，夜來一雨又秋生。故人金石情猶在，贈我瓊琚雪似清。誰把尤楊語同日？不教李杜獨齊名。』

玉簪花一名鷺鷥（一）

一種幽花迥出塵，孤高恥逐豔陽辰〔一〕（二）。瑤枝巧插青鸞扇〔二〕，玉蕊斜欹白鷺巾（三）。

難與松筠爭歲晚，也同葵藿趁時新（四）。西風昨夜驚庭綠，滿院清香惱殺人（五）。

《瀛奎律髓》卷二七，又見《遂初小稿》、《石倉歷代詩選》卷一八九、《梁溪遺稿》卷一、《宋詩紀事》卷四七、盛刻、尤刊、《全宋詩》卷二三三六。

【編年】

該篇所詠皆在玉簪花，以假亂真，賦予人的品格，抒發尤袤之孤直及不同時好而遭貶斥之境遇，當作於淳熙十六年（一一八九）奉祠歸里時。

【繫地】

該篇當作於無錫。鄉居吟詠，有詩。

【彙校】

（一）『逐』，底本作『遂』，現據他書校改。

（二）『鷺』，底本作『鸞』，現據《石倉歷代詩選》校改。又據《瀛奎律髓》注（『題目生三四，可喜，以備多聞』）可知，方回所見本亦當作『青鷺』之『鷺』。

【箋注】

（一）該七言律詩，『真』字韻。『玉簪』之名，據傳是由於它那潔白如玉的花朵極似我國古代婦女髮髻上的簪子的緣故。鷺鷥：水鳥名。翼大尾短，頸和腿很長，因其頭頂、胸、肩、背部皆生長毛如絲，故稱。

（二）豔陽：猶『春時』。鮑照《學劉公幹體》（《文選》卷三一）：『茲辰自爲美，當避豔陽年。』

（三）『玉蕊』句：黄庭堅《次韻伯氏謝安石塘蓮花酒》（《山谷外集》卷一三）：『寒光欲漲紅螺面，爛醉從歌白鷺巾。』欹：傾斜，歪向一邊。白鷺巾：以白鷺之羽製成，通常爲儒雅之士所戴，制出兩晉，流行於南朝。這種頭巾一直流傳到唐宋，但不限於白羽，亦可用白色織物代替。

（四）松筠：松樹和竹子。葵藿：指葵與藿，均爲菜名。

（五）『滿院』句：李白《贈段七娘》（《李太白集注》卷二五）：『千杯綠酒何辭醉，一面紅粧惱殺人。』惱殺，亦作『惱煞』，極言喜甚。殺，語助詞，表示程度深。

紹熙年間（一一九〇—一一九四）

落梅〔一〕（一）

清溪西畔小橋東〔二〕，落葉紛紛水映紅〔三〕。五夜客愁花片裏〔四〕（二），一年春事角聲中〔三〕。
歌殘《玉樹》人何在〔四〕，舞破《山香》曲未終〔五〕。卻憶孤山醉歸路〔六〕（五），馬蹄香雪襯東風〔七〕。

《瀛奎律髓》卷二〇，又見《遂初小稿》、《萬柳溪邊舊話》、《石倉歷代詩選》卷一八九、明楊慎

《升庵集》卷六一、《錫山景物略》、清朱彝尊《詞綜》卷一四、《梁溪遺稿》卷一、《御選宋詩》卷五一、《宋元詩會》卷三八、《宋詩紀事》卷四七、清沈辰垣等《御選歷代詩餘》卷三二又卷一一七、《無錫金匱縣志》卷四〇、《宋詩略》、《梁溪詩鈔》、盛刻、尤刊、《全宋詩》卷二三三六；諸本《梁溪遺稿》卷首朱彝尊序、朱彝尊《曝書亭集》卷三六引首句。又，《兩宋名賢小集》卷二一一（《南軒集》）、《宋元詩會》卷四一均作張栻《落梅》詩。

【編年】

據《萬柳溪邊舊話》記載，該篇爲尤袤歸居時作；考其『春事』的描繪，當作於紹熙元年（一一九〇）初。

【繫地】

該篇當作於無錫。春日，有吟詠。

【彙校】

〔一〕題名又作『〔瑞鷓鴣〕《詠落梅》』詞（《升庵集》、《詞綜》、《御選歷代詩餘》、《無錫金匱縣志》）。

〔二〕『清』，《萬柳溪邊舊話》、《錫山景物略》、《梁溪遺稿》、朱彝尊序、《曝書亭集》、《御選宋詩》、《無錫金匱縣志》、《梁溪詩鈔》、盛刻均作『梁』。『西畔』，《兩宋名賢小集》卷二一一（《南軒集》）作『雨伴』，《宋元詩會》卷四一作『雨過』，《曝書亭集》作『一曲』。『橋』，《石倉歷代詩選》作『樹』。

〔三〕『葉』，底本作『月』，據《萬柳溪邊舊話》、尤刊校改。『映』，《御選宋詩》作『印』。『紅』，《萬柳溪邊舊話》、《詞綜》、《梁溪遺稿》、《御選宋詩》、《御選歷代詩餘》、盛刻、尤刊均作『空』。尤刊校語：『侯官李光垣云：「紅」，似當作「空」。』

〔四〕該句尤刊校語：『「裏」，一作「裹」。』

〔五〕『山香』，《萬柳溪邊舊話》作『香山』，《遂初小稿》注『一作「香衫」』，《兩宋名賢小集》卷二一一（《南軒集》）、《石倉歷代詩選》、《宋元詩會》卷三八又卷四一均作『香衫』。『山香』：古代曲名，即《舞山香》。唐南卓《羯鼓録》：『〔汝陽王璡〕常戴砑絹帽打曲，上自摘紅槿花一朵，置於帽上笪處。二物皆極滑，久之方安。遂奏《舞山香》一曲，而花不墮落。』『香衫』：大喬木，樹幹通直，樹皮呈紅褐色或灰紅棕色，有縱向交叉的淺溝裂，呈縱向長條片狀剝落，皮孔不明顯；枝幹成小枝平展，樹型爲寬塔形。

〔六〕『醉歸』，盛刻作『歸醉』。

〔七〕『香』，《兩宋名賢小集》卷二一一（《南軒集》）、《遂初小稿》、《石倉歷代詩選》、《宋元詩會》卷三八又卷四一、《宋詩略》均作『殘』，《梁溪遺稿》、《御選宋詩》、尤刊則作『晴』。

【箋注】

〔一〕該七言律詩，『東』字韻。《宋元詩會》於卷四一注明『此首已入三十八卷尤袤詩，而《南軒集》中複見之，必有一誤，姑竢再考』。〔瑞鷓鴣〕，原本卽爲七言律詩，因唐人用以歌唱，遂成詞調。一般作雙調，凡五十六字（另有六十四字體、八十六字體、八十八字體等，均是變格），一名《舞春風》，一名《鷓鴣詞》。通首皆平韻（前段四句三平韻，後段四句兩平韻，中間兩聯例用對偶），與七言近體詩無異。既可平起，也可仄起；　若用仄韻即係《玉樓春》、《木蘭花》調也。

（二）五夜：　即五更。衛宏《漢舊儀》（《文選》卷五六陸倕《新刻漏銘》李善注引）：　『晝夜漏起，省中用火，中黄門持五夜，甲夜、乙夜、丙夜、丁夜、戊夜也。』

（三）春事：　春色、春意。唐徐晶《同蔡孚〈五亭詠〉》（《全唐詩》卷七五）：　『幽棲可憐處，春事滿林扉。』角聲：　五聲之一。《管子・幼官》：　『君服青色，味酸味，聽角聲。』

（四）玉樹：　樂府吴聲歌曲名，即《玉樹後庭花》。南朝陳後主作。《陳書》卷七《皇后傳・後主張貴妃》：　『後主每引賓客對貴妃等遊宴，則使諸貴人及女學士與狎客共賦新詩，互相贈答，採其尤豔麗者以爲曲詞，被以新聲……其曲有《玉樹後庭花》、《臨春樂》等，大指所歸，皆美張貴妃、孔貴嬪之容色也。』李白《金陵歌送別范宣》：　『天子龍沈景陽井，誰歌《玉樹後庭花》？』

（五）孤山：　位於西湖的裏湖與外湖之間，故名；　又因多梅花，一名梅嶼。

海棠盛開〔一〕〔一〕

兩株芳蕊傍池陰〔二〕，一笑嫣然抵萬金。火齊照林光灼灼〔三〕〔二〕，彤霞射水影沈沈〔四〕。
曉妝無力燕支重〔五〕，春醉方酣酒暈深〔六〕〔三〕。定自格高難著句〔七〕，不應工部總無心〔四〕。〔八〕

《瀛奎律髓》卷二七，又見《遂初小稿》、《萬柳溪邊舊話》、《升庵集》卷六一、《石倉歷代詩選》卷一八九、《錫山景物略》、《梁溪遺稿》卷一、《宋元詩會》卷三八、《宋詩略》、盛刻、尤刊、《全宋詩》卷二三三六。

【編年】

據《萬柳溪邊舊話》記載，該篇同前《落梅》，均爲尤袤歸居時作； 則當亦作於紹熙元年（一一九〇）初。

【繫地】

該篇當作於無錫。春日，有吟詠。

【彙校】

〔一〕題名又作『〔瑞鷓鴣〕《海棠》』詞（《萬柳溪邊舊話》、《升庵集》）、『海棠』（《梁溪遺稿》、盛刻、尤刊）。

〔二〕『株』，《萬柳溪邊舊話》、《錫山景物略》、盛刻均作『行』。『蕊』，《宋詩略》作『葉』。『池』，《萬柳溪邊舊話》、《錫山景物略》、盛刻均作『溪』。

〔三〕『火齊』，《錫山景物略》、盛刻均作『烈火』。『林』，盛刻作『臨』。『火齊』： 卽火齊珠。《梁書》卷五四《諸夷傳·中天竺國》： 『火齊狀如雲母，色如紫金，有光耀。』

〔四〕『彤』，盛刻作『彩』。

〔五〕『曉』，《錫山景物略》作『晚』。『燕支』，《遂初小稿》、《萬柳溪邊舊話》、《石倉歷代詩選》、《錫山景物略》、《宋元詩會》、盛刻均作『臙脂』。

〔六〕『春』，《錫山景物略》、盛刻均作『夜』。

〔七〕『自』，《升庵集》、《石倉歷代詩選》、尤刊均作『是』。

〔八〕《瀛奎律髓》、《全宋詩》小注：『「酒暈」一作「酒醴」，出《前漢書·董賢傳》，注謂酒在醴中。』《漢書》卷九三《董賢傳》『上有酒所』，師古曰：『言酒在醴中。』

【箋注】

（一）該七言律詩，『侵』字韻。

（二）灼灼：明亮貌。

（三）酒暈深：飲酒多而臉發紅如暈。蘇軾《紅梅三首》其一：『寒心未肯隨春態，酒暈無端上玉肌。』

（四）『不應』句：唐鄭谷《蜀中賞海棠》（《全唐詩》卷六七五）：『浣花溪上堪惆悵，子美無心爲發揚（杜工部居西蜀，詩集中無海棠之題）。』

【附録】

方回評（《瀛奎律髓》卷二七）：『尤延之詩多淡，此詩獨豔，蓋海棠乃豔物，不可以淡待之也。「酒暈」，一作「酒醴」，出《前漢·董賢傳》，注謂酒在醴中。』

石井泉次沈太守韻（一）

不知開鑿是何年，已有新亭更翼然（二）。從此雲巖添勝事（三），合教名亞第三泉（四）。

烟光滉漾映林巒（五），井底新泉漱齒寒（六）。品第試尋張、陸記（七），卻因今日又開端。

靈源顯晦豈無時，便有高人作已知。賞識先從石湖老（八），發揚更賴隱侯詩（九）。

清顧湄《虎丘山志》卷二，又見《宋詩紀事補遺》卷五八、《錫山尤氏詩存》、《全宋詩》卷二三九六，均署名『尤懋』。

【編年】

紹熙三年（一一九二），知平江府沈揆修復石井泉，並有詩；尤袤有是和作（《虎丘山志》卷二）。

【繫地】

該篇當作於臨安。與沈揆、范成大唱和，尤袤有三首七絕。

【箋注】

（一）該組七言絶句，『先』字韻、『寒』字韻、『支』字韻。范成大《吴郡志》卷二九《土物》：『石井、松江二水，唐張又新品第東南烹茶之水爲七等，以虎丘石井爲第三，吴松江爲第六。今劍池傍經藏後有大石井，面濶丈餘，嵌巖自然。上有石轆轤，歲久湮塞。今寺僧乃以山後寺中土井爲石井，甚可笑。紹興三年（光立案：『紹興』，當作『紹熙』），主僧如璧，始淘古石井，去淤泥五丈許。四傍皆石壁，鱗皴天成。下連石底，漸窄。泉出石脈中，一宿水滿井。較之二水，味甘冷勝劍池。時郡守沈揆虞卿聞之，往觀大喜。爲作屋覆之，別爲亭於井傍，以爲烹茶宴坐之所。自是古蹟復出，邦人咸喜。』沈揆，字虞卿，嘉興（今屬浙江）人。高宗紹興三十年（一一六〇）進士。孝宗淳熙六年（一一七九），以朝奉郎知台州（『台州』，《全宋文》卷五四〇八《沈揆小傳》誤作『嘉興』）。九年，除祕書少監。十四年，爲祕閣修撰、江東轉運副使。

光宗紹熙二年（一一九一），知平江府。四年，遷司農卿，權吏部侍郎兼實錄院同修撰，終禮部侍郎（光立案：《全宋文》卷五四〇八《沈揆小傳》作『七年，以朝奉大夫知台州』，不知何據）。事蹟具光緒《嘉興府志》卷五〇本傳，清人勞格《讀書雜識》卷一一亦有沈氏小傳。有《野堂集》，已佚；《全宋詩》卷二三九六錄其詩《夜宿國清寺題更好堂》、《題石井泉》（三首）等四首，《全宋文》卷五四〇八錄其文十四篇。

（二）翼然：鳥展翅貌。常用以形容自然飄逸、恭謹端好之狀，亦用以形容山石或亭臺等建築物高聳開張之狀。

（三）雲巖：雲巖寺，即虎丘山寺。晉司徒王珣及弟司空王珉之別業，成帝咸和二年（三二七）捨以爲寺，以劍池分東西，後合爲一。

（四）合教：本應。第三泉：明王鏊《姑蘇志》卷八《山上・虎丘山》：『石井泉，泉即張又新所品第三泉也。』

（五）滉漾：閃動、搖動。林巒：樹林與峯巒，泛指山林。

（六）『井底』句：白居易《祭社宵興燈前偶作》（《白氏長慶集》卷二三）：『夜鏡藏鬚白，秋泉漱齒寒。』

（七）張、陸記：指張又新《煎茶水記》及陸羽《茶經》。

（八）石湖老：范成大（一一二六—一一九三），字至能，一字幼元，早號此山居士，後號石湖居士，平江府吳縣（今江蘇蘇州）人。高宗紹興二十四年（一一五四）進士，調徽州司戶參軍。三十二年，入監太平惠民和劑局。孝宗隆興元年（一一六三），爲編類高宗聖政所兼勅令所檢討官。二年，除樞密院編修官。乾道元年（一一六五），升校書郎、兼國史院編修官、遷著作佐郎。二年，除吏部員外郎，爲言者論罷，主管台州崇道觀。三年，起知處州。五年，召除禮部員外郎兼崇政殿説書，兼國史院編修官。擢起居舍人兼侍講，仍兼實錄院檢討官。六年五月，遷起居郎。以起居郎假資政殿大學士使金。使歸，遷中書舍人，同修國史及實錄院同修撰。七年，知静江府兼廣西經略安撫使（『七年』，《全宋文》卷四九七五《范成大小傳》作『九年』，或爲其到任時間）。淳熙元年（一一七四），除敷文閣待制、四川安撫制置使兼知成都府（『元年』，《全宋詩》卷二二四二《范成大小傳》作『二年』，或爲其到任時間）。四年，以病丐歸。召對，除權禮部尚書。五年，知貢舉，尋兼直學士院，以中大夫參知政事，兼權修國史日曆。七年，出知婺州、明州兼沿海制置使。八年，改帥江東兼行宫留守、知建康府（周應合《景定建康志》卷一四《建康表十・國朝建炎以來爲年表》）。十年，以疾奉祠。十五年，起知福州，未赴。光宗紹熙三年（一一九二），加資政殿大學士知太平州，旋丐歸。四年卒，年六十八。謚文穆。事蹟具周必大《文忠公集》卷六一《資政殿大學士贈銀青光祿大夫范公成大神道碑》、《宋史》卷三八六本傳、于北山《范成大年譜》、孔凡禮《范成大年譜》。有《石湖大全集》一百三十六卷，已佚；今傳《石湖居士詩集》三十四卷，及《吳郡志》、《攬轡錄》、《驂鸞錄》、《桂海虞衡志》、《吳船錄》、《范村菊譜》、《范村梅譜》等作品。《全宋詩》卷二二四二至二二七四錄其詩三十三卷，以《四部叢刊》影印清康熙顧氏愛汝堂刊本爲底本，校以明弘治金蘭館銅活字本、康熙黄昌衢藜照樓刻《范石湖詩集》二十卷，并酌采清沈欽韓《范石湖詩集注》，新輯集外詩附於卷末；《全宋文》卷四九七五至四九八五廣采各類史志雜乘，參考孔凡禮《范成大佚著輯存》，收其文十一卷。

（九）隱侯：原指沈約（字休文，武康人。歷仕宋、齊、梁三朝，官至中書令、尚書令等職，封建昌縣侯，卒謚曰『隱』），這裏代指沈揆。光立案：沈、范兩人具體詩作見『附録』。

【附録】

沈揆《題石井泉》（《姑蘇志》卷八）：『靈源一閟幾經年，石上重流豈偶然。漸喜行春有幽事，人間初見第三泉。』『上方高閣倚蹭巒，下有清泉一鑑寒。更作小亭供勝覽，盡收吟思入毫端。』『圓通大士閟兹境，誰遣石湖詩老知。人生流止亦如此，時與一來題好詩。』

范成大《虎丘新復古石井泉，太守沈虞卿舍人勸農過之，爲賦三絶，謹次韻》（《石湖詩集》卷三三）：『勸耕堂上醉高年，和氣春風共藹然。大士亦修隨喜供，夜來古井躍新泉。』『落紙雲烟墮翠巒，一泓潭月鬭清寒。鳳凰池上揮毫手，卻掬山泉淬筆端。』『傳聞公作新亭好，先報儂家拄杖知。便擬挈瓶來煮茗，繞闌干角徧尋詩。』

徐誼《石井泉》（《虎丘山志》卷二）：『布穀催春又一年，使君風旆爲翩然。清冷徹處真無際，果見靈源發漏泉。』『川原膴膴小曾巒，千古英雄劍氣寒。滲漉仁風并義澤，只今光燄在毫端。』『發揮有待天須靳，隱顯人間未得知。翰林主人工墨客，它年稚子亦能詩。』

尤袤集編年校注卷二　未編年詩

寄友人（殘句）〔一〕

……胷中襞積千般事〔二〕，到得相逢一語無〔一〕……

《誠齋集》卷一一四《詩話》，又見《誠齋詩話》、《詩人玉屑》卷二、《宋詩紀事》卷四七（『句』）、盛刻、尤刊、《全宋詩》卷二三三六。

【彙校】

〔一〕『語』，《誠齋詩話》作『話』。

【箋注】

〔一〕該七言古詩，『虞』字韻。

〔二〕襞積：　亦作『襞績』，衣服上的褶襉。這裏指重疊、堆積。

梅（一）

不奈雪埋照（二），可堪風漏香。天寒無疹粟（三），日暮有嚴粧（四）。桃李真肥婢〔一〕，松筠共老蒼（五）。合教居第一〔二〕，獨自占年芳（六）。〔三〕

《瀛奎律髓》卷二〇，又見《遂初小稿》、《石倉歷代詩選》卷一八九、《梁溪遺稿》卷一、《宋元詩會》卷三八、盛刻、尤刊、《全宋詩》卷二三三六。

【彙校】

〔一〕『真肥婢』，《遂初小稿》、《石倉歷代詩選》、《宋元詩會》均作『羞浮艷』。

〔二〕該句，《遂初小稿》、《石倉歷代詩選》、《宋元詩會》均作『千山愁絕裏』。

〔三〕《瀛奎律髓》注：『二首取一。』

【箋注】

（一）該五言律詩，『陽』字韻。

（二）埋照：猶韜光，喻匿蹟不使顯露。顏延之《五君詠·阮步兵》（《文選》卷二一）：『沉醉似埋照，寓辭類托諷。』

（三）疹粟：皮膚受寒，起微粒如粟，俗稱雞皮疙瘩。題漢伶玄《趙飛燕外傳》：『夜雪，期射鳥者於舍旁，飛燕露立，閉息順氣，體溫舒，亡疹粟。』

（四）嚴粧： 整粧，梳粧打扮。《古詩爲焦仲卿妻作》（《古詩紀》卷一七）：『雞鳴外欲曙，新婦起嚴粧。』

（五）肥婢：《梅妃傳》：『恐憐我則動肥婢情，豈非棄也！』《説郛》本題唐『曹鄴』撰，《千頃堂書目》卷一五則作五代『朱遵度』。魯迅《稗邊小綴》則認爲傳後無名氏跋文『亦僞』，故仍『次之宋人著作中』，選入《唐宋傳奇集》。是書僅見於尤袤《遂初堂書目》。凡壹種卷帙不詳。老蒼： 鬢髮灰白的老人，亦形容容顔蒼老。這裏用來形容樹木蔥鬱。

（六）年芳： 指美好的春色。李商隱《判春》（《李義山詩集》卷上）：『一桃復一李，井上占年芳。』

梅花〔一〕（一）

冷豔天然白，寒香分外清。（二）稍驚春色早，又喚客愁生。（三）待索巡簷笑，嫌聞出塞聲。（四）園林多少樹，見爾眼偏明。（五）

《瀛奎律髓》卷二〇，又見《遂初小稿》、《石倉歷代詩選》卷一八九、《梁溪遺稿》卷一、《御選宋詩》卷三九、《宋元詩會》卷三八、《宋詩略》、盛刻、尤刊、《全宋詩》卷二三三六。

【彙校】

〔一〕『花』，《宋元詩會》、《宋詩略》均無。

【箋注】

（一）該五言律詩，『庚』字韻。

（二）『冷豔』二句：冷豔，形容花耐寒而豔麗。唐丘爲《左掖梨花（同王維、皇甫冉賦）》（《全唐詩》卷一二九）：『冷豔全欺雪，餘香乍入衣。』蘇軾《平山堂次王居卿祠部韻》：『酒如人面天然白，山向吾曹分外青。』

（三）『稍驚』二句：杜甫《江梅》：『絕知春意早，最奈客愁何。』

（四）『待索』二句：巡簷：來往於簷前。杜甫《舍弟觀赴藍田取妻子到江陵喜寄三首》其二：『巡簷索共梅花笑，冷蕊疏枝半不禁。』期待梅盛開，又恐很快落去，故用『嫌聞』。出塞聲：暗引羌笛聲。唐韋莊《汧陽間》（《全唐詩》卷六九九）：『牧童何處吹羌笛，一曲《梅花》出塞聲。』

（五）『園林』二句：言在諸花中惟愛梅。曾幾《雪後梅花盛開折置燈下》（《茶山集》卷六）：『窗前數枝逾靜好，園林一雪倍清新。』

【附録】

方回評尤袤《梅（不奈雪埋照）》（《瀛奎律髓》卷二〇）：『二首取一。「桃李真肥婢」，已是佳句，卻用「老蒼」爲對，似乎借「蒼頭」之「蒼」以對「婢」也。全篇俱有味。』

蠟梅（一）

破臘驚春意（二），淩寒試曉粧〔一〕（三）。應嫌脂粉白〔二〕，故染麴塵黃〔三〕（四）。綴樹蜂懸室〔四〕，排箏雁著行〔五〕。團酥與凝蠟〔五〕〔六〕，難學是生香〔七〕。

《瀛奎律髓》卷二〇，又見《遂初小稿》、《石倉歷代詩選》卷一八九、《梁溪遺稿》卷一、《御選宋詩》卷三九、《宋元詩會》卷三八、《御定佩文齋廣羣芳譜》卷四一、《古今圖書集成·博物彙編·草木典》卷二〇九『梅部』、盛刻、尤刊、《全宋詩》卷二三三六；《御定分類字錦》卷五四引頸尾兩聯，《御定佩文韻府》卷一〇四之二引尾聯。

【彙校】

〔一〕『曉』，《御選宋詩》、盛刻、尤刊均作『晚』。

〔二〕『嫌』，《御選宋詩》作『憐』。

〔三〕該句尤刊校語：『（麴）一作「鞠」，「黄」，一作「香」。』

〔四〕『懸』，《宋元詩會》作『縣』。

〔五〕『團』，《古今圖書集成》作『著』。

【箋注】

〔一〕該五言律詩，『陽』字韻。蠟梅：又稱黄梅花、雪裏花、蠟木、蠟花等。落葉灌木，色黄如蠟，濃香撲鼻，令人聞之振奮，是我國特産的傳統名貴觀賞花木。

〔二〕破臘：殘臘、歲末。梅堯臣《臘筍》（《宛陵集》卷一二）：『破臘初挑箘，誇新欲比瓊。』

〔三〕淩寒：冒寒。《梁書》卷四〇《到溉傳》：『如何今兩到，復似淩寒竹。』

〔四〕麴塵黄：酒麴上所生菌。因色淡黄如塵，亦用以指淡黄色。唐谷神子《博異志·閻敬立》

（李昉等《太平廣記》卷三三九）：『須臾吐昨夜所食，均作朽爛氣，如黄衣麴塵之色，斯乃櫬中送亡人之食也。』

（五）『排筝』句：古筝琴面上的筝柱一個挨著一個地排列著，如同雁羣在天上飛。

（六）團酥：猶凝脂，多形容梅花。

（七）『難學』句：胡寅《〔和趙用明梅〕再次前韻》（《斐然集》卷四）：『可模非絕代，難學是生香。』生香，散發香氣。

【附録】

方回評（《瀛奎律髓》卷二〇）：『此八句詩，卻如渾脫鑄成。本只是爛熟説話，而無手段者，自不能撮虚空也。』

次韻尹朋《梅花》〔一〕（一）

江北江南天未春〔二〕，陽和先已到孤根〔三〕。斜枝冷落溪頭路，瘦影扶疏竹外村。〔四〕水部未妨時遣興〔五〕，玉妃誰復與招魂〔二〕（六）。天寒好伴羅浮醉，明月清風許重論。

《瀛奎律髓》卷二〇，又見《遂初小稿》、《石倉歷代詩選》卷一八九、《梁溪遺稿》卷一、盛刻、尤刊、《全宋詩》卷二三三六；《唐宋千家聯珠詩格》卷一七引『陽和先已到孤根』句。

【彙校】

〔一〕題名又作『梅花』（《唐宋千家聯珠詩格》）、『次尹明梅花』（《梁溪遺稿》）、『次韻尹明梅花』（盛刻）。《全宋詩》注『原注：二首取一』，不知何據，或當移至『梅（不奈雪埋照）』下。

〔二〕『玉』，《遂初小稿》誤作『王』。

【箋注】

〔一〕該七言律詩，『元』字韻。《浙江通志》卷一二五《選舉三・宋進士》：『紹興二十七年丁丑王十朋榜：胡尹朋，麗水人。』

〔二〕『江北』句：杜甫《夔州歌十絕句》其五：『瀼東瀼西一萬家，江北江南春冬花。』

〔三〕陽和：春天的暖氣。《史記》卷六《秦始皇本紀》：『維二十九年，時在中春，陽和方起。』

〔四〕『斜枝』二句：唐錢起《山路見梅感而有作》（《錢仲文集》卷六）：『行客淒涼過，村籬冷落開。』蘇軾《和秦太虛梅花》：『江頭千樹春欲闇，竹外一枝斜更好。』扶疏，枝葉茂盛的樣子。

〔五〕『水部』句：何遜，南朝梁文學家，官至尚書水部郎。其詩情辭宛轉，詩意雋美，深爲後來的詩人杜甫和黃庭堅等賞識。天監年間，他曾爲建安王蕭偉的水曹行參軍兼記室，有詠梅的佳篇《揚州法曹梅花盛開》詩（亦作《詠早梅》）。未妨：不妨，表示可以這樣做。

〔六〕『玉妃』句：原指楊貴妃，這裏喻指梅花。蘇軾《花落復次前韻》：『玉妃謫墮烟雨村，先生作詩與招魂。』

梅花二首〔一〕〔一〕

竹外籬邊一樹斜〔二〕，可憐芳意自萌芽〔三〕。也知春到先舒蕊〔二〕，又被寒欺不放花〔三〕。索笑幾回驚歲晚〔四〕，相思一夜繞天涯〔五〕。直須待得垂垂發，踏月相攜過酒家〔四〕〔六〕。

冷蕊疏枝半不禁〔七〕，眼看芳信日駸駸〔八〕。雪霜不管朝天面〔九〕，風月能知匪石心〔一〇〕。望遠可無南北使，客愁空費短長吟〔一一〕。年年准擬花排恨〔五〕〔一二〕，不道看花恨更深。

《瀛奎律髓》卷二〇，又見《遂初小稿》、《石倉歷代詩選》卷一八九、《梁溪遺稿》卷一、《梁溪詩鈔》、盛刻、尤刊、《全宋詩》卷二三三六。

【彙校】

〔一〕『二首』，《遂初小稿》亦無，《石倉歷代詩選》則分題『梅花』、『其二』；現據他書增補。

〔二〕『蕊』，《梁溪遺稿》、盛刻、尤刊均作『葉』。

〔三〕『又』，《遂初小稿》作『入』。

〔四〕『踏』，盛刻作『蹋』。『踏月』：踏著月色。

〔五〕『排』，《梁溪詩鈔》誤作『挑』。『非』行草似『兆』。

【箋注】

（一）該組七言律詩，『麻』字韻又『侵』字韻。

（二）『竹外』句： 蘇軾《和秦太虚梅花》： 『江頭千樹春欲闇，竹外一枝斜更好。』

（三）可憐： 可愛。 芳意： 指春意。 唐徐彦伯《同韋舍人元旦早朝》（《文苑英華》卷一九〇）： 『相問韶光歇，彌憐芳意濃。』

（四）『索笑』句： 言賞梅的夙願已久。 索笑，猶逗樂、取笑。 歲晚，原本指時節。 立春爲二十四節氣之首，但這個節氣有時候出現在農曆『年初』，有時候又出現在農曆『上一年年末』，凡後一種情況，即稱作『歲晚』，民間亦稱作『内春』。

（五）『相思』句： 言一夜待梅發，以補償『幾回』之夙願。 唐盧仝《有所思》（《全唐詩》卷三八八）： 『天涯娟娟姮娥月，三五二八盈又缺……相思一夜梅花發，忽到窗前疑是君。』

（六）『直須』句： 表現了詩人無憂閑散的心情。 杜甫《和裴迪登蜀州東亭送客逢早梅相憶見寄》： 『江邊一樹垂垂發，朝夕催人自白頭。』垂垂發，《杜詩詳注》引楊慎云： 『梅花放皆下垂。』

（七）『冷蕊』句： 杜甫《舍弟觀赴藍田取妻子到江陵喜寄三首》其二： 『巡簷索共梅花笑，冷蕊疏枝半不禁。』冷蕊，寒天的花，多指梅花。

（八）駸駸： 疾速。 梁簡文帝《納涼》（《藝文類聚》卷五）： 『斜日晚駸駸，池塘半生陰。』

（九）朝天面： 花皆向上開。

（一〇）『風月』句： 《詩經·邶風·柏舟》： 『我心匪石，不可轉也。』石可轉而心不可轉。

（一一）短長吟：短吟和長吟，借指作詩。杜甫《渝州候嚴六侍御不到先下峽》：『不知雲雨散，虛費短長吟。』

（一二）准擬：希望、料想。

【附録】

方回評尤袤《梅花（竹外籬邊一樹斜）》（《瀛奎律髓》卷二〇）：『尤遂初詩，初看似弱，久看卻自圓熟，無一斧一斤痕迹也。』

送吴待制帥襄陽二首（一）（一）

方持紫橐侍西清（二）（二），忽領雄藩向暑行（三）（三）。誰謂風流貴公子，甘爲辛苦一書生。詞源筆下三千牘（四），武庫胷中十萬兵（五）。從此君王寬北顧（六），山南東道得長城（七）。

蹤（一一）。不妨倒載同民樂（一二），自有輕裘折虜衝（五）（一三）。努力功名歸報國，莫思山月與林鐘。公詩『飽看七寶山頭月，慣聽三茅觀裏鐘（一四）。』（六）。

欲將盤錯試餘鋒（八），故擁旗麾訖外庸（四）（九）。南峴北津形勝地（一〇），前羊後杜昔賢

《瀛奎律髓》卷二四，又見《遂初小稿》、《梁溪遺稿》卷一、《梁溪詩鈔》、盛刻、尤刊、《全宋詩》卷二三三六；《石倉歷代詩選》卷一八九、《宋元詩會》卷三八、《宋詩紀事》卷四七均引其一。

【彙校】

〔一〕『帥』，《宋詩紀事》作『守』。『二首』，《遂初小稿》、《石倉歷代詩選》、《宋元詩會》、《宋詩紀事》均無。《宋詩紀事》小注：『待制名環，吳琚之弟，高宗吳后之姪。』

〔二〕『侍』，《梁溪詩鈔》、盛刻作『待』。

〔三〕『暑』，《遂初小稿》作『著』，《宋詩紀事》作『外』。

〔四〕該句尤刊校語：『「訖」，一作「屹」。』

〔五〕『虜』，《遂初小稿》亦作『敵』，《梁溪遺稿》、盛刻、尤刊則作『鹵』；現據他書校改。尤刊校語：『《瀛奎律髓》「鹵」作「鍾」。李光垣云：次首第六句「虜」訛「鍾」。』

〔六〕《瀛奎律髓》、《全宋詩》此處小注：『元注：公詩『飽看七寶山頭月，慣聽三茅觀裏鐘』，此吳環也，琚之弟，高宗吳后之姪。』『此吳環……吳后之姪』，當爲方回按語，非尤袤『元注』。據此，『飽看七寶山頭月，慣聽三茅觀裏鐘』則當爲吳環詩句（《宋詩紀事》卷四八引），非尤袤作品，《全宋詩》卷二三三六誤輯（同書卷二五二一又輯入吳環名下）。

【箋注】

〔一〕該組七言律詩，『庚』字韻又『冬』字韻。吳環：開封（今屬河南）人。高宗吳皇后弟吳蓋子。高宗紹興二十五年（一一五五），補忠訓郎。二十九年二月，爲秉義郎。孝宗淳熙七年（一一八〇），轉右武大夫。十二年，權知閤門事兼客省四方館事。寧宗嘉泰五年（一二〇五），以少師致仕。贈永安郡王。事蹟具《宋史》卷四六五《吳蓋傳》附。《全宋詩》卷二五二一錄其殘句『飽看七寶山頭月，慣聽三茅觀裏鐘』一條。待制：官名。唐置，詔備皇帝顧問，後人數漸多，設立官署。宋因其制，於殿、閣均設待制之官，典守文物，位在學士、直學士之下。官階爲正四品。

（二）紫橐：御史中丞印。西清：西廂清淨處，後指帝王宮内游宴之所。漢司馬相如《上林賦》（《文選》卷八）：『青龍蚴蟉於東廂，象輿婉僤於西清。』

（三）雄藩：地位重要、實力雄厚的藩鎮。《舊唐書》卷一四六《嚴綬傳》：『前後統臨三鎮，皆號雄藩。』

（四）詞源：喻滔滔不絶的文詞。梁沈約《爲齊竟陵王發講疏》（唐釋道宣《廣弘明集》卷一九）：『而詞源海廣，理塗靈奥。』

（五）武庫：古代儲藏器物的倉庫。《漢書》卷一《高帝本紀下》：『蕭何治未央宮，立東闕、北闕、前殿、武庫、大倉。』後常以形容人的學識廣博。《晉書》卷三四《杜預傳》：『預在内七年，損益萬機，不可勝數，朝野稱美，號曰杜武庫，言其無所不有也。』

（六）北顧：顧望北方。漢劉向《九嘆·憂苦》（《楚辭章句補注》卷一六）：『菀彼青青，泣如頽兮；留思北顧，涕漸漸兮。』王逸注：『言己所以留精思，常北顧而視郢都。』

（七）山南東道：唐天寶中置南陽節度，治鄧州。至德中，移治襄州（今湖北襄陽），曰山南東道，即山南道舊治，領荆、襄、鄧、唐、隨、郢、復、均、房、峽、歸、夔、萬等州，管轄湖北長江以北西部、河南西南部及中川東部之地。長城：喻指可資倚重的人或堅不可摧的力量。《宋書》卷四三《檀道濟傳》：『道濟見收，脱幘投地曰：「乃復壞汝萬里之長城。」』

（八）盤錯：即『盤根錯節』，樹根盤曲，枝節交錯。比喻繁難複雜不易解決的事情。《後漢書》卷八八《虞詡傳》：『志不求易，事不避難，臣之職也。不遇盤根錯節，何以別利器乎？』蘇轍《送董揚休比部知真州》（《欒城集》卷五）：『往來觀惠術，盤錯試餘鋒。』

（九）旗麾：將旗。劉長卿《送齊郎中典括州》（《劉隨州集》卷二）：『星象移何處，旗麾獨向東。』訖外庸：謂外庸之訖，則當入爲輔相。外庸，謂任地方官時的政績。韓愈《沂國公先廟碑銘》：『訖其外庸，可作承輔。』

（一〇）『南峴』句：習鑿齒《襄陽記》（李昉《太平御覽》卷一六八）：『襄陽本楚之下邑，檀溪帶其西，峴山亙其南，亦楚國之北津也。』峴山，位於襄陽城西南一公里處，東臨漢江，爲兵家必爭之地。素爲『城南勝景之首』。原名顯山，唐中宗李顯即位後，爲避皇帝諱，改爲峴山。北津，指北方的渡口。

（一一）『前羊』句：咸寧四年（二七八）十一月，晉武帝改任杜預爲鎮南大將軍。受命之後，杜預南下襄陽接替已經去世的原荊州都督羊祜的職務。羊祜（二二一—二七八），字叔子，兖州泰山郡南城縣人。西晉時期傑出的戰略家、政治家、文學家，曹魏上黨太守羊衜之子，漢末才女蔡文姬的外甥。羊祜出身『泰山羊氏』，博學能文，清廉正直。曹魏時期，接受公車徵辟，出任中書郎，遷給事黃門侍郎。姐姐嫁給大將軍司馬師，投靠司馬氏家族，仕途平步青雲。魏元帝曹奐即位，出任祕書監、相國從事中郎、中領軍，統領御林軍，兼管內外政事，冊封鉅平縣子。西晉建立後，遷中軍將軍、散騎常侍、郎中令，冊封鉅平侯。泰始五年（二六九），出任車騎將軍、開府儀同三司，都督荊州諸軍事，坐鎮襄陽，屯田興學，以德懷柔，深得軍民之心；擴充軍備，訓練士兵，全力準備滅亡孫吳，累遷征南大將軍，冊封南城侯。咸寧四年，羊祜去世，臨終前舉薦杜預接任職務。死後獲贈侍中、太傅，謚號爲『成』。唐、宋時期，配享武廟。杜預（二二二—二八五），字元凱，京兆郡杜陵縣（今陝西西安）人，魏、晉時期軍事家、經學家、律學家，曹魏散騎常侍杜恕之子。杜預出身京兆杜氏。初仕曹魏，任尚書郎，後成爲權臣司馬昭的幕僚，封豐樂亭侯。西晉建立後，歷任河南尹、安西軍司、秦州刺史、度支尚書等職，與賈充等修《晉律》。咸寧四年接替羊祜出任鎮南大將軍，鎮守荊州。他積極備戰，支持晉武帝司馬炎對孫吳作戰，並在咸寧五年（二七九）成爲晉滅吳之戰的統帥之一。戰後因功進封當陽縣侯，仍鎮荊州。在戰後仍講武備戰，興建學校，督修水利，被時人稱爲『杜父』。後被徵入朝，拜司隸校尉，於太康五年閏十二月（二八五年初）逝於鄧縣，終年六十三歲。獲贈征南大將軍、開府儀同三司，謚號『成』。杜預耽思經籍，博學多通，多有建樹，時譽爲『杜武庫』。他與張斐對《晉律》的注解，在當時有『張杜律』之稱。其所撰的《春秋左氏經傳集解》考釋嚴密，注解準確，其中不乏自己獨立的見解和精闢的論述，是《左傳》注解流傳至今最早的一種。他也是明朝之前唯一一位同時進入文廟和武廟之人。

（一二）倒載：倒臥車中，亦謂沉醉之態。《世說新語》卷下之上《任誕》：『山季倫爲荊州，時出酣暢，人爲之歌曰：「山公時一醉，徑造高陽池。日莫倒載歸，酩酊無所知。」』

（一三）輕裘：輕暖的皮衣。《晉書》卷三四《羊祜傳》：『在軍常輕裘緩帶，身不被甲。』折虜衝：使敵人的戰車後撤，即制敵取勝。衝，衝車，戰車的一種。《呂氏春秋》卷二〇《召數》：『夫修之於廟堂之上，而折衝乎千里之外者，其司城子罕之謂乎？』高誘注：『衝車，所以衝突敵之軍，能陷破之也。有道之國，不可攻伐。使欲攻己者折還其衝車於千里之外，不敢來也。』

（一四）七寶山：初名寶積山，俗稱五臺山，西湖諸峯之一。三茅觀：位於七寶山東北，唐爲『三茅堂』，南宋紹興二十年（一一五〇），宋高宗賜觀額『寧壽觀』殿匾，遂被稱爲三茅寧壽觀。

附　舊誤收二題

送趙成都二首〔一〕

趙　蕃

蜀道當謀帥〔二〕，維城孰愈公。夷陵護江左，斜谷顧關中。北勢心貙虎〔三〕，南蠻勢蟻蠭〔四〕。守攻雖有異，鎮撫不妨同。

不但元戎貴，仍兼制使雄。深沉天與度，簡敬學成功。人士薰陶内，兵民教訓中。祇應先郤縠〔五〕，寧復後文翁。

《瀛奎律髓》卷二四，又見趙蕃《淳熙稿》卷九、《遂初小稿》、《兩宋名賢小集》卷二二四（《章泉詩集》）、《石倉歷代詩選》卷一八九、明李伯璵等《文翰類選大成》卷四二、尤刊、《全宋詩》卷二三三六（存目）。

【彙校】

〔一〕「二首」，《淳熙稿》作「五首」，《遂初小稿》無，《石倉歷代詩選》則分題「送趙成都」、「其二」。尤刊案語：「右二首見《文翰類選大成》。《文翰類選大成》一百三十六（光立案：《千頃堂書目》卷三一、《明史》卷九九均作「一百六十二」，《江西通志》卷六三、《欽定續通志》卷一六三、《欽定續文獻通考》卷一九七則作「一百六十三」）卷，明李伯璵、馮原同編，伯璵官淮王府紀善（光立案：當爲「長史」，「紀善」乃馮原官職）。是書卽奉淮王之命作也，其書總録前代及明人詩，分體編次，每體之中，各以時代爲次，採掇頗詳。按：此二首，《文翰類選大成》以爲文簡公作，而據《瀛奎律髓》則實係趙昌父作，非公詩也。因係道光庚寅刻本補編所有，故姑仍之未删。」

〔二〕「當」，尤刊作「方」。

〔三〕「勢」，《兩宋名賢小集》、《石倉歷代詩選》均作「地」，《淳熙稿》作「敵」，尤刊作「虜」。「心」，《兩宋名賢小集》、《石倉歷代詩選》均作「紛」。「豺」，《章泉詩集》作「豹」，《石倉歷代詩選》作「貔」。

〔四〕「蠻」，《兩宋名賢小集》作「方」，《石倉歷代詩選》作「疆」。「勢」，《兩宋名賢小集》作「簇」，《石倉歷代詩選》作「聚」。

〔五〕「祇」，《淳熙稿》作「詎」。「郤」，《淳熙稿》、《章泉詩集》、尤刊均作「卻」。

【箋注】

據《淳熙稿》所載，原題共五首，此二詩爲其一、其二。《瀛奎律髓》引之於尤袤《别李德翁》後，署名「趙蕃」；《遂初小稿》或因位置接近而誤輯，《石倉歷代詩選》沿其誤，後世補編本亦因之。

拄杖〔一〕　滕岑

久矣相隨若弟昆，周全險阻可須論〔二〕。斷橋測水露半影，野路擉泥留亂痕〔三〕。癡坐自憐今日嬾，顛持敢忘昔年恩。得君分付吾何恨，休向林間打睡門〔四〕。

《瀛奎律髓》卷二七，又見《梁溪遺稿》卷一、盛刻、尤刊、《全宋詩》卷二三三六（存目），《宋詩紀事》卷五八、《御定分類字錦》卷二五引頷聯。

【彙校】

〔一〕題名又作『僧覓拄杖以詩送之』（《瀛奎律髓》注『元題』）、『拄杖送僧』（《宋詩紀事》）。尤刊案語：『此詩《瀛奎律髓》題滕元秀作，不知竹垞、西堂兩先生何以入諸《梁溪遺稿》，以舊本所有，故未刪削。』

〔二〕『全』，《梁溪遺稿》、盛刻、尤刊均作『旋』。『可』，《梁溪遺稿》作『不』。

〔三〕『路』，《宋詩紀事》作『渡』。

〔四〕該句尤刊校語：『「林」，一作「人」。』

【箋注】

《瀛奎律髓》引此詩於尤袤《海棠盛開》、《玉簪花一名鷺鷥》二詩後，署名『滕甫』（《宋詩紀事》、《全宋詩》作『滕岑』，《御定分類字錦》則稱其字『滕元秀』），《梁溪遺稿》或因位置接近而誤輯。

紹興年間(一一三一—一一六二)

與汪端明書(存目)

【編年】

該篇寫作時間難以確定，現據汪氏書函中涉及的『呂居仁丈』，即呂本中(一〇八四—一一四五)卒年，繫於紹興十五年(一一四五)前。

【繫地】

該篇當作於無錫吳塘山。尤袤廬墓，有書函與汪應辰。

【箋注】

該書啓原文今已不存。據汪應辰回函《答尤延之書》(《文定集》卷一五)所述，尤袤於信函中與之討論學人，涉及白水先生劉勉之、默堂先生陳淵等人；探討學術，涉及《神宗實錄》、《元祐密疏》等書。

【附錄】

汪應辰《答尤延之書》(《文定集》卷一五)：『蒙喻劉、陳二公，此皆一時宗師，尤難措詞。頃嘗問呂居仁丈，《神宗實錄》張天祺、張横渠傳，殆非尋常文士所能作。呂丈云：「此兩傳皆是范純甫自做，他人豈易及此。」《天祺傳》言：「新法之害，當與王安石分受其過。」《横渠》言：「乃考索所至，非默識心通。」今此二公恐亦類此，輒以所聞謾録呈上。舊見范忠宣、王正仲、曾子開，皆云元祐間有朋黨之論，忠宣辨尤力，録歐陽公《朋黨論》以進，忠宣《奏議》、《言行録》皆可考。然竟不知何人爲《黨論》，其論指何事也。後得一書，曰《元祐密疏》者，有劉器之一章，分王安石、呂惠卿、蔡確之黨，各具姓名於其下，方知忠宣所爭者此也。器之《盡言集》亦不載此章。《元祐密疏》，李仁甫曾借去，録本留史院，恐須載並及忠宣所論於傳末。瑩中再作《四明尊堯集》，爲悔過之書以寄器之，器之答云：「神宗未嘗師安石，安石豈足爲聖人？昔既稱道如此，今乃置之僭逆悖亂之域，是非去取，有非鄙拙所能曉者。然事君行已，苟亦無憾，而今而後，可以已矣。」事君行已等語，蓋亦察其心也。又有書與楊中立，以爲「不辭一身之有過，願成來者之無過」。楊答以「賢知過之，則道不明不行，安能成來者之無過乎」，因及禹、稷、顔回事，或出或處，皆當其可耳。瑩中齒長，而答書以先生稱揚之。復以書辭避瑩中，云「先生指纓閉以救其惑」，謂纓冠閉戶。龜山及了翁集，其書具載，可考也。此兩段合載於瑩中傳末。「視黯無作」，欲改作「於黯無作」。「道固如是，不由外鑠」，其下欲添兩句，云「視彼汲直，如玉而琢」。』

省試論『剛中而應』策（存目）

【編年】

據朱熹所述（詳見附録），該篇爲紹興十八年（一一四八）禮部春闈考試題目。又據《宋紹興十八年同年小録御筆手詔》：『紹興十八年二月十二日，鎖院，敕差知貢舉左朝奉郎、權尚書吏部侍郎兼權直學士院邊知白，同知貢舉左朝奉郎、權尚書禮部侍郎兼權吏部侍郎周執羔，左奉議郎、守右正言兼崇政殿説書巫伋……二月十八日、十九日、二十日，引試詩賦論策三場。二月二十二日、二十三日、二十四日，引試經義論策三場。』則尤袤、朱熹等人具體的寫作時間當爲二月二十二日至二十四日之間（一一四八年三月十五日至十七日）。

【繫地】

該篇當作於臨安。尤袤應禮部試，而有是作。

【箋注】

該論説原文今已不存。

《周易·師》：『《彖》曰：「師」，衆也。「貞」，正也。能以衆正，可以王矣。剛中而應，行險而順，以此毒天下，而民從之，「吉」又何咎矣。』《師》卦，《坎》下《坤》上。下卦中間一陽爻是剛，跟它的上下的陰爻相應，故稱『剛中而應』，即剛健中正而上下相應。陳襄《易講義·師》（《古靈集》卷一一）：『若九二，雖有剛中之德，可以將大衆，上若不順應之，不寵錫之，亦莫能大舉征伐。』

《周易·臨》：『《彖》曰：《臨》，剛浸而長，說而順，剛中而應。大「亨」以正，天之道也。』《臨》卦，《兑》下《坤》上。下卦的中爻是陽爻，是剛；上卦的中爻是陰爻，是柔，剛柔相應，故剛居中而與柔居中相應。洪咨夔《講義》（《平齋集》卷四）：『九二以剛處中，上與六五相應，剛中而應也……於是臣之剛中足以輔乎君，君之柔中足以濟乎臣，上下交應，同歸一中，宜大亨可致，且不失其正也。豈特人事爲然？天爲剛德，猶不干時，一元運於上而雲行雨施，保合大和，莫非剛健中正之用，天道亦何嘗過於剛哉！況陽無常勝之功，陰無盡滅之理，消長往來，間不容髮。』

《周易·無妄》：『《彖》曰：《無妄》，剛自外來而爲主於內，動而健，剛中而應。』《無妄》卦，《震》下《乾》上。九五爲陽爻，爲剛，居上卦之中位，與六二爻爲陰，剛柔相應，故剛居中位而與柔相應。陳造《易說·無妄》（《江湖長翁集》卷三四）：『剛自外來，爲主於內，動而健，剛中而應，大亨以正，非人之所能爲也，天也。凡天下大治與夫極亂，聖人設卦，皆歸之天而後責之人以應之，曰：「否之匪人。」』

《周易·萃》：『《彖》曰：《萃》，聚也。順以說，剛中而應，故聚也。』《萃》卦，《坤》下《兑》上。九五是陽爻，居上卦之中，陽是剛；六二是陰爻，居下卦之中，與九五相應，是剛中而相應，所以聚會。范仲淹《易義·萃》（《范文正集》卷五）：『天地亨而萬物以類聚，大人亨而天下以義聚。觀其所聚，而天地萬物之情可見矣。《彖》言「剛中而應」者，取其上下相應，以成萃聚之義而已。若夫萃天下者，豈私其應哉！必也以虛受人，然後能萃其天下。故九五以大人之位而匪孚者，以其應之于一，不能盡天下之誠，惜哉！無私則至矣。』

《周易·升》：『《彖》曰：柔以時升，巽而順，剛中而應，是以大「亨」。』《升》卦，《巽》下《坤》上。九二的九是剛，二是居下卦之中，與六五是柔，居上卦之中，剛中而與柔中相應，因此大『亨』。

【附錄】

朱熹《自論爲學工夫》（《朱子語類》卷一〇四）：『戊辰年省試出《剛中而應》，或云：「此句凡七出。」某將《彖辭》暗地默數，只有五個，其人堅執。某又再誦再數，只與說：「記不得，只記得五出，且隨某所記行文。」已而出院檢本，果五出耳。又云：「只記得《大象》，便畫得卦。」』

廷對論『欲起晉、唐之陵夷，接東漢之軌迹，及柔道所理，當有品章條貫』策（存目）

【編年】

據《建炎以來繫年要錄》卷一五七所載（詳見附錄），該篇爲紹興十八年（一一四八）殿試考試題目。又據《宋紹興十八年同年小錄御筆手詔》：『（紹興十八年）三月二十三日，引試御試，敕差初考官左朝議大夫、權尚書禮部侍郎兼直學士院沈該，左朝散大夫、尚書右司員外郎兼玉牒所檢討官吳栗，左奉議郎、守尚書祠部員外郎陳成之；覆考官左朝散郎、權尚書戶部侍郎李朝正，左宣教郎、守尚書司封員外郎湯思退，左奉議郎、守尚書司勳員外郎沈介；詳定官左朝奉郎、試工部尚書詹大方，左朝奉郎、監察御史張杞，左宣教郎、太學博士王之望；編排官左中大夫、新除尚書戶部侍郎李椿年，左朝請郎、殿中侍御史兼崇政殿說書余堯弼。』則尤袤、王佐等人具體的寫作時間當爲三月二十三日（一一四八年四月十三日）。

【繫地】

該篇當作於臨安。尤袤應殿試，而有是作。

【箋注】

該論說原文今已不存。宋高宗《御試禮部奏名進士制策》（《紹興十八年同年小錄》）：『朕觀自古中興之主，莫如光武之盛。蓋既取諸新室，又恢一代宏模，巍乎與高祖相望，垂統皆二百祀，朕甚慕之。今子大夫通達國體，咸造于廷，願聞今日治道，何興補可以起晉、唐之陵夷，何馳驟可以接東漢之軌迹。夫既抑臧宮之鋭，謝西域之質，則柔道所理，必有品章條貫。要兼創業守文之懿，視夏康、周宣猶有光焉，固子大夫之所蓄積也。其著于篇，朕將親覽。紹興十八年四月初三日御試策一道。』陵夷：由盛到衰，衰頹、衰落。《漢書·成帝紀》：『帝王之道日以陵夷。』顔師古注：『陵，丘陵也；夷，平也。言其頹替若丘陵之漸平也。』品章條貫：品章，謂規格章法；條貫，條理、系統。韓愈《進撰平淮西碑文表》：『竊惟自古神聖之君，既立殊功異德卓絶之跡；必有奇能博辯之士，爲時而生，持簡操筆，從而寫之，各有品章條貫，然後帝王之美，巍巍煌煌，充滿天地。』

【附錄】

宋高宗《親策進士手詔》（《紹興十八年同年小錄》）：『門下：朕惟自古聖王之治，莫先得士，而國家科目之設，最爲周密。往者宇內多故，猶不忘三年之舉，矧今疆垂日靖，學校興行，人知鄉方，顧不能率厥舊典，網羅羣材虖？可令有司蒐取茂異，咸與計偕。朕將試之春官，親策乎廷，靡以好爵，幾有益於治道。布告天下，體朕意焉。故茲詔示，想宜知悉。紹興十七年三月二十四日御筆手詔。』

董德元《廷對論『欲起晉、唐之陵夷，接東漢之軌迹，及柔道所理，當有品章條貫』策》（《建炎以來繫年要錄》卷一五七）：『晉之失，不在於虛無，失於用兵故耳；唐之失，不在於詞章，亦（《全宋文》漏）失於用兵故耳。東漢固無如是之失也。』又（《獨醒雜志》卷一〇）：『光武取諸新室，則去間除險之時也。又恢一代之規模，則觀文重明之時也。』董德元（一〇九六—一一六四），字體仁，吉州永豐（今屬江西）人。初就特奏名，補文學。調道州寧遠主簿。高宗紹興十八年（一一八四）進士。二十一年，簽書鎮南軍節度判官。二十四年，遷監察御史、殿中侍御史兼崇政殿說書、進侍講。二十五年，超拜參知政事，同年十二月罷爲資政殿學士、提舉江州太平興國宮，尋被論落職。孝宗隆興二年（一一六四）復端明殿學士致仕，卒，年六十八。事蹟具《紹興十八年同年小錄》。《全宋詩》卷一八四六錄其詩《登第報家人》一首，《全宋文》卷四〇九五錄其文十九篇。

陳孺《廷對論『欲起晉、唐之陵夷，接東漢之軌迹，及柔道所理，當有品章條貫』策》（《建炎以來繫年要錄》卷一五七）：『今日中興之盛，以言乎內治，則大臣法、小臣廉，百姓遂其衣食，萬物蒙其豐年（《紹興十八年同年小錄》、《宋史全文》均作『美』）；以言乎外治，則講信修睦，中外交驩，邊鄙無虞，五兵不試。東漢之事，未（《紹興十八年同年小錄》、《宋史全文》均作『不』）足慕也。願申飭邊郡守臣，俾（《紹興十八年同年小錄》、《宋史全文》均作『使』）兩相撫輯，庶幾邊隙不生，遠人益服，此品章條貫之一助文》均無此句）。』

王佐《廷對論『欲起晉、唐之陵夷，接東漢之軌迹，及柔道所理，當有品章條貫』策》（《建炎以來繫年要錄》卷一五七）：『王羲之言：「隆中興之業，政以道勝，寬和爲本。」蓋議當時不務息民保國，而欲以兵取勝也。杜牧有言：「上策莫如自治。」蓋議當時不計地勢，不審攻守，而徒務爲浪戰也。況陛下今日任用真儒，修明治具，足以鋪張對天之宏休，揚厲無前之偉績，而光武之治，不足深羨。』王佐（一一二六——一一九一），字宣子，號敬齋，越州山陰（今浙江紹興）人。補太學生，紹興十八年（一一八四）廷對第一，授祕書省校書郎。不阿附秦檜之子，請祠去。檜死，起爲吏部員外郎，領起居郎，出知永、明二州。入權戶部侍郎，改吏部。復出知宣州，徙建康府、饒、揚、潭諸州。遷工部侍郎兼知臨安府，進權戶部尚書。以老疾乞奉祠，提舉江州太平興國宮。紹熙二年（一一九一）終于家，年六十六。事蹟具陸游《渭南文集》卷三四《尚書王公墓誌銘》。《全宋文》卷四九九四錄其文二十四篇。

楊抑之事實（存目）

【編年】

據清謝旻等《雍正江西通志》卷八五《人物》所述，『〔楊抗〕紹興辛巳之役爲淮西運使，錫山尤袤爲著事實』，則該篇當作於紹興三十一年（辛巳一一六一）。

【繫地】

該篇當作於泰興。尤袤知泰興縣，爲楊抗錄抗敵事實。

【箋注】

該傳狀原文今已不存。楊抗，字抑之，信州上饒（今屬江西）人。高宗紹興中以才略薦用。二十六年（一一五六），知盱眙軍。二十九年，升直徽猷閣，再任。三十年，罷。三十一年二月，除淮南轉運副使、兼淮西提刑。三十二年，罷。事蹟具謝旻等《雍正江西通志》卷八五。《全宋文》卷四八七三錄其文《乞添蓋榷場屋宇及添差兵巡防奏》（紹興二十九年三月一日）、《言陳順車定方忠義可嘉奏》（紹興三十一年九月十二日）、《保舉劉汜堪任將帥劄子》（紹興三十一年九月十七日）等三篇。

乾道年間（一一六五—一一七三）

龍圖閣學士錢周材誌銘〔一〕（一）

堂堂錢公，一世之師。騰實蜚英（二），自其少時。疇不工文，體弱氣萎。公以道德，養其華滋〔二〕。雅健雄深（三），《盤》、《誥》爭奇〔三〕。士以之顯〔四〕，器識或卑（四）。公所踐履，明白坦夷〔五〕。在險弗渝，在涅弗淄〔六〕。有文有行，於政或迷。公之應事〔七〕，如燭與龜〔八〕。所居可紀，所去見思。校讎西山〔五〕，珥筆右螭〔九〕。進登掖垣〔一〇〕，遂掌訓詞〔一一〕。大冊雄篇〔一二〕，星晶日暉。常楊燕許〔六〕，厥問四馳〔一三〕。帝在初潛，公始受知。〔一四〕執經王府，四閱歲期。帝既踐祚〔七〕，公方奉祠。曰予舊學〔一五〕，其亟來歸。公來自西，天子曰嘻！久不見卿，乃今未衰。勸講華光〔一六〕，旋陟瑣闈〔一七〕。從容謂公，卿當輔台〔一八〕。棘人欒欒〔一九〕，俄反故棲〔二〇〕。再賜之環，終以疾辭。皇揆方深，我志弗移。遂上印綬〔八〕，如脫馬羈〔九〕。養浩丘園〔二一〕，左書右詩。胥奇陳陳〔二二〕，有蓄未施。人傒文明〔一〇〕〔二三〕，天不憖遺〔一一〕。燕山峨峨，溧水繚之。〔二四〕有崇其崗〔一二〕，自公兆之。懿德清芬〔二五〕，世其紹之〔一三〕。

周應合《景定建康志》卷四三，又見尤刊、《全宋文》卷五〇〇一。

【編年】

據錢周材（一〇九六—一一六七）卒歲，該篇當作於乾道三年（一一六七）或稍後。

【繫地】

該篇當作於無錫。尤袤在家鄉待闕，爲錢周材撰墓誌銘。

【彙校】

〔一〕『材』，尤刊、《全宋文》均誤作『林』。

〔二〕『滋』，底本作『麗』，現據尤刊、《全宋文》校改。『華滋』：原指枝葉繁茂，這裏比喻優美的文辭。

〔三〕『誥』，底本、尤刊均作『詰』，《全宋文》校改作『誥』，兹從之。『盤誥』：『盤』指《尚書·盤庚篇》，是殷王因遷都告諭人民的文告。『誥』指《尚書》中的《大誥》等篇，是『明大道以告天下』的文告。韓愈《進學解》：『周《誥》殷《盤》，佶屈聱牙。』

〔四〕『之』，尤刊、《全宋文》均作『文』。

〔五〕『酉』，尤刊、《全宋文》均作『道』。『酉山』：辰州沅陵有大酉山、小酉山，相傳石穴中有書千卷。見《太平御覽》卷四九引《荊州記》。

〔六〕『楊』，尤刊、《全宋文》均作『揚』。『常楊燕許』：指唐人常袞、楊炎、燕國公張說、許國公蘇頲。袞文章俊拔，當時推重，與楊炎同爲舍人，時稱爲『常楊』；張說與蘇頲亦以文章顯，稱望略等，故時號『燕許大手筆』。

〔七〕『祚』，尤刊、《全宋文》均作『阼』。『踐阼』：卽位、登基。阼，大堂前東面的臺階，封建帝王登阼階以主持祭祀，指帝位。二者通。

〔八〕『綬』，尤刊、《全宋文》均作『紱』。『綬』：古代用以繫佩玉、官印等東西的絲綢。『紱』：古代繫印紐的絲繩，亦指官印。

〔九〕『馬』，尤刊、《全宋文》均作『畢』。『馬羈』：馬籠頭。

〔一〇〕『文明』，尤刊、《全宋文》均作『大用』。

〔一一〕『憖』，底本作『遨』，現據他書校改。『天不憖遺』：《詩經·小雅·十月之交》：『天不慭遺一老，俾守我王。』天公不願意留下（這一個老人）。慭，願；遺，留。遨：開、張。

〔一二〕『崗』，尤刊、《全宋文》均作『岡』。

〔一三〕『紹』，尤刊、《全宋文》均作『詔』。

【箋注】

〔一〕志文部分已佚。錢周材（一〇九六—一一六七），字元英，江寧府溧陽（今屬江蘇）人。高宗建炎二年（一一二八）進士。紹興中累遷大理司直，祕書省校書郎兼普安郡王府教授，著作郎、起居舍人，權刑部侍郎。十七年，除中書舍人、兼權直學士院、兼侍講，出知常州。奉祠歸。孝宗隆興初爲中書舍人，除給事中、兼直學士院。丁母憂，以龍圖閣直學士奉祠告老。乾道三年（一一六七）卒，年七十二。事蹟具《景定建康志》卷四三、卷四九。《全宋文》卷四一九六錄其文《呂祖謙特授左從政郎改差南外敦宗院宗學教授制》（隆興元年六月七日）、《湯思退拜右相制》（隆興元年七月）、《張浚除右相制》（隆興元年十二月）、《湯思退轉左僕射制》（隆興二年正月）、《乞在京官奏狀不經由進奏院投進奏》（隆興元年十一月）等五篇。

〔二〕騰實蜚英：《史記》卷一一七《司馬相如列傳》：『蜚英聲，騰茂實。』《索隱》引胡廣曰：『飛揚英偉之聲，騰馳茂盛之實也。』英偉之聲，指名聲；茂盛之實，指實際。稱頌人的聲名事業日盛。指人的盛名與實際相符。

〔三〕雅健雄深：指文章典雅而有力，宏大而高深。《新唐書》卷一六八《柳宗元傳》：『宗元少時嗜進，謂功業可就。既坐廢，遂不振。然其才實高，名蓋一時。韓愈評其文曰：「雄深雅健，似司馬子長，崔、蔡不足多也。」』

（四）器識：器量與見識。

（五）坦夷：坦率平易。

（六）在涅弗淄：涅，礦物名，古代用作黑色染料。淄，同緇，黑色。用涅染也染不黑。此句比喻品格高尚，不受惡劣環境的影響。語出《論語·陽貨》：『不曰白乎，涅而不緇。』

（七）應事：處理世務，應付人事。

（八）燭與龜：明察、洞悉。韓愈《送石處士序》：『若駟馬駕輕車、就熟路，而王良、造父爲之先後也，若燭照數計而龜卜也。』龜卜，謂灼龜甲卜吉凶。依據龜甲兆象的頭、身、足的形象來卜事。

（九）珥筆：古代史官、諫官上朝，常插筆冠側，以便記録、撰述。三國魏曹植《求通親親表》（《曹子建集》卷八）：『執鞭珥筆。』右螭：洪邁《容齋四筆》卷一五《官稱别名》：『舍人爲右螭。』

（一〇）掖垣：唐代稱門下、中書兩省。因分别在禁中左右掖，故稱。後世亦用以稱類似的中央部門。

（一一）訓詞：帝王的誥敕文詞。明何良俊《四友齋叢説·文》：『此（指誥敕）是皇帝語，即所謂口代天言者，古人謂之訓詞。』

（一二）大冊：重要冊籍。雄篇：氣勢雄偉、才情横溢的詩文。周麟之《知常州錢周材除集英殿修撰制》（《海陵集》卷一三）：『朕迹漢家之治，觀樂府之歌。崇禮官，考文章，時則有從臣之頌；宣上德，盡忠孝，時則有刺史之詩。於今求之，見此作者。以爾文兼麗則，學造精深。四戶聯榮，嘗高潤色之譽；一麾出守，久著承流之功。能於晝諾之餘，述是形容之美。謄章來上，嘉歎不忘。進升祕殿之班，增重專城之寄。往祇予渙，益懋爾猷。可。』

（一三）四馳：謂傳播四方。韓愈《知名箴》：『需焉有餘，厥聞四馳。』

（一四）初潛：帝王登基前的受封任職。紹興十二年（一一四二）正月，宋孝宗趙昚（時名『瑗』）加檢校少保，封普安郡王。錢周材於紹興中遷祕書省校書郎兼普安郡王府教授。

（一五）舊學：昔從之學，昔時所學。《尚書·說命下》：『台小子舊學於甘盤，既乃遯於荒野。』

（一六）勸講：猶侍講。古代給皇帝或皇太子講學之官。《後漢書》卷八四《楊秉傳》：『桓帝卽位，以明《尚書》徵入勸講，拜太中大夫，左中郎將，遷侍中、尚書。』李賢注：『勸講，猶侍講也。』

（一七）瑣闈：鐫刻連瑣圖案的宫中旁門，常指代宫廷。王維《酬郭給事》（《王右丞集箋注》卷一〇）：『晨搖玉佩趨金殿，夕奉天書拜瑣闈。』

（一八）輔台：宰輔三公之位。台：三台，星名。古代用三台來比喻三公。

（一九）棘人欒欒：瘦瘠、憔悴之貌。《詩經·陳風·素冠》：『庶見素冠兮，棘人欒欒兮，勞心慱慱兮。』棘人，指的是爲父親或母親守喪的孝子；欒欒，爲屈曲之狀，形容孝子因悲哀、少食而身體不能直立的形狀。

（二〇）故棲：原來棲息之處，比喻舊職或家鄉。這裏指錢周材丁母憂，以龍圖閣直學士奉祠告老。

（二一）養浩：指培養本有的浩然正氣。《孟子·公孫丑上》：『我善養吾浩然之氣。』丘園：

家園、鄉園。《周易・賁》：『六五，賁於丘園，束帛戔戔。』王肅注：『失位無應，隱處丘園。』孔穎達《疏》：『丘謂丘墟，園謂園圃。唯草木所生，是質素之所。』後以『丘園』指隱居之處。

（二二）胷奇陳陳：蘇舜元《送梁子熙聯句》（《宋詩紀事》卷一九）：『腹憤軋軋，胷奇陳陳。』

（二三）傒：《說文解字》：『傒，待也。』等候、期待。

（二四）燕山峨峨，溧水繚之：錢氏墓在溧陽縣燕山之原。

（二五）懿德：美德。《詩經・大雅・烝民》：『天生烝民，有物有則。民之秉彝，好是懿德。』清芬：清香，喻高潔的德行。晉陸機《文賦》（《文選》卷一七）：『詠世德之駿烈，誦先人之清芬。』

祭尚書吏部員外郎朱君孺人祝氏文（存目）

【編年】

據朱熹《尚書吏部員外郎朱君孺人祝氏壙誌》（《晦庵先生朱文公文集》卷九四）所述，『乾道五年九月戊午卒，年七十』，其母祝氏卒於乾道五年（一一六九）九月；又據其《答尤尚書（袤）》（《晦庵先生朱文公文集・續集》卷三）所述（詳見附錄），則該篇當作於乾道五年（一一六九）秋冬之際。

【繫地】

該篇當作於臨安。尤袤與朱熹書函往來，致祭其母。

【箋注】

該哀祭原文今已不存。孺人，歙縣處士祝確之女，卒於乾道五年（一一六九）九月戊午，後贈碩人，追封粤國夫人。明年（一一七〇）正月，朱熹葬之建陽縣崇泰里後山天湖之陽，名曰寒泉塢。

【附録】

朱熹《答尤尚書（袤）》（《晦庵先生朱文公文集·續集》卷三）：『某不孝禍深，早歲孤露，提攜教育，實賴母慈。不幸迂愚不堪世用，不能少伸烏鳥之報，而奄忽至此，冤痛割裂，不能自存。幸以今春粗畢大事，音容永隔，痛苦終天。伏承惠弔，並以香茶果實遠致奠儀，仰感勤眷之誠，俯念疇昔之好，拜領號絶，不知所言。襄陽之除，必是見闕，正此哀苦，不敢奉慶。惟是益遠誨晤而殘息奄奄，不保朝夕，引領西望，徒切悵然。』

又《尚書吏部員外郎朱君孺人祝氏壙誌》（《晦庵先生朱文公文集》卷九四）：『先妣孺人祝氏，徽州歙縣人。其先爲州大姓，父諱確，始業儒，有高行。娶同郡喻氏，以元符三年七月庚午生孺人。性仁厚端淑，年十有八，歸于我先君諱松，字喬年，姓朱氏。逮事舅姑，孝謹篤至，有人所難能者。以先君校中祕書賜今號。及先君卒，熹年才十有四。孺人辛勤撫教，俾知所向。不幸既長而愚，不適世用，貧病困蹙，人所不堪，而孺人處之怡然。乾道五年九月戊午卒，年七十。生三男，伯仲皆夭，熹其季也。嘗爲左迪功郎，差充樞密院編修官。一女，適右迪功郎、長汀縣主簿劉子翔。孫：男塾、埜、在，女巽、兑皆幼。越明年正月癸酉，葬于建寧府建陽縣後山天湖之陽，東北距先君白水之兆百里而遠。不孝子熹號慕隕絶，敢竊記壙中如此。昊天罔極，嗚呼痛哉！』

與朱元晦書一（存目）

【編年】

據朱熹《答尤尚書（袤）》（《晦庵先生朱文公文集·續集》卷三）所述，是年汪義端中進士第三人；則該篇當作於乾道五年（一一六九）。

【繫地】

該篇當作於臨安。尤袤與朱熹書函往來，論及汪義端舉進士之事。

【箋注】

該書啓原文今已不存。汪義端（一一四一—一一九八），字子充（一作「充之」），徽州黟縣（今屬安徽）人，汪勃（以端明殿學士簽書樞密院）孫。弱冠登孝宗乾道五年（一一六九）進士第三人，授奉國軍節度推官。除太學博士、樞密院編修、太常丞，權吏部郎，改工部，知溫州、秀州、池陽。光宗紹熙四年（一一九三），除監察御史，改軍器監，知舒州。寧宗慶元初擢起居舍人、中書舍人，兼侍講，遷給事中。四年（一一九八），知寧國，帥紹興。除徽猷閣待制，又知婺州，帥隆興，尋知鄂州。卒，年五十八。事蹟具《宋元學案》卷九七。有《盤隱集》、《奏議》，今《全宋文》卷六四五九錄其文《趙汝愚責永州制》、《論趙汝愚不宜同知樞密院事奏》、《和買絹用畝頭上物力均科奏》三篇。

【附録】

朱熹《答尤尚書(袤)》(《晦庵先生朱文公文集·續集》卷三)：『鄉邦得人之盛，魁選復出其中，甚爲可喜。但所陳取士之策，於人物取捨之際，不免祖襲蘇氏浮薄之餘論。此議肆行，非天下之福，殊使人不滿意。自此脱去場屋，想當别作規橅耳，衰陋何足取置齒頰間耶？汪樞之孫遂進而立於三人之列，想老丈慰意也。荊州之行，寄任增重，今當入境矣。』

應候周子充言(一)

兩月來自鼇務官而上(二)，外補、貶逐、死亡者(三)，僅四十人(四)，亦氣數使然(五)。

周必大《乾道庚寅奏事録》(《文忠集》卷一七一)。

【編年】

據周必大文之著録(詳附録)，該篇作於乾道六年七月初六日(一一七〇年八月十九日)。

【繫地】

該篇當作於臨安。尤袤任大宗正丞，七月六日，應候周必大。

【箋注】

(一)應候：應接侍候。周必大(一一二六—一二〇四)，字子充，初字洪道、弘道，晚年自號平園老叟。原籍管城(今河南鄭州)，高宗建炎二年(一一二八)祖詵通判吉州廬陵(今江西吉安)，因家焉。

紹興二十一年（一一五一）進士（『二十一』，《全宋文》卷五〇一四《周必大小傳》誤作『二十七』），調徽州司戶參軍。二十七年，舉博學宏詞科，差充建康府教授。三十年，召爲太學錄，累遷編類聖政所詳定官兼權中書舍人兼權給事中。孝宗隆興元年（一一六三），因繳駁龍大淵、曾覿除知閤門事，奉祠。乾道四年（一一六八），起知南劍州。六年，除祕書少監兼直學士院。八年，兼權中書舍人時以事奉祠。淳熙二年（一一七五），除敷文閣待制、侍講。五年，除禮部尚書兼翰林學士。累遷吏部尚書兼翰林學士承旨。七年，除參知政事。九年，除知樞密院事。十四年，拜右丞相。十六年，進左丞相，封益國公。光宗紹熙二年（一一九一），除觀文殿學士，判潭州。四年，改判隆興府。寧宗慶元元年（一一九五），以觀文殿大學士、益國公致仕。未幾，爲韓侂胄指爲僞學罪首。嘉泰四年（一二〇四）卒，年七十九。開禧三年（一二〇七），賜謚文忠。生平著書八十一種，有《平園集》二百卷。事蹟具《平園集》卷首周綸《周益國文忠公年譜》，《宋史》卷三九一本傳。《全宋詩》以中國國家圖書館藏清黄丕烈校跋并抄補明抄《周益文忠公集》爲底本，校以日本靜嘉堂文庫藏南宋開禧二年（一二〇六）刊本、影印文淵閣《四庫全書》本，編爲十四卷；《全宋文》以清道光二十八年（一八四八）歐陽棨瀛塘別墅刊、咸豐元年（一八五一）續刊之《廬陵周益國文忠公集》爲底本，參校文淵閣《四庫全書》本、傅增湘校勘本、中國國家圖書館藏明祁氏澹生堂抄本。另輯得佚文三十七篇，合編爲一百九十二卷。其與尤袤曾同跋曾敏行《獨醒雜志》、李結《西塞漁社圖卷》。其《續玉堂制草》一書首見於《遂初堂書目》（總集類）。

（二）釐務官：唐、宋稱官員理政、理事爲釐務。宋又統稱朝廷派駐各地專管財務，如諸路提舉茶鹽、茶馬、坑冶、市舶，管勾公事等官及諸州茶鹽酒稅場務、征輸、治鑄監當官等爲釐務官。

（三）外補：舊時稱京官外調。《後漢書》卷五《孝安帝紀》：『公府通調，令得外補。』貶逐：降職和放逐。《新唐書》卷一六八《柳宗元傳》：『會貶逐中輟，不克備究。』

（四）僅：去聲，幾乎、將近。

（五）氣數：氣運、命運。漢荀悦《申鑒》卷三《俗嫌》：『夫豈人之性哉，氣數不存焉。』

【附録】

周必大《乾道庚寅奏事録》（《文忠集》卷一七一）：『甲申，黄通老尚書、尤袤延之宗丞、劉重卿（『重』，《全宋文》作『仲』）及其二子並相候。延之云：「兩月來自鼇務官而上，外補、貶逐、死亡者，僅四十人，亦氣数使然。」留吕伯恭、王得卿飯。李德章送白酒，甚佳（『佳』，《全宋文》作『奇』），飲魯彦質。』

謝賜生日酒物表 代梁叔子（殘句）（一）

小人有母，雖喜君羹之嘗（二）；大烹養賢（三），無虞公餗之覆〔一〕（四）。

《誠齋集》卷一一四《詩話》（《全宋文》作『《誠齋文集》卷八六』，恐誤），又見《誠齋詩話》、《梁溪遺稿》卷二、《全宋文》卷四九九九。

【編年】

據周必大所擬兩次詔書（詳見下『附録』）可知，表中『君羹之嘗』、『養賢』等語，乃源自詔文『嘗君賜之羹』、『姑致養賢之意』； 則該篇當作乾道七年辛卯（一一七一）。

【繫地】

該篇當作於臨安。梁克家生日，孝宗賜酒物； 是時梁母太夫人在，尤袤代梁作謝表。

【彙校】

〔一〕『無』，《誠齋詩話》、《梁溪遺稿》、《全宋文》均作『每』。

【箋注】

（一）梁克家（一一二八—一一八七），字叔子（『叔子』，《全宋詩》卷二三五九《梁克家小傳》作『叔予』，恐誤），泉州晉江（今屬福建）人。高宗紹興三十年（一一六〇）進士，授平江簽判。召爲祕書省正字，累遷中書舍人、給事中。孝宗乾道五年（一一六九），拜端明殿學士、簽書樞密院事。六年，參知政事。七年，兼知樞密院事。八年，拜右丞相，兼樞密使。以論金使朝見授書儀不合，求去。淳熙六年（一一七九），出知建寧府。八年，起知福州。九年，入封儀國公，拜右丞相。十三年，以內祠兼侍讀。十四年，卒，年六十。謚文靖。事蹟具《宋史》卷三八四本傳。有《淳熙三山志》四十二卷，《全宋詩》卷二三五九錄其詩《賦九月梅花》、《次陳休應烹茗廓然亭見送韻》等二首，《全宋文》卷五〇一三錄其文十七篇。其《梁文靖集》一書僅見於《遂初堂書目》（別集類），《長樂志》（地理類）、《中興會要》（類書類）等書則首見於《遂初堂書目》。又，《遂初堂書目》（本朝雜傳類）著錄《梁丞相行實》一書，或尤袤爲其所作。

（二）『小人……之嘗』句：《左傳·隱公元年》：『小人有母，皆嘗小人之食矣，未嘗君之羹，請以遺之。』雖，僅、只。

(三)大烹養賢：亦作『大亨』。盛饌。《周易·鼎》：『大亨以養聖賢。』王弼注：『亨者，鼎之所爲也。』

(四)『每虞公餗之覆』句：公餗，鼎中的食物，君主、貴族所享用的盛饌。《周易·鼎》：『鼎折足，覆公餗，其形渥，凶。』孔穎達《疏》：『餗，糝也。八珍之饍，鼎之實也……施之於人，知小而謀大，力薄而任重，如此必受其至辱。』

【附錄】

周必大《賜參知政事梁克家生日詔(乾道七年二月三日)》(《文忠集》卷一一〇)：『勑克家：律琯分春，望舒朏夕。是生雋輔，來翊丕基。亨飪有常，姑致養賢之意；熾昌無害(『害』，《四庫全書》本作『斁』)，尚符壽母之言。祗服眷私，勉殫忠藎。』

周必大《賜參知政事梁克家生日詔(乾道八年，《全宋文》誤作『七年』)》(《文忠集》卷一一〇)：『勑克家：歲臨協洽，律中夾鍾。符君臣慶會之期，得天地中和之氣。繼廩人之粟，既示寵於誕祥；嘗君賜之羹，復增光於榮養。益綏壽嘏，永輔明昌。』

諫召張說封事(存目)

【編年】

據《宋史》卷四七〇《張說傳》記載，《宋史》本傳所謂『士論鼎沸』在乾道八年(一一七二)二月後，則尤袤上書亦當其時。

【繫地】

該篇當作於臨安。尤袤上書諫張説事。

【箋注】

該奏議原文今已不存。張説（？—一一八〇），開封（今屬河南）人，公裕子。以父任爲右職，娶聖壽皇后女弟，累遷知閤門事。隆興初兼樞密副都承旨，乾道初爲都承旨，加明州觀察使。乾道七年（一一七一）除簽書樞密院事，爲羣臣所攻，奉祠歸第；次年（一一七二）仍命該職，論之者皆補外，於是勢力赫然。淳熙初，孝宗知其欺罔，罷爲太尉，又爲諫官所劾，乃降爲明州觀察使，責居撫州。淳熙七年（一一八〇）卒於湖州。事蹟具《宋史》卷四七〇《佞幸傳》。

【附録】

周必大《繳張説王之奇辭免西府奏》（《玉堂類稿》卷五）：『乾道八年二月十六日，準御封付院張説、王之奇辭免各除簽書樞密院事奏劄，並奉御批降詔不允。臣流落之餘，蒙陛下收拾拔拭，寘在華近踰一年半矣，碌碌備位，補報闕然，夙夜慚懼，無以自處。倘有所見，若又不言，陛下雖欲赦之，如衆論何？臣見昨除張説簽樞，舉朝皆曰不可，陛下欣然聽納，旋即改命。曾未周歲，復有此除，羣言紛紛，今猶昔也。蓋以貴戚預政，公私兩失，不若坐享高爵厚禄之爲安。陛下神聖，固已洞照，諒説亦自深曉此理，何待臣言也。若謂兩府當間以武臣，則願於大將中擇有威望可以運籌折衝者畀之，誰敢異議？臣非欲專任文吏也。或云緣大臣薦用王之奇，因而有此並命。雖未可信，然去年羣臣爭論之際，傳聞聖諭云「茲事誠誤」。以此觀之，用說非陛下意，不爲無據。且當是時，王之奇亦云曾入文字，今卻與說同升，不知之奇以爲是耶非耶，亦未嘗遽受也。臣在隆興初與說同侍殿陛，又與之奇同在六部，情分頗熟，素無嫌隙。今非樂爲仇怨，自取擯斥，蓋義所當言，不得不效論思之萬一耳。昔唐元和間，白居易在翰林，奉宣草嚴綬江寧節度使、孟元陽右羽林統軍制，皆奏請裁量，未敢便撰。本朝元祐中，帥臣避免拜之禮，執政辭遷秩之命，蘇軾當撰答詔，亦嘗言其不可，卒如所請。今除用執政，非節度、統軍、免拜遷秩比也。臣雖視居易、軾無能爲役，顧職守其可廢哉？所有二人辭免不允詔書，臣未敢具草。取進止。」

與朱元晦書二（存目）

【編年】

據朱熹《答尤延之（袤）》（《晦庵先生朱文公文集》卷三七）所述（詳見下『附錄』），則該篇當論及《資治通鑑綱目》中對於楊雄、荀彧等人的記載，諮詢朱弁奉使安葬之事。據朱熹《資治通鑑綱目序》之落款『乾道壬辰夏四月甲子』，當作於乾道八年（一一七二）。

【繫地】

該篇當作於臨安。尤袤與朱熹書函往來，探討學術，諮詢朱弁奉使安葬之事等。

【箋注】

該書啓原文今已不存。朱弁（一〇八五—一一四四），字少章，號觀如居士，徽州婺源（今屬江西）人。弱冠入太學，補内舍生，第進士。欽宗靖康末避亂江南。高宗建炎初，出使金國，被禁留，居雲朔凡十六年，守節不屈。歸宋後，遷宣教郎，除直祕閣，主管祐神觀。紹興十四年（一一四四）卒，年六十。事蹟具《晦庵先生朱文公集》卷九八《奉使直祕閣朱公行狀》，《宋史》卷三七三本傳。嘗著《曲洧舊聞》四卷、《通玄真經注》七卷、《續骫骳說》一卷、《風月堂詩話》二卷、《聘游集》四十二卷、《書解》十卷、《雜書》一卷、《新鄭舊詩》一卷、《南歸詩文》一卷等作品，今《全宋詩》卷一六三三據影印文淵閣《四庫全書》本《中州集》及《永樂大典》等書所錄收其詩一卷，《全宋文》卷三八〇二錄其文十篇。

【附錄】

朱熹《答尤延之（袤）》（《晦庵先生朱文公文集》卷三七）：『熹杜門竊食，不敢與聞外間一事，尚不能無虎食其外之憂。衰病疲薾，雖在山林，亦不能有尋幽選勝之樂。但時有一二學子相從於寂寞之濱，講論古人爲己之學，至會心處，輒復欣然忘食，不自知道學之犯科也。年來目昏，不甚敢讀書。經說閒看，疏漏頗多，不免隨事改正，比舊又差勝矣。《綱目》不敢動著，恐遂爲千古之恨。蒙教楊雄、荀彧二事，按溫公舊例，凡莽臣皆書「死」，如太師王舜之類，獨於楊雄匿其所受莽朝官稱而以「卒」書，似涉曲筆，不免卻按本例書之曰「莽大夫楊雄死」，以爲足以警夫畏死失節之流，而初亦未改溫公直筆之正例也。荀彧卻是漢侍中、光祿大夫而參丞相軍事，其死乃是自殺，故但據實書之曰「某官某人自殺」，而系於曹操擊孫權至濡須之下，非故以彧爲漢臣也。然悉書其官，亦見其實漢天子近臣，而附賊不忠之罪非與其爲漢臣也。此等處當時極費區處，不審竟得免於後世之公論否？胡氏論彧爲操謀臣，而劫遷九錫二事皆爲董昭先發，故欲少緩九錫之議，以俟它日徐自發之。其不遂而自殺，乃劉穆之之類，而宋齊丘於南唐事亦相似。此論竊謂得彧之情，不審尊意以爲何如？李淙、謝廓皆略識之，李在此作縣甚得民情，謝甚俊，卽任伯參政之孫，其家有古書者也。但吳仲權亦聞其名，見其文字甚清警，未知材氣如此也。今日下位後生中尚不爲無人，雖真僞相半，然亦且得勸勉獎就之，未敢輕有遺弃也。陳同父近得書，大言如昨，亦力勸之，令其稍就斂退。若未見信，卽後日之患猶或有甚於此者，甚可念也。叔祖奉使葬事，甚荷憐念。此事初未敢有請，不謂已蒙特達如此，不知今有定論否？叔祖當日挺身請使，留虜中十六年，竟保全節而歸。以奏對論和不可專恃，且虜有可圖之釁忤秦丞相，遂廢以死。在虜中時，嘗有祭徽廟文，或傳以歸，乙覽感動，錫賚甚寵。其書皆在此，此便不的，不敢附呈。鄙意輒欲次其行事以請於左右，幸而並賜之銘，則宗族子孫皆受不貲之惠矣。叔祖受知於晁景迂，學甚博，詩甚工也。」

朱熹《跋朱奉使奏狀》（《晦庵先生朱文公文集》卷八三）：「右叔祖奉使直閣公還自虜中，乞表朱昭等死節事狀也。叔祖字少章，少從景迂晁公先生學。建炎初，以諸生應募，奉使虜廷，守節不屈，被留雲中，積十六年。紹興癸亥和約定，乃得歸。召對便殿，公言虜情詭詐，和不可恃，宜有以待之。又言虜勢雖强而無道義以固，其國衰亂有萌，幾不可失。願益修德振兵，以俟其變。秦丞相已不樂，及上此奏，檜益怒，遂寢其事不報，而公亦旋卒，昭等忠義之節遂不復有言者。熹每讀其書，未嘗不爲之獻欷流涕也。今觀歷陽龔君所纂《中興忠義錄》至纖悉矣，然亦無昭等名，乃録此狀以寄和州史君敷文張公，請刻而附於其後，庶幾此數人者得託以不朽。又記頃見會稽有衛士唐某祠，問其故，曰虜陷會稽，車駕倉猝東幸，而某以病不及從。帥守李鄴亟以城降。一日，虜酋與鄴並轡行城中，某憤怒甚，則懷磚石從道旁狙擊之，不中，因被執。將殺之，罵不絕口而終。越人義而祠之，事聞，詔賜廟額曰□□，故給事中吳公芾嘗刻石以記其事。今此錄亦不見，恐可并求其記而附刻之也。紹熙辛亥十月辛巳，新安朱熹書。』

跋《蘭亭帖》二〔一〕

唐文皇既得《脩禊敘》，命趙模、諸葛承禎輩臨寫〔二〕（一）。當時在廷之臣，競相傳模〔三〕，故流傳於世者皆可寶。蘇中令自言家有五本〔四〕（二），今不知此是第幾本也。梁溪尤袤。

桑世昌《蘭亭考》卷五，又見《六藝之一錄》卷一五三、《梁溪遺稿》卷二、盛刻、尤刊、《全宋文》卷四九九九。

【編年】

據《跋〈蘭亭帖〉》（六）所述，此蘇易簡舊藏本，後歸汪逵家，尤袤『嘗見之』，則當於淳熙十六年（一一八九）之前；具體時間，難以確定，據《蘭亭考》卷五之次序，姑繫於此。

【繫地】

該篇或作於臨安。

【彙校】

〔一〕『帖』，《梁溪遺稿》無。

〔二〕『承禎』，底本作『承正』，他書均作『貞』。尤刊校語：『《蘭亭考》「貞」作「承禎」』，據改。

〔三〕『模』，《六藝之一錄》同，他書均作『摹』。

〔四〕『中』，底本作『大』，現據《六藝之一錄》校改。『大令』乃對縣官的敬稱；『中令』則是『中書令』的省稱。淳化四年（九九三）遷給事中，拜參知政事。

【箋注】

〔一〕趙模：唐太宗時翰林供奉拓書人，太子右監門府鎧曹參軍。正書字畫甚工。諸葛承正：諸葛貞，字承禎，唐太宗時人。工摹拓古碑帖，嘗奉太宗敕與馮承素拓《樂毅論》及雜帖數本，賜長孫無忌等人。臨寫：摹寫。

〔二〕蘇中令：蘇易簡（九五八—九九七），字太簡，綿州鹽泉（今四川綿陽）人（《永樂大典》卷二四〇一引《潼川志》，《宋史》作梓州銅山人）。太宗太平興國五年（九八〇）進士第一，解褐將作監丞，通判昇州。八年，以右拾遺知制誥，屢知貢舉。雍熙三年（九八六），充翰林學士。淳化二年（九九一），遷中書舍人，充翰林承旨。四年，除給事中、參知政事。至道元年（九九五）罷爲禮部侍郎，出知鄧州，移陳州。明年十二月卒，年三十九。謚文憲。易簡才思敏贍，雅善筆札，曾預修《文苑英華》，著有《文房四譜》四卷、《續翰林志》二卷、《文選雙字類要》三卷、《玉堂集》二十卷等。事蹟具《宋史》卷二六六本傳。今《全宋詩》卷七四錄其詩五首，又殘句五條，存目三條；《全宋文》卷一六八錄其文十一篇。

【附録】

《蘭亭考》卷六《審定上》：『《蘭亭序》第二本爲古今冠，與余所獲蘇中令家貞觀名手模無少異。襄陽米芾。』

跋《蘭亭帖》二〔一〕

司業汪逵家藏禊敘至多〔二〕〔一〕，内一軸首跋乃康伯可〔二〕，是轉模失真爾〔三〕。此本良是定武古本〔三〕，但定武世以斲損『帶、流、右、天』四字爲真〔四〕，而此獨完好〔四〕。然精采乃與唐人鉤摹本不異〔五〕，殆是定武以前未斲損〔五〕者耶〔六〕？　乾道壬辰中秋日，錫山尤袤跋。

《蘭亭考》卷五，又見《六藝之一録》卷一五三、《梁溪遺稿》卷二、盛刻、尤刊、《全宋文》卷四九九九。

【編年】

據文末之落款，該篇作於乾道八年八月十五日（一一七二年九月五日）。

【繫地】

該篇當作於臨安。八月十五日，跋汪逵家藏《蘭亭帖》。

【彙校】

〔一〕『帖』，《梁溪遺稿》無。

〔二〕『敘』，《六藝之一録》作『帖』。『禊敘』：指王羲之的《蘭亭序》。『禊帖』：《蘭亭序》帖的別稱。王羲之著名行書法帖之一，以帖中有蘭亭修禊事語，故名。

〔三〕『模』，《六藝之一録》同，他書均作『摹』。

〔四〕〔五〕『斲』，尤刊同，他書均作『斷』。

〔六〕『耶』，《六藝之一録》同，他書均作『邪』。

【箋注】

（一）司業汪逵：汪逵（一一四四—一二一四），字季路，信州玉山（今屬江西）人，應辰次子。孝宗乾道八年（一一七二）進士。淳熙末爲太學博士、太常博士。光宗紹熙元年（一一九〇）爲朝奉郎、太常丞兼實録院檢討官。寧宗慶元元年（一一九五）任國子司業，嘉泰四年（一二〇四）罷知處州，與祠。嘉定元年（一二〇八）除祕書少監，權工部侍郎，擢禮部、吏部侍郎。五年，遷吏部尚書。七年三月，卒於任。事蹟具《宋史翼》卷二四本傳。工書，常爲其父代筆。建集古堂，藏奇書祕蹟金石遺文二千卷。著《淳化閣帖辨記》。《全宋文》卷六四一二録其文《書盤谷序碑本》一篇。尤袤作是跋，時汪逵尚爲進士。則『司業』之稱，或出於後人所改，類似者，見『附録』所引。

（二）康伯可：康與之，字伯可，又字叔聞，號退軒，滑州（今屬河南）人，南渡後居嘉禾（今浙江嘉興）。建炎初（一一二七）上『中興十策』不爲用，後依附秦檜，爲秦門下十客之一，被擢爲臺郎。檜死後，編管欽州，復送新州牢城。其詞多應制之作，不免歪曲現實，粉飾太平。但音律嚴整，講求措詞。著《順庵樂府》五卷，不傳；今有趙萬里輯本。

（三）定武古本：唐太宗命擅書之臣臨寫《蘭亭序》，而歐陽詢所臨寫的最爲逼真，故刻之於石。北宋慶曆年間（一〇四一—一〇四八）李學究發現於定武（今河北正定），故稱歐陽詢臨寫的《蘭亭序》爲『定武本』。李學究模勒於石上交御府，後不明所在。原石後歸薛向、薛紹彭父子所有，薛紹彭又模刻勒石時，缺損『湍』、『帶』、『右』、『流』、『天』等五字。大觀年間（一一〇七—一一一〇），原石置於長安宣和殿，因靖康之亂而下落不明。

（四）而此獨完好：此《蘭亭序》原由金人郝天挺收藏，郝氏所藏三本《定武蘭亭》中，記有宋代諸公題跋之最善一本，後來，轉讓給明人吴炳，拓片上有吴炳題記，也有白文『吴炳之印』一枚（右下角），故稱『吴炳本』，也就是薛紹彭缺損五字以前的所謂『五字未損本』。

（五）鉤摹：勾畫描摹。

【附録】

《蘭亭考》卷六《審定上》：『司業汪逵家藏禊序至多，内一軸首跋乃康伯可，次有二跋，云此本金石之祕寶也，宜十襲藏之。紹興丙辰季夏十有一日觀於資善堂，武陽朱震書。』

跋《蘭亭帖》三〔一〕

唐文皇初得此序〔二〕，命歐、褚〔三〕、趙模、馮承素、韓道政〔四〕、諸葛貞等搨本〔五〕（一），以賜羣臣，故傳於世數本〔六〕。歐陽公《集古》不録定武本〔七〕，謂與王沂公家所刻不異（二）。自山谷嘉定武本〔八〕，以爲『肥不賸肉，瘦不露骨』〔九〕（三），於是士大夫爭寶之。其實或肥或瘦，皆有佳處。此本差肥〔一〇〕，而最有精神，號唐古本。或云在永興軍〔一一〕（四），若定武自有三本（五）。獨民間李氏本爲勝（六），其餘用李本再刻，益瘦細矣。尤袤〔一二〕。

《蘭亭考》卷六，又見《六藝之一録》卷一四九又卷一五四、《梁溪遺稿》卷二、《御定佩文齋書畫譜》卷八八、盛刻、尤刊、《全宋文》卷四九九九。

【編年】

據《題王順伯第二本》再引黃庭堅的論述可知，該篇當作於淳熙四年（一一七七）之前。又據文末小注，此本亦藏汪逵家，則或與前兩本觀於同時；然具體時間，難以確定，據《蘭亭考》之次序，姑繫於此。

【繫地】

該篇或作於臨安。

【彙校】

〔一〕『帖』，《梁溪遺稿》無。

〔二〕『序』，《梁溪遺稿》、盛刻同，他書均作『敘』。尤刊校語：『《蘭亭考》作「敘」』，則其所據本如此。

〔三〕『褚』，盛刻誤作『楮』。

〔四〕該句尤刊校語：『《蘭亭考》無「道」字』，則其所據本如此。

〔五〕『貞等』，《六藝之一録》卷一五四、盛刻、尤刊同，《梁溪遺稿》作『禎等』，他書均作『承正』。尤刊校語：『《蘭亭考》「貞」作「承正」』，則其所據本如此。

〔六〕『唐文皇……數本』，《六藝之一録》卷一四九、《御定佩文齋書畫譜》均無。

〔七〕『陽』，《六藝之一録》卷一五四無。

〔八〕『嘉』，《六藝之一録》卷一四九、《御定佩文齋書畫譜》、尤刊均作『喜』。

〔九〕『賸』，盛刻同，他書作『剩』。

〔一〇〕『差』，《六藝之一録》卷一五四作『最』。

〔一一〕『軍』，底本誤作『年』，現據《六藝之一録》、《御定佩文齋書畫譜》校改。

〔一二〕《蘭亭考》、《六藝之一録》卷一五四其下均有小注『汪氏藏本』。『若定武……尤衮』，《六藝之一録》卷一四九、《御定佩文齋書畫譜》均無。

【箋注】

〔一〕歐、褚：歐，即歐陽詢。詢，字信本，潭州臨湘縣（今湖南長沙市）人。唐朝大臣、書法家。歐陽紇之子。隋煬帝即位，歐陽詢出任太常博士。武德三年（六二〇），投靠夏王竇建德，授太常卿一職。武德五年（六二二），歸順唐高祖李淵，授侍中，累遷銀青光禄大夫、給事中、太子率更令、弘文館學士，冊封渤海縣男，主持編撰《藝文類聚》。貞觀初年去世，時年八十五歲。歐陽詢精通書法，與虞世南、褚遂良、薛稷並稱『初唐四大家』。因其子歐陽通善於書法，父子倆被合稱爲『大小歐』。書法於平正中見險絕，號爲『歐體』。褚，即褚遂良（五九六—六五八或六五九）。遂良，字登善，杭州錢唐（今浙江杭州）人。唐朝宰相、政治家、書法家，弘文館學士褚亮之子。出身河南褚氏，博學多才，精通文史。隋末時期，追隨西秦霸王薛舉，擔任通事舍人。歸順唐朝後，得到唐太宗重用，歷任諫議大夫、黄門侍郎，累遷中書令，執掌朝政大權。貞觀二十三年（六四九），與司空長孫無忌同受遺詔輔政。唐高宗繼位後，升任右僕射，册封河南郡公，歷任同州刺史、吏部尚書，累遷右僕射，參知政事。反對册立武則天爲后，貶爲潭州都督。武后掌權後，遷桂州都督，再貶愛州（治在今越南清化）刺史，卒於任上。神龍革命後追贈右僕射，謚號『文忠』。天寶六載（七四七），配享唐高宗廟庭，累贈太尉。褚遂良工於書法，初學虞世南，後取法王羲之。馮承素：唐代書法家。貞觀時任内府供奉拓書人，直弘文館。韓道政：唐貞觀時任翰林供奉拓書人。

（二）『謂與……不異』句：王曾（九八七—一〇三八），字孝先，青州益都（今屬山東）人。咸平五年（一〇〇二）進士，封沂國公，謚文正。事蹟具《宋史》卷三一〇本傳。《晉蘭亭修禊序》（《集古録》卷四）：『其三得於故相王沂公家，又有别本在定州民家，二家各自有石，較其本，纖毫不異，故不復録。』

（三）『以爲……露骨』句：黄庭堅《書王右軍蘭亭草後》（《山谷外集》卷九）：『定武本則肥不剩肉，瘦不露骨。』

（四）永興軍：宋置，治京兆府（今西安），轄今陝甘各一部，豫西一小部。

（五）定武自有三本：榮芑《跋蘭亭三本》（《蘭亭考》卷七）：『《定武蘭亭敘》凡三本：其一李

學究本，傳爲陳僧法極字智永所橅。薛道祖別刻本，易以歸長安，宣和間歸御府，前本是也。其二字肥有鋒鍔，道祖別刻留定武，與前本方駕，人多誤爲舊本，非也。其三「崇山」字中斷，字差瘦勁，得於修城役夫，後藏康惟章伯可家。伯可云：舊刻與岐陽石鼓俱載以北。宋元功云：嘗從使金，聞在中京。楊伯時云：與薛氏爲姻家，定武本以玉石刻，舒元輿《牡丹賦》併記之，聊廣異聞。右北平榮芑題。淳熙十三年五月十三日。』

（六）民間李氏本：洪邁《跋定武本蘭亭石刻》（《蘭亭考》卷六）：『定武蘭亭石刻，富春何予楚能道其詳，唐曰正本。石晉末，耶律德光輦而歸，棄之中山，爲土人李學究所得。韓魏公索之急，李瘞諸地中，而別刻以獻。李死，其子乃出之，宋景文公始買寘公帑，後爲薛紹彭換取。至大觀間，遂入宣和殿。靖康中，竟落北方。故世傳定武者有二，今宜中所藏兩卷，此其善者也。』

【附録】

李心傳《題洪內相所題蘭亭帖》（俞松《蘭亭續考》卷二）：『紹定之季歲，予罷史職歸巖居。春三月，過禦溪，沈虞卿侍郎之孫提舉君以家藏《禊帖》似余，求識其後。秋九月過梁溪，尤伯晦、仲晦方里居，邀予與蔣良貴共飯，日加己巳速客，席間設大几，錦褾玉軸堆積其上。余雅聞遂初圖書之富也，亟起觀之，則多元老鉅儒所嘗鑒賞者。良貴拔其尤者，謂予各題數語。觴每行，趣輒更一二軸。遲明飲散，予遽解舟，今不憶所題若干卷，亦不憶有無《禊帖》在其間也。淳祐初年小寒節前五日，俞壽翁走价以此帖示余，實沈貳卿於羣玉暨史園兩嘗出似坐客者，而尤公遺墨在焉，其爲定武真帖不疑矣（『不』，《六藝之一録》作『無』）。前後同觀者十有六人，大抵二熙名士，其間蓋有出處與隆替對者，自是右軍輩人物，書翰其一也。後之覽者，又當有感於斯文。陵陽李心傳書。』

與周子充舍人必大劄子（殘句）

……補發沈章……

周必大《與尤延之侍郎袤劄子（乾道八年）》（《文忠集》卷一八九）

【編年】

據周劄子所述『臘寒方勁……委諭補發沈章，謹如所戒，旦夕送贛州矣』，該篇當作於乾道八年（一一七二）十二月，其中有『補發沈章』語。

【繫地】

該篇當作於臨安。李如圭登門拜見，轉遞周必大自吉州來函；尤袤之前有去信與必大，論及『補發沈章』事。

【附錄】

該書啓全篇今已不存。周必大《與尤延之侍郎袤劄子（乾道八年）》（《文忠集》卷一八九）：『某竊以臘寒方勁，恭惟國史大著郎中台候動止萬福。昨於沈教授便人處領台翰，感慰無已。屏居念咎，不敢數通於公書，必蒙深炤。大著名譽日起，新春當右遷，此縉紳所共期，非私禱也。委諭補發沈章，謹如所戒，旦夕送贛州矣。李兄更旬餘須到家，每書必言眷遇教誨之勤，而尚氏子得免狼狽，此惠何可忘也！似之闕在何時？向得書欲遺報，而不知留永嘉或歸閹（『閹』，《全宋文》卷五一〇〇作『閫』），遂因循至今。因風賜諭至懇。有童子李如圭者，入都應舉，力求司業林丈、禮部蕭文書。細思司業是主司，不可先謁，第令略詣門下，非敢有所求，只是遠方寒士恐催趲文字（『趲』，《四庫全書》本作『趁』，《全宋文》卷五一〇〇作『趂』），假借使令，或以干聽。鄉人奉常楊丞亦須面稟也。正阻參近，切幾爲國保重。』

《說文繫傳》跋（一）

余暇日整比三館亂書（二），得南唐徐楚金《說文繫傳》，愛其博洽有根據，而一半斷爛不可讀。會江西漕劉文潛以書來（三），言李仁甫托訪此書（四），乃從葉石林氏借得之（五）。方傳錄未竟（六），而余有補外之命（七），遂令小子槩於舟中補足〔一〕。此本得於蘇魏公家〔二〕（八），而訛舛尚多。當是未經校理也〔三〕。乾道癸巳十月廿四日，尤袤題。

南唐徐鍇《說文繫傳》（道光己亥影宋本、《四庫全書》本）卷末『跋』，又見尤刊、《全宋文》卷五〇〇〇。

【編年】

據文末之落款，該篇作於乾道九年十月二十四日（一一七三年十一月三十日）。

【繫地】

該篇當作於赴任吉州途中。乾道九年十月二十四日（一一七三年十一月三十日），尤袤在赴任吉州知州途中，命次子尤槩於舟中鈔錄補足了之前由尤袤傳錄的南唐徐鍇所撰《說文繫傳》，尤袤有跋語。

【彙校】

〔一〕『槩』，《四庫全書》本《說文繫傳·跋》、《全宋文》均作『暨』。『小子槩』：尤槩，字與平，袤次子。孝宗淳熙二年（一一七五）進士。累官建康府推官，擢左朝奉郎、太常博士。撰有《綠雲寮詩草》，已佚。事蹟具《宋詩紀事補遺》卷五三。今《全宋詩》卷二六五〇錄其詩《夏日觀農》一首。

〔二〕『家』，《四庫全書》本《說文繫傳·跋》無。

〔三〕『理』，《四庫全書》本《說文繫傳·跋》作『勘』。『校理』：校勘整理。《漢書》卷三六《劉歆傳》：『乃陳發祕臧，校理舊文。』『校勘』：指對同一書籍用不同的版本和有關資料加以比較核對，以考訂其文字的異同和正誤真僞。

【箋注】

〔一〕《說文繫傳》：南唐徐鍇撰。鍇（九二〇—九七四），字楚金，廣陵人。官至右內史舍人。事蹟具《南唐書》本傳。是書凡八篇，首通釋三十卷。《遂初堂書目》（小學類）著錄『徐鍇《說文》』一書。今中國國家圖書館藏本，卷末有蘇頌題識（詳見附錄）及後人鈔錄之尤袤跋文。

〔二〕暇日：空閒的日子。《孟子·梁惠王上》：『壯者以暇日修其孝悌忠信。』整比：整理排比。《舊唐書》卷四六《經籍志上》：『開元三年，左散騎常侍褚無量、馬懷素侍宴，言及經籍。玄宗曰：「內庫皆是太宗、高宗先代舊書，常令宮人主掌，所有殘缺，未遑補緝，篇卷錯亂，難於檢閱。卿試爲朕整比之。」』三館：唐有弘文（亦稱昭文）、集賢、史館三館，負責藏書、校書、修史等事項。宋因之，三館合一，並在崇文院中。鄭樵《通志·總序》：『欲三館無素餐之人，四庫無蠹魚之簡，千章萬卷，日見流通。』

（三）漕：宋代官職，漕運總督，主管漕糧的取齊、上繳、監押、運輸等。宋各路置轉運司掌財賦與轉運，簡稱漕司；一路或有二三人，轉運使與轉運判官皆簡稱爲漕。是年劉焞爲江南西路轉運判官。劉文潛：劉焞，字文潛，成都（今屬四川）人。高宗紹興二十一年（一一五一）進士。孝宗乾道三年（一一六七）爲祕書省正字，四年除校書郎，六年遷著作佐郎，七年以國子司業兼國史院編修官、實錄院檢討官。九年，除江南西路轉運判官。淳熙五年（一一七八），爲荊湖北路轉運使，遷知靜江府兼廣南西路經略安撫使。七年，知潭州兼湖南路安撫使。事蹟具《南宋制撫年表》卷下。《全宋詩》卷二一〇七錄其詩《致爽軒》一首，《全宋文》卷四八六二錄其文六篇。

（四）李仁甫：李燾（一一一五—一一八四），字仁甫，一字子真，號巽巖，眉州丹稜（今屬四川）人。高宗紹興八年（一一三八）進士，授成都府華陽縣主簿，未上，讀書丹稜龍鶴山（或作龍鵠山）。十二年秋，始赴任。歷官州縣及朝廷史職多年。孝宗乾道八年（一一七二），以直寶文閣帥潼川，兼知瀘州。淳熙初，進祕閣修撰、權同修國史，累官至禮部侍郎。十一年，以敷文閣學士致仕，尋卒，年七十，謚文簡。燾性剛正，不阿權貴，多有建明。長於吏治，歷仕州縣，所至皆有惠愛及民。猶以學識見稱海內，博通百家，研精史學，著有《續資治通鑑長編》千卷，用力垂四十年，葉適以爲《春秋》之後才有此書。又有《六朝通鑑博議》、《説文解字五音韻譜》、《易學》、《春秋學》等作品。事蹟具周必大《文忠集》卷六六《敷文閣學士李文簡公神道碑》、《宋史》卷三八八本傳。有詩文集五十卷，已佚。《全宋詩》卷二〇五八據《兩宋名賢小集·李文簡詩集》等書所録，編爲一卷；《全宋文》卷四六六一至四六六七收其文七卷。其《四朝國史》、《續通鑑長編》、《續長編舉要》並《考異》（並國史類）、《重修徽宗實録》（實録類）、《江左諸鎮年表》、《歷代宰相年表》（並職官類）、《李仁甫論西南夷事》（地理類）等書均首見於《遂初堂書目》；《晁氏古周易》、《唐李鼎祚易解》、《易舉正》、《國語》、《唐盧仝摘微》、《名號歸一圖》、《呂忱字林》、《資治通鑑》、《荀悦漢紀》、《建隆遺事》、《溫公日録》、《中興館閣録》、《唐李德裕西南備邊録》、《墨子》、《齊民要術》、《武經總要》、《〔李商隱〕雜纂》、《政和續修會要》等書，其或序、或跋，亦見諸《遂初堂書目》，則其與尤袤共同之學術去取，可見一斑。又，今諸本《遂初堂書目》卷末有其跋語一篇，與楊萬里序言似出同源，然文字既稍異，行文次第亦復不同，不知爲各自記録尤袤『四當』之名言，或是《文獻通考》等後世轉録者掇述大意載之。托訪此書：李燾《説文解字五音韻譜·序》有曰：『《韻譜》當與《繫傳》並行，今《韻譜》或刻諸學官，而《繫傳》迄莫光顯。余蒐訪歲久，僅得其七八，闕卷誤字，無所是正，每用太息。』（《四庫全書總目》卷四一《説文繫傳》提要）呂祖謙有《與李侍郎仁父書》（《東萊呂太史集拾遺》卷一）：『徐鍇《通釋》紹興本近方得之，比館中本闕十卷。蓋此書本名《説文繫傳》，各分子門，其前三十卷謂之《通釋》，乃印本所有，後十卷各別有名，乃印本所無，今謹鈔録送去。但此本蠹蝕闕字極多，若得暇以《説文》參校，義理亦可推尋也。』又『向來《説文繫傳》，非特校對草草，政以元本斷爛，每行滅去數字，故尤難讀。若得精小學者，以許氏《說文》參繹，恐猶可補也。』

（五）葉石林氏：　葉夢得（一〇七七—一一八四），字少蘊，蘇州吳縣（今江蘇蘇州）人。後卜居湖州烏程（今浙江湖州）卞山之石林谷，因自號石林居士。哲宗紹聖四年（一〇九七）進士，調丹徒尉。徽宗大觀二年（一一〇八），遷翰林學士。三年，出知汝州，尋落職，提舉洞霄宮。政和五年（一一一五），起知蔡州，移帥潁昌府。欽宗靖康元年（一一二六），知杭州。高宗建炎元年（一一二七）落職，提舉太平觀。二年，爲翰林學士兼侍讀。三年，罷歸湖州。紹興元年（一一三一），起爲江南東路安撫大使兼知建康府，兼壽春等六州宣撫使，抗擊金兵，布置江防，多得其力。十二年冬，移知福州，兼福建安撫使。十四年，請老，提舉洞霄宮。十六年，拜崇信軍節度使致仕。十八年，卒於湖州。葉氏家富藏書，著述繁多，《石林總集》一百卷等，已佚；有《石林居士建康集》（《直齋書錄解題》著錄十卷，今存八卷，系帥建康時詩文）、《石林燕語》、《避暑錄話》、《巖下放言》等傳世。事蹟具《宋史》卷四四五有傳。

（六）傳錄：　轉鈔、傳鈔。歐陽脩《歸田錄》卷一：『〔楊大年作文〕每盈一幅，則命門人傳錄。』

（七）補外：　謂京官調外地就職。尤袤於是年十月，除知吉州。

（八）蘇魏公：　蘇頌（一〇二〇—一一〇一），字子容，本泉州同安（今福建廈門）人，以父紳葬潤州丹陽（今屬江蘇）而徙居，遂占籍丹陽。仁宗慶曆二年（一〇四二）進士。皇祐五年（一〇五三），召試館閣校勘、同知太常禮院。嘉祐四年（一〇五九），遷集賢校理，充編定館閣書籍官。六年，出知潁州。英宗治平二年（一〇六五），爲三司度支判官。四年，出爲淮南轉運使。神宗熙寧元年（一〇六八），擢知制誥。二年，因奏事不當免。四年，出知婺州，移亳州。七年，授祕書監、知銀臺司，未幾，出知應天府、杭州。元豐元年（一〇七八），權知開封府，坐治獄事貶知濠州，改滄州。哲宗元祐元年（一〇八六），詔判吏部，尋充實録館修撰兼侍讀。四年，遷翰林學士承旨。五年三月，除右光禄大夫、守尚書左丞。七年，拜左光禄大夫、守尚書右僕射兼中書侍郎。八年三月，罷爲觀文殿大學士、集禧觀使。復知揚州。紹聖四年（一〇九七），以太子少師致仕。徽宗建中靖國元年（一一〇一）五月卒，年八十二。贈司空、魏國公。南宋理宗時追謚正簡。嘗校訂《神農本草》等醫書多種，主持研製水運儀象臺，著《新儀象法要》，爲宋代傑出科學家。又編《華戎魯衛信録》二百卷。爲文馴雅有體，有《蘇魏公文集》七十二卷（其中詩十四卷），由其子於宋高宗紹興九年（一一三九）編成，流傳至今。事蹟具本集卷五《感事述懷詩》自注、曾肇《贈司空蘇公墓誌銘》（《曲阜集》卷三）、《宋史》卷三四〇本傳。其曾於熙寧二年（一〇六九）見過監察王聖美傳本，乃劉允恭等篆寫，故寫題識於其上，謂『司農南齊再看舊闕二十五、三十共二卷，俟别求補寫』。表明此書在宋神宗時即已殘缺。

【附録】

蘇頌《説文繫傳跋（熙寧二年十二月）》（《説文繫傳》末附）：『嘉祐中，予編定集賢書籍，暇日因往見樞相宋鄭公，謂予曰：「知君校中祕書，皆以文字訂正，此正校讎之事也。」又曰：「文字之學，今世罕傳，《説文》之外，復得何書？」予以徐公《繫傳》爲對。公曰：「某少時觀此，未以爲奇，其後兄弟留心字學，當世所有之書訪求殆遍，其間論議，曾不得徐公之彷彿。其所考據，以今所得校之，十不及其五六，誠該洽無比也。」又問予曰：「小徐學問文章，才敏皆優於其兄，而後人稱美乃出其兄下，何耶？」予曰：「信如公言。所以然者，楚金仕江左，少年早卒；鼎臣歸朝，公卿皆與之游，士大夫從其學者亦眾，宜乎名高一時也。」公再三見賞，相謂曰：「君之評論精詣如此，當書錄以遺異日，修史者不能出此說也。」因校此書畢，追思公言，聊志諸卷末。己酉十二月十五日，子容題。」

清紀昀《四庫全書總目》卷四一《說文繫傳》提要：『南唐徐鍇撰……乾道癸巳，尤袤得於葉夢得家，寫以與李燾，詳見袤跋……』

淳熙年間（一一七四—一一八九）

旌表臨海縣貢士朱柏履妻陳氏奏（存目）

【編年】

據石塾《節孝巷記》（《赤城集》卷一四）所述，『淳熙二年，臨海郡尤侯袤奉慶赦書，上故鄉貢進士朱伯履妻陳氏賢行，天子嘉尚，有詔特封安人，旌表門閭，仍宣付史館』，則該篇當作於淳熙二年（一一七五）。

【繫地】

該篇當作於台州。尤袤出知台州，建節孝巷，奏請旌表臨海縣貢士朱柏履妻陳氏。

【箋注】

該奏議原文今已不存。《嘉定赤城志》卷二《節孝巷》：『在州東一百五十步，淳熙二年尤守袤建，以朱伯履妻陳氏旌表，故名。』

【附錄】

吴芾《朱氏旌表門閭碑》（《赤城集》卷一四）：『淳熙二年，今皇帝以太上皇帝壽登七秩，亙古無有，思鴻厥慶，施於臣庶。乃十有二月赦文：孝行節義著於鄉閭者，長吏以聞，當議旌錄。先是，元年正月，台州守臣詹儀之奏，州之仕者暨士民凡百一十有七人，合詞言臨海縣貢士朱伯履妻陳氏有節行……會慶禮行，耆年高節悉加崇獎，邦人援以爲請，守臣尤袤申前奏。上嘉其節，明年三月壬戌，有旨特封安人，旌表門閭，仍宣付史館。詔書至，闔郡讙迎，耋稚竦觀，植門建臺，諏協令式。臺成，有白雀翔於上，見者異之……』

霞起堂記（一）

雙巖堂踞兩崖之間〔一〕，獨得地勝，其下面牆，廣不尋丈〔二〕（二），擁蔽心目（三），不快人意。予因闢之〔三〕。牆之外糞壤所瀦（四），乃墾乃夷。得舊址焉〔四〕（五），撤廢亭於射圃（六），移植其上，榜曰『凝思』，取孫興公賦所謂『凝思幽巖』者也〔五〕〔七〕。亭之前有敗屋數椽〔八〕，東面西上〔六〕，榱棟撓折〔七〕〔九〕，隅奥庳仄〔八〕〔一〇〕，乃改創爲堂，三楹南向〔九〕〔一一〕，與静鎮堂相直〔一〇〕，因名曰『霞起』。繇雙巖而望静鎮〔一一〕，直若引繩〔一二〕。其外繞以回廊，上連參雲，以爲風雨游觀之備〔一三〕。爰植美竹，以經緯之。於是堂成而勝益奇，前所未睹〔一二〕，披豁呈露〔一四〕，天若開而明，地若廣而敞〔一三〕，景物若增益而富。晨烟夕霏〔一五〕，萬化千變，近峯遠嶺，間見層出，皆可不出簷廡而盡得之。噫，是亦足以廣心志，蕩塵垢，而非苟以爲娱也。惟此邦靈仙所宅〔一四〕，昔號勝處〔一六〕，自經大旱，遂成陋邦〔一七〕，而山川之秀，不異今昔。或謂予當單乏之際〔一八〕，顧爲此不急之務。然取材於舊，課工於卒，不市一木，不役一民，而使隘者敞〔一五〕，窒者通，弊者新，則亦何害於政哉？第廢材不足以支久〔一九〕，尚能十稔〔二〇〕，若其革而鼎之，以俟後之君子。始役於淳熙三年正月己未，成於二月壬午。

《赤城集》卷一二，又見《嘉定赤城志》卷五、《梁溪遺稿》卷二、盛刻、尤刊、《全宋文》卷五〇〇。

【編年】

據文末所述（『始役於淳熙三年正月己未，成於二月壬午』），該篇當作於淳熙三年（一一七六）二月後；《全宋文》繫於『正月』，誤。

【繫地】

該篇當作於台州。尤袤知台州，淳熙三年（一一七六）正月己未始建霞起堂，二月壬午竣工，而有是篇。

【彙校】

〔一〕『堂』，《嘉定赤城志》作『堂前』。

〔二〕『尋』，《嘉定赤城志》作『盈』。

〔三〕『因』，他書均作『首』。

〔四〕『得』，《梁溪遺稿》、盛刻、尤刊均作『爲』。

〔五〕『者也』，《嘉定赤城志》、尤刊均作『也者』。

〔六〕『面』，《嘉定赤城志》同，他書均作『向』。

〔七〕『撓』，尤刊作『橈』。

〔八〕『庳』，《梁溪遺稿》作『卑』。

〔九〕『向』，他書均作『鄉』。

〔一〇〕『直』，底本誤作『值』，現據他書校改。『相直』：相對。北魏酈道元《水經注》卷三〇《淮水》：『陸陽湖西，二湖東西相直五里。』『相值』：指相當、相匹敵。

〔一一〕『繇』，他書均作『由』。

〔一二〕『睹』，《梁溪遺稿》誤作『賭』。

〔一三〕『敞』，《嘉定赤城志》作『幽』，《梁溪遺稿》、尤刊均誤作『敝』。

〔一四〕『仙』，《嘉定赤城志》同，他書均作『山』。光立案：據《玉匱經》之記載（『靈仙所宅，祥異甚多』），則當作『仙』。『靈仙』：神仙。

〔一五〕『敞』，尤刊誤作『敝』。

【箋注】

（一）霞起堂：林憲《台州郡治十二詩太守尤延之命賦·霞起堂》：『赤城在何處，明霞坐中起。』尤袤詩：『霞色起夜半。』

（二）尋丈：泛指八尺到一丈之間的長度。《管子》卷一五《明法》：『有尋丈之數者，不可差以長短。』

（三）擁蔽：隔絕、阻塞。《韓非子》卷二《二柄》：『劫殺擁蔽之主。』

（四）糞壤：穢土。《楚辭·離騷》：『蘇糞壤以充幃兮，謂申椒其不芳。』瀦：本義爲水停聚的地方，這裏指蓄積。

（五）舊址：已不存在的古跡或建築物的舊時地址。

（六）射圃：古代練習射箭的場所。

（七）『榜曰……者也』句：孫綽（三一四—三七一），字興公，太原中都（今山西平遥）人。東晉大臣、文學家、書法家，是玄言詩派代表人物。生於會稽，博學善文，放曠山水，與高陽許詢齊名，襲封長樂侯。起家太學博士，遷尚書郎，出任章安縣令、建威長史、右軍長史、永嘉太守。晉哀帝時，遷散騎常侍、領著作郎。阻止大司馬桓溫遷都洛陽，遷廷尉卿，參與王羲之蘭亭集會。太和六年（三七一）去世，享年五十八歲。他頗以文才著稱。溫、王、郤、庾諸君之薨，必作碑文，然後刊石。尤工書法，張懷瓘《書估》列入第四等。曾撰《遂初賦》、《天台山賦》，輯有《孫廷尉集》。《天台山賦》（《文選》卷一一）：『凝思幽巖，朗詠長川。』凝思，指聚精會神地思考，沉思。

（八）椽：本義爲放在檁上架著屋頂的木條，這裏是古代房屋間數的代稱。

（九）榱棟：屋椽及棟樑。撓折：彎曲折裂。韓愈《新修滕王閣記》：『棟楹梁桷板檻之腐黑撓折者，蓋瓦級甎之破缺者，赤白之漫漶不鮮者，治之則已。』

（一〇）隅奧：屋的內室。奧，本指屋內西南角，後泛指房屋深處。庳：低窪的。《左傳·襄公三十一年》：『宮室卑庳。』仄：狹窄。

（一一）楹：本義爲廳堂前部的柱子，這裏爲量詞，是計算房屋多少的單位，一列爲一楹。

（一二）引繩：這裏指如木工拉墨線般。

（一三）游觀：游逛觀覽。

（一四）披豁：開朗，明亮。蘇軾《淩虛臺》：『崩騰赴幽賞，披豁露天慳。』呈露：顯露、顯現。司馬相如《美人賦》（《藝文類聚》卷一八）：『皓體呈露，弱骨豐肌。』

（一五）晨烟：早晨的雲霧。夕霏：傍晚的霧靄。謝靈運《石壁精舍還湖中作》（《文選》卷二二）：『林壑斂暝色，雲霞收夕霏。』

（一六）勝處：美好的地方。

（一七）陋邦：邊遠閉塞之地。

（一八）單乏：匱乏。

（一九）第：但是。

（二〇）稔：魏張揖《廣雅》卷一《釋詁》：『稔，年也。』一年、年度。

玉霄亭柱記〔一〕（一）

台州南、西、北三面逼山，獨東望諸峯差遠，雲烟空濛，外際溟海，蓬萊方丈，想見其處。舊有小亭在子城之上〔二〕，紹興丁卯，南豐曾使君紘父改創〔二〕（三），更名『玉霄』。距今三十年，摧敗傾圮〔三〕（四），岌嶪欲壓〔四〕。其下昔有茂林脩竹，今皆剪伐，錯爲民居〔五〕。溷圊羅列〔五〕，污穢喧囂，游者嘆息。余乃披剔蠲疏〔六〕（六），載芟載除〔七〕，四爲繚牆以限外塗〔七〕（八），下建石柱，上跨飛閣，出亭之外，又有六尺。凡楹棟榱桷之朽撓〔八〕（九），疊瓴級甓之闕折〔九〕（一〇），丹黄粉漆之陊剝〔一一〕，皆易而新之〔一二〕。方連周阹〔一〇〕，可倚可眺，晨揖灝氣〔一三〕，夕延素月〔一一〕（一四），山川城郭，盡在几席之下〔一二〕。憑欄四望，疊嶂環繞，手揮絲桐，目送飛鴻〔一五〕，飄飄乎如乘雲御風，身在物表〔一六〕。州之宴游〔一三〕，於是爲勝。乃刻亭柱以紀歲月云〔一四〕。

《赤城集》卷一一，又見《嘉定赤城志》卷五、《梁溪遺稿》卷二、《南宋文範》、清顧宸《宋文選》、盛刻、尤刊、《全宋文》卷五〇〇〇；雍正《浙江通志》卷二二引『州南、西、北三面逼山，獨東望諸峯差遠，雲烟空濛，外際溟海』一句，嘉慶《一統志》第二三三〇册引述『南、西、北三面逼山，東際溟海（宋尤袤《玉霄亭記》）』一句。

【編年】

據文中所述，玉霄亭始建於紹興十七年丁卯（一一四七），重建於三十年後，則當爲淳熙三年（一一七六）。

【繫地】

該篇當作於台州。尤袤知台州，淳熙三年（一一七六）重建玉霄亭，而有是篇。

【彙校】

〔一〕『柱』，《南宋文範》、《宋文選》均無。

〔二〕『使』，《嘉定赤城志》、《宋文選》均作『史』。『改創』，《嘉定赤城志》、《南宋文範》、《宋文選》同，他書均作『創建』。『使君』：漢代稱刺史爲使君，漢以後用作對州郡長官的尊稱。『史君』：使君，對州郡長官的尊稱。史，通『使』。

〔三〕『欹』，《嘉定赤城志》、《南宋文範》、《宋文選》同，他書均作『圮』。『傾欹』：傾斜、歪斜。『傾圮』：倒塌。

〔四〕『嶪』，底本作『業』，現據他書校改。『壓』，《錫山文集元稿》作『厭』。『岌嶪』：漢張衡《西京賦》（《文選》卷二）：『狀嵬峩以岌嶪。』張銑注：『岌嶪，高壯貌。』

〔五〕『民居』，底本漏『居』字，《梁溪遺稿》、盛刻、尤刊均誤作『居民』，現據他書增補。

〔六〕『剔』，底本作『剃』，現據《南宋文範》校改。『披剔』：剔除、除去。『披剃』：亦作『披鬀』，削髮出家。

〔七〕『塗』，《嘉定赤城志》作『途』。

〔八〕『撓』，《宋文選》作『橈』。

〔九〕『闕』，尤刊同，他書均作『缺』。

〔一〇〕『陆』，《梁溪遺稿》、盛刻、尤刊均誤作『陡』，《全宋文》作『陸』。『周陆』：圍獵禽獸的欄圈，這裏指圍牆。揚雄《長楊賦序》（《揚子雲集》卷五）：『以網爲周陆，縱禽獸其中。』

〔一一〕『夕』，尤刊誤作『多』。

〔一二〕『下』，《嘉定赤城志》作『間』。

〔一三〕『宴』，《梁溪遺稿》、尤刊均作『晏』。『宴游』：宴飲游樂。晏，通『宴』。

〔一四〕『歲月云』，底本無，現據他書增補。

【箋注】

（一）柱記：作記刻於亭柱之上。

（二）子城：大城所屬的小城，即內城及附郭的甕城或月城。白居易《庾樓晚望》（《白氏長慶集》卷一六）：『子城陰處猶殘雪，衙鼓聲前未有塵。』

（三）南豐曾使君紘父：曾惇，字紘父，南豐（今屬江西）人，紆子。高宗紹興三年（一一三三）以右通直郎爲太府寺丞，十二年，知黄州。十四年，以右朝奉郎知台州。十八年，知鎮江府。二十六年，權發遣光州。惇浮薄無行，曾以壽詞諛秦檜。事蹟具《宋會要輯稿·食貨一二》之六、《南宋書》卷六三。今《全宋詩》卷一九四七據《能改齋漫録》等書所録編爲一卷，《全宋文》卷四三四五録其文《乞禁沿邊州縣差科百姓工役奏》（紹興二十六年三月）、《題米友仁瀟湘長卷》（一、二）等三篇。

（四）摧敗：折損、損壞。元稹《獻滎陽公詩五十韻》（《元氏長慶集》卷一二）：『張鱗定摧敗，折角反矜憐。』

（五）溷圊：廁所。

（六）蠲疏：消除疏通。柳宗元《柳州東亭記》（《柳河東集》卷二九）：『至是始命披剃蠲疏，樹以竹箭松檉桂檜柏杉。』

（七）載芟載除：載，又；芟除，除草、刈除。韋應物《新理西齋》（《韋蘇州集》卷八）：『草木無行次，閒暇一芟除。』

（八）繚牆：圍牆。唐杜牧《華清宫三十韻》（《全唐詩》卷五二一）：『繡嶺明珠殿，層巒下繚牆。』

（九）楹棟：柱與梁。榱桷：屋椽。《説文》：『秦名爲屋椽，周謂之榱，齊魯謂之桷。』韓琦《定州重修北嶽廟記》（《安陽集》卷二一）：『於是弊陋朽撓之迹焕然一新。』

（一〇）瓴甓：磚塊。缺折：缺損斷折。韓愈《清河張君墓誌銘》：『仁義以爲兵，用不缺折也。』

（一一）陊剝：破敗剝蝕。韓愈《衢州徐偃王廟碑》：『梁桷赤白，陊剝不治。』

（一二）『凡楹棟……陊剝』句：韓愈《新修滕王閣記》：『棟楹梁桷板檻之腐黑撓折者，蓋瓦級甎之破缺者，赤白之漫漶不鮮者，治之則已。』

（一三）灝氣：彌漫在天地間之氣。柳宗元《始得西山宴游記》（《柳河東集》卷二九）：『悠悠乎與灝氣俱而莫得其涯，洋洋乎與造物者游而不知其所窮。』

（一四）素月：皎潔的月亮，皓月。陶潛《雜詩》其二（《陶淵明集》卷二）：『白日淪西阿，素月出東嶺。』

（一五）『手揮……飛鴻』句：魏嵇康《兄秀才公穆入軍贈詩十九首》其一五（《嵇中散集》卷一）：『目送歸鴻，手揮五絃。』絲桐：指琴。古人削桐爲琴，練絲爲弦，故稱。

（一六）物表：物外、世俗之外。孔稚珪《北山移文》（《文選》卷四三）：『若其亭亭物表，皎皎霞外，芥千金而不盼，屣萬乘其如脫。』張銑注：『表，外也。物表、霞外，言志高遠也。』

節愛堂記（一）

過靜鎮堂之左少南爲方池，並池而南〔一〕，牆壁障礙，敗屋傾攲〔二〕，公廚以積醪醴〔二〕〔三〕。問諸故老，曰：『此昔之燕豫堂也。』池舊有橋橫縱濟渡〔三〕，其東爲草堂，今皆燬撤〔四〕。後人因基築臺，以望月其下，枕池爲小閣〔五〕，名曰『清平臺』。庳且隘〔六〕，不快登覽，人蹟罕至〔七〕，亦漸頽圮（四）。余既徙臺於參雲亭之後，榜曰『匿峯』，以望北山。平夷舊基〔八〕，更作堂曰『樂山』〔九〕，以望西山之秀，而池光山色且蔽於閣而不得見也。乃徙閣於池之南，因燕豫堂之基，別爲堂曰『節愛』，取『節用愛人』之義。旁爲挾廊〔一〇〕，而上與樂山堂通。池之北石崖盤踞，土壤所壅，疏剔理脈（五），發露呈顯（六），如枕股膊，如覆囷廩（七），如黿鼉之背負土而出（八）。西望連岡壘嶂〔一一〕（九），間廁隱顯（一〇），如擁鬟髻，如展旌旆〔一二〕，如風檣陣馬排闥而入（一一）。其南則帢、幘二峯〔一二〕，角立明秀〔一三〕（一三），若偉丈夫冠劍而坐雙塔亭〔一四〕，亭影插天半〔一四〕，於是仰山俯池，遠樹近石，環列先後，若相拱揖。烟消日出，層樓飛閣，浮虛跨空，如展圖畫，而望蓬萊之雲氣也〔一五〕。夫昔人經始（一五），莫不相山川之宜，度面勢之便（一六），其所建立如紀綱法度〔一六〕，井井然悉有條理〔一七〕，一定而不可易。後人見其敝而不能復也〔一八〕，遂出己意變更之〔一九〕，易其東則西廢，撤其左而右病〔二〇〕，遂使昔之勝概日就堙沒〔二一〕（一七）。今予非能有所增創也〔二二〕，大抵無改前規，無廢後觀，便覺天宇開明〔二三〕，巖壑增秀〔二四〕（一八），林木水鳥皆有喜色〔二五〕，而後知昔人之規模可因而不可變也。爰刻諸石，以識顛末〔二六〕（一九），尚告來者，嗣有葺焉〔二七〕。始欲跨池爲橋，仍其舊池〔二八〕，上有老梅，惜不忍伐，遂不復作。

該雜記出《赤城集》卷一二，又見《嘉定赤城志》卷五、《梁溪遺稿》卷二、雍正《浙江通志》卷四六、《南宋文範》、清周有壬《梁溪文鈔》、盛刻、尤刊、《全宋文》卷五〇〇〇。

【編年】

節愛堂，舊名燕豫，淳熙四年（一一七七）尤袤重建改稱，該篇當作於其重建之時。

【繫地】

該篇當作於台州。尤袤知台州，淳熙四年（一一七七）重建節愛堂，而有是篇。

【彙校】

〔一〕『並』，《梁溪遺稿》作『自』。

〔二〕『公廚以積醪醴』，《浙江通志》無。

〔三〕『濟渡』，《梁溪遺稿》作『突兀』，《全宋文》作『齊度』。『濟渡』：渡過水面。《詩經·邶風·匏有苦葉》：『招招舟子，人涉昂否。』毛《傳》：『舟子、舟人，主濟渡者。』

〔四〕『燬』，他書均作『毀』。『毀撤』：撤除、毀掉。

〔五〕『枕』，底本誤作『挖』，現據他書校改。『枕』：靠近。《漢書》卷六四《嚴助傳》：『會稽東接於海，南近諸越，北枕大江。』

〔六〕『庳』，《梁溪遺稿》作『卑』。

〔七〕『庳……罕至』，《浙江通志》無。

〔八〕『基』，《南宋文範》作『址』。

〔九〕『作』，尤刊作『築』。

〔一〇〕『挾』，《嘉定赤城志》同，《浙江通志》作『扶』，他書均作『夾』。

明淨秀美。

〔一一〕『嶂』，《梁溪遺稿》、尤刊均作『障』。

〔一二〕『展』，《嘉定赤城志》作『屏』。

〔一三〕『明』，底本誤作『朋』，現據《梁溪遺稿》、《浙江通志》、《梁溪文鈔》等書校改。『明秀』：明淨秀美。

〔一四〕『天半』，《浙江通志》作『半天』。『天半』：猶言半空中。

〔一五〕『而』，《嘉定赤城志》同，他書均作『如』。

〔一六〕『如紀綱』，《梁溪文鈔》無。『紀綱』：法度。

〔一七〕『度面……條理』，《浙江通志》無。

〔一八〕『敝』，《浙江通志》作『蔽』。『敝』：敗壞、衰敗。

〔一九〕『遂』，他書均作『始』。『更』，《浙江通志》作『易』。

〔二〇〕『易其……右病』，《浙江通志》無。

〔二一〕『堙』，他書均作『湮』。『堙沒』：猶埋沒。『湮沒』：指埋沒。

〔二二〕『予』，他書均作『余』。

〔二三〕『明』，《嘉定赤城志》、《梁溪遺稿》均作『朗』。『開明』：這裏指敞亮、明亮。《水經注》卷三七《夷水》：『天乃開明。』『開朗』：開闊明亮。

〔二四〕『增』，《浙江通志》作『爭』。

〔二五〕『木』，《南宋文範》作『禽』。

〔二六〕『爰刻諸石，以識顛末』，《浙江通志》無。

〔二七〕該句底本作『嗣葺焉』，《梁溪遺稿》作『嗣有暇日』，現據他書增補。

〔二八〕『仍其舊』，《浙江通志》無。

【箋注】

（一）節愛堂：取『節用愛人』之義。

（二）攲：傾斜。

（三）公廚：官家的廚房。蘇軾《寄劉孝叔》：『公廚十日不生烟，更望紅裙踏筵舞。』醪醴：醪，濁酒；醴，甜酒。甘濁的酒，亦泛指酒類。《莊子·盜蹠》：『今富人耳營鐘鼓筦籥之聲，口嗛於芻豢醪醴之味。』

（四）頹圮：坍塌。

（五）疏剔：清理剔除。

（六）發露：顯示、流露。漢王粲《神女賦》（《藝文類聚》卷七九）：『探懷授心，發露幽情。』呈顯：顯現。

（七）囷廩：糧倉。囷，古代一種圓形穀倉。廩，米倉。

（八）黿鼉：中國神話傳說中是指巨鱉和豬婆龍（揚子鱷）。《國語》卷一五《晉語九》：『黿鼉魚鱉，莫不能化。』

（九）連岡：連綿的山岡。壘嶂：如同牆壁屏障一樣陡峭險峻的山峯。山如牆壁叫壘，山如屏障叫嶂。

（一〇）間廁：夾雜。隱顯：隱沒與顯現。

（一一）風檣陣馬：乘風的帆船，臨陣的戰馬。形容行進迅速，氣勢雄偉。杜牧《〈李賀集〉序》（《樊川集》卷七）：『風檣陣馬，不足爲其勇也；瓦棺篆鼎，不足爲其古也。』排闥：推門，撞開門。

（一二）帢、幘二峯：《嘉定赤城志》卷一九《山水門》：『巾子山，在州東南一里一百步，連小固山。兩峯如帢幘，一號帢幘峯。其頂雙塔，差肩屹立。』帢，帛制的便帽。幘，猶冠，類似帽子的東西。

（一三）角立：對立。

（一四）偉丈夫：有抱負有作爲的男子漢。冠劍：戴冠佩劍。

（一五）經始：開始營建。《詩經·大雅·靈臺》：『經始靈臺，經之營之。』

（一六）面勢：亦作『面埶』。方面、形勢。《周禮·考工記序》：『或審曲面埶，以飭五材，以辨民器。』引申爲建築物和自然環境的情勢、外觀、位置。梁武帝《游鍾山大愛敬寺》（《藝文類聚》卷七六）：『面勢周大地，縈帶極長川。』

（一七）勝概：非常好的風景或環境。

（一八）巖壑：山巒溪谷。

（一九）顛末：本末，前後經過情形。

題王順伯第二本〔一〕(一)

唐文皇既得《脩禊序〔二〕》，命趙模、韓道政、諸葛貞〔三〕、馮承素搨賜諸王近臣〔四〕。虞、褚、歐陽各有臨迹(二)，至今不知幾本，而獨貴定武刻(三)。順伯諸本皆佳，顧以字肥而不刓者爲定武(四)，則與余所見特異。楊樫伯時有薛道祖親籤題一本正肥〔五〕(五)，云是唐古本。平生所見前輩所跋定武本，皆有依據，一畢少董家賜本〔六〕(六)，一蔣丞相家米元章諸人跋本(七)，一張文潛家王岐公跋本(八)。最後見澄江呂氏舒王所跋(九)，與此本無毫髮異，其刓缺處正同。益信山谷所謂『肥不剩肉，瘦不露骨』者〔七〕。後有識者，當賞予之言〔八〕。尤袤。順伯第二本。淳熙四年仲春望日。〔九〕

《蘭亭考》卷七，又見《梁溪遺稿》卷二、《六藝之一錄》卷一五四、盛刻、尤刊、《全宋文》卷四九九九。

【編年】

據文末之落款時間，該篇作於淳熙四年二月十五日（一一七七年三月十六日）。

【繫地】

該篇當作於台州。尤袤知台州，題王厚之藏《蘭亭帖》。

【彙校】

〔一〕題名又作『跋蘭亭·其六』（《梁溪遺稿》卷二）。光立案：諸本均作『二』，《全宋文》校勘記稱『原作「一」』，恐誤。

〔二〕『序』，《全宋文》作『敘』。尤刊校語：『《蘭亭考》作「敘」』，則其所據本如此。

〔三〕『貞』，《梁溪遺稿》、《六藝之一録》均作『禎』，《全宋文》作『楨』。

〔四〕『搨』，尤刊作『搨本』。

〔五〕該句尤刊校語：『《蘭亭考》「籤」作「僉」』，則其所據本如此。

〔六〕『董』，《梁溪遺稿》、尤刊均誤作『宰』。

〔七〕『剩』，盛刻作『賸』。

〔八〕『予之』，《六藝之一録》同，他書均作『余之』。尤刊校語：『《蘭亭考》「之」作「知」』，則其所據本如此。

〔九〕該句《梁溪遺稿》、盛刻、尤刊均作『淳熙四年仲春望日，尤袤題順伯第二本』，《六藝之一録》作『尤袤跋……』，《全宋文》作『淳熙四年仲春望日，尤袤題』。

【箋注】

〔一〕王順伯：王厚之（一一三一—一二〇四），字順伯，號復齋，其先臨川（今屬江西）人，後徙諸暨（今屬浙江）。高宗紹興二十六年（一一五六）以鄉薦入太學。孝宗乾道二年（一一六六）進士。淳熙十二年，監都進奏院。十五年，爲祕書郎兼權倉部郎官。十六年，除淮南路轉運判官，移兩浙路轉運判官。光宗紹熙初爲度支員外郎，後以直寶文閣致仕。寧宗嘉泰四年（一二〇四）卒，年七十四。事蹟具《會稽續志》卷五、《宋史翼》卷二八本傳。著有《復齋金石錄》等作品，已佚。《全宋詩》卷二三九七錄其詩《香山刻石》一首，《全宋文》卷五四二〇錄其文九篇。王厚之與尤袤都以善鑒書畫而聞名當時，故兩人相交，或亦源此。

（二）虞、褚、歐陽：分别指虞世南、褚遂良、歐陽詢。虞世南（五五八—六三八），字伯施，越州餘姚（今浙江慈溪）人。南陳至隋唐時期書法家、文學家、詩人、政治家，陳朝太子中庶子虞荔之子、隋朝內史侍郎虞世基之弟，「淩烟閣二十四功臣」之一。虞世南生性沉靜，執著好學。歷仕陳、隋二代，官拜祕書郎、起居舍人。隋朝滅亡後，依附於夏王竇建德，授黄門侍郎。秦王李世民滅竇建德後，引虞世南爲秦王府參軍、記室參軍、弘文館學士，與房玄齡等共掌文翰，成爲「十八學士」之一。貞觀年間，歷任著作郎、祕書少監、祕書監等職，封永興縣公，故世稱「虞永興」、「虞祕監」。他雖弱不勝衣，但性情剛烈，直言敢諫，深得李世民敬重，時稱「德行、忠直、博學、文詞、書翰」五絶。貞觀十二年（六三八）去世，享年八十一歲，獲贈禮部尚書，謚號「文懿」，配葬昭陵。虞世南善書法，與歐陽詢、褚遂良、薛稷合稱「初唐四大家」。所編《北堂書鈔》，爲唐代四大類書之一，是中國現存最早的類書之一。原有詩文集三十卷，已散失不全。民國張壽鏞輯成《虞祕監集》四卷。

（三）定武刻：唐太宗得王羲之《蘭亭序》真蹟，命歐陽詢臨摹，刻石於學士院，拓賜近臣。五代梁移石汴都。遼耶律德光破晉後攜此石北去，德光中途病死，石棄於殺虎林。北宋慶曆年間（一〇四一—一〇四八）碑被發現，置於定州。唐時定州置義武軍，宋避太宗趙光義諱，改義武爲定武，故此石刻被稱爲『定武本《蘭亭》』。

（四）顧：文言連詞，但。刓：《廣雅》卷一《釋詁》：『刓，斷也。』

（五）楊槱伯時：楊槱，字伯時，又字路分，號槃齋。淳熙三年（一一七六）汪應辰卒，尤袤與其均往信州玉山弔唁。四年，尤袤題王厚之所藏《蘭亭序》，論及其所藏本。又據桑世昌《蘭亭考》卷一一所述，尤袤曾用其本刻印《蘭亭序》。薛道祖：薛紹彭，字道祖，號翠微居士，祖籍河中萬泉（今山西萬榮西南），居京兆長安（今陝西西安），向子。哲宗元祐間官承事郎，監上清太平宮。累官祕閣修撰、知梓潼路漕。以翰墨名世，工正、行、草書，筆致清潤遒麗，具晉、唐人法度。與米芾齊名，人稱『米薛』。事跡具董史《皇宋書錄》卷中、《書史會要》卷六、《宋史》卷三二八《薛向傳》。王厚之《諸家藏蘭亭敘帖跋》（《蘭亭考》卷六）：『定武之說不一，有李學究所藏，見《春渚記聞》；有孟水清所獻，見姚氏《叢語》。又《集古》所錄四本，其得於王文公家者與定武民間兩本分毫不異，當時自有數本明矣。今所見之種或闕或完，而完本又有肥瘦之異，世皆以定武目之，筆法相去不遠，皆是舊刻。而薛氏所摹易偶是闕本，或者遂以完缺辨先後，而謂薛氏鑱去五字以自別，未爲至論。然校三本之優劣，則肥而完者最得運筆意。薛道祖籤題爲唐古本，乃此帖也，尤爲可寶。王厚之，淳熙戊戌五月甲寅。』

（六）畢少董：畢良史（？——一一五〇），字少董，蔡州（今河南汝南）人，一作代州（今山西大同）人。紹興間進士。書畫家，得晉、唐人筆法，尤工小楷。樓鑰《跋王伯長定武修禊序》（《攻媿集》卷七三）：『定武本凡「湍」、「流」、「帶」、「右」、「天」五字全者，皆謂在薛紹彭之前，然不能知歲月之久近，此誠善本。王順伯謂是熙寧前摹拓于中山者，爲可貴。近見畢少董所藏董氏淳化間本，尤爲精好。自言爲兒時親在定武見青石本，「帶」、「右」、「天」三字已闕壞。大觀再見之，與舊所見無異。則五字未必皆紹彭劖損也。更當考紹彭在中山時歲月云。』

（七）蔣丞相：蔣芾（一一一七—一一八八），字子禮，常州宜興（今屬江蘇）人。之奇曾孫。高宗紹興二十一年（一一五一）進士。孝宗即位，累遷起居郎兼直學士院。乾道二年（一一六六）簽書樞密院事，權參知政事，同知國用事。四年，拜右僕射、同中書門下平章事兼樞密使。以議和戰忤孝宗意，罷知紹興府，提舉洞霄宮。卒不復起。謚榮敏。事蹟具《宋史》卷三八四本傳。輯有《逸史》二十卷，《全宋文》卷四六七〇錄其文十七篇。其所編《蔣穎叔逸史》、《蔣穎叔日錄》等書均首見於《遂初堂書目》（本朝雜史類）。米元章：米芾（一〇五一—一一〇七），字元章，號襄陽漫士、鹿門居士、海嶽外史等，因曾官禮部員外郎，世稱米南宮。原籍太原（今屬山西），徙居襄陽，故世稱米襄陽。因定居丹徒（今江蘇鎮江），故《宋史》稱爲吳人。以恩補浛光尉。歷知雍丘縣、漣水軍，江淮荊浙等路制置發運司勾當公事，以太常博士出知無爲軍。徽宗崇寧間召爲書畫學博士，擢禮部員外郎。大觀元年（一一〇七），出知淮陽軍，卒，年五十七。芾爲文奇險，不蹈前人軌轍。擅書畫，精鑑裁。書法得王獻之筆意，與蔡襄、蘇軾、黄庭堅合稱『宋四家』。山水畫師法董源，自名一家，尤工臨移，至亂真不可辨。有《寶晉英光集》、《畫史》、《書史》、《硯史》、《海嶽題跋》、《海嶽名言》、《寶章待訪錄》等。事蹟具蔡肇《故宋禮部員外郎米海嶽先生墓誌銘》（明張丑《清河書畫舫》卷九下）、《宋史》卷四四四本傳。

（八）張文潛：張耒（一〇五四—一一一四），字文潛，號柯山，人稱宛丘先生，祖籍亳州譙縣（今安徽亳州），生長於楚州淮陰（今屬江蘇淮安）。爲詩文服膺蘇軾，與黄庭堅、晁補之、秦觀並稱蘇門四學士。神宗熙寧六年（一〇七三）進士，授臨淮主簿。元豐元年（一〇七八），爲壽安尉。七年，遷咸平丞。哲宗元祐元年（一〇八六），以太學錄召試館職，歷祕書丞、著作郎、史館檢討。居三館八年，擢起居舍人。哲宗親政，以直龍圖閣學士出知潤州，未幾，改宣州。紹聖三年（一〇九六），管勾明道宮。四年，坐黨籍落職，謫監黄州酒稅。元符二年（一〇九九），改監復州酒稅。徽宗卽位，起通判黄州，遷知兖州，召爲太常少卿，出知潁州、汝州。崇寧元年（一一〇二），因黨論復起，貶房州別駕，黄州安置。五年，歸淮陰。大觀二年（一一〇八）居陳州，政和四年（一一一四）卒，年六十一。有《柯山集》五十卷（另有拾遺十二卷、續拾遺一卷），《張右史文集》六十卷，《宛丘先生文集》七十六卷。事蹟具《宋史》卷四四四本傳。王岐公：王珪（一〇一九—一〇八五），字禹玉，成都華陽（今四川成都）人。仁宗慶曆二年（一〇四二）進士，通判揚州。召直集賢院，爲鹽鐵判官、修起居注。進知制誥、知審官院，爲翰林學士、知開封府。神宗卽位，遷學士承旨。熙寧三年（一〇七〇），拜參知政事。九年，進同中書門下平章事、集賢殿大學士。元豐五年（一〇八二），拜尚書左僕射兼門下侍郎。八年，封岐國公。是年五月，卒於位，年六十七。贈太師，謚曰文恭。珪仕英宗、神宗、哲宗三朝，在相位無所建明，然其文閎侈瓌麗，自成一家。典内外制十八年，朝廷大典策，多出其手，詞林稱之。嘗監修《兩朝國史》、《國朝會要》。有《華陽集》一百卷，已佚。清四庫館臣從《永樂大典》輯成《華陽集》六十卷，附錄十卷。武英殿聚珍版印時，删編爲四十卷。事蹟具《名臣碑傳琬琰集》上集卷八李清臣《王文恭公珪神道碑》、《宋史》卷三一二本傳。

（九）舒王：《宋史》卷三二七《王安石傳》：「崇寧三年，又配食文宣王廟，列於顔、孟之次，追封舒王。』

【附録】

陳傅良《跋王順伯所藏定武蘭亭敘（淳熙四年十月二十一日）》（《蘭亭考》卷七）：『讀右軍牋奏，見其錯綜機務。使逢其時，能發明功名，著見於世矣。蘭亭禊敘，蓋《國風·兔爰》之倫，千載而下，迺獨以其書傳。因見王順伯定武舊本，重爲慨然。陳傅良跋。』

樓鑰《跋王順伯所藏二帖·定武修禊序》（《攻媿集》卷七〇）：『順伯好石刻成癖，《蘭亭》善本收至三四未已。余家無一名帖，心顧好之，把玩不忍去手。雖未若順伯之膏肓，然疾在腠理矣。豈所謂不治將深者耶？』

洪邁《跋王順伯所藏蘭亭帖》（《蘭亭考》卷六）：『市馬以神駿爲主，無問屈、冀；觀婦人以美爲主，無問燕、越。書亦然。順伯所藏「修禊」兩副本，皆遒崒精麗，凜乎其生意存，不必深辨爲定武否也。』

王厚之《定武蘭亭帖跋》（《蘭亭考》卷七）：『《修禊序》，唐人所摹，最有典型者。李學究得此石，攜以遊四方，而終於定武。宋景文爲帥，取而龕之郡齋，遂以定武本著名於世。熙寧中，薛師正之子道祖摹刻僞本，易取歸洛陽，掩其跡，而於攜去之石，鑱損「湍」、「流」、「帶」、「右」、「天」數字以爲異。其跡終不可掩。宣和間竟歸天上。其始末大略如此。其獨冠於他本者，山谷所謂「肥不剩肉，瘦不露骨」，蓋其彷佛矣。此紙乃未歸薛氏時所摹，尤爲可貴。王厚之書。慶元丁巳下元日。』

袁說友《跋王順伯郎中定武本蘭亭修禊序》（《東塘集》卷一九）：『余幼侍先君，見薛氏子爲先君道定武《修禊序》刻頗詳。薛之伯祖師政嘗帥定，謂初得刻於定之殺狐林，後置郡廨，歲月久矣。薛至定，士夫乞墨本者狎至。薛惡摹打有聲，自刊別本，留譙樓下，多持此以授覓者，蓋先後已二刻。居亡何，薛之子紹彭私又摹刻，易元殺狐林本以歸。自是定武所藏，殆薛父子所重刊二本耳，故非舊物也。然好事者稽究源流，次第真贋，各據所聞以定勝否。年來有剜本之説，謂薛所得殺狐林本欲以自別，乃取「湍」、「流」、「帶」、「右」、「天」五字，各剜一二筆，私以爲記。又有取況之説，謂定武者於「仰」字如針眼，「殊」字如蟹爪，「列」字如丁形。紛紛之論，莫知孰是。然余獨信薛者，蓋其家所親見而身歷之，豈今所謂定武本者，或出於薛氏父子所重刊者耶？抑所挾歸者中更多故，將又轉而之他也？今觀順伯所藏，余亦未敢遽以薛語剜本、取況之説爲證，然在等輩，實稱第一。余雖隨羣嗜此，所蓄益未敢信是。夫以右軍平生得意書，一字一筆，皆足以心會而神遇，要不必苦計較毫釐疑似之間。余自此更當訪佳本，以求正於順伯云。」

陸九淵《題蘭亭帖》（《蘭亭考》卷六）：「余嘗從王順伯求觀其所藏《蘭亭》，二本相類而差肥，一本瘦勁。尤延之謂瘦者乃真定武本，而順伯則主肥者。二公皆好古博雅，所辨古刻之真僞，皆爲後輩所推。今不同如此，孰能決之？此本乃類其瘦者，順伯既著語矣，盍就延之而正焉，以究其説。陸九淵。」

朱熹《跋蘭亭敘》（《晦庵先生朱文公文集》卷八四）：「觀王順伯、袁起巖論《蘭亭序》，如尤延之著語，猶未免有疑論，余乃安敢復措説於其間？但味務觀之言，亦復慨然有楚囚之嘆耳。朱熹。」

李心傳《題王順伯所藏蘭亭帖》（《蘭亭續考》卷二）：「王順伯好古博雅，在二熙間爲第一，所藏諸《禊帖》，尤遂初極稱之。袁起巖所賦，茲其一也。賞音本在筆墨外，何必此優而彼劣？其然耶，其未必然耶？壽翁試評之。淳祐壬寅歲秋八月哉生明，霅濱病叟李心傳書。』

元戴良《跋〈修禊帖〉》（《九靈山房集》卷二二）：『右軍《蘭亭序》，古今所共寶，而入石者非一，大抵當以定武本爲最勝。然世之所傳者，每有肥瘦之不同，宋尤延之謂瘦者爲真定武（『定武』，《全元文》誤作『武定』），而王順伯則主肥者。二公皆好古博雅，其辨古今石刻真僞，甚爲當世所推重，而於定武一帖，所論不同如此，何耶？孫氏藏此二本，一類瘦者，其一差肥，使二公而在，當必互有所稱許矣。其家尚寶藏之，他日子孫有能書者，當推此爲書種。』

昊天殿記（殘句）（一）

……厥初茅君上飛仙（二），靈蹤淠沸丹井泉（一）（三）……

《嘉定赤城志》卷二三，又見《明一統志》卷四七、《古今圖書集成·坤輿典》卷四〇。

【編年】

該篇今存片語未詳其歲月，當作於尤袤知台州期間，即淳熙二年至四年（一一七五—一一七七）。

【繫地】

該篇當作於台州。尤袤知台州，或游天慶觀，而有是作。

【彙校】

〔一〕『蹤』，《明一統志》、《古今圖書集成》作『蹟』。『靈蹤』：指僧道的足蹟。孟郊《送蕭煉師入四明山》（《孟東野詩集》卷七）：『靜言不語俗，靈蹤時步天。』

【箋注】

〔一〕昊天殿：在台州天慶觀内。天慶觀，在台州東北一里一百步，面挹雙峯，背負重崗，號城闉勝地。

〔二〕厥初：最初、開頭。茅君：指漢景帝時人茅盈，字叔申，咸陽人，於臨海鎮東龍顧山駕鶴上昇。

〔三〕淠沸：泉水多而沸騰的樣子。丹井泉：在昊天殿後，舊傳茅盈煉丹於此。

【附錄】

陳耆卿《丹井泉》（《嘉定赤城志》卷二三）：『在天慶觀昊天殿後，舊傳茅盈鍊丹於此。尤守袤《昊天殿記》有云：「厥初茅君上飛仙，靈蹤淠沸丹井泉。」蓋指此也。』

李賢等《丹井泉》（《明一統志》卷四七）：『在府城玄妙觀内，舊傳茅盈鍊丹於此。宋尤袤詩：「厥初茅君上飛仙，靈蹟淠沸丹井泉。」』

與徐季節先生書（存目）

【編年】

據《宋史》卷四五九《徐中行傳》：『子三人，庭筠其季也……其學以誠敬爲主，夜必就榻而後脱巾，旦必巾而後起，居無惰容，喜無戲言，不事緣飾，不苟臧否。聞人片善，記其姓名。遇飢凍者，推食解衣不靳。僦屋以居，未嘗戚戚。尤袤爲守，聞其名，遺書禮之。』則知尤袤作有與徐季節書，當作於知台州期間，即淳熙二年至四年（一一七五—一一七七）。

【繫地】

該篇當作於台州。尤袤知台州，遺書禮徐庭筠，而有是作。

【箋注】

該書啓原文今已不存。徐庭筠（一〇九五—一一七九），一作廷筠，字季節，台州臨海（今屬浙江）人。秦檜當國，應試對策忤主司意，黜歸。有志行，與其父中行並稱『二徐先生』。孝宗淳熙六年（一一七九）卒，年八十五。事蹟具石塾《徐季節先生墓誌銘》（《赤城集》卷一六）、《宋史》卷四五九《徐中行傳》附。《全宋詩》卷一八二八録其詩《詠竹》一首。

【附録】

石塾《徐季節先生墓誌銘》（《赤城集》卷一六）：『……曾祖議，祖爽，世居臨海。父中行，篤學躬行，教授鄉里，與提刑羅公適厚善。崇寧中郡舉八行，不就，始徙黄巖。先生幼有高識，十四入郡庠，淳固修整，輩行敬畏。事父兄孝友天至，居喪毁甚，既免喪猶自傷，不忍娶者十餘年。朋友强，四十乃娶。紹興丁巳預計偕後再赴舉，時秦丞相顓國，有司爭獻諛，策問中興歌頌，先生慨然條其天下大勢未足以爲中興者五，識者韙之，然自是試輒不利，終不變所守以求合。郡延充學正，以禮法率諸生。邑大夫故提舉王公然、故待制陳公槖尤愛重之，政事多所咨決。尉今龍圖鄭公伯熊生日，有獻歌詩者，先生作《上壽論》貽之，公得論喜，盡卻賀者。其罷也，求言於先生，先生曰：「富貴易得，名節難保。」公敬受焉。上嗣位之初，詔四方上封事，先生述數千言將上之，已乃不果，卽削藁不以示人。尋有旨加恩，舉人五到省年及者與嶽祠，先生適應格，所親皆勸之，先生曰：「吾嘗草封事，其間言嶽廟宂祿無用，雖不達，可躬蹈之耶？」因亦不就廷試。深衣幅巾，放跡田里，不復至城府。郡侯尤公袤聞其名，特遣書致慕用意……先生天資剛正質實，不事緣飾，服食器用專取樸素。事無細大，必誠必敬，臥必登牀而後脱巾，旦則巾而後起。終日危坐不欹側，口無戲言。不祠神佛，獨嚴其先祭，以分、至祭之日，雖疾必扶以拜，不焚紙幣，不事陰陽吉凶之説。師慕洛學，讀書不治章句，務行諸身，手疏聖賢格言，揭之窗壁，朝夕對以自警。接人和易，無貴賤之間，不輕臧否人物。與人言，依於仁義忠信，朋友有過，面責不少假借。小夫賤隸，一善可取，稱歎不容口。家甚貧，授徒爲生，所入僅療飢寒，餘悉以濟人之急。其於族姻尤厚，嫁兄之女及友壻之女凡六人。天寒，遇人於道，意有所憫惻，輒解衣遺之，不問姓名。僦居六十年，泰然不以爲憂。邑長有好事者，援洛人獻地於邵康節先生之説，欲率錢爲買田廬，又錄沒官田宅之善者以歸之，先生皆笑不願……』

定業院新鑄銅鐘記（一）

臨海之義誠白巖山定業院（二），乃近故參知政事、資政殿大學士襄陽王敏肅公墓側之精藍也（三）。建於唐光啓二年，其鐘鑄於乾寧四載，歲久鐘壞。今主僧景猷與其徒景宗等募緣鳩工（四），將新之。按：舊鐘具列台州刺史司空杜雄等名銜（一）（五），殆今三百有餘年矣（六）。將改鑄之月，敏肅公之仲子通直郎、主管建昌軍仙都觀鉥來請曰：『鐘舊有州主姓氏，今不可以無述。』（七）因求記焉。

尤桐刊《文鈔補編》，又見《全宋文》卷五〇〇一。

【編年】

據文中『州主姓氏』可知，該篇當作於尤袤知台州期間，卽淳熙二年至四年（一一七五—一一七七）。

【繫地】

該篇當作於台州。尤袤知台州，應王鉥之邀，爲定業院新鑄銅鐘作記。

【彙校】

〔一〕『名』，底本誤作『各』，茲從《全宋文》校改。『名銜』：姓名與官銜。

【箋注】

〔一〕定業院：在臨海縣南二十五里，唐光啓二年（八八六）建，景福二年（八九三）名『白巖』，北宋大中祥符元年（一〇〇八）改此名。

〔二〕義誠：鄉名，在臨海縣南十一里。白巖山，在臨海縣西十二里，舊名『白馬』，唐天寶六年（七四七）改此名。

〔三〕襄陽王敏肅公：王之望（一一〇四—一一七一），字瞻叔，襄陽穀城（今屬湖北）人，後寓居台州。初以父廕入仕，高宗紹興八年（一一三八）進士，調處州教授。入爲太學錄，遷博士。十八年，出知荊門軍。提舉荊湖南路常平茶鹽公事，改潼川府路轉運判官。三十年，總領四川財賦軍馬錢糧。三十二年，爲川陝宣諭使。孝宗卽位，除戶部侍郎。隆興初，權江淮都督府參贊軍事，俄兼直學士院，除吏部侍郎。二年（一一六四），自右諫議大夫拜參知政事，兼同知樞密院事。時和戰未決，之望力附和議，以言者論罷，提舉江州太平興國宮，居天台。乾道元年（一一六五）起知福州、福建路安撫使。移知溫州，尋復罷。六年冬卒。謚敏肅。事蹟具《宋史》卷三七二本傳。有《漢濱集》六十卷（明焦竑《國史經籍志》），已佚。清四庫館臣據《永樂大典》輯爲十六卷。《全宋詩》卷一九四二以影印文淵閣《四庫全書·漢濱集》爲底本，酌校文津閣《四庫全書》本，新輯集外詩附於卷末；《全宋文》卷四三五一至四三七二以影印文淵閣《四庫全書·漢濱集》爲底本，校以《湖北先正遺書》影印文津閣《四庫全書》本，新輯得佚文三十八篇，釐爲二十二卷。其墓在臨海縣南二十里定業院側。精藍：精，精舍；藍，阿蘭若。卽佛寺、僧舍。

（四）主僧：佛寺的住持。募緣：指化緣。鳩工：聚集工匠。唐黄滔《泉州開元寺佛殿碑記》（《黄御史集》卷五）：『乃割俸三千緡，鳩工度木。』

（五）台州刺史司空杜雄：杜雄（？—八九七），字昌符，京兆人，徙台州。唐僖宗時任台州刺史，光啓二年（八八六）十二月執劉漢宏降于董昌。昭宗乾寧二年（八九五）加司空，四年十一月己卯卒。據『鐘鑄於乾寧四載』所述，則舊鐘鑄造完成當在十一月前。

（六）殆今三百有餘年矣：據『鐘鑄於乾寧四載』可知，應該爲二百八十年左右。

（七）通直郎：文散官名。南北朝始置，隋、唐、宋爲文官第十七階，唐從六品下，宋從六品。元豐改制用以代太子中允、贊善大夫、太子洗馬。後定爲第二十五階。建昌軍：北宋太平興國三年（九七八）設置，軍治在南城（今屬江西）。仙都觀：位於南城縣西郊，距縣城建昌鎮四公里，也稱麻姑廟。銖：王銖，之望仲子。孝宗隆興元年（一一六三）爲王之望辟充金國通問使親隨。淳熙初爲通直郎、主管建昌軍仙都觀。知荊門軍。光宗紹熙元年（一一九〇），知常德府。著有《荊門志》十卷。事蹟具《宋會要輯稿·職官五一》之二一又《兵六》之二七、《宋史》卷一九四又二〇四、〔光緒〕湖南通志》卷一一二。《全宋文》卷四八九四錄其文《言邊砦官吏廩錄奏》（紹熙元年）一篇。州主：州刺史別稱。

戒子孫寶藏山谷帖辭（一）

山谷此帖，余初官三衢買之（二）。無錢，剝落茶杯托釦銀數兩，以易之。子孫其永寶之。（三）錫山尤延之書。

楊萬里《跋尤延之〈戒子孫寶藏山谷帖辭〉》（《誠齋集》卷九九）前附文，又見《全宋文補》卷三四。

【編年】

此跋出《誠齋集》卷九九，該卷所載，有記年可考者，起淳熙六年（一一七九）己亥，迄淳熙十四年（一一八七）丁未，其餘諸跋或不出其前後。現據尤袤浙東任職期限，姑繫於淳熙四年（一一七七）。

【繫地】

該篇或作於在兩浙東路衢州（今屬浙江）。尤袤任官衢州時，曾以茶杯托釦銀購黄庭堅法帖，而有是作。

【箋注】

（一）山谷：黄庭堅（一〇四五—一一〇五），字魯直，號山谷道人，晚號涪翁，洪州分寧（今江西修水）人，黄庶次子。英宗治平四年（一〇六七）舉進士第，調葉縣尉。神宗熙寧五年（一〇七二），除北京國子監教授。元豐三年（一〇八〇）改知吉州太和縣，六年調監德州德平鎮。哲宗立，召爲校書郎、《神宗實録》檢討官。逾年遷著作佐郎，加集賢校理，擢起居舍人、祕書丞等。紹聖初，出知宣州，改鄂州。二年（一〇九五），新黨謂其修《實録》『多誣』，貶涪州别駕、黔州安置，後移戎州。元符三年（一一〇〇）徽宗即位，召還，旋又以文字罪除名，羈管宜州。崇寧四年（一一〇五）卒於貶所，年六十一。庭堅工詩，主學杜甫，開創江西詩派。善草書、行書，列宋四大家。著有《豫章黄先生文集》、《外集》、

《別集》、《遺文》、《山谷老人刀筆》、《山谷琴趣外篇》等。事蹟具《宋史》卷四四四本傳。

（二）三衢：浙江衢縣，因縣境有三衢山，故稱。

（三）『子孫其永寶之』句：子孫後代能夠永世珍視它。

【附錄】

楊萬里《跋尤延之〈戒子孫寶藏山谷帖辭〉》（《誠齋集》卷九九）：『計鈕銀重輕，足可供億。不知何人杖頭之資者半月，而顧以易之。山谷此帖，後必有市於色而抵之地者。廬陵楊萬里跋。』

梅花賦（存目）

【編年】

楊萬里《誠齋集》卷一〇《荊溪集》中有《謝尤延之提舉郎中自山間惠訪長句》：『淮南使者郎官星，瑞光夜燭荊溪清。平生龐公不入城，今我折卻屐齒迎……先生誦詩舌起雷，一字不似人間來。剡藤染出《梅花賦》，句似梅花花似句。』《荊溪集》收錄的楊萬里作品，起淳熙五年（一一七八）戊戌夏，迄是年秋，其居官常州時作；則尤袤該篇當作於淳熙五年秋日兩人聚會時。

【繫地】

該篇當作於無錫。尤袤持節歸無錫，拜訪楊萬里，而有是作。

【箋注】

該辭賦原文今已不存。楊萬里《謝尤延之提舉郎中自山間惠訪長句》（《誠齋集》卷一〇）：『淮南使者郎官星，瑞光夜燭荊溪清。平生龐公不入城，今我折卻屐齒迎。交游雲散別如雨，同舍諸郎半爲土。二老還將兩鬢霜，三更重對孤燈語。向來南宮綾錦堆，南窗北窗桃李開。先生誦詩舌起雷，一字不似人間來。剡藤染出《梅花賦》，句似梅花花似句。幾年金鑰祕銀鉤，玉匙不施恐飛去。秋風呼酒荷邊亭，主人自醉客自醒。儂能痛飲渠不飲，飲與不飲俱忘形。鬢今如霜心如水，功名一念扶不起。儂歸螺山渠惠山，來歲相思二千里。』

與友人論藏書目

吾所鈔書，今若干卷，將彙而目之。飢讀之以當肉，寒讀之以當裘，孤寂而讀之以當友朋，幽憂而讀之以當金石琴瑟也。

李燾《〈遂初堂書目〉跋》（《遂初堂書目》卷末），又見楊萬里《〈益齋藏書目〉序》（《誠齋集》卷七八）。

【編年】

據楊萬里《〈益齋藏書目〉序》（《誠齋集》卷七八）所述：『今年予出守毗陵，蓋延之之州里也。延之持淮南使者之節而歸，一日入郛訪余，余與之秉燭夜語，問其閑居何爲？則曰：……』淳熙五年（一一七八）戊戌夏秋，其居官常州； 尤袤持節歸無錫，拜訪之。則尤袤該篇當作於淳熙五年秋日兩人聚會時。

【繫地】

該篇當作於無錫。尤袤持節歸無錫，拜訪楊萬里，而有是作。

【箋注】

李燾跋語與楊萬里序言似出同篇，然文字既稍異，行文次第亦復不同，不知爲各自記錄尤袤所述『四當』之名言，抑或《文獻通考》等後世轉錄者掇述大意載之。今仍各自單獨成篇（詳見附錄），以俟詳考。

【附錄】

李燾《〈遂初堂書目〉跋》（《遂初堂書目》卷末）：『延之於書靡不觀，觀書靡不記，每公退則閉戶謝客，日記手抄若干古書。其子弟及諸女亦抄書。一日謂予曰：吾所抄書今若干卷，將彙而目之，飢讀之以當肉，寒讀之以當裘，孤寂而讀之以當友朋，幽憂而讀之以當金石琴瑟也。』

楊萬里《〈益齋藏書目〉序》（《誠齋集》卷七八）：『予於朝蹟最末至，故（尤刊作『余在朝』）雖與天下之英俊並游（『英俊』，尤刊作『俊英』，校語作『《宋文選》作「英俊」』），然閱三數月，識其面未徧也。既未徧識其面，烏能徧交其人？ 一日，除書下，遷大宗正丞尤公延之爲祕書丞，吾友張欽夫悅是除也，曰：「此真祕書矣！」予自是知延之之賢，始願交焉，然亦未始解欽夫之云之意也。既與延之還往且久，既同爲尚書郎，論文討古，則見延之於書靡不觀，觀書靡不記。至於字畫之叢殘、日月（尤刊校語作『《宋文選》作「月日」』），

《全宋文》作『月日』）之穿漏，歷歷舉之無竭，聽之無疲也。余於是始解欽夫之云之意，然於延之有未解者焉。蓋延之每退則閉戶謝客，日計手鈔若干古書。其子弟亦鈔書，不惟延之手鈔而已也；其諸女亦鈔書，不惟子弟鈔書而已也。且延之之於書，腹之矣，奚所事於手之乎？此余之所未解者也。雖然，又有未解者焉。今年予出守毗陵，蓋延之之州里也。延之持淮南使者之節而歸，一日入郛（『郛』，尤刊作『郭』）訪余，余與之秉燭夜語，問其閑居何爲？則曰：「吾所鈔書，今若干卷，將彙而目之。飢讀之以當肉，寒讀之以當裘，孤寂而讀之以當友朋，幽憂而讀之當金石琴瑟也。」余於是（尤刊作『余益』）疑焉。蓋若延之者，記之强，不必鈔之富；學之就，不必讀之劬。彼其渟之爲道德，流之爲文章，溥之爲事業，深矣！而猶脱腕於傳寫，焦脣於誦數（『數』，《四庫全書》本、尤刊均作『教』），此余之所疑而愈不可解者也。蓋彼其不可解也，秖其爲不可及歟？延之屬予序其書目，余既序之，且將借其書而傳焉。然使予盡傳延之之書，傳猶不傳也。蓋世有得易牙烹餁之方者，欣然以易牙自爲也（『爲』，尤刊作『信』）。且得其方不若治其餁，治其餁不若嚌其滋；治其餁而不嚌其滋（『滋』，尤刊作『蕺』，下同），餁猶不餁也，而況得其方而未嘗治其餁者耶！予老矣，每觀一書，口誌而心忘，意未究而目告病矣。使盡傳延之之書，其曰餁之云乎？未可知也；餁之矣，其曰嚌之云乎？未可知也。則亦得易牙之方而已！予（尤刊作『余』）以是媿延之，亦以是服延之。年月日，楊萬里序（尤刊作『顏曰「益齋」，延之所云「益友」也』）。』

明胡侍《墅談》：『近代士大夫積書之富，莫過於尤延之；嗜書之篤，亦莫過於尤延之。嘗謂「飢讀之以當肉，寒讀之以當裘，孤寂而讀之以當朋友，幽憂而讀之以當金石琴瑟」。余博雅雖遠不及延之，而亦酷有嗜書之癖，三世之積書頗不少。辛未之夏，不戒於火，皆爲煨燼，迄今勤搜偏括，尚未半於舊藏。關中非無積書之家，往往束置庋閣以飽蠹魚，既不假人，又不觸目，至畀之竈下，以代蒸薪，余每自恨蠹魚之不若也。』

雪巢記（一）

吳興林君景思寓居天台城西之蕭寺（二），破屋數椽，不庇風雨。榜其燕坐之室曰『雪巢』（三），日哦詩於其間。客有問君所以名巢之意，君曰：『天下四時之佳景，宜莫如雪。而幻化變滅之速（四），亦無甚於雪者。方其凝寒立水，夜氣贔屭（五），紛紛皓皓，萬里一色，瑤臺銀闕（一），亦見於俄頃間（二）。然朝陽熹暉，則向之所睹，蕩然滅沒而不留矣（三）。自吾來居天台，時王公貴人比里而相望（六），朱門甲第擊鐘而鼎食（七），童顏稚齒羣聚而嬉戲（八）。今未二十年，其昔之貴者則已死，向之富者或已貧（四），而往之少者悉已耄。回視二十年，直俄頃爾。其幻化變滅之速（五），不猶愈於雪乎？知其非堅實也，於其俄頃起滅之中（九），乃復顛冥於利害（一〇），交戰於寵辱（一一），汨汨至於老死而不自知，非惑歟！今吾以是名吾巢，且將視其虛以存吾心，視其白以見吾性，視其清以勵吾節，視其幻以觀吾生，則知少壯之不足恃，富貴之不足慕，貧與賤者不足以爲戚。非特以此自警，而且以警夫世之人。使凡游吾之巢者，躁者可使靜，險者可使平，而汙者可使之潔，不亦休乎。』余聞而歎曰：浩哉斯巢，雖方丈之地，其視廣厦萬間而不與易也。夫樂莫樂於富貴，憂莫憂於貧賤。然有馬千駟〔一二〕，不如西山之餓夫〔一三〕；紆朱懷金〔一四〕，不如陋巷之瓢飲〔一五〕！孰知乎匹夫之樂〔六〕，有賢於王公大人之憂畏也哉〔七〕〔一六〕！世之附炎之徒〔一七〕，方思炙手權門，焦頭爛額而不悔，求而不得則躁，得而患失則戚，戚與躁相乘，則心火内焚，日夜焦灼。聞君之風，亦可少愧矣。君少嘗從高僧問祖師西來意，又於方士得養生術，其清玉潔，其真竹烈〔八〕，其窮不堪忍，而其樂侃侃然。余來天台，始識君，一見如平生歡〔一八〕。時方困郡事，卒卒無須臾閑〔一九〕。每從君語，輒爽然自失〔二〇〕。顧視鞭朴滿前〔九〕，牒訴盈几，便欲捨去。今得歸休林泉之下，每一思君，發於夢想，則雪巢之境，恍然在吾目圍中矣〔二一〕。因述君之説，使書於其壁，以爲之記。

《赤城集》卷一五，又見《嘉定赤城志》、《梁溪遺稿》卷二、盛刻、尤刊、《全宋文》卷五〇〇一。

【編年】

據文末所述（『今得歸休林泉之下』），該篇當作於淳熙五年（一一七八）持節歸無錫期間。

【繫地】

該篇當作於無錫。尤袤持節歸無錫，爲友人林憲作書齋記文。

【彙校】

〔一〕『臺』，尤刊作『台』。

〔二〕『見』，《梁溪遺稿》、尤刊均作『現』。

〔三〕『滅沒』，尤刊、《全宋文》均作『沒滅』。『滅沒』：《列子》卷八《說符》：『天下之馬者，若滅若沒，若亡若失。』後以『滅沒』形容馬跑得極快，這裏指湮沒、隱沒。

〔四〕『或』，《梁溪遺稿》作『則』。

〔五〕『變』，《梁溪遺稿》誤作『雙』。

〔六〕『乎』，《梁溪遺稿》作『夫』。

〔七〕『人』，尤刊作『夫』。

〔八〕『竹烈』，《嘉定赤城志》作『行裂』。光立案：陸游《言懷》（《劍南詩稿》卷四）：『蘭碎作香塵，竹裂成直紋。』楊萬里《與隆興府趙參議》（《誠齋集》卷一〇七）有『潔己直道，玉立竹裂』的描述。

〔九〕『朴』，《全宋文》作『扑』。『鞭朴』，用作刑具的鞭子和棍棒。周鄧析《鄧析子·轉辭》：『聖人逍遥一世，罕匹萬物之形，寂然無鞭朴之罰，莫然無叱吒之聲。』

【箋注】

〔一〕雪巢：林憲居天台山，築廬之名。

〔二〕蕭寺：唐李肇《唐國史補》卷中：『梁武帝造寺，令蕭子雲飛白大書「蕭」字，至今一「蕭」字存焉。』後因稱佛寺爲蕭寺。

〔三〕燕坐：又作『宴坐』，乃安禪、坐禪之異名。謂寂然安息，即於身心寂靜中安住坐禪。

〔四〕幻化：奇異地變化。變滅：变化幻灭。

（五）贔屭：凝重貌、强勁貌。盧仝《月蝕詩》（《全唐詩》卷三八七）：『森森萬木夜僵立，寒氣贔屭頑無風。』

（六）比里：指鄉里、鄰里。里，古代地方的基層行政單位。《後漢書》卷七六《陳忠傳》：『是以盜發之家，不敢申告，鄰舍比里，共相壓迮，或出私財，以償所亡。』

（七）擊鐘鼎食：打鐘列鼎而食，形容貴族或富人生活奢華。出自張衡《西京賦》（《文選》卷二）：『擊鐘鼎食，連騎相過。』

（八）稚齒：少年、兒童。

（九）起滅：佛教語。指因緣和合而產生與因緣離散而消滅。

（一〇）顛冥：迷惑、沉湎。辛鈃《文子·守弱》：『其生貪饕多欲之人，顛冥乎勢利，誘慕乎名位。』

（一一）交戰：指兩種不同的思想互相鬥爭。唐韓偓《韓內翰別集·暴雨》：『欲去更遲留，胷中久交戰。』

（一二）有馬千駟：《論語·季氏》：『齊景公有馬千駟，死之日，民無德而稱焉。伯夷、叔齊，餓於首陽之下，民到於今稱之。』

（一三）西山之餓夫：指伯夷、叔齊。晉袁宏《後漢紀》卷二一《孝桓皇帝紀》：『不值仲尼，夷、齊西山餓夫，柳下東國黜臣，致聲名不泯者，篇籍使然也。』

（一四）紆朱懷金：《法言》卷一《學行》：『紆朱懷金之樂，不如顏氏子之樂。顏氏子之樂也內，紆朱懷金之樂也外。』比喻做了大官。紆，繫結。朱，朱紱，繫印的紅色絲帶。懷，懷藏。金，金印。

（一五）陋巷之瓢飲：《論語・雍也》：『賢哉回也！一簞食，一瓢飲，在陋巷，人不堪其憂，回也不改其樂。』

（一六）憂畏：憂慮畏怯。

（一七）附炎：比喻依附權勢。

（一八）平生歡：素來交好。語出《史記》卷八九《張耳陳餘列傳》：『上使泄公持節問之箯輿前。（張耳）仰視曰：「泄公邪！」泄公勞苦如生平驩，與語，問張王果有計謀不。』《漢書》卷三二《張耳陳餘傳》作『平生歡』。

（一九）卒卒無須臾閑：《漢書》卷六二《司馬遷傳》：『卒卒無須臾之間，得竭指意。』卒卒，匆促急迫的樣子。

（二〇）爽然自失：形容茫無主見，無所適從。

（二一）目圍：眼圈，眼眶。

【附錄】

楊萬里《雪巢賦》（《誠齋集》卷四四）：『天台林君景思之廬，字以「雪巢」，尤延之爲作記，廬陵楊某復爲賦之。其辭曰：赤城兮霞外，天台兮雲表。有美兮先生，相宅兮木杪。厭人寰兮喧卑，薄市門兮囂湫。壑（《全宋文》作『岳』）谷奧渫，蝸廬褊小。陟彼懸崕，天紳之涯。奇峯日拂，枯松霄排。飛上萬刃之顛，旁無一寸之階。我營我巢，維條伊枚。命黃鵠而銜枝，驅玄鶴而曳柴。斧辛夷以爲柱，刈山桂以爲棟。蘭橑椒其芬芳（『芬芳』，《全宋文》作『有芬』），荷蓋岌其不動。將旁招樵夫、朋盍溪友以落之，且有友其善頌矣。夜半風作，頓撼林薄，天駭地愕，山跳海躍。已而寂然，四無人聲，黯天黑而月落，忽八窗之夜明，恍身墮於冰谷，羌刮骨其寒生。窮猿曹嗥，飢鳥獨鳴。先生夙興而視之，但見千里一縞，羣山失碧。翔玉妃以萬舞，飄天葩之六出。皓皓的的，繽繽藉藉。蓋朔雪十丈，乾沒吾巢而無人蹟矣。先生舉酒酬曰，巢成雪至，雪與巢會。式瑤我室，式珠我廨。空無一埃，點我勝概。繼自今匪仙客其勿近，匪詩人其勿對。乃擣冰漿與雪汁，飲兔鬚於墨瀋，大書其楣曰「雪巢」，標俗子出諸大門之外。』

范成大《寄題林景思雪巢六言三首》（《石湖詩集》卷三三）：『大地九冰徹底，小巢四壁俱空。只有梅花同調，雪中無限春風。』『何處溫泉火井，誰家能席狐裘。堂燕幾番炎熱，冰蠶一繭綢繆。』『萬境人蹤盡絕，百圍天籟都沉。惟餘冷淡生活，時復撚髭凍吟。』

樓鑰《林景思雪巢》（《攻媿集》卷一）：『四時不皆雪，陸居本非巢。高人興寄遠，表此一把茅。吾非二祖可，夜立寒齊腰。吾非鳥窠師，結廬真樹梢。白日照我心，不以見晛消。兩腳踏實地，風雨無漂搖。作詩窮益工，寒瘦逼島郊。落筆句驚人，不復尋推敲。客至不問誰，淡若君子交。直氣干霄上，下視鄙斗筲。富貴頃刻花，誰能等幻泡。附離如幕燕，自謂漆與膠。先生閱世熟，兀坐山城坳。春陽會有時，豈曰終繫匏。錫山寄雄文，凜然豎髮毛。我非敢言詩，爲君聊解嘲。』

《雪巢小集》序（一）

余友林憲景思，吳興人。年少時卓犖有大志（二），賀參政子忱奇其才（三），以孫女妻之。臨終，復與田數百斛〔一〕，謝不取。賀既亡，挈其孥居蕭寺〔四〕，屢瀕於餒而不悔。讀書著文，不改其樂。頃嘗隨賀使虜〔二〕，同行中後有鼎貴者〔五〕，會赴大比試〔六〕，來都城，因游西湖上。新貴人於馬上覘識之，使人傳言請見，亟遁去，其操守如此。獨喜哦詩，初不鍛煉〔七〕，而落筆立就，渾然天成，無一語蹈襲。如『柔櫓晚潮上，寒燈深樹中』〔三〕；『汲水延晚花，推窗數新竹』〔四〕；『中夜鵝鶩喧，誰家海船上』〔八〕。唐人之精於詩者不是過。一時名流皆願交之。若徐敦立、芮國器、莫子及、毛平仲〔九〕，相與爲莫逆。其後諸公彫喪略盡〔五〕，君亦運蹇不偶〔一〇〕，至無屋可居，無田可耕，其貧益甚，其節益固，而其詩益工。嗚呼！士患無才，而有才者，困窮類若此，豈發造化之祕〔六〕，天殆惡此耶？抑嘗謂富與貴，人之所可得，而才者，天之所甚靳。景思取天之所甚靳者多，則不能兼人之所可得固宜。然則才者實致窮之具，人何用有此，而天亦何用靳此？此未易以理曉也。君所居室名曰『雪巢』，嘗屬余記之。故其詩若干篇，自號《雪巢小集》云。

《赤城集》卷一七，又見《嘉定赤城志》、《梁溪遺稿》卷二、盛刻、尤刊、《全宋文》卷五〇〇〇；《瀛奎律髓》卷二四、明董斯張《吳興備志》卷一三均引『「柔櫓晚湖上，寒燈深樹中」，「汲井延晚花，推窗數新竹」，延之謂唐人之精者不是過』三句。

【編年】

據樓鑰序文（詳見『附錄』）所述（『淳熙五年……於是遂初尤公尚書、誠齋楊公待制俱爲之序』），該篇亦作於淳熙五年（一一七八）。據其文末所述，『君所居室名曰「雪巢」，嘗屬余記之』，序當作於記之後。

【繫地】

該篇當作於無錫。尤袤持節歸無錫，爲友人林憲作詩集序言。

【彙校】

〔一〕『田』，他書作『米』。韓元吉《右朝請大夫知虔州贈通議大夫李公墓碑》（《南澗甲乙稿》卷一九）：『在郡二年，得官田數百斛，給郡學，養諸生以倍，郡人繪像祠焉。』

〔二〕『虜』，《梁溪遺稿》作『北』。

〔三〕『燈』，盛刻作『鐙』。

〔四〕『水』，《瀛奎律髓》、《吳興備志》均作『井』。

〔五〕『彫』，《嘉定赤城志》作『凋』。

〔六〕『化』，《嘉定赤城志》、尤刊均作『物』。

【箋注】

〔一〕《雪巢小集》：林憲詩集名。

〔二〕卓犖：超絶出衆。《後漢書》卷七〇《班固傳》：『卓犖乎方州，羨溢乎要荒。』李賢注：『卓犖，殊絶也。』

〔三〕賀參政子忱：賀允中（一〇九〇—一一六八），字子忱，眉州青神（今屬四川）人，移籍蔡州汝陽（今河南汝南）。徽宗政和五年（一一一五）進士，授潁昌府學教授，入祕書省爲校書郎、著作佐郎。假太常少卿使金賀正旦歸，遷司門員外郎。靖康改元，致仕歸，寓居臨海。高宗紹興八年（一一三八）起爲江西安撫制置司參議官，九年，入爲倉部郎，轉吏部。請外，除福建路轉運副使，以忤秦檜，主管崇道觀。二十九年，除參知政事，踰年告老。孝宗隆興二年（一一六四），復起知樞密院事兼參知政事，俄罷，以資政殿大學士致仕。孝宗乾道四年（一一六八）卒，年七十九。謚清簡。著有文集奏議若干卷。事蹟具韓元吉《南澗甲乙稿》卷二〇《賀公墓誌銘》。《全宋詩》卷一七六〇録其詩《李伯紀丞相挽詩》、《題石橋》等二首；《全宋文》卷三九八五録其文十一篇。

（四）挈：帶領。孥：妻子和兒女。

（五）鼎貴：顯赫尊貴之人。左思《吴都賦》（《文選》卷五）：『其居則高門鼎貴，魁岸豪傑。』張銑注：『鼎貴，鼎食者。』

（六）大比試：周代每三年對鄉吏進行考核，選擇賢能，稱『大比』。《周禮·地官·鄉大夫》：『三年則大比，考其德行、道藝，而興賢者、能者。』隋唐以後泛指科舉考試。唐白行簡《李娃傳》（《太平廣記》卷四八四）：『其年遇大比，詔徵四方之雋生應直言極諫科，策名第一。』

（七）鍛煉：比喻錘煉文辭。

（八）『柔櫓』二句：林憲《台州兜率寺，淳熙三年孟春作》其一（《天台續集别編》卷四）》：『一榻江色近，夜氣欲空濛。柔櫓晚潮上，寒燈深樹中。四山沓烟霧，月華忽陵空。我亦衆念息，簾影空玲瓏。』『汲水』二句：林憲《雪巢卽事》（《詩淵》第五册第三〇八〇頁）：『幽居閟古寺，隙地滋春緑。

汲水延晚花，推窗數新竹。嘉蔬喜晨餐，小雨昨夜足。儻使多暇時，終甘食無肉。』『中夜』二句：林憲《台州兜率寺，淳熙三年孟春作》其三（《天台續集别編》卷四）：『寺門闞南江，江勢浩相嚮。風雲互吞吐，山色豁林莽。潮頭捲飛烟，白雨挾春漲。中夜鶩鶩喧，誰家海船上。』

（九）徐敦立、芮國器、莫子及、毛平仲：徐度，字敦立，一字仲立，應天府穀熟（今河南商丘東南）人，居於吴興，丞相處仁幼子。特賜進士出身，高宗紹興元年（一一三一）爲右承奉郎。五年，除太府寺丞，改祕書省正字。八年，除校書郎，遷都官員外郎、吏部員外郎。十年，知台州，後移滁州。二十八年，爲江南東路提刑，進直祕閣，爲樞密院檢詳諸房文字，守尚書左司郎中。三十二年，除戶部侍郎，改吏部，爲編類聖政所詳定官。尋除右文殿修撰，提舉江州太平興國宫。孝宗隆興初知泉州。著有《國紀》六十五卷、《卻掃編》三卷。事蹟具《宋史》卷三七一《徐處仁傳》附。《全宋文》卷四〇一三録其文《所復州縣乞慎擇吏奏》（紹興九年八月）、《重建經綸閣記》（紹興二十五年二月）、《編類建炎紹興詔旨事奏》（紹興三十二年六月）、《乞搜訪勳臣實迹申朝廷奏》（紹興三十二年十月）、《卻掃編自序》等五篇。其『《國紀》』（國史類）、『徐敦立《卻掃編》』（小説類）等書均首見於《遂初堂書目》；芮燁（一一一五—一一七三），字國器，一字仲蒙，烏程（今浙江湖州）人。高宗紹興十八年（一一八四）進士，調仁和尉。二十五年，因和鄉人沈長卿賦牡丹詩忤秦檜，除名武岡軍編管，檜卒，復原官。三十年，行國子正，逾年，除祕書省正字。擢監察御史。孝宗隆興二年（一一六四），爲廣西東路轉運判官。乾道五年（一一六九），除國子司業，旋升祭酒。八年十二月卒，年五十八。著有《易傳》一卷、《家藏集》七卷等，已佚。事蹟具周必大《文忠集》卷五四《芮氏〈家藏集〉序》、《嘉泰吴興志》卷一七、《宋史翼》卷一三本傳。《全宋詩》卷二〇五九錄其詩五首又殘句三條。與尤袤爲同年，其爲第二甲第十三人。其『芮國器《集》』一書首見於《遂初堂書目》（別集類），然是書成於嘉泰三年（一二〇三），則著錄於此，乃尤氏後人補錄； 莫汲（一一二三—？），字子及，號月河，開封人，寓居吳興。高宗紹興十八年（一一八四）進士。二十五年，爲州學教授，遷國子正。以忤秦檜，謫化州。事蹟具《紹興十八年同年小錄》。《全宋詩》卷二二二四錄其詩《石龍泛海作》一首。與尤袤爲同年，其爲第一甲第四人； 毛幵（一一一六—？），字平仲，號樵隱居士，信安（今浙江衢州）人。孝宗乾道中通判明州。淳熙元年（一一七四），除寧國府通判。據周必大《文忠集》卷一《送毛平仲》詩注『平仲于僕又有十年之長』可知，其生於政和六年（一一一六），而陸游於淳熙六年（一一七九）有《訪毛平仲問疾與其子适同游柯山觀王質爛柯遺蹟》詩，則其當卒於此後不久。事蹟具韓淲《澗泉日記》卷中、《宋會要輯稿・職官四七》之七一、《宋史》卷二〇八。著有《樵隱集》十五卷，已佚。《全宋文》卷四九七一錄其文《遂初堂書目原序》、《和風驛記》、《超覽堂記》、《兩浙東路提舉司題名記》、《雙溪橋記》等五篇。據毛幵《遂初堂書目原序》、陳振孫《樵隱集提要》所述，兩人情深意厚，毛幵臨終以書別尤袤，囑以志墓。袤既爲其墓誌銘，又序其《樵隱集》，今兩文並佚； 朱熹《晦庵先生朱文公文集》卷一〇有《伏承示及毛公平仲墓銘且索挽詩，熹不及識毛公而愛重其文舊矣，義不可辭，顧已不及其虞殯，姑以數句題於墓銘後，幸辱裁訂，或轉而致之其家，幸甚》一詩。又據楊萬里《誠齋集》卷七《和閩漕傳安道郎中送毛平仲詩韻寄謝惠書及詩》、尤袤《〈雪巢小集〉序》及前引周、陸之作可知，其與袤之友人，如林憲等，皆有交往。其父毛友著作《毛達可〈老子解〉》僅見於《遂初堂書目》（道家類），《毛友〈爛柯集〉》首見於《遂初堂書目》（別集類）。

（一〇）運蹇：運，命運；蹇，不好、不幸運。不偶：不遇、不合，引申爲命運不好。

【附録】

楊萬里《〈雪巢小集〉序》（《誠齋集》卷八一）：『《雪巢小集》，天台林憲景思之詩也。梁溪先生尤延之既序之矣，景思復徵余序其後。景思之詩似唐人，信矣，延之之論也。然至如「桃花飛後楊花飛，楊花飛後無花飛」，「天空霜無影」等句，超出詩人準繩之外，其遐不可追，其卓不可跂矣。使李太白在，必一笑領此句也。似唐人而已乎？然延之深愛景思之才而深惜其窮（『深惜』，《四庫全書》本作『憫』），至謂「豈發造化之祕而天惡此耶？」又謂「富貴者人之所可得，而才者天之所甚靳。既取所甚靳，則不兼其所可得」。又謂「才者致窮之具，人何用得此，而天亦何用靳此？有未易以理曉者」。予嘗摘此語以唁景思曰：「子何必以才而致窮耶？子何必發天之所祕而逢天之所怒耶？子何必爭天之所靳而不即人之所可得者耶？」景思笑曰：「子不見唐人孟郊、賈島乎？郊、島之窮，才之所致固也。然同時之士如王涯、賈餗，豈不富且貴哉？當郊、島以飢死寒死，涯、餗未必不憐之也。及甘露之禍，涯、餗雖欲如郊、島之飢死寒死，不可得也。使郊、島見涯、餗之禍，涯、餗憐郊、島乎？郊、島憐涯、餗乎？未可知也。子不見本朝黄、秦乎？魯直貶死宜州，少游貶死藤州，而蔡京、王黼相繼爲宰相，貴震天下。當黄、秦之死，王、蔡必幸其死。及王、蔡之誅，黄、秦不見其誅，亦必不幸之也。然黄、秦不幸王、蔡之誅，而天下萬世幸之。王、蔡幸黄、秦之死，而天下萬世惜之。然則黄、秦之貧賤，王、蔡之富貴，其究何如也？且彼四子之富貴，其得者幾何，而今視之，不啻如糞土。而此四子之貧賤，所得者如此，今與日月爭光可也。然則孰可願，孰不可願乎？亦未可知也。今吾不才，豈敢擬郊、島、黄、秦？而吾之窮有甚於郊、島、黄、秦，吾何幸得與郊、島、黄、秦同其窮，而不與涯、餗、王、蔡同其達，而子爲我願之乎？且吾與詩人，同爭夫天之所靳，是天之横民也，同犯天之所惡，是又天之横民也。治横民宜以横政，既與詩人同爲横民，又欲不與詩人同受横政，可乎？」余賀之曰：「子既無遺力以取所靳，無懼心以犯所惡，無怨言以安所致，然則延之爲君惜，延之爲過也。余舉延之語以唁君，亦過也。然君心欲專享詩人所謂才之所致者，而不顧不悔以不辭造物之横政，亦過也。子盍持此語再見延之，爲余問之？」』

樓鑰《〈雪巢詩集〉序》（《攻媿集》卷五二）：『淳熙五年，余自删定郎贅倅丹丘，始識雪巢林君景思。行誼高潔骯髒，不與世合。環堵蕭瑟，忍窮如鐵石，一郡人士稱重之。讀其詩，怳然自失，愈叩愈無窮。身雖未達，而以詩文於諸公聞（《全宋文》作『而以詩聞於諸公間』）。於是遂初尤公尚書、誠齋楊公待制俱爲之序，此可以不朽矣。一日寫數十百篇遺余，又使序之。余曰：「二公已序，何待於鑰？」景思笑不答，而請不已。余啞然曰：「吾知之矣，君詩出入古今作者門户，善備衆體，二公極力稱道，猶有未及者。詩之衆體惟大篇爲難，非積學不可爲，而又非積學所能到，必其胷中浩浩，包括千載，筆力宏放，間見層出，如淮陰用兵，多多益辦，變化舒卷，不可端倪，而後爲不可及。君蓋於此有得者，如『羅漢嶺頭羅漢樹』，『楊花飛後無可飛』等篇，直欲與《渼陂行》、《茅屋爲秋風所破歌》相周旋。君豈欲余之及此乎？」景思捧腹久之，曰：「吾於此非曰能之，而願學焉。子何以得余心？吾行於世五六十年，得此於人者蓋寡。」因相與劇論詩家事，不知更僕之久。酒酣欲去，遂書以遺之。」』

陳耆卿《又題雪巢贈林逢吉詩》（《篔窗集》卷七）：『雪巢詩芬薌一世，其故舊老蒼如尤尚書延之、沈侍郎虞卿、楊待制廷秀，洎一時名勝，皆拱手側足立門庭，可謂高矣！　晚友逢吉，顧莫逆驩甚，前修肝膽相投，冰泮水落，豈論夫輩行之先後、年齡之稚壯哉！　余曩觀逢吉詩，如柳逗午風，花肥春雨，使人依依不舍。今讀此老所贈句，知根蒂有自來矣。因閲諸公跋語，隨喜讚歎。陳耆卿題。』

釋居簡《書雪巢林景思詩卷》：『詩人巢雪如住山，巢中所得强得官。官微不足了饘粥，盡日幽尋遣兒讀。春容大篇輒千字，鍊字貴活不貴死。鄉來杜陵有布衣，晚到夔州也如此。乃今遺藁安在哉，古花囊錦宗文開。開緘宛見諫議面，隻字重哦復三噍。三噍然後耳有聞目有見，見人捧心顰兩眉。不學施家女，只學唐人詩。爲言諸子將安之，巢空雪明康鼎來。』

陳振孫《直齋書録解題》卷二一《雪巢小集》提要：『東魯林憲景思撰。初寓吳興，從徐度敦立游，後爲參政賀允中子忱孫壻，寓臨海。其人高尚，詩清澹，五言四韻古句尤佳，殆逼陶、謝。梁溪尤延之、誠齋楊廷秀皆爲之序，且爲《雪巢賦》及記。余爲南城，其子游謁至邑，以家集見示，愛而録之，及守天台，則板行久矣，視所録本稍多。然其暮年詩似不逮其初，往往以貧爲累，不能不衰索也。』

答朱元晦一（存目）

【編年】

朱熹於淳熙三年（一一七六）秋奉祠，差管武夷山沖祐觀；五年（一一七八）秋八月差知南康軍，辭；冬十月有旨不許辭免，復辭請祠。卽其《答尤尚書（袤）》（《晦庵先生朱文公文集·續集》卷三）

中所謂：『某衰病杜門，苟安祠祿，方竊自幸，上恩不棄，忽復收用。感激雖深，然資淺材疏，詎復堪此？』則尤袤答朱熹書當作於淳熙五年（一一七八）末。

【繫地】

該篇當作於泰州。尤袤任提舉常平，淳熙五年（一一七八）底，與朱熹書函往來，問候其近況，借出程大昌《禹貢論》、吳景輪對劄子等文字與之。

【箋注】

該書啓原文今已不存。朱熹《答尤尚書（袤）》（《晦庵先生朱文公文集·續集》卷三）：『某衰病杜門，苟安祠祿，方竊自幸，上恩不棄，忽復收用。感激雖深，然資淺材疏，詎復堪此？此外曲折又復多端，已力懇辭。諸公哀憐，當爲開陳，使得請也。承問之及，感愧良深。陳公必已到闕，不知去住如何？此事自繫天意，豈人力之所及哉。江陵計今已赴，久不得書，不知爲況如何。吳邕州求免遠使，不知得出何策？直以親老丐祠，恐無不得之理。但恐別求任使，則難必耳。羅倅兄弟恐未參識，自江西來者多能道其賢也。程侍郎《禹貢》文字曾傳得否？若有本，便中幸借及。每讀此篇，常恨讀書不多，無以考見古今之同異。計其所述必甚精博，所願見也。吳監丞輪對文字亦願得之，不知可以並垂示否？』程大昌（一一二三—一一九五），字泰之，徽州休寧（今屬安徽）人。高宗紹興二十一年（一一五一）進士，主吳縣簿。二十六年，除太平州教授。二十七年，召爲太學正。三十年，遷祕書省正字。孝宗即位，擢著作佐郎，歷國子司業兼權禮部侍郎、直學士院。出爲浙東提點刑獄、江西轉運副使。淳熙二年（一一七五），召爲祕書少監。三年，除權刑部侍郎兼給事中，累遷權吏部尚書。出知泉州，移知建寧府。光宗卽位，徙知明州。寧宗慶元元年（一一九五）十一月卒，年七十三。謚文簡。事蹟具周必大《文忠公集》卷六二《程公神道碑》、《宋史》卷四三三本傳。著有《程文簡集》二十卷，已佚，今存《易原》八卷，《禹貢論》五卷、《後論》一卷，《禹貢山川地理圖》二卷，《雍錄》十卷，《考古編》十卷，《考古續編》十卷，《演繁露》十六卷，《續演繁露》六卷，《文簡公詞》一卷等。《全宋詩》卷二一二四錄其詩十首又殘句三條，《全宋文》卷四九〇八至四九一〇收其文三卷。吳景，字季行。寧宗慶元四年（一一九八）六月二十一日由知崇慶府放罷。楊萬里《誠齋集》卷二一有《和吳監丞景雪中湖上訪梅》、《送吳監丞季行知簡州》，楊冠卿《客亭類稿》卷一二有《壬寅仲冬晦日同吳監丞游延祥宮，延祥蓋和靜所居也》。事蹟具詹初《寒松閣集》卷二。《全宋詩》卷二七三七錄其殘句『楚山連白帝，蜀道控烏蠻』一條。

二賢堂記（一）

興舊起廢者，爲政之先務（二）；思賢尚德者，風化之本原也。滁陽本淮甸幽僻處（三），在全盛時不能當一大縣。自翰林王公與文忠歐陽公以天下重望，屈臨此邦（四），二公不鄙夷其民（五），涵養教育，如撫幼稚。方時太平，內外晏然，既不聞田里愁恨之聲（六），因得日與斯民同樂於山巔水涯，因自放於詩酒（七）。二公既去，猶眷眷不忘此邦（八），此邦之人亦懷公之德，如懷其父母，至今如一日。雖名公偉儒來守是邦者前後相望（九），皆不敢與此兩人者齒。至人誦其詩，家傳其像，過其所經行之地，亦必爲之動容斂袵（一〇），其愛與思之如此其深且久也。

始翰林樂其溪山之勝，發於吟詠。（一一）迨文忠益疏理泉石，作諸亭於琅琊、幽谷兩山之間，而自爲之記。（一二）一時名士競爲歌詩，更唱迭和（一三），文獻之盛，播於中都（一四）。由是滁之爲州，遂名於天下。先是滁人繪翰林之像於瑯琊山寺。紹聖中，曲阜曾文昭公作二賢堂於郡學西南（一五）。其後邦人別建堂於州城之南七里，歲時必祭（一六）。自經兵火，其堂與亭宇焚爍俱盡（一七）。其僅能復建者，醉翁一亭而已。

淳熙戊戌，壽春魏侯作州之二年（一八），鏟敝剔穢，補罅窒隙。威信既行，盜遁姦革，年穀荐稔（一九），帑積盈溢（二〇）。暇日登覽，訪古遺迹，慨然嘆曰：『是邦，兩公之桐鄉也（二一），而美迹烟沒，祠宇弗治，瞻敬之所（二二），謂斯民何。』於是因帑積餘財，撙節纖悉（二三），經工庀材（二四），揆之以日，爰卽故基，載新祠室，圖繪像設（二五），以慰邦人之所以思公者。凡一泉一石，經昔人之所題品，必表而出之。既又建『豐樂』、『全聲』、『班春』三亭於舊址（二六）。經始於十一月甲戌，落成於十二月戊申。向之荒榛（二七），今焉軒楹（二八）；向之瓦礫（二九），今爲階墄（三〇）。財取於贏而用不費，役出於卒而民不知。舊觀悉還，景物效奇，滁人父老來游宴嬉（三一），瞻望咨嗟（三二），如睹漢儀（三三），如見二公，摩手拊之。自建炎迄今五十餘年，有廢未克舉（三四），至侯始盡復而興起之。雖若餘事（三五），然變凋瘵瘡痍之俗爲雍容閒暇之邦（三六），其材爲可尚；於治民理財之餘，而致思賢尚德之意，其事爲可法也。維侯曾祖庫部在嘉祐年間再爲是州（三七），去文忠公爲未遠，流風善政猶有存者（三八）。《詩》云：『無念爾祖，聿修厥德。』（三九）在侯有焉。

侯以書來言曰：『願有述。』夫二公之德在民心，雖無此堂，民之思固自若也（四〇）。然滁人見其像則恭順愛敬油然而生，鄙暴之心無自而作，庸有姦其上之令乎！則其爲治也易，此前所謂風化之本原者也。惟今州郡，非財賦獄訟所及，漫不復省（四一）。侯獨能懷昔賢之高風（四二），葺其祠宇，興其廢迹而致其尊事（四三），是其志非苟然者，固將景行其德而益修其政（四四），其必有以大慰滁人之心者矣。予既竊幸託名諸公之次以爲榮耀，故樂書其事，又爲滁民幸焉。明年二月望日，錫山尤袤記。

《永樂大典》卷七二三六，又見《全宋文》卷五〇〇〇。

【編年】

文中所述『淳熙戊戌』，即五年（一一七八）；而文末之『明年』，即六年。該篇當作於淳熙六年二月十五日（一一七九年三月二十四日）。

【繫地】

該篇當作於泰州。淳熙六年（一一七九）二月十五日，尤袤應友人魏杞之邀作文記述其修葺二賢堂事。

【箋注】

（一）二賢堂： 始建於北宋紹聖二年（一〇九五），是百姓爲紀念曾在滁州爲官、又給滁州人們做了很多好事的兩位官員（王禹偁與歐陽脩）而建的。龔維蕃《永陽志·二賢堂》（《永樂大典》卷七二三六）：『堂在滁州城南七里。尤袤記。』王禹偁（九五四—一〇〇一），字元之，濟州鉅野（今山東巨野）人。太宗太平興國八年（九八三）進士，授成武縣主簿。雍熙元年（九八四），遷知長洲縣。端拱元年（九八八），應中書試，擢直史館。次年，遷知制誥。淳化二年（九九一），爲徐鉉辨誣，貶商州團練副使。五年，再知制誥。至道元年（九九五），兼翰林學士，坐謗訕，罷知滁州，未幾改揚州。真宗即位，復知制誥。咸平元年（九九八），預修《太祖實錄》，直筆犯諱，降知黄州。四年，移知蘄州，病卒，年四十八。有《小畜集》三十卷、《小畜外集》二十卷（今殘存卷六至卷十三等八卷）、《五代史闕文》一卷。另有《承明集》、《奏議集》等。事蹟具《宋史》卷二九三本傳。歐陽脩（一〇〇七—一〇七二），字永叔，號醉翁，晚號六一居士，廬陵（今江西吉安）人。仁宗天聖八年（一〇三〇）進士，初仕西京留守推官。景祐元年（一〇三四），召試學士院，充館閣校勘。三年，因范仲淹謫降事切責諫官高若訥，降爲峽州夷陵令。四年，移光化軍乾德令。寶元二年（一〇三九），遷武成軍判官。康定元年（一〇四〇），復館閣校勘。慶曆三年（一〇四三），知諫院，擢同修起居注，知制誥。四年，爲河北都轉運使。五年，慶曆新政失敗，因力爲新政主持者范仲淹、韓琦、杜衍等申辯，貶知滁州，徙揚州、潁州。至和元年（一〇五四），權知開封府。五年，拜樞密副使。六年，進參知政事。英宗治平四年（一〇六七），罷爲觀文殿學士，轉刑部尚書知亳州。神宗熙寧元年（一〇六八），徙知青州，議青苗法與王安石異，再徙蔡州。四年，以太子少師致仕。五年，病逝潁州汝陰，年六十六。謚文忠。嘗集三代以來金石銘刻爲一千卷，撰《新唐書》紀、志、表七十五卷，《五代史》七十四卷，《詩本義》十四卷，後人集其文爲《歐陽文忠公集》一百五十三卷。事蹟具《宋史》卷三一九本傳。胡柯編有《廬陵歐陽文忠公年譜》。

（二）起廢：重新建樹、恢復已被廢置的事和物。《史記》卷一三〇《太史公自序》：『孔子修舊起廢，論《詩》、《書》，作《春秋》，則學者至今則之。』先務：首要的事務。《孟子·盡心上》：『堯、舜之知，而不徧物，急先務也。』

（三）滁陽：就是滁州。淮甸：淮河流域。

（四）『自翰林……此邦』句：宋太宗至道元年（九九五），王禹偁兼翰林學士，坐謗訕，罷知滁州。宋仁宗慶曆五年（一〇四五），新政失敗，歐陽脩因力爲新政主持者范仲淹、韓琦、杜衍等申辯，貶知滁州。

（五）鄙夷：輕視，看不起。韓愈《柳州羅池廟碑》：『柳侯爲州，不鄙夷其民，動以禮治。』

（六）愁恨：憂怨。

（七）自放：自我放縱，擺脫禮法的約束。

（八）眷眷：念念不忘、依戀不舍。

（九）名公：有名望的貴族或達官。

（一〇）動容：內心有所感動而表現於面容。斂衽：整飭衣襟，表示恭敬。

（一一）『始翰林……吟咏』句：王禹偁居官滁州期間，有《滁州官舍》（二首）、《滁上謫居》（四首）、《戲題二章述滁州官況寄翰林舊同院》等詩作。

（一二）『追文忠……爲之記』句：歐陽脩居官滁州期間，有《豐樂亭記》、《醉翁亭記》等作。『作諸亭於琅琊、幽谷兩山之間』，《醉翁亭記》：『環滁皆山也。其西南諸峯，林壑尤美，望之蔚然而深秀者，瑯邪也。山行六七里，漸聞水聲潺潺，而瀉出於兩峯之間者，讓泉也。峯回路轉，有亭翼然臨於泉上者，醉翁亭也。』

（一三）更唱迭和：彼此唱和，指相互以詩詞酬答。宋玉《高唐賦》（《文選》卷一九）：『當年遨游，更唱迭和，赴曲隨流。』

（一四）中都：京都。《史記》卷三〇《平准書》：『漕轉山東粟，以給中都官。』司馬貞《索隱》：『中都，猶都内也。』

（一五）曾文昭公：曾肇（一〇四七—一一〇七），字子開，建昌南豐（今屬江西）人。鞏幼弟。英宗治平四年（一〇六七）進士。初仕黄巖主簿、鄭州教授，召爲同知太常禮院，遷國史編修官。哲宗元祐初擢起居舍人，未幾爲中書舍人。四年，出知潁州，徙鄧、齊、陳州。七年，召爲吏部侍郎，不久出知徐州，徙江寧府。奉召入對，語惡權貴，降知滁州，歷泰州、海州。徽宗即位，復召爲中書舍人，因兄曾布爲相避近職，提舉中太一官，未幾出知陳州，歷太原、應天府，揚、定二州。崇寧初入元祐黨籍，貶濮州團練副使汀州安置。大觀元年（一一〇七）卒於鎮江，年六十一。紹興初，謚文昭。有《曲阜集》四十卷及《奏議》、《西垣集》、外内制集多卷（《直齋書録解題》卷一七），已佚。清康熙間裔孫曾儼掇拾遺文爲《曲阜集》四卷。事蹟具《曲阜集》卷四附録《行狀》及《神道碑》、《宋史》卷三一九本傳。其有《二賢堂祝文》（王象之《輿地紀勝》卷四二）：『滁在江淮，號爲僻陋，然磊落瑰瑋命世之士，亦或至焉。』

（一六）歲時：每年一定的季節或時間。《周禮·地官·州長》：『若以歲時祭祀州社，則屬其民而讀灋。』孫詒讓《正義》：『此云歲時，唯謂歲之二時春、秋耳。』

（一七）亭宇：泛指亭臺樓閣。韋應物《西亭》（《韋蘇州集》卷七）：『亭宇麗朝景，簾牖散暄風。』焚爍：形容物體被燒得發出火光。《三國志·吳書》卷一《陸抗傳》：『至乃焚爍流漂，棄之水濱，懼非先王之正典，或甫侯之所戒也。』

（一八）壽春魏侯：魏杞（一一二二—一一八三），字南夫，壽春（今安徽壽縣）人（其籍貫，《全宋詩》卷二一〇一《魏杞小傳》作『鄞縣』）。高宗紹興十二年（一一四二）進士。三十年，知涇縣。三十二年，召爲太府寺丞。孝宗隆興二年（一一六四），以宗正少卿假禮部尚書使金。乾道二年（一一六六），除起居舍人，累遷尚書右僕射同中書門下平章事兼樞密使。三年，罷，提舉江州太平興國宫。六年，起知平江府，被劾奪職。淳熙十年（一一八三）卒，贈特進，謚文節。事蹟具《宋史》卷三八五本傳。有《山房集》三十卷、《三蘇言行編》，皆佚；後人編其遺文爲《魏文節遺書》一卷又《附錄》一卷，有《四明叢書》本。《全宋詩》卷二一〇一錄其詩七首，《全宋文》卷四八七六錄其文七篇。

（一九）年穀：一年中種植的穀物。《國語》卷一七《楚語上》：『財用盡焉，年穀敗焉。』荐稔：指連年豐收。荐，頻仍、屢次；稔，莊稼成熟。

（二〇）盈溢：充裕、滿盈。《三國志·魏書》卷二七《徐邈傳》：『家家豐足，倉庫盈溢。』

（二一）桐鄉：古地名。在今安徽桐城北。春秋時爲桐國，漢改桐鄉。《漢書》卷八九《朱邑傳》：『〔邑〕少時爲舒桐鄉嗇夫，廉平不苛，以愛利爲行，未嘗笞辱人，存問耆老孤寡，遇之有恩，所部吏民愛敬焉……初邑病且死，屬其子曰：「我故爲桐鄉吏，其民愛我，必葬我桐鄉。後世子孫奉嘗我，不如桐鄉民。」及死，其子葬之桐鄉西郭外，民果共爲邑起塚立祠，歲時祠祭。』後因以爲官吏在任行惠政、有遺愛之典。

〔二二二〕瞻敬：瞻仰致敬。《隋書》卷二《高祖紀下》：『仰惟祭享宗廟，瞻敬如在，罔極之感，情深茲日。』

〔二二三〕撙節：節省、節約。《新唐書》卷一六三《柳公綽傳》：『遭歲惡，撙節用度，輟宴飲，衣食與士卒鈞。』纖悉：細微詳盡。

〔二二四〕經工庀材：柳宗元《桂州訾家洲亭記》（《柳河東集》卷二七）：『乃經工庀材，考極相方。』庀材，備齊材料，多指建築材料。

〔二二五〕像設：《楚辭·招魂》：『天地四方，多賊姦些。像設君室，靜閒安些。』朱熹《集注》：『像，蓋楚俗，人死則設其形貌於室而祠之也。』蔣驥注：『若今人寫真之類，固有生而爲之者，不必專指死後也。』後稱所祠祀的人像或神佛供像爲『像設』。

〔二二六〕豐樂：歲豐熟，民安樂。亦謂富饒安樂。《詩經·大雅·旱麓》：『瞻彼旱麓，榛楛濟濟。』鄭玄《箋》：『喻周邦之民獨豐樂者，被其君德教。』全聲：完美的聲音，指天籟。唐元結《訂司樂氏》（《次山集》卷一一）：『懸水淙石，宮商不能合，律呂不能主，變之不可，會之無由，此全聲也。』班春：頒佈春令，指古代地方官督導農耕之政令。《後漢書》卷八二《崔篆傳》：『篆爲新建大尹……稱疾不視事，三年不行縣。門下掾倪敞諫，篆乃强起頒春。』李賢注：『（班春）班布春令。』

（二七）向之：過去的。荒榛：雜亂叢生的草木。孫綽《游天台山賦》（《文選》卷一一）：『披荒榛之蒙蘢，陟峭崿之崢嶸。』

（二八）軒楹：堂前的廊柱，借指廊間。

（二九）瓦礫：指破碎的磚頭瓦片，主要是小石子、碎石頭的意思。

（三〇）階墄：臺階。墄，臺階的梯級。

（三一）宴嬉：亦作『宴娭』，宴飲嬉戲。《漢書》卷二二《禮樂志》：『神來宴娭，庶幾是聽。』顔師古注：『娭，戲也。言庶幾神來宴戲聽此樂也。』

（三二）瞻望：仰望、仰慕。咨嗟：讚歎。《楚辭·天問》：『何親揆發，定周之命以咨嗟？』王逸注：『咨嗟，歎而美之也。』

（三三）漢儀：漢官威儀，泛指中國禮儀制度。李白《贈張相鎬》（《李太白集注》卷一一）：『庶同昆陽舉，再覩漢儀新。』

（三四）克舉：克，意爲嚴格限定。舉，意爲舉事，就是做好事情。克舉，就是指在嚴格限定的時間完成事情。

（三五）餘事：無須投入主要精力的事，正業或本職工作之外的事。

（三六）凋瘵：衰敗、困乏，指困窮之民或衰敗之象。瘡痍：比喻災害困苦。

（三七）侯曾祖：曾祖魏續，朝請郎，贈太保。

（三八）『流風善政猶有存者』句：　出《孟子·公孫丑上》。流風，遺風。善政，指清明的政治、良好的政令等。

（三九）『《詩》云……厥德』句：　出《詩經·大雅·文王之什》。聿修厥德，修好個人的道德。聿，本是助詞，後多引申爲『述』，以『聿脩』來指繼承發揚先人的德業。厥，指代前面提到的文王。

（四〇）自若：　一如既往、依然如故。

（四一）漫不復省：　模模糊糊不記得了。《宋史》卷二七五《孔守正傳》：『上曰：「朕亦大醉，漫不復省。」』

（四二）高風：　美善的風教、政績。韋應物《始至郡》（《韋蘇州集》卷八）：『昔賢播高風，得守媿無施。』

（四三）尊事：　尊敬地對待和事奉。《詩經·大雅·行葦序》：『周家忠厚，仁及草木，故能内睦九族，外尊事黄耇。』

（四四）景行：　猶景仰。顔延之《直東宮答鄭尚書》（《文選》卷二六）：『惜無丘園秀，景行彼高松。』

報恩光孝寺僧堂記[一]

淳熙三年秋七月[二]，故參政觀文錢公施其私財於台州報恩光孝禪寺[三][四]，復建僧堂。

明年九月十二日經始〔三〕，後十五日而公薨，又明年六月二日堂成。中爲大屋七間〔四〕，高七尋，其廣四十有二尺，其深十尋。前列修廊，後布廣廡。其楹高與廣皆如其堂之數，而崇深殺之〔三〕。貫三夾廊〔五〕，爲二井匽〔六〕〔四〕。凡爲屋之楹，大小二十有四。規橅雄壯〔五〕，悉倍於舊。公之孫承議郎、前知處州軍州事象祖題其榜曰『選佛』〔六〕，合道俗以落之〔七〕。又明年，長老惟禋命其徒了性持書求文於錫山尤袤〔七〕，而記之曰：

天台爲邦，仙聖所游〔八〕。佛法之盛，冠於東州。有大叢林，舊名『景德』。衆妙莊嚴，近在城域。政和之初，賜額『天寧』。紹興之間，始易今名。〔九〕是爲祐陵〔一〇〕，追福之地〔八〕。列屋千楹，有衆萬指。〔九〕乾道癸巳，鬱攸扇災〔一〇〕〔一一〕。紺壁穹堂〔一二〕，化爲飛灰。時大比丘〔一二〕，德光長老。立志堅忍〔一二〕，誓必再造。乃泛扁舟，浮海而南。持鉢於泉，半歲乃還〔一三〕。憔悴辛勤，寸累銖積。乃建衆寮〔一三〕，乃營丈室〔一四〕。規創後壁，架虛鑿空〔一四〕。商工度材，施者景從。惟光之名，進於帝聽。有詔自天，命主靈隱。袤時假守，睹是勝因〔一五〕。求繼光後，實難其人。萬口一詞，曰有權可。乃屈致之〔一六〕，權不拒我〔一五〕。於煨燼中〔一六〕，啓大法筵〔一七〕。遠近歸依〔一七〕，輻輳駢闐〔一八〕。寶殿迄成〔一八〕，材從空墮〔一九〕。權未嘗爲，不起於坐〔二〇〕〔一九〕。有大檀施〔二一〕，觀文公錢。與是比丘〔二二〕，有大因緣。私自念言：『安聚衲子〔二〇〕，以有伽藍〔二一〕，爲一大事。導師所在〔二三〕，龍象駿奔〔二二〕。四方學徒，其來如雲。而此僧堂〔二四〕，獨未建立。起寺之廢，莫此爲急。我當布施，爲衆生先〔二五〕。』捐三百萬，於指顧間〔二三〕。公之視財，如視壤土。我無所施，隨取而予〔二六〕。權之受施〔二七〕，如谷受風〔二八〕。我無所受，有來則容〔二九〕。權謂其徒，監寺了性〔二四〕：『汝敏而勤，命總其政。』性亦受令，奔走後先〔三〇〕。陶瓦成山，伐木蔽川〔三一〕。權來權藏，四衆嗟惜〔二五〕。予選惟禋〔三二〕，嗣其法席〔二六〕。禋之始來，衆曰艱哉。禋來一年，衆志允諧〔二七〕。巧者獻伎，壯者出力。涓日庀徒〔三三〕〔二八〕，並舉百役〔三四〕。乃立斯堂，其大七楹。高廣深邃，寒溫暑清〔三五〕。前榮後廡〔二九〕，兩倍其數。寢食有位，宴息有所〔三六〕。偉哉斯堂，肇自錢公。不逮其成，而公已終。惟公有孫，銜訓嗣事〔三〇〕。爰飾几榻，至於塗塈〔三一〕。齋鼓粥魚〔三二〕，隱隱隆隆。攝齊升堂〔三三〕，肅肅雍雍〔三四〕。舊觀復還，百廢具舉。如聵得聽，若瞽而睹〔三七〕。數有成壞〔三五〕，時有廢興。法力願力〔三六〕，爲無不成〔三八〕。惟三比丘〔三九〕，與二居士。往昔靈山，並受佛記〔三七〕。作此勝事，刹那頃中。化瓦礫場，爲梵帝宫〔三八〕。惢汝大衆，享此安逸。云何脩行，報此恩德。當念作者，法力宏深。勇猛精進〔三九〕，無起退心〔四〇〕。當念施者，願力堅重〔四一〕。量彼來處，無妄受用〔四〇〕。惟上祖師，穴處巖居〔四二〕。今汝不然，夏屋渠渠〔四一〕。惟上祖師，行乞取足〔四三〕。今汝不然，飽飯果腹。廣席連牀〔四四〕，窗戶明虛。心境洞然，萬法一如〔四二〕。臥具巾單〔四五〕，隨用無乏。困歇飢餐，莫非妙法。汝若一念，證常寂光〔四六〕。華嚴境界，卽是此堂。汝若不斷，五欲三毒〔四七〕。當知此堂，卽是地獄。巾山崇崇〔四三〕，與堂無窮。我爲斯文，相其鼓鐘。

《嘉定赤城志》卷二七(省稱『僧堂記』),又見《梁溪遺稿》卷二、《浙江通志》卷二三一、盛刻、尤刊、民國《臨海縣志稿》卷三五、《全宋文》卷五〇〇〇。

【編年】

據文中所述(『淳熙三年秋七月……明年九月二十日經始……又明年六月二日堂成……又明年,長老惟禋命其徒了性持書求文於錫山尤袤』),該篇當作於淳熙六年(一一七九)僧堂落成之際。

【繫地】

該篇當作於池州。尤袤任提舉江南東路常平茶鹽,應台州僧人之邀,爲報恩光孝寺僧堂作記。

【彙校】

〔一〕『七』,《浙江通志》、《臨海縣志稿》同,他書均作『九』。

〔二〕『故』,《浙江通志》無。

〔三〕『十二』,《臨海縣志稿》作『二十』。

〔四〕『間』,《全宋文》誤作『閒』。

〔五〕『夾』,《臨海縣志稿》同,他書均作『挾』。

〔六〕『高七尋……爲二井匽』,《浙江通志》無。

〔七〕『文』,《梁溪遺稿》、盛刻、尤刊均作『之』。

〔八〕『追』,《臨海縣志稿》同,他書均作『邀』。『追福』:爲死者做功德,祈禱冥福。《優婆塞戒經》卷五:『若父喪已墮餓鬼中,子爲追福當知卽得。』『邀福』:祈求賜福。劉禹錫《相和歌辭·賈客詞》(《劉賓客文集》卷二二)：「邀福禱波神，施財游化城。」

〔九〕「政和之初……有衆萬指」，《浙江通志》無。「萬指」：一萬個手指，卽千人。

〔一〇〕「扇」，《臨海縣志稿》作「煽」。

〔一一〕「紺」，《梁溪遺稿》、盛刻、尤刊均作「佛」。「紺」：紅青，微帶紅的黑色。

〔一二〕〔二二〕「丘」，盛刻、尤刊均作「邱」。「比丘」，梵語bhiksu 的音譯，一般意譯爲「乞士」，俗稱「比丘師父」。佛家指年滿二十歲，受過具足戒的男性出家人。

〔一三〕「歲」，《臨海縣志稿》同，他書均作「載」。

〔一四〕「乃泛扁舟……乃營丈室」，《浙江通志》無。「丈」，《臨海縣志稿》誤作「文」。「丈室」：寺主的房間。

〔一五〕「拒」，《臨海縣志稿》誤作「在」。

〔一六〕「煨」，《臨海縣志稿》作「灰」。

〔一七〕「歸」，《臨海縣志稿》同，他書作「皈」。

〔一八〕「殿」，盛刻、尤刊均作「壂」。

〔一九〕「材」，盛刻、尤刊均作「於」。

〔二〇〕「寶殿……於坐」，《浙江通志》無。

〔二一〕「檀」，《浙江通志》誤作「法」。「檀施」：「檀」爲梵語，譯曰「施」，是梵漢雙舉之熟語。這裏指施主。「法施」：佛教語，三種布施之一。謂宣講佛法，普度衆生。出家人多行法施，在家人多行財施。梁慧皎《高僧傳·義解·釋曇鑒》：『渾渾法施，弗緇弗涅。』

〔二三〕『導』，《臨海縣志稿》、尤刊同，他書均作『尊』。『導師』：佛教語。導引衆生入於佛道者的通稱。《佛報恩經·對治品》：『夫大導師者，導以正路，示涅槃徑，使得無爲，常得安樂。』『尊師』：對道士的敬稱。王昌齡《武陵開元觀黄煉師院三首》其一（《全唐詩》卷一四三）：『松間白髮黄尊師，童子燒香禹步時。』

〔二四〕『導師……而』，《浙江通志》作『前』。

〔二五〕『生』，《梁溪遺稿》、盛刻、尤刊均作『萬』，《浙江通志》作『士』。『衆生』：泛指人和一切動物。《禮記·祭義》：『衆生必死，死必歸土。』孫希旦《集解》：『衆生，兼人物而言也。』『衆萬』：指萬物。『衆士』：泛指讀書人。

〔二六〕『予』，《臨海縣志稿》無。

〔二七〕『之』、『施』，《臨海縣志稿》無。

〔二八〕『受』，《臨海縣志稿》同，他書均作『遇』。

〔二九〕『公之視財……有來則容』，《浙江通志》無。

〔三〇〕『後』，《臨海縣志稿》作『則』。

〔三一〕『性亦受令……伐木蔽川』，《浙江通志》無。

〔三二〕『選』，《浙江通志》、《臨海縣志稿》同，他書均作『邀』。

〔三三〕『庀』，《臨海縣志稿》同，他書均誤作『亢』。『庀徒』：聚集工匠、役夫。唐陳子昂《窅冥君古墳誌銘・序》(《陳拾遺集》卷六)：『庀徒方興，畚鍤攸作。』

〔三四〕『禋之始來……並舉百役』，《浙江通志》無。

〔三五〕『寒溫暑清』，《浙江通志》作『冬溫夏清』。

〔三六〕『前榮後廡……宴息有所』，《浙江通志》無。

〔三七〕『齋鼓粥魚……若瞽而睹』，《浙江通志》無。

〔三八〕『爲無』，《浙江通志》作『無爲』。

〔三九〕『丘』，盛刻、《臨海縣志稿》、尤刊均作『邱』。

〔四〇〕『妄』，《錫山文集元稿》作『忘』。

〔四一〕『夏』，《臨海縣志稿》誤作『厦』。『夏屋渠渠』：《詩經・秦風・權輿》：『於我乎，夏屋渠渠。』夏，大也。屋，具也。渠渠，猶『勤勤』也。言君始於我厚，設禮食大具以食我，其意勤勤然。正與字書以『夏屋』爲『大俎』相合。此處尤袤解『屋』爲房屋，謂『渠渠』爲深廣。

〔四二〕『一如』，《臨海縣志稿》作『如一』。『萬法』：指一切諸法，卽一切所有存在(者)之總稱；一，卽不二；如，卽不異。一切諸法皆由因緣生起，故無常、無我，而無固定不變之實體，卽無自性，乃空性平等者。卽萬法以空爲性而歸於一理，故稱萬法一如。

〔四三〕『恣汝大衆……巾』，《浙江通志》作『中』。『巾山』：又稱巾子山，位於今臨海市區東南隅，高百餘米，三面臨街，南瀕靈江。

【箋注】

（一）報恩光孝寺：位於臨海城關巾子山西麓。

（二）故參政觀文錢公：錢端禮（一一〇九—一一七七），字處和，號松窗，錢塘（今浙江杭州）人，惟演曾孫。以蔭授官，欽宗靖康元年（一一二六），監登聞鼓院。高宗紹興七年（一一三七），通判明州。十五年，提舉淮東茶鹽，改兩浙轉運判官。十七年，爲淮東轉運副使。三十年，除知臨安府，始行會子。進觀文殿學士。孝宗即位，張浚於符離失利，遂劾張浚，參定和議。隆興二年（一一六四），賜同進士出身。除參知政事兼權知樞密院事，因其女適皇太子引嫌奉祠。四年，起知寧國府，移紹興府。以貪墨被黜。淳熙四年（一一七七）卒，年六十九。後謚忠肅。有《松窗集》，已佚。事蹟具《攻媿集》卷九二《觀文殿學士錢公行狀（代汪尚書）》、《宋史》卷三八五本傳。《全宋詩》卷二〇〇八錄其詩《題瑞巖大澤塘》、《留題授上人曲肱齋》、《題米元暉瀟湘圖》、《咏般若臺一首贈源□長□》等四首，《全宋文》卷四五七六錄其文三十二篇。『錢處和《通好事節》』僅見於《遂初堂書目》（國史類）。

（三）崇深：猶陡峻。《水經注》卷四《河水》（四）：『此石經始禹鑿，河中漱廣，夾岸崇深。』

（四）井匽：指排除污水穢物的水池和水溝。《周禮・天官・宮人》：『爲其井匽，除其不蠲，去其惡臭。』鄭玄注：『井，漏井，所以受水潦……匽豬，謂霤下之池，受畜水而流之者。』孔穎達《疏》：『宮中爲漏井以受穢，又爲匽豬使四邊流水入焉。井匽二者皆所以除其不蠲潔，又去其惡臭。』

（五）雄壯：雄偉壯觀。

（六）『公之孫……象祖』句：承議郎：文散官名，隋始置。唐爲文官第十五階，正六品下。北宋元豐改制用以代左右正言、太常博士、國子博士。後定爲第二十三階。金、元均不置。錢象祖（一一四五—一二一一），字伯同，號止安居士，臨安（今浙江杭州）人。端禮孫。以祖恩澤補官，嘉泰四年（一二〇四）賜進士出身。歷太府寺主簿丞、刑部郎官，知處、嚴、撫諸州，江東運判，知婺州，侍右郎官。慶元元年（一一九五），除工部侍郎、知臨安府；四年，以華文閣學士知建康。五年奉祠。嘉泰四年（一二〇四），自吏部尚書除同知樞密院事。開禧元年（一二〇五），除參知政事。次年，以諫用兵謫信州，未幾除知紹興府。三年，復拜參知政事，進右丞相兼樞密使。嘉定元年（一二〇八），除特進、左丞相兼樞密使。兩月而罷，以觀文殿大學士判福州。官終少保，封成國公。事蹟具《宋宰輔編年錄》卷二〇、《嘉定赤城志》卷三三、《咸淳臨安志》卷四八、《南宋制撫年表》卷上。《全宋文》卷六九一四錄其文十三篇。選佛：禪宗南宗祖師爲維繫本門宗旨之承傳，吸引天下精英步慧能大師之後塵，立志爭取在現世頓悟成佛作祖而開創的禪門選拔制度。

（七）道俗：出家之人與世俗之人。《宋書》卷九七《夷蠻傳·婆黎國》：『又有慧嚴、慧議道人，並住東安寺，學行精整，爲道俗所推。』落之：古代宮室建成時舉行祭禮。《左傳·昭公七年》：『楚子成章華之臺，願與諸侯落之。』

（八）仙聖所游：蘇軾《賜五臺山十寺僧正省奇等進奉興龍節功德疏等獎諭勅書》：『清涼之域，仙聖所游。』仙聖，道家對得道成仙者或神仙的尊稱。

（九）『有大叢林……始易今名』句：該寺始建於唐景龍元年（七〇七），初名『景龍寺』，宋景德中更名『景德寺』。崇寧二年（一一〇三），加『萬壽』二字。政和元年（一一一一），始改名爲『天寧寺』。

紹興七年（一一三七），又改爲『廣孝寺』。十五年，改『報恩光孝寺』額。叢林：佛教多數僧眾聚居的處所。《大智度論》卷三：『僧伽秦言眾，多比丘一處和合，是名僧伽；譬如大樹叢聚是名爲林。』後泛稱寺院爲叢林。眾妙：一切深奧玄妙的道理。莊嚴：指建築物壯盛嚴整。城域：城區。《管子》卷五《八觀》：『城域大而人民寡者，其民不足以守其城。』

（一〇）祐陵：卽宋徽宗趙佶。因他的陵墓叫『永祐陵』，故宋人多稱其爲『祐陵』。

（一一）鬱攸：火氣、火焰。《左傳·哀公三年》：『濟濡帷幕，鬱攸從之。』杜預注：『鬱攸，火氣也。』

（一二）堅忍：（在艱苦困難的情況下）堅持而不動搖。

（一三）眾寮：卽禪刹於僧堂外所設眾僧依止的寮舍。

（一四）架虛鑿空：指憑空立論。

（一五）勝因：佛教語，善因。隋智顗《〈修習止觀坐禪法要〉序》：『止是禪定之勝因，觀是智慧之由藉。』

（一六）屈致：委屈招致。《三國志·蜀書》卷五《諸葛亮傳》：『庶曰：「此人可就見，不可屈致也。」』

（一七）法筵：佛教語，指講經說法者的座席，引申指講說佛法的集會。《楞嚴經》卷一：『法筵清眾，得未曾有。』

（一八）駢闐：也作『駢填』、『駢田』，聚集一起。潘岳《西征賦》（《文選》卷一〇）：『華夷士女，駢闐逼側。』

（一九）不起於坐：《圓覺經》：『不起於坐，便入涅槃。』

（二〇）衲子：僧人。黄庭堅《送密老住五峯》（《山谷集》卷七）：『水邊林下逢衲子，南北東西古道場。』

（二一）伽藍：來自於梵語，也音譯作『僧伽藍摩』、『僧伽藍』，宗教用語。『僧伽』指僧團，『阿藍摩』意爲園，原意是指僧衆共住的園林，即寺院。初期的伽藍以供奉佛陀的建築爲主體構成，而後來佛殿逐漸成爲寺院的主體建築。

（二二）駿奔：急速奔走。《後漢書》卷三《章帝紀》：『駿奔郊畤，咸來助祭。』

（二三）指顧：一指一瞥之間，形容時間的短暫、迅速。班固《東都賦》（《文選》卷一）：『指顧倏忽，獲車已實。』

（二四）監寺：佛寺中主持寺務之僧，地位次於方丈。

（二五）嗟惜：嗟歎憐惜。

（二六）法席：佛教語。講解佛法的座席，亦泛指講解佛法的場所。

（二七）允諧：和諧一致。

（二八）涓日：猶『涓吉』，選擇吉祥的日子。語本左思《魏都賦》（《文選》卷六）：『量寸旬，涓吉日，陟中壇，即帝位。』

（二九）榮：飛簷，屋簷兩頭翹起的部分。《儀禮·士冠禮》：『直於東榮。』鄭玄注：『榮屋翼也。』

（三〇）銜訓嗣事：韓愈《魏博節度觀察使沂國公先廟碑銘·序》：『銜訓嗣事，乃朝夕不怠。』銜訓，承受教誨；嗣事，繼續從事。

（三一）塗塈：用泥塗抹屋頂或牆壁，這裏泛指塗飾修繕。《尚書·梓材》：『若作室家，既勤垣墉，惟其塗塈茨。』蔡沈《集傳》：『塗塈，泥飾也。』

（三二）齋鼓：佛教法器。佛教講正中午以前的時間爲正時，正中午以後的時間爲非時。正時內，僧尼可以吃飯。正時以後，即非時裏，僧尼不可以吃飯，即是俗語講的『過午不食』。僧尼可以吃飯的時間，稱爲齋時，報齋時之鼓聲，稱爲齋鼓。粥魚：即木魚。刳木爲魚形，其中鑿空，扣之作聲，懸於廊下。僧寺於粥飯或集聚僧眾時用之。蘇軾《奉敕祭西太一和韓川韻》其三：『夢蝶猶飛旅枕，粥魚已響枯桐。』

（三三）攝齊：提起衣擺。古時官員升堂時謹防踩著衣擺，跌倒失態。表示恭敬有禮。《論語·鄉黨》：『攝齊升堂，鞠躬如也。』

（三四）肅肅雍雍：聲音和諧。《禮記·少儀》：『鸞和之美，肅肅雍雍。』

（三五）成壞：形成毀壞，佛教指成劫和壞劫。

（三六）願力：多指善願功德之力。沈約《千佛贊》（《初學記》卷二三）：『參差各隨，願力密蹟。』

（三七）佛記：佛的懸記，即佛的預言。

（三八）梵帝：指佛。宋之問《遊法華寺》（《全唐詩》卷五三）：『果漸輪王族，緣超梵帝家。』

（三九）勇猛精進：勤奮修行。出自《無量壽經》卷上：『勇猛精進，志願無倦。』

（四〇）退心：佛教語，謂修持之心退轉。陳徐陵《諫仁山深法師罷道書》（《徐孝穆集箋注》卷三）：『一旦退心，於理邀矣。』

（四一）堅重：堅定而從容。

（四二）穴處巖居：指隱居深山洞穴之中。語出《韓非子·詭使》：『而士有二心私學，巖居穴處，托伏深慮，大者非世，細者惑下。』

（四三）行乞取足：黄庭堅《南康軍開先禪院修造記》（《山谷集》卷一八）：『夫沙門法者，不住資生，行乞取足，日中受供，林下託宿。』行乞，佛教語。謂僧人托鉢以求佈施。取足，充分取得。

（四四）廣席：衆多座席。

（四五）臥具：佛所制定的服具之一。

（四六）常寂光：即常住（梵語nitya-sthita）、寂滅、光明。常寂光土爲天台宗所說四土之一，又稱理性土，指諸佛如來法身所居之淨土。

（四七）五欲：指染著色、聲、香、味、觸五境而起的五種情欲。又名五妙欲、五妙色。《佛遺教經》云：『汝等比丘，已能住戒，當制五根，勿令放逸入於五欲。』三毒：即貪、嗔、癡。

臨海縣重建縣治記（一）

乾道癸巳秋九月，臨海居民不戒於火，濫爝扇延〔一〕，以及縣治，燔爇俱盡（二）。當官者因陋就簡，僅能建三椽於煨燼之中〔二〕（三），以聽獄訟。吏民亡所托足〔三〕，案牘亡所棲列〔四〕（四）。一遇風雨，則沾漬暴露（五），叫呼歡呶（六），訟牒計簿散匿吏胥之家〔五〕（七），最易甲乙〔六〕，莫可質考〔七〕，縣日以不理。後三年，予來爲州，有意興之，而無與任其責者。淳熙丁酉秋，永嘉彭君仲剛來主縣事（八），予聞彭名舊矣〔八〕，心固望其有爲。彭乃言曰：『夫環百里之地而爲之長〔九〕，聚萬室之衆而聽其令〔一〇〕（九），民社所寄（一〇），視古子男（一一）。治必有所，一邑之條教於是乎出（一二），而司存弗備（一三），亡以施政。廢之當舉，舍此孰先？然役大用夥，非受命於郡，則令不得擅，敢以爲請。』予乃畀錢三十萬（一四），使營度之（一五）。是冬，予罷官歸。逾年，則彭以書來告成矣。

外爲重門，以嚴啓閉，上建層樓，以斂藏敕書〔一一〕。治事有所〔一二〕，燕居有室，翼以修廊，挾以外廡，吏直賓次（一六），環列有序。奥者爲藏（一七），爽者爲獄（一八）。爲亭於大門之外〔一三〕，以班詔令；爲閣於東廡之上〔一四〕，以藏案牘〔一五〕，爲堂爲齋爲軒，以備宴休游息之地（一九）。下至於庖湢之所〔一六〕（二〇），微至於什器之末〔一七〕（二一），雜至於丹雘甃甓之事〔一八〕〔二二〕，纖悉畢具，規橅堅壯〔二三〕，工用精密〔二四〕。總爲屋八十有一楹，中鑿五池，瀦水爲備。復以其餘力，建丞簿之舍而新社稷之壇〔一九〕〔二五〕。鄉之荊榛瓦礫之場〔二〇〕〔二六〕，今乃爲高明宏麗之觀〔二一〕〔二七〕，民始識有官府之嚴而稱其所以爲邑大夫之居者。

問其經費之所出，則曰：未嘗巧取而苛斂也〔二二〕。凡財之隱於吏而亡籍〔二三〕，木之訟於官而願獻者，悉取而拘之。鉤校奇贏〔二四〕〔二八〕，積累銖寸，故費廣而不闕。

問其工役之次第〔二九〕，則曰：未嘗厲民而强使也〔三〇〕。籍竟內之爲工者若干〔二五〕，官出僦庸〔二六〕〔三一〕，率如其私之直。居處飲食，先爲規畫，使極安便，率旬有五日而迭休之。其用夫止及於附邑之三鄉〔二七〕，家止一人〔二八〕，人役三日，番無過十夫，而亦與之庸〔二九〕。省督工程，無苟簡怠惰之患〔三〇〕〔三二〕；謹視給散〔三三〕，無稽留朘削之弊〔三四〕。民之與官爲市爲役者〔三五〕，若私家然，故役大而不擾。蓋經始於丁酉之冬〔三一〕，而落成於己亥之秋〔三二〕。

問其所以久，則曰：不敢倉卒而趣辦也〔三三〕。作於農隙而弗奪其時，休其力而弗盡其用，慰諭其勤而策其不勉〔三六〕。民咸勸趨，故功成而不勞〔三四〕。夫聚財有方，用民有節，舉事有漸〔三七〕，顧何往而不濟哉？

予嘗謂今之仕莫難於爲邑〔三五〕，弱者不足以有爲，而健者或以病民〔三八〕。幸而得强弱之中，則積負困之〔三九〕，姦民撓之，欲興事造業〔四〇〕，有其志而不克成者多矣〔四一〕。又幸而不爲積負之所困〔三六〕，姦民之所撓，而在上者或不察，不得自展其才者亦多矣。當君之始至，賦亂政龐〔三七〕，隱戶移脫〔三八〕〔四二〕，弗可究詰〔四三〕。乃定質劑〔三九〕〔四四〕，乃正疆理〔四〇〕，逋租匿役，披露首服，〔四五〕吏姦民瘼〔四六〕，檢梲濟理〔四一〕，四野歡呼〔四二〕，訟日以簡。故能不困於積負，不撓於姦民，不抑於當路〔四三〕〔四七〕，而興舊起廢，不擾而集〔四四〕，非庶幾於古之所謂循吏者乎〔四八〕？夫裒聚贏羨於單乏之餘〔四九〕，可以觀儉；謹用民力於偪仄之中〔四五〕〔五〇〕，可以觀仁；積累工役於遲久之後，可以觀智。是皆足以爲吏法，而不可使之無傳。予既嘉彭君之有成，而因其請〔四六〕，故遂著其實〔四七〕，使後之人得以考而法之，非以譽彭君也〔四八〕。

《赤城集》卷三，又見《嘉定赤城志》卷六、《梁溪遺稿》卷二、《宋文選》、清王史直《錫山文集》、《梁溪文鈔》、盛刻、尤刊、民國《平陽縣志》卷八〇、民國《臨海縣志稿》卷五、《全宋文》卷五〇〇一。

【編年】

據文中『落成於己亥之秋』，該篇當作於淳熙六年（一一七九）秋其落成之際。

【繫地】

該篇當作於池州。尤袤任提舉常平，應臨海令彭仲剛之邀爲臨海縣重建縣治作記。

【彙校】

〔一〕『濫爓』，《嘉定赤城志》、《平陽縣志》、《臨海縣志稿》均作『爁爓』，《全宋文》作『濫爛』。

爁：焚燒。爓：同『焰』，火苗。左思《蜀都賦》（《文選》卷四）：『高爓飛煽於天垂。』

〔二〕『能』，《梁溪遺稿》、尤刊、《全宋文》均無。『之』，《宋文選》無。

〔三〕『亡』，《宋文選》同，他書均作『無』。

〔四〕『亡』，《宋文選》同，他書均作『無』。『案』，底本誤作『按』，現據他書校改。『案牘』： 公事文書，官府的文書，公文。案，指書桌或辦公桌； 牘，古代用於寫字的木片，卽木簡。

〔五〕〔一三〕〔一四〕〔一九〕〔三一〕〔三二〕『之』，《宋文選》無。

〔六〕『最』，《宋文選》作『竄』。

〔七〕『質』，《宋文選》作『循』。

〔八〕『名』，《嘉定赤城志》、《宋文選》、《平陽縣志》同，他書均作『君』。

〔九〕『之地』，《宋文選》無。

〔一〇〕『之眾』，《宋文選》無。『令』，《宋文選》作『念』。

〔一一〕『藏』，他書均無。

〔一二〕『所』，《嘉定赤城志》誤作『聽』，他書均作『廳』。

〔一五〕『案』，底本誤作『按』，據他書校改。

〔一六〕『於』，《宋文選》無。『之所』，《宋文選》無。

〔一七〕『於』，《宋文選》無。『之末』，《宋文選》無。

〔一八〕『於』，《宋文選》無。『之事』，《宋文選》無。

〔二〇〕『鄉之』，《宋文選》作『向』，《嘉定赤城志》、《平陽縣志》、《臨海縣志稿》作『向之』。『礫』，《梁溪遺稿》誤作『爍』。『場』，《宋文選》作『所』。

〔二一〕『今乃爲』，《宋文選》作『俱爲』。『爲』，《梁溪遺稿》、尤刊均作『一』。

〔二二〕『苛』，《臨海縣志稿》同，他書均作『奇』。『苛斂』：濫征賦稅。《舊唐書》卷一六《穆宗本紀》：『苛斂剝下，人皆咎之。』

〔二三〕該句尤刊校語：『《赤城集》「財」作「材」』，則其所據本如此。

〔二四〕『奇』，底本作『畸』，據《嘉定赤城志》校改。『奇贏』：指商人所獲的贏利。《漢書》卷二四《食貨志上》：『商賈大者積貯倍息，小者坐列販賣，操其奇贏，日游都市，乘上之急，所賣必倍。』顏師古注：『奇贏，謂有餘財而畜聚奇異之物也。一説，奇謂殘餘物也。』

〔二五〕『竟』，《宋文選》同，他書均作『境』。

〔二六〕〔二九〕『庸』，《嘉定赤城志》、《梁溪遺稿》均作『傭』。『庸』：受雇者的工錢，《新唐書》卷一九九《王紹宗傳》：『寫書取庸自給。』『傭』：工錢。《舊唐書》卷四九《食貨下》：『凡三年，運七百萬石，省陸運之傭四十萬貫。』

〔二七〕〔二八〕『止』，《嘉定赤城志》作『只』。

〔三〇〕『惰』，《宋文選》作『墮』。

〔三三〕『趣』，《梁溪遺稿》作『趨』。『趣』：趕快、從速。

〔三四〕『功』，《臨海縣志稿》作『工』。『成』，《宋文選》作『費』，《梁溪遺稿》、盛刻、尤刊均作『力』。

〔三五〕『嘗』，《宋文選》作『常』。『仕』，他書均作『士』。

〔三六〕『又』，《梁溪遺稿》、尤刊均無。

〔三七〕『龐』，《嘉定赤城志》、盛刻均作『厖』。『政龐』：政治混亂。劉禹錫《唐故尚書禮部員外郎柳君集紀》（《劉賓客文集》卷一九）：『夫政龐而土裂，三光五嶽之氣分，大音不完，故必混一而後大振。』厖：雜亂。《尚書·周官》：『推賢讓賢，庶官乃和，不和政厖。』

〔三八〕『脱』，他書均作『稅』。

〔三九〕『定』，《嘉定赤城志》同，他書均作『考』。

〔四〇〕『乃』，《嘉定赤城志》同，他書均作『而』。『理』，尤刊作『里』。『疆理』：境界、界限。《水經注》卷二四《瓠子河》：『推此而論，似地志之誤矣，或亦疆理參差所未詳。』『疆里』：疆場邑里。

〔四一〕『梍』，《宋文選》作『察』。『理』，尤刊作『里』。『檢梍』：檢查制止。《新唐書》卷一五七《陸贄傳》：『檢梍吏姦，天下便之。』梍，阻塞、遏止。『濟理』：猶『濟治』，協助治理。唐陸贄《姜公輔左庶子制》（《翰苑集》卷七）：『此朕三事大夫，濟理圖全之意也。』

〔四二〕『四』，底本作『田』，據《嘉定赤城志》校改。『四野』：四方的原野，這裏泛指四方、四處。

〔四三〕『抑』，《梁溪遺稿》作『仰』。

〔四四〕『集』，《宋文選》作『成』。『集』：成功。

〔四五〕『中』，《梁溪遺稿》作『日』，《宋文選》作『暇』，尤刊作『時』。

〔四六〕『因』，《臨海縣志稿》誤作『困』。

〔四七〕『既嘉彭君之有成，而因其請，故遂』一句，《宋文選》僅作一『爲』字。

〔四八〕『譽』，《嘉定赤城志》、《平陽縣志》、《臨海縣志稿》同，他書均作『諭』。『譽』：稱讚、讚美。『諭』：舊時上告下的通稱，也指告訴。

【箋注】

（一）臨海縣：本漢回浦縣地，後漢更名章安。吴分章安置臨海縣，屬會稽。武德五年（六二二），改置台州縣屬。

（二）燔爇：焚燒。葉適《與黄岩林元秀書》（《水心集》卷二七）：『臨期轉行李於妻家，一宵鄰舍火作，生生之具燔爇略盡。』

（三）煨燼：灰燼，燃燒後的殘餘物。

（四）棲列：放置、陳放。曾鞏《繁昌縣興造記》（《元豐類稿》卷一七）：『今治所雖有屋，而庳逼破露，至聽訟於廡下。案牘簿書，棲列無所，往往散亂不可省，而獄訟賦役失其平。』

（五）沾漬：同『霑漬』。沾汙、弄髒。

（六）歡呶：喧嘩叫鬧。《詩經·小雅·賓之初筵》：『載號載呶。』毛《傳》：『號呶，號呼歡呶也。』

（七）訟牒：訴狀。計簿：古代計吏登記戶口、賦税、人事的簿籍。

（八）『淳熙……縣事』句：彭仲剛（一一四三—一一九四），字子復，溫州平陽（今屬浙江）人。孝宗乾道二年（一一六六）進士，授金華縣主簿。淳熙四年（一一七七）移知臨海縣，兩浙運司均斛官，召爲詳定一司敕令所刪定官。十一年，遷國子監丞。久乃知全州。丁父憂，光宗紹熙五年（一一九四）服除，知濠州。未行，特令提舉浙東常平，命下而卒，年五十二。事蹟具葉適《水心集》卷一五《彭子復墓誌銘》，《雍正浙江通志》卷一二五。著有《監丞集》、《續諭俗》，《續諭俗》收入《琴堂諭俗編》。《全宋詩》卷二六一三錄其詩《題虛照堂》、《題平心堂》、《三台峯》等三首，《全宋文》卷六三五二錄其文《續諭俗五篇》、《臨海縣廳壁記》、《祭呂祖謙文》等七篇。

（九）『夫環……其令』句：韋驤《謝劉兵部啓》（《錢塘集》卷九）：『百里之疆，萬室之衆，思數所致，戚休所緣。』

（一〇）民社：指州、縣等地方。

（一一）子男：子爵和男爵。古代諸侯五等爵位的第四等和第五等。《國語》卷一六《鄭語》：『是其子男之國，虢鄶爲大。』

（一二）條教：法規、教令。《漢書》卷五六《董仲舒傳》：『仲舒所著，皆明經術之意，及上疏條教，凡百二十三篇。』

（一三）司存：有司、官吏。南陳沈炯《爲周弘正讓太常表》（《藝文類聚》卷四九）：『儻九賓闕相，封禪失儀，責以司存，云誰之咎。』

（一四）畀：給與。《詩經・鄘風・干旄》：『彼姝者子，何以畀之。』

（一五）營度：量度營造。《周書》卷一八《王思政傳》：『即自營度，移鎮之。』

（一六）吏直：諸吏直宿之所。賓次：接待賓客之所，此指官廳。《新唐書》卷一七《禮樂志

（七）》：『冠前一日，衛尉設賓次於重明門外道西。』

（一七）藏：收藏財物的府庫。《周禮·天官·宰夫》：『五曰府，掌官契以治藏。』

（一八）爽：開闊、寬闊。陸機《齊謳行》（《文選》卷二八）：『沃野爽且平。』

（一九）游息：游玩與休憩。漢孔鮒《孔叢子》卷上《嘉言》：『子，吾心也。子以齊爲游息之館，當或可救，子幸不吾隱也。』

（二〇）湢：浴室。《禮記·內則》：『外內不共井，不共湢浴。』

（二一）什器：指各種生產用具或生活器物。《史記》卷一《五帝本紀》：『舜耕歷山，漁雷澤，陶河濱，作什器於壽丘，就時於負夏。』司馬貞《索隱》：『什器，什，數也。蓋人家常用之器非一，故以十爲數，猶今云「什物」也。』

（二二）丹雘：可供塗飾的紅色顔料。雘：赤石脂（一種粉紅色陶土）之類，古代用作顔料。甃甓：井壁。王安石《酬王浚賢良〈松〉、〈泉〉二詩·泉》（《臨川文集》卷四）：『東泉土梗久蔽塞，穿治乃見甃甓完。』

（二三）規橅：規模、法度。橅，同『模』。『堅壯』：堅固高大。

（二四）工用：技藝和使用。漢王褒《聖主得賢臣頌》（《文選》卷四七）：『而不溷者，工用相得也。』

（二五）丞簿：州郡的丞和主簿等佐官。社稷之壇：祭祀土地神和五穀神的地方。社爲土神，稷爲穀神。

（二六）荊榛：亦作『荊蓁』。泛指叢生灌木，多用以形容荒蕪情景。

（二七）高明：高而明亮，高爽敞亮。宏麗：宏偉壯麗，富麗。

（二八）鉤校：搜求、查找。

（二九）工役：土木工程。次第：規模。

（三〇）厲民：虐害人民。强使：施加壓力使做某事。

（三一）僦：租賃。

（三二）苟簡：苟且簡略，草率簡陋。怠惰：懶惰，不勤奮。秦公孫鞅《商子》卷一《墾令》：『怠惰之民不游，費資之民不作。』劉摯《論人才》（呂祖謙《宋文鑑》卷五七）：『至昧者，則苟簡怠惰、便私膠習而不知變通之權，此其所失也。』

（三三）給散：發放。出自蘇軾《乞不給散青苗錢斛狀》：『又官吏無狀，於給散之際，必令酒務設鼓樂倡優，或關撲賣酒牌子，農民至有徒手而歸者。』

（三四）稽留：延遲、停留。《墨子》卷一五《號令》：『傳言者十步一人，稽留言及乏傳者斷。』孫詒讓《閒詁》引蘇時學曰：『稽留謂不以時上聞。』朘削：縮減、剝削。語出《漢書》卷五六《董仲舒傳》：『民日削月朘。』

（三五）爲市：進行交易。

（三六）慰諭：寬慰曉喻，撫慰。不勉：沒有盡力去做。

（三七）舉事：行事、辦事。《管子》卷一《形勢》：『伐矜好專，舉事之禍也。』

（三八）病民：　爲害人民。

（三九）積負：　猶积欠。積累下的虧欠。

（四〇）興事：　興建政事。《尚書·益稷》：　『率作興事，慎乃憲，欽哉。』孔穎達《疏》：　『率領臣下爲起政治之事。』造業：　創立基業。

（四一）克成：　完成、實現。《尚書·武成》：　『我文考文王，克成厥勳，誕膺天命，以撫方夏。』

（四二）隱戶：　猶逃戶、客戶。封建社會裏，人民爲逃免租賦，躲避徭役，往往逃出本籍。逃出本籍以後，可以不服徭役，姓名不列入戶口冊。

（四三）究詰：　追究查問，查考。《新唐書》卷一五七《陸贄傳》：　『朝廷含糊，未嘗究詰。』

（四四）質劑：　古代貿易券契『質』和『劑』的並稱。長券叫『質』，用以購買馬牛之屬；短券叫『劑』，用以購買兵器珍異之物。後世的合同本此。《周禮·天官·小宰》：　『七曰聽賣買以質劑。』鄭玄注：　『質劑，兩書一劄，同而別之，長曰質，短曰劑。傅別、質劑，皆今之券書也。』

（四五）『逋租匿役，披露首服』句：　柳宗元《零陵三亭記》（《柳河東集》卷二七）：　『逋租匿役，朞年辯理，宿蠹藏姦，披露首服。』逋租，猶欠租；逋，拖欠、欠稅。披露，暴露。首服，猶坦白伏罪。

（四六）民瘼：　指人民的疾苦。

（四七）當路：　掌握政權的人。孟浩然《留別王維》（《孟浩然集》卷三）：　『當路誰相假，知音世所稀。』

（四八）循吏：　奉公守法的官吏。

（四九）裒聚：　搜集、聚斂。　贏羨：　贏餘、剩餘。　劉禹錫《唐故兼御史中丞贈太師崔公神道碑》（《劉賓客文集》卷三）：　『歲杪會其所入，贏羨什百。』

（五〇）偪仄：　猶狹窄。

【附録】

吴子良《臨海縣重建縣治記》（《赤城集》卷三）：　『百年來，臨海數賢令，曰顔公度、彭公仲剛。顔當乾道初元公私優裕之時，而彭承乾道末年郛郭焚燬之後。彭能摩挲赤子，樹縣治百楹於榛莽中，役鉅事煩而仁不傷，故彭公爲尤難。嗟乎，孰知又有難於彭公者！蓋紹定二年九月丙辰之水，陷城吞原隰，嚙官民廬居，殺禾稼，環百餘里漫爲濤川，而縣治西直栝蒼門，最先被水，崩奔漂悍特甚。凡彭公所樹，尺柱寸椽不留，官吏簿書無所於棲，獄訟無所於決，民方死徙交道，繼之殍疫連年。天子爲捐帑振廩，復租已責，遣部使者葉公棠議荒政，議城築。縣計雖束手，然役之百須則以比郭先，諸邑奔命。歲再更，縣猶絲紛，而舊觀莫克復。於是葉公奏辟前尉溫陵吴君楷令臨海。君既爲尉，諳其人情土俗，不逞智立威，一切治以簡静，擾不及民。民之居奠矣，君曰：　民之居奠，然後令之居可奠乎？　而以累民，吾不忍也。民亦奮曰：　令常憂民之居矣，不憂令之居乎？　而以累令，吾尤不忍也。令撙他費以創之，民伺其闕而助之。公聽中峙，揭之高門，吏直旁環，引以修廡。廳之後虚敞，爲琴堂；　廡之東閎爽，爲犴狴。藏勑有庫，遲賓有位，燕休有閒軒，寢處有密室，完備至於庖湢，整潔及於階除。繚重垣以護其藩，培秀巒以鎮其陰。自五年冬至今，不弛不迫。雖創之者民本無預，而助之者令則難遏也。由是以觀，紹定二年九月之水殆十倍於乾道末年九月之火，火既五年而彭始至，城内之民痛定矣，水纔二年而君已至，闔城邑之民痛未瘳也，非又難於彭公乎！　而樹立乃爾，雖以君繼彭公可也。古之爲令者，能以道教民，其次能以政養民，又其次能無以政擾民耳。近世教與養不十一，擾之者總總也。夫毋望於教與養，姑望其毋擾之耳，是民之賴於令者止此耳。止此而又不能，則是令之居豺虎之窟也，誰肯愛豺虎而樹之窟哉！　能毋以政擾民，民得婆娑怡愉，自足於長郊廣谷之間，幾於去豺虎而傍父母，於古爲次，於今爲上矣。使父母臥風雨，人子其安哉，則民之助之亦奚怪哉！　夫毋以政擾民，民猶父母之，猶助之，而況於以道教民，且以政養民者哉！　此可見臨海俗之願，而狀訴讕譁訐猶聞有存者，豈其咎專在民哉，豈其不可轉移也哉！　嗟夫，能無以政擾民，雖繼彭公可也，能復以道教民，且以政養民，雖繼古之爲令者可也。』吴子良，字明輔，號荆溪，台州臨海（今屬浙江）人。幼從陳耆卿學，長登葉適之門。理宗寶慶二年（一二二六）進士。淳祐二年（一二四二），除淮東提舉。四年，除祕書丞。五年，爲兩浙轉運判官。八年，以江南兩路轉運判官兼權隆興府。官至太府少卿。寶祐四年（一二五六）因忤史嵩之罷職，尋卒。著有《荆溪集》，已佚，今存《荆溪林下偶談》四卷。事蹟具《宋元學案》卷五五、民國《臨海縣志》卷二二本傳。《全宋詩》卷三一六二錄其詩《葵花》、《林和靖祠》等二首，又『問花何事人偏愛，會遇淵明把玩來』殘句一條；《全宋文》卷七八六三至七八六四錄其文二十三篇。

五賢祠記（一）

南康使君朱侯熹下車之初（二），先卽學宮立濂溪周先生與二程夫子之祠於學之西序（三），屬其友張栻敬夫爲之記（四）。則又考古今士之居是邦者（五），得五人，曰晉靖節徵士陶公（六），本朝西澗居士劉公（七），兵部尚書李公（八），諫議忠肅陳公（九），與西澗之子祕丞（一〇），復立祠於學之東序，而俾愚記之。愚聞古之鄉先生歿則祭於社（一一），所以崇教化、勵風俗也。史稱靖節爲柴桑人（一二），而《圖經》以爲徙居栗里（一三）。淵明《還舊居》詩云：『疇昔家上京。』（一四）上京在今都城外十里，而栗里源去郡一舍（一五），《傳》與《集》皆不載其嘗徙於此，而獨見顏魯公之詩（一六）。然南康故爲潯陽屬邑，則淵明蓋此邦之人不疑也。劉公居筠陽，慕廬山之勝而徙焉。方天聖、明道間，士之懷才抱道者靡不奮（一七）。公高氣蓋世（一八），仕州縣一不合意，卽掛冠歸隱，結廬於淨隱寺之西澗，歐陽文忠公賦《廬山高》以美之（一九）。道原之節，不減其父。熙寧中，用事者欲挽以自助，掉臂不顧（二〇），若將浼焉（二一）。求爲南康酒官（二二），以便親養，遂終其身。李尚書生郡之建昌，少時讀書五老峯下。當條例司初建時（二三），公與程明道俱爲屬，不深辭也（二四）。及青苗、均輸之議出（二五），力起而爭之，章十數上（二六），由是去國十五年，晚方召還，旋乞外補。其山房與蘇長公之記（二七），今尚亡恙。陳諫議家延平，坐詆蔡氏連斥（二八），稍復官奉祠，自九江來居此邦，蓋無幾時（二九），而此邦之人尊而敬之。是五人者，其出處雖不同（三〇），其名節大略相似（三一），其所以扶世立教（三二），其歸一也。淵明居亂世，恥事二姓，故無意於仕，而不失其高。劉公父子生治世，自信所守，故有意於隱，而不害其爲介。李尚書出處進退，終始不渝。陳忠肅顛踣撼頓（三三），死而不悔。所謂奮乎百世之上，使百世之下聞者興起，非此五人者而誰歟！（三四）今侯負天下重名，特起爲二千石，不鄙其民，手摩撫之，民亦安其清靜，相戒以毋犯太守條教。侯知邦人之可與爲善，思有以風厲鼓發（三五），乃祠是五人者，使凡游乎鄉校而睹其遺像，其善者躍然而喜，常若五君子之誘之也；其不善者惕然而懼，常若五君子之臨之也。然禮義興行而風俗淳厚，將不在茲乎？抑嘗謂古者道化行於鄉黨之間，必有一鄉之善士爲之表率，生則師尊之，死則祠祭之，故人有所慕而爲善，有所畏而不爲惡。其師友淵源，薰陶漸漬（三六），愈久而愈可愛慕。自先王之教不明，而隆師尊友之義廢，斯人氣質斲喪幾盡，後生晚學不復識前輩典型，耳濡目染，安於末路。而爲政者，大抵汨沒於財賦獄訟之間（三七），事之關於風教，則一切指爲迂闊（三八），漫不復議（三九），故無以感發斯人之善心而陰消其傲慢之氣，變易其鄙薄之習。方且操其隄防籠絡之具（四〇），形驅而勢格之（四一），奸愈不勝，俗日益靡，則諉曰民不如古（四二）。嗚呼，民之不如古，無乃吏之所以爲教者非歟（四三）！余於侯之所爲獨有感也，故並書之。若夫五君子之所行，見於史，此不盡者，特著其所以立祠之意云。淳熙己亥仲冬丁丑，晉陵尤袤記。

尤刊《南康志》，又見《梁溪文鈔》、《全宋文》卷五〇〇一。

【編年】

據文末之落款，該篇當作於淳熙六年十一月十三日（一一七九年十二月十三日）。

【繫地】

該篇當作於池州。尤袤任提舉常平，應朱熹之邀而作。

【箋注】

（一）五賢：即陶潛、劉渙、李常、陳瓘、劉恕等五人。陶潛，晉世名淵明，入劉宋後改名潛，字元亮，號『五柳先生』，謚號『靖節先生』（死後由朋友劉宋著名詩人顔延之所謚），出身於没落仕宦家庭。曾任江州祭酒、建威參軍、鎮軍參軍、彭澤縣令等，自做彭澤縣令八十多天便棄職而去，從此歸隱田園。他是中國第一位田園詩人，有《陶淵明集》，被稱爲『千古隱逸之宗』。李常（一〇二七—一〇九〇），字公擇，南康建昌（今江西永修西北）人。李濤裔孫。仁宗皇祐元年（一〇四九）進士。歷蘄、江、宣三州觀察推官。神宗熙寧初，爲祕閣校理兼史館檢討。王安石引爲三司條例司檢詳官，改右正言、知諫院，出通判滑州，歲餘復職。歷知鄂、湖、齊諸州，徙淮南西路提點刑獄。元豐六年（一〇八三），召爲太常少卿，遷禮部侍郎。哲宗立，進戶部尚書。拜御史中丞兼侍讀，加龍圖閣直學士，出知鄧州。元祐五年（一〇九〇）徙成都，行次陝，暴卒，年六十四。少讀書廬山白石庵，藏書九千餘卷，名『李氏山房』。有文集、奏議六十卷，《詩傳》十卷，《元和會計録》三十卷，今佚。事蹟具蘇頌《蘇魏公集》卷五五《龍圖閣直學士知成都府李公墓誌銘》、《宋史》卷三四四本傳。《全宋詩》卷六二〇録其詩《解雨送神曲》（三首）、《醉眠亭》、《題招提院靜照堂》等五首，又殘句『皖公山下開軒處，坐聽龍吟十里長』一條；《全宋文》卷一五七四至一五七六收其文三卷。陳瓘（一〇五七—一一二四），字瑩中，號了翁，南劍州沙縣（今屬福建）人。神宗元豐二年（一〇七九）進士，調招慶軍掌書記，湖州州學教授。七年，知濠州定遠縣。哲宗元祐四年（一〇八九），簽書越州判官，通判明州。紹聖元年（一〇九四），召爲太學博士。三年，遷祕書省校書郎。四年，出通判滄州。元符二年（一〇九九），知衛州。三年，徽宗繼位，召拜右正言，遷左司諫。以彈劾蔡京，罷監揚州糧料院，尋改知無爲軍。建中靖國元年（一一〇一），召爲右司員外郎，兼權給事中。以忤曾布，出知泰州。崇寧中，入元祐黨籍，除名勒停送袁州、廉州編管，以赦移郴州。五年，得自便，居明州。著《四明尊堯集》，謂王安石《日錄》僞造神宗言論，變亂是非。大觀四年（一一一〇）又謫通州。政和元年（一一一一），又因上《尊堯集》事，再徙台州。居台五年，由於被蔡京、蔡卞等忌恨，獲自便後仍不斷流徙。宣和六年（一一二四）卒於楚州，年六十八。紹興中賜謚忠肅。著有《了齋集》四十二卷、《約論》十七卷等（《直齋書錄解題》卷一七），大多已佚。《兩宋名賢小集》收有《了齋詩集》一卷。事蹟具《永樂大典》卷三一四三《陳了翁年譜》、《閩中理學淵源考》七、《宋史》卷三四五本傳。《全宋詩》卷一一九〇以影印文淵閣《四庫全書·兩宋名賢小集》爲底本，與從他書輯得瓘詩若干，合編爲一卷；《全宋文》卷二七八二至卷二七八五收其文四卷。劉恕（一〇三二—一〇七八），字道原，一作道源，筠州高安（今屬江西）人。仁宗皇祐元年（一〇四九）進士。釋褐鉅鹿主簿、和川令。英宗朝，與司馬光同修《資治通鑒》，以親老乞歸，監南康酒稅。累官至祕書丞。神宗元豐元年（一〇七八）九月卒，年四十七。有《五代十國紀年》四十二卷、《通鑑外紀》十卷、《疑年譜》一卷、《年略譜》一卷。事蹟具司馬光《溫國文正司馬公文集》卷六五《劉道原十國紀年序》，《宋史》卷四四四本傳。《全宋詩》卷七二一錄其《題靈山寺》詩一首，《全宋文》卷一七四〇錄其文六篇。

（二）下車：《禮記·樂記》：『武王克殷，反商，未及下車，而封黃帝之後薊。』後稱初卽位或到任爲『下車』。

（三）濂溪周先生： 指周敦頤。敦頤（一〇一七—一〇七三），原名敦實，避英宗舊諱改，字茂叔，道州營道（今湖南道縣）人。少孤，養於外家。仁宗景祐中，以舅父鄭向蔭補試將作監主簿，授洪州分寧主簿。調南安軍司理參軍，移郴州、桂陽二縣令。知洪州南昌縣，簽署合州判官事，通判虔州、永州，攝邵州事。神宗熙寧中擢廣南東路轉運判官、提點刑獄。以疾移知南康軍，因家廬山蓮花峯下。峯前有溪，以營道故居濂溪名之，學者因稱濂溪先生。六年六月卒，年五十七。寧宗嘉定十三年（一二二〇），賜謚曰元。理宗淳祐元年（一二四一），從祀孔廟。敦頤爲宋代道學創始人之一，喜談名理，精於《易》學，程顥、程頤皆出其門下。著有《太極圖說》、《通書》等。事蹟具《宋史》卷四二七本傳。二程夫子： 指程顥、程頤。顥（一〇三二—一〇八五），字伯淳，學者稱明道先生，河南（今河南洛陽）人。仁宗嘉祐二年（一〇五七）進士。歷鄠縣、上元主簿，澤州晉城令。神宗熙寧二年（一〇六九）以呂公著薦，授太子中允，權監察御史裏行。三年，因與新法不合，懇求外任，除權發遣京西路提點刑獄，固辭，改差簽書鎮寧軍節度判官。七年，監西京洛河抽稅竹木務。元豐元年（一〇七八），知扶溝縣。三年，罷歸居洛講學。六年，監汝州酒稅。八年，哲宗立，召爲宗正寺丞，未行而卒，年五十四。寧宗嘉定十三年（一二二〇），賜謚曰純。理宗淳祐元年（一二四一）封河南伯，後祀孔子廟庭。程顥與其弟程頤同爲理學奠基人，著有《明道先生文集》，由門人整理其日常講錄、經說等，後人與程頤著作同編入《二程全書》。事蹟具《宋史》卷四二七本傳。頤（一〇三三—一一〇七），字正叔，學者稱伊川先生，顥弟。仁宗嘉祐四年（一〇五九），廷試報罷，遂不復試，大臣屢薦皆不起。哲宗元祐元年（一〇八六），奉詔赴闕，授通直郎、崇政殿説書。次年，出管勾西京國子監。紹聖四年（一〇九七），入元祐黨籍，削籍，遣涪州編管。徽宗立，遇赦還洛，尋復通直郎權判西京國子監。崇寧元年（一一〇二），再追所復官。五年，復通直郎致仕。大觀元年（一一〇七）卒，年七十五。寧宗嘉定十三年（一二二〇），賜謚曰正。理宗淳祐元年（一二四一）封伊陽伯，從祀孔子廟庭。頤一生主要從事學術、教育活動，學者出其門最多。著有《伊川易傳》、《伊川文集》等，後人與程顥著作同編爲《二程全書》。事蹟具《宋史》卷四二七本傳。程顥，程頤早年從周敦頤學，世並稱二程。

（四）『屬其……爲之記』句：即《南康軍新立濂溪祠記》，見張栻《南軒集》卷一〇（詳見附録）。張栻（一一三三—一一八〇），字敬夫，後因避諱改字欽夫，號南軒（其號，《誠齋集》卷七二楊萬里《怡齋記》作『樂齋』），漢州綿竹（今屬四川）人，遷衡陽（今屬湖南），浚子。從胡宏學，與朱熹、呂祖謙爲友，時稱『東南三賢』。以蔭入仕，高宗紹興三十二年（一一六二），浚爲江淮東西路宣撫使，辟爲書寫機宜文字。孝宗隆興二年（一一六四），湯思退用事，主和議，隨父罷。乾道初，主講嶽麓書院。五年（一一六七），起知撫州，改嚴州。六年，召爲吏部員外郎兼權起居郎侍立官，尋兼侍講，遷左司員外郎。明年，出知袁州，以事退職家居累年，授徒講學。淳熙元年（一一七四）起知靜江府，主管廣南西路經略安撫司公事。有善政，詔特轉承事郎，進直寶文閣。五年，除祕閣修撰、荊湖北路轉運副使，改知江陵府、荊湖北路安撫使。求退，以右文殿修撰提舉武夷山沖祐觀。七年二月，卒，年四十八。寧宗嘉定中賜謚曰宣，理宗淳祐中從祀孔子廟。著有《論語解》十卷、《孟子詳説》七卷、《南軒易説》、《漢丞相諸葛忠武侯傳》一卷、《南軒先生文集》四十四卷等作品。事蹟具朱熹《晦庵先生朱文公文集》卷八九《右文殿修撰張公神道碑》、《誠齋集》卷一一六《張左司傳》、《宋史》卷四二九本傳。《全宋詩》以明嘉靖元年（一五二二）劉氏慎思齋刻《南軒先生文集》爲底本，凡四十四卷，其中詩七卷。校以明嘉靖繆輔之刻本、清康熙錫山華氏刻本、影印文淵閣《四庫全書》本等。新輯集外詩編爲第八卷；《全宋文》以嘉靖元年（一五二二）劉氏翠巖堂慎思齋《新刊南軒先生文集》爲底本，參校宋殘本、嘉靖繆補之刻本、康熙四十八年（一七〇九）張伯行正誼堂刻《南軒先生文集》節本七卷、文淵閣《四庫全書》本、清道光二十九年（一八四九）綿邑洗墨池刻本。原《南軒先生文集》四十四卷，由朱熹編定並作序，但朱熹對張栻早年的著述有所未收。其中含文三十五卷，另輯得佚文六十一篇，重釐爲二十八卷。其去世後，尤袤曾參與其文集的校訂。其《南軒太極圖解》、《洙泗言仁說》等書均僅見於《遂初堂書目》（儒家類）；《四家禮範》（禮類）、《張南軒論語說》（論語類）、《張南軒集》（別集類）等書則首見於《遂初堂書目》。又，《遂初堂書目》（本朝雜傳類）著錄《南軒行實》一書，或尤袤爲其所作。

（五）『考古今士之居是邦者』句：朱熹《南康牒》（《晦庵先生朱文公文集》卷九九）：『晉靖節徵士陶公先生隱遯高風，可激貪懦，忠義大節，足厚彝倫。今按圖經，先生始自柴桑徙居栗里，其地在本軍近治三十里內。未委本處曾與不曾建立祠宇？……西澗先生屯田劉公避世清朝，高蹈物表。其子祕丞公亦以博聞勁節見知於故司馬文正公，與修《資治通鑑》，而所著《十國紀年》、《通鑑外紀》又自別行於世。故黄門蘇文定公嘗以「冰清玉剛」比其父子，而鄉人因以「冰玉」名其所居之堂。今按圖經，西澗舊有劉居士菴，及訪聞城西能仁寺側有劉公墓，及太史范公所撰祕丞墓碣，獨冰玉堂無所登載，未審其墓是與不是的實？菴堂墓碣曾與不曾損壞？……訪聞故贈諫議大夫陳忠肅公曾居本軍，未委日前有何遺跡？……淳熙六年四月日牓。』

（六）晉靖節徵士陶公：顔延年《陶徵士誄》（《文選》卷五七）：『詢諸友好，宜謚曰靖節徵士。』

（七）西澗居士劉公：《江西通志》卷四一《古蹟·南康府》：『劉渙隱居落星灣，常乘黄犢往來廬山中，尤愛寶峯西澗之勝，數就憩焉。寶峯之僧因結茅以居之，自稱西澗居士。』

（八）兵部尚書李公：《宋史》卷三四四《李常傳》：『李常，字公擇，南康建昌人……徙兵部尚書……』

（九）諫議忠肅陳公：《宋史》卷三四五《陳瓘傳》：『陳瓘，字瑩中，南劍州沙縣人……靖康初，詔贈諫議大夫……謚曰忠肅。』

（一〇）西澗之子祕丞：《宋史》卷四四四《劉恕傳》：『劉恕，字道源。筠州人。父渙……官至祕書丞……』

（一一）鄉先生：古時尊稱辭官居鄉或在鄉教學的老人。《儀禮·士冠禮》：『遂以摯見於鄉大夫、鄉先生。』鄭玄注：『鄉先生，鄉中老人爲鄉大夫致仕者。』

（一二）柴桑：古縣名。西漢置，因縣西南有柴桑山得名，治所在今江西省九江市西南。東漢末，諸葛亮見孫權於此，共圖抗曹。晉以後歷爲潯陽郡和江州治所。隋廢。

（一三）栗里：地名，在今江西省九江市西南廬山南虎爪崖下。

（一四）『淵明……上京』句：陶潛《還舊居》（《陶淵明集》卷三）：『疇昔家上京，六載去還歸。今日始復來，惻愴多所悲。阡陌不移舊，邑屋或時非。履歷周故居，鄰老罕復遺。步步尋往迹，有處特依依。流幻百年中，寒暑日相推。常恐大化盡，氣力不及衰。撥置且莫念，一觴聊可揮。』上京，京師、首都。

（一五）栗里源：陶淵明四十四歲時，因原園田居（即古田舍）遭火災，後於東晉義熙七年（四一一）移居來栗里（南村），即今陶家灘。陶家灘在般若峯下山谷中，有一小溪蜿蜒於田野，爲栗里源。『一舍』：三十里。

（一六）顏魯公之詩：唐顏真卿《陶公栗里》（《顏魯公集》卷一六）：『張良思報韓，龔勝恥事新。狙擊苦不就，舍生悲拖紳。嗚呼陶淵明，奕葉爲晉臣。自以公相後，每懷宗國屯。題詩庚子歲，自謂羲皇人。手持《山海經》，頭戴漉酒巾。興與孤雲遠，辨隨還鳥泯。』顏真卿，唐代宗時官至吏部尚書、太子太師，封魯郡公，人稱『顏魯公』。

（一七）懷才抱道：既有才學，又有德行。

（一八）高氣：不凡的才氣，高妙的秉性。《後漢書》卷一〇〇《孔融傳》：『融負其高氣，志在靖難，而才疎意廣，迄無成功。』

（一九）『歐陽……美之』句：即歐陽脩作於皇祐三年（一〇五一）之古詩《廬山高贈同年劉中允歸南康》（《文忠集》卷五）：『廬山高哉幾千仞兮，根盤幾百里，巀然屹立乎長江。長江西來走其下，是爲揚瀾左里兮，洪濤巨浪日夕相舂撞。雲消風止水鏡淨，泊舟登岸而遠望兮。上摩青蒼以晻靄，下壓后土之鴻厖。試往造乎間兮，攀緣石磴窺空谾。千巖萬壑響松檜，懸崖巨石飛流淙。水聲聒聒亂人耳，六月飛雪灑石矼。仙翁釋子亦往往而逢兮，吾嘗惡其學幻而言哤。但見丹霞翠壁遠近映樓閣，晨鍾暮鼓杳靄羅幡幢。幽花野草不知其名兮，風吹露濕香澗谷，時有白鶴飛來雙。幽尋遠去不可極，便欲絕世遺紛痝。羨君買田筑室老其下，插秧盈疇兮釀酒盈缸。欲令浮嵐暖翠千萬狀，坐臥常對乎軒窗。君懷磊砢有至寶，世俗不辨珉與玒。策名爲吏二十載，青衫白首困一邦。寵榮聲利不可以苟屈兮，白非青雲白石有深趣，其氣兀硉何由降。丈夫壯節似君少，嗟我欲說安得巨筆如長杠。』

（二〇）掉臂不顧：擺動著手臂，頭也不回。形容毫無眷顧。《史記》卷七五《孟嘗君列傳》：『日暮之後，過市朝者，掉臂而不顧。』掉，擺動。

（二一）涴：污染。

（二二）酒官：執掌造酒及有關政令的官員。

（二三）條例司：宋官署『制置三司條例司』的省稱。神宗熙寧二年（一〇六九）置。掌籌劃國家經濟，改變舊法，制定並頒佈新法，由參知政事王安石、知樞密院事陳升之主持，次年並歸中書省。

（二四）深辭：執意辭謝。

（二五）青苗：青苗法，亦稱『常平新法』，是王安石變法的措施之一，神宗熙寧二年（一〇六九）九月由制置三司條例司頒佈施行。主要是改變舊有常平制度的『遇貴量減市價糶，遇賤量增市價糴』的呆板做法，靈活地將常平倉、廣惠倉的儲糧折算爲本錢，以百分之二十的利率貸給農民、城市手工業者，以緩和民間高利貸盤剝的現象，同時增加政府的財政收入，達到『民不加賦而國用足』，改善北宋『積貧』的現象。但事實上，青苗法在實施過程中出現了一系列問題，後於元豐八年（一〇八五）神宗去世後廢止。均輸：均輸法，王安石新法之一。於神宗熙寧二年（一〇六九）實行，授權主管六路財賦和茶、鹽、礬、酒稅的發運使，凡朝廷所需之貨物，儘量在廉價處或近地收購，存儲備用。

（二六）章十數上：　李常相關奏議，今存《論青苗奏（一）》（熙寧二年十一月）、《論青苗奏（二）》（熙寧二年十二月）、《論王廣廉青苗取息奏》（熙寧三年正月）、《論青苗奏》（熙寧三年三月）、《乞不分析青苗虛認二分之息奏》（熙寧三年四月）等作。

（二七）蘇長公之記：　蘇軾（一〇三七—一一〇一），字子瞻，號東坡，四川眉山人，蘇洵長子，人稱『蘇長公』。其作有《李氏山房藏書記》（《蘇文忠公全集》卷一一）：『象犀珠玉怪珍之物，有悅於人之耳目，而不適於用。金石草木絲麻五穀六材，有適於用，而用之則弊，取之則竭。悅於人之耳目而適於用，用之而不弊，取之而不竭，賢不肖之所得，各因其才，仁智之所見，各隨其分，才分不同，而求無不獲者，惟書乎！自孔子聖人，其學必始於觀書。當是時，惟周之柱下史聃爲多書。韓宣子適魯，然後見《易象》與《魯春秋》。季札聘於上國，然後得聞《詩》之風、雅、頌。而楚獨有左史倚相，能讀《三墳》、《五典》、《八索》、《九丘》。士之生於是時，得見《六經》者蓋無幾，其學可謂難矣。而皆習於禮樂，深於道德，非後世君之所及。自秦、漢以來，作者益衆，紙與字畫日趨於簡便，而書益多，士莫不有，然學者益以苟簡，何哉？余猶及見老儒先生，自言其少時，欲求《史記》、《漢書》而不可得，幸而得之，皆手自書，日夜誦讀，惟恐不及。近歲市人轉相摹刻諸子百家之書，日傳萬紙，學者之於書，多且易致如此，其文詞學術，當倍蓰於昔人，而後生科舉之士，皆束書不觀，游談無根，此又何也？余友李公擇，少時讀書於廬山五老峯下白石庵之僧舍。公擇既去，而山中之人思之，指其所居爲李氏山房。藏書凡九千餘卷。公擇既已涉其流，探其源，采剝其華實，而咀嚼其膏味，以爲己有，發於文詞，見於行事，以聞名於當世矣。而書固自如也，未嘗少損。將以遺來者，供其無窮之求，而各足其才分之所當得。是以不藏於家，而藏於其故所居之僧舍，此仁者之心也。余既衰且病，無所用於世，惟得數年之閑，盡讀其所未見之書，而廬山固所願游而不得者，蓋將老焉。盡發公擇之藏，拾其餘棄以自補，庶有益乎？而公擇求余文以爲記，乃爲一言，使來者知昔之君子見書之難，而今之學者有書而不讀爲可惜也。』

（二八）詆蔡氏：　陳瓘相關奏議，今存《論蔡卞奏》（元符三年四月）、《再論蔡卞奏》（元符三年五月）、《又論蔡卞奏》、《再言蔡卞狀》、《六論蔡卞奏》、《又論蔡京劄子》（元符三年九月）、《言蔡京劄子》（元符三年九月）、《再論蔡京之罪并辭免知無爲軍奏》（元符三年九月）、《論蔡京交結外戚奏》（元符三年九月）等作。

（二九）幾時：　多少時候。

（三〇）出處：　謂出仕和隱退。

（三一）名節：　名譽與節操。《漢書》卷七二《龔勝傳》：　『二人相友，並著名節。』

（三二）扶世：　輔助世道。　立教：　樹立教化，進行教導。《漢書》卷六《武帝本紀》：　『古之立教，鄉里以齒，朝廷以爵，扶世導民，莫善於德。』

（三三）顛躋：　挫折困頓。　撼頓：　指動盪困頓。曾鞏《撫州顏魯公祠堂記》（《元豐類稿》卷一八）：　『維歷忤大姦，顛跌撼頓至於七八，而終始不以死生禍福爲秋毫顧慮。』

（三四）『所謂……誰歟』句：　《孟子·盡心章句下》：　『奮乎百世之上，百世之下聞者，莫不興起也，非聖人而能若是乎，而況於親炙之者乎。』

（三五）風厲：　鼓勵、勸勉。蘇軾《〈六一居士集〉敘》：『賴天子明聖，詔修取士法，風厲學者專治孔氏，黜異端，然後風俗一變。』鼓發：　鼓舞激發。

（三六）漸漬：　浸潤，引申爲漬染、感化。

（三七）汩沒：　沉溺。

（三八）迂闊：　不切合實際。《漢書》卷七二《王吉傳》：『上以其言迂闊，不甚寵異也。』

（三九）復議：　再議，對已做出決定的事重新討論。

（四〇）隄防：　管束、防備。《漢書》卷五六《董仲舒傳》：『夫萬民之從利也，如水之走下，不以教化堤防之，不能止也。』籠絡：　拉攏、控制。

（四一）形驅而勢格：　指受形勢的阻礙或限制，事情難於進行。《史記》卷六五《孫子吳起列傳》：『夫解雜亂紛糾者不控卷，救鬥者不搏戟，批亢擣虛，形格勢禁，則自爲解耳。』格，阻礙。

（四二）諉：　推卸（責任、過錯等）。

（四三）無乃：　用於反問句中，表示不以爲然的意思，跟『豈不是』相近，但語氣比較和緩。

【附錄】

張栻《南康軍新立濂溪祠記（淳熙六年六月）》（《南軒集》卷一〇）：『淳熙五年秋，詔新安朱侯熹起家爲南康守。越明年三月至官，慨然思所以仰稱明天子德意者，首以興教善俗爲務，力立濂溪周先生祠於學宫，以河南二程先生配，貽書其友人張某曰：「濂溪先生嘗領是邦，祠像之立，視他州尤不可以緩，子盍爲我記其意？」某既不克辭，則以平日與侯習講者述之以復焉（『習』，宋本作『共』）。自秦漢以來，言治者汩於五伯功利之習，求道者淪於異端空虛之說，而於先王發政施仁之實，聖人天理人倫之教，莫克推尋而講明之。故言治若無預於學，而求道者反不涉於事。孔孟之書僅傳，而學者莫得其門而入，生民不克睹乎三代之盛，可勝嘆哉！惟先生崛起於千載之後，獨得微旨於殘編斷簡之中，推本太極，以及乎陰陽五行之流布，人物之所以生化，於是知人之爲至靈，而性之爲至善，萬理有其宗，萬物循其則，舉而措之，則可見先生之所以爲治者，皆非私知之所出，孔孟之意於以復明。至於二程先生，則又推而極之，凡聖人之所以教人與學者之所以用工，本末始終，精粗該備。於是五伯功利之習無以亂其正，異端空虛之說無以申其誣，求道者有其序，而言治者有所本。其有功於聖門而流澤於後世，顧不大矣哉！春秋奉嘗，徧於學校，禮則宜之，而況此邦嘗爲先生所領之地，祠像久焉未設，誠缺典也。今朱侯下車，未遑他議，而首及乎此，可謂得爲政之本矣。《詩》曰：「高山仰止，景行行止。」朱侯之所以望於來者，豈不在於斯乎！雖然，某又有說焉。蓋自近歲以來，先生之書徧天下，士知尊敬講習者寖多，而其間未免或失其旨，妄意高遠，不由其序，游談相夸，不踐其實，反以病夫真。若是者適爲吾道之罪人耳。夫惟淳篤懇惻（『淳』，宋本作『惇』），近思躬履，不忽於卑下而審察乎細微，是則爲不負先生之訓，其於孔孟之門墻，庶幾乎可以循求而進也，此又豈非朱侯所望於來者之意乎？淳熙六年六月戊子朔。』

朱熹《奉安五賢祠文》（《晦庵先生朱文公文集》卷八六）：『熹誤膺朝命，來守是邦。至止之初，得拜劉、李二公之像於學。欽聳高風，考觀正論，既有以慰夙心者。既又咨訪得陶公栗里故居於郡境，且知祕丞劉公蓋嘗祿於筦庫，而忠肅陳公又嘗辱爲遷民也。永惟數公大節清名，危言直道，遺烈所在，千載如生。爰始爰謀，合享斯室。季月之吉，神位告成。敢合僚吏、率諸生，以禮告于祠下。蘋藻在列，誠意感通。羣公有靈，尚克歆顧！』

又《與向伯元（浯）》（《晦庵先生朱文公文集·別集》卷二）：『承乏半年，了無善狀，求去不獲，又未敢遽復有請，凜凜然日惟得罪於民是懼，它無可言也。至此刻得周子象、圖、書、說、賦凡五種，並《敘古千文》、《重立直節堂記跋尾》等，率易各納一本。敬夫爲記濂溪祠堂，子澄所書，亦並納呈。更立陶靖節、劉凝之、道原、李公擇、陳了翁堂，方求記於尤延之，尚未到也。……』

毛平仲墓誌銘（存目）

【編年】

《直齋書錄解題》卷一八《樵隱集》提要：『信安毛幵平仲撰。禮部尚書友之子。負才傲世，仕止州倅。與尤遂初厚善，臨終以書別之，囑以志墓。延之既爲銘，又序其集。』則尤袤當有此作；另朱熹有《伏承示及毛公平仲墓銘且索挽詩，熹不及識毛公而愛重其文舊矣，義不可辭，顧已不及其虞殯，姑以數句題於墓銘後，幸辱裁訂，或轉而致之其家，幸甚》（《晦庵先生朱文公文集》卷一〇）亦可爲旁證，但具體寫作時間難以確定。而陸游於淳熙六年（一一七九）有《訪毛平仲問疾，與其子适同游柯山，觀王質爛柯遺跡》（《劍南詩稿》卷一一）詩，其大概卒於此後不久，則該篇或作於是年（一一七九）。

【繫地】

該篇或作於池州。友人毛幵卒後，尤袤爲其墓誌銘。

【箋注】

該箴銘原文今已不存。朱熹《伏承示及毛公平仲墓銘且索挽詩，熹不及識毛公而愛重其文舊矣，義不可辭，顧已不及其虞殯，姑以數句題於墓銘後，幸辱裁訂，或轉而致之其家，幸甚》（《晦庵先生朱文公文集》卷一〇）：『毛公神仙骨，誤落世網中。髻齔出奇語，砉然驚乃翁。弱齡翰墨場，不言已收功。亭亭絕世姿，皎皎冰雪容。顧步一長嘯，笙鶴翔秋空。調高聽者稀，老去竟不逢。一朝謝塵濁，泠然跨剛風。回頭叫安期，舉手邀韓終。千秋有遺想，一往無留蹤。平生故人心，灑涕銘幽宮。斯人不可見，斯文鬼神通。』

【附錄】

韓元吉《毛平仲挽詞二首》（《南澗甲乙稿》卷三）：『奧學窮千古，奇文擅兩都。功名一盃酒，身世五車書。未奏揚雄賦，長懷仲舉輿。溪塘巖下水，豈羨石爲渠。』『蚤歲聞嘉譽，論交鬢已絲。長言雖面隔，千里但心期。故壘生芻奠，塵編幼婦辭。倚天長劍在，欲掛漫興悲。』

《樵隱集》序（存目）

【編年】

《直齋書録解題》卷一八《樵隱集》提要：『信安毛幵平仲撰。禮部尚書友之子。負才傲世，仕止州倅。與尤遂初厚善，臨終以書别之，囑以志墓。延之既爲銘，又序其集。』則尤袤當有此作（朱熹《伏承示及毛公平仲墓銘且索挽詩，熹不及識毛公而愛重其文舊矣，義不可辭，顧已不及其虞殯，姑以數句題於墓銘後，幸辱裁訂，或轉而致之其家，幸甚》（《晦庵先生朱文公文集》卷一〇）亦可爲旁證），具體時間難以確定；而陸游於淳熙六年（一一七九）有《訪毛平仲問疾，與其子适同游柯山，觀王質爛柯遺跡》（《劍南詩稿》卷一一）詩，其大概卒於此後不久，則該篇或作於是年（一一七九）。

【繫地】

該篇或作於池州。友人毛幵卒後，尤袤序其《樵隱集》。

【箋注】

該序跋原文今已不存。韓淲《澗泉日記》卷中：『毛幵，字平仲，柯山人，尚書友龍之子也。負氣不羣，詩文清快，與尤袤延之相厚。自宛陵罷官，歸號樵隱居士。有集，臨死作手書抵延之，語如神仙。先公在婺，平仲以詩文一帙來贈，雖數數通問，亦一再賡和，竟與先公不相識。』

【附錄】

王柟《題樵隱詞》（《樵隱詞》卷首）：『《樵隱詩餘》一卷，信安毛平仲所作也。平仲爲人傲世自高，與時多忤。獨與錫山尤遂初厚善，臨終以書别之，囑以志墓。遂初既爲墓誌銘，又序其集。或病其詩文視樂府頗不逮，其然，豈其然乎？乾道柔兆閹茂陽月，永嘉王木叔題。』（光立案：此文疑後人僞作。其一，「獨與錫山」至「又序其集」數句，顯係襲自《直齋書錄解題》卷一八《樵隱集》相關解題；其二，落款時間爲「乾道柔兆閹茂陽月」，即乾道二年丙戌十月，其時毛幵平仲尚在世，安得有尤袤志墓事？其三，文末自稱字而不稱名，恐非古人結銜之體。今姑錄於此，存疑待考。）王柟（一一四三—一二一七），字木叔，號合齋，永嘉（今浙江溫州）人。孝宗乾道二年（一一六六）登進士第，調婺州推官。歷台州推官、義烏丞、知績溪縣。遷大理丞、禮部員外郎，召監進奏院，坐僞學罷。起知江陰軍，遷提舉江東常平茶鹽兼知池州。召爲吏部郎中兼樞密院詳檢文字，遷國子司業、祕書少監。出知贛州，以與上官不合罷。寧宗嘉定十年（一二一七）五月以疾卒，年七十五。著有《合齋集》十六卷（《宋詩紀事》卷五三）、《王祕監集》四卷，已佚。事蹟具《水心集》卷二三《朝議大夫祕書少監王公墓志銘》，《直齋書錄解題》卷一八、二〇，《南宋館閣續錄》卷七、九。《全宋詩》卷二六一三錄其詩《登浮光四望亭》、《觀梅》、《南康泊舟欲遊廬山值雪》等三首，《全宋文》卷六三五〇錄其文《題樵隱詞》一篇。

毛晉《〈樵隱詞〉跋》（《樵隱詞》卷末）：『平仲，三衢人，仕止州倅。禮部尚書友之子，負才玩世，頗有毛伯成之風。撰《樵隱集》十五卷，尤延之爲序，惜乎不傳……』

紀昀《四庫全書總目》卷一九八《樵隱詞》提要：『宋毛幵撰。幵字平仲，信安人，舊刻題曰「三衢」，蓋偶從古名也。嘗爲宛陵、東陽二州倅，所著有《樵隱集》十五卷，尤袤爲之序，今已不傳……』

與朱元晦書三（一）（殘句）

……屏人事（二），捐書冊，專精神，近醫藥……

【編年】

該篇當作於呂祖謙病重期間，即淳熙七年（一一八〇）。

【繫地】

該篇當作於池州。

【箋注】

（一）該書啓出朱熹《答呂伯恭》（《晦庵先生朱文公文集》卷三四），詳見附錄。

（二）人事：說情請托，交際應酬。

【附錄】

朱熹《答呂伯恭》（《晦庵先生朱文公文集》卷三四）：『得韓丈上饒書及尤延之書，皆令勸老兄且屏人事，捐書冊，專精神，近醫藥，區區之意亦深念此。』

答朱元晦二（存目）

【編年】

據朱熹《答呂伯恭》（《晦庵先生朱文公文集》卷三四）：『尤延之見祭敬夫文，以爲意到而詞語不若平日之溫潤，鄙意亦頗疑其如此。渠令深勸且省思慮，意甚拳拳也。』呂祖謙《與朱侍講元晦書・五八》（《東萊呂太史別集》卷八）：『尤延之說祭文極是，蓋當時傷感之意多，自應迫切耳。』則該篇討論了呂祖謙給張栻所寫的祭文，並勸解呂氏自己保重病體；當作於呂祖謙病重期間，卽淳熙七年（一一八〇）。

【繫地】

該篇當作於池州。淳熙七年（一一八〇）二月，張栻卒。尤袤與朱熹書，討論呂祖謙爲張栻所撰祭文。

【箋注】

該書啓原文今已不存，其中涉及的呂祖謙爲張栻所寫的祭文，今亦亡佚。

《山海經》跋（一）

《山海經》十八篇，世云夏禹爲之，非也。其間或攟啓及有窮后羿之事（二），漢儒云翳爲之（三），亦非也。然屈原《離騷經》多摘取其事，則其爲先秦書不疑也。是書所言，多荒忽誕謾（四），若不可信，故世君子以爲六合之外，聖人之所不論（五）。以予觀之，則亦無足疑也。方天地未奠之初，彝倫故未始有序也（六）；獸蹄鳥蹟之道交於中國（七），則人與禽獸未能有別也。夫性命之未得其正，則賦形於天者不能一定（八），其詭異固宜。逮夫天尊地卑而乾坤定，於是手持足蹈以爲人，戴角傅翼以爲鳥獸（九），類聚羣分，始能有以自別，而聖人者出而君長之。以爲人者，不特其形之如是也，又從而制爲仁義禮樂，以爲之節文（一〇），俾之自別於禽獸，而人益尊。故夫人者，其初亦天地之一物而特靈者耳。自今觀之，凡若遂言之所言，故多怪誕。自古觀之，則理固有是而不足疑也。是書所載，自開闢數千萬年，遐方異域，不可詰知之事。蓋自《禹貢》、《職方氏》之外（一〇），其辨山川草木鳥獸所出，莫備於此書。又秦漢學者多引《山海經》，兹固益可信。古書得存於今，如是者鮮矣，則豈不可貴且重乎。始予得京都舊印本三卷，頗疏略（一一）。繼得《道藏》本（一二），《南山》、《東山經》各自爲一卷，《西山》、《北山》各分爲上、下兩卷，《中山》爲上、中、下三卷，別以《中山東、北》爲一卷，《海外南》、《海外東、北》、《海內西、南》、《海内東、北》、《大荒東、南》、《大荒西》、《大荒北》、《海内經》，總爲十八卷。雖編簡號爲均一（一三），而篇目錯亂不齊。晚得劉歆所定書（一四），其《南》、《西》、《北》、《東》及《中山》號五藏經，爲五篇，其文最多。《海内》、《海外》、《大荒》三經，南西北東各一篇，並《海内經》一篇，亦總十八篇。多者十餘簡，少者三二簡，雖若卷帙不均，而篇次整比最古，遂爲定本（一五）。予自紹興辛未至今，垂三十年，所見無慮十數本，參校得失，於是稍無舛訛，可繕寫。其卷後，或題建平元年四月丙戌待詔太常屬臣望校治（一六），侍中光祿勳臣龔、侍中奉車都尉光祿大夫臣秀領主省（一七）。建平實漢哀帝年號，是歲劉歆以欲應圖讖（一八），始改名秀，而龔則王龔也（一九）。哀帝時朝臣有兩名望者，一則丁望（二〇），一則蟜望（二一），而此疑爲丁望云。淳熙庚子仲春八日，梁溪尤袤題。

宋本《山海經》（明毛扆校本）附，又見清張金吾《愛日精廬藏書續志》卷三、尤刊、《全宋文》卷五〇〇〇。

【編年】

據文末之落款，該篇作於淳熙七年二月初八日（一一八〇年三月六日）。

【繫地】

該篇當作於池州。淳熙七年二月八日（一一八〇年三月六日），尤袤跋池州本《山海經》。

【彙校】

〔一〕『節』，底本作『尸』，據尤刊校語（『「尸」字當作「節」』）改。『節文』： 謂制定禮儀，使行之有度。《禮記·檀弓下》：『辟踴，哀之至也。有筭，爲之節文也。』孔穎達《疏》：『男踴女辟是哀痛之至極也，若不裁限，恐傷其性，故辟踴有筭爲準節文章。』

【箋注】

〔一〕『京都舊印本』，或即《遂初堂書目》（地理類）著錄之『祕閣本《山海經》』，而是跋所題當即『池州本《山海經》』一書，現藏中國國家圖書館——郭璞注《山海經》，南宋淳熙七年（一一八〇）池陽郡齋刻本。

〔二〕㩗： 揭。丁度等《集韻·薺韻》：『㩗，揭也。』有窮后羿： 又稱『夷羿』、『羿』，『后』是夏代君主尊號，夏朝東夷族有窮氏首領，生於今山東省濟寧市。夏后仲康死後，其子相繼位。不久，羿驅逐了相，自己當了君主，是爲夏時代第六任君主，後被家臣寒浞所殺。

〔三〕翳： 即『伯益』，亦作伯翳、柏翳、柏益、伯鷖，又名大費。古代東夷族首領少昊之後，嬴姓諸國的受姓始祖。漢劉歆《〈山海經〉表》（王應麟《玉海》卷一五）：『禹別九州，任土作貢，伯益等類物善惡，著《山海經》。』

〔四〕荒忽誕謾： 荒誕、虛妄。蘇軾《孟軻論》：『九州之內，四海之外，九夷八蠻之事，荒忽誕謾而不可考者，雜然皆列乎胷中。』

〔五〕『故世君子……不論』句：《莊子·齊物論》：『六合之外，聖人存而不論。』六合，指上下和四方，泛指天地或宇宙。

（六）彝倫：常理、常道。《尚書·洪範》：『王乃言曰：「嗚呼，箕子！惟天陰騭下民，相協厥居，我不知其彝倫攸敘。」』蔡沈《集傳》：『彝，常也；倫，理也。』

（七）『獸蹄……中國』句：《孟子·滕文公》：『獸蹄鳥蹟之道交於中國，堯獨憂之，舉舜而敷治焉。』獸蹄鳥跡所形成的道路在中原一帶縱橫交錯。

（八）賦形：謂賦予人或物以某種形體。

（九）『戴角……鳥獸』句：《列子》卷二《黄帝》：『傅翼戴角，分牙布爪，仰飛伏走，謂之禽獸。』戴角，指頂上生角。

（一〇）《禹貢》：中國古代名著，屬於《尚書》中的一篇，其地理記載囊括了各地山川、地形、土壤、物産等情況。《職方氏》：《周禮·夏官·職方氏》：『職方氏掌天下之圖，以掌天下之地，辨其邦國、都鄙、四夷、八蠻、七閩、九貉、五戎、六狄之人民與其財用、九穀、六畜之數要，周知其利害。』本周代官名，掌天下地圖與四方職貢；這裏指《周禮·職方氏》一篇文字。

（一一）疏略：粗疏簡略。

（一二）《道藏》：宋真宗時，道士張君房主持編輯《道藏》四千五百六十五卷，並採用千字文編號，天禧三年（一〇一九）編成七部，稱《大宋天宮寶藏》。徽宗崇寧年間增至五千三百八十七卷，稱爲《崇寧重校道藏》。政和年間又增補至五千四百八十一卷，並雕版印刷，稱《政和萬壽道藏》，此爲道藏木刻本的開始。

（一三）編簡：　書籍，多指史冊。均一：　均勻一致。

（一四）劉歆：　歆（約前五〇——二三），字子駿，建平元年（前六）改名劉秀（他給《山海經》作注後上書漢哀帝劉欣的表奏中卽自稱『臣秀』）。西漢宗室、大臣、經學家，楚元王劉交五世孫，經學家劉向的兒子。漢成帝時，劉歆以通《詩》、《書》，能屬文而被召爲黃門郎。河平元年（前二八），奉命與父劉向領校祕書，講六藝傳記，擧凡諸子、詩賦、數術、方技無所不究。後爲中壘校尉。漢哀帝初，大司馬王莽薦爲侍中太中大夫，遷騎都尉，奉車光祿大夫，又領校《五經》，完成父親未競事業，總羣書而類別爲《七略》。建平元年（前六）建議立《周禮》、《左傳》、《毛詩》、《古文尚書》等古文經於學官。遭今文學博士反對，因移書太常博士責之，語甚激切。由此觸犯執政大臣，出爲河內太守。後歷任五原、涿郡太守、安定屬國都尉。漢平帝時，王莽執政，征入爲右曹太中大夫，遷中壘校尉、羲和、京兆尹，封紅休侯。使治明堂、辟雍，典儒林史卜之官，考定律曆。又與甄豐、王舜等稱頌王莽功德，議立安漢、宰衡之號。王莽代漢，拜劉歆爲國師，封嘉新公。後謀誅王莽，事泄自殺。

（一五）定本：　今通行本《山海經》卷次：　卷一《南山經》、卷二《西山經》、卷三《北山經》、卷四《東山經》、卷五《中山經》、卷六《海外南經》、卷七《海外西經》、卷八《海外北經》、卷九《海外東經》、卷十《海內南經》、卷十一《海內西經》、卷十二《海內北經》、卷十三《海內東經》、卷十四《大荒東經》、卷十五《大荒南經》、卷十六《大荒西經》、卷十七《大荒北經》、卷十八《海內經》。周必大《曾氏農器譜題辭》（《文忠集》卷五四）：『……然則《山海經》果荒誕歟？曰：班固《藝文志》《山海經》十三篇，而劉歆所校凡三十二篇，定爲一十八篇，固已不同，歆又云出於唐虞之際。今考《史記》以不窋爲稷子，譙周已謂世代不合，況叔均乎？故無錫尤袤定爲先秦之書，非夏禹及伯翳所作甚明，其在春秋之後無可疑者。世人習熟見聞，多惑是說，予之譫諄亦可哂哉！……』

（一六）校治：考訂整理。《漢書》卷九九《王莽傳》：『定諸國邑采之處，使侍中講禮大夫孔秉等與州部衆郡曉知地理圖籍者，共校治於壽成朱鳥堂。』

（一七）侍中：古代官名。秦漢之時，侍中爲少府屬下宮官羣中直接供皇帝指派的散職。西漢時又爲正規官職外的加官之一，文武大臣加上侍中之類名號可入禁中受事。西漢武帝以後，地位漸高，等級直超過侍郎。光祿勳：古代官名，九卿之一。秦漢負責守衛宮殿門戶的宿衛之臣，後逐漸演變爲總領宮内事物。秦名郎中令，郎與廊同。漢初沿用此名，漢武帝太初元年（前一〇四），改名光祿勳。屬官有大夫、郎、謁者、期門、羽林等。後改稱光祿寺卿，沿用到清末。奉車都尉：官職名，漢武帝元鼎二年（前一一五）置，秩比二千石，掌御乘輿車。領主省：領銜主持。

（一八）圖讖：古代方士或儒生編造的關於帝王受命徵驗一類的書，多爲隱語、預言。始於秦，盛於東漢。

（一九）王龔：《漢書》卷八八《房鳳傳》：『時光祿勳王龔以外屬内卿，與奉車都尉劉歆共校書，三人皆侍中。』

（二〇）丁望：《資治通鑑》卷三四《孝哀皇帝中》：『光祿勳丁望代爲左將軍。』

（二一）蟜望：《漢書》卷八三《朱博傳》：『右將軍蟜望等四十四人。』

【附録】

薛季宣《敘山海經》（《浪語集》卷三〇）：『古《山海經》劉歆所上書十三篇，内别五山，外紀八海。郭璞注集鼇十八卷，其十卷《五山》經，八卷《海外》、二《海内》、《大荒》經也。《五山》、《海外》經端有條緒，《海内》、《大荒》經汗漫有不可通者。是書流傳既少，今獨《道藏》有之，又圖十卷，文多闕略，世有模板。張僧繇畫《山海經圖》，詳于《道藏》圖本，然《道藏》所畫不出十三篇中，模本畫圖，有經未嘗見者。按《五山》經山多亡軼，意僧繇畫時其文尚完，不然，後人傳託名之，不可知也。不敢按據模本，姑以《道藏》經、圖參校繕寫藏之。于所傳疑，「有曰」、「一曰」、「或作」之類，皆郭注之舊，云「一作」「圖作」者今所存也。走初讀《楚辭》、《文選》、《陶元亮集》，見其多有《山海經》事，恨未之見，夐求將二十歲，方始得之。其所名山川，已隨世變；草木鳥獸，類非久存之物；神怪荒唐之説，人耳目所不到。郭氏所注，不能皆得其實，而上世故實，可供文墨之用者，前人采摘稱引略盡，則此書之垂亡僅在固宜。《左氏傳》稱大禹鑄鼎象物以知神姦，入山林者不逢不若，魑魅魍魎莫能方物，《山海》所述，不幾是也？經言大川所出，及舜所葬，皆秦、漢時郡縣，又有成湯、文王之事，《管子》之文，其非先秦有夏遺書審矣。劉歆《集略》，直云伯益所記，又分伯益、柏翳以爲二人，皆未之詳。考于《太史公記》、漢西京書，非後世之作也。《山海經》要爲有本于古，秦、漢增益之書，太史公謂：「言九州山川，《尚書》近之，至《山海經》、《禹本紀》所言怪物，余不敢言也。」然哉！郭氏歎道所存，俗之所棄不無稱許之過。要之《楚辭》之學，在《山海經》爲所本，君子窮神辨物，此書有不可廢者。所謂「臣秀」卽劉歆也，歆以有新之朝更名以應光武之讖，校讎之世，必當王氏時也。走讀《漢・藝文志》，念其書不多見，此

《山海經》雖在，亦且亡矣。愛之不忍捐棄，故錄置家藏書中。』

施青臣《讀〈山海經〉》（《繼古藂編》）：『《山海經》，漢劉歆典校爲十八篇，謂出唐虞之際，禹平洪水，伯翳主驅禽獸，命山川類草木及禹任土作貢而益籌類物之善惡者著《山海經》也。至晉郭璞注，《序》亦云：「夏后之迹，靡列於將來；八荒之事，有開於後裔。」亦爲禹初書矣。及淳熙庚子，尤遂初文定著刊於池陽，其《跋》略云：「《山海經》，夏禹爲之，非也。其間或援啓及有窮后羿之事，漢儒或謂伯翳爲之，非也。然屈原《離騷》多摘取。」其山川則言帝嚳葬於陰，帝堯葬於陽，且繼以文王皆葬其所。又言夏耕之尸也，則曰：湯伐夏桀於章山，克之。其論相顧之尸也，則曰：伯夷父生四岳先生龍。按：此三事則不止及夏啓后羿而已，是周初亦嘗及之，定爲先秦書信矣。大抵如《穆天子傳》、如《竹書紀年》，多荒怪不經之事，皆此類也。』

明文彭《〈山海經〉跋》（明毛扆校宋本《山海經》附）：『己亥六月既望獲觀《山海經》於沈辨之「有竹居」，後有尤延之跋尾，敘之甚詳。古書之流傳於世日漸散落，而新刻又多舛謬，能不爲之三嘆。文彭。』

明毛扆《〈山海經〉跋》（明毛扆校宋本《山海經》附）：『《山海經》向無善本，於泰興季氏見宋刻三冊，係尤延之校刊者，檇李項氏故物也，有文三橋跋。滄葦沒，其書散爲雲烟，後聞歸於崑山徐氏，無由得見。近郡友所購，隨與借校。板心分上中下，其尤序、文跋亦影寫之，行數、葉數皆鈎亦識之，他日從此錄出，亦可稱善本矣。乙酉季春毛扆識。』

思賢堂三贊〔一〕

畢文簡公

故大丞相畢文簡公〔二〕，於太平興國三年以選知台州〔二〕。淳熙丁酉，袠假守是邦，嘗立公之祠於郡學，獨訪遺像未獲。後三年，袠來江東，而公之六代孫希文爲安仁宰，乃知公自台移饒，饒人嘗繪像於廟〔三〕，遂摹得之，以寄今沈使君〔二〕〔四〕，揭示祠宇〔五〕，俾邦人歲歲得蒸嘗〔三〕云。

瀕海出日〔六〕，聲教初暨〔七〕。勞來拊循〔八〕，寄乎共理〔九〕。眷求惟良〔四〕，得此君子。賢哉若人，玉音嘉喟。二百餘年，遺風仿佛。勵相我家〔五〕，流澤未已〔一〇〕。再拜德容，尚息貪鄙。煌煌文簡，照映青史。

元章簡公

大參政章簡元公於慶曆六年來守是邦〔一一〕，有功在民。後一百三十四年，得其畫像於裔孫康曾〔六〕，繪置學宫，以慰邦人歲時之思云。

玉堂之仙，卒老東府〔一二〕。燁如文章〔七〕，海内咸睹。方其未逢，出守茲土。拯民昏墊〔八〕，置之按堵〔九〕。完城浚隍〔一三〕，植我棟宇〔一四〕。百六十春，尚芘風雨〔一五〕。躋彼參雲，人渺今古。天空地迥，遙接公語。

章郇公〔一六〕

昭陵命相〔一七〕，率用厚德。顯允郇公〔一八〕，其儀不忒〔一九〕。持循法度〔二〇〕，恪守繩墨。規彼更張〔一〇〕，無異跳擲〔一一〕。執久不行，自觸牆壁。使用公言，治無今昔。臨海舊邦，杳渺音澤〔二一〕。厥今甘棠〔二二〕，二五詩蹟〔一三〕。

《赤城集》卷八，又見《梁溪遺稿》卷二、《梁溪詩鈔》、《南宋文範》、盛刻、尤刊、《全宋文》卷五〇〇一。

【編年】

據《畢文簡公》所述，該篇作於『淳熙丁酉』卽淳熙四年（一一七七）之『後三年』，卽淳熙七年（一一八〇）；據《元章簡公》所述，該篇作於『慶曆六年』（一〇四六）『後一百三十四年』，亦淳熙七年（一一八〇）。則全篇當作於淳熙七年（一一八〇）。

【繫地】

該篇當作於池州。尤袤任提舉常平，是歲有是作。

【彙校】

〔一〕《梁溪詩鈔》此處有『士安』二字。

〔二〕該句尤刊校語：『《赤城集》「使」作「史」』，則其所據本如此。

〔三〕『蒸』，尤刊作『烝』。『蒸嘗』：本指秋冬二祭，後泛指祭祀。《國語》卷一八《楚語下》：『國於是乎蒸嘗。』『烝嘗』：《詩經·小雅·楚茨》：『絜爾牛羊，以往烝嘗。』鄭玄《箋》：『冬祭曰烝，秋祭曰嘗。』

〔四〕『眷』，他書均作『勝』。『眷求』：殷切尋求。《尚書·咸有一德》：『眷求一德，俾作神主。』

〔五〕『勷』，《梁溪遺稿》、《梁溪詩鈔》均作『勵』；尤刊校語：『《赤城集》「勷」作「勵」』，則其所據本如此。『勷相我家』：《尚書·立政》：『用勷相我國家。』勷，勉力；相，治理。

〔六〕『畫』，《梁溪詩鈔》誤作『書』。

〔七〕『燁如』，底本闕末筆，《梁溪詩鈔》、盛刻均作『煜如』，《梁溪遺稿》則作『煜煜』；皆清代避諱所致。

〔八〕『昏』，《梁溪詩鈔》誤作『皆』。『昏墊』：陷溺，指困於水災。亦指水患、災害。《尚書·益稷》：『洪水滔天，浩浩懷山襄陵，下民昏墊。』孔穎達《疏》：『言天下之人，遭此大水，精神昏瞀迷惑，無有所知，又若沉溺，皆困此水災也。鄭云：「昏，沒也；墊，陷也。禹言洪水之時，人有沒陷之害。」』

〔九〕『按』，《嘉定赤城志》同，他書均作『安』。『按堵』：安居、安定。《漢書》卷一上《高帝紀上》：『吏民皆按堵如故。』『安堵』：猶『安居』，安定地生活。《史記》卷八二《田單列傳》：『即墨即降，願無虜掠吾族家妻妾，令安堵。』

〔一〇〕『規』，《南宋文範》作『視』；尤刊校語：『《赤城集》「規」作「視」』，則其所據本如此。

〔一一〕該句尤刊校語：『《赤城集》「擲」作「躑」』，則其所據本如此。『跳擲』：上下跳躍，比喻光陰迅速。元稹《〈答姨兄胡靈之見寄五十韻〉序》（《元氏長慶集》卷一一）：『故得與姨兄胡靈之之輩十數人爲晝夜游，日月跳擲，於今餘二十年矣。』

〔一二〕『厥令』，《嘉定赤城志》、《南宋文範》同，《梁溪遺稿》作『載詠』，他書均作『厥令』。

〔一三〕『二五』，《梁溪遺稿》作『無慚』。『二五』：指一卦中的第二爻與第五爻。《周易·乾》：『九二：見龍在田，利見大人。』『九五：飛龍在天，利見大人。』王弼注：『利見大人，唯二五焉。』一卦分上下兩卦，下卦的中爲二，上卦的中爲五。得下卦之中爲得中，得上卦之中爲得中又得尊，因它又爲尊位。無慚：亦作『無慙』。無所慚愧。

【箋注】

〔一〕《嘉定赤城志》（卷四）：『思賢堂，祠畢文簡公士元、章文簡公得象、元章簡公絳，皆舊侯，有惠政，後至宰輔者也。』章得象（九七八—一〇四八），字希言，世居泉州（今屬福建），高祖家建州浦城

（今屬福建）。真宗咸平五年（一〇〇二）進士，知邵武軍歸化縣。大中祥符四年（一〇一一），以屯田員外郎知泉州（《嘉定赤城志》卷九）。仁宗景祐三年（一〇三六），擢同知樞密院事。寶元元年（一〇三八），以戶部侍郎拜同中書門下平章事，進工部尚書、昭文館大學士。慶曆五年（一〇四五），爲鎮安軍節度使。七年，進封郇國公，徙判河南府。次年以司空致仕，六月卒，年七十一。謚文憲，皇祐中，改謚文簡。著《國朝會要》一百五十卷。事蹟具宋祁《景文集》卷五九《文憲章公墓誌銘》（杜大珪《名臣碑傳琬琰集》中集卷四引作《章丞相得象墓誌銘》）、《宋史》卷三一一本傳。《全宋詩》卷一四三錄其詩十七首，又殘句六條；《全宋文》卷三二〇錄其文十篇。元絳（一〇〇九—一〇八四），字厚之，錢塘（今浙江杭州）人。仁宗天聖二年（一〇二四）賜同學究出身，八年，進士。調江寧推官，攝上元令。歷知永新、海門縣，台州，又爲廣東、兩浙、河北轉運使。擢天章閣待制，知福州，徙廣、越、荊南，召爲翰林學士、知開封府，遷三司使。熙寧八年（一〇七五），參知政事。晚年以資政殿學士知青州，以太子少保致仕。神宗元豐七年（一〇八四）六月卒，年七十六，謚章簡。有《讜獄集》十三卷，《玉堂集》二十卷又《玉堂詩》十卷（《宋史·藝文志》），已佚。事蹟具《蘇魏公文集》卷五二《太子少保元章簡公神道碑》、《宋史》卷三四三本傳。《全宋詩》卷三五三錄其詩三十二首，《全宋文》卷九二八至九二九收其文兩卷。贊：舊時稱頌人物的一種文體，多用韻文寫成。

（二）『故大丞相……台州』句：《宋史》卷二八一《畢士安傳》：『畢士安，字仁叟，代州雲中人……太平興國初……選知台州……進士安吏部侍郎、參知政事……未閱月，以本官與準同拜平章事……謚文簡……』

（三）『後三年……繪像於廟』句：《文獻通考》卷三一八《輿地考・古揚州》：『饒州……乾元元年以弋陽屬信州，南唐置德興縣，宋端拱元年陞安仁場爲縣，屬江東路。』安仁，南朝陳天嘉中置，屬鄱陽郡。治所在今江西餘江縣東北錦江鎮。隋開皇九年（五八九）並入餘干縣。北宋端拱元年（九八八）又以安仁場升爲安仁縣，屬饒州，治所仍在今餘江縣東北錦江鎮。元屬饒州路。明、清屬江西饒州府。一九一四年因與湖南省安仁縣重名，改名餘江縣。

（四）沈使君：沈揆，字虞卿，嘉興（今屬浙江）人。高宗紹興三十年（一一六〇）進士。孝宗淳熙六年（一一七九）以朝奉郎知台州（此據《嘉定赤城志》卷九《郡守題名》，《全宋文》卷五四〇八《沈揆小傳》誤作『嘉興』）。

（五）揭示：這裏指張貼畫像。祠宇：祠堂。樓鑰《畢文簡公祠堂奉安祝文（台州）》（《攻媿集》卷八二）：『興國之初，台爲王土。擢公朝行，首綰郡組。宣暢皇風，蠲除虐賦。去歷華途，爲公室輔。遺愛一方，美談千古。君子人歟，章聖天語。迺昔尤侯，建祠黌宇。遺像未設，闕典思舉。傳之番昜，冠佩容與。道貌睟然，爭先快覩。鑰去二百年，叨繼前武。敢曰尚友，庶幾趨步。於以奠之，揭示儀矩。曰士曰民，惟敬惟慕。』

（六）出日：日出之處。《尚書・君奭》：『我咸成文王功於不怠，丕冒海隅出日，罔不率俾。』孔《傳》：『日所出之地。』

（七）聲教：聲威教化。《尚書・禹貢》：『東漸於海西，被於流沙，朔南暨聲教，訖於四海。』

（八）勞來：亦作『勞徠』，以恩德招之使來。《詩經・小雅・鴻雁序》：『萬民離散，不安其居，而能勞來還定，安集之。』拊循：亦作『拊巡』，安撫、撫慰。《荀子》卷六《富國》：『垂事養民，拊循之，呪嘔之。』楊倞注：『拊循，慰悅之也。』

（九）共理：指共同治理政事。白居易《賀平淄青表》（《白氏長慶集》卷六一）：『臣名參共理，職忝分憂，抃舞歡呼，倍萬常品。』

（一〇）流澤：謂流布恩德。

（一一）『大參政……是邦』句：《宋史》卷三四三《元絳傳》：『元絳，字厚之……擢江西轉運判官、知台州……拜三司使、參知政事……謚曰章簡。』

（一二）東府：唐宋時指丞相府。

（一三）浚：疏通。隍：沒有水的城壕。

（一四）棟宇：房屋的正中和四垂，这裏指房屋。

（一五）芘：同『庇』，蔭蔽。

（一六）章郇公：《宋史》卷三一一《章得象傳》：『章得象，字希言，世居泉州……慶曆五年，拜鎮安軍節度使、同平章事，封郇國公……』郇，周代諸侯國名，在今山西省臨猗縣西南。光立案：依前文例，此處當缺一段小序。

（一七）昭陵：即宋仁宗趙禎。因他的陵墓叫『永昭陵』，故宋人多稱其爲『昭陵』。

（一八）顯允：英明信誠。《詩經·小雅·采芑》：『顯允方叔，伐鼓淵淵。』孔穎達《疏》：『顯，明；允，信。』

（一九）其儀不忒：《詩經·曹風·鳲鳩》：『淑人君子，其儀不忒。』舉止始終如一。忒，變。

（二〇）持循：遵循。《漢書》卷四八《賈誼傳》：『此業壹定，世世常安，而後有所持循矣。』顔師古注：『執持而順行之。』

（二一）杳渺：形容遥遠或深遠。音澤：猶消息、情報。

陳能之少卿墓誌銘（存目）

【編年】

《宋會要輯稿》食貨二八之六、食貨七〇之七收録陳舉善《州縣茶鹽當職官賞罰事奏》與《請除豁十年以來增羨爲正額之數奏》兩篇奏議均作於淳熙六年（一一七九）五月，又吕祖謙有《陳能之少卿挽章二首》（《東萊集》卷一），而吕祖謙卒於淳熙八年八月，則陳舉善或卒於淳熙七年（一一八〇）或八年，尤袤該篇當作於稍後，姑繫於此，待詳考。

【繫地】

該篇當作於池州。同年友人陳舉善卒，尤袤爲墓誌銘。

【箋注】

該箴銘原文今已不存。據《嘉定赤城志》卷三三所述：『陳舉善……歷御史臺主簿，監察御史，殿中侍御史，知衢、常二州，提舉浙東常平，提點浙西刑獄，左司郎中，太常少卿，終祕閣修撰。事見左尚書袤所爲銘。』則尤袤該篇詳述其生平。陳舉善，字能之，臨海（今屬浙江）人。登高宗紹興十八年（一一八四）進士第。孝宗淳熙二年（一一七五）四月提舉浙東常平。三年八月，提點浙西刑獄，五年四月爲左司郎中，閏六月兼國史院編修官，太常少卿，官終祕閣修撰。事蹟具《紹興十八年同年小錄》、《嘉定赤城志》卷三三。《全宋文》卷四二二九録其文《考第磨勘事奏》（乾道九年五月）、《州縣茶鹽當職官賞罰事奏》（淳熙六年五月）、《請除豁十年以來增羨爲正額之數奏》（淳熙六年五月）三篇。

【附録】

吴芾《和陶始作鎮軍參軍經曲阿韵哭陳能之》（《湖山集》卷一）：『陳公行古道，出處盡堪書。俯仰端無負，初終總一如。粤從爲劇邑，平步上亨衢。正色主風憲，彈劾靡親疏。故雖頻補外，直性不可紓。召還方進用，謂當推緒餘。一朝忽攖疾，力請歸舊居。竟化遼東鶴，不作北溟魚。哀哉名世士，天胡賦分拘。有子傳衣鉢，無錢治室廬。』

楊萬里《陳能之少卿殿撰挽詩》（《誠齋集》卷一二）：『玉立頌臺上，風生憲府中。雪霜欺兩鬢，日月照孤忠。荷橐相將紫，銘旌作麼紅。北堂萱草露，應灑碧梧桐。』

又《宋故尚書左僕射贈少保葉公行狀》（《誠齋集》卷一一九）：『處州麗水知縣薛良朋、常州掾曹陳舉善、主簿單夔，公最許可，後良朋爲吏部侍郎，舉善爲殿中侍御史，夔爲戶部侍郎。』

吕祖謙《陳能之少卿挽章二首》（《東萊集》卷一）：『往在西臺日，調娱用力艱。善人終有恃，公道亦徐還。既去言方白，重來鬢已班。清名配詹事，千載赤城山。』『二父官曹接，諸郎硯席通。流年何鼎鼎，見日每匆匆。馬走誰憐我，麟書近得公。又成交臂失，楚些鐸聲中。』

輪藏記〔一〕〔一〕

祇園禪院在唐初曰『寶林寺』，以舊碑考之，蓋豫章王陳叔英所建〔二〕。貞觀中易名『長山』〔三〕，本朝治平二年賜今額〔二〕。曩以甲乙住持〔三〕，紹興甲寅〔四〕，僧曉珂更律爲禪〔四〕〔五〕，凡所以安衆作佛事者次第葺，獨經藏未具〔六〕。自珂而下，十五代至惟信，信志願勇決，迺度地於法堂之西廡〔七〕，募邑檀施。有譚政通者施錢百萬爲倡，僧振源以五十萬繼之。於是遠近響應，施者雲集。以乾道癸巳度材，以淳熙甲午庀工〔八〕，閱三歲而藏成。遣人持金幣募經於福州，外置其上。未幾而信卒，瓦甓之工〔九〕，丹雘之飾猶未就。丁酉冬，僧祖登來嗣其席，益募衆緣緒成之〔一〇〕。其制函受帙，室受函。經之帙五千四十有八，而爲函已有八十有四。大木中立，衆材輻輳。室則環附如綱目，如弈局。陰爲機關，激輪運轉，其崇二十有五尺，其周八面尋有五寸，上爲毗盧遮那〔一一〕，宮殿樓閣充滿虛空境界，中爲善財參五十三善知識〔五〕〔一二〕，因地下爲八大龍神舒爪運肘之勢〔一三〕，其外覆以大殿，廣容其藏。琢刻精巧，藻繪嚴飾〔一四〕，丹堊輝映〔一五〕，過而禮者，動心駭目，以爲三昧力所變幻也〔一六〕。計其費至一千萬以上，自癸巳迄庚子，閱七寒暑乃成。非用力之勤，立志之堅，安能建立振起如是其偉哉〔一七〕！余行部至都昌〔一八〕，嘗憩於寺，始識登。登乞余文以記始末，乃爲隨喜而說偈言〔一九〕：

如來得道超人天（二〇），妙處不以文字傳。憫諸衆生墮迷頑（二一），流浪生死無由還。方便圓覺開冥昏（二二），如熱得濯渴飲泉。爾時大會孤獨園（二三），天魔惡叉鬼與仙（二四），長跪合爪祈一言，妙音演祕澎海翻。歡喜信受敢弗虔（二五），東人震旦知幾年（二六）。重繙累譯義乃宣（二七），展轉傳受文益繁。後來卷帙踰五千，紛亂錯雜不可刪。廣鈔疏義尋真源，蠅觸窗紙何由穿（二八）。或欲悟入離聲聞（二九），以手提影無控摶（三〇）。操戈相攻律與禪，豈知妙本同一關。皮膚剝落見本源，猶得魚兔忘蹏筌（三一）。爰有長者衆中尊（三二），於末法中度有緣。合成一藏羅寶函，如大海聚金玉淵。取者厭足願者圓（三三），法輪光轉經亦然。一彈指傾徧大千，種種妙義悉現前。寶林其刹今福田（六）（三四），道人爲衆願力堅（三五）。欲作大事張空拳（三六），幻成殿閣丹碧鮮（三七）。牙籤錦帶聯巨編（三八），塗金間髹妙莊嚴（三九）。諸善知識參後先，幢幡寶鐸相遶環（四〇）。機發於踵樞貫巔，八龍扶護形蜿蜒。日月出沒天左旋，鬼工神機驚庸凡。遠近來施不吝慳，動以億萬縻金錢。成此勝事顧眄間，此豈智巧能更旃。佛力廣大周無邊，我願衆生培善根。證此寶藏祕密篇，一超直入三昧門。成就功德無唐捐（四一），洹河沙劫離垢纏（四二）。

淳熙八年正月，尤袤記。

尤刊《文鈔補編》，又見《全宋文》卷五〇〇一。

【編年】

據文末之落款，該篇作於淳熙八年（一一八一）正月。

【繫地】

該篇當作於江南東路南康軍都昌（今屬江西）。尤袤行部都昌，應釋祖登之邀，爲祇園禪院作記。

【彙校】

〔一〕『輪』，底本作『論』，有校記『「論」，一作「輪」』，據此一作校改。『輪藏』：能旋轉的藏置佛經的書架。設機輪，可旋轉，故名。莊季裕《雞肋編》卷中：『又作輪藏，殊極麽麽。』

〔二〕『豫』，《全宋文》作『預』。『豫章王陳叔英』：《陳書》卷二八《陳叔英傳》：『豫章王叔英，字子烈，高宗第三子也。少寬厚仁愛。天嘉元年，封建安侯。太建元年，改封豫章王。』

〔三〕『貞』，底本作『正』，據《全宋文》校改。

〔四〕『爲』，《全宋文》誤作『焉』。

〔五〕『中』，《全宋文》原屬上讀，兹據文意改。

〔六〕『刹』，底本作『利』，有校記『「利」，一作「刹」』，據此一作校改。

【箋注】

〔一〕傅達可《輪藏記（紹興四年八月）》（《海昌備志》卷一二）：『儒有蘭臺、東觀，道有金匱、石室，皆藏書之地也，而釋氏獨裒之輪格，而謂之轉輪藏。前此無之，由吾祖大士肇建于婺之雙林，他皆倣爲之。其制體圓以像天，外設八面以像八方。上萃天宮，若極有頂，下峙山海，以表其旋，中建樞極以運轉之。推挽所逮，有大音聲發于其中，凡見聞瞻禮，咸極所至，祈禳感應輒如響。以故學佛喜捨之徒，常輻輳于三解脱門，齋儲于是取給焉。』

（二）治平二年：治平爲宋英宗年號，公元一〇六五年。

（三）曩：以往、從前。甲乙住持：一種師資相承的世襲制，由自己所度的弟子輪流住持而傳遞者，略稱爲甲乙院。

（四）紹興甲寅：宋高宗紹興四年，公元一一三四年。

（五）更律爲禪：律宗的主要學説是戒體論，經書主要是指四律五論。禪宗的學説是以心性論爲基點，通過心性修持獲得心性昇華，主要佛經包括《六祖壇經》、《五燈會元》。

（六）經藏：寺院存放佛經處。

（七）法堂：亦稱講堂，是演説佛法、皈戒集會的地方，在佛寺中爲僅次於佛殿的主要建築，一般位於佛殿之後。

（八）庀工：謂召集工匠，開始動工。

（九）瓦甓：泛稱磚瓦。

（一〇）緒成：完成前人未竟之業。《新唐書》卷一三二《柳芳傳》：『肅宗詔芳與韋述綴輯吴兢所次國史，會述死，芳緒成之。』

（一一）毗盧遮那：毗盧遮那佛，梵音名號Mahâvairocana，漢譯『大日如來』，是佛教密宗所尊奉的最高神明。

（一二）善財參五十三善知識：　出於佛教《大方廣華佛華嚴經》的『入法界』品，全品敘述了善財童子參拜五十三位善知識者的故事：　初、德雲比丘，二、海雲比丘，三、善住比丘，四、彌伽人，五、解脫長者，六、海幢比丘，七、休舍優婆夷，八、毗目瞿沙仙人，九、勝熱婆羅門，一〇、慈行童子，一一、善見比丘，一二、自在主童子，一三、具足優婆夷，一四、明智居士，一五、海寶髻長者，一六、普眼長者，一七、無厭足王，一八、光大王，一九、不動優婆夷，二〇、偏行外道，二一、優鉢羅華長者，二二、婆施羅船師，二三、無上勝長者，二四、師子頻申比丘尼，二五、婆須蜜多女，二六、鞞瑟胝羅居士，二七、觀自在菩薩，二八、正趣菩薩，二九、大天神，三〇、安住地神，三一、婆珊婆演底主夜神，三二、普德淨光主夜神，三三、喜目觀察衆生主夜神，三四、普救衆生妙德主夜神，三五、寂靜音海主夜神，三六、守護一切城主夜神，三七、開敷一切樹華主夜神，三八、大願精進力救護衆生主夜神，三九、妙德圓滿神，四〇、釋種瞿姿女，四一、佛母摩耶，四二、天主光天女，四三、童子現偏友主，四四、善知衆藝童子，四五、賢勝優婆夷，四六、堅固解脫長者，四七、妙月長者，四八、無勝軍長者，四九、最寂靜婆羅門，五〇、德生童子有德童子，五一、彌勒菩薩，五二、文殊師利菩薩，五三、普賢菩薩。　善財：　梵語 sudhana 意譯。亦稱『善財童子』，佛教菩薩之一。《華嚴經·入法界品》所說的求道者，經中說他是福生城長者之子，因文殊指點，參訪了五十三個善知識而成菩薩。因其參過觀音，故觀音的塑像或畫像旁，一般常有善財童子之像。善知識：　佛教語，梵語意譯。聞名爲『知』，見形爲『識』，即善友、好伴侶之意。後亦以泛指高僧。

（一三）八大龍神：　又稱爲『天龍八部』、『八部衆』。天龍八部都是『非人』，包括八種神道怪物，因爲『天衆』及『龍衆』最爲重要，所以稱爲『天龍八部』。八部者，一天衆、二龍衆、三夜叉、四乾達婆、五阿修羅、六迦樓羅、七緊那羅、八摩呼羅迦。

（一四）藻繪：彩色的繡紋，錯雜華麗的色彩。嚴飾：裝飾美盛，盛飾。

（一五）丹堊：塗紅刷白，猶修飾。堊，一種白色土。

（一六）三昧力：行者入於三昧定中，得見佛利益之三力，即威神力、三昧力、本功德力。

（一七）振起：興起、奮起。

（一八）行部：謂巡行所屬部域，考核政績。《漢書》卷八三《朱博傳》：『吏民欲言二千石墨綬長吏者，使者行部還，詣治所。』都昌：位於江西北部，隸屬南康軍，濱臨鄱陽湖，地處『五水匯一湖』要衝，居南昌、九江、景德鎮『金三角』中心地帶。

（一九）隨喜：佛教語，謂見到他人行善而生歡喜之意。沈約《懺悔文》（《廣弘明集》卷二八下）：『弱性蒙心，隨喜贊悦。』偈言：即偈陀，佛教術語，梵語Gāthā的音譯，佛經中的唱頌詞。

（二〇）人天：指人界及天界，系六道、十界中之二界，皆爲迷妄之界。

（二一）迷頑：指執迷而頑固。

（二二）圓覺：佛教語，指佛家修成圓滿正果的靈覺之道。冥昏：昏暗。

（二三）孤獨園：祇樹給孤獨園，梵文Jetavanavihāra，著名佛教聖地，亦稱勝林給孤獨園、祇桓精舍、祇洹精舍、祇園精舍等，位於古印度憍薩羅國（Kosala）王都舍衛城（Sravasti）城南門外五里，内有浮圖十二，講堂七十二，房屋三千六百，樓閣五百。始建於釋迦牟尼佛成佛後第六年，是給孤獨長者和祇陀太子共同發心建造的，故稱爲『祇樹給孤獨園』，和王舍城的竹林精舍一道並稱爲佛教最早的兩大精舍。佛世尊在此居住約二十五年，宣講了許多著名的經典，如《楞嚴經》、《金剛經》、《阿彌陀經》、《勝鬘經》等。精舍遺址約相當於今天印度境内拉布提河南岸的塞特馬赫特(Setmahet)。

(二四)天魔：佛教語，天子魔之略稱，爲欲界第六天主，常爲修道設置障礙。惡叉：樹名，其子必三顆同一蒂。佛教以喻惑、業、苦。

(二五)信受：信仰、相信並接受。

(二六)震旦：漢傳佛教經典中，古代印度人對中國的稱呼，與『支那』同義。『震旦』一詞音譯自Cīnasthana，又因中國在印度之東(震)，乃日出(旦)之地，故名震旦。《佛説灌頂經》卷六：『閻浮界内有震旦國。』

(二七)累譯：幾經轉譯。

(二八)『蠅觸窗紙』句：饒節《晁以道贈楊中立詩，有談禪詆毀之語，蓋以諷予，因用其韻解嘲，且開之云》(《倚松詩集》卷二)：『好隨魚化禹門去，莫學蠅鑽窗紙忙。』

(二九)聲聞：梵文意譯。佛家稱聞佛之言教，證四諦之理的得道者，常指羅漢。《大乘義章》卷一七：『觀察四諦而得道者，悉名聲聞。』

(三〇)控摶：引持、控制。《史記》卷八四《屈原賈生列傳》：『忽然爲人兮，何足控摶！』司馬貞《索隱》：『控摶，謂引持而自玩弄，貴生之意也。』

(三一)『得魚兔忘蹏筌』句：蹏，兔罝，捕捉兔子的網。筌是捕魚的竹器。語出《莊子·外物》：『筌者所以在魚，得魚而忘筌。蹏者所以在兔，得兔而忘蹄。』魚兔已捕得，就忘掉筌蹏。比喻抛开外在工具，直得心源。

（三二）眾中尊：一切天眾、鬼神眾所崇敬、尊重和護持。因爲人、天皆敬，所以在一切眾生中最爲尊貴。

（三三）厭足：滿足。

（三四）福田：佛教以爲供養布施，行善修德，能受福報，猶如播種田畝，有秋收之利，故稱。

（三五）道人：此指和尚。

（三六）空拳：空手作拳以誑小兒。空拳誑小兒，以度於一切。

（三七）丹碧：泛指塗飾在建築物或器物上的色彩。

（三八）牙籤錦帶：古書的標籤和錦制的帶子，借指書籍。此形容佛教典之精美。

（三九）塗金：指和金爲泥而塗封。髹：用漆塗在器物上。

（四〇）幢幡：指佛教所用的旌旗。從頭安寶珠的高大幢竿下垂，建於佛寺之前。分言之則幢指竿柱，幡指所垂長帛。寶鐸：佛殿或寶塔簷端懸掛的大鈴。

（四一）唐捐：落空、虛耗、虛擲。《法華經·觀世音菩薩普門品》：『若有眾生，恭敬禮拜觀世音菩薩，福不唐捐。』

（四二）洹河沙劫：用一粒沙比喻一劫長的時間，恒河沙劫就是整個恒河中所有沙子那麼長的時間，是無法用數字來計算的無量生死之難，意指時間的漫長和無限的生死。

跋米元暉《瀟湘圖》〔一〕〔一〕

蔡天啓作《米襄陽墓志》〔二〕，言元符初，進其子所畫《萬里長江圖》〔三〕。時元暉年尚少，其小筆已知名當世矣〔二〕。方此老無恙時〔三〕，諸公貴人求索者日填門〔四〕，不勝厭苦〔五〕，往往多令門下士效作〔四〕，而親識『元暉』二字於後〔五〕。嘗自言：『遇合作處〔六〕，渾然天成，蓐爲之不復相似〔七〕。』此卷寂寞簡短〔六〕，不過數筆，而淺深濃淡，姿態橫生，使人應接不暇，蓋是其得意筆。其自云亡〔七〕，畫蓋難得〔八〕，矧題識皆一時名勝之士〔八〕。終日把玩，不能去手也。淳熙辛丑二月中休〔九〕，梁溪尤袤題。

《趙氏鐵網珊瑚》卷一一，又見《續書畫題跋記》卷二、《珊瑚網》卷二八（《全宋文》誤作『卷四』）、《御定佩文齋書畫譜》卷八三、《石渠寶笈》卷四二、《式古堂書畫匯考》卷四三、盛刻、尤刊、《全宋文》卷五〇〇〇。

【編年】

據文末之落款，該篇作於淳熙八年（辛丑，一一八一）二月中旬。

【繫地】

該篇當作於池州。尤袤任池州通判，而有是作。

【彙校】

〔一〕題名又作『跋米敷文《瀟湘長卷》』(《續書畫題跋記》、《珊瑚網》)，『跋宋米友仁《瀟湘長卷》』(《御定佩文齋書畫譜》)，『跋宋米友仁《瀟湘圖》』(《石渠寶笈》)，『米敷文瀟湘圖並題長卷』(《式古堂書畫匯考》)，『米敷文《瀟湘》跋』(盛刻)，『跋米元暉《瀟湘圖卷》』(尤刊、《全宋文》)。光立案：米友仁於紹興十五年(一一四五)以敷文閣待制提舉神祐觀，奉朝請，故世稱『米敷文』。

〔二〕該句尤刊校語：『案：「小」字疑誤。』光立案：『小筆』：指繪畫中的小作品。唐李綽《尚書故實》卷二：『顧況字逋翁，文詞之暇，兼攻小筆。』

〔三〕『無』，《續書畫題跋記》、《珊瑚網》、《御定佩文齋書畫譜》均作『亡』。

〔四〕『效』，《式古堂書畫匯考》、盛刻、《全宋文》均作『倣』。

〔五〕『而』，《續書畫題跋記》、《珊瑚網》、《御定佩文齋書畫譜》均無。

〔六〕『寞』，《續書畫題跋記》、《御定佩文齋書畫譜》、《石渠寶笈》、《全宋文》均作『寥』。

〔七〕『其自』，尤刊同，他書均作『自其』。『亡』，尤刊無。

〔八〕『蓋』，尤刊同，《御定佩文齋書畫譜》作『亦』，他書均作『益』。

〔九〕『中休』，《石渠寶笈》、尤刊亦作『中沐』，《御定佩文齋書畫譜》無，現據他書校改。『中休』：指每月中旬的休沐日。蘇轍《〈和子瞻沉香山子賦〉序》(《欒城後集》卷五)：『仲春中休，子由於是始生。』

【箋注】

〔一〕米元暉：米友仁（一〇七二—一一五一），字元暉。

〔二〕『蔡天啓……墓志』句：蔡肇（？—一一一九），字天啓，潤州丹陽（今屬江蘇）人，淵子。神宗元豐二年（一〇七九）進士，歷明州司戶參軍、江陵推官。哲宗元祐中，爲太學正，出通判常州。紹聖中，召爲衛尉寺丞。元符元年（一〇九八），提舉永興軍路常平。徽宗即位，入爲戶部、吏部員外郎，兼編修國史。以事出提舉兩浙刑獄，知睦州。大觀四年（一一一〇）張商英入相，召爲禮部員外郎，進起居郎，拜中書舍人。未幾，以草制不稱旨，罷爲顯謨閣待制，出知明州。政和元年（一一一一），落職提舉杭州洞霄宮。會赦，復職。宣和元年（一一一九）卒。肇能文，尤長歌詩，工畫，有《丹陽集》三十卷，已佚。僅《兩宋名賢小集》中存有《據梧小集》一卷。事蹟具王稱《東都事略》卷一一六、《宋史》卷四四四、《京口耆舊傳》卷四本傳。《全宋詩》卷一二〇四至一二〇五以影印文淵閣《四庫全書》本《兩宋名賢小集》及鄧忠臣《同文館唱和詩》所錄詩編爲第一卷，方志、類書、詩話等所錄詩編爲第二卷；《全宋文》卷二五三〇錄其文十一篇。其有《故宋禮部員外郎米海嶽先生墓誌銘》（明張丑《清河書畫舫》卷九下）：『崇寧三年甲申六月制詔：「今四方承平，百揆時序，小大之政畢舉，增光繼志，曠古絕無；獨書畫之學未有高世絕人之風，殆勸勵之不至也。其議投試簡拔之法，著爲律令，建官養徒，庶幾異時彬彬者有紀焉。」於是六藝之學以次開設矣。是時元章名能書，適官太常，一旦奉詔，以《黄庭》小楷作《千文》以獻，繼進所藏法書名畫，賜白金縉錢甚腆。方民間競以前代筆跡來上，萃于祕府，號《宣和御覽》，幾百帙。特詔丞相、太師楚國公跋尾，公亦被旨預觀，縉紳以爲榮遇。已而出知常州，不赴，改勾管洞霄宫。未幾，就除知無爲軍。踰年，復召爲書畫學博士，便殿賜對，詢落遝晷。因上其子友仁所作《楚山清曉圖》。既退，賜御書畫扇各二，遂擢爲禮部員外郎。復以言者罷知淮陽軍彌年。痒生其首，卽上書謝事，不許，以某年月日卒于郡廨，享年五十有七。遺令送終，皆有治命。賻其家以百縑，不以被受文書，官其子，皆特恩也。公諱芾，字元章，世居太原，後徙襄陽。自其高曾以上，多以武幹官顯，父光輔始親儒嗜學。公生秀穎，六歲，日讀律詩百首，一再過目輒背誦。稍長，博記洽聞，於書務通大畧，不喜從科舉學。議論斷以己意，其説踔厲，世儒不能屈也。刻意文詞，不剽襲前人語，經奇蹈險，要必己出，以崖絶魁壘爲工。作字遒勁，晚更沉著，雅有晉、唐風流。尤善臨摹，至能亂眞。其畫山水人物，自成一家。尺縑寸楮，人以爲玩，四方碑榜，咨請踵至。所著詩賦諸文凡百卷，號《山林集》、《宣己子》、《聖度録》、《正韻》、《雜説》又數十卷。平居超然，若不能事事，至官下則率職不苟。喜爲教戒，吏民初爲煩，已而安之。時亦越法縱舍，有足大者。家故饒財，既仕，悉以分族人，後貧，不以爲悔。遇古書名畫，必極力購取，得之乃已。余昔相遇於都城，敗屋僦居，客至烹飲，出諸奇相與把玩，嘯詠終日。所至喜覽山川，擇其勝處，立字製名，後來莫之廢也。過潤州，愛其江山，遂定居焉。北固既大，作菴城東，號「海岳」，日咏哦其間，爲吾州佳絶之觀。平生與游，多天下士。蜀道劉涇、長安薛紹彭好奇尚古，相與爲忘形交，風神蕭散，是其一流人也。舉止頡頏，不能與世俯仰，故仕數困躓。冠服用唐人規制，所至人聚觀之。性好潔，置水其傍，數頮而不帨，未嘗與人同器服。視其眉宇軒然，進趨襜如，吐音鴻暢，雖不識者亦知爲米元章也。少與禪人摩詰游，詰以爲得法。其逝不怛，作偈語有倫。父致仕左武衛將軍，贈中散大夫；母閻氏，贈丹陽縣太君，既卒，始葬潤州黄鶴山，以中散祔。初，宣仁聖烈皇后在藩，與丹陽君有舊，故公少長邸中，以后恩入仕。初補祕書省校書郎，授含光尉。七遷入淮南幕，改宣德郎、知雍丘縣。乞監中嶽廟，授漣水軍，使除發運司勾當公事、蔡河撥發。入奉常爲博士，三加勳，服五品。娶許氏，封寧公縣君，有賢行。五男，長則友仁也，補將仕郎，辭藝能世其家；餘早卒。八女子，適進士喬襄、文信老、南康軍教授段拂、承奉郎吴激，餘未嫁。孫男女各一人。以大觀三年六月某日葬丹徒長山下。余元豐初謁荊國王文公於金陵，公以詩文贄見。文公於人材少所許可，摘取佳句，書之便面，余由是始識公。故爲之銘。銘曰：米胄楚出自鬻分，仍世勇爵史載芬。既極而遷稟不羣，生憐野雉憎家鵾。掉棄耩決習典墳，君纔弱冠藝且文。豪氣激越蕩乾坤，劇談四座寂不喧。冠巾詭製傍朝掀，浣衣濯帶肌瘳皸。手板拄頰送飛雲，邈晉千載風流存。鍾、王已往楷法紛，後生不復窺完渾。臨池幾年墨練裙，句法甫、白相弟昆。造雄設險驚刓昏，文成揮掃千兔髡。蛟蚓著脟尾角騫，尺牘藏去珍瑤琨。一官骯髒諸侯門，熟視試一引手援。南宫坐曹席未溫，世間巧語空織紋。瀕淮出守朱兩轓，三仕三已無戚欣。視身器貯百蚋蚊，思坐海岳窮朝曛。暮年消中病文園，踰月止酒不茹葷。卻乘泠風反眾薰，西山巑岏星可捫。其陰大江鬱東奔，磧沙發石漂無垠。氣象歷落宜置君，欲酌中瀘採芳蓀。生芻舍奠宿草根，尚書局促駒伏轅。追摘往實詔九原，吾文坐荒失鋤芸。爲歌銘詩下招魂，巫咸上天誰復聞。薄暮雷電歸叫閽，駛雨忽作九河翻。」

（三）《萬里長江圖》：所上米友仁畫，蔡氏銘文作『楚山清曉圖』，《全宋文》卷二五三〇引作『楚山清晚圖』，恐誤。

（四）求索：索取、要求。填門：門戶填塞。形容登門人多。

（五）厭苦：厭煩以爲苦事。《後漢書》卷一〇六《孟嘗傳》：『誣婦厭苦供養，加鴆其母，列訟縣庭。』

（六）合作：謂書畫詩文等合於法度。南齊謝赫《古畫品錄·陸杲》：『時有合作，往往出人。』

（七）薦：《爾雅》：『薦，再也。』

（八）矧：況且、何況。名勝：有名望的才俊之士。

【附錄】

朱熹《題米敷文瀟湘圖卷（淳熙六年五月）》（《續書畫題跋記》卷二）：『建陽、崇安之間有大山橫出，峯巒特秀，余嘗結茆其顛小平處。每當晴晝，白雲坌入窗牖間，輒咫尺不可辨。嘗題小詩云：「閒雲無四時，散漫此山谷。幸乏霖雨姿，何妨媚幽獨。」下山累月，每竊諷此詩，未嘗不悵然自失。今觀米公所爲左侯戲作橫卷，隱隱舊題詩處似已在第三、四峯間也。又得并覽諸名勝舊題，想像其人，益深歎息。淳熙己亥中夏廿九日，新安朱熹仲晦父書於江東道院。』

袁說友《跋米友仁瀟湘長卷》（《續書畫題跋記》卷二）：『余讀賈誼《度湘水賦》，其言造托湘流之意悲矣，恨未身到也。今觀米公橫卷，而弔原思賈，使人興懷，愧無健筆以賦之。淳熙辛丑三月上巳日，建袁說友起巖甫書於池陽清靜寮。』

朱逢年詩集序（一）

英偉豪傑之士，生必有所自來〔一〕。故其亡也，決不泯泯與草木俱腐〔二〕（二）。觀玉瀾先生之集，顧不異哉？夫得則喜，失則悲，有所不平則怨刺（三），此詩人之情也。惟深於道者不然，無入而不自得〔三〕，先生近之。〔四〕先生少有軼才〔五〕，自負其長，不肯隨俗俯仰，厄窮蹭蹬〔六〕（四），有人所難堪〔七〕（五），而其節愈厲〔八〕，其氣益高〔九〕，其詩閒暇，略不見悲傷憔悴之態。其視富貴利達直秕糠土苴爾〔一〇〕（六）。《春風》一篇（七），雍容廣大，有聖門舞雩氣象（八）。《感事》三篇（九），慨然見經世之志。自作《挽歌詞》（一〇），齊得喪（一一），一死生，直欲友淵明於千載（一二）。至所謂『自我識興廢，於天無怨尤〔一三〕』，非深於道者能如是乎〔一四〕？嗚呼！以先生之才，使其作於聲詩（一一），薦之郊廟（一二），發其所蘊，措諸事業，何愧古人。百不一售（一三），使後世所以知公者，獨此數十詩而已。悲夫！先生有兄曰韋齋（一四），白首郎潛（一五），不究大用，人以爲恨。其詩凌厲高古（一六），有建安七子之風（一七）。韋齋之子南康使君〔一五〕，今又以道學倡，其詩源遠而流長，信矣哉！淳熙辛丑仲春望日，梁溪尤袤敬跋〔一六〕。

朱槔《玉瀾集》（《四庫全書》本）卷末附『後跋』，又見《四部叢刊續編》卷末附『行狀』、《梁溪遺稿》卷二、盛刻、尤刊、《全宋文》卷五〇〇〇。

【編年】

據文末之落款，該篇作於淳熙八年二月十五日（一一八一年三月二日）。

【繫地】

該篇當作於池州。尤袤任池州通判，而有是作。

【彙校】

〔一〕「必」，《梁溪遺稿》、盛刻、尤刊均作「亦」。

〔二〕「俱」，《梁溪遺稿》、盛刻、尤刊均作「同」。

〔三〕「入」，盛刻、《全宋文》均誤作「人」。「無入而不自得」：無論處於什麼情況下都是安然自得的。語本《中庸》：「君子無入而不自得焉。」

〔四〕「英偉……近之」，《玉瀾集》附「行狀」（《四部叢刊續編》影印明弘治鄺璠刊本，下同）無。

〔五〕「少」，《玉瀾集》附「行狀」無。「才」，他書均作「材」。「軼才」：亦作「軼材」，謂卓越的才能。《文心雕龍》卷九《時序》：「集雕篆之軼材，發綺縠之高喻。」周必大《史館吏部贈通議大夫朱公松神道碑（嘉泰三年）》（《文忠集》卷六九）：「公母弟槔亦負軼才，不肯俯仰於世，有詩數十篇，高遠近道，號《玉瀾集》云。」蔡模《書朱文公年譜大略》（《蔡氏九儒書·覺軒公集》）：「次槔，季槔，負軼才，不肯俯仰於世，有詩高遠近道，號《玉瀾集》。」

〔六〕「踸踔」，《梁溪遺稿》作「任命」。「踸踔」：獨立特行，與衆不同。《孟子·盡心下》：「如琴張、曾皙、牧皮者，孔子之所謂狂矣。」漢趙岐注：「琴張，子張也。子張之爲人踸踔譎詭。」「任命」：謂聽任命運的支配。晉摯虞《思游賦》（《晉書》卷五一《摯虞傳》）：「信天任命兮，理乃自得。」

〔七〕「所」，《玉瀾集》附「行狀」無。

〔八〕「厲」，盛刻作「勵」。「厲節」：勉勵氣節，激勵節操。厲，也寫作「勵」。

〔九〕『益』，他書均作『愈』。

〔一〇〕『秕糠』，他書均作『糠秕』。秕糠、糠秕，均用以比喻粗劣而無價值之物。秕，癟穀；糠，穀皮。

〔一一〕『喪』，《玉瀾集》附『行狀』作『失』。『得喪』：猶『得失』，指名利的得到與失去。《莊子·田子方》：『而況得喪禍福之所介乎！』

〔一二〕『友』，《玉瀾集》附『行狀』漏。

〔一三〕『怨尤』，《玉瀾集》附『後跋』作『尤怨』。『怨尤』、『尤怨』，均有埋怨的意思；但據全文韻脚（詳見『箋注』一〇所引），當作『怨尤』。

〔一四〕『者』，《玉瀾集》附『行狀』無。

〔一五〕『使』，《玉瀾集》附『後跋』作『史』。

〔一六〕『先生有兄……敬跋』，《玉瀾集》附『行狀』無。『梁溪尤袤敬跋』，《梁溪遺稿》、盛刻、尤刊均無。

【箋注】

（一）清吳之振《朱槔玉瀾詩鈔》前小序，節引『少有軼才……略不見悲傷憔悴之態』一段。朱逢年：朱槔，字逢年（『年』，《全宋詩》卷一八五九《朱槔小傳》作『原』），號玉瀾，徽州婺源（今屬江西）人。松弟，熹叔。生平未仕，奔走各地。嘗夢爲玉瀾堂之游，甚異，有詩紀之，且以之名集；《玉瀾集》一卷，首見於《遂初堂書目》（別集類）。今《全宋詩》卷一八五九以《四部叢刊》續編影印明弘治鄺璠刊本爲底本，校以清雍正朱玉刊本、影印文淵閣《四庫全書》本等。其集中紀年者，凡三：《乙丑臘月》、《乙丑除夜寓永興寄五二姪一首》、《辛酉五月望簡陳和仲》。據朱松生於紹聖五年（一〇九七）可知，所謂『辛酉』當爲紹興十一年（一一四一），『乙丑』爲十五年（一一四五）。則其當卒於紹興十五年後。

（二）泯泯：昏亂貌。秦觀《弔鑄鐘文》（《淮海集》卷三一）：『新故相代，未始云畢。紛然殊途，必有一出。決不泯泯，草亡木卒。』

（三）怨刺：諷刺。《漢書》卷二二《禮樂志》：『周道始缺，怨刺之詩起。王澤既竭，而詩不能作。』

（四）厄窮：艱難困苦。劉向《列女傳》卷四《衛宣夫人》：『厄窮而不閔，勞辱而不苟，然後能自致也。』

（五）難堪：不易忍受，承受不了。

（六）富貴利達：言功名利祿。《孟子·離婁下》：『由君子觀之，則人之所以求富貴利達者，其妻妾不羞也，而相泣者，幾希矣。』土苴：渣滓、糟粕，比喻微賤的東西。猶土芥。

（七）《春風》一篇：《春風》：『一舉造物手，萬生和氣中。酒邊排雪意，詩裏要春風。了了誰孤起，滔滔我卽空。試詢三世事，猶有讀書功。』

（八）舞雩：《論語·先進》：『浴乎沂，風乎舞雩，詠而歸。』舞雩臺，是魯國求雨的壇，在今山東省曲阜市南。古代求雨祭天，設壇命巫爲舞，故稱舞雩。後指樂道遂志，不求仕進。

（九）《感事》三篇：《感事》：『大弓竊陽氏，神鼎淪泗淵。何須識微士，周魯必不全。武庫一朝火，斬蛇逐飛烟。傷心睨前事，氐口定紛然。』『山川非晉土，悲泣効楚囚。一語强自慰，淒迷望神州。刺史下荊水，司農來石頭。土園管夷吾，過計非自憂。』『元規負康濟，徒手嬰羣雄。兵從歷陽來，無地逃姦鋒。誰乎死社稷，千載一卞公。英風與義氣，建立成江東。』

（一〇）自作《挽歌詞》：《自作挽歌辭》：『幽憂坐南軒，萬壑取我囚。疾雷且不聞，焉知草蟲愁。强顔理編簡，閱世如東流。滔滔竟不返，誰復操戈矛。天涯念孤姪，攜母依諸劉。書來話悲辛，心往形輒留。先塋託仙峯，山僧掃梧楸。二女隨母住，外翁今白頭。伯氏尚書郎，名字騰九州。仲兄中武舉，氣欲無羌酋。棣華一朝集，荊樹三枝稠。堂堂相繼去，遺我歸山丘。漆園夢方覺，白衣雲正浮。憑陵若蹈空，何處停華輈。故鄉豈不懷（一作『戀』），屋食良（一作『亦』）易謀。自我識廢興，於天無怨尤。平生喜聞詩，此詩當挽謳。不須生芻奠，君從二兄游。』

（一一）聲詩：樂歌。《禮記·樂記》：『樂師辨乎聲詩，故北面而弦。』

（一二）郊廟：古帝王祭天地的郊宮和祭祖先的宗廟。班固《兩都賦》（《文選》卷一）：『白麟、赤鴈、芝房、寶鼎之歌薦於郊廟，神雀、五鳳、甘露、黃龍之瑞以爲年紀。』

（一三）不售：不能實現。張衡《西京賦》（《文選》卷二）：『挾邪作蠱，於是不售。』薛綜注：『售猶行也，謂懷挾不正道者，於是時不得行也。』

（一四）韋齋：朱松（一〇九七—一一四三），字喬年，號韋齋，徽州婺源（今屬江西）人，熹父。徽宗政和八年（一一一八）同上舍出身，授建州政和尉，調南劍州尤溪尉，監泉州石井鎮。高宗紹興四年（一一三四），除祕書省正字。七年，除校書郎。八年，遷著作佐郎、尚書度支員外郎，兼史館校勘，歷司動、吏部兩曹。十年，因反對和議忤秦檜，出知饒州，未就，主管台州崇道觀。十三年卒，年四十七。有《韋齋集》十二卷，外集十卷（已佚）。事蹟具本集卷首行狀、《宋史》卷四二九《朱熹傳》附。《全宋詩》卷一八五六以《四部叢刊》續編影印明弘治鄺璠刊《韋齋集》爲底本，校以清康熙程嵦刊本、雍正朱玉刊本、文淵閣《四庫全書》本、清鄭鏕抄本（南京圖書館藏），並參校《石倉歷代詩選》、《宋詩鈔》及補等；新輯集外詩附於卷末。《全宋文》卷四一四四至卷四一四八以《四部叢刊》續編影印明刻本爲底本，參校清康熙四十九年（一七一〇）朱昌辰刻本、雍正六年（一七二八）朱玉刻本及其他各本。諸本之外，復輯得佚文二篇，合編爲五卷。

（一五）郎潛：漢顏駟自文帝時爲郎，歷景帝至武帝，駟已龐眉皓髮，三世不遇，老於郎署。見《漢武故事》。後以『郎潛』喻爲官久不升遷。

（一六）淩厲：形容氣勢猛烈逼人。高古：高雅古樸。白居易《與元九書》（《白氏長慶集》卷四五）：『以康樂之奧博，多溺於山水；以淵明之高古，偏放於田園。』

（一七）建安七子：漢建安年間（一九六—二二〇）七位文學家的合稱，包括孔融、陳琳、王粲、徐幹、阮瑀、應瑒、劉楨。這七人大體上代表了建安時期除曹氏父子（卽曹操、曹丕、曹植）外的文學成就，所以『七子』之說，得到後世的普遍承認。『七子』之稱，始於曹丕所著《典論·論文》：『今之文人，魯國孔融文舉，廣陵陳琳孔璋，山陽王粲仲宣，北海徐幹偉長，陳留阮瑀元瑜，汝南應瑒德璉，東平劉楨公幹。斯七子者，於學無所遺，於辭無所假，咸以自騁驥騄於千里，仰齊足而並馳。』七子中除了孔融與曹操政見不合外，其餘六家雖然各自經歷不同，但都親身受過漢末離亂之苦，後來投奔曹操，地位發生了變化，獲得了安定、富貴的生活。他們多視曹操爲知己，想依賴他幹一番事業。故而他們的詩與曹氏父子有許多共同之處。因建安七子曾同居魏都鄴城（今河北臨漳縣西）中，又號『鄴中七子』。他們對於詩、賦、散文的發展，都曾作出過貢獻。

【附録】

朱熹《［朱槔］行狀》（《玉瀾集》卷末）：『公諱槔，字逢年，號玉瀾，承事府君季子也。按：梁溪尤袤作府君詩《序》云：「先生有軼才，自負其長，不肯随俗俯仰，厄窮堪踔，有人難堪，而其節愈厲，其氣益高，其詩閒暇，略不見悲傷憔悴之態。其視富貴利達真粃糠土苴爾。《春風》一篇，雍容廣大，有聖門舞雩氣象。《感事》三篇，慨然見經世之志。自作《輓歌詞》，齊得失，一死生，直欲淵明於千載。至所謂『自我識興廢，於天無怨尤』，非深於道能如是乎？嗚呼！以先生之才，使其作於聲詩，荐之郊廟，發其所藴，措諸事業，何愧古人。百不一售，使後世所以知公者，獨此數十詩而已。悲夫！」（府君自作《輓歌辭》，尤篤於孝友。其略云：「天涯念孤姪……遺我歸山丘。」）』

紀昀《四庫全書總目》卷一五七《玉瀾集》提要：『槔字逢年，松之弟也。其集原別本自行，故《書録解題》與松集各自著録。明弘治丙辰任丘鄺璠得其本於睢陽陳性之，因附刻松集之後，昌辰此刻亦仍之。後有尤袤跋，極稱其《春風》一篇，《感（底本作『盛』，浙本、粵本、尤刊均作『卽』，據尤袤跋及原作改）事》三首。然槔詩實不及松，袤所稱亦未爲盡允，姑附驥以行云爾。』

《昭明文選》跋（一）

貴池在蕭梁時（二），實爲昭明太子封邑（三），血食千載（四），威靈赫然，水旱疾疫，無禱不應。廟有文選閣，宏麗壯偉，而獨無是書之板（一），蓋缺典也（五）。往歲邦人嘗欲募衆力爲之，不成。今是書流傳於世，皆是五臣注本（六）。五臣特訓釋旨意（七），多不原用事所出（八）。獨李善淹貫該洽（九），號爲精詳（一〇）。雖四明、贛上（一一），各嘗刊勒（一二），往往裁節語句，可恨（一三）！袤因以俸餘鋟木（一四），會池陽袁使君助其費（二）（一五），郡文學周之綱督其役（一六），逾年乃克成。既摹本藏之閣上，以其板置之學宫，以慰邦人，所以尊事昭明之意云。淳熙辛丑上巳日，晉陵尤袤題。

宋本《文選》卷末，又見清胡克家重刊尤刻本卷末、盛刻、尤刊、《全宋文》卷五〇〇〇。

【編年】

據文末之落款，該篇作於淳熙八年三月初三日（一一八一年三月十九日）。

【繫地】

該篇當作於池州。尤袤任池州通判，刻《昭明文選》畢，三月三日有跋。

【彙校】

〔一〕『板』，尤刊作『版』。

〔二〕『使』，胡刻本作『史』。

【箋注】

（一）《昭明文選》：此即《遂初堂書目》（總集類）著録之『李善注《文選》』一書。

（二）蕭梁：即南朝梁。因梁朝皇室姓蕭，故史稱蕭梁。

（三）昭明太子：蕭統（五〇一—五三一），字德施，小字維摩，南蘭陵郡蘭陵縣（今江蘇省常州市武進區）人。南朝梁宗室、文學家，梁武帝蕭衍長子，簡文帝蕭綱和元帝蕭繹長兄，母爲貴嬪丁令光。蕭統於天監元年（五〇二）被冊立爲太子。他舉止大方，在東宫以仁德而聞名，受朝野及百姓愛戴。後因『蠟鵝厭禱』一事，父子産生嫌隙。中大通三年（五三一），蕭統因病早逝，時年三十一歲。謚號昭明，葬安寧陵，史稱『昭明太子』。天正元年（五五一），其孫蕭棟即位，追尊蕭統爲昭明皇帝。大定元年（五五五），蕭統第三子蕭詧建立西梁，仍追尊他爲昭明皇帝，廟號高宗。蕭統愛好文學和佛法，在太子位上廣納人才，勤於著述。當時東宫號稱有書近三萬卷，『名才並集，文學之盛』，被認爲是自晉、宋以來從未有過的現象。他主持編撰的《文選》（史稱《昭明文選》），是中國現存最早的詩文總集。封邑：指領地、食邑。

（四）血食：謂受享祭品。古代殺牲取血以祭，故稱。

（五）缺典：指儀禮制度上有欠缺。

（六）五臣注本：《五臣文選注》是唐代開元時呂延濟、劉良、張銑、呂向、李周翰對蕭統《文選》的合注本。

（七）訓釋：注解、解釋。旨意：主旨、意圖。

（八）原：推究。《漢書》卷八三《薛宣傳》：『原心定罪。』顏師古注：『原謂尋其本也。』用事：指文學作品中引用典故。

（九）李善：唐朝著名學者，《文選》學的奠基人。顯慶中，爲崇賢館直學士，後轉祕書郎等。學識淵博，不善屬文，專於注釋，人稱書簏。因罪株連，流姚州。遇赦還，寓居汴、鄭間，講授《文選》爲業。著《文選注》六十卷。淹貫：深通廣曉。該洽：博通、廣博。

（一〇）精詳：精細周詳。

（一一）四明：山名，相傳羣峯之中，上有方石，四面如窗，中通日月星辰之光，故稱四明山。因其地處今浙江省寧波市西南，而寧波在宋代又隸屬明州，所以大部分研究者認定『四明』本卽明州本。實際上，四明山是越州與明州的交界綫，姚寬的家鄉嵊縣則是曹娥江、剡溪、東溪三條河流的交匯點，兩者在空間上的距離甚近，倘尤袤所見爲姚寬家傳之本，當可稱之爲『四明本』。贛上：對所謂『贛上』本的界定，一般研究者也大都認爲卽六臣注本系統的贛州本；惟有清人陳澧《東塾集・跋〈文選〉南宋贛州本》表示了異議：『尤延之淳熙辛丑刻本跋云：贛上嘗刻李善注本。』

（一二）刊勒：刊印、刻印。就尤袤所知所見，當時『四明』和『贛上』這兩個地方都曾刻印過李善注的單行本。

(一三)可恨：使人遺憾。

(一四)俸餘：俸祿所餘。鋟木：猶鋟板，刻書。

(一五)池陽袁使君：袁說友(一一四〇—一二〇四)，字起巖，號東塘居士，建安(今福建建甌)人，僑居湖州。孝宗隆興元年(一一六三)進士，調溧陽簿。淳熙四年(一一七七)爲祕書丞，歷知池州、衢州。光宗紹熙元年(一一九〇)，由提點浙西刑獄改提舉浙西常平茶鹽。二年，知平江府。三年，知臨安府。寧宗慶元元年(一一九五)，遷戶部侍郎，權戶部尚書。三年，爲四川制置使兼知成都府。召爲吏部尚書兼侍讀，出知紹興府兼浙東路安撫使。嘉泰二年(一二〇二)，除同知樞密院事。三年，遷參知政事。罷知鎮江府，以資政殿大學士致仕。四年，卒，年六十五。事蹟具《東塘集》附錄《家傳》、《宋史翼》卷一四本傳。著有《擇善易解》、《東塘集》，嘗命僚屬纂輯蜀中詩文爲《成都文類》五十卷。《東塘集》原本已佚，清四庫館臣據《永樂大典》輯爲二十卷，其中詩七卷，文十三卷。《全宋詩》以影印文淵閣《四庫全書》本爲底本，酌校《永樂大典》殘本，館臣漏輯詩十二首，附於卷末；《全宋文》以文淵閣《四庫全書》本爲底本，校以清乾隆翰林院抄本，另輯得佚文四十二篇，總編爲十八卷。其《成都志》(地理類)、《成都文類》(總集類)等書均首見於《遂初堂書目》；然據其序文，兩書皆成於慶元中，則《遂初堂書目》該處當爲後人所增益。助其費：袁說友《題梁昭明太子文選》(《東塘集》卷一九)：『某到郡之初，倉使尤公方議鋟《文選》板，以實故事，念費差廣，而力未給。某言曰：「是固此邦闕文也，願略他費以佐其用，可乎？」乃相與規度費出，閱一歲有半而後成，則所以敬事於神者厚矣。江東歲比旱，某日與池人禱之神焉，蓋有禱輒應。歲既弗登，獨池之歉猶什四也。顧神貺昭答如此，亦有以哉！《文選》以李善本爲勝，尤公博極羣書，今親爲讎校，有補學者，是所謂成民而致力於神者歟？淳熙辛丑三月望日，建袁說友題。』

（一六）文學：官名。漢代於州郡及王國置文學，或稱文學掾，或稱文學史，爲後世教官所由來。周之綱：越州嵊縣（今浙江嵊州市）人。高似孫《剡録》卷一《進士登科題名》：『周之綱，淳熙二年詹騤榜，上舍。』其曾官婺州教授。於淳熙四年（一一七七）纂《浙江嵊縣剡溪聯桂周氏宗譜》十六卷，外一卷，民國二十五年（一九三六）周承霖、周承實等重修木刻活字印本。現收藏在浙江省嵊州市靈山鄉塘頭村。督役：猶監工。

【附録】

袁說友《題文選雙字》（《東塘集》卷一九）：『此係本朝蘇公易簡所編也。池陽既鋟《文選》板矣，而《雙字》者又《文選》之英華，與法當並刊（『與』，文津閣《四庫全書》本作『也』，屬上讀），同置郡學。昔韓退之謂「大玩於詞而與世采掇」，吾於是書見之。學者乘流涉源，溉根食實，則思過半矣。』《文選雙字》一書，首見《遂初堂書目》（類書類）著録，則尤袤或亦參與其刊刻。

又《跋昭明文集》（《東塘集》卷一九）：『池陽郡齋既刊《文選》與《雙字》二書（『選』，文津閣《四庫全書》本誤作『集』），於以示敬事昭明之意。今又得《昭明文集》五卷，而並刊焉。嗚呼！（『嗚呼』，《東塘集》無，據《文選》補）所以事於神者至矣（『於』，《東塘集》無，據《文選》補）。夫神與人相依而行也，吏既惟神之恭，神必惟吏之相，則神血食，吏祿食，斯兩無愧。淳熙八年歲在辛丑八月望日，郡刺史建袁說友書。』《遂初堂書目》（別集類）著録《梁昭明太子集》一書，或即此刻本。

計衡《〈文選〉六十卷》（王文進《文祿堂訪書記》卷五）：『池類《文選》，歲久多漫滅不可讀，衡到□屬校官胡君思誠率諸生校讎，董工□而新之。亡慮三百二十二板、二十萬□□九十二字，閱三時始訖工，今遂爲全書。書成以其板移寘郡齋，而以新本藏昭文廟文選閣云。紹熙壬子十一月□□旦假守番陽計衡書。』

清阮元《南宋淳熙貴池尤氏本〈文選〉序》（《揅經室三集》卷四）：『元幼爲《文選》學，而壯未能精熟其理，然訛文脫字，時時校及之。昔但得元張伯顏、明晉府諸本，卽以爲祕册。嘉慶丁卯，始從昭文吳氏易得南宋尤延之本，爲無上古册矣。按：是册宋孝宗淳熙八年辛丑無錫尤延之在貴池學宮所刻，世謂之淳熙本。每半葉十行，每行大字廿一、二，小字廿一、二、三、四不一。惜原板間有漫漶，其修板至理宗景定間止，卷二八葉及卷九十九葉書口並有「景定壬戌重刊」木記可見。其中佳處，卽以脫文而論，如《東京賦》「上下通情」注（宋本卷三，十五下），毛本脫「言君情通於下，臣情達於上，故能國家安而君臣歡樂也」廿二字。又「重舌之人九譯」注（宋本卷三，廿八下），毛本脫「《韓詩外傳》」至「獻白雉於周公」廿三字。《秋興賦》「天晃朗以彌高兮」注（宋本卷十三，六上），毛本脫「杜篤」至「高明」廿字（以上毛初刻本脫，後得宋本改）。《思玄賦》「行頗僻而獲志兮」注（宋本卷十五，三下），毛本脫「蕭該音」至「《廣雅》曰陂邪也」卅五字。《陸士衡答賈長淵詩》「我求明德」注下（宋本卷廿四，十七上），毛本脫正文「魯侯戾止」八字，注文卅二字。《七發》「客見太子有悅色」下（宋本卷卅四，九下），毛本脫數百字。諸如此類，不勝枚舉。其中異文，如《蜀都賦》「千廡萬室」（宋本卷四，二十下），晉府本、毛本「室」改「屋」，則與上下文「出」、「術」等字不韻矣。《羽獵賦》「翬娭乎其中」（宋本卷八，廿三上），翻張本、晉府本、毛本「娭」改「嬉」，則與《漢書·楊子雲傳》不合矣。《宋書·謝靈運傳論》「莫不寄言上德」注引《老子德經》（宋本卷五十，十四上），翻張本、晉府本、毛本並作「《道德經》」，不知「德經」二字見陸氏《經典釋文》及《禮記正義》也。《吳都賦》「趫材悍壯」注引《胡非子》（宋本卷五，十五上），毛本「胡」改「韓」，不知胡非乃墨子弟子，見漢、隋史志也。《騷》下《山鬼篇》「采三秀兮於山間」（宋本卷卅三，三上），注文「三秀」上，晉府本、毛本增「逸曰」二字，此沿六臣本之舊，崇賢本不當有也。《永明九年策秀才文》「自萌俗澆弛」（宋本卷卅六，十上）及《齊故安樂昭王碑文》「緝熙萌庶」（宋本卷五十九，十八下），翻張本、晉府本、毛本「萌」改「氓」，然古書多作「萌」也。亦非他本之所可及。元人張正卿翻刻是書，行款一切頗得其模範，第書中字句同異未能及此。若翻張本及晉府諸刻改其行款，更同自鄶矣。惜是冊缺第四十一、四十二兩卷，近人卽以正卿本補入，雖非完書，實亦希世珍也。此冊在明曾藏吳縣王氏、長洲文氏、常熟毛氏，本朝則句容笪氏、泰興季氏、昭文潘氏，以至吳氏。獨怪冊中皆有「汲古閣」印，而毛板訛脱甚多，豈槧板後始獲此本，未及校改耶？元家居揚州舊城文樓巷，卽隋曹憲故里，李崇賢所由傳《文選》學而爲《選》注者也。元既構文選樓於家廟旁，繼得此冊，藏之樓中，別爲校勘記，以貽學者。裝訂既成，因序於卷首。』

又《南宋尤本〈文選〉卷首畫象銘》（《揅經室四集》卷二）：『蕭選曹注，學傳揚州。貞觀之後，是有選樓。貴池宋本，刊板始尤。海内罕覯，數帙僅留。雷塘菴主，樓居邗溝。錦緘展校，緑櫝曬收。繪像卷首，一笠橫秋。』

清顧廣圻《重刻宋淳熙本〈文選〉序（代胡果泉）》（《顧千里集》卷一一）：『《文選》於孟蜀時毋昭

裔已爲鏤板，載《五代史補》。然其所刻何本，不可考也。宋代大都盛行《五臣》，又並善爲《六臣》，而善注反微矣。淳熙中，尤延之在貴池倉使，取善注讎校鋟木，厥後單行之本，咸從之出，經數百年轉展之手，謁舛日滋，將不可讀。恭逢國家文運昭回，聖學高深，苞函藝府，受書之士，均思熟精《選》理，以潤色鴻業，而佳本罕覯，誦習爲難，寧非缺事歟？往歲，顧千里、彭甘亭見語以吳下有得尤槧者，因卽屬兩君遴手影摹，校刊行世。逾年工成，雕造精緻，勘對嚴審，雖尤氏真本殆不是過焉。從此讀者開卷快然，非敢云是舉卽崇賢功臣，抑亦學海文林之一助已。其善注之並合《五臣》者，與尤殊別，凡資參訂，既所不廢，又尋究尤本，輒有致疑，鉤稽探索，頗具要領，宜諗來者，撰次爲《考異》十卷，詳著義例，附列於後而别爲之序云。嘉慶十四年二月既望。』

清莫友芝《〈文選注〉提要》（《藏園訂補郘亭知見傳本書目》卷一六）：『梁昭明太子蕭統編，唐李善注。宋尤本、元張本並十行，行二十一字或多少不等。明唐藩本亦十行，行改二十二字，皆均齊如一而古色減矣。明唐藩成化丁未重刊。元張伯顔本者，莊王芝址其玄孫端王碩熿襲封，又以隆慶辛亥重刊於養正書院。汲古閣本字小。翻汲古閣本字稍大，且字句不同，亦不止一本。以錢士謐校爲差勝。明唐府本。晉藩養正書院本。嘉靖癸未金台汪諒刊元本。萬曆辛丑閩鄧元嶽刊。乾隆三十七年，葉樹藩刊朱墨本，用何義門評點，注多不完，復數有翻刊。宋淳熙本有二，一胡果泉本，一阮相國本。阮云與晉府及汲古本多異。胡果泉仿宋重刊，顧千里爲《考異》十卷附之，卽依淳熙辛丑尤延之貴池刊本。近世通行，以此本爲最善。刊以嘉慶十四年。近萬氏翻刊胡本。元張伯顔貴池重刊，卽翻元本，然遠不及明晉藩及汪諒並翻刊張本。』

清楊守敬《〈李善注文選〉提要》（《日本訪書志》卷一二）：『宋尤延之校刊本，缺第一至第十二卷，卽鄱陽胡刻祖本也。唐代《文選李善注》及《五臣注》並各自單行，故所據蕭選正本亦有異同。至五代孟蜀毋昭裔始以《文選》刊板，《傳》記雖未言以何本上木，然可知爲五臣本。按：今行袁刻六臣本於李善《表》後有國子監准敕節文，云：「《五臣注文選》傳行已久，竊見李善《文選》援引賅贍，典故分明，若許雕印，必大段流布。欲乞差國子監說書官員校定淨本後，鈔寫板本，更切對讀，後上板就三館雕造。候敕旨，奉敕宜依所奉施行。」據此可見，善注初無刻本。此云「校定淨本後鈔寫板本」，是淨寫善注，又鈔寫五臣板本合刊之證。唯不著年月，當是北宋。故自來著錄家有北宋六臣之《文選》（卽袁氏所原之裴本是也）、北宋《五臣文選》（卽錢遵王所收之三十卷本是也，見《讀書敏求記》），而絕無有北宋《善注文選》者，良由善注自合五臣本後，人閒之，鈔寫卷軸本盡亡。故四明、贛上雖有刊本，想在南宋之初，僅從六臣本抽出善本，故往往有裁節語句之弊（見尤氏跋語）。今存宋本六臣注所載善注往往不全，緣善注多在五臣之後，如善注、五臣注同者，往往刪善注。四明、贛本不合諸本參校，故有裁節語句而不知者。此善注六臣本出切證），至尤氏始病其陋，重爲校刊。當時六臣本雕印甚多（今著錄尚有四五種，余嘗合校之，有彼此互節善注者，故知其詳也），故袁氏採掇該備，然舊本以五臣混善注之弊亦未能盡除（注見胡刻《文選考異》）。元時張伯顏刊善本，則又不以尤本翻雕，又多增入五臣注本。明代弘治間唐藩刊本、嘉靖間汪諒刊本、崇禎毛氏汲古閣刊本，又皆以張本爲原而遞多謬誤（見《東湖叢記》陳仲魚跋）。國朝嘉慶間，吳中黃蕘圃始得尤氏宋本聞於世，鄱陽胡氏倩元和顧澗蘋影摹重刊，論者謂與原本毫髮不爽。余從日本訪得尤氏原本照之，乃知原書筆力峻拔，其精者如覩歐陽率更宋拓化度寺碑，胡刊雖佳，未能似之也。此本後有尤延之、袁説友、計衡三跋，胡刊本只有尤跋，袁跋則從陸敕先校本載於《考異》，然亦損失末二十餘字。此則袁跋全存，計跋稍有缺爛，猶爲可讀。唯缺第一至十二卷，未稱完整。然黄氏本孤行天地，兵燹以來，未卜存佚。此雖殘缺，固亦應球圖視之也。余嘗擬以胡刊本通校一過，顧卒未暇。會碩卿大令酷愛此書，欲見推讓，重違其意許之，乃隨手抽第十三卷對勘，如《風賦》「激颺熛怒」注「如熛之聲」，胡本「熛」誤作「漂」（余所據胡本是湖北書局重刊，其中訛字甚多，恐非胡氏之舊）。又「啗齰獲」注中「風口動之貌」，胡本以上擠一「人」字，《考異》亦以爲誤，今按此本並無「人」字，不知胡本何以誤增（此非翻刻胡本之誤）。以斯而例，則胡本亦未可盡據。又原本俗字，胡本多改；原本刊中縫下有刊工人姓名，胡氏本則盡刊削，是皆足資考證者。碩卿專足取書，匆匆作跋，但詳善刻本原委，或亦足補胡氏考異之所不及。至精校全書，此又託之碩卿慎勿謂胡氏已刊忽之也。光緒丁亥正月二十八日宜都楊守敬記。』『余在日本時，見楓水庫所藏宋贛州刊本，卷後題「贛州州學教授張之綱覆校」。又見足利學所藏宋本，又得日本慶長活字重印紹興本及朝鮮活字本，皆六臣本。曾以互校胡刊，乃知尤延之當日刊此書兼收衆本之長，各本皆誤，始以書傳校改。胡氏勘尤本，僅據袁本、茶陵本，凡二本與尤本不同者皆以爲尤氏校改，此亦臆度之辭。如《西都賦》「除太常掌故」，袁本、茶陵本並作「固」，尤作「故」，《考異》遂謂尤氏校改，不知紹興本、朝鮮本及翻刻茶陵本並作「故」，非尤氏憑臆也。又嘗校贛州張本於善注，時有刪節，頗疑卽延之所云「裁節字句」者，觀延之上文云「傳世皆五臣注本」，豈似贛本六臣注中有善本，故云然與。是則別善注於五臣，卽自延之始。然裴氏明言刊於廣都，何得僅舉四明、贛州兩本？仍疑贛州、四明別有善注單行本，俟他日再核之。

守敬記。』

與呂伯恭書（存目）

【編年】

據《祭直閣大著郎中呂公文》：『去歲池陽，敬遣行李。問公起居，得公報字。』尤袤祭文作於淳熙九年（一一八二），則該篇當作於八年（一一八一）七月呂氏卒前。

【繫地】

該篇當作於池州。尤袤與呂祖謙書函往來，勸慰其保重病體。

【箋注】

該書啓原文今已不存。

與周子充參政必大劄子（存目）

【編年】

據周必大《與尤延之侍郎袤劄子（淳熙八年）》（《文忠集》卷一八九）：『某遞中辱公劄，諭及十三縣第四、第五等殘零苗米，緣當時各已指定災傷去處，如興國軍嘗劄下矣。』該篇論及轄下縣苗米，作於淳熙八年（一一八一）。

【繫地】

該篇當作於池州。是歲，與周必大劄子。

【箋注】

該書啓原文今已不存。周必大《與尤延之侍郎袤劄子》（《文忠集》卷一八九）：『某遞中辱公劄，諭及十三縣第四、第五等殘零苗米，緣當時各已指定災傷去處，如興國軍嘗劄下矣。此外十邑，版曹恐並緣災傷，官物皆減放，故不肯蠲免。若使司取見米數那融代輸，計不過三二千石耳。前年錢漕倚閣小戶米亦正數千戶，而干涉人家極衆，咋展至今秋輸納。二丈仁心素著，倘於此二項垂意焉，其利溥矣。僭言知罪。』

祭直閣大著郎中呂公文（一）

維淳熙九年歲次壬寅二月壬寅朔，二十五日丙寅，朝奉大夫、直祕閣、江南西路轉運判官尤袤（二），謹遣人以清酌之奠（三），致祭於故宫使直閣大著郎中呂公之靈（四）。惟公淵源之學，浩養之氣。純全之行（五），剛毅之志。高視古人（六），不論今世。濂溪河南（七），其道未墜。公生百年，獨探其祕。障隄末流（八），折衷六藝（九）。斯文是賴（一〇），絕學有繼（一一）。人言相門（一二），必復其始(一三)。公所抱負，表表愈偉(一四)。謂當億齡(一五)，世濟其美(一六)。云胡不淑(一七)，而止於此。嗚呼天乎，君子何厲！自我識公，於今三紀。史館從游，恍若夢寐。去歲池陽，敬遣行李(一八)。問公起居，得公報字。遺墨未乾，遽隔生死。顧瞻門墻，渺邈千里。斂不撫棺，葬不臨隧。一奠寄哀，久乃克致。追惟平生(一九)，有愧明義。英靈若存，鑑我誠意。嗚呼哀哉！伏惟尚饗(二〇)。

《東萊呂太史文集》附錄卷二(《全宋文》注明其出處爲《續金華叢書》本，然《四庫全書》本亦有之)，又見《全宋文》卷五〇〇一。

【編年】

據篇首之著錄，該篇作於淳熙九年二月二十五日(一一八二年三月三日)。

【繫地】

該篇當作於江南西路隆興府南昌(今屬江西)。遣人致祭呂祖謙，而有是作。

【箋注】

(一)直閣：官名。宋時稱供職龍圖閣、祕閣等機構者爲『直閣』，位次於修撰。大著：官名。三國魏明帝太和中始設著作郎，掌修國史。晉代稱著作郎爲大著作郎，宋人稱爲大著。郎中：官名。始於戰國。秦漢沿置，掌管門戶、車騎等事；內充侍衛，外從作戰。另尚書臺設郎中司詔策文書。晉武帝置尚書諸曹郎中，郎中爲尚書曹司之長。隋唐迄清，各部皆設郎中，分掌各司事務，爲尚書、侍郎之下的高級官員，清末始廢。呂祖謙(一一三七—一一八一)，字伯恭，婺州金華(今屬浙江)人。孝宗隆興元年(一一六三)進士,復中博學宏詞科,調南外宗學教授。乾道五年(一一六九),添差嚴州教授。六年,召爲太學博士兼國史院編修官、實録院檢討官。淳熙元年(一一七四),主管台州崇道觀。二年,參與朱熹、陸九淵鵝湖之會。三年,召爲祕書郎,兼職如前。重修《徽宗實録》成,遷著作佐郎。先是奉詔編類《皇朝文海》,六年書成,賜名《皇朝文鑑》,除直祕閣,主管武夷山沖祐觀。八年,卒,年四十五,謚曰成。祖謙學以關、洛爲宗,而旁徵博取,一時卓犖之士皆歸心,人稱東萊先生。與朱熹、張栻齊名,號東南三賢。著述數十種,主要傳世之作有《書説》三十五卷、《左氏傳説》又《續説》三十二卷、《左氏博議》二十五卷、《歷代制度詳説》十五卷、《麗澤論説集録》十卷、《詩律武庫》三十卷、《東萊吕太史文集》十五卷又《别集》十六卷又《外集》五卷總計三十六卷等,并輯有《近思録》。事蹟具《東萊集附録》卷一《年譜》、《宋史》卷四三四本傳。《全宋詩》卷二五二一以南宋嘉泰四年(一二〇四)吕喬年刻、元明遞修本《東萊吕太史文集》爲底本,校以清胡鳳丹輯《金華叢書》本、清胡宗楙輯《續金華叢書》本、影印文淵閣《四庫全書·兩宋名賢小集》,編爲一卷。新輯集外詩附於卷末;《全宋文》則以《續金華叢書》本《東萊吕太史文集》、《别集》、《外集》作底本,參校影印文淵閣《四庫全書》本《東萊集》及《金華叢書》本《吕東萊先生文集》,另收得佚文六十八篇,釐爲三十三卷。其《吕氏古周易》、《繫辭精義》(並周易類)、《吕伯恭閫範》(儒家類)、《皇朝文鑒》(總集類)等書均首見於《遂初堂書目》。

(二)朝奉大夫: 宋文散官名,正五品,文官第十一階。元豐改制用以代後行郎中。後定爲第十九階。直祕閣: 宋代官名,簡稱『直祕』。淳化元年(九九〇)置,以京朝官充任,掌祕閣事務。元豐改制,並祕閣於祕書省,廢直館、直院等官,僅以直祕閣爲貼職,並不經考試而任命,以示尊寵。轉運判官：官名。宋太宗太平興國三年（九七八）置於諸道，總管轉運司庶務，兼督察屬吏。遼朝都轉運使與諸州轉運使司皆置，屬南面財賦官。元朝改置運判。

（三）清酌：古代祭祀所用的清酒。《禮記·曲禮下》：『凡祭宗廟之禮……酒曰清酌。』孔穎達《疏》：『言此酒甚清澈，可斟酌。』

（四）宮使：某宮的主管之官。錢易《南部新書》卷六《九成宮使》：『天寶七載，以給事中楊釗充九成宮使，宮使之名自此始。』

（五）純全：純直、純正。

（六）高視：傲視、小看。

（七）濂溪：指周敦頤。居廬山，築室名『濂溪書堂』，後人遂稱濂溪先生。河南：指程顥、程頤。河南人。

（八）障隄：堤防。管束、防備。末流：指已經衰落而失去其原有精神實質的流派。

（九）折衷：調和各方面的意見使之適中。六藝：指周朝貴族教育體系中的六種技能，即：禮、樂、射、御、書、數。

（一〇）斯文：指禮樂教化、典章制度。

（一一）絕學：失傳的學問。

（一二）相門：宰相之家。呂祖謙的六世祖呂夷簡，做過仁宗朝的宰相，封申國公，後徙許國公，顯揚於時。

〔一三〕必復其始：回復到初始。《左傳·閔公元年》：『公侯之子孫，必復其始。』

〔一四〕表表：卓異、特出。韓愈《祭柳子厚文》：『子之自著，表表愈偉。』

〔一五〕億齡：億年。《魏書》卷二三《衛操傳》：『長存不朽，延於億齡。』

〔一六〕世濟其美：指後代繼承前代的美德。《左傳·文公十八年》：『世濟其美，不隕其名。』孔穎達《疏》：『世濟其美，後世承前世之美。』

〔一七〕云胡：爲什麽。不淑：弔問之詞，猶言『不幸』。《禮記·雜記上》：『寡君使某，如何不淑。』陳澔《集説》：『如何不淑，慰問之辭，言何爲而罹此凶禍也。』

〔一八〕行李：使者。《左傳·僖公三十年》：『行李之往來，共其乏困。』杜預注：『行李，使人。』

〔一九〕追惟：亦作『追維』。追憶、回想。

〔二〇〕伏惟尚饗：指伏在地上恭敬的請被祭者享用供品。伏惟：表示伏在地上想，下對上陳述時的表敬之辭。尚：希望的意思。饗：泛指請人受用，祭祀的意思。

【附録】

趙燁《祭呂祖謙文》（《東萊呂太史文集》附録卷三）：『維淳熙八年歲次辛丑，九月甲戌朔，十七日庚寅，門生朝奉郎、權發遣江南東路提點刑獄公事趙燁謹以清酌庶羞之奠，致祭於殁故宫使、直閣郎中先生之靈。嗚呼！聖門榛蕪，踰千百年。爰自伊洛，道學始傳。士識所宗，斗柄揭天。唱高和希，幾若墜淵。先生後來，拱手直前。獨抱遺書，潛幽極研。號於四方，與相周旋。曰吾此心，可爲聖賢。

惟聖覺知，居民之先。有隆有汙，有醜有妍。裁之使中，不倚一偏。四方朋來，猶蟻趨羶。鑽之仰之，慕其高堅。少施緒餘，科第聯翩。學博詞宏，春容大篇。寘之成均，譽流塞川。道家蓬萊，選稱列僊。尚書郎曹，應於星躔。英才盍簪，往箸其聯。汗之簡青，握之蘭荃。帝念斯文，浩若雲烟。略穢集清，使以類編。書成歎嘉，寵褒亦專。譬彼鵾鵬，謂當騰騫。紫樞黄閣，萬類陶甄。否則法從，翰苑經筵。胡諗以疾，去國莫牽。華閣真祠，壽弗少延。豈道之窮，而命之邅。善人云亡，相視涕漣。煒昔從公，成章斐然。泥彼糟粕，以求蹏筌。微發其覆，奚覩大全。一别範模，歲月屢遷。大江之東，憲紱拘纏。訃來莫奔，省躬有愆。千里致哀，肅此豆籩。師資之義，敢不勉旃。尚其遺誨，服膺拳拳。靈兮有知，鑒此誠虔。嗚呼哀哉！伏惟尚饗！』

趙汝愚《祭呂祖謙文（淳熙八年十月）》（《東萊集附録》卷二）：『維淳熙八年歲次辛丑，十月己亥朔，二十七日庚午，朝奉郎、權尚書吏部侍郎、兼太子右庶子趙汝愚謹致祭于伯恭直閣大著作呂兄之靈：嗚呼！吾友伯恭，一代所宗。造道自得，善積厥躬。究六藝之指歸，窮百家之異同。傳記所載，無一義之不講；臺閣舊典，靡一事之不通。欲考古而驗今，必於焉而折衷。發於議論而正平，見於文章而春容。奔走學者，自西自東。爲教如時雨，待問如撞鐘。聞其言者悦而服，見其貌者肅而雍。瞻彼婺女之區，宛然伊洛之風。蓋能發揮《大學》，允蹈《中庸》。達則兼善乎天下，舉斯世於三代之隆。奈何年不逮黄憲，官不到李充。久潛心於大業，迄不顯其成功。獨身後之盛名，與天地兮相爲於始終。嗚呼！去年哭南軒，今年又哭公。逝者如斯，吾道其窮。嗚呼哀哉，嗚呼哀哉！尚饗！』

《呂氏家塾讀詩記》序（一）

六經遭秦火（二），多斷缺，惟三百篇幸而獲全。漢興，言《詩》者三家（三），毛氏最著（四）。後世求詩人之意於千百載之下，異論紛紜，莫知折衷。東萊呂伯恭病之（一），因取諸儒之說，擇其善者萃爲一書，間或斷以己意，（五）於是學者始知所歸一。今東州士子家寶其書，而編帙既多，傳寫易誤。建寧所刻（六），蓋又脱遺。其友丘漕宗卿惜其傳之未廣（一），始鋟木於江西漕臺。噫！伯恭自少年嚅嚌道真，涵泳聖涯，（七）至以此得疾而死。六經皆有論著（八），未就，獨此書粗備（九），誠不可使其無傳。雖伯恭之學不止於是，然使學者因是書以求先王所以厚人倫、美教化，君子之所以事君事父，則於聖學之門戶，豈小補哉！（一〇）淳熙壬寅重陽後一日，錫山尤袤書。

《呂氏家塾讀詩記》（《四部叢刊續編》本）卷末，又見《梁溪文鈔》、尤刊、《全宋文》卷五〇〇。

【編年】

據文末之落款，該篇作於淳熙九年九月初十日（一一八二年十月九日）。

【繫地】

該篇當作於南昌。

【彙校】

〔一〕『恭』，底本作『共』，現據他書校改。下同。

〔二〕丘漕宗卿：丘崈（一一三五—一二〇八），字宗卿，江陰（今屬江蘇）人。孝宗隆興元年（一一六三）進士。調建康府觀察推官，歷知華亭縣、吉州，召除戶部郎中，遷樞密院檢詳文字。爲接伴金國賀生辰使，被劾不禮金使奉祠。起知鄂州，移江西轉運判官，提點浙東刑獄，知平江府。淳熙十三年（一一八六），移帥紹興。十四年，改兩浙轉運副使，以憂去。光宗即位，擢四川安撫制置使兼知成都府。寧宗嘉泰三年（一二〇三），知慶元府。四年，改知建康府、江淮宣撫使，尋拜簽書樞密院事兼督視江淮軍馬。以忤韓侂胄奉祠。開禧三年（一二〇七），復知建康府。嘉定元年（一二〇八）七月，拜同知樞密院事，八月四日卒，年七十四。謚文定。著有《丘文定集》，已佚，有《文定公詞》一卷傳世。事蹟具《宋史》卷三九八本傳。《全宋詩》卷二五〇一錄其詩《浮遠堂》（二首）、《和張孝伯雪窗詩韻》、《和朱子武夷雜咏十首》等十三首。

【箋注】

〔一〕該序所及書卽《遂初堂書目》（詩類）著錄『呂氏《讀詩記》』一書。

〔二〕秦火：指秦始皇焚書事。

〔三〕三家：指漢朝時三個解說《詩經》含義的學派，分別是齊人轅固傳《齊詩》、魯人申培公傳

《魯詩》、燕人韓嬰傳《韓詩》。

（四）毛氏： 研究《詩經》的魯人毛亨和趙人毛萇，所傳毛詩屬於古文經。

（五）『因取……己意』句： 呂祖儉《呂祖謙壙記》（《東萊呂太史文集》附錄卷一）：『公所爲書，有《呂氏家塾讀詩記》三十卷，參取毛鄭眾氏之說，而間出己意，其後更加刊定，迄於《公劉》之首章。』

（六）建寧： 位於福建省西北部，是福建省三明市下轄的一個縣，古爲綏安縣，唐乾元二年（七五九）建鎮，南唐中興元年（九五八）置縣。

（七）『伯恭……聖涯』句： 《新唐書》卷二〇一《文藝傳·序》：『美才輩出，擩嚌道真，涵泳聖涯。』擩嚌，吟诵、品味。涵泳聖涯，涵泳是指像海洋江河那樣包容，聖涯是指各地精彩的文章，整個詞語的意思是『囊括國內所有精彩的流派文章』，即搜羅優秀文化，爲盛世文明添彩。

（八）『六經皆有論著』句： 《遂初堂書目》（周易類）即著錄了『呂氏《古周易》』、『《繫辭精義》』等書。

（九）粗備： 呂祖約《呂氏家塾讀詩記題記》（《呂氏家塾讀詩記》卷二六）：『先兄己亥之秋，復修是書，至此而終。自《公劉》之次章訖於終篇，則往歲所纂輯者，皆未及刊定。如小序之有所去取，諸家之未次先後，與今編條例多未合。今不敢復有所損益，姑從其舊，以補是書之闕云。』

（一〇）『然使……小補哉』句： 魏了翁《呂氏讀詩記後序》（《鶴山先生大全文集》卷五一）：『蓋不寧惟是，今觀其所編《讀詩記》，於其處人道之常者，固有以得其性情之正。其言天下之事，美盛德之形容，則又不待言而知。至於處乎人之不幸者，其言發於憂思怨哀之中，則必有以考其情性。參總衆說，凡以厚於美化者尤切切致意焉。』

【附録】

朱熹《呂氏家塾讀詩記後序》（《晦庵先生朱文公文集》卷七六）：『《詩》自齊、魯、韓氏之説不得傳，而天下之學者盡宗毛氏。毛氏之學，傳者亦衆，而王述之類，今皆不存，則推衍毛説者又獨鄭氏之箋而已。唐初，諸儒爲作疏義，因譌踵陋，百千萬言而不能有以出乎二氏之區域。至於本朝，劉侍讀、歐陽公、王丞相、蘇黄門、河南程氏、横渠張氏始用己意有所發明，雖其淺深得失有不能同，然自是之後，三百五篇之微詞奥義乃可得而尋繹，蓋不待講於齊、魯、韓氏之傳而學者已知《詩》之不專於毛、鄭矣。及其既久，求者益衆，説者愈多，同異紛紜，爭立門户，無復推讓祖述之意，則學者無所適從，而或反以爲病。今觀呂氏《家塾》之書，兼總衆説，巨細不遺，挈領提綱，首尾該貫，既足以息夫同異之爭，而其述作之體則雖融會通徹，渾然若出於一家之言，而一字之訓、一事之義亦未嘗不謹其説之所自。及其斷以己意，雖或超然出於前人意慮之表，而謙讓退託，未嘗敢有輕議前人之心也。嗚呼！如伯恭父者，真可謂有意乎溫柔敦厚之教矣。學者以是讀之，則於可羣可怨之旨其庶幾乎。雖然，此書所謂朱氏者，實熹少時淺陋之説，而伯恭父誤有取焉。其後歷時既久，自知其説有所未安，如《雅》、《鄭》邪正之云者，或不免有所更定，則伯恭父反不能不置疑於其間，熹竊惑之。方將相與反復其説，以求真是之歸，而伯恭父已下世矣。嗚呼，伯恭父已矣！若熹之衰頽汩没，其勢又安能復有所進，以獨決此論之是非乎？伯恭父之弟子約既以是書授其兄之友丘侯宗卿，而宗卿將爲板本以傳永久，且以書來，屬熹序之。熹不得辭也，乃略爲之説，因并附其所疑者，以與四方同志之士共之，而又以識予之悲恨云爾。

淳熙壬寅九月己卯，新安朱熹序。』

〔日〕島田翰《宋槧本考・呂氏家塾讀詩記》（《古文舊書考》卷第二）：『祕府壹號御庫之書，牙籤萬軸，精彩離奇，浩乎唐宋經本之淵海矣。而其二號文庫所收，則概多通行典籍及舊人經說，然其爲書固已踰數萬，是亦足以稱霸於一方。但茲《讀詩記》一部，予搜得之於侍講局本中，宋槧宋印可謂壓庫寶，其餘則累累無足道說者矣。《讀詩記》之有雕版，蓋自建寧始，次丘漕宗卿重鋟於江西漕臺，又有眉山賀春卿刻本，宋世所刊不過如此。是書則淳熙壬寅遂初先生尤延之所刻，四周雙邊，半版十二行，行二十二字，注雙行低頭一字，行二十一字，界長五寸四分至六分，橫三寸九分三厘，細楷端正，搨刷如新。其楮刻之純絕，似宋小字本《太平御覽》及宋紹興刻七十卷本《史記》，而謹嚴過之。首有朱子序（文集作《後序》，此直標曰「序」），無目錄，卷端題「呂氏家塾讀詩記卷第一」；次行以下載綱領，卷末有跋云「六經遭秦火，多斷缺，惟三百篇幸而獲全。漢興，言《詩》者三家，毛氏最著。後世求詩人之意於千百載之下，異論紛紜，莫知折衷。東萊呂伯共病之，因取諸儒之說，擇其善者，萃爲一書，間或斷以己意，於是學者始知所歸一。今東州士子家寶其書，而編帙既多，傳寫易誤。建寧所刻，益又脫遺。其友丘漕宗卿惜其傳之未廣，始鋟木於江西漕臺。噫！伯共自少年嚅嚌道真，涵泳聖涯，至以此得疾而死。六經皆有論著，未就，獨此書粗備，誠不可使其無傳。雖伯共之學不止於是，然使學者因是書以求先王所以厚人倫、美教化，君子之所以事君事父，則於聖學之門戶，豈小補哉！淳熙壬寅重陽後一日，錫山尤袤書」。殷、玄、禎、慎等宋諱闕末畫。每卷首有鈞印，又版心有刻工氏名蔣輝、李忠約、蔣元、陳亢等，又刻單字名氏極多。是書校之於明本以下，善處頗多，皆足以訂譌補闕……壹號御庫又藏宋槧本一通，首有目錄，界長六寸二分，幅四寸一分，長短不一，行字數並同尤刻，有「普門院」、「艮岳院」、「仁正侯長昭黃雪書屋」鑒藏圖書之印，「昌平阪學問所」、「淺草文庫」等圖章。是德川氏時下總守市橋長昭獻本三十種之一……』

《申鑒》題辭（一）

荀悦書五卷，觀其言，蓋有志於經世者。其自著《漢紀》嘗載其略。而范曄《東漢書》亦摘其篇首數百言，見之悦傳。（二）今《漢紀》會稽郡已版行，而此書則世罕見全本。余家有之，因刻置江西漕臺。但簡編脱繆（三），字畫差舛者不一，不敢以意增損，疑則闕之，以俟知者。淳熙九年冬十月己亥，錫山尤袤。

《申鑒》（明正德十三年李濂刻本）附錄，又見清陸心源《皕宋樓藏書志》卷三九、尤刊、《全宋文》卷五〇〇〇。

【編年】

據文末之落款，該篇作於淳熙九年十月初二日（一一八二年十月三十日）。

【繫地】

該篇當作於南昌。於江西漕臺刻《申鑒》五卷成，有題辭。

【箋注】

（一）該文所及書即《遂初堂書目》（儒家類）著錄『荀悦《申鑒》』一書。《申鑒》是東漢末思想家荀悦的政治、哲學論著，意爲重申歷史經驗，供皇帝借鑒。全書五卷，包括《政體》、《時事》、《俗嫌》、《雜言》（上下）等五篇。明代黄省曾做了注釋，《四庫全書總目》稱其『引據博洽，多得悦旨』。有明嘉靖四年（一五二五）黄氏文始堂刊本、《龍溪精舍叢書》本、《小萬卷樓叢書》本以及涵芬樓《四部叢刊》影印明文始堂刊本等。題辭：文體名。標明全書要旨，並對作品表示贊許，進行評價或敘述讀後感想。性質與序、跋相似，大都用韻文體裁，通常放在卷首。

（二）『荀悦……悦傳』句：《後漢書》卷九二《荀悦傳》：『悦志在獻替，而謀無所用，乃作《申鑒》五篇。其所論辨，通見政體。既成而奏之，其大略曰……』《漢紀》：共三十卷，約十八萬餘言，爲中國古代的編年體史書，是中國第一部編年斷代體史書。漢獻帝時常苦班固的《漢書》文繁難省，於建安三年（一九八）命荀悦依編年體《左傳》體例，删略《漢書》改編撰寫。經過三年悉心抄撰，於建安五年（二〇〇）成書。《東漢書》：即《後漢書》，是一部由我國南朝劉宋時期的歷史學家范曄編撰的記載東漢[illegible]的紀傳體史書。與《史記》、《漢書》、《三國志》合稱『前四史』。書中分十紀、八十列傳和八志（司馬彪續作）[illegible]敘了從光武帝劉秀起至漢獻帝一百九十五年的歷史。

（三）簡編：串連竹簡[illegible]，指書籍。脱繆：亦作『脱謬』。脱漏、錯誤。

【附錄】

明何孟春《序〈申鑒〉》（明嘉靖間文始堂刻《申鑒》卷首）：『是書視賈誼《新書》大抵相類，皆欲以經世者。《太傅》五十八篇，予嘗手加編次訂正，至訛誤處，不敢不闕其疑。是五篇者，宋尤袤刻置江西漕臺，時已云其「簡編脫繆，字畫差舛」，君茲所注，得微其本歟，有功仲豫多矣。幸並予所疑於《太傅書》者，補其闕焉，亦二子身後之一遭也。』

與陸子靜書一（存目）

【編年】

據陸九淵《與漕使尤延之書》（《象山先生年譜》卷中）：『元晦浙東救旱之政，比者屢得浙中親舊書及道途所傳，頗知梗概，浙人殊賴。自劾一節，尤爲適宜。其誕慢尤僥寵祿者，當少阻矣。至如其間言事處，誠如來諭所言者云。』該篇當論及朱熹因救荒而受到非議之事。朱熹『自劾一節』在九年（一一八二）八月，陸九淵回信在淳熙十年初，則該篇當作於淳熙九年（一一八二）底。

【繫地】

該篇當作於南昌。與陸九淵書函往來，論及朱熹救荒之政。

【箋注】

該書啓原文今已不存。陸九淵《與漕使尤延之書》（《象山先生年譜》卷中）：『朱元晦作南康，已得太嚴之聲。元晦之政，亦誠有病，然恐不能泛然以嚴非之。使罰當其罪，刑故無小，遽可以嚴而非之乎？某嘗謂不論理之是非，事之當否，而泛然爲寬嚴之論者，乃後世學術議論無根之弊。道之不明，政之不理，由此其故也。元晦浙東救旱之政，比者屢得浙中親舊書及道途所傳，頗知梗概，浙人殊賴。自劾一節，尤爲適宜。其誕慢以僥寵祿者，當少阻矣。至如其間言事處，誠如來諭所言者云。』

論字法（存目）

【編年】

據朱熹《跋尤延之〈論字法〉後》（《晦庵先生朱文公文集》卷八二）之繫年，該篇當亦作於淳熙九年（一一八二）。

【繫地】

該篇當作於南昌。

【箋注】

該論説原文今已不存。據朱熹《跋尤延之〈論字法〉後》（《晦庵先生朱文公文集》卷八二）：『尤延之論古人筆法來處，如周太史奭世係，真使人無間言。』則該篇以周太史奭世係爲例，探討了古人筆法的來處。

與曾無玷書〔一〕

袞講聞高義之日久矣〔二〕，得趙憲景明書〔三〕，説足下不容口〔四〕，益起思賢之念。恨相去遠〔五〕，未得承顔接辭〔六〕。乃辱惠誨〔七〕，不勝感慰〔八〕。竊窺藻麗〔九〕，益知所緼。袞承乏於此〔一〇〕，得同王事，懼不聞過，凡有可以鐫切者勿惜〔一一〕。自此片紙往復〔一二〕，勿用俗體，乃幸。目昏臂疼，不能盡復來貺〔一三〕，草此一紙爲報，殊愧率略也〔一四〕。袞頓首。

《無錫金匱縣志》卷四〇所引曾宏父《鳳墅帖》，又見尤刊，《全宋文》卷四九九九。

【編年】

文中『趙憲』的提法，説明趙燁時亦居官江東提點刑獄；依據蔡戡《定齋集》卷一五《朝奉郎提點江南東路刑獄趙公墓誌銘》的描述，其時則當淳熙末年。而曾三復權刑部侍郎，在光宗紹熙五年（一一九四）九月後（《宋史》卷一〇七《禮志（十）》）；是年九月，其仍居官太常少卿。又在寧宗慶元三年（一一九七）前（周必大《祭曾無玷侍郎文》），標題中『侍郎』乃尤桐據其終官所擬，當删。又文中稱『相去遠』，則因其時曾氏在朝爲官而尤袞在地方任上；『目昏臂疼』，身體欠佳，當爲其『屢請祠』的一個因素，則該篇當作於淳熙十年（一一八三）。

【繫地】

該篇或作於江南東路饒州（今江西鄱陽）。尤袤爲江東提刑，或有書函與曾三復。

【箋注】

（一）曾無玷：曾三復，字無玷，臨江軍新淦（今屬江西）人。孝宗乾道六年（一一七〇）進士。淳熙末，爲主管官告院，遷太府寺簿，歷將作、太府丞。光宗紹熙初，出知池州，改常州。召爲御史檢法，拜監察御史，轉太常少卿，進起居舍人，遷起居郎，兼權刑部侍郎，以疾告老。詔守本官職致仕。事蹟具《宋史》卷四一五本傳。今《全宋文》卷六二七二録其文《告命用紙事奏》（淳熙十三年二月）、《乞修舉社稷壇奏》（紹熙三年八月）、《乞修葺州縣社稷壇奏》（紹熙三年八月）、《論選考試官奏》（紹熙四年正月）、《乞祫饗正太祖東嚮之尊奏》（紹熙五年九月）等五篇。光立案：該篇今見於《鳳墅帖》清人釋文殘卷一六，容庚《叢帖目》（卷一一）據開篇文字而題作《高義帖》。

（二）『衮講聞……久矣』句：《漢書》卷五六《董仲舒傳》：『子大夫明先聖之業，習俗化之變，終始之序，講聞高誼之日久矣，其明以諭朕。』講聞，講求聽聞；高義，正大的道理。

（三）趙憲景明：趙燁（一一三八—一一八五），字景明，號拙齋，其先開封（今屬河南），後徙三山（今福建福州），吕祖謙門生。孝宗乾道二年（一一六六）進士。淳熙間，知撫州，官終江東提點刑獄。事蹟具蔡戡《定齋集》卷一五《朝奉郎提點江南東路刑獄趙公墓誌銘》、朱熹《晦庵先生朱文公文集》卷七八《拙齋記》。《全宋詩》卷二五五七録其《挽吕東萊》詩兩首，《全宋文》卷六一一八録其《祭吕祖謙文》一篇。憲：『憲司』的省稱。宋代官名，即諸路提點刑獄公事，相當於後世的按察司之職。

（四）不容口：不住口地稱讚。

（五）相去遠：據《宋史》卷四一五《曾三復傳》記載，淳熙末，其在朝爲主管官告院，遷太府寺簿，歷將作、太府丞；而尤袤於江東任上，故稱『相去遠』。

（六）承顔接辭：見面會晤。《漢書》卷七一《雋不疑傳》：『聞暴公子威名舊矣，今乃承顔接辭。』

（七）惠：敬辭，用於對方對待自己的行動。誨：教導。

（八）感慰：感激欣慰。

（九）藻麗：指華麗的文詞。《抱朴子·君道》（《外篇》卷一）：『瞻藻麗之美采，則慮賦斂之慘烈。』

（一〇）承乏：承繼空缺的職位，後多用作任官的謙詞。《左傳·成公二年》：『敢告不敏，攝官承乏。』杜預注：『言欲以己不敏，攝承空乏。』

（一一）鐫切：比喻砥礪切磋。曾鞏《送王希序》（《元豐類稿》卷一四）：『使以言相鐫切邪，眎吾言不足進也。』

（一二）片紙：一小張紙，指便條。何薳《春渚紀聞》卷一《姚麟奏對》：『麟對曰：臣職掌禁旅，宰相非時以片紙召臣，臣不知其急，故不敢擅往。』

（一三）來貺：亦作『來況』，對友人來信或贈詩的敬稱。陸雲《答車茂安書》（《陸士龍集》卷九）：『前書未報，重得來況。』

（一四）率略：　草率、簡略。

【附録】

清秦瀛等《雜識》（《無錫金匱縣志》卷四〇）：『尤文簡書法高古，世不多覯，惟曾幼卿《鳳墅帖》載有文簡與其父無玷侍郎手牘一則云云。是牘大興翁方綱見而重摹之，以寄秦侍郎瀛爲刻，而置之惠山祠壁。』

與周子充知院必大劄子（存目）

【編年】

據周必大《與尤延之侍郎袤劄子》（淳熙十年）（詳箋注），知尤袤有劄子与周必大。周箚『某竊以秋氣漸清，共惟提刑敷文吏部台候動止萬福。特辱書況……夏秋之交，旱勢可畏』云云，則該篇作於尤袤赴京前夕，時間當在淳熙十年（一一八三）七月初。

【繫地】

該篇當作於饒州。尤袤赴京前夕爲江東提刑，故在江南東路饒州。

【箋注】

該書啓原文今已不存。周必大《與尤延之侍郎袤劄子》（《文忠集》卷一八九）：『某竊以秋氣漸清，恭惟提刑敷文吏部台候動止萬福。特辱書況，不勝感慰。微恙不必深治，但胷次稍寧，勿藥而瘳矣。欲閑久已相諒，屢言之集賢，昨既屈令相見，曲折必自馳稟。夏秋之交，旱勢可畏。上念仍歲祈禱後時，凡百先事爲備。一念通天，遂得中熟，豈偶然哉？豪右圍田，滋不可制，其害殊未艾，度非賢明有立之監司、守令，而朝廷悉力助之，不能回也。宜春兄百日内已葬，過蒙遣介致奠，豈勝悲感！指期晤言，更均馳繫，願言加意保攝，來承天寵。』

論救荒之政奏〔一〕

東南民力凋弊，中人之家，至無數月之儲。前年旱傷，江南之南康，江西之興國〔二〕，俱是小壘，南康饑民一十二萬二千有奇，興國饑民七萬二千有奇。且祖宗盛時，荒政著聞者〔三〕，莫如富弼之在青州〔四〕，趙抃之在會稽〔五〕，在當時已是非常之災。夷考其實〔六〕，則青州一路饑民止十五萬，幾及南康一軍之數；會稽大郡，饑民纔二萬二千而已，以興國較之，已是三倍。至於賑贍之米〔二〕，弼用十五萬，抃用三萬六千。今江東公私合力賑救〔二〕，爲米一百四十二萬。去歲江西賑濟興國一軍〔三〕，除民間勸誘所得〔七〕，出於官者，自當七萬，其視青州一路，會稽一郡，所費實相倍蓰〔八〕，則知今日公私誠是困竭，不宜復有小歉。國家水旱之備〔四〕，止有常平、義倉〔五〕〔九〕，頻年旱暵〔一〇〕，發之略盡。今所以爲預備之計，唯有多出緡錢〔一一〕，廣儲米斛而已〔六〕。願預飭有司隨市價禁科抑〔一二〕，則人自樂輸〔一三〕，必易集事〔一四〕。〔七〕

《文獻通考》卷二六，又見《宋史》本傳、《全宋文》卷四九九九。

【編年】

《文獻通考》卷二六『十年，江東憲臣尤袤召入言』云云。據《宋史》卷三五《孝宗本紀》記載（『〔淳熙十年秋七月〕甲戌以夏秋旱暵，避殿減膳，令侍從、臺諫、兩省、卿監、郎官、館職各陳朝政闕失』），則該篇當作於淳熙十年七月十一日（一一八三年七月三十一日）。

【繫地】

該篇當作於臨安。尤袤以梁克家薦，召對，奏論荒政，除吏部員外郎。

【彙校】

〔一〕〔二〕〔三〕『賑』，《全宋文》作『振』。

〔四〕『東南……國家』，《宋史》本傳無。

〔五〕『止有』，《宋史》本傳作『惟』。

〔六〕『頻年……而已』，《宋史》本傳無。

〔七〕『願預飭……集事』，底本無，據他書增補。

【箋注】

〔一〕救荒爲古來爲政之要，參附錄。

〔二〕興國：北宋太平興國七年（九八二），從贛縣劃出七鄉，加上廬陵、泰和部分地區，以年號爲名，建『興國縣』。設縣治於瀲江鎮。此後，興國轄區雖有變化，但縣名卻一直沿用至今。

（三）荒政：賑濟饑荒的政令或措施。《周禮・地官・大司徒》：『以荒政十有二聚萬民。』鄭玄注：『荒，凶年也。鄭司農云：「救飢之政，十有二品。」』著聞：聞名。

（四）『富弼之在青州』句：《宋史》卷三一三《富弼傳》：『加給事中，移青州，兼京東路安撫使。河朔大水，民流就食。弼勸所部民出粟，益以官廩，得公私廬舍十餘萬區，散處其人，以便薪水。』光立案：《遂初堂書目》（本朝故事類）著錄『富文忠《青州賑濟錄》』一書。富弼（一〇〇四—一〇八三），字彥國，河南洛陽人。仁宗天聖八年（一〇三〇）舉茂才異等，授簽書河陽判官。通判絳州，遷直集賢院，開封府推官、知諫院、史館修撰。慶曆二年（一〇四二），爲知制誥，糾察在京刑獄，曾兩使契丹。三年，拜樞密副使，與杜衍、范仲淹等主持慶曆新政。四年，出知鄆州。歷知青、鄭、蔡、河陽、并等州府。至和二年（一〇五五），召拜同中書門下平章事。英宗卽位，爲樞密使。居二年，出判揚州，封祁國公，進封鄭。神宗熙寧元年（一〇六八），徙判汝州。二年，以左僕射、門下侍郎拜同平章事。因與王安石政見不合，出判河南，改亳州。後因阻青苗法受責，以僕射判汝州。遂請老，拜司空，進韓國公致仕。元豐六年（一〇八三）卒，年八十，贈太尉，謚文忠。弼諳熟邊事，與范仲淹分主西、北邊務，又嘗與仲淹推行『慶曆新政』。有奏議、安邊策、文集等，今存《富鄭公集》一卷。事蹟具《宋史》卷三一三本傳。

（五）『趙抃之在會稽』句：《宋史》卷三一六《趙抃傳》：『知越州，吳越大饑疫，死者過半。抃盡救荒之術，療病、埋死，而生者以全。下令修城，使得食其力。』趙抃（一〇〇八—一〇八四），字閱道（一作悅道），號知非子，衢州西安（今浙江衢州）人。仁宗景祐元年（一〇三四）進士，除武安軍節度推官。歷知崇安、海陵、江原三縣，通判泗洲。至和元年（一〇五四），召爲殿中侍御史，彈劾不避權倖，京師目爲『鐵面御史』。嘉祐元年（一〇五六），出知睦州，移梓州路轉運使，旋改益州。召爲右司諫，因彈奏陳旭姦邪，罷知虔州。英宗卽位，奉使契丹，還，進河北都轉運使。治平元年（一〇六四），出知成都。神宗立，以知諫院召還，秋，擢參知政事。熙寧三年（一〇七〇），因反對青苗法去位。歷知杭州、青州、成都、越州，復徙杭州。元豐二年（一〇七九）二月，以太子少保致仕。退居於衢。七年卒，年七十七。謚清獻。施政寬簡，爲世稱道。纂《成都古今集記》三十卷等，《趙清獻公集》原爲十六卷，明人據殘宋本重編爲十卷。事蹟具《東坡集》卷三八《趙清獻公抃愛直之碑》、《宋史》卷三一六本傳。

（六）夷考：考察。《孟子·盡心下》：『夷考其行，而不掩焉者也。』趙岐注：『考察其行，不能掩覆其言。』

（七）勸誘：勸勉誘導、規勸誘導。

（八）倍蓰：謂數倍。倍，一倍；蓰，五倍。《孟子·滕文公上》：『夫物之不齊，物之情也。或相倍蓰，或相什百，或相千萬。』

（九）常平：古代一種調節米價的方法。築倉儲穀，穀賤時增價而糴，穀貴時減價而糶。漢宣帝時耿壽昌首創。高承《事物紀原》卷一《利源調度·常平》：『漢宣帝時數豐稔，耿壽昌奏諸邊郡以穀賤時增價糴入，貴則減價糶出，名曰「常平」，此其始也。』義倉：隋以後歷代封建政府爲備荒年而設置的糧倉。北齊時征義租，在州、縣設倉存儲，此爲義倉的先河。隋文帝開皇五年（五八五）始設義倉。《隋書》卷四六《長孫平傳》：『奏令民間每秋家出粟麥一石以下，貧富差等，儲之里巷，以備凶年，名曰義倉。』在收穫時向民戶征糧積儲，以備荒年放賑。因設在里社，由當地人管理，因而亦名社倉。後又定積儲之法，准上中下三等稅，上戶不過一石，中戶不過七斗，下戶不過四斗。唐初置義倉及常平倉，元和中改稱常平義倉。

（一〇）頻年：連年、多年。旱暵：亦作『旱熯』，不雨乾熱。

（一一）緡錢：指以千文結紮成串的銅錢，漢代作爲計算稅課的單位。後泛指稅金。緡，穿銅錢用的繩子。

（一二）飭：命令。有司：官吏。古代設官分職，各有專司，故稱。科抑：課稅、征稅。

（一三）樂輸：自願輸納。《新唐書》卷五一《食貨志一》：『乃命庸、調、資課皆以米，凶年樂輸布絹者亦從之。』

（一四）集事：成事、成功。《左傳·成公二年》：『此車一人殿之，可以集事。』杜預注：『集，成也。』

【附錄】

倪思《救荒政·對策》（《南宋文錄錄》卷九）：『水旱之變，或謂出于天數，或謂出于人事，其說如何？今日荒政之弊，如常平義倉，所積既少，而其弊又多。勸諭民間，莫肯出力以助公上。穀價涌貴，田野流移，將何以濟？王者以民爲天，民以食爲天，一日無食，則民飢苦。而豐凶之相乘，水旱之或時有，是以聖人厚蓄積，備先具，執斂散之權，以爲裁成輔相之道，故雖遇歉歲，而民無捐瘠之憂。昔三代之盛，使民三年耕則有一年之蓄，九年耕則有三年之蓄，以三十年之通，則當有十年之蓄矣。夫以積蓄之富如此，雖有水旱之變，宜無足慮。考之《周官》，所以爲救荒之政，何其詳且悉也。遺人以施其委積，均人以蠲其政賦，頒其藏則有倉人焉，均其食則有司稼焉。移民以就穀，則廩人職之；移民以通財，則□□職之。而大司徒所掌荒政，其目尤多。所謂散利薄征，緩刑弛力之類，凡十有二焉。蓋以凶荒之變，利害甚大，雖有蓄藏之備，而無區畫之方，則民有不得其食者矣。又況蓄藏之備，非必如三代哉？恭惟主上留意内治，勤卹民隱。比以亢旱爲災，深切軫慮，先事豫備，條舉荒政，惟恐不及，甚盛德也。執事發爲問目，下詢末學，顧何足以仰裨萬一。雖然，請試言之。今日救荒之政，大要有三。一曰戒壅隔。夫民有災而告于有司，爲守令者，所宜以實聞于朝可也。而今守令往往抑之，使不得言。蓋其意豫欲迎承求悦于上，以爲災異者上所諱聞也。是故旱而稍得雨，則曰雨已霑足；田實無所收，則曰不至甚害。至于聚斂之吏，惟恐蠲減之多，其欲隱蔽尤甚。如此則民隱安得而上聞，德意何緣而下究乎？故莫若申戒守令，使自一畝一頃以上有傷者，悉與閲實，然後朝廷可以知天下災傷之輕重而爲之賑救矣。二曰擇監司。夫朝廷雖有賑濟之備，苟不得人而爲之經理，則姦弊皆出。利之所入者，及胥吏而不及細民，及豪彊而不及單弱，及城郭而不及鄉保。貨賂通行，于是有冒名之弊；先後壅併，于是有蹂踐之虞。聚而爲疫癘，散而爲盜賊，不可不慮也。天下守令，不能人人皆賢，故莫若遴選監司之公明者而督察之，授以方略，勸以賞格。其措置有方者，則籍姓名以薦于朝；其庸謬無能者，則先事移易，必當才而後可，則所在人無有弗被其澤者矣。三曰通商賈。夫以天下之廣，不能皆荒，亦必有豐稔之所，苟非商賈轉運，則遠方之米不能多致。欲商賈之輻輳，莫若戒關市之稽留，聽米價之自然。荊、襄、湖、廣之米，多自長江而下。竊聞沿流關市往往巧作名色，所至皆滯。今若申嚴條禁，使商賈轉米之舟，有司不得誰何。夫商賈逐利者也，苟米價稍高，無不坌集，故莫若聽其自然。米既坌集，價當自平矣。至于常平義倉，本以爲凶歲之備，雖有捐免，豈無見藏，惟盡發而無靳可也。勸誘富民，既立賞格，猶有未應，宜優與官資可也。大抵事豫則立，不豫則廢，而荒政尤不可以少緩。及今爲之，則官無大費，民受實利。如必待其流徙而後爲之經畫，則無及矣。昔文帝之初，賈誼以爲公私之積，猶可哀痛，未幾而貫朽粟腐，號稱富庶。唐太宗一年蝗，二年旱，三年大水，四年而斗米三錢。夫以聖天子盛德之至，愛民之深，小有旱荒，豈足爲慮。惟當盡其所賑救之方，則上天降鑑，當必有豐穰之應，執事又何慮焉？』

刑部郎官題名記〔一〕（一）

合天下訟獄之成，律令章程之事，悉總於尚書刑部。其輕重出入之際，人之死生繫焉，責任爲不輕矣。唐制，刑部郎分四司，曰刑部（二），曰都官（三），曰比部（四），曰司門（五）。本朝因之，然止以爲階官（六），不釐本務（七）。凡四方以具獄來上（八），則獻於審刑院（九），別命朝官一員判院事（一〇）。至於元豐〔二〕，始以審刑歸刑部。（一一）官制行，二十四司各正其職（一二），於是刑部始得專其官，而任益重。中興以來，遵承不改（一三）。聖天子哀矜庶獄（一四），郎官必採時望（一五），非明習法令更治民者弗除（一六），所以選任之意甚厚（一七）。士之當是選者，可不思所以稱明指哉〔三〕！夫法者，一成而不可變者也。民僞日滋，法不能勝，奇請它比〔四〕，紛然雜陳於前〔一八〕，居其任者，苟非明有以察之，仁有以守之，公有以行之，則姦吏並緣〔一九〕，舞文巧詆〔二〇〕，人受其害。故居官稱職，每難其人。而在上者，尤以擇賢任職爲意。

歲月既久，除授不一，前人名氏，漫不可考。淳熙十一年，陳公倚、錢公沖之之爲是官也，〔二一〕慨然興嘆，謀欲序次而書之石〔五〕〔二二〕。會錢公移漕畿甸〔二三〕，乃伐石庀工，視陳公緒成之。繇紹興末得七十人，屬袤記其事，且曰：『視其名而考其歲月，則其人之功行善最〔六〕〔二四〕，皆可枚數〔二五〕。庶後之居於斯者〔七〕，有所警而不敢忽也。』乃述其大略，且使知刑部之有題名，自二公始云。九月望。

潛說友《咸淳臨安志》卷五，又見《梁溪遺稿》卷二、《梁溪文鈔》、《南宋文範》、盛刻、尤刊、《全宋文》卷五〇〇一。

【編年】

據文末之落款，該篇作於淳熙十一年九月十五日（一一八四年十月二十日）。

【繫地】

該篇當作於臨安。尤袤應陳倚、錢沖之等人之邀而有是作。

【彙校】

〔一〕『官』，《南宋文範》作『中』。題名底本省作『郎名題名』，據他書校改。

〔二〕『豊』，底本誤作『禮』，據他書校改。

〔三〕『指』，《梁溪遺稿》作『旨』。二字同。『明旨』：對帝王旨意的美稱。王褒《聖主得賢臣頌》（《文選》卷四七）：『〔臣〕無有游觀廣覽之知，顧有至愚極陋之累，不足以塞厚望，應明旨。』呂延濟注：『明旨，謂宣帝命也。』

〔四〕『奇』，《梁溪遺稿》誤作『祈』。『它比』，底本作『他比』，《梁溪遺稿》則作『托芘』，盛刻、尤刊均作『佗比』，據他書校改。『奇請它比』：《漢書》卷二三《刑法志》：『律令煩多，百有餘萬言，奇請它比，日以益滋。』顔師古曰：『奇請，謂常文之外，主者別有所請，以定罪也。它比，謂引它類以比附之，稍增律條也。』謂於法律正文以外，另行請示或比附他例判案。

〔五〕『欲』，《梁溪遺稿》作『及』。

〔六〕『行』，《梁溪文鈔》作『名』。『功行』：功績和德行。《後漢書》卷八四《楊震傳》：『今瓌無他功行，但以配阿母女，一時之間，既位侍中，又至封侯。』『功名』：泛指功業和名聲。

〔七〕『庶』，他書均作『使』。『庶』：但願、希冀。

【箋注】

（一）郎官：謂侍郎、郎中等職。秦代置郎中令，爲皇帝左右親近的高級官員。屬官執掌護衛陪從、隨時建議等。西漢因秦制不變。東漢以尚書臺爲行政中樞。其分曹任事者爲尚書郎，職權範圍擴大。魏、晉、南北朝時期，尚書郎官之制，略同於漢。隋分郎官爲侍郎與郎。唐六部郎官，郎中之外，更置員外郎。唐以後郎官的設置，基本上無大變革。

（二）刑部：官署名。隋唐五代尚書省刑部之頭司。掌律令格式及按覆刑獄等政。正副主官爲郎中一人（從五品上），員外郎一人（從六品上）。下轄主事四人，令史十九人，書令史三十八人，亭長六人，掌固十人。

（三）都官：主管俘隸簿錄，給衣糧醫藥，而理其訴免。正副主官爲郎中一人（從五品上），員外郎一人（從六品上）。下轄主事二人，令史九人，書令史十二人，掌固四人。

（四）比部：主管勾會内外賦斂、經費、俸祿、公廨、勳賜、贓贖、徒役課程、逋欠之物，及軍資、械器、和糴、屯收所入，主要負責審計事務，但因隨有行政處分，故隸屬於刑部。正副主官爲郎中一人（從五品上），員外郎一人（從六品上）。下轄主事四人，令史十四人，書令史二十七人，計史一人，掌固四人。

（五）司門：主管門關出入之籍及闌遺之物。正副主官爲郎中一人（從五品上），員外郎一人（從六品上）。下轄主事二人，令史六人，書令史十三人，掌固四人。

（六）階官：表示官員品級的稱號，以別於職事官而言。只用於封贈，並非實官。

（七）釐：治理、處理。本務：根本的事務。

（八）具獄：據以定罪的全部案卷。《漢書》卷七一《于定國傳》：『於公爭之，弗能得，乃抱其具獄，哭於府上，因辭疾去。』顔師古注：『具獄者，獄案已成，其文備具也。』

（九）審刑院：省稱『審刑』。宋代於禁中設立的官署。《宋史》卷一六三《職官志三》：『淳化二年，增置審刑院，知院事一人，以郎官以上至兩省充，詳議官以京朝官充，掌詳讞大理所斷案牘而奏之。凡獄具上，先經大理，斷讞既定，報審刑，然後知院與詳議官定成文草，奏記上中書，中書以奏天子論決。』

(一〇)朝官：朝廷的官員，亦指中央官員。

(一一)『始以』句：神宗元豐三年(一〇八〇)審刑院並歸刑部。其存在期間，權勢高於大理寺和刑部。

(一二)二十四司：尚書省所屬各部門的總稱。

(一三)遵承：猶遵照、遵從。

(一四)哀矜：哀憐、憐憫。庶獄：諸凡刑獄訴訟之事。

(一五)時望：指當時有威信有聲望的人。

(一六)明習：明了熟习。更：經過、經歷。除：授、拜(官職)。

(一七)選任：挑選任用。

(一八)雜陳：錯雜陳列或呈現。

(一九)姦吏並緣：《漢書》卷八三《薛宣傳》：『三輔賦斂無度，酷吏並緣爲姦。』並緣，相互依附勾結。

(二〇)舞文巧詆：指玩弄文字，詆毁構陷。《漢書》卷五九《張湯傳》：『所治卽豪，必舞文巧詆。』

(二一)『淳熙……是官也』句：陳倚，淳熙間居官刑部，紹熙三年(一一九四)爲浙東提刑，四年除大理卿。事蹟具《會稽續志》卷二。錢沖之，孝宗淳熙五年(一一七八)十二月以龍圖閣學士、朝散大夫銜爲賀金生辰使。九年，爲淮南轉運判官。十一年，居刑部郎官，出爲兩浙運判。十二年升副使。事蹟具《宋會要輯稿·食貨六一》之一二七。《全宋文》卷六二七二錄其文《乞揚子縣兼主管陳公塘奏》、《相度開濬運河奏》等二篇。

（二二）序次：編次。《漢書》卷三〇《藝文志》：『漢興，張良、韓信序次兵法。』

（二三）畿甸：指京城地區。錢沖之於淳熙十一年（一一八四）居刑部郎官，出爲兩浙路轉運判官。

（二四）善最：唐代官吏考功之法，分四善，二十七最，合善最以分等次。見《唐六典》卷二《尚書吏部·考功郎中》。因亦以指優異的政績。善，指德操；最，指才能稱職。

（二五）枚數：一一列舉。

吴公墓誌（一）（殘篇）

陸君子靜數爲予道其婦翁吴公之賢（二），居亡何（三），有墨服踵門而求見者（四），則吴公之子顒若也（五）。袖子靜之狀，且告曰：『敢因子靜以請誌。』予不識吴公，然子靜信人也，其言有證，乃敘而誌之。夫識子靜於童穉之中，而能以子妻之，其賢可知矣。（六）

《象山先生年譜》（雍正十年刻本）卷中引『尤、楊文集』，又見《全宋文》卷五〇〇一。

【編年】

陸九淵《宋故吳公行狀》作於淳熙十一年秋九月既望，即十六日（一一八四年十月二十一日），則該篇當作於此後不久。

【繫地】

該篇當作於臨安。因陸九淵之請，尤袤爲其岳父吳漸作墓誌銘。

【箋注】

（一）陸九淵《宋故吳公行狀》（《象山集》卷二七）：『公諱漸，字德進，姓吳氏，舊名興仁，字茂榮，以舊字行。其先自金陵徙家臨川。』陸九淵（一一三九—一一九二），字子靜，號存齋、象山翁，學者稱象山先生，撫州金溪（今屬江西）人。孝宗乾道八年（一一七二）進士。淳熙元年（一一七四），授隆興府靖安縣主簿，未上，丁繼母憂。六年，服除，改授建寧府崇安縣主簿。九年，除國子正。十年冬，遷敕令所删定官。十三年，除將作監丞，爲言者疏駁，還鄉，講學貴溪象山精舍。曾與朱熹會講鵝湖，論多不合，理學自此分朱陸兩家。光宗即位，知荊門軍。紹熙三年（一一九二）十二月卒，年五十四。寧宗嘉定十年（一二一七），賜謚文安。事蹟具《象山先生全集》卷三三《象山先生行狀》、清楊希閔編《陸文安公年譜》、《宋史》卷四三四本傳。有《象山先生集》三十二卷，凡文集二十八卷、外集四卷（其中詩一卷），又附《語錄》四卷。《全宋詩》卷二五七〇以影印文淵閣《四庫全書》本爲底本，參校《兩宋名賢小集》卷二二三《象山先生集》等，新輯集外詩附於卷末；《全宋文》卷六一一七至六一五五收其文二十九卷。尤袤與之亦曾有論學活動，如《蘭亭考》卷六收錄的陸九淵《題蘭亭帖》，就記載了其嘗從王順伯求觀所藏《蘭亭》帖以究尤袤之説。

（二）婦翁：妻父。

（三）亡何：不久。《漢書》卷八四《翟方進傳》：『子夏既過方進，揣知其指，不敢發言。居亡何，方進奏咸與逢信「邪枉貪污，營私多欲」。』顔師古注：『無何猶言無幾，謂少時。』

（四）踵門：登門、上門。《孟子·滕文公上》：『有爲神農之言者許行，自楚之滕，踵門而告文公。』

（五）『則吳公……顒若也』句：《宋故吳公行狀》：『公娶黄氏。子五人，顒若、厚若、誠若皆世其業，厚嘗與丁酉舉送。』《吳伯顒墓誌》（《象山集》卷二八）：『伯顒名顒若，世系先諱，具尤禮侍所爲外舅茂榮之碑。』

（六）『夫識……知矣』句：《宋故吳公行狀》：『某在童穉時爲公所知，後又妻以其女，知公之平生可謂深且詳矣。』

【附録】

陸九淵《宋故吳公行狀》：『公諱漸，字德進，姓吳氏，舊名興仁，字茂榮，以舊字行。其先自金陵徙家臨川，今幾百年矣。曾大父嗣宗；大父景章；父萬，右迪功郎致仕。兄弟三人，公居次。少隨伯氏從學於江公匯。江爲鄉先生，從游多老成宿學，一時英異，如李公浩、曾公季貍皆在。公以童幼居其間，愿慤恭遜，得子弟禮。有所未解，人樂告之。年十有五，喪母高氏。服除，致仕公使之治生。公雅好文學，重違致仕公意，服勤數歲。一日從容言其志，致仕公大悦之，更使從學。未幾，會新教官至，試補弟子員。郡之士大集，公居第一。自是每試輒居上游，人取其藝異。時同事江公者，與爲執友。公每自挹損，事之如子弟。紹興癸酉，始與舉送，人謂公一第固可俯拾。明年，省試不偶，公不以罪有司，曰：「吾殆業不精。」丙子再舉，壬午三舉，省試皆報罷，自是仕進之意衰矣。其後雖屢到省，皆以其子姪或門人與舉送，願公表率，親舊敦勉以行。公往來超然，殊不以得失介意。或以特奏名留之，公曰：「吾來此聊復爾耳，不能久也。」謝之竟歸。日率諸子讀書，以自娱樂。其聲洋洋，踵門者未及見，已爲之起。淳熙十年六月朔，以疾卒，享年六十，鄉閭莫不惋惜。公性孝，事親左右無違。見老者雖賤必敬。慈祥愛物，力所及者，螻蟻蛙蚓之難，亦必免之。其謙恭不競，人皆以爲不可及。至有不當其心，引義正色，堅勇亦不可奪。家甚貧，自奉甚薄，唯祭祀賓客則致其豐鮮。公在郡庠，以行藝推爲前廊。居無何，輒逡巡辭去。乾道庚寅，許君及之、蘇君總龜爲教官，尤留意學校，聞公學行信於鄉里，造廬敦請，至于再三，不得已就之。公雅爲許所知，許方欲盡去宿弊，事無巨細，皆以委公，公爲區處條畫，如指諸掌。許每歎曰：「於是見君後日之施設矣。」事有緒，即辭去。其後合郡之士屢請延公入學，教官郡守各致其禮，公皆固辭，不復出矣。鄉里先達皆期公以有用，乃竟不三試而死，悲夫！公娶黄氏。子五人，顒若、厚若、誠若皆世其業，厚嘗與丁酉舉送。女四人：長歸某，次甫笄而死，次許胥訓，次未許嫁。孫男女各一人，尚幼。卒之年秋九月壬申，葬于金谿縣歸德鄉金石源祖塋之側。葬之日，送車塞塗，祖奠于道者，相望不絕，行過者莫不齎咨涕洟。某在童穉時爲公所知，後又妻以其女，知公之平生可謂深且詳矣。如公之德，不可不表顯于後，謹覈書以告當世之君子。淳熙十一年九月既望，壻承奉郎、充詳定一司敕令所删定官陸某狀。』

又《黄夫人墓誌銘》(《象山集》卷二八)：『昔者外舅吴君茂榮之葬，余狀其行，乞銘於尤太史，不敢加一辭。』

奉使直祕閣朱公墓誌銘(存目)

【編年】

據朱熹《奉使直祕閣朱公行狀》(《晦庵先生朱文公文集》卷九八)所述，『方將爲謀葬，故而遽以罪逐，今密院檢詳尤公袤、臨安帥守張公杓，聞而悲之，相與悉力經紀其事……今葬有日，宜有銘刻以告於幽……而敬以請於尤公』，其時尤袤居官樞密院檢詳文字，故該篇當作於淳熙十一年(一一八四)。

【繫地】

該篇當作於臨安。襄助朱熹安葬其叔祖朱弁，並應之托爲其作墓誌銘。

【箋注】

該箴銘原文今已不存。尤袤作銘之後，朱熹有《答尤尚書(袤)》(《晦庵先生朱文公文集・續集》卷三)：『志銘之作雄健高古，曲盡事情，雖或節用行狀之詞，而一經點化，精神迥出。正襟伏讀，使人魄動神悚，知君臣之義與生俱生，果非從外得也。竊謂此文實天下名教之指南，寒鄉冷族，何幸而獨得之！然亦非可得專有之矣，幸甚幸甚！』王明清《揮塵三録》卷三：『……朱弁，字少張，徽州人……紹興壬戌始與洪光弼、張才彦俱南歸，易宣教郎、直祕閣、主管祐神觀以終，旅殯於臨安。近朱元晦以其族人爲作《行狀》，而尤先生延之作《誌銘》，遷葬於西湖之上。』

【附録】

朱熹《奉使直祕閣朱公行狀》（《晦庵先生朱文公文集》卷九八）：『公諱弁，字少章。其先吴郡人，中徙歙之黄墩。唐末有諱古僚者爲陶雅偏將，以兵戍婺源，因家焉。其後世有隱德，至奉直公始爲儒，尤以沈默自將，足迹未嘗至城市。生五子，公其次也。幼穎悟，讀書日數千言。十歲能文，既冠，遂通六經百氏之書。遊京師，入太學，補内舍生，客食諸王家。會景迂晁公説之爲宫學教授，一見其詩奇之，與歸新鄭，妻以兄女。鄭介汴、洛兩都之中，一時故家遺俗蓋彬彬焉。公游其間，聞見日廣，文章日進，益厭薄舉子事，遂不復有仕進意。靖康之難，家碎賊手。南歸及淮甸，光堯太上皇帝已承大統，駐蹕揚州，議遣使問兩宫安否，而見大夫無敢行者。公聞之慨然，攘袂而起，撫髀太息，即日奮身自獻闕下。宰相以聞，詔補修武郎，借右武大夫、吉州團練使，充河東大金軍前通問副使。且命之曰：「朕方俯同晉國，用魏絳以和戎，爾其遠效侯生，御太公而歸漢。」公受命，即日與使者王公倫張旟誓衆，直犯兵鋒以行，實建炎戊申正月也。行遇虜相黏罕于白水濼，邀説甚切。黏罕不聽，使就館雲中，餽餉如禮而實以兵守之。公復屢與書，具言用兵講和利害甚悉。紹興壬子之歲，虜忽遣宇文虚中來言和議可成，當擇使副一人詣元帥府受書歸報。虚中欲二人探籌以決去留，公正色曰：「此市道之所爲耳。吾之來，固自與以必死，豈今日乃覬幸於先歸者哉！願使長亟詣軍前受書，歸報天子，遂成兩國之好，使吾君得以蚤申四海之養於兩宫，如前日臨遣詔書本指。則吾雖暴骨方外，猶生之年也。」於是王公行有日，公請焉，曰：「古之使者有節以爲信，今無節而有印，則印亦信也。公既還朝，無所事此，願留見授，使某不幸一有意外之辱，得抱以死，死不腐矣。」王公揮涕，解以授公。公受而懷之，臥起未嘗不與俱也。是時，劉豫盜據京邑，虜迫公仕豫，且訹之曰：「此南歸之漸也。」公曰：「吾受命而北，不受命而南。且豫國賊，吾常恨不食其肉，又忍北面而臣之哉？吾有死耳，不願歸之。」虜人怒，絕其餼遺以困之。公反從中固拒驛門，忍飢待盡，誓不爲屈。於是虜人亦知感動，復慰安之，致禮如故。久之，復迫公換虜官。公曰：「自古兵交，使在其間，言可從從之，不可從則囚之殺之，何必換其官哉？吾官受之本朝，今日有死而已，誓不易以辱吾君也。」且移書虜用事人耶律紹文等曰：「上國之威命朝以至，則使人夕以死；夕以至，則朝以死。」又以書告訣於後使者洪忠宣公曰：「殺行人亦非細事，吾曹不幸遭之，亦命也。命出於天，其可逃哉？要當舍生以全義耳。」一日，具酒食，召雲中被虜士夫常所與往來者飲。半酣，語之曰：「吾已得近郊某寺之地，一旦畢命報國，諸公幸瘞我其處，且識其上曰：『有宋通問副使朱公之墓』，於我幸矣。」衆皆涙緣睫，不能仰視，公獨談笑自若曰：「此臣子之常分，諸君何悲也？」虜知公終不可屈，遂不復强。然公以使事未報，憂憤得目疾，其抑鬱愁嘆、無憀不平之氣一於詩發之。歲久成集，號曰《聘游》。虜中名王貴人亦多遣其子弟就學，公以此又得時因文字往來說以和好之利，而碑版篇詠流行北方者亦甚衆，得之者相誇以爲榮焉。王公還朝，太上聞公守節不屈，因其再使使賫金銀綾絹爲賜。歲在丁巳，虜諸酋相繼死滅，公陰使從者李發求得河陽人董考祥等，密疏其事及虜中虛實，使間行歸報曰：「此不可失之時也。」其後王公復歸，又以公奉送徽考大行之文爲獻，其詞有曰：「臣等猥以凡庸，誤蒙選擇。茂林豐草，被雨露於當年；絕黨殊鄰，犯風霜於將老。節上之旄盡落，口中之舌徒存。嘆馬角之未生，魂消雪窖；攀龍髯而莫逮，涙灑冰天。」太上讀之感涕，詔官公親屬五人如故事，別賜吴興田五頃。顧丞相張忠獻公，喻以密指曰：「歸日當以禁林相處也。」明年虜使烏陵思謀、石慶充至，詔公子林及司馬倬入館見之，仍許附以家書，且賜黄金三十兩以寄。思謀等見林稱公忠節，嗟歎久之，至以手加額云。紹興癸亥，約和已定，公乃與洪忠宣公及歷陽張公邵皆得歸。其事見洪公家書《輶軒集》，今行於世。入境，傳旨促行者數輩。至國門，太上命中使梁璋引入便殿，延見勞苦，嘉歎再三。公頓首謝，且言曰：「臣聞人之所難得者，時也，而時之運無已。事之不可失者，幾也，而幾之藏無形。惟無已也，故來遲而難偶；惟無形也，故動微而難見。陛下與金人講和，上則返梓宫，次則迎太母，又其次則憐赤子之無辜，肉白骨於已朽，此皆知時知幾之明驗也。然時運而往，或難固執；幾動有變，宜鑑未兆。盟可守矣，而詭詐之心宜默以待之；兵可息矣，而銷戢之術宜詳以講之。且夷狄君臣上不奉若天道，下不求合民心，人怨神怒，不知修省，以黷武爲至德，以苟安爲太平，虐民而不恤民，廣地而不廣德，此皆天助陛下中興之勢也。若時與幾，陛下既知之於其始，圖惟厥終，願陛下益留神焉。」太上納其言，賜金帛甚厚。公又以虜中所得六朝御容及宣和御集書畫爲獻，并上所著《聘游集》，且述北方所見聞忠臣義士朱昭、史抗、張忠輔、高景平、孫益、孫谷、五臺僧真寶、丁氏、晏氏女、閻進、朱勣等死節事狀，及故官屬姓名以進，請加褒録，以勸來者。太上高其節，壯其志，異其文，俾易文資，且有進用意。詔曰：「朱某奉使歲久，忠義守節，理合優異，特賜券金千緡。」而宰相秦檜方以講和爲功，惡公言虜情，悟上意，奏以初補官换右宣教郎、直祕閣、主管祐神觀。有司校公考十有七年，應遷數官，檜又尼之，僅轉奉議郎。明年四月六日，遂以疾卒於臨安府白龜池之寓舍。遺命歸葬故山，不果，則權厝西湖上智果院，忠義之士莫不哀之。公配晁氏與其子鄭老皆死于兵，再娶王公倫之女弟，與晁氏皆封孺人。子栐，仕至宣教郎、知撫州崇仁縣以卒。女適里人王仔，以公恩補承信郎。孫勳早卒，照未仕。公之文慕陸宣公之爲者，其氣質雄渾，援據精博，明白疏暢，曲盡事理，識者以爲深得其體。於詩酷嗜李義山，而詞氣雍容，格力閑暇，不蹈其險怪奇澀之弊。《聘游集》凡四十二卷，别有奏議一卷、《尚書直解》十卷、《曲洧舊聞》三卷、《續骫骳說》一卷、《雜書》一卷、《風月堂詩話》三卷、《新鄭舊詩》一卷、《南歸詩文》一卷，皆藏於家。熹先大父於公爲三從兄弟，先子初登第時，嘗往拜公溱洧之上，公送以詩，意寄甚遠。其後先子仕於朝時，公已在北方。比南歸，則先子不幸是歲已棄諸孤矣。後六年，熹始得拜公之殯而讀其遺文。又三十有四年，乃復得官浙中，則公之殯猶在智果院也。方將爲謀葬故，而遽以罪逐。今密院檢詳尤公袤、臨安帥守張公杓聞而悲之，相與悉力經紀其事。而太學錄張君體仁又爲得吉卜於□□縣積善峯之下，書來曰：「將以某月某日葬公之柩，而以王氏孺人祔焉。」熹竊惟國家承平百年，所以遇士大夫者不爲不厚。政、宣以來，公卿大臣荷國寵榮殊異優渥，又有非前日比者。一旦狂徒誤國招禍，使君父蒙塵，越在沙漠苦寒無人之地，而一時遺臣賣國降虜之餘接迹於朝，靦然相視，乃無一人肯奔問官守者。公以草野諸生，平日未嘗沾一命之禄，顧獨奮然出捐軀命，請冒鋒鏑斧質之威以嘗不測之虜，而守死不屈，至于十有六年之久，卒不汙虜僞官爵，竟得復持漢節，歸見天子，其忠義大節，終始凜然。雖竹帛所書，丹青所畫，無以過之。和議之成，雖若不在其身，而風喻從臾，蓋亦與有力焉。而公不肯自以爲功，還朝所建，皆遠謀至計，不欲朝廷遂以目前所就爲安，而必期有以致中興於異日者，此其忠慮之深，又與一時貪天之功以爲己力，而遂宴安江沱，以至於忘讎而辱國者蓋萬萬不侔矣。上賴太上皇帝深照其衷，前後褒嘉賜賚甚寵。而不幸厄於權臣，使不獲申其志以死，豈非天哉！今葬有日，宜有銘刻以告于幽。因訪其家，得公外孫王炳所記《行實》一編，參以舊聞，第錄如右，而敬以請於尤公，伏惟幸哀而終惠之，以覆賴其後人，且詔太史氏筆削，以爲萬世臣子忠義之勸。謹狀。』

答朱元晦三（存目）

【編年】

據朱熹《答尤尚書（袤）》（《晦庵先生朱文公文集·續集》卷三）：『奉三月四日手教一通……又蒙封送差敕及所撰族祖銘文，尤切感荷。衰病之餘，復叨祠祿，已爲優幸，而雲臺改命又如私請』則此尤書當作於淳熙十二年三月四日（一一八五年四月五日）。

【繫地】

該篇當作於臨安，論及爲朱熹爭取主管華州雲臺觀敕命及封送朱弁墓誌銘等事。

【箋注】

該書啓原文今已不存。朱熹《答尤尚書（袤）》（《晦庵先生朱文公文集·續集》卷三）：『奉三月四日手教一通，三復慰喜，不可具言。又蒙封送差敕及所撰族祖銘文，尤切感荷。衰病之餘，復叨祠祿，已爲優幸，而雲臺改命又如私請，便得仰止希夷之高躅，以激衰懦，則又報事者不言之教也。幸甚！志銘之作雄健高古，曲盡事情，雖或節用行狀之詞，而一經點化，精神迥出。正襟伏讀，使人魄動神悚，知君臣之義與生俱生，果非從外得也。竊謂此文實天下名教之指南，寒鄉冷族，何幸而獨得之！然亦非可得專有之矣，幸甚幸甚！屬以一至城府，歸憩武夷，繚繞還家，賓客書問疾病之擾無一日暇，以故久不得致謝意。然此心未嘗一日忘也。』

《定武蘭亭》跋〔一〕

《蘭亭序》世以定武石刻爲最，然定武自有三本，其佳者則民間李氏本。李氏祕惜之，别刻一本，世之所刻，皆其副耳。韓忠獻用其本刻之，則官本也。〔二〕李氏亡，負官錢，宋景文以公帑代償，取石寘庫中。〔三〕薛道祖刻他石以换之，斵去『湍』、『流』、『帶』、『右』、『天』五字，其没亦歸宣和殿矣。〔四〕此本石在長安，薛謂之唐古本，觀其精彩焕發，實出定武，但不肥耳。徧閲諸本，無有能出其右者。近時所刻雖多，皆未有得其髣髴，誠可貴也。淳熙甲辰十二月辛亥，梁溪尤袤題。

宋拓《定武蘭亭》。

【編年】

據文末之落款，該篇當作於淳熙十一年十二月（一一八五年一月）。然是年十二月朔乃丙辰，是月並無『辛亥』，則所署具體日期或有誤，存疑待考。

【繫地】

該篇當作於臨安。

【箋注】

（一）元趙孟頫《行書臨定武蘭亭序卷》前之宋拓《定武蘭亭》附尤袤題跋（故宮博物院藏原件）。該手卷爲紙本、墨書，縱二十七點四釐米，横一百零二釐米。《石渠寶笈》卷一三《養心殿四・書卷次等》：『元趙孟頫摹《定武蘭亭》一卷（次等荒一）——素箋本。款識云：「王右軍《蘭亭帖》古今難臨摹者也，試爲之，乃信，子昂云。」前裝墨搨《蘭亭敘》一卷並原跋，拖尾有張翥、張以寧二跋。』張翥（一二八七—一三六八），字仲舉，晉寧（今山西臨汾）人，元代詩人。至正初年（一三四一）被徵召爲國子助教，後來升至翰林學士承旨。今存《蛻庵詩集》四卷，詞兩卷。張以寧（一三〇一—一三七〇），字志道，因家居翠屏峯下，自號翠屏山人，古田（今屬福建寧德）人。元末明初文學家。有俊才，博學強記，擅名於時，人呼『小張學士』。泰定中，以《春秋》舉進士。官至翰林侍讀學士。明滅元，復授侍講學士。奉使安南，還，卒於道。以寧工詩，著有《翠屏集》、《春王正月考》等。張以寧論詩主張復古，爲明高棅復古理論開了先河。

（二）『李氏祕惜之……官本也』句：北宋慶曆年間，《蘭亭序》石刻被定州人李學究得到。李視爲珍寶，祕不示人。韓琦鎮守定州，李學究將拓片獻於韓琦，始爲世人知之。因當時定州設定武軍，所以稱定武本《蘭亭》。韓琦向其索要原刻，李學究另刻一石以獻，而將原刻深埋地下。

（三）『李氏亡……取石寘庫中』句：李學究去世後，其子便將石刻挖出，以每本一千的價格出售拓本，世人爭相購取。後李氏子身負官債，石刻被宋祁取獲以抵債。公帑：公款，公共財産，國家、政府、公家之資産。

（四）『薛道祖……歸宣和殿矣』句：北宋熙寧年間，薛向出守定州，其子薛紹彭將該石刻偷偷運回長安，另一刻石留定州。宋徽宗年間薛紹彭之弟薛嗣昌將存於定州的李學究的複製石刻獻給朝廷，徽宗非常重視，令置於睿思殿東閣之壁。參見洪邁《跋定武本蘭亭石刻》（《蘭亭考》卷六）：『定武蘭亭石刻，富春何予楚能道其詳，唐曰正本。石晉末，耶律德光輦而歸，棄之中山，爲土人李學究所得。韓魏公索之急，李瘞諸地中，而别刻以獻。李死，其子乃出之，宋景文公始買寘公帑，後爲薛紹彭換取。至大觀間，遂入宣和殿。』

【附録】

王厚之《〈定武蘭亭〉跋》（宋拓《定武蘭亭》所附）：『《禊帖》雖閟於昭陵，然唐太宗嘗命趙模、韓政、諸葛貞、馮承素搨以賜諸王近臣者不一，又虞、褚、歐陽各有臨摹墨跡，所以勒石傳世者不勝其衆。但徧觀諸刻，無能及定武本者，非因山谷諸公品題而重也。宋景文初得此石於民間，未甚刓缺。至薛師政帥定，其子道祖竊歸長安，劖損「湍」、「流」、「帶」、「右」、「天」數字以惑人，故今有定武「全本」、「劖本」之異。兼用墨有重輕，故肥瘦不同，鑒者紛紛異論。余兼將四本，以相參較，只是一石，後人摹刻雖多，皆不能彷彿此四本也。今此帖字全而瘦，其缺損至微且少，直是初本，但益見其用墨之濃。然不失其爲無瑕玉耳。今劖本自不多見，況熙寧之前摹拓于中山而全美如此者，尤可貴也。慶元六年庚申六月朔旦，臨川王厚之順伯跋。』

又《長興施氏蘭亭敘帖跋》（《蘭亭考》卷六）：『定武《蘭亭敘》，熙寧中薛師正爲帥，其子紹彭竊歸洛陽，斲損「湍」、「流」、「帶」、「右」、「天」數字以惑人。宣和間歸御府。建炎初宗澤送之維揚，金騎焚維揚，方不知所在。此本未斲損，乃舊日定武所拓，尤可貴重。黄太史謂「肥不剩肉，瘦不露骨」，謂此帖也。臨川王厚之。』

張翥《〈定武蘭亭〉跋》（宋拓《定武蘭亭》所附）：『定武石刻，好古者識其鋮眼、蟹爪、丁形以爲別，而搨本亦用此幾似之。然其真贋自能目辨心得於神情、韻度之表，何可亂也。正如九方歅之相馬，若不以天機觀，未有弗失於形色者。此帖精采殊爗爗，良可祕賞看。張翥題。』

袁説友《跋汪季路太博定武本〈蘭亭修禊序〉》（《東塘集》卷一九）：『頃歲有薛氏子，爲先君道其族伯紹彭定武《蘭亭帖》三本始末，語與前輩所書略同。去春，余跋王順伯定武本嘗及之矣。《蘭亭帖》距今歲月滋久，本既弗一，好事者説亦紛異。然物之真謬，雖相去毫釐，吾人若具眼力，少加訂正，便可盡見。如順伯與今季路所藏，一見知爲至寶物也。蓋肥瘦別定武先後本，亦是要論。余留都下九年，士夫家所有，幸數見之，往往筆瘦而刻畫太明者甚多，校之肥本，自「永和九年」而下只此一行，其運筆自然，氣象渾厚，已不可及。其間如「會」、「有」、「咸」、「流」、「弦」、「暢」、「清」、「可」、「浪」、「猶」、「齊」、「攬」數字，相去尤不勝天淵，他皆如此。又肥本字畫之傍，石紋自然皴動，如輕烟籠染，拉拭未去之狀，俗語謂之粉紋，此又不可僞爲。前歲見范元卿所藏，渠卻未深信肥本者，人固各有見也。尤延之領袖博雅，定武古本偶未得刮目，嘗見沈虞卿之本，似不減順伯、季路者。余雖隨羣嗜此，而所儲殊未確，僅有一二可以備遺，然必求有以頡頏於尤、沈、王、汪之門可也。』

趙孟頫《定武蘭亭跋》其三（明朱存理《珊瑚木難》卷四）：『《蘭亭帖（『帖』，《金石文考略》、《全元文》均無）》當宋未渡南時，士大夫人人有之。石刻既亡，江左好事者往往家刻一石，無慮數十百本，而真贋始難別矣。王順伯、尤延之諸公，其精識之尤者，於墨色紙色、肥瘦穠纖之間，分毫不爽，故朱晦翁跋《蘭亭》謂「不獨議禮如聚訟」，蓋笑之也。然傳刻既多，實亦未易定其甲乙。此卷乃致佳本，肥瘦得中，與王子慶所藏趙子固本無異，石本中至寶也。至大三年九月十六日，舟次寶應重題。』

戴良《跋〈定武帖〉》（《九靈山房集》卷二九）：『……其所模搨，古定本差肥，薛氏本稍瘦。王順伯主肥者，尤延之則以瘦者爲真。二公皆好古博雅，其論此帖不同如是，要必互有所見……』

范文正公與尹師魯二帖〔一〕（一）

方范文正因與呂文靖爭論上前貶饒州時〔二〕，尹舍人實上書願得俱貶〔二〕，監郢州酒稅〔三〕。此一卷帖〔三〕，情義諄諄〔四〕，不啻兄弟。蓋二公愛君憂國，道合志同，其相與之厚，自應爾耳〔四〕。淳熙乙巳清明日，梁溪尤袤敬觀。

范仲淹《師魯帖（四月二十七日）》（臺北故宮博物院藏原件），又見《范文正集補編》卷三、《趙氏鐵網珊瑚》卷二、《御定佩文齋書畫譜》卷七六、《石渠寶笈》卷一〇、《式古堂書畫匯考》卷九、《六藝之一錄》卷三三七、《錫山文集元稿》、尤刊、《全宋文》卷四九九九。

【編年】

據文末之落款，作於淳熙十二年（一一八五）三月清明日。

【繫地】

該篇當作於臨安。尤袤任右司郎中兼太子侍講、國史院編修官，跋范仲淹與尹師魯手啓墨蹟。

【彙校】

〔一〕題名又作『范文正公與尹師魯手啓墨蹟』（《范文正集補編》），『文正公與師魯二帖』（《趙氏鐵網珊瑚》、《式古堂書畫匯考》），『宋范仲淹與尹舍人帖』（《御定佩文齋書畫譜》），『范文正公與尹舍人帖』（《六藝之一録》），『跋《范文正公與尹師魯二帖》』（《錫山文集元稿》）。

〔二〕『因』，《趙氏鐵網珊瑚》、尤刊均無。

〔三〕『帖』，《范文正集補編》作『帙』。

〔四〕『耳』，《趙氏鐵網珊瑚》、尤刊均作『爾』。

【箋注】

〔一〕二劄先後歸元人胡助（《范文正集補編》卷三）、明人王世貞（《弇州續稿》卷一六一《宋名公二十帖》），清高士奇藏本則散佚是跋（《江村銷夏録》卷一）。具體情況，詳見附録。又據《石渠寶笈》所記，一紙高尺一長一尺七寸，一紙高尺一長一尺三寸。《師魯帖（四月二十七日）》，又稱《與尹師魯劄》，是北宋著名文學家、政治家范仲淹的行楷書作品，紙本。縱三十一點八釐米，横三十九點二釐米；跋縱三十二點八釐米，横十八釐米；凡十一行，每行字數不一，字有缺損，存一百字。現藏於臺北故宫博物院。《師魯帖（四月二十七日）》是慶曆六年（一〇四六）四月二十七日范仲淹自鄧州（今屬河南）寄給時以崇信軍節度副使在均州（今湖北丹江口）監酒税的好友尹洙的。清代著名鑒藏家安岐在《墨緣匯觀》中記載：『前七月十四劄，白紙本，行書十三行，内有文正十六世孫謹藏圖書印，前後收藏舊印難辨；後四月二十七劄，淡黄色紙本，行書十一行，前後押有收藏舊印。』清吴升《大觀録》也記爲兩劄，至《石渠寶笈》著録僅此後劄，故前劄在入清内府前已佚。此劄原附洪邁、尤袤、楊萬里、泰不華、胡助、柳貫、汪澤民、鄭禧、戴仁、吴寬、王世貞等宋、元、明人題跋，跋文見吴升《大觀録》。入内府時僅見尤袤跋，其他已佚。范仲淹（九八九—一〇五二），字希文，蘇州吴縣（今江蘇蘇州）人。生二歲而孤，母更適長山朱氏，從其姓，名説。真宗大中祥符八年（一〇一五）進士，爲廣德軍司理參軍，改亳州節度推官，始還姓更名。歷祕閣校理、右司諫，知睦州、蘇州，權知開封府。直言立朝，屢遭貶黜。歷知饒、潤、越州，進龍圖閣直學士，爲陝西經略安撫副使兼知延州，降知耀州，改慶州，遷環慶路經略安撫使，改陝西安撫經略招討使。仁宗慶曆三年（一〇四三），除樞密副使，尋拜參知政事。主持『慶曆新政』，提出明黜陟、抑僥倖、精貢舉等十事。五年，罷政，以資政殿學士知邠州，兼陝西四路安撫使，改知鄧、杭、青諸州。皇祐四年（一〇五二），改知潁州，赴任途中病故，年六十四。謚文正。著有《范文正公集》。事蹟具《宋史》卷三一四本傳。

（二）『方范文正……俱貶』句：《宋史》卷三一四《范仲淹傳》：『〔吕〕夷簡怒訴曰：「仲淹離間陛下君臣，所引用皆朋黨也。」仲淹對益切，由是罷知饒州……太子中允尹洙自訟與仲淹師友，且嘗薦己，願從降黜。館閣校勘歐陽脩以高若訥在諫官，坐視而不言，移書責之。由是，三人者偕坐貶。』吕夷簡（九七九—一〇四四），字坦夫，壽州（今安徽鳳臺）人，蒙正姪。真宗咸平三年（一〇〇〇）進士，補絳州軍事推官。通判通州，徙濠州，知濱州。擢提點兩浙刑獄，入爲刑部員外郎兼侍御史知雜事。使契丹，還，知制誥。再遷刑部郎中，權知開封府。仁宗卽位，進右諫議大夫，以給事中參知政事。天聖六年（一〇二八），拜同中書門下平章事、集賢殿大學士。明道二年（一〇三三）罷，同年復相。景祐二年（一〇三五）加右僕射，封申國公。次年，與王曾爭事，同時罷相。康定元年（一〇四〇），由判天雄軍復入相。慶曆元年（一〇四一），徙封許國公，判樞密院，改兼樞密使。二年，因病以太尉致仕。四年卒，年六十六。謚文靖。有集二十卷，不傳。事蹟具《隆平集》卷五、《宋史》卷三一一本傳。尹洙（一〇〇一—一〇四七），字師魯，河南府（今河南洛陽）人，仲宣次子，源弟。仁宗天聖二年（一〇二四）進士，官絳州正平縣主簿。歷知光澤、伊陽縣。召爲館閣校勘，遷太子中允。景祐三年（一〇三六），范仲淹貶，洙以爲仲淹忠亮有素，自承爲仲淹之黨，貶監唐州酒稅。康定元年（一〇四〇），爲永興軍經略判官。慶曆元年（一〇四一），坐擅發兵，徙通判濠州。三年，改太常丞知涇州，歷知渭州、慶州、潞州。五年，因在涇州時爭議營造水洛城事被誣陷，貶崇信軍節度副使，徙監均州酒稅。七年卒，年四十七。有《五代春秋》、《河南集》二十七卷。事蹟具韓琦《安陽集》卷四七《故崇信軍節度副使檢校尚書工部員外郎尹公墓表》、《歐陽文忠公集》卷二八《尹師魯墓誌銘》、《宋史》卷二九五本傳。

（三）郢州：《宋史全文》卷七下、《宋史紀事本末》卷五同，《宋史》卷二九五《尹洙傳》則作『唐州』。郢州，屬北宋京西南路，治今湖北鍾祥市，相當於今湖北鍾祥、京山等市縣地。唐州，屬北宋京西南路，治今河南唐河縣，相當於今河南唐河、泌陽、桐柏、社旗、方城等縣地。

（四）諄諄：忠謹誠懇貌。《後漢書》卷五五《卓茂傳》：『勞心諄諄，視人如子，舉善而教，口無惡言。』李賢注：『諄諄，忠謹之貌也。』

【附録】

范仲淹《與尹師魯書（七月十四日）》（《范文正公尺牘》卷下）：『某啓：熱中得回問，知漢東尤甚，然西洛、上京皆苦熱，宣下開井救暍者，此可知矣。三兩日來因雨微涼，彼亦然矣。折支已差人許州般取，到卽走報，不易不易！請見錢者猶煎熬不足，蓋日給外，月月有横費處，家家如之。邠酒四瓶，近寄來，請收檢。鄧醞已竭，候新者送去。合得花蛇散，空心可日一服，甚有功。恐疑之，和方寄上。希多愛多愛！不宣。仲淹上師魯舍人左右，七月十四日。』『新牧舊識，候到卽有書去，兼是棋侶也，先託致意。』又《與尹師魯書（四月二十七日）》（《范文正公尺牘》卷下）：『某（墨跡作『仲淹』，下同）頓首。李寺丞行（原注：『舊本作《與季寺丞》，誤，文正公墨跡尚存，可考，今爲正之。』光立案：『李』，原誤作『季』，今據墨跡校改），曾奉手削（『奉手削』，墨跡有缺損），遞中亦領來教，承動止休勝。某此中無事（『事』，墨跡有缺損），但（墨跡有缺損）兒子病未得全愈，亦漸退減。田元均書來，專送上。近得揚州書，甚問師魯，亦已報他貧且安也。暑中且得未動，亦佳。惟君子爲能樂道（『道』，墨跡有缺損），正在此日矣（『正在此』，墨跡有缺損）。加愛加愛！不宣。仲淹上師魯舍人左右（『上』，墨跡有缺損），四月二十七日。』

洪邁《題范文正公與尹師魯手啓墨蹟（淳熙十三年四月）》（《范文正集補編》卷三）：『范公二帖，皆是師魯謫漢東時書。後一帖卻當在前，或是自均過鄧，託范公以死時問訊之書，與衆云云之戒可見也。賢者困厄至此，人到於今傷之。藏之深，固之密，石可朽，名不滅，歐公銘文盡之矣。淳熙丙午四月，洪邁書。』

楊萬里《跋范文公與尹師魯帖》（《誠齋集》卷二四）：『帖云：承朝車憩歇南亭，未敢拜謁，且請與通判喫食，所事不須與衆云云也。當是尹責均州監酒，自均來訪范於南陽時也。』『佳客千山得得來，主人雙眼爲渠開。逢人莫說當時事，且泊南亭把一杯。』

樓鑰《范文正公與尹師魯帖》（《攻媿集》卷七一）：『師魯自均州輿疾至南陽，託范公以死，蓋平日之相與者如此。四明樓鑰書。紹熙三年十月晦。』

元胡助《宋范文正公與尹師魯二劄》（《范文正集補編》卷三）：『靜翁近又收得此二帖，乃文正公與尹師魯書也。交情古誼，百世之下，尚可想見，視他帖尤當珍愛，學士、大夫所願見而不可得者，況尤、樓、洪、楊四公之題識，亦豈復可得哉！賢子孫永宜寶之。至順四年五月五日後學東昜胡助謹書。』

明王世貞《宋名公二十帖》（《弇州續稿》卷一六一）：『……范仲淹者，字希文，吾吳人，有二帖遺尹師魯舍人，此其一也。尹時謫居，故帖内云云，朋友之道盡矣。跋者多宋元人，吾僅留尤袤。袤，常之無錫人，以祕書監終，謚文簡……』

又《宋范文正公與尹師魯二劄》（《江村銷夏錄》卷一）：『……考胡古愚跋稱「尤、樓、洪、楊」。尤是文簡公袤，錫人也，以祕監終，得謚文簡，豈卽池脫落時佚之耶？萬曆己卯秋日後學王世貞敬書。』

清高士奇《宋范文正公與尹師魯二劄》（《江村銷夏錄》卷一）：『……又胡古愚稱：宋時諸跋，

尤文簡爲冠。今尤跋無存。』

辭領封椿庫奏（一）

封椿、寄椿（二），印記、人吏（三），同係一處，難析爲二。

《宋會要輯稿·食貨五一》之一二。

【編年】

據《宋會要輯稿》著録，該篇作於淳熙十二年（一一八五）五月。

【繫地】

該篇當作於臨安。尤袤以右司郎官分領封椿庫，辭。淳熙十二年五月十九日（一一八五年六月十八日），差何萬兼領。

【箋注】

（一）乾德三年（九六五），宋太祖令在講武殿後置內庫，貯存金帛，號封椿庫，主要用於收復幽薊。孝宗以戶部經費之餘，則於三省置封椿庫，以待軍用。

（二）寄椿：周必大《華文閣直學士贈金紫光祿大夫陳公居仁神道碑》（《文忠集》卷六四）：『（淳熙）八年三月爲右司郎中，九年十一月進左司，十年轉中奉大夫、檢正中書門下省諸房公事，歷兼提領雜賣場寄椿庫、左藏封椿庫、左藏南庫寄椿錢物，及左藏庫措撥封椿錢物。』《文獻通考》卷五六

《職官考・太府卿》：『紹興復置太府寺所隸官司二十有五……中興後惟有糧料院……寄樁庫。』

（三）印記：公章、圖章。人吏：官吏，特指下級官吏。

跋《溪上翁集》（存目）

【編年】

朱熹有《跋〈溪上翁集〉》（《晦庵先生朱文公文集》卷八二）作於淳熙十二年九月二十三日（一一八五年十月十九日），其中提到尤袤『題品』，尤文當作於朱跋前。

【繫地】

該篇當作於臨安。尤袤除中書門下檢正諸房公事，仍兼侍講，跋同年嚴瑀《溪上翁集》。

【箋注】

該序跋原文今已不存。嚴瑀（一一〇九—一一八五），字元瑜，衢州江山縣（今屬浙江）人。紹興十八年（一一四八）進士，其爲第四甲第七十七人，終官平江府錄事參軍。卜居汎仙山之溪，以文字名家，有《溪上翁集》。事蹟具《紹興十八年同年小錄》。據朱熹跋語所述，『至於四六、五七言，則尤兄延之題品發明，又已曲盡其妙』，則尤袤跋語當有涉及嚴瑀駢文、詩歌創作情況的言論。

【附錄】

朱熹《跋〈溪上翁集〉》（《晦庵先生朱文公文集》卷八二）：『須江嚴伯奮來訪，出其先君子溪上翁遺文三巨編，後有當世諸賢題識甚詳。熹於翁爲同年生，前此未獲相識。今讀其文汪洋放肆，究極事情，而無艱難辛苦之態。至於四六、五七言，則尤兄延之題品發明，又已曲盡其妙。其《夢中》一詩，置之張司業、楊少尹集中，殆無以辨，信亦近世之佳作也。伯奮求序，適予大病眩瞀，不能致思，爲題其後如此而歸之。淳熙十二年九月二十三日，新安朱熹書。』

跋蔣穎叔《樞府日記》（存目）

【編年】

周必大有《跋蔣穎叔〈樞府日記〉》（《文忠集》卷一八）作於淳熙十二年九月三十日（一一八五年十月二十六日），其中云『延之所以謂廋詞』，尤袤于此日記或有跋語，當作於此前。

【繫地】

該篇當作於臨安。尤袤除中書門下檢正諸房公事，仍兼侍講，論蔣之奇《樞府日記》。

【箋注】

該序跋原文今已不存。蔣之奇（一〇三一—一一〇四），字穎叔，常州宜興（今屬江蘇）人，堂姪。仁宗嘉祐二年（一〇五七）進士。英宗初，擢監察御史。神宗立，轉殿中侍御史。因劾歐陽脩傾側反覆，貶監道州酒稅，改監宣州稅。熙寧中，爲福建轉運判官，歷淮東、陝西等五路轉運副使，擢江淮荊浙發運副使、發運使。加直龍圖閣。哲宗元祐初，進天章閣待制（『天章閣』，《全宋文》卷一七〇五《蔣之奇小傳》作

『寶文閣』），歷知潭、廣、瀛、河中、熙等州府。紹聖中，召爲中書舍人，改知開封府，進龍圖閣直學士，拜翰林學士兼侍讀。元符末，坐事責守汝、慶州。徽宗崇寧元年（一一〇二），同知樞密院事，以觀文殿學士出知杭州，以疾告歸。三年，卒，年七十四，謚文穆。事蹟具《咸淳毗陵志》卷一七，《宋史》卷三四三本傳。有文集雜著百餘卷及《孟子解》、《老子解》等作品。之奇文集早佚，《兩宋名賢小集》輯其詩爲《三徑集》一卷，今存。明天啓間蔣堂二十世孫鑛輯堂遺文爲《春卿遺稿》，附收之奇詩一首、文兩篇。清光緒間盛宣懷補輯爲《蔣之翰之奇遺稿》，仍附於《常州先哲遺書·春卿遺稿》後，然僅含文七篇。民國初繆荃孫又輯有抄本《蔣穎叔集》二卷，未見。《全宋詩》卷六八七至六八八以《春卿遺稿》輯本爲第一卷，影印文淵閣《四庫全書·兩宋名賢小集》本（其中已見《春卿遺稿》者刪省）及新輯得散見各書之詩篇，合編爲第二卷；《全宋文》卷一七〇五至一七〇七重輯得文六十四篇，編爲三卷。又，今本《遂初堂書目》（本朝雜史類）著録『蔣穎叔《日録》』一書。

【附録】

周必大《跋蔣穎叔〈樞府日記〉》（《文忠集》卷一八）：『蔣魏西元符三年春自西帥再入翰林，四月擢貳西樞。明年改元靖國，七月升知院事。又明年改崇寧，十月以觀文知杭州。在政府二年有半，此其日記也。延之所以謂廋詞者，如以祐陵爲乘輿之乘，蓋協律令。第十卷兩指曾子宣爲淮西，豈非以爲其謫亳祠耶？然《九域志》亳隸淮東，不應言西也。淳熙十二年九月晦。』

與陸子靜書二（存目）

【編年】

陸九淵《與尤延之書》（《象山先生年譜》卷中）作於淳熙十二年（一一八五），則尤袤該篇當亦作於此時。

【繫地】

該篇當作於臨安。尤袤與陸九淵書函往來，論及職場進退。

【箋注】

該書啓原文今已不存。陸九淵《與尤延之書》（《象山先生年譜》卷中）：『此間不可爲久居之計，吾（《全宋文》作『吾今』）終日區區，豈不願少自效？至不容著手腳處，亦只得且退而俟之。職事間又無可修舉，覩見弊病，又皆須自上面理會下來方得。在此但望輪對，可以少展胷臆。對班尚在後年，鬱鬱度日而已。』

答朱元晦四（存目）

【編年】

據朱熹《答尤尚書（袤）》（《晦庵先生朱文公文集·續集》卷三）所述（詳見箋注），尤袤該篇當作於《南軒集》成書之後，具體的時間難以確定；據《南軒集》成書時間，或作於淳熙十二年（一一八五），今姑繫於此。

【繫地】

該篇當作於臨安。尤袤與朱熹書函往來，論及程門諸人行事及《龜山集》、《南軒集》之編撰。

【箋注】

該書啓原文今已不存。朱熹《答尤尚書（袤）》（《晦庵先生朱文公文集·續集》卷三）：『示喻程門諸人行事附見甚善。龜山靖康間論事頗多，今《長編》中全不載，蓋緣汪丈當時編集之際，楊家子弟以避禍爲說，懇請刪去，故雍傳即不見其章疏。後來延平重刊《龜山集》，方始收入。他時或作楊傳，不可不細考也。尹和靖被召時，適有臣寮陳公輔論毀程學，尹公在道懇辭，甚可觀。又嘗論講和甚力，皆不可不載者也。《南軒集》誤字有是元本脱誤者，如「召閒」處，則拙者蓋有罪焉。然亦曾寫與定叟，恐其欲有回互，不妨報及。今承疏示，當以示刊者，有姓字處且令鑱滅，後人亦須自曉得也。』

題跋王順伯第一本〔一〕〔一〕

定武《蘭亭》舊本，在承平時已不易得〔二〕。薛師正之子紹彭刻他本易去〔三〕，而於舊石斲損數字以惑人，後以石龕置宣和殿壁〔二〕〔四〕。渡江以來，士大夫家凡得此本，悉指爲定武本。不但肥瘦不同，而精采頓異。其「竹」字、「託」字，宛轉處與「夫」字、「人」字末筆意態横生，非他本可及〔三〕。比斲去本自不多見，況未經薛氏所斲之本乎？此本舊所拓，尤可貴〔四〕。余見《蘭亭敍》多矣〔五〕，此特一二見耳〔六〕。尤袤延之。題跋王順伯第一本。淳熙丙午季夏望日。〔七〕

《蘭亭考》卷七，又見《梁溪遺稿》卷二、《六藝之一錄》卷一五四、盛刻、尤刊、《全宋文》卷四九九九。

【編年】

據文末之落款，該篇作於淳熙十三年六月十五日（一一八六年七月三日）。

【繫地】

該篇當作於臨安。尤袤任右司郎中，題王厚之所藏《蘭亭帖》。

【彙校】

〔一〕題名《六藝之一錄》同，《梁溪遺稿》作「跋蘭亭·其五」，他書均作「題王順伯第一本」。

〔二〕『以』，盛刻作『此』。

〔三〕『可及』，《梁溪遺稿》作『所可』。

〔四〕『尤』，盛刻作『大』。

〔五〕『余』，《六藝之一錄》誤作『金』。『敘』，《梁溪遺稿》、盛刻、尤刊均作『序』。尤刊校語：『《蘭亭考》作「敘」。』

〔六〕『耳』，他書均作『爾』。

〔七〕『尤袤……望日』句，《六藝之一錄》同，《梁溪遺稿》、盛刻、尤刊均作『淳熙丙午季夏望日，尤袤延之題王順伯第一本』，《全宋文》作『淳熙丙午季夏望日，尤袤延之』。

【箋注】

〔一〕王順伯：王厚之（一一三一—一二〇四），字順伯。詳見前。

〔二〕承平：治平相承，太平，指社會秩序安定平穩。

〔三〕薛師正：薛向（一〇一六—一〇八一），字師正，祖籍河中萬泉（今山西萬榮西南），居京兆長安（今陝西西安）。以蔭任太廟齋郎，爲永壽主簿，權京兆戶曹。歷國子博士，監在京権貨務，知鄜州。提點河北刑獄，入爲開封度支判官，權陝西轉運副使，制置解鹽。罷知汝州，旋復爲陝西路轉運使。坐种諤事，罷知絳州，再貶信州，又改潞州。神宗熙寧中，累遷江淮等東南六路發運使、天章閣待制、權三司使、右諫議大夫、龍圖閣直學士，出知定州。元豐中累遷樞密直學士、同知樞密院事、樞密副使，知潁州，改隨州。元豐四年（一〇八一）卒，年六十六，謚恭敏。事跡具《宋史》卷三二八本傳。

（四）宣和殿：北宋皇宮建築之一，前後經歷始建重建，後稱保和殿，用以藏書藏畫，北宋皇室三大藏書處所之一。著名的《宣和書譜》、《宣和畫譜》都與此殿關係密切。

【附錄】

趙希鵠《洞天清錄·蘭亭帖》：『……然定武又自有肥瘦二本，而鐫損者乃瘦本，爲真定武無疑。何以知之？今復州本以真定武本重模，亦鐫損四字，其字極瘦，王順伯、尤延之爭辨，如聚訟，然瘦本風韻竟勝，豈能逃識者之鑒？……』

題東坡《子高》、《無雪》二帖（存目）

【編年】

據周必大《題東坡〈子高〉、〈無雪〉二帖》（《文忠集》卷一五）所述（詳見附錄），尤袤該篇當作於淳熙十三年（一一八六）秋。

【繫地】

該篇當作於臨安。尤袤題周必大家藏東坡《子高》、《無雪》等二帖，

【箋注】

該序跋原文今已不存。蘇軾《〈芙蓉城〉敘》：『王迥，字子高，與仙人周瑤英游芙蓉城。』

【附録】

周必大《題東坡〈子高〉、〈無雪〉二帖》（《文忠集》卷一五）：『丙午秋，有衣冠子持坡帖兩紙，從小兒鬻錢，以七千官陌得之。朝士有祕書監沈虞卿、檢正尤延之，殫見洽聞，因請題其後。』

蘇軾《與王子高（一）》（《蘇文忠公全集》卷五七）：『某啓：多懶少便，久不奉狀。兒子自北還，辱手書，且審起居佳安，爲慰。游刃一邑，風謠之美，即自聞上，翹俟殊擢，以塞衆望。會合未涯，伏冀倍萬自愛。區區之禱。不宣。』

又《與王子高（二）》（《蘇文忠公全集》卷五七）：『某驚聞大郎監簿遽棄左右，伏惟悲悼痛裂，酸苦難堪，奈何奈何！逝者已矣，空復追念，痛苦何益，但有損爾。竊望以明識照之，縱不能無念，隨念隨拂，勿使久留胷中。子高高才雅度，此去當一日千里，以發久滯。願深自愛，以慰親友之望。無由面慰，臨書哽塞。不一一。』

又《與王子高（三）》（《蘇文忠公全集》卷五七）：『率爾亂道，何足上石，有書可勸令罷也。若更刻卻二紅飯一帖，遂傳作一世界笑矣。』

皇帝加上德壽宮尊號冊文（存目）

【編年】

據張端義《貴耳集》卷下所述（詳見附録），該篇乃爲宋高宗八十壽辰而作，即淳熙十三年（一一八六）八月癸亥，詔太上皇壽八十，令有司議慶壽禮。冬十月辛亥，加上太上皇尊號。冊文詔令乃尤袤所撰，當作於秋冬之際，故繫於此。

【繫地】

該篇當作於臨安。

【箋注】

該詔令原文今已不存。尊號：指古代尊崇皇帝、皇后的稱號。冊文：文體名。簡稱『冊』，凡祭告、上尊號及諸祀典，均得用之。

【附録】

張端義《貴耳集》卷下：『德壽丁亥降聖，遇丙午慶八十。壽皇講行慶禮，上尊號。周益公當國，差官撰冊文、讀冊，擬楊誠齋、尤延之各撰一本，預先進呈。益公與誠齋鄉人，借此欲除誠齋。一侍從爲潤筆，冊文，壽皇披閱至再，卽宣諭益公：「楊之文太聱牙，在御前讀時生受，不若用尤之文溫潤。」益公又思所以處誠齋，奏爲讀冊官。壽皇云：「楊，江西人，聲音不清。不若移作奉冊。」壽皇過內，奏冊寶儀節，及行禮官。讀至楊某，德壽作色曰：「楊某尚在這裏，如何不去？」壽皇奏云：「不曉聖意。」德壽曰：「楊某殿冊內，比朕作晉元帝，甚道理。」楊卽日除江東漕，誠齋由是薄憾益公。』

周必大《進秩加恩謝家廟祝文（淳熙十三年）》（《省齋文稿》卷三九）：『某比緣郊祀禮成，例加封邑，又因書德壽宮尊號冊文，蒙恩進秩一等，仍衍戶租。謹涓穀旦，致謝於家廟。謹告。』

與朱元晦書四（存目）

【編年】

據朱熹《與劉子澄》（《晦庵先生朱文公文集·別集》卷二）：『雲臺將滿，方欲俟批書畢，遣人宛轉致懇，復求舊秩，忽尤延之送敕來，乃蒙朝廷檢舉直差。』則該篇當論及封送朱熹主管南京鴻慶宮敕命之事。朱熹於淳熙十四年（一一八七）三月除是差，至夏四月拜命；則該篇當作於是年三月。

【繫地】

該篇當作於臨安。尤袤封送主管南京鴻慶宮敕命與朱熹，熹至夏四月拜命。

【箋注】

該書啓原文今已不存。朱熹《與劉子澄》（《晦庵先生朱文公文集·別集》卷二）：『某還自莆中，道間大病，幾不能支。臥家月餘，幸未即死。然神氣衰憊，比之春中又什四五矣。雲臺將滿，方欲俟批書畢，遣人宛轉致懇，復求舊秩，忽尤延之送敕來，乃蒙朝廷檢舉直差。雖似小小行遣，聞新撥卻甚以爲恩意，亦爲一番勞擾。但去冬案後收坐，未曾決遣，不知此又折得過否耳。只恐反露線索，觸著駭機，亦復任之，不能深以爲憂也。』

論兵民奏（存目）

【編年】

據《宋史》本傳記載，該篇在其居官左諭德後，則當作於淳熙十四年（一一八七）五月後。

【繫地】

該篇當作於臨安。尤袤於淳熙十四年五月二十五日（一一八七年七月三日）以中書門下省檢正諸房公事兼太子左諭德，上奏論『民貧兵怨』。

【箋注】

該奏議原文今已不存。據《宋史》本傳：『輪對，又申言民貧兵怨者甚切。』則尤袤是奏，當再次論及『民貧兵怨』之事。

【附録】

朱熹《上宰相書》（《晦庵先生朱文公文集》卷二六）：『……況今祖宗之讎耻未報，文武之境土未復，主上憂勞惕厲，未嘗一日忘北向之志，而民貧兵怨，中外空虚，綱紀陵夷，風俗敗壞，政使風調雨節，時和歲豐，尚不可謂之無事，況其饑饉狼狽，至於如此？爲大臣者乃不愛惜分陰，勤勞庶務，如周公之坐以待旦，如武侯之經事綜物，以成上意之所欲爲者，顧欲從容偃仰，翫歲愒日，以僥倖目前之無事，殊不知如此不已，禍本日深，熹恐所憂者當不在於流殍，而在於盜賊，受其害者當不止於官吏，而及於邦家。竊不自勝漆室嫠婦之憂，一念至此，心膽墮地……』

應詔上封事（一）

天地之氣（二），宣通則和（三），壅遏則乖（四）；人心，舒暢則悦，抑鬱則憤。催科峻急而農民怨（五），關征苛察而商旅怨（六）。差注留滯（七），而士大夫有失職之怨；廩給朘削（八），而士卒有不足之怨。奏讞不時報（九），而久繫囚者怨；幽枉不獲伸（一〇），而負累者怨（一一）。强暴殺人，多特貸命〔一〕（一二），使已死者怨；有司買納（一三），不即酬價（一四），使負販者怨〔二〕（一五）。人心抑鬱，所以感傷天和者（一六），豈特一事而已〔三〕。方今救荒之策〔四〕，莫急於勸分（一七）。昨者朝廷立賞格以募出粟（一八），富家忻然輸納（一九），故庚子之旱不費支吾者（二〇），用此策也。自後輸納既多〔五〕，朝廷吝於推賞（二一），多方沮抑（二二），或恐富家以命令爲不信〔六〕。乞詔有司檢舉行之〔七〕（二三）。

《宋史》本傳，又見《文獻通考》卷二六、明楊士奇等《歷代名臣奏議》卷三〇六、明薛應旂《宋元資治通鑑》卷八八、清畢沅《續資治通鑑》卷一四九、清徐乾學《資治通鑑後編》卷一二六、《欽定續通志》卷三八七、清韓菼《御定孝經衍義》卷四四、清秦蕙田《五禮通考》卷二五〇、清陳鼎《東林列傳》卷一、《錫山文集》卷四、尤刊、《全宋文》卷四九九九。

【編年】

據《宋史》卷三五《孝宗本紀三》記載(『〔淳熙十四年秋七月〕丁未,以旱罷汀州經界。己酉,詔監司條上州縣弊事、民間疾苦。辛亥,避殿減膳徹樂。癸丑,命檢正都司看詳羣臣封事,有可行者以聞。』),又《歷代名臣奏議》引文前題『樞密檢正尤袤上奏』,則該篇當作於淳熙十四年七月(一一八七年八月);《全宋文》作『淳熙十年』,不知何據,恐誤。應詔:指接受皇命的詔命。

【繫地】

該篇當作於臨安。尤袤應詔上封事,論救荒之策。

【彙校】

〔一〕『特』,《御定孝經衍義》作『時』。『多時』:很長時間。

〔二〕『使』,底本無,據《資治通鑑後編》、《御定孝經衍義》補。光立案:據上下行文結構,當有此字。

〔三〕『者,豈特一事而已』,《欽定續通志》無。『天地……而已』,《文獻通考》、《五禮通考》均無。

〔四〕『方今』,《文獻通考》、《五禮通考》均無,指當今、現時。『荒』,《欽定續通志》作『災』。『策』,《文獻通考》、《五禮通考》均作『政』。

〔五〕『昨者……自後』,《文獻通考》、《五禮通考》同,他書均無。

〔六〕『多方……不信』,《文獻通考》、《五禮通考》同,他書均無

〔七〕『舉行之』,《文獻通考》、《五禮通考》均作『施行』。

【箋注】

（一）上封事：古代臣下上書言事時，將奏章用皂囊緘封呈進，以防洩漏，謂之『上封事』。

（二）天地之氣：指天與地的無形的精微物質或有形的存在。

（三）宣通：暢通。

（四）壅遏：亦作『壅藹』。阻塞、阻止。《管子》卷二一《立政九敗解》：『且姦人在上，則壅遏賢者而不進也。』

（五）峻急：嚴酷、嚴厲。蘇轍《乞放市易欠錢狀》（《欒城集》卷三九）：『元豐中，朝廷催理欠負極爲峻急。』

（六）關征：收稅的關卡。苛察：以煩瑣苛刻爲明察。

（七）差注：吏部對地方官吏的選派任命。注，注官，即按資敘授官。吳曾《陳噩行外制落職》（《能改齋漫錄》卷一二《謹正》）：『差注之失，謂應差近遠之類。』留滯：擱置、阻塞。

（八）廩給：謂發給廩祿，即祿米、俸祿。《宋史》卷一九四《兵志八》：『乞嚴敕州、軍按月廩給。』

（九）奏讞：對獄案提出處理意見，報請朝廷評議定案。

（一〇）幽枉：猶『冤屈』。《後漢書》卷二《明帝本紀·論》：『日晏坐朝，幽枉必達。』

（一一）負累：負罪、獲罪。《史記》卷八三《魯仲連鄒陽列傳》：『鄒陽客游，以讒見禽，恐死而負累，乃從獄中上書。』

（一二）貸命：謂免於死罪。蘇軾《上呂相公書》：『已得旨貸命，而門下別取旨斷死。』

（一三）買納：徵購。

（一四）酬價：亦作『酧價』，償付代價。

（一五）負販：小商販。《文心雕龍》卷五《書記》：『今羌胡徵數，負販記緡，其遺風歟！』

（一六）感傷：觸犯、損傷。《資治通鑑》卷一五四《梁紀·高祖武皇帝·中大通二年》：『大王勳業已盛，四方無事，唯宜修政養民，順時蒐狩，何必盛夏驅逐，感傷和氣。』天和：天地之和氣，謂自然和順之理。《莊子·庚桑楚》：『故敬之而不喜，侮之而不怒者，唯同乎天和者爲然。』

（一七）勸分：勸其有儲積者分施之也。《左傳·僖公二十一年》：『修城郭，貶食，省用，務穡，勸分，此其務也。』杜預注：『勸分，有無相濟。』

（一八）賞格：懸賞所定的報酬條件。

（一九）輸納：繳納。韓愈《縣齋有懷》：『官租日輸納，村酒時邀迓。』

（二〇）庚子之旱：淳熙七年庚子（一一八〇）夏日，大旱，尤袤賑災。朱熹《晦庵先生朱文公文集》卷一三《〔辛丑〕延和奏劄·四》：『臣昨任南康軍日，適值旱傷，深慮檢放搔擾下戶。偶有士人陳說，乞將五斗以下苗米人戶免檢全放，當時卽與施行，人以爲便。本路提舉常平尤袤遂以其法行之諸郡，其利甚博。近日經由信州，則聞玉山一縣亦得檢官如此措置，除上三等戶隨分減放外，下二等戶盡行蠲免，通計一縣所放，亦不過共成五分。問之道旁居民，莫不稱其平允。此最爲法之善者，而律令未有明文。』支吾：對付、應付。司馬光《涑水記聞》卷一一：『朝廷當獎勵逐路帥臣，豫作支吾。』

（二一）推賞：遷官給賞。司馬光《涑水記聞》卷九：『元昊所部之人能歸順者，並等第推賞。』

（二二）沮抑：阻遏抑制。張九齡《上姚令公書》（《曲江集》卷一六）：『雖有所長，一皆沮抑。』

（二三）檢舉：猶『選擇』。蘇軾《杭州上執政書》其二：『伏望相公一言，檢舉成法。』

【附録】

清韓菼等《事天地》（《御定孝經衍義》卷四四）：『尤袤所云致怨之道有此八者，蓋亦略盡細大之故，誠能一一體究，改紀其政，與之更始，立之以誠，行之以信，斯《雲漢》之詩不徒作矣。』

論欑宮不當置五使（殘句）

……今此乃欑宮耳，不當置五使。……

周必大《思陵録》上（《文忠集》卷一七二），又見周密《山陵使故事》（《齊東野語》卷六）。

【編年】

據周必大《思陵録》上（《文忠集》卷一七二）：『王相素受太常尤袤之説，以爲欑宮不當置五使，似疑已當爲山陵使，恐故事禮畢或去。』則尤袤之説，當早於王淮之論，即在淳熙十四年十月十一日（一一八七年十一月十二日）前。

【繫地】

該篇當作於臨安。尤袤與王淮論五使事，以爲欑宮不當置。

【箋注】

欑宫，帝、后暫殯之所。宋南渡後，帝、后塋塚均稱『欑宫』，表示暫厝，準備收復中原後遷葬河南。《舊唐書·哀帝紀》：『庚子，啓欑宫，文武百僚夕臨於西宫。丁未，靈駕發引。』依大宋祖宗之法，皇帝喪葬事宜，由所謂的『山陵五使』全權負責。五使人選皆有慣例，包括山陵使、禮儀使、鹵簿使、儀仗使、橋道頓遞使。今本《遂初堂書目》（本朝故事類）著録《裕陵五使長牋》一書。王淮云：『祖宗全盛，營陵西洛，乃差五使（『差』，《四庫全書》本作『至』），今權卜會稽，只當差總護使。且歲旱，民力何以堪之？』（《文忠集》卷一七二《思陵録》上）。光立案：王淮此論，《全宋文》失收。王淮（一一二六—一一八九），字季海，婺州金華（今屬浙江）人。高宗紹興十五年（一一四五）進士，調台州臨海尉。召爲監察御史，除右正言。孝宗隆興二年（一一六四），爲福建轉運副使，除祕書少監兼恭王府直講。出知建寧府，改浙西提刑，尋召爲太常少卿、中書舍人，兼直學士院，知制誥。淳熙二年（一一七五），以端明殿學士簽書樞密院事，進同知，兼參政。八年，拜右丞相兼樞密使。九年，遷左丞相。十五年，奉祠，提舉洞霄宫。十六年，卒，年六十四，贈少師，謚文定。事蹟具楊萬里《誠齋集》卷一二〇《宋故少師大觀文左丞相魯國王公神道碑》、樓鑰《攻媿集》卷八七《少師觀文殿大學士魯國公致仕贈太師王公行狀》、《宋史》卷三九六本傳。有詩文、制草、奏議四十卷，多所亡佚；《全宋詩》卷二三三三録其詩《題福祐王廟》、《高宗皇帝挽詞》（二首）等三首，《全宋文》卷四九九六至四九九七收其文兩卷。

【附録】

周必大《思陵録》上（《文忠集》卷一七二）：『又理會五使事，予初檢太祖改卜安陵例差山陵等五使，并具紹興元年孟后欑宮差樞密李回、徽宗顯肅懿節差樞密孟忠厚、顯仁差戚里吴益充總護使，橋道、頓遞使各一員。今太上事體至重，恐合差五使，取聖裁。二人傳旨云：「累朝如何？」予曰：「皆是五使。」二人云：「適得旨，若是如此，無可疑者。」王相素受太常尤袤之説，以爲欑宮不當置五使，似疑已當爲山陵使，恐故事禮畢或去，而不知非前朝宰相，本自無嫌，遂厲聲云：「祖宗全盛，營陵西洛，乃差五使，今權卜會稽，只當差總護使。且歲旱，民力何以堪之？」予見其詞色如此，未欲爭競。二人歸報，尋批出差伯圭充總護使，洪邁橋道頓遞使。予又令二人奏：「故事合差按行山陵使，侍從及内侍各一員，不知合差覆按否？徽宗永祐欑宮曾差覆按二人。」回云：「得旨既是舊例，固當并差，莫若就降指揮。」予曰：「須俟按行有定論。」已而批出蕭燧、吴回充按行使副。』

論引見金國人使疏〔一〕（一）

〔今來金國賀會慶節人使到闕，雖與明道二年故事相類〔二〕，緣〕目今車馬見留德壽宮喪次〔二〕，〔兼已降指揮〕〔三〕（三），百官免上壽〔四〕（四），恐難以引見人使〔五〕。如人使必欲朝見〔六〕，乞用明道故事，小祥兩日後〔五〕，於二十三日只就德壽宮素幄引見〔七〕，庶合〔上項〕典故〔八〕（六）。

《宋會要輯稿·儀制八》之二二，又見《宋會要輯稿·職官五二》之四，記爲『吏部尚書蕭燧等言』」；　並見李心傳《建炎以來朝野雜記・乙集》（《四庫全書》本、《適園叢書》本）卷三，收入『淳熙諒闇罷誕節正旦慶禮』條，記爲『蕭正肅（燧）時以吏部尚書爲議，首言』」；　《全宋文》卷四七〇五。

【編年】

據《宋會要輯稿》著錄，該篇作於淳熙十四年十月十三日（一一八七年十一月十四日）。

【繫地】

該篇當作於臨安。時蕭燧、宇文价、洪邁、葛邲、韓彦質、葉翥、劉國瑞、王信、陳居仁、李巘、謝諤、章森、張杓、顏師魯、尤袤、胡晉臣、鄭僑、冷世光、吴博古、喻良能、黄黼等人共論引見金國人使當在小祥兩日後。

【彙校】

〔一〕《全宋文》卷四七〇五收該篇於蕭燧名下，題作《引見金國人使事奏》。

〔二〕『今來金國賀會慶節人使到闕，雖與明道二年故事相類，緣』，底本無，據《宋會要輯稿・職官五二》之四、《全宋文》卷四七〇五增補。『馬』，《宋會要輯稿・職官五二》之四、《全宋文》卷四七〇五均作『駕』。

〔三〕該句，底本無，據《宋會要輯稿・職官五二》之四、《全宋文》卷四七〇五增補。

〔四〕該句，《建炎以來朝野雜記・乙集》作『今既罷百官上壽』。

〔五〕該句，《建炎以來朝野雜記・乙集》作『恐難以見使人』。

〔六〕『人使』，《建炎以來朝野雜記・乙集》作『使人』。

〔七〕『乞用……引見』句，《建炎以來朝野雜記・乙集》作『乞用小祥後二日，就德壽宮素幄引見』。『乞用』，《宋會要輯稿・職官五二》之四、《全宋文》卷四七〇五均作『卻乞用』。『兩日』，《宋會要輯稿・職官五二》之四、《全宋文》卷四七〇五均作『二日』。

〔八〕『上項』，底本無，據《宋會要輯稿・職官五二》之四、《全宋文》卷四七〇五增補，《建炎以來朝野雜記・乙集》作『明道間』。

【箋注】

（一）引見：引導入見。舊指皇帝接見臣下或賓客時由有關大臣引導入見。《漢書》卷七二《兩龔傳》：『徵爲諫大夫，引見。』

（二）明道：北宋仁宗趙禎年號（一〇三二—一〇三三）。故事：先例，舊日的典章制度。《續資治通鑑長編》卷一一三《仁宗》：『明道二年八月甲午朔，契丹國母及國主遣天德節度使耶律信寧、大理卿和道亨、河西節度使耶律嵩、引進使馬世卿來弔慰，興聖宮使耶律守寧、知制誥李奎來祭奠。』德壽宮：原先是秦檜的舊第，秦檜亡故後收歸官有，改築新宮。紹興三十二年（一一六二），宋高宗移居新宮，並改名『德壽宮』。之後，宋孝宗爲表孝敬，將德壽宮一再擴建，時稱『北内』或『北宮』。淳熙十六年（一一八九），孝宗仿效高宗内禪退居德壽宮，並改名重華宮。此宮後又侍奉憲聖太后、壽成皇太后，先後改名爲慈福宮、壽慈宮。喪次：停靈治喪的地方。《史記》卷三九《晉世家》：『十月，里克殺奚齊於喪次，獻公未葬也。』

〔三〕指揮：唐宋詔敕和命令的統稱。

〔四〕上壽：謂向人敬酒，祝頌長壽。《後漢書》卷二《明帝紀》：『公卿百官以帝威德懷遠，祥物顯應，乃並集朝堂，奉觴上壽。』李賢注：『壽者人之所欲，故卑下奉觴進酒，皆言上壽。』

〔五〕小祥：古時皇帝、皇太后、皇后等死後十二日舉行小祥祭。自漢文帝遺詔減喪服期，以後皇室之喪，常以日易月（一天代替一月）。宋朝皇室又按舊制行喪，要舉行兩次小祥祭。

〔六〕典故：典制和成例。故，故事、成例。

大行太上皇帝廟號疏二〔一〕

臣等竊惟宗廟之制〔二〕，祖有功而宗有德〔三〕。創業垂統〔二〕，功莫大焉；繼體守文〔三〕，德莫茂焉。〔四〕藝祖皇帝規創大業〔五〕〔四〕，爲宋太祖；太宗皇帝混一區夏〔六〕〔五〕，爲宋太宗。自真宗至於欽宗〔七〕，聖聖相傳，廟制一定〔六〕，萬世莫易〔八〕。仰惟大行太上皇帝弘濟多難〔九〕，紹開中興，功德兼隆，上足比太祖〔一〇〕。陛下孝思罔極〔七〕，求所以盡尊親之意〔一一〕，稱祖立廟，有何不可？然在禮：〔一二〕子爲父屈，亦有尊也〔一三〕；子雖齊聖，不先父食。〔一四〕大行太上皇帝親爲徽宗之子〔一五〕，子爲祖而父爲宗，則難以正尊卑、昭穆之序〔一六〕。今議者不過以光武爲比〔一七〕，太上皇帝中興大業雖與光武同，然漢自高祖至於平帝〔一八〕，國統中絕。〔一九〕

光武以長沙王之後〔二〇〕（八），起布衣之中〔二一〕，不與哀、平相爲繼承〔二二〕，其稱祖無嫌〔二三〕（九），一也。漢制，每帝卽位，輒立廟〔二四〕，不列昭穆，故明帝更爲光武立廟，號爲世祖廟，蓋不與高祖爲一，其稱祖無嫌，二也。大行太上皇帝功德盛大〔二五〕，禮當尊崇，〔二六〕然實繼徽宗之正統〔二七〕，以子繼父，非若光武比也〔二八〕。本朝參稽三代之制（一〇），列昭穆於太廟，非若漢世可以更爲廟也〔二九〕。仰惟大行太上皇帝孝悌之至〔三〇〕，冠于百王，〔三一〕將來祔廟（一一），若在父廟之下而稱祖〔三二〕，竊恐在天之靈有所不安〔三三〕。若更爲廟如東漢，則於國朝之制〔三四〕，豈容違戾（一二）！質之典禮則不合（一三），驗之人情則不順。夫昭穆、尊卑之序，所以關綱常、繫事體者甚大（一四），豈易輕變〔三五〕？乞以臣等此章付集議所〔三六〕，參稽《禮經》（一五），博采衆論施行〔三七〕。

李心傳《建炎以來朝野雜記·甲集》（《四庫全書》本、《適園叢書》本）卷二，又見葉宗魯《中興禮書續編》卷四七、《宋史》本傳、《歷代名臣奏議》卷二八二、《宋元通鑑》卷八九、《梁溪遺稿》卷二、《南宋文範》卷一六、《錫山文集》、《梁溪文鈔》、盛刻、尤刊、《全宋文》卷四七五八又卷四九九九。

【編年】

據史載，該篇作於淳熙十四年十月辛巳，卽十七日（一一八七年十一月十八日）。

【繫地】

該篇當作於臨安。宋高宗趙構薨，尤袤與禮官顔師魯、鄭僑等共同上奏。

【彙校】

〔一〕底本收入『太廟景靈宫天章閣欽先殿諸陵上宫祀式』條，記爲『禮官顔師魯、尤袤、鄭僑奏疏曰』；《全宋文》卷四七五八收該篇於顔師魯名下，題作《光堯廟號議》卷四九九九收於尤袤名下。現據他書校改；『疏』，盛刻作『疏二首』。

〔二〕『臣等竊惟』，《宋史》本傳、《歷代名臣奏議》、《宋元通鑑》均無，《全宋文》卷四七五八作『伏準省劄備坐臣僚劄子，乞大行太上皇帝廟號稱祖，令有司集議。臣等竊惟』。

〔三〕『而』，《宋史》本傳、《歷代名臣奏議》、《宋元通鑑》均無。

〔四〕『茂』，《全宋文》卷四七五八同，他書均作『懋』。『創業……茂焉』，《宋史》本傳、《歷代名臣奏議》、《宋元通鑑》均無。『懋』：通『茂』。大、盛大。

〔五〕『皇帝』，《建炎以來朝野雜記·甲集》（《四庫全書》本）作『帝』，《宋史》本傳、《歷代名臣奏議》、《宋元通鑑》均無。

〔六〕『皇帝』，《宋史》本傳、《歷代名臣奏議》、《宋元通鑑》均無。

〔七〕『於』，《宋史》本傳、《歷代名臣奏議》、《宋元通鑑》均無

〔八〕『莫』，《宋史》本傳、《歷代名臣奏議》、《宋元通鑑》、《全宋文》卷四七五八均作『不』。

〔九〕『弘』，底本與《錫山文集》、《梁溪文鈔》、盛刻、《全宋文》卷四七五八均作『宏』，清諱字，徑

改。「弘濟」：廣爲救助。《尚書·顧命》：「爾尚明時朕言，用敬保元子釗弘濟於艱難。」

〔一〇〕「足」，他書均無。

〔一一〕「求」，《建炎以來朝野雜記·甲集》（《四庫全書》本）作「是」，《全宋文》卷四七五八無。

〔一二〕「仰惟……然」，《宋史》本傳、《歷代名臣奏議》、《宋元通鑑》均無。「有何」，《全宋文》卷四七五八作「何所」。「禮」，《建炎以來朝野雜記·甲集》（《四庫全書》本）作「記」。

〔一三〕「亦」，他書均作「示」。

〔一四〕「子」，《建炎以來朝野雜記·甲集》（《四庫全書》本）無。「齊聖」，底本作「聖」，據《建炎以來朝野雜記·甲集》（《適園叢書》本）、盛刻、《全宋文》卷四七五八校改。「先」，《全宋文》卷四七五八作「自」。《宋史》本傳、《歷代名臣奏議》、《宋元通鑑》均無該句。「齊聖」：聰明睿智，聰明聖哲。語本《左傳·文公二年》：「子雖齊聖，不先父食。」

〔一五〕「大行」、「皇帝」、「之」，《宋史》本傳、《歷代名臣奏議》、《宋元通鑑》均無。

〔一六〕該句《宋史》本傳、《歷代名臣奏議》、《宋元通鑑》均作一「失」字。「尊卑昭穆」，《全宋文》卷四七五八作「昭穆尊卑」。「昭穆」：古代宗法制度，宗廟或宗廟中神主的排列次序，始祖居中，以下父子遞爲昭穆，左爲昭，右爲穆。《周禮·春官·小宗伯》：「辨廟祧之昭穆。」鄭玄注：「父曰昭，子曰穆。」

〔一七〕「今」，《宋史》本傳、《歷代名臣奏議》、《宋元通鑑》均無。「以」，《建炎以來朝野雜記·甲集》（《適園叢書》本）、《全宋文》卷四七五八均作「引」。「光武」，《宋史》本傳、《歷代名臣奏議》、《宋元通鑑》均作『漢光武』。

〔一八〕『自』，《全宋文》卷四七五八作『創自』。

〔一九〕『太上……中絶』，《宋史》本傳、《歷代名臣奏議》、《宋元通鑑》均無。

〔二〇〕『之』，《宋史》本傳、《歷代名臣奏議》、《宋元通鑑》均無，《全宋文》卷四七五八作『發之』。

〔二一〕該句《建炎以來朝野雜記·甲集》（《適園叢書》本）作『起於布衣之中』，《宋史》本傳、《歷代名臣奏議》、《宋元通鑑》均作『布衣崛起』，《全宋文》卷四七五八作『崛起布衣之中』。

〔二二〕『爲』、『承』，《宋史》本傳、《歷代名臣奏議》、《宋元通鑑》均無。

〔二三〕『祖』，《宋史》本傳、《歷代名臣奏議》、《宋元通鑑》均無。

〔二四〕『廟』，盛刻、《全宋文》卷四七五八均作『一廟』。

〔二五〕『大行』，《建炎以來朝野雜記·甲集》（《四庫全書》本）無。『太』，《梁溪遺稿》誤作『大』。

〔二六〕『一也……尊崇』，《宋史》本傳、《歷代名臣奏議》、《宋元通鑑》均作『太上中興，雖同光武』。

〔二七〕『之』，《宋史》本傳、《歷代名臣奏議》、《宋元通鑑》均無。『正』，《全宋文》卷四七五八作『大』。『正統』：指封建王朝先後相承的系統。『大統』：帝業、帝位。

〔二八〕『若』、『也』，《宋史》本傳、《歷代名臣奏議》、《宋元通鑑》均無。

〔二九〕『列昭穆於太廟，非若漢』，《全宋文》卷四七五八作『同一太廟，非若漢世率意改作』。『以』，盛刻無。

〔三〇〕『大』，《梁溪遺稿》誤作『太』。

〔三一〕『于』，《全宋文》卷四七五八作『乎』。『本朝……百王』，《宋史》本傳、《歷代名臣奏議》、《宋元通鑑》均無。『百王』：歷代帝王。

〔三二〕『若在父廟之下』，《宋史》本傳、《歷代名臣奏議》、《宋元通鑑》均作『在徽宗下』。

〔三三〕『竊』，《宋史》本傳、《歷代名臣奏議》、《宋元通鑑》均無。

〔三四〕『之』，《全宋文》卷四七五八作『廟』。

〔三五〕『豈』，《全宋文》卷四七五八作『不』。

〔三六〕該句《全宋文》卷四七五八作『伏乞聖慈特降睿旨，付臣等此章下集議所』。

〔三七〕『衆』，《全宋文》卷四七五八作『正』。『論』，尤刊作『議』。『若更……施行』，《宋史》本傳、《歷代名臣奏議》、《宋元通鑑》均無。『衆論』、『衆議』：衆人的議論。『正論』：正確合理的言論。詳見附録。

【箋注】

〔一〕大行：古代稱剛死而尚未定謚號的皇帝、皇后，指新近去世的皇帝，取一去不返之意。廟號：中國君主死後在廟中被供奉時所稱呼的名號。

〔二〕創業垂統：創立功業，傳給後代子孫。《孟子·梁惠王下》：『君子創業垂統，爲可繼也。』創業：創建功業；垂：流傳；統：指一脈相承的系統。

〔三〕繼體守文：《史記》卷四九《外戚世家》：『自古受命帝王及繼體守文之君。』司馬貞《索隱》：『繼體，謂非創業之主，而是嫡子繼先帝之正體而立者也。守文者，猶法也，謂非受命創制之君，但守先帝法度爲之主爾。』繼體： 即指嫡子繼承帝位。守文： 本謂遵守文王的法度，後泛指遵循先王的法度，常用作君主繼位之辭。

（四）藝祖： 宋朝人對宋太祖趙匡胤的稱呼，後世從宋人之俗，亦稱趙匡胤爲藝祖。規創： 籌畫創建。

（五）混一： 指齊同、統一。區夏： 諸夏之地，指華夏、中國。《尚書·康誥》：『用肇造我區夏。』孔《傳》：『始爲政於我區域諸夏。』

（六）廟制： 宗廟制度，簡稱廟制，是指儒家爲已故祖先建立靈魂依歸之所設立的次序和祭祀制度。

（七）孝思： 孝親之思。《詩經·大雅·下武》：『永言孝思，孝思維則。』毛《傳》：『則其先人也。』鄭玄箋：『長我孝心之所思。所思者其維則三後之所行。子孫以順祖考爲孝。』罔極： 無窮盡。

（八）『光武……之後』句： 漢景帝生長沙王劉發，劉發生舂陵侯劉買，劉買生郁林太守劉外，劉外生鉅鹿都尉劉回，劉回生南頓令劉欽，劉欽生光武帝劉秀。

（九）無嫌： 猶無妨。

（一〇）參稽： 參酌稽考，對照查考。

（一一）祔廟： 祔祭後死者於先祖之廟。《文心雕龍》卷二《祝盟》：『夙興夜處，言於祔廟之祝。』

（一二）違戾：違背，抵觸，不一致。

（一三）典禮：制度禮儀。

（一四）事體：體制、體統。

（一五）《禮經》：古代講禮節的經典，常指《儀禮》而言。

【附録】

李心傳《太廟景靈宮天章閣欽先殿諸陵上宮祀式》（《建炎以來朝野雜記·甲集》卷二）：『國朝宗廟之制，太廟以奉神主，一歲五享，朔祭而月薦新。五享以宗室諸王，朔祭以太常卿行事。景靈宮以奉塑像，歲四孟享，上親行之。帝后大忌，則宰相率百官行香，僧、道士作法事，而后妃六宮皆亦繼往。天章閣以奉畫像，時節、朔望、帝后生辰日，皆徧薦之，内臣行事。欽先孝思殿亦奉神御，上日焚香。而諸陵之上宮亦有御容，時節酌獻如天章閣。每歲寒食及十月朔，宗室、内人各往朝拜。春秋二仲，太常行園陵。季秋，監察御史檢視。太廟之祭以俎豆，景靈宮用牙盤，而天章閣等以常饌，用家人之禮云。迄今不改。光堯之崩，詔侍從官議廟號，洪景盧内翰請稱「世祖」，從官多同之。禮官顔師魯、尤袤、鄭僑奏疏曰……從之。遂定爲高宗矣。』

《宋史》卷三五《孝宗本紀三》：『〔淳熙十四年冬十月〕乙亥，詣德壽宫侍疾，太上皇崩于德壽殿，遺誥太上皇后改稱皇太后。奉皇太后旨，以奉國軍承宣使甘昇主管太上皇喪事。丙子，以韋璞等爲金告哀使。戊寅，以滎陽郡王伯圭爲欑宫總護使。翰林學士洪邁言大行皇帝廟號當稱「祖」，詔有司集議以聞。己卯，詔尊皇太后。辛巳，詔曰：「大行太上皇帝奄棄至養，朕當衰服三年，羣臣自遵易月之令，可令有司討論儀制以聞。」甲申，用禮官顏師魯等言，大行太上皇帝上繼徽宗正統，廟號稱「宗」……〔十五年〕三月庚子，王淮等上大行太上皇謚曰聖神武文憲孝皇帝，廟號高宗。』

《宋史》尤袤本傳：『當定廟號，袤與禮官定號「高宗」，洪邁獨請號「世祖」。袤率禮官顏師魯、鄭僑奏曰：「宗廟之制，祖有功，宗有德。藝祖規創大業，爲宋太祖，太宗混一區夏，爲宋太宗，自真宗至欽宗，聖聖相傳，廟制一定，萬世不易。在禮，子爲父屈，示有尊也。太上親爲徽宗子，子爲祖而父爲宗，失昭穆之序。議者不過以漢光武爲比，光武以長沙王後，布衣崛起，不與哀、平相繼，其稱無嫌。太上中興，雖同光武，然實繼徽宗正統，以子繼父，非光武比。將來祔廟在徽宗下而稱祖，恐在天之靈有所不安。」詔羣臣集議，袤上議如初，邁論遂屈。詔從禮官議。衆論紛然。會禮部、太常寺亦同主「高宗」，謂本朝創業中興，皆在商丘，取「商高宗」，實爲有證。始詔從初議。』

洪邁《高宗廟號議（淳熙十四年十月）》（《中興禮書續編》卷四七）：『臣恭惟大行太上皇帝成服之後，議上尊號，便當崇立廟號。考累朝典故，當稱高宗。臣竊爲先王制禮，緣人情而爲之節文。自漢以來，□爲中興之主凡有三人，議者謂唯漢光武稱世祖，晉元帝、唐肅宗皆卽爲宗。臣以爲元帝於懷、愍之世固已都督徐、揚，永嘉之難，不能出力一援中朝而自王於建業；肅宗當明皇幸蜀之時，擅大大於靈武。雖皆因時立功，再奉宗廟，而後人譏議，至今不絕。若太上皇帝則異於是。靖康之冬，本以單車使。丙午之春，京都失守。不階尺土一民之柄，於鼎命已移之後，定神器而還之，紹開中興，再造區夏，使鉅宋社稷危而復安。今六十年於茲，正當與漢光武爲比。漢以文帝爲太宗，武帝爲世宗，宣帝爲中宗，至光武則以爲世祖，當時蓋以爲當。故臣謂今日議太上皇帝廟號，當稱爲祖無疑。伏乞聖慈，下臣此章，於集議之日明示百官，使曉然知聖意所起，昭顯太上皇帝駿功於萬世之下，臣不勝至願。臣草芥幺微，擅議宗廟，揆之禮位，不可勝誅。但以獲事先朝，嘗叨任使，懷忠節報，昧死以言。』

唐輅《上高宗謚議（淳熙十四年十一月）》（《中興禮書續編》卷四八）：『臣竊惟王者欽承先緒，追崇嚴事，見於祭祀之統，有七義焉：一曰禘，二曰郊，三曰祖，四曰宗，義之至重者也；五曰昭，六曰穆，七曰彌，仁之至親者也。禘之爲言帝也，帝必有所從，故禘其祖之所自出，以其祖配之，至遠祖也。郊之爲言交也，即郊墟而祀，以交天人，故大報天而以其祖配之，追原王業所因，主系祖也。祖者，帝王始受命及諸侯始封之君，皆定爲祖廟，百世不遷，主太祖也。宗者續嗣之君，有大功德於生民、宗社，則王者宗祀之，與太祖同爲不遷祖宗，主太宗也。曰昭曰穆，迭爲後統，由祖曾高而上下，以別遠近，主乎祖也。彌宫之設，所以親考，主乎父也。此七義者，實爲宗廟典禮之大經，明乎此則祖宗之辨可得而言矣。在《禮》，祖有功而宗有德，功莫盛乎武，所以戡定禍亂也；德莫顯乎文，所以昭明禮樂也。王者必有太祖，亦必有太宗。又曰別子爲祖，繼別爲宗，有百世不遷之宗，有五世則遷之宗。百世不遷別子之後者，百世不遷者也；宗其繼別子之後者，百世不遷者也；宗其繼高祖之後者，五世則遷者也。設太祖之與別出之祖，其爲不遷之祖一也，祫祀則主太祖而別祖不得專，此其所以爲異也。太宗之與繼別之宗，其爲不遷之宗一也，宗祀則主太宗而別宗不得專，此其所以爲異也。祖宗固有輕重，功德固有大小。要之，祖不必先於宗，宗亦不必後於祖，功不必尚乎德，德不必下乎功，故有文明之德者，雖在先祖之位猶當爲宗。凡三代始有天下之君，神禹、汤、武在祀典皆爲宗，此其證也。有武定之功者，雖在繼嗣之列，猶得爲祖。謹按《無逸》，周公三稱祖甲及中宗、高宗，而太甲獨稱祖。又《書》

及《商頌》迭稱中、高而太甲卽無稱宗之文，且成湯既主宗祀，則太甲何由復稱太宗？是知太甲之爲祖甚明，商多賢聖之君，厥後祖乙亦稱焉，惜其書之功烈不見。而《易》繇兩及帝乙，見於《泰》之六五曰「以祉元吉」，則其爲君之盛可知，稱祖固宜。故周公每云「至成湯至於帝乙」，又曰「在祖乙時則有若至賢」，斯爲有據，是以光武中興，號稱世祖，初非臆決，取義蓋有所從，繼嗣爲祖，此其證也。由是觀之，祖宗相承正猶昭穆之迭敘，初無先後之嫌。假令父爲昭而子爲穆，則昭先矣，再傳則父爲穆而子爲昭，則穆先矣。高曾有祖功而繼嗣有宗德，則祖先矣，反是而高曾有宗德而繼嗣有宗功，則宗先矣。祖之與宗一視其功德之稱，而吾無輕重於其間。或偏於功，或功優於德，皆宜乎祖；或偏於德，或德優於功，皆宜乎宗。至於功德兼茂而在戡難之辰，則寧先功而後德，稱祖而捨宗，蓋理之當然，如文王之於周，高帝之於漢是也。然猶有説焉，禹、湯、武王，功之極盛者也，而不得稱爲祖，非不先功也，祖嫌於別而祀有所耑故也。其或功德兼茂而在承平之日，則寧先德而後功，稱宗而捨祖，亦理之當然，如中、高之於商，太宗之於唐是也。然亦有説焉，太甲、祖乙德之至優者也，而不得稱爲宗，非不先德也，宗嫌於附而世有所別故也。求之漢、唐，則高帝、祖堯，古之所謂太祖也；文帝、太宗，古之所謂太宗也。別子爲祖，光武是也。繼別爲宗，顯宗是也。別祖輕於太宗，故禹、湯、文王寧爲宗而不爲祖，所以與於四重之祭也。別宗輕於別祖，故太甲稱祖，而太戊、武丁稱宗，所以系隆別。隆別子之出，嚴配繼祖，尊親之至也。若夫漢、唐之間加謚而爲祖者，此謂之別祖，非祖之正也，由曾高而上下皆祖也，加謚而爲宗者此謂之列宗，非宗之正也，宗其繼高祖者也。由古以至今，祖宗之號變更雖繁，而其義不出於此大概。惟中興變遷之主宜以祖稱，最爲易曉，而今日之中興又殊於古，其於稱祖尤爲無愧，請得而悉言之。

臣恭以大行太上皇帝挺神武仁孝之資，始遭炎曆厄會，四海板蕩，一旅奮伐，迄摧大憝，濟民塗炭，坐撫彫弊，旋至安疆，祀祖配天，不失舊物，遐狩返葬，驍馭來歸，精誠所感，豺狼革面。晚殄逆亮，中威朔漠，克雪前人讎恥，使彊虜將服聽命。既而成功退託，不由倦勤，傳聖嗣，雍容敷化，歲逾兩祀，蓋自生民以來，誠所未有。故語其克獲之盛，則逾少康；論其揖遜之美，則符於帝堯。此所謂功德兼茂，而在戡難之辰，當先功後德，其謚宜稱爲祖明矣。自漢以還，中興者止三人，其一稱祖，光武是也；其二稱宗，晉之元帝、唐之肅宗是也。今以光堯而比光武，則功雖少亞而力倍之，何則？《春秋》以平寇爲易，攘戎爲難者，齊威相管仲而成霸業，是時楚伐至陳、鄭，狄滅衛、邢，齊之所保者才十數小國爾，而孔子猶推大其功，以爲一匡天下，民到於今受其賜，「微管仲，吾其被髮左衽」，則光堯之攘戎難於光武爲遠甚，而廟號不侔於光武可乎？今以光堯而比於晉元，則國家基業宏大十倍東晉，治亂不同，功德又相千萬，而廟號僅下同於晉元，臣子之心忍乎？今以光堯而比之肅宗，則撫軍之位非素定有業，無靈武諸道强兵之資，彼上不能孝其親，下不能撫其民，僅平兩京，朝政昏亂，外則藩鎮跋扈，內則監軍勃逆，產怨連禍，錯繆萬端，在位日淺，功德無稱，比之今日，何啻霄壤，而廟號反下同於肅宗，臣子之心忍乎？況大中興稱祖其意，若曰惟新邦命，更始王業，所以祈天永祚、延洪無疆，非苟然也。加之多難未遠，宜同根本，故定爲別祖之廟，百世不遷，所以建不拔之基，而激聖子神孫，廣其未集之勳，爲勸大矣。別祖之稱大旨如此，而議者曾不之察，猥循流俗之見，謬引逆祀之說，以誤上聽，欲以列宗之謚而加諸再造克遜之君，豈不痛哉！且臣觀議者上不本諸典禮，中不考其功德，下不合於公言，而徒曰子不可以先父，弟不可以先兄，此常人之所能知，而古者聖賢豈不曉此？　帝王尊祖敬宗，以褒功德，而謂之逾，則三代之令王，兩漢之賢帝，誰非逾者？　如專貴其一律，則必如秦皇、李斯之議，一二數之乃可。今士大夫身居堯、舜之朝，明禮定制，不法周、孔，而反師李斯，臣不知其說矣。　況今因唐之舊，固已皆稱祖宗矣，然猶有辯者：　有不遷之祖宗，太祖太宗是也；　有迭遷之祖宗，列祖列宗是也。　今如以光堯爲祖，是別子之義也，於禮爲合矣，況別子之後自祖其別，而初非前朝之祖，尚何所嫌？　如以光堯爲宗，是繼別子之義也，無別祖而有別宗，此衰晉之失而吾效焉。　且東晉之時，諸帝猶未稱宗，而元帝獨稱宗，則是猶有尊敬中興之義也。　今奕世皆稱宗而堯、舜亦稱宗，則是於中興之業略無所尊，則反東晉之不若矣。　且中、高之類雖若殊於列宗，然唐人已有是號，皆爲列宗矣，不識今之廟號何以別乎？　夫人必自侮而後人侮之，國必自伐而後人伐之，故王者當變遷之後，則尊其別祖之廟，所以龍神其祖考而取威於夷狄也，所以彰大其光烈而震慴於仇讎也。　顯撥亂反正之尤難，示創業垂統之未艾，既以爲明訓，亦以爲深戒，其取義洪矣，其垂教大矣。　一言而定朝廷，無折枝之勞而宗社增九鼎之重，議者何憚而不出此？　昔漢爲大德而厄於十世，達者先知之，故光武稱祖以明再受命，法天更化而延洪世祚也。今本朝亦火德而中厄於靖康，與漢同符而光堯不得稱祖，捨漢法晉，達者憂惴，天下寒心，小臣竊獨恥之。　載惟國家立制，非取苟安一時，蓋將垂法萬世，如使光堯爲宗，則後有令主因光堯之業而能混合北荒，將何以居之？　且陛下在位二十六年矣，皇太子參決庶政矣，今之所行，則子孫爲法，舉措可不謹乎？　虞舜事堯二十八載，而陛下止欠其二，服勤至養，始終無一間言，近者屢出中旨，躬行三年之制，雖曾、閔匹夫之行不能遠過，化刑四海，澤被萬物，至德之光，邁越前古，而忍玷之乎？　近者光堯稱祖本出聖心，此中外所共知而有司淺識，唱爲浮言，疑惑上下，不能將順其美，此愚臣所以痛心疾首，奮心危言，甘犯斧鑕而不知避也。抑臣重有憂焉，方今北虜氣勢猶盛，中原人心漸忘，弔使將來，覘國斯在，而本朝反自同於衰晉，以明聞於四方，使夷狄竊笑，遺民絕望，於服猛懷來之義如何？臣愚伏望聖慈留神省覽，毋忽芻蕘，亟賜施用，內發神斷，速定列祖之廟，以壯基圖，于以對越光堯在天之靈，慰釋慈闈伉儷之感，揚威殊俗，隆化兆民，垂示子孫，以開將來之業，申副宗社，冠德百王，則願臣之志願畢矣。至如所議謚號之美，則惟有神聖明睿文武仁孝之言，漢、唐之間傳統諸帝及偏僞之君稱用皆同，兼慮重復本朝纍聖謚號，臣愚以爲理宜迴避，別立美謚，以重令猷，益爲盡善。臣亦自有成說，難以併具奏聞，如前所論得合聖意，伏乞特賜宣問，以究精微。宂賤庶僚，激於忠誠，輒及國家大義，如以爲罪，則不敢逃誅。臣昧死謹議。』

蕭燧《請上大行太上皇帝廟號高宗議（淳熙十五年二月二十五日）》（《中興禮書續編》卷五〇）：『恭依聖旨，尚書省集議大行太上皇帝謚號者。燧等議曰：伏以超宇宙之大者，惟天獨隆；極古今之聖者，惟堯爲盛。載稽上聖，丕迪大猷，亶異世以同符，斯配天而立極。伏惟大行太上皇帝誕膺明命，紹開中興，有紅光燭天之祥，有甘露降鼒之異。無菑無害，而天瑞日著；克岐克嶷，而天德日彰。聰明本乎天生，智勇繇乎天錫，偶運中否，遭時多屯，禍亂之作，此天所以開聖人也。天造神斷，宏濟艱難，追少康祀夏之功，纂周宣復古之績。陳師鞠旅，以外遏醜虜；命將董兵，以掃除寇攘。天威所臨，中外底定，攢宜齊事，結好和戎。方將海涵春育而一視同仁，天覆地載而並育不害。於是輕徭薄賦，議獄緩刑，厚賑貸以惠窮，詔牧守以風德化，敷仁政也；去邪遠佞，虛己聽言，開黨禁以褒元祐之臣，復賢科以追慶曆之盛，勵人材也；建大學以養士，闢祕館以崇儒，親灑宸翰以表章六經，躬耕帝藉以風厲四海，恢文化也；五饗明堂，七嚴郊祀，迎東朝而尊養，奉慈寧而怡顏，崇孝治也。在位三十六載，而舟車所至，人力所通，日月所照，霜露所墜，莫不涵濡乎德澤，漸摩乎仁義，此天德之出寧而蕩蕩巍巍之治也。方且道妙不寧，成功弗居，鑑造化之盛虧，蹈唐虞之揖遜，乃睠嗣聖，纂承丕圖，爲天下而得一人，自生民之未有。頤神恬淡，玩意穆清。問寢龍樓，三至日勤於舜養；卜年龜鼎，五福類錫於箕疇。鏤玉揚休者，蓋不一書；奉巵爲壽者，方將億載。俄而荊山鼎就，杞國天傾，三光爲之蔽明，兩儀爲之變色。然念冀善傳聖，既冠德于百王；遵制揚功，宜垂芳於奕世。謹按謚法：窮神知化曰聖，應變無方曰神，克定禍亂曰武，經緯天地曰文，聖能法天曰憲，慈惠愛親曰孝。即其抱神明之性，根中庸之德，無爲而天下化，不詔而萬物成，非聖矣乎！即其知變化之道，通幽明之故。消息盈虛，而動與時偕；縱黃汎應，而惟變是適。非神矣乎！以無爲烈，以不殺爲仁，非天之善經乎！教離麗之明，崇賁止之化，非文之化成乎！顯諸人則出與民同患，藏諸用則入與天爲徒，則聖能法天之憲也。繼其祖武則克篤前烈，貽孫謀則垂裕後昆，則慈惠愛親之孝也。夫德覆萬物曰高，令終配天曰高。惟商高宗，中興冠古；惟我堯考，侔德有光。況商丘大夫之城，惟我宋興王之地，則今之廟號，實有契符。僉言既同，敢詔億世。請上大行太上皇帝尊謚曰聖神武文憲孝皇帝，廟號高宗。謹議。」

王淮《大行太上皇帝謚議（淳熙十五年三月四日）》（《中興禮書續編》卷五〇）：『謹率羣臣詣南郊，請大行太上皇帝謚。議曰：臣聞圜穹宣精，蒼蒼在上，昆侖旁薄，得一以清，超乎不可形容者，天也。而靈威、赤熛、含樞、叶紀之號，名其可名者，不得而辭。乘乾六龍，光宅天下，發育萬物，與天同功，巍乎不可擬象者，帝也。而容成、赫胥，高陽、放勳之蹟，法其可法者，兹得而議。先王於是有謚，以尊名節，以壹惠之典。雖下不得誄上，卑不得誄尊，然質之於南郊，告之於有昊，慎擴天下之大公，推古今之至美，則列王功，紀盛德，刻之玉策，藏之金匱，薦清廟而訓萬世者，臣子之詣，蓋可述矣。恭惟大行太上皇帝剛健篤實，徽柔懿恭。道關百世而不自以爲高，功被六合而不自以爲至。政宣之世，應龍方潛，儕於宗藩，隱而未見，而聖德升聞，如曦輪未駕，起明於東，赫然有照耀乾坤之象。都城受敵，身踐危機，剪焉單車，寄命虎穴，而天聲震慴，如雷在地中，百神拱揖，蕭然有驚遠懼邇之威。靖康元二之時，趙魏淪塗炭，齊秦困兵戈，冀冀神州，它姓代匱；江淮襄漢，鞠爲盜區。惟霸府建臺，本無千麾萬旟之柄，曾不三月，曆數在躬，商丘舊都，重集景命，大業之濟，同符藝祖。自時厥後，艱難百罹，收功於傾危之餘，興統於綴旒之際，克復丕緒，紹開中興，由漢光武以來，一人而已。新莽竊位，政刑煩虐，黎民思亂，十室而九。使光武不作，伯升、聖公之徒，亦將起而覆之。漢之爲漢，其成可必，則炎德復輝，如摧枯拉朽，其爲力差易。帝初爲滏陽，肘腋變起，間關於相台，躑躅於濟岱。於斯時也，趙宗不絕如法。訖於九廟再安，基序萬世，視光武之功，爲有加焉。氛祲既清，駐蹕吳會，勵翼自治，明其政刑，屈己睦鄰，則疆埸之間，慎廓無事。奉親盡孝，則醜車萬里，還養祗宮。正經界以平征徭，立太學以起俊造，退朝燕閒，唯六藝是尚，而聲色之樂不邇。和衆豐則損上益下，而貨利之私不殖。邦畿千里，林箐岨深，於弋獵蒐畋之娛無有也。左江右湖，境趣幽絕，於登臨游豫之好無有也。天下耆定，褰裳去之，退託北宮，以受嗣聖，由唐堯以來一人而已。堯老舜攝，年踰九齡，耄期倦勤，理之必至，而自古迄今，尊其巽德。帝之禪位也，春秋纔五十有六，聖躬康寧，無所斁厭，乃舉神器之重，如棄弊履。怡神大庭，訪道姑射，萬幾之事，未嘗一過，而問視唐堯之德，爲有光焉。溫洛呈圖，方得珠而游赤水；荊山鑄鼎，忽乘雲而飛紫青。殂落之哀，函生共痛，爰稽禮典，祗薦鴻稱。謹按謚法，裁成萬物曰聖，一民無爲曰神，克定禍亂曰武，經緯天地曰文，聖能法天曰憲，慈惠愛親曰孝。若人維天奉無，輔相左右，與天下之同利，百姓日用而不自知，斯不曰裁成萬物乎？籠絡宇宙，視民如子，兼愛南北，拯之於水火之中，而保大樂天，待時而動，斯不曰一民而爲乎？廟謨雄斷，我伐用張，祀夏配天，不失舊物，斯不曰克定禍亂乎？稽古之光，參前於二典，維天之命，駿惠於文王，斯不曰經緯天地乎？惟天聰明，惟帝時憲，惟天爲大，惟帝則之，斯不曰聖能法天乎？徽宗之訃至，水漿食粥不入口者三日；慈寧之疾革，至於寢食俱忘，言發淚下，斯不曰慈惠愛親乎？粤廟號之建久矣，在禮，祖有功而宗有德，國朝自熙陵以降，傳八業稱宗，皆本其極摯者而言之，謂其德可宗於永世。昔炎劉不競，漢革而新，光武復之，廟爲世祖。皇運中微，楚乘其器，先帝復之，再造區夏，以昭前人之光，宜世世宗之，以軼建武系隆之盛。商之武丁，以德高可尊，故表顯之，號爲高宗。漢之高帝，以其功最高，雖謚法所無，而特超名爲高祖。謚備唐堯之功德，廟協商漢之二美，功德兼隆，高而且大，煌煌盡善，無得而踰。大行太上皇帝尊謚宜天錫之，曰聖神武文憲孝皇帝，廟號高宗。謹議。』

大行太上皇帝廟號疏二〔一〕

昔曹操、朱溫，皆號『太祖』〔一〕，本朝太祖用之不嫌者，名實所在〔二〕，自有定論也。『堯』

乃古帝名，不可單用爲號。〔二〕『烈』字則劉聰、楊渥僭僞之主皆嘗用之〔三〕（三）。『光』字雖若可用〔四〕，然字體太輕，士庶名字多或用之〔五〕。

〔堯、舜乃二帝之名〔六〕。唐高祖謚『神堯』（四），太上皇帝尊號『光堯』〔七〕（五），猶曰比德於堯，而又過之爾〔八〕。今獨取『堯』之一字，以爲廟號，有所未安。本朝開基（六）、中興，皆在商丘（七），國號『大宋』，則今擬廟號，獨取乎商之高宗（八），實爲有證。〕〔九〕

《建炎以來朝野雜記·甲集》（《四庫全書》本、《適園叢書》本）卷二，又見《梁溪遺稿》卷二、《錫山文集》、《梁溪文鈔》、盛刻、尤刊、《全宋文》卷四九九九。

【編年】

據史載，該篇作於淳熙十四年（一一八七）十月。

【繫地】

該篇當作於臨安。宋高宗趙構薨，尤袤有是作。

【彙校】

〔一〕底本收入『光堯廟號議』條，記爲『太常少卿尤袤奏曰』現據他書校改。

〔二〕『堯乃……爲號』，盛刻、尤刊均無。

〔三〕『字則』，《建炎以來朝野雜記·甲集》（《四庫全書》本）作『宗』，尤刊作『帝則』。『嘗』，底本作『常』，據《建炎以來朝野雜記·甲集》（《四庫全書》本）、盛刻、尤刊校改。《晉書》卷一〇二《載記二》：『太興元年，〔劉〕聰死，在位九年，僞謚曰「昭武皇帝廟」，號「烈宗」。』《新五代史》卷六一《吳世家》：『追尊〔楊〕渥爲烈宗景皇帝。』

〔四〕『字』，他書均作『宗』。『可』，尤刊作『不』。

〔五〕『字』，《梁溪遺稿》、尤刊均無。『用』，《梁溪遺稿》、盛刻、尤刊均作『稱』。

〔六〕該句尤刊校語：『《朝野雜紀》無「之」字』，則其所據本如此。

〔七〕『上』，《梁溪遺稿》誤作『祖』。

〔八〕該句尤刊校語：『《朝野雜紀》無「爾」字』，則其所據本如此。

〔九〕《全宋文》無此段，其校語爲：『《建炎以來朝野雜記》題「禮部、太常寺奏」，《遺稿》乃將兩奏誤合爲一，今不取。』然此奏既出太常寺，或爲時官太常少卿的尤袤所作，《遺稿》收錄當有所據，其誤在合，今分列之。

【箋注】

〔一〕『昔曹操……太祖』句：《三國志》卷一《魏志》：『太祖武皇帝，沛國譙人也。姓曹，諱操，字孟德，漢相國參之後。』《新五代史》卷一《梁本紀》：『太祖神武元聖孝皇帝，姓朱氏，宋州碭山午溝里人也。』

〔二〕名實：名譽與事功。《孟子·告子下》：『先名實者，爲人也；後名實者，自爲也。』朱熹《集注》：『名，聲譽也；實，事功也。』

〔三〕劉聰（？—三一八）：別名劉載，字玄明，匈奴族。十六國時期漢趙君主，光文帝劉淵第四子。在位期間，攻破洛陽、長安，殺晉懷帝及晉湣帝，爲永嘉之亂，滅西晉。驍勇絕人，博涉經史，善屬文，矜誇淫縱，殘暴無親。謚號昭武皇帝，廟號烈宗。見《晉書》卷一百二《載記第二》。楊渥（八八六—九〇八）：字承天，一作奉天，吳太祖楊行密長子，五代十國時期吳國君。謚號景王。其弟楊溥稱帝，追謚景皇帝，廟號烈宗，陵號紹陵。見《新五代史·卷六十一·吳世家第一》。

（四）「唐高祖」句：《舊唐書》卷一《高祖本紀》：「高宗上元元年八月，改上尊號曰『神堯皇帝』。天寶十三年二月，上尊號『神堯大聖大光孝皇帝』。」

（五）「太上……光堯」句：《宋史》卷三二《高宗本紀》：「孝宗卽位，累上尊號，曰『光堯壽聖憲天體道性仁誠德經武緯文紹業興統明謨盛烈太上皇帝』。」

（六）開基：猶開國，謂開創基業。

（七）「商丘」：帝舜時代，帝嚳之子契（閼伯）佐禹治水有功，被虞舜封於商（今商丘睢陽區）做火正，爲商族人的始祖，深受人民的愛戴，故人們尊他爲「火神」。閼伯死後葬於封地，由於閼伯的封號爲「商」，他的墓塚被稱爲「商丘」。趙匡胤在後周任歸德軍節度使的藩鎮所在地爲宋州（今河南商丘），遂以宋爲國號，建立宋朝。靖康二年（一一二七）五月，趙構在南京應天府（今商丘古城）卽位，是爲宋高宗，商丘成爲南宋開國都城。

（八）商之高宗：武丁（？—前一一九二），子姓，名昭，商王盤庚之姪，商王小乙之子，商朝第二十三任君主，夏商周斷代工程將武丁在位時間定爲公元前一二五〇年至前一一九二年。武丁在位時期，勤於政事，任用刑徒出身的傅説及甘盤、祖己等賢能之人輔政，勵精圖治，使商朝政治、經濟、軍事、文化得到空前發展，史稱「武丁盛世」。公元前一一九二年，武丁去世，廟號高宗，死後由其子祖庚繼位。

【附録】

宇文价《集議高宗廟號狀（淳熙十五年二月四日）》（《中興禮書續編》卷四九）：『準正月二十九日省劄，勘會近尚書省集議到請上大行太上皇帝謚曰「聖神武文憲孝皇帝」，廟號「高宗」。緣唐有高宗，令侍從、臺諫、兩省官禮議定聞奏。臣等竊謂有創業之君，有中興之君。創業之君謂之太祖，或謂之高祖。中興之君謂之高宗，自有商始，亦其功德最高，故號曰「高」。後雖有竊其名而冒居之者，其實不副。如梁朱溫之類，亦號太祖，而盛明之世，惟尊創業之君，初不以朱梁而避其號也。自唐高祖而下則有太宗，太宗之下，特以次序謂之高宗，然非則功德之實，故萬世之後不以爲是。仰惟大行太上皇帝中興之烈，享國之長，與商高宗若合符節，而揖遜之盛，卓冠千古，號爲高宗，天下公論咸以爲當，詎可以唐朝之主嘗冒此名而避之哉！國朝太祖，不以朱梁之故而易創業之丕號，正此意也。今若嫌與唐同，欲易其字，臣等考之於古，凡有可以推者，反覆尋究，皆不及此。惟有聖字可以形容，適同契丹隆緒之號，卻恐難用。其外則有光字，按《堯典》曰「光宅天下」、「光被四表」，皆所以述堯之德。而其在《謚法》：「能紹前業曰光，格于上下曰光。」漢光武中興，蓋取諸此，其《本紀》注亦引《謚法》以爲證。臣等集議，俱以高宗、光字爲宜，更合取自聖裁。伏候敕旨。』『（貼黄）臣等竊見議者欲以堯宗爲號，照得《謚法》雖有堯字，皆後人採取傅會之説，考之歷代，未有以古帝爲廟號者。兼北虜有名宗堯，與契丹僞號聖宗事體相類，斷不可用，伏乞睿照。』

林栗《議上大行太上皇帝廟號『光宗』奏（淳熙十五年二月）》（《中興禮書續編》卷四九）：『臣按

《六家謚法》：冀善傳聖曰堯。注云：翼養善人，使成聖德，禪以天下，功成堯堯。然爲百王之首，故曰堯也。又按《禮記·祭法》，有虞氏禘黄帝而郊嚳，祖顓帝而宗堯。又按《書·大禹謨》，「正月朔旦，受命於神宗。」神宗卽堯廟也。又按《唐本紀》高祖謚曰「神堯」，蓋以傳位太宗，故有冀善傳聖之號。恭惟大行太上皇帝功德巍巍，與堯同大，光堯之號，薄海内外不謀同稱者二十六年，若謚加「光孝」，廟號「光宗」，俯以愜於人心，仰以承於天意，似爲允當。合取聖裁，臣謹議定以聞。伏候敕旨。』

大行太上皇帝廟號疏三〔一〕

此吳越錢元瓘僞號也。〔一〕

《建炎以來朝野雜記·甲集》（《四庫全書》本、《適園叢書》本）卷二。

【編年】

據史載，該篇作於淳熙十四年（一一八七）十月。

【繫地】

該篇當作於臨安。宋高宗趙構薨，尤袤有是作。

【彙校】

〔一〕底本收入『光堯廟號議』條，記爲『方羣臣之集議也，又有欲稱「成宗」者，袤曰』，現據前文擬題。

【箋注】

〔一〕『此』指『成宗』。『成宗』乃錢元瓘之子錢弘佐廟號。錢元瓘（八八七—九四一），字明寶，初名傳瓘，鏐子。在位十年，善事後唐、後晉政權，保土安民。先後被封爲吳王、越王、吳越國王、天下兵馬都元帥。卒謚文穆王，廟號世宗。著詩千餘首，有《錦樓集》十卷，已佚。《全唐詩補編・續補遺》卷一二收其詩二首，《全唐文》卷一三〇、《唐文拾遺》卷一一共收文四篇。事蹟具《舊五代史》卷一三三、《新五代史》卷六七、《十國春秋》卷七九本傳，《全唐文》卷八五九和凝所撰神道碑。

【附錄】

周必大《思陵錄》上（《文忠集》卷一七二）：『〔淳熙十五年戊申正月乙丑〕又引直宿官宇文价，有奏劄，乞以光堯廟號爲光宗，謚憲孝爲誠孝。上初謂廟號爲成宗，价遂舉「巍巍有成功」，「法始乎伏羲而成乎堯」……〔二月丁丑〕衆議廟號或曰成，或曰正，予奏：「吳越錢氏嘗僭成宗，正字乃不成語。上必欲用堯字，特降指揮可也。」……〔己卯〕上問廟號……又及成宗，予曰：「錢王元佐嘗有此號，所以禮官乞用至誠之誠。」上以爲泛，更商量一兩日。』

乞大祥禮畢改服小祥之服奏〔一〕

大祥禮畢，改服小祥之服〔一〕，去杖絰〔二〕。禫祭禮畢〔三〕，改服素紗軟脚折上巾〔二〕〔四〕、淡黃袍、黑銀帶。神主祔廟畢〔三〕，改服皂幞頭〔五〕、黑鞓、犀帶。〔四〕遇燒香〔五〕，則於宮中衰絰行禮〔六〕，二十五日而除〔七〕。

《建炎以來朝野雜記·乙集》（《四庫全書》本、《適園叢書》本）卷三，又見周必大《乞付出禮官討論服制記》轉引、《文獻通考》卷一二二、《宋史》卷一二二、清徐乾學《讀禮通考》卷一八、《古今圖書集成·經籍彙編·禮儀典》卷六〇『喪葬部』、《欽定續通志》卷一一八、《欽定續通典》卷七四、《全宋文》卷四七五八；《全宋文》屬該篇於顔師魯名下，題作《乞禮畢改服小祥之服奏》。

【編年】

據史載，該篇作於淳熙十四年十一月戊戌朔，即初一日（一一八七年十二月二日）。

【繫地】

該篇當作於臨安。尤袤與顔師魯同上奏改服事。

【彙校】

〔一〕『大祥』，《宋史》、《讀禮通考》、《古今圖書集成》、《欽定續通志》均無，《欽定續通典》按語：『按：《宋史·禮志》不云「大祥」，今從《文獻通考》補正』。『禮畢』，《乞付出禮官討論服制記》無。

〔二〕『上』，底本作『角』，現據《文獻通考》、《宋史》、《讀禮通考》、《古今圖書集成》、《欽定續通志》、《全宋文》等書校改。『折上巾』：古冠名。後漢梁冀改輿服之制，折迭巾之上角，稱折上巾。北周裁爲四脚，名曰襆頭，也稱折上巾。隋、唐時貴賤通用，宋時爲皇帝、皇太子常服。參閱《後漢書》卷六四《梁冀傳》、《舊唐書》卷四五《輿服志》、五代馬縞《中華古今注》卷中《襆頭》、沈括《夢溪筆談》卷一《故事一》、《宋史》卷一五一《輿服志（三）》。『折角巾』：即林宗巾。東漢郭泰，字林宗。名重一時。一日道遇雨，頭巾沾濕，一角折迭。時人效之，故意折巾一角，稱『林宗巾』（見《後漢書》卷六八《郭泰傳》）。後用以泛指文士之冠，亦省作『折巾』。『去杖絰……改服』，《乞付出禮官討論服制記》無。

〔三〕『神主』，《乞付出禮官討論服制記》作『至』。『神主』：古代爲已死的君主、諸侯作的牌位，用木或石製成。《後漢書》卷一《光武帝本紀》：『大司徒鄧禹入長安，遣府掾奉十一帝神主，納於高廟。』李賢注：『神主，以木爲之，方尺二寸，穿中央，達四方。天子主長尺二寸，諸侯主長一尺。』

〔四〕『皂』，《文獻通考》、《宋史》、《讀禮通考》、《古今圖書集成》、《欽定續通志》均無。『鞓』，底本作『鞋』，現據《宋史》、《讀禮通考》、《古今圖書集成》、《欽定續通志》、《全宋文》等書校改。『黑鞓、犀帶』，《乞付出禮官討論服制記》作『淡黃袍、黑鞓帶』。『鞓』：指腰帶的帶身。『犀帶』：即犀角帶，飾有犀角的腰帶。白居易《元微之除浙東觀察使喜贈長句》（《白氏長慶集》卷二三）：『稽山鏡水歡遊地，犀帶金章榮貴身。』

〔五〕『燒香』，《乞付出禮官討論服制記》作『過宮』，《建炎以來朝野雜記·乙集》（《適園叢書》本）、《文獻通考》、《宋史》、《讀禮通考》、《古今圖書集成》、《欽定續通志》、《欽定續通典》、《全宋文》均作『過宮燒香』。

〔六〕『則於宮中衰』，《乞付出禮官討論服制記》作『則縗』。『衰絰』：穿喪服。

〔七〕『日』，《建炎以來朝野雜記·乙集》（《適園叢書》本）、《乞付出禮官討論服制記》、《宋史》、《讀禮通考》、《古今圖書集成》、《欽定續通志》、《全宋文》均作『月』。

【箋注】

(一)大祥：古時父母喪後兩周年的祭禮。《儀禮·士虞禮》：『又朞而大祥，曰薦此祥事。』鄭玄注：『又，復也。』賈公彥疏：『此謂二十五月大祥祭，故云復朞也。』漢魏以來時君行喪皆以日易月，皇帝、皇太后、皇后死後，二十五日或二十四日卽舉行大祥祭禮。宋皇室行喪，小祥、大祥之禮皆舉行兩次。既以日爲之，又以月爲之。《東都事略》卷七七《范祖禹傳》：『今羣臣雖易月而人主實行喪，故十二日而小祥，期而又小祥；二十四日而大祥，再期而又大祥。』

(二)杖經：孝杖與喪服。《南史》卷四四《齊文惠太子長懋傳》：『尊極所臨，禮有變革，權去杖經，移立戶外，足表情敬，無煩止哭。』

(三)禫祭：除喪服之祭。周密《齊東野語》卷三《紹熙內禪》：『〔趙汝愚等〕扶導上詣太皇簾前行謝禮。次詣梓宮前行禫祭禮。』

(四)素紗：亦作『素沙』。白色縐紗。《周禮·天官·內司服》：『掌王后之六服：褘衣、揄狄、闕狄、鞠衣、展衣、緣衣、素沙。』鄭玄注：『素沙者，今之白縛也。』

(五)幞頭：亦作『襆頭』，一種頭巾，亦名『折上巾』。一般認爲襆頭巾子起源於北周。宋代的襆頭，以藤織的草巾子作裏，用紗作表，再塗上漆，叫作『襆頭帽子』。

答朱元晦五（存目）

【編年】

據朱熹《答尤尚書（袤）》（《晦庵先生朱文公文集·續集》卷三）所述（詳見附録），尤袤該篇有『可用之才』的評價與『無零分』的質疑。而此時蔡氏『律書已成』，據朱熹《〈律吕新書〉序》（《晦庵先生朱文公文集》卷七六）『淳熙丁未正月朔旦』的落款可知，是書成於淳熙十三年（一一八六）底。則該篇當作於淳熙十四年（一一八七）。

【繫地】

該篇當作於臨安。尤袤與朱熹書函往來，論及項安世之才、蔡元定之書。

【箋注】

該書啓原文今已不存。項安世（一一二九—一二〇八），字平父，號平庵，其先括蒼（今浙江麗水）人，後家江陵（今屬湖北）。孝宗淳熙二年（一一七五）進士，調紹興府教授。光宗紹熙四年（一一九三），除祕書省正字。五年十一月，爲校書郎兼實録院檢討官。寧宗慶元元年（一一九五）五月，添差通判池州，移通判重慶府。入慶元黨籍，還江陵家居。開禧二年（一二〇六），起知鄂州，遷戶部員外郎、湖廣總領。三年，權安撫使，以事免。起爲湖南轉運判官，未上，用臺章奪職而罷。嘉定元年（一二〇八）卒。事蹟具《宋史》卷三九七本傳。有《周易玩辭》、《項氏家說》、《平庵悔稿》等作品。《全宋詩》

以《宛委別藏》本《平庵悔稿》十二卷爲底本，校以中國國家圖書館藏清吳長元鈔本，新輯集外詩編爲第十三卷；《全宋文》卷六二六三錄其文十七篇。

【附錄】

朱熹《答尤尚書（袤）》（《晦庵先生朱文公文集·續集》卷三）：『項平父向來紹興，同官中極不易得，來教所謂可用之才，誠不易之論。得書知欲此來，未知能自拔否耳。蔡君律書已成，簡徑精密，悉有據依。乃知前人大是草率，恨不令年兄見之。其曆書則未就，然大略規模亦與律書相似。所謂無零分者，非如來教所疑也。』

論賀正使不當卻疏（一）

祖宗以來〔一〕，雖喪制〔二〕，未有不引見來使〔三〕，亦無不受禮物之文。前朝諸臣豈不知不當受〔四〕，而所以不免從權者〔五〕（二），以爲既已通好〔六〕（三），不當無事而使之疑也〔七〕。況元日朝會俱罷〔八〕，初無賀儀幣物（四），所以將書，亦非慶禮（五）。萬一使客必欲如禮而去〔九〕，則徒爲紛紛〔一〇〕。在禮有反經而從權者〔一一〕，正爲是也，臣等以爲當受〔一二〕。

《建炎以來朝野雜記·乙集》（《四庫全書》本、《適園叢書》本）卷三『淳熙諒闇罷誕節正旦慶禮』條，又見《宋會要輯稿·職官五一》之三一、《中興禮書》卷二二三、《梁溪遺稿》卷二、《錫山文集》、《梁溪文鈔》、盛刻、尤刊、傅增湘《宋代蜀文輯存》卷六五；《全宋文》卷四八九七屬該篇於宇文价名下，題作《正旦客使宜從權受賀狀》。

【編年】

據《宋會要輯稿》著録，該篇作於淳熙十四年十二月十八日（一一八八年一月十八日）。

【繫地】

該篇當作於臨安。尤袤與宇文价、顔師魯、倪思、黄黼、張體仁等人同上奏，論賀正使。

【彙校】

〔一〕『祖宗以來』前，《宋會要輯稿》有『臣等歷考』四字，《全宋文》卷四八九七有『歷考』二字。

〔二〕『喪』，《建炎以來朝野雜記·乙集》（《適園叢書》本）、《宋會要輯稿》、《全宋文》卷四八九七均作『居喪』。『喪制』：這裏特指按禮制規定的居喪期限。『居喪』：猶守孝，處在直系尊親的喪期中。尊親死後，在家守喪，不辦理外事。在服喪期滿之前停止娛樂和交際，表示哀悼。

〔三〕『來使』，《建炎以來朝野雜記·乙集》（《適園叢書》本）作『使人』，《宋會要輯稿》、《全宋文》卷四八九七均作『人使』，他書則作『使』。

〔四〕該句尤刊校語：『《朝野雜紀》「諸」作「衆」』，則其所據本如此。

〔五〕『免』，尤刊誤作『克』。『不免』：免不了。『不克』：不能（多指能力薄弱，不能做到）。《詩經·齊風·南山》：『析薪如之何，匪斧不克。』鄭玄《箋》：『克，能也。』

〔六〕『以爲』，《建炎以來朝野雜記·乙集》（《四庫全書》本）作『謂』。『已』，《建炎以來朝野雜記・乙集》(《四庫全書》本)無。

〔七〕『無事而使之疑』,《建炎以來朝野雜記・乙集》(《四庫全書》本)作『使之疑而生事』;《宋會要輯稿》、《全宋文》卷四八九七其後尚有『今歲賀會慶聖節人使,陛下方當哀疚之中,卻之使去,中外感歎聖德,雖狼子野心,亦知委順。今正旦人使亦既許素幄引見,受其書矣,所有禮物,恐無不受之禮』一段文字。

〔八〕『日』,《全宋文》卷四八九七作『旦』。『朝會』,《建炎以來朝野雜記・乙集》(《四庫全書》本)無。『元日朝會』: 自漢朝以來,元日朝會作爲新年的重要禮俗便已存在。元日舉行朝會是例行之舉。朝會屬於五禮之中的嘉禮,在朝會上,皇帝要接受百官臣僚的祝賀。參加朝會的人員既有京中的文武官員,又有來自各州的朝集使(各州每年派遣入京彙報州政及財經情況的使者),還有來自外國的客人以及皇親國戚等,要事先安排好他們的排列位次。朝會大典上,還要奏樂舞蹈,朝會人員還要向皇帝敬酒,並共進餐飯。元日是新年的第一天,也稱爲履端之日,因此,在元日朝會上往往有許多新政頒行。這些新政多爲惠民政策,能給許多人帶來切實利益。

〔九〕『使客』,《建炎以來朝野雜記・乙集》(《四庫全書》本)無。『如』,《全宋文》卷四八九七作『加』。《宋會要輯稿》、《全宋文》卷四八九七此前尚有『前者聖節之使,專以陛下誕辰,卻之可也,正旦爲兩國通好』一段文字。『使客』: 使者。『加禮』: 以禮相待。漢劉珍等《東觀漢記》卷一七《虞延傳》: 『延以寅雖有容儀而無實行,未嘗加禮。』

〔一〇〕『紛紛』,《建炎以來朝野雜記・乙集》(《四庫全書》本)作『紛紛也』,《宋會要輯稿》、《全宋文》卷四八九七均作『紛紜，亦恐無辭以卻其物』。『紛紛』：多而雜亂貌。

〔一一〕『而從權者』，《宋會要輯稿》、《全宋文》卷四八九七均作『以從權』。『從權』：根據當時的情況，採用權宜變通的辦法。

〔一二〕該句《宋會要輯稿》作『竊以爲當受。兼照得所議，若聖斷以爲然，即乞下館伴使，更不必宣諭卻其禮物，庶幾不致臨時往復，以全國體』，《全宋文》卷四八九七作『竊以爲當受。謹詳議以聞。〔貼黃〕臣等所議，若聖斷以爲然，即乞下館伴使，更不必宣諭卻其禮物，庶幾不致臨時往復，以全國體』；《梁溪遺稿》、盛刻於其後均有小注：『時賀正使至，帝以在喪服中禮物當受與否，令禮官詳議。公與宇文价、顏師魯、倪思、黃元章、張體上疏。』

【箋注】

〔一〕賀正：歲首元旦之日，羣臣朝賀。唐黃滔有《賀正啓》。

〔二〕從權：採用權宜變通的辦法。《逸周書》卷三《酆保》：『不深乃權不重，從權乃慰，不從乃潰。』

〔三〕通好：互相友好往來（多指國與國之間）。

〔四〕賀儀：猶賀禮。慶賀他人喜慶所贈送的禮物或禮金。幣物：財幣貨物。

〔五〕慶禮：吉慶之禮。

〔六〕反經：不循常規。《公羊傳·桓公十一年》：『權者何？權者反於經，然後有善者也。』

薦蔡元定章（一）

臣袤叨恩太常（二），無毫補報（三），惟有推賢（四），少盡萬一。伏念教化乃刑政之本（五），人才實教化之原，不有獎勸（六），何以使人激勵而興起？臣常咨訪（七），得其人焉。切見建陽布衣蔡元定，資稟穎異（八），充養完粹，守分安貧，不求聞達，有經世濟物之才，有制禮作樂之具。早從朱熹學，熹尊爲老友，則其才德必有大過人者；隱賁西山（九），戸屨常滿（一〇），則其學識非人所能及者。誠聖世之真儒，後學之師表也。今元定身雖韜光於林壑，心實以治平爲己任。陛下若起元定而用之，使與朱熹同侍經筵（一一），必能光昭聖德（一二），爲國家立萬世無疆之業。其於治道，豈小補益而已哉。

《西山公集》附録（明蔡有鵾《蔡氏九儒書》卷二），又見《全宋文》卷四九九九。

【編年】

據《宋史》卷四三四《蔡元定傳》記載，『太常少卿尤袤、祕書少監楊萬里聯疏薦於朝』，尤袤於淳熙十四年（一一八七）十月七日除太常少卿，十五年（一一八八）四月二十六日權禮部侍郎；楊萬里於淳熙十四年十月十一日除祕書少監，十五年四月八日出守筠州。則該篇當作於十四年冬或十五年春。

【繫地】

該篇當作於臨安。尤袤與楊萬里聯名疏薦蔡元定於朝。

【彙校】

該篇題名，《西山公集・附録》目録作『太常卿薦章』。

【箋注】

（一）蔡元定（一一三五—一一九八），字季通，學者稱西山先生，建州建陽（今屬福建）人。發之子。孝宗乾道間從朱熹學。淳熙十五年（一一八八），尤袤、楊萬里皆薦於朝，以病辭。寧宗慶元元年（一一九五）韓侂胄專政，開僞學之禁。二年，爲言者所詆，以布衣謫道州。四年，卒於貶所，年六十四。追謚文節。著有《大衍詳説》、《律吕新書》、《燕樂原辯》、《皇極經世》、《太玄潛虚指要》、《洪範解》、《八陣圖説》、《陰符經解》、《運氣節略》、《脈書》及《詩束雜説》若干卷。事蹟具劉爚《雲莊劉文簡公文集》卷一一《西山先生蔡公墓銘》，杜範《清獻集》卷一九《蔡元定傳》，《宋史》卷四三四、《宋元學案》卷六二本傳。明人蔡有鵾輯其詩文爲《西山公集》一卷，收入《蔡氏九儒書》。《全宋詩》卷二五〇一録其詩十八首；《全宋文》卷五八一七録其文十九篇，以清同治七年（一八六八）蔡氏刻本爲底本，另收得佚文六篇。其《風后握機》、《風后握機贊》、《八陣法》等書均首見於《遂初堂書目》（兵書類）。

（二）叨：　承受。古漢語中用於對受人恩惠及禮物表示感謝的謙詞。

（三）補報：　報答（恩德）。

（四）推賢：　推薦賢人。

（五）刑政：刑法政令。《國語》卷三《周語下》：『出令不信，刑政放紛。』

（六）獎勸：褒獎鼓勵。

（七）咨訪：諮詢訪問。

（八）資稟：天資、稟賦。蘇轍《除尚書右丞諸公免書》（《欒城集》卷五〇）：『家世寒陋，資稟冥頑。』穎異：聰慧過人。

（九）賁：華美，光彩貌。

（一〇）戶屨常滿：《列子》卷二《黃帝》：『無幾何而往，則戶外之屨滿矣。』指從學者眾也。

（一一）經筵：皇帝聽講讀官講解經史的場所，這裏指任命爲經筵官，即爲皇帝講解經史的官員。

（一二）光昭：彰明顯揚，發揚光大。

【附錄】

趙汝愚《薦蔡元定奏》（《西山公集》附錄）：『蓋聞人君之總治，莫大於任賢才；人臣之輔治，莫先於揚側陋。賢才乃國家利器。木遇利器，盤根錯節迎刃而解；君遇賢才，萬機繁劇隨剖而理。故古之聖主必待賢人而弘功業，俊傑亦俟明主以顯其德，所謂上下交相與，而德業以成者也。臣叨恩揆席，莫罄涓埃之報，顧茲重任，宜資經濟之才。切見建陽布衣蔡元定學問充足，承孔、孟之正脈；才堪經濟，得朱熹之心傳。今則隱居山林，不干祿仕，是亦可謂高尚其志者矣。伏望聖明省劄下郡，迎至闕下，處以重任，必能倡率羣士，俾至恩廣被於羣生，感發士類，使至德悉澤於下土，以稱陛下委任賢才之盛心。臣謹具奏聞，不勝戰慄俟命之至。』

獻皇太子書〔一〕

大權所在，天下之所爭趨〔一〕，甚可懼也〔二〕。願殿下事無大小〔三〕，一取上旨而後行〔四〕；情無厚薄，一付衆議而後定。

〔又曰〕利害之端〔五〕，常伏於思慮之所不到；疑間之萌，每開於堤防之所不及。〔六〕儲副之位〔二〕，止於侍膳問安〔七〕，不交外事；撫軍監國〔三〕，自漢至今，多出權宜。事權不一，動有觸礙。〔八〕〔四〕乞候祔廟之後〔九〕，便行懇辭〔五〕，以彰殿下之令德〔一〇〕〔六〕。

《建炎以來朝野雜記·乙集》（《四庫全書》本、《適園叢書》本）卷二『己酉傳位錄』條，又見《皇宋中興兩朝聖政》卷六四、《兩朝綱目備要》卷一、《宋史》本傳、《宋史全文》卷二七、明陳邦瞻《宋史紀事本末》卷二二、明馮琦《經濟類編》卷一六、《御批歷代通鑑輯覽》卷八八、《御定淵鑒類函》卷五九、《御批續資治通鑑綱目》卷一六、《資治通鑑後編》卷一二七、《續資治通鑑》卷一五一、《梁溪遺稿》卷二、《梁溪文鈔》、《錫山文集》、盛刻、尤刊、《全宋文》卷四九九九。

【編年】

據史載，該篇作於淳熙十五年正月乙巳，卽初九日（一一八八年二月七日）。

【繫地】

該篇當作於臨安。尤袤任太常少卿兼太子左諭德，獻書與太子。

【彙校】

〔一〕該句尤刊校語：『《朝野雜紀》「之」下有「人」字』，則其所據本如此。『趨』，《建炎以來朝野雜記・乙集》(《適園叢書》本)作『趣』。

〔二〕該句尤刊校語：『《朝野雜紀》「甚」作「其」』，則其所據本如此。

〔三〕『願』，《御批續資治通鑑綱目》誤作『順』。

〔四〕『後』，尤刊作『復』。

〔五〕『又曰』，尤刊、《全宋文》均作『且』。《全宋文》校語：『《建炎以來朝野雜記》、《續資治通鑑》均作「又曰」。《遺稿》係將兩則合而爲一。』

〔六〕『每』，《皇宋中興兩朝聖政》、《宋史全文》均作『常』。『開』，《皇宋中興兩朝聖政》作『闕』。『大權……不及』，《宋史》本傳無。『利害……不及』，《宋史紀事本末》、《經濟類編》、《御定淵鑒類函》、《御批續資治通鑑綱目》、《資治通鑑後編》均無。

〔七〕『侍』，《資治通鑑後編》作『視』。尤刊校語：『《朝野雜紀》「侍」作「視」』，則其所據本如此。『侍膳』：指陪從尊長用膳。『視膳』：古代臣下侍奉君主或子女侍奉雙親進餐的一種禮節。語本《禮記・文王世子》：『食上，必在視寒暖之節；食下，問所膳。』

〔八〕『事權……觸礙』，《宋史》本傳無。

〔九〕『候』，《建炎以來朝野雜記·乙集》（《適園叢書》本）、《皇宋中興兩朝聖政》、《兩朝綱目備要》、《宋史全文》、《宋史紀事本末》、《經濟類編》、《御定淵鑒類函》、《御批續資治通鑑綱目》、《資治通鑑後編》均作『俟』。『候祔廟之後』，《宋史》本傳無。

〔一〇〕『之』，《宋史紀事本末》、《經濟類編》、《御定淵鑒類函》、《御批續資治通鑑綱目》、《資治通鑑後編》均無。

【箋注】

（一）皇太子：卽宋光宗。趙惇（一一四七—一二〇〇），孝宗第三子，母成穆皇后郭氏。高宗紹興二十年（一一五〇），授右監門衛率府副率，轉榮州刺史。孝宗卽位，拜鎮洮軍節度使、開府儀同三司，封恭王。乾道七年（一一七一），立爲太子，判臨安府。淳熙十六年（一一八九）二月，受内禪，建元紹熙。在位五年，内禪第二子趙擴。寧宗慶元六年（一二〇〇）卒，年五十四。有《御製集》，已佚。事蹟具《宋史》卷三六《光宗本紀》。《建炎以來朝野雜記》乙集『己酉傳位錄』條，記爲『太常少卿兼左諭德尤袤獻書於太子曰』。

（二）儲副：國之副君，指太子。《後漢紀》卷一九《順帝紀》：『太子，國之儲副。』

（三）撫軍：謂太子從君出征。監國：監管國事。君主外出，由太子留守，代理監臨國事。《左傳·閔公二年》：『太子奉冢祀……君行則守，有守則從，從曰撫軍，守曰監國。』

（四）事權：做事的職權。觸礙：抵觸阻礙。《論衡》卷一一《說日》：『今天運轉，其北際不著地者，觸礙，何以能行！』

（五）懇辭：指懇切辭讓。

（六）令德：美德。

稟東宮劄子（存目）

【編年】

據周必大《思陵録》上（《文忠集》卷一七二）：『〔淳熙十五年正月癸丑〕昨日密諭尤袤，教以設案於前，如州郡之禮。袤深然之，密以劄子稟東宮。』則該篇當作於淳熙十五年正月癸丑，即十六日（一一八八年二月十四日）。

【繫地】

該篇當作於臨安。

【箋注】

該奏議原文今已不存。尤袤以密劄稟東宮，論及設案祭祀等禮儀之事。

答朱元晦六（存目）

【編年】

據朱熹《答尤延之書》（《晦庵先生朱文公文集》卷二七）所述（詳見附録），則該篇當論及朱熹辭請之事。而淳熙十五年（一一八八）正月有旨趣奏事之任，其復以疾辭，不允；三月十八日啓行在道再辭並請祠，則該篇回信當作於是年二月。

【繫地】

該篇當作於臨安。尤袤與朱熹書函往來，論其辭請之事。

【箋注】

該書啓原文今已不存。朱熹《答尤延之書》（《晦庵先生朱文公文集》卷二七）：『熹留玉山已半月，日望回信，冀得言歸。今所遣人乃空手來，而所賜教中見喻者，又非熹之所病也。區區之意，正爲禮節之間有不能彊顔者耳。如其所謂宛轉者，去冬已聞之，此豈可信？政使可信，吾亦豈可爲此而屈哉？老大抗拙，無復餘念於此世，顧以君臣大義未能忘懷，初欲冒進，一吐所懷，知難而退，憂則違之，今亦已矣。唯願諸賢協贊明主進賢退姦，大開公正之路，使宗社尊安，生靈有庇，則熹之受賜厚矣。亦何必誘之以其所不欲，而彊之以其所不堪也哉？再遣此人，文字在元善處，更望垂念，便得早歸，千萬之幸。餘不暇及。』

論喪制疏

釋老之教，矯誣褻瀆(一)，非所以嚴宫禁(二)、崇几筵(三)，宜一切禁止。

《宋史》本傳，又見《讀禮通考》卷一一六、《東林列傳》卷一。

【編年】

據《宋史》本傳記載，該篇作於高宗駕崩後臺臣定喪制時，約在淳熙十五年（一一八八）三月。

【繫地】

該篇當作於臨安。尤袤任太常少卿兼太子左諭德，喪制時提出宫禁内之要求，乞禁釋、老之教。

【箋注】

(一)矯誣：謂假借名義以行誣罔、虚妄。《尚書·仲虺之誥》：『夏王有罪，矯誣上天，以布命於下。』褻瀆：輕慢、不恭敬。

(二)宫禁：漢以後稱皇帝居住、視政的地方。宫中禁衛森嚴，臣下不得任意出入，故稱。《後漢書》卷一〇《皇后紀上·和熹鄧皇后》：『宫禁至重，而使外舍久在内省……誠不願也。』

(三)几筵：亦作『几梴』，猶几席。《周禮·春官》有司几筵，專掌五几五席的名稱種類，辨其用處與陳設的位置。几席乃祭祀的席位，後亦因以稱靈座。

論緩定配饗疏〔一〕〔一〕

竊考祖宗典故〔二〕，既祔廟然後議配饗〔三〕，蓋必先有廟而後有從祀之臣〔四〕〔二〕，禮則然也。〔五〕趙普、曹彬之配食太祖〔三〕，乃定議於二十餘年之後〔六〕； 薛居正、潘美配食太宗〔四〕，議定於二年之後。〔五〕乾興元年，翰林學士李維等乞以王旦配食真宗〔六〕，在祔廟後一月〔七〕，最爲切近〔八〕。然當時亦必詔禮官參議〔七〕，務盡衆言。〔九〕獨嘉祐八年議以王曾〔八〕、呂夷簡之配食於仁宗〔九〕〔一〇〕，乃在山陵之前〔一〇〕〔一一〕，然亦必先降詔，乃下兩制定議當用何人〔一一〕〔一二〕，而王珪等始以曾、夷簡姓名上之〔一二〕〔一三〕，其不敢倉卒如此〔一三〕。元祐元年，裕陵復土已七閱月〔一四〕，有司始援典故，乞自兩制以上及太常寺、祕書省長貳同議配饗〔一五〕；又兩月，而吏部尚書孫永等始以富弼應詔。〔一六〕蓋宗廟至重，必嚴其事，不病其緩也。〔一四〕今來高宗猶未祔廟〔一七〕，所議配饗，少遲旬月，固未爲晚，〔一五〕乃忽定於靈駕發引一日之前〔一六〕，事出倉卒〔一七〕，衆以爲疑。仰惟高宗皇帝受命中興〔一八〕，一時將相依乘風雲，勒功帝籍〔一九〕，〔一八〕不出數人，自有公論。爲之子孫，皆以祖考得預爲榮〔二〇〕。倘不按典故，〔二一〕不集衆論〔二二〕，懼無以壓服諸勳臣子孫之心〔二三〕，消弭衆多之口〔二四〕，而祖宗集議典禮，將恐遂廢。袤等備員禮官〔二五〕〔一九〕，誠見議論紛紛，以定配爲速，以不集議爲疑〔二六〕。既有前件典故〔二〇〕，倘不條陳〔二一〕，是爲失職。欲乞俟祔禮畢，〔二七〕別擇日下侍從、兩省、臺諫、禮官及祕書省官集議〔二八〕〔二二〕。

〔小貼子〕〔二九〕：竊惟配食清廟〔二三〕，係大典禮，付之衆人，則議論自公；遲以歲月，則名實自定。公則人無異辭，定則萬世不變。若韓琦之升配英廟，在當時孰有出其右者？然尤遲至九年之後，至熙寧末始降指揮，〔二四〕可見先朝不肯容易如此。〔三〇〕苟惟不然，則王安石、蔡確之不合衆心〔三一〕，雖定於紹聖、崇寧，而卒改政於紹興間〔三二〕。〔二五〕今亦宜反覆熟審〔三三〕，以盡衆言，少遲旬月，〔三四〕以待論定〔三五〕。庶幾得預者無愧，不預者無辭。〔三六〕

《建炎以來朝野雜記·乙集》（《四庫全書》本、《適園叢書》本）卷四『高廟配享議』條，記爲『太常少卿尤袤等亦言』，又見《宋會要輯稿·儀制八之》二二（第二冊第一九七七頁）、《中興禮書續編》卷一三、《宋史》本傳、尤刊、《全宋文》卷四九九九。

【編年】

據《建炎以來朝野雜記》，此事在淳熙十五年三月戊午後十六日之四月初八甲戌（一一八八年五月六日），並言『奏入，乃詔令未集議侍從、兩省、臺諫官及太常寺、祕書省依典禮詳議聞奏，四月甲申也』；《宋會要輯稿》著錄該篇作於淳熙十五年四月十六日（一一八八年五月十四日）；《中興禮書續編》則作十八日（一一八八年五月十六日）；《宋史》卷三五《孝宗本紀》記『〔淳熙十五年夏四月〕甲申，用禮官尤袤請，詔羣臣再集議配享臣僚』，在四月甲申，即十八日之前。則該篇當作於四月十八日之前。

【繫地】

該篇當作於臨安。尤袤論配享事，請詔羣臣再集議配享臣僚。

【彙校】

〔一〕『饗』，尤刊作『享』。

〔二〕『竊考』，底本一作『适』（《四庫全書》本），一作『按』（《適園叢書》本），《宋史》本傳、尤刊均無；現據他書校改。

〔三〕『廟』，《宋史》本傳無。『饗』，《建炎以來朝野雜記·乙集》（《四庫全書》本）、《宋史》本傳、尤刊均作『享』。

〔四〕『蓋』，《宋會要輯稿》無。

〔五〕『蓋必……然也』，底本無，尤刊同，現據他書增補。

〔六〕『食』，《建炎以來朝野雜記·乙集》（《適園叢書》本）作『饗』。『祖，乃』，尤刊同，他書均誤作『廟』。

〔七〕『禮則……當時』，《宋會要輯稿》無。

〔八〕『薛居正……八年議以』，尤刊亦作『惟』，現據他書增補。

〔九〕『之配食於仁宗』，《建炎以來朝野雜記·乙集》（《適園叢書》本）作『之配饗於仁宗』，尤刊作『配食仁廟』，他書均作『配食仁宗』。

〔一〇〕『乃』，尤刊無。『陵』，《建炎以來朝野雜記・乙集》（《四庫全書》本）誤作『林』。『山陵』：　指帝王或皇后的墳墓。《水經注》卷《渭水三》：　『秦名天子冢曰「山」，漢曰「陵」，故通曰「山陵」矣。』

〔一一〕『乃』，尤刊無，他書均作『旨』。『詔旨』：　詔書、聖旨。《後漢書》卷九一《周舉傳》：　『羣臣議者多謂宜如詔旨。』

〔一二〕『以曾、夷簡』，《宋會要輯稿》作『以王曾等』，尤刊誤作『曾以夷簡』，他書均作『以曾等』。

〔一三〕『其』，《建炎以來朝野雜記・乙集》（《四庫全書》本）作『真』。該句，《宋會要輯稿》無。

〔一四〕『元祐……其緩也』，底本無，現據他書增補。『不病其緩』，《宋會要輯稿》無。

〔一五〕『來高宗……爲晚』，尤刊亦無，現據他書增補。

〔一六〕『蓋必先……乃』，《宋史》本傳作『今』。『駕發』，《建炎以來朝野雜記・乙集》（《四庫全書》本）漏。『之前』，尤刊同，《宋史》本傳作『前』，他書均作『之先』。『靈駕』：　載運天子靈柩的車子。《舊唐書》卷一八七上《忠義傳上・王同皎》：　『乃招集壯士，期以則天靈駕發引，刼殺三思。』『發引』：　用以指出殯，靈車啓行。《後漢書》卷一一一《范式傳》：　『式未及到，而喪已發引，既至壙，將窆，而柩不肯進。』

〔一七〕『卒』，《宋會要輯稿》作『皇』。『倉卒』：　亦作『倉猝』。匆忙急迫。『倉皇』：　倉促、慌張的意思，亦作『倉惶』、『倉遑』、『倉徨』、『倉黄』。

〔一八〕『仰』，《宋會要輯稿》無。

〔一九〕『勤』，《中興禮書續編》誤作『勸』。

〔二〇〕『祖考』，《中興禮書續編》作『考祖』。『祖考』：祖先，泛指父祖之輩。

〔二一〕『事出倉卒……倘』，尤刊亦作『而』，現據他書校改。

〔二二〕『衆論』，《中興禮書續編》作『議衆』。『事出倉卒……不按典故』，《宋史》本傳無。

〔二三〕『懼』，《宋史》本傳、尤刊同，他書均作『則』。『壓服諸』，《中興禮書續編》作『厭伏其他』，《宋史》本傳作『厭伏』，他書均作『厭服其他』。『厭服』：使心服。『厭伏』：用權威和强力制伏。

〔二四〕『消』，《宋會要輯稿》同，他書均作『而消』。

〔二五〕『袤』，《宋會要輯稿》作『臣』。

〔二六〕『爲疑』，《中興禮書續編》無。

〔二七〕『既有……欲』，尤刊亦無，現據他書增補。『欲』，《宋會要輯稿》無。『俟』，尤刊同，他書均作『候升』。『禮』，《中興禮書續編》同，他書均作『廟』。

〔二八〕『省官』，尤刊同，他書均作『省』。『集議』，《中興禮書續編》、尤刊同，他書均作『集議施行』。

〔二九〕該句《宋會要輯稿》作『小貼子稱』，《中興禮書續編》則無。

〔三〇〕『竊惟……如此』，尤刊亦無，現據他書增補。『容易』：輕率、草率、輕易。

〔三一〕『則』，尤刊同，他書均無。『之』，《建炎以來朝野雜記·乙集》（《四庫全書》本）作『之言』。

〔三二〕『政』，他書均作『正』。『改政』：改變。『間』，他書均無。『若韓琦……紹興』，《宋會要輯稿》無。

〔三三〕『亦』，尤刊同，《宋會要輯稿》無，他書均作『來亦』。『反覆熟審』，《宋史》本傳、《宋會要輯稿》均作『反覆熟議』，他書則作『反復熟議』。『而消弭……今來亦』，《宋史》本傳無。『熟議』：仔細計議。

〔三四〕『以盡……旬月』，《宋史》本傳、尤刊亦無，現據他書增補。

〔三五〕『待』，《中興禮書續編》作『侍』，《宋史》本傳作『俟』。『少遲……論定』，《宋會要輯稿》無。

〔三六〕『庶幾……無辭』，《宋史》本傳、尤刊亦無，現據他書增補。

【箋注】

〔一〕配饗：同『配享』，合祭、祔祀，指功臣祔祀於帝王宗廟。《三國志·魏志》卷四《齊王芳傳》：『詔祀故尚書令荀攸於太祖廟庭。』裴松之注：『臣松之以爲故魏氏配饗不及荀彧，蓋以其末年異議，又位非魏臣故也。』

〔二〕從祀：亦即『配享』。指古代宗廟祭祀中，常設的、次於主要祭祀對象但與其密切關聯的祭祀對象。功臣從祀於帝王宗廟等。類似的，亦有如孔廟（文廟）中，主祭孔子，從祀有四配（即復聖顔回、宗聖曾參、述聖孔伋、亞聖孟軻）十二哲等人。

〔三〕趙普、曹彬：趙普（九二二—九九二），字則平，幽州薊（今北京）人，後遷洛陽。後周顯德中，趙匡胤辟爲幕僚，任節度推官、掌書記。參與策劃陳橋兵變。入宋，太祖建隆元年（九六〇），爲右諫議大夫，充樞密直學士。三年，爲檢校太保，充樞密使。乾德二年（九六四），爲門下侍郎、平章事、集賢殿大學士。開寶六年（九七三），出爲河陽三城節度、同平章事。太宗太平興國二年（九七七），召爲太子太保。六年，拜司徒兼侍中，封梁國公。八年，罷爲武勝軍節度使兼侍中。雍熙四年（九八七），移山南東道節度，改封許國公，兼中書令。淳化三年（九九二）春，拜太師，封魏國公致仕。七月卒，年七十一。謚忠獻。事蹟具《宋史》卷二五六本傳。曹彬（九三一—九九九），字國華，真定府靈壽（今屬河北）人。後漢乾祐中爲成德軍牙將，仕後周至晉州兵馬都監。宋初統軍平蜀、征太原、下江南，拜樞密使。太宗時，加同平章事，進檢校太師兼侍中，封魯國公。卒，贈中書令，追封濟陽郡王，謚武惠。事蹟具《宋史》卷二五八本傳。

（四）薛居正、潘美：　薛居正（九一二—九八一），字子平，開封浚儀（今河南開封）人。後唐清泰二年（九三五）進士，歷仕後晉、漢、周。宋初爲戶部侍郎，出知許州，入爲樞密直學士，後知朗州。乾德中，以兵部侍郎參知政事。開寶五年（九七二），受詔監修《五代史》。六年，拜門下侍郎、平章事。太平興國初，加左僕射、昭文館大學士，從平北漢還，進位司空，卒。贈太尉、中書令，謚文惠。有集三十卷。事蹟具《宋史》卷二六四本傳。潘美（九二五—九九一），字仲詢，大名（治今河北大名東）人。從周世宗征高平，以功授西上閤門副使。入宋，從石守信平揚州，南征廣州，定金陵，北伐太原、范陽，皆有功。累官忠武軍節度使，封韓國公。淳化二年（九九一）卒，年六十七，贈中書令，謚武惠。以孫女爲章懷皇后，追封鄭王。事蹟具《宋史》卷二五八本傳。

（五）『趙普……二年之後』句：　《宋史》卷一〇九《禮志》：『真宗咸平二年，始詔以太師贈尚書令韓王趙普配享太祖廟庭，繼以翰林承旨宋白等議，又以故樞密使贈中書令濟陽郡王曹彬配享太祖，以司空贈太尉中書令薛居正、忠武軍節度使贈中書令潘美、尚書右僕射贈侍中石熙載配享太宗廟。』宋太祖於太平興國二年（九七七）四月二十五，葬於永昌陵（位於鄭州鞏義）；咸平二年（九九九）距此二十二年，即所謂『二十餘年之後』。宋太宗於至道三年（九九七）十月，葬在永熙陵；咸平二年距此二年，即所謂『二年之後』。

（六）『翰林……真宗』句：李維（九六一—一〇三一），字仲方，洺州肥鄉（今屬河北）人。李沆弟。太宗雍熙二年（九八五）進士，爲保信軍節度推官。真宗咸平三年（一〇〇〇），擢直集賢院，出知歙州。景德四年（一〇〇七），爲兵部員外郎。大中祥符六年（一〇一三），爲翰林學士，累遷中書舍人。天禧二年（一〇一八），罷知許州。五年，復爲翰林學士承旨，加史館修撰。仁宗初，遷尚書左丞兼侍讀學士。天聖四年（一〇二六），改相州觀察使。後知陳州，卒，年七十一。維博學，以文章知名，好爲詩。景德以後，真宗巡幸四方，典章名物，多維所參定。嘗預定《七經正義》，修《續通典》、《冊府元龜》。著有《大中祥符降聖記》五十卷、《李仲方集》二十卷，已佚。事蹟具《宋史》卷二八二本傳。王旦（九五七—一〇一七），字子明，大名莘縣（今屬山東）人。太宗太平興國五年（九八〇）進士，知平江縣。薦爲著作佐郎，預編《文苑英華》。二年，拜右正言、知制誥。累遷知理檢院。真宗即位，除中書舍人，爲翰林學士。咸平三年（一〇〇〇），拜給事中、同知樞密院事。四年，以工部侍郎參知政事。景德三年（一〇〇六），除工部尚書、同中書門下平章事、集賢殿大學士、監修兩朝國史。天禧元年（一〇一七）九月卒，年六十一。贈魏國公，謚文正。有文集二十卷，已佚。事蹟具《宋史》卷二八二本傳。李維

《請以李沆等配享真宗廟庭奏（乾興元年十一月）》（《宋會要輯稿·禮一一》之二）：『伏以真宗文明章聖元孝皇帝紹隆景業，馴至治平。睿聖之功，誠超踰于邃古；忠賢之佐，亦協贊于大猷。爰舉《禮》經，用陪廟食。有若尚書右僕射兼門下侍郎、同中書門下平章事、贈太尉、中書令李沆，往以碩望，賓于東朝，洎翊天飛，首登宰府，咸平之治，實著嘉謀。以方正端朝，以嚴重鎮俗，始終待遇，冠于一時。太尉、贈太師、尚書令王旦，踐歷台樞，將二十載。贊弭兵之論，興曠世之儀，紀律用張，方夏咸乂，藹然令德，洽于民瞻。忠武軍節度使、同中書門下平章事、贈中書令李繼隆，舊勳之門，克嗣前烈，沉毅有勇，倜儻好謀。從幸澶淵，實總兵要；奮威卻敵，厥功茂焉。并宜列大室之庭，預大烝之享。冀昭盛烈，允協舊章。伏請并配享真宗皇帝廟庭。』

（七）『在祔廟後一月』句：乾興元年二月二十日（一〇二二年三月二十五日）宋真宗駕崩於汴京宮中的延慶殿，九月葬於永定陵（今河南鞏義東南蔡家莊）。十一月，李維上《請以李沆等配享真宗廟庭奏》。即所謂『後一月』。

（八）切近：（情況）相近、接近。

（九）『乾興……衆言』句：《宋史》卷一〇九《禮志》：『乾興元年，詔從翰林禮官參議，以右僕射贈太尉中書令李沆、贈太師尚書令王旦、忠武軍節度使贈中書令李繼隆配享真宗。』

（一〇）『獨嘉祐……仁宗』句：《宋史》卷一〇九《禮志》：『嘉祐八年，詔以尚書右僕射贈尚書令王曾、太尉贈尚書令吕夷簡、彰武軍節度使贈侍中曹瑋配享仁宗。』王曾（九七八—一〇三八），字孝先，青州益都（今屬山東）人。真宗咸平五年（一〇〇二），試禮部及殿試皆爲第一，除將作監丞，通判濟州。大中祥符八年（一〇一五），入翰林爲學士。天禧四年（一〇二〇），擢爲中書侍郎。仁宗天聖三年（一〇二五），改門下侍郎。七年出知青州，改天雄軍，判河南府。景祐元年（一〇三四），遷樞密使。二年，拜右僕射兼門下侍郎、平章事、集賢殿大學士，封沂國公。四年罷，出判鄆州。寶元元年（一〇三八）冬卒，年六十一（《隆平集》卷五本傳作六十）。謚文正。有《王文正筆錄》，所記皆宋太祖、太宗、真宗時廊廟舊聞，下及仁宗初一二條，總三十六條。通作一卷，晁公武《郡齋讀書志》（雜史類）題『筆錄』，《遂初堂書目》入『小説類』，陳振孫《直齋書錄解題》、馬端臨《文獻通考》（並傳記類）均作『王沂公筆錄』，《宋史·藝文志》（傳記類）作『王曾筆錄』，《文淵閣書目》（子雜）著錄『《王文正公筆錄》一部一冊』。事蹟具《宋史》卷三一〇本傳。

（一一）之前：嘉祐八年（一〇六三）十月，葬仁宗趙禎於永昭陵（今鞏義市區）。王珪嘉祐八年十月在葬仁宗前，作《請以王曾呂夷簡曹瑋配享仁宗廟庭奏》。

（一二）兩制：內制和外制的合稱，指翰林學士和中書舍人。《宋史》卷六《真宗本紀》：『〔咸平元年十月〕丙午，許羣臣著述詣合獻，令兩制銓簡。』

（一三）『而王珪……上之』句：王珪《請以王曾呂夷簡曹瑋配享仁宗廟庭奏》（《宋會要輯稿·禮一一》之二）：『準詔下兩制定議，仁宗祔廟，當以何人配享。臣等伏以仁宗享國長久，勵精政治，以知人之明，得馭臣之體。是以豪英材傑，樂爲之用，外宣威靈，內經廟略，臣主感會，馴致太平。輔相則有故尚書右僕射、贈尚書令、謚文正王曾，忠允清亮，履德經哲，致位上宰，燮和大政。乾興之初，輔翊兩宮，仗正持重，中外以安，所謂以道事君，無媿前哲。故太尉、贈尚書令、謚文靖呂夷簡，聰明亮達，規模宏遠，服在大僚，歷登三事，左右皇極，勤勞王家二十餘年，厥功茂焉。將帥則有故彰武軍節度使、贈侍中、謚武穆曹瑋，敦《詩》閱《禮》，秉義經武，參謀帷幄，折衝萬里，鎮綏方面，隱如長城；加以恂恂循道，有古名將之風焉。見稱於世，伏請并配享仁宗廟庭。』

（一四）裕陵：即宋神宗趙頊。因他的陵墓叫『永裕陵』，故宋人多稱其爲『裕陵』。復土：謂掘穴下棺，以所出土覆於棺上爲墳，建陵墓。《史記》卷六《秦始皇本紀》：『先帝爲咸陽朝廷小，故營阿房宮，爲室堂未就，會上崩，罷其作者，復土酈山。』閱月：經一月。

（一五）太常寺：北宋前期掌管禮樂的官司。祕書省：北宋前期爲掌祭祀用祝文撰寫的官署。

（一六）『又兩月……應詔』句：《宋史》卷一〇九《禮志》：『元祐初，從吏部尚書孫永等議，以故司徒贈太尉富弼配享神宗。』孫永（一〇二〇—一〇八七），字曼叔，世爲趙人，徙家長社（今河南許昌）。以祖沖蔭爲將作監主簿。仁宗慶曆六年（一〇四六）進士，補襄城尉、宜城令，知確山縣。英宗治平二年（一〇六五）爲諸王府侍讀。神宗即位，歷河北、陝西都轉運使，知秦州、和州、瀛州。熙寧六年（一〇七三），知開封府。八年，知潁州，權判北京留司御史臺。元豐元年（一〇七八），知太原府。七年，知陳州、潁昌府。哲宗元祐元年（一〇八六）召拜工部尚書，改吏部。二年，進資政殿學士兼侍讀，提舉中太一宮，未拜而卒，年六十八。謚康簡。有文集三十卷，已佚。事蹟具《蘇魏公集》卷五三《資政殿學士通議大夫孫公神道碑銘》、《宋史》卷三四二本傳。孫永《乞以富弼配享神宗廟庭議（元祐元年六月）》（《續資治通鑑長編》卷三八〇）：『按《商書》：「茲予大享於先王，爾祖其從與享之。」《周官》：「凡有功者，銘書於王之太常，祭于大烝，司勳詔之。」國朝祖宗以來，皆以名臣侑食清廟，歷選勳德，實難其人。恭惟神宗皇帝以上聖之資，恢纍聖之業，尊禮故老，共圖大治。輔相之臣，有若司徒、贈太尉、謚文忠富弼，秉心直亮，操術閎遠，歷事三世，計安宗社。熙寧初訪落，眷遇特隆，匪躬正色，進退以道，愛君之志，雖沒不忘。以配享神宗皇帝廟庭，實爲宜稱。』

（一七）今來：當今、如今。曹植《情詩》（《曹子建集》卷五）：『始出嚴霜結，今來白露晞。』

（一八）『依乘風雲，勒功帝籍』句：《新唐書》卷九三《李靖李勣傳贊》：『唐興，其名將曰英衛，擢皆罪亡之餘，遂能依乘風雲，勒功帝籍。』依乘，憑藉。風雲，比喻正處於對局勢影響最爲關鍵的人或事。勒功，把記功文字刻在石上，亦指建立功勳。帝籍，皇室的譜錄。《漢魏南北朝墓誌集釋・元暐墓誌》：『盛烈高功，煥於帝籍。』

（一九）備員：用作任職或任事的自謙詞。《史記》卷七六《平原君列傳》：『今少一人，願君卽以遂備員而行矣。』

（二〇）前件：指之前的配饗舊例。

（二一）條陳：向上級分條陳述意見。

（二二）侍從：宋制指四品以上清要官，在宰執官之下，庶官之上，皆文學極選，以備顧問。宋代稱翰林學士、給事中、六尚書、侍郎爲侍從。兩省：門下省與中書省爲兩省。臺諫：御史臺官與諫院官之合稱。御史臺掌糾彈，其官員通稱爲臺官；諫院職在拾遺補闕，其官員通稱諫官。

（二三）清廟：卽太廟，古代帝王的宗廟。《詩經・周頌・清廟》：『於穆清廟，肅雝顯相。』

（二四）『若韓琦……指揮』句：《宋史》卷一〇九《禮志》：『熙寧八年，詔以司徒兼侍中贈尚書令韓琦配享英宗。』韓琦（一〇〇八—一〇七五），字稚圭，相州安陽（今屬河南）人。仁宗天聖五年（一〇二七）進士。初授將作監丞、通判淄州，不久入直集賢院、監左藏庫，歷開封府推官、三司度支判官、右司諫。寶元初西夏事起，爲陝西安撫使，久在兵間，功績卓著，與范仲淹並稱『韓范』。慶曆三年（一〇四三）爲樞密副使，與范仲淹、杜衍共主持新政，五年新政失敗，出知揚州，徙鄆州、成德軍、定州、并州。嘉祐元年（一〇五六）爲樞密使，三年拜同中書門下平章事。英宗即位，仍爲相，封魏國公。神宗立，琦堅辭相位，出判相州，建晝錦堂。不久再次經略陝西。神宗熙寧元年（一〇六八），復請歸相州。河北地震、黄河決口，徙判大名府，充安撫使。後因反對青苗法，與王安石不合，六年還判相州。八年六月卒，年六十八，謚忠獻。政和五年（一一一五），加封魏郡王。有《安陽集》五十卷。事蹟具《名臣碑傳琬琰集》中集卷四八李清臣《韓忠獻公琦行狀》、《宋史》卷三一二本傳。九年之後：治平四年（一〇六七）正月八日丁巳，趙曙因病駕崩於福寧殿，殯於殿西階，廟號英宗，羣臣上謚憲文肅武宣孝皇帝，八月二十七日癸酉，葬趙曙於永厚陵（今河南鞏義孝義堡）。韓琦卒於熙寧八年（一〇七五）六月甲寅（二十八日），配享英宗廟廷在七月丁巳，是爲『九年之後』。指揮：唐宋詔敕和命令的統稱。

（二五）『王安石……紹興』句：《宋史》卷一〇九《禮志》：『紹聖初，又以守司空贈太傅王安石配（神宗）……崇寧元年，詔以觀文殿大學士贈太師蔡確配享哲宗……建炎初，詔奪蔡確所贈太師汝南郡王，追貶武泰軍節度副使，更以左僕射贈太師司馬光配享哲宗。既又罷王安石，復以富弼配享神宗。』王安石（一〇二一—一〇八六），字介甫，晚號半山，撫州臨川（今屬江西）人。仁宗慶曆二年（一〇四二）進士。歷簽書淮南判官、知鄞縣、通判舒州，召爲羣牧判官。出知常州，移提點江東刑獄。嘉祐三年（一〇五八），入爲三司度支判官，獻萬言書極陳當世之務。六年，知制誥。英宗治平四年（一〇六七），出知江寧府。尋召爲翰林學士兼侍講。神宗熙寧二年（一〇六九），除參知政事，推行新法。次年，拜同中書門下平章事。七年，因新法迭遭攻擊，辭相位，以觀文殿學士知江寧府。八年，復相。九年，再辭，以鎮南軍節度使、同平章事判江寧府。十年，免府任，爲集禧觀使，居江寧鍾山。元豐元年（一〇七八），封舒國公。三年，改封荊。哲宗元祐元年（一〇八六）卒，年六十六。贈太傅。紹聖中，謚曰文。徽宗崇寧三年（一一〇四），追封舒王。安石善屬文，爲唐宋八大家之一，著有《臨川集》一百卷、《唐百家詩選》二十卷、《新經周禮義》二十二卷（殘，後名《周官新義》）。另有《王氏日録》八十卷、《字説》二十卷、《老子注》二卷、《洪範傳》一卷、《論語解》十卷，與子雱合著《新經詩義》三十卷，均佚。事蹟具《名臣碑傳琬琰集》下集卷一四《王荊公安石傳》、《宋史》卷三二七本傳。蔡確（一〇三七—一〇九三），字持正，泉州晉江（今福建泉州）人。仁宗嘉祐四年（一〇五九）進士，調邠州司理參軍。神宗熙寧四年（一〇七一），權監察御史裏行。十年，擢知制誥、知諫院兼判司農事。元豐元年（一〇七八），爲御史中丞。二年，爲參知政事。五年，遷尚書右僕射兼中書侍郎。八年，守尚書左僕射兼門下侍郎。哲宗元祐元年（一〇八六），罷爲觀文殿學士、知陳州，徙安州、鄧州。累貶英州別駕、新州安置。八年，卒於貶所，年五十七。紹聖二年（一〇九五），贈太師，謚忠懷。徽宗時追封清源郡王。事蹟具《宋史》卷四七一《姦臣傳》。據《建炎以來繫年要録》卷二四：『〔建炎三年六月己酉〕司勳員外郎趙鼎言：「自熙寧間王安石用事，肆爲紛更，祖宗之法掃地，而生民始病。至崇寧初，蔡京託名紹述，盡祖安石之政，以致大患。今安石猶配饗廟庭，而京之黨未族。臣謂時政之闕，無大於此，何以收人心而召和氣哉？」上納其言，遂罷安石配享神宗廟庭。靖康初，廷臣有請罷安石配饗者，爭議紛然，至是始決。（《罷安石配享指揮》，《日曆》不載，今以《神宗實錄·安石附傳》增入。）』則王安石罷配饗在建炎三年六月初二日，此言紹興，稍有參差。

乞俟喪畢再議升配奏〔一〕

方在几筵，不可配帝〔二〕，且歷舉郊歲在喪服中者凡四〔二〕（二），惟元祐明堂用呂大防請〔三〕（三），升配神考（四），時去大祥止百餘日〔四〕，且祖宗悉用以日易月之制〔五〕，故升侑無嫌（五）。今陛下行三年之喪〔六〕（六），高宗雖已祔廟〔七〕，百官猶未吉服（七），詎可近違紹興而遠法元祐升侑之禮〔八〕？請俟喪畢議之。〔九〕

《宋史》本傳，又見《五禮通考》卷二九、《東林列傳》卷一、莫伯驥《五十萬卷樓羣書跋文》史三、《全宋文》卷四九九九。

【編年】

據《宋史》本傳記載，是奏上於淳熙十四年（一一八七）；然高宗神主祔於太廟在十五年夏四月二十一日丙戌（一一八八年五月二十日），二十五日庚寅（一一八八年五月二十四日）罷再議配享，則該篇當作於其間。

【繫地】

該篇當作於臨安。尤袤上奏乞俟喪畢再議升配。

【彙校】

〔一〕『帝』，《五十萬卷樓羣書跋文》誤作『享』。『配帝』：配祭於天帝。任昉《爲范始興作求立太宰碑表》（《文選》卷三八）：『嚴天配帝，則周公其人。』李善注引《孝經》：『昔者，周公郊祀后稷以配天，宗祀文王於明堂，以配上帝。』《宋史》卷一〇一《禮四·明堂》：『孝宗淳熙六年，以羣臣議，復合祭天地，並侑祖宗、從祀百神，如南郊。十五年九月，有事于明堂，上問宰執配位。周必大奏：「有『昨已申請，高宗几筵未除，用徽宗故事未應配坐，且當以太祖、太宗並配。」留正亦言之。上曰：「紹興間典故，可參照無疑。」』

〔二〕『且』、『凡』，《五十萬卷樓羣書跋文》無。

〔三〕『惟』，《五禮通考》、《東林列傳》均作『維』，《五十萬卷樓羣書跋文》作『唯』。

〔四〕『祥止百餘日』，《五十萬卷樓羣書跋文》作『禫不遠』。

〔五〕『之制』，《五十萬卷樓羣書跋文》無。

〔六〕『之』，《五十萬卷樓羣書跋文》無。

〔七〕該句《五十萬卷樓羣書跋文》無。

〔八〕『詎可』，《五十萬卷樓羣書跋文》作『不宜』。『詎可』：豈可。

〔九〕『而遠法……議之』，《五十萬卷樓羣書跋文》作『遠法元祐』。

【箋注】

(一)指明堂禮升配高宗。

(二)郊歲：帝王祭天地的年份。

(三)元祐：元豐八年(一〇八五)宋神宗崩，哲宗趙煦繼位，次年改元『元祐』(一〇八六—一〇九四)。《孝經·聖治章》：『昔者周公郊祀後稷以配天，宗祀文王於明堂以配上帝。』注曰：『明堂，文王之廟，夏后氏曰世室，殷人曰重屋，周人曰明堂，周公所以祀文王於明堂，以昭示上帝。』另，根據鄭玄注之説，明堂功能不一，大抵爲周王祭祀、朝見諸侯、宣明政教之處：『明堂，居國之南，南是明陽之地，故曰明堂。明堂者，上園下方，八牖四闥。』『明堂，明政教之堂。』『明堂，祖廟。』要之，明堂是周人最隆重的建築物，用作朝會諸侯、發佈政令、秋季大享祭天，並配祀祖宗。周人以明堂爲中心，發展成爲一種明堂制度，集中體現宗教、政治、宗法、教育合一的體制。呂大防請：呂大防《請宗祀神宗皇帝於明堂奏》(元祐元年閏二月)：『國朝之制，奉禧祖皇帝、太祖皇帝、太宗皇帝以配郊丘外，所有季秋大饗，自唐及本朝皆用嚴父之儀。伏請宗祀神宗皇帝於明堂，以配上帝。』

(四)神考：指宋神宗趙頊。蘇軾《司馬溫公神道碑》：『知公於異，識公於微，匪公之思，神考是懷。』

(五)升侑：謂提高到配享的地位。宋陳均《九朝編年備要》卷三《太宗皇帝》：『上卽位，但以宣祖、太祖更配，於是合祭天地，始奉太祖升侑焉。』

(六)三年之喪：古代喪服中最重的一種，臣爲君、子爲父、妻爲夫服喪三年。《論語·陽貨》：

『三年之喪，期已久矣。』

（七）吉服：古代祭祀時所著之服。祭祀爲吉禮，故稱。《周禮·春官·司服》：『王之吉服，祀昊天上帝，則服大裘而冕，祀五帝亦如之。』

乞裁定將來明堂大禮所設神位奏（一）

伏睹已降御札，今歲九月有事於明堂。今照得逐次明堂大禮所設神位沿革不一（二）：〔一〕紹興四年、七年、十年，〔二〕設昊天上帝（三）、皇地祇（四），太祖皇帝、太宗皇帝並天皇大帝已下從祀（五），共四百四十三位〔三〕；紹興三十一年〔四〕，設昊天上帝、徽宗皇帝、五方帝〔五〕、五人帝（六）、五官神從祀（七），共一十七位；淳熙六年、九年〔六〕，設昊天上帝、皇地祇，太祖皇帝、太宗皇帝並天皇大帝以下從祀〔七〕，共七百七十一位。今來緣高宗皇帝几筵未除，考於典禮，未合升配。所有將來明堂大禮所設神位，伏乞敷奏取旨。〔八〕

《宋會要輯稿·禮二四》之九八（第一册第九四八頁），又見《文獻通考》卷七五、《五禮通考》卷二九、《中興禮書續編》卷五、《全宋文》卷四九九九。

【編年】

據《宋會要輯稿》著錄，該篇作於淳熙十五年五月十一日（一一八八年六月八日）。

【繫地】

該篇當作於臨安。尤袤上疏乞裁定將來明堂大禮所設神位。

【彙校】

〔一〕『伏睹……今照得』，《文獻通考》、《五禮通考》亦無，現據他書增補。『所設神位沿革不一』，《文獻通考》、《五禮通考》同，他書均作『沿革』。

〔二〕『沿革……十年』，《中興禮書續編》無。

〔三〕『共』，《文獻通考》、《五禮通考》亦無，現據他書增補。光立案：據後文所述，當有『共』字。

〔四〕『年』，《文獻通考》、《五禮通考》同，他書均作『年明堂大禮』。

〔五〕『五方』，《文獻通考》作『並五天』，《五禮通考》作『並五方』。『帝』，底本誤作『地』，現據他書校改。『五方帝』：青帝、赤帝、白帝、黑帝、黄帝，即東、南、西、北、中五方上帝，又稱爲五帝、五方天帝、五方天神等。

〔六〕『年』，《文獻通考》、《五禮通考》同，《中興禮書續編》作『月明堂大禮』，他書均作『年明堂大禮』。

〔七〕『以』，《文獻通考》同，他書均作『已』。

〔八〕『所有……取旨』，底本無，現據他書增補。『今來緣……取旨』，《文獻通考》、《五禮通考》均無。『敷奏』：陳奏，向君上報告。《尚書·舜典》：『敷奏以言，明試以功，車服以庸。』孔《傳》：『敷，陳；奏，進也。』

【箋注】

（一）明堂大禮：《宋史》卷一〇八《禮十一·時享》：『今明堂大禮，已在以日易月服除之後，皇帝合享太廟，所有鹵簿、鼓吹及樓前宫架、諸軍音樂皆備而不作。』

（二）照得：查察而得。

（三）昊天上帝：又稱皇天上帝、天帝、老天爺等。主宰宇宙萬物的神，歷代王朝及儒教的至高神，代表天或者等同於天。《宋史》卷一〇一《禮四·明堂》：『今參酌皇祐詔書，請合祭昊天上帝、皇地祇于明堂，奉太祖、太宗以配，惟禮專而事簡，庶幾可以致力於神，萬世行之可也。』

（四）皇地祇：全稱『承天效法后土皇地祇』，簡稱『后土』，俗稱『后土娘娘』。即地母、女媧（也稱女媧氏、女媧娘娘），爲主宰大地山川的女性神。

（五）天皇大帝：全稱『勾陳上宫天皇大帝』，又稱『勾陳大帝』，乃是天皇星的星君。是斗姆元君的長子，紫微大帝的胞兄。協助玉皇，執掌天地人三才，掌人間兵革之事（一切兵戎、戰爭）；及天下政權更换，推選賢君。

（六）五人帝：即少昊、太昊、顓頊、炎帝、黄帝。五方上帝分别配五行五色，金木水火土、白青玄赤黄，白帝少昊金德、青帝太昊木德、玄帝顓頊水德、赤帝火德、黄帝土德。五方上帝又稱五行帝，又皆爲人帝，故又稱五行人帝。

（七）五官神：即句芒、祝融、后土、蓐收、玄冥。

【附録】

《宋史》卷一〇一《禮四·明堂》：『〔紹興〕三十一年，以欽宗之喪，用元祐故事，皆前期朝獻景靈宮、朝享太廟，皆遣大臣攝事；唯親行大享之禮，禮畢宣赦，樂備不作。附廟畢如故事。享罷合祭，奉徽宗配。祀五天帝、五人帝于堂上，五官神於東廂，仍罷從祀諸神位，用熙寧禮也。孝宗淳熙六年，以羣臣議，復合祭天地，並侑祖宗、從祀百神，如南郊。』

吳表臣《論明堂大禮設位事奏（紹興七年四月六日）》（《中興禮書》卷六六）：『勘會已降指揮，將來明堂大禮，契勘紹興元年係于常御殿設位，四年係于射殿設位行禮。今來卽未有設位去處，欲乞依逐次大禮體例，定日至常御殿上下并兩殿，可與不可作大次。』

乞於後殿視事奏（一）

檢準《國朝會要》（二），嘉祐八年三月二十九日，仁廟之喪，英宗七月十三日始御紫宸殿見羣臣，退御垂拱殿（三），中書、樞密以次奏事。蓋始御內朝（四），猶未御正衙也（五）。今外朝、內朝皆未臨御〔一〕（六）。竊詳後殿及延和殿乃祖宗崇政施化之所〔二〕，緣今來延和地步窄隘〔三〕（七），難以排立侍從（八）、史官、管軍（九）、御帶〔四〕、環列（一〇）、禁衛等（一一）。今參酌欲乞皇帝於後殿視事，所有儀制（一二），乞下閤門、禁衛所條具（一三），申尚書省。

《宋會要輯稿·禮三五》之一（第二册第一三〇〇頁），又見《宋會要輯稿·儀制五》之三三（第二册第一九三二頁）、《全宋文》卷四九九九。

【編年】

據《宋會要輯稿·儀制五》之三三著録，該篇作於淳熙十五年五月十四日（一一八八年六月十一日）。

【繫地】

該篇當作於臨安。尤袤奏請皇帝於後殿視事。

【彙校】

〔一〕『未』，《宋會要輯稿·儀制五》之三三作『入』。

〔二〕『施化』，《宋會要輯稿·儀制五》之三三作『延和』。『所』，《宋會要輯稿·儀制五》之三三作『比』。『施化』：實施教化。

〔三〕『來』，《宋會要輯稿·儀制五》之三三無。

〔四〕『御』，《宋會要輯稿·儀制五》之三三誤作『銜』。『御帶』：《宋史》卷一六六《職官志（六）》：『宋初，選三班以上武幹親信者佩櫜鞬、御劍，或以内臣爲之，止名「御帶」。咸平元年，改爲「帶御器械」。』

【箋注】

〔一〕後殿：宫中後面的殿宇。本文指内朝中的崇政殿。視事：指皇帝聽政處理政務。

（二）《國朝會要》：《遂初堂書目》（類書類）著録是書。章得象等編、王珪等續。始仁宗命章得象等修，自建隆至慶曆，四年（一〇四五）成，凡八十五年、一百五十卷（《直齋書録解題》作八十五卷）；神宗朝以《國朝會要》止於慶曆，命王珪續之。起於建隆之元，迄於熙寧十年（一〇七七），通舊書增損成三百卷。

（三）紫宸殿、垂拱殿：宋代皇宫内殿名稱。宋時皇帝御殿，依不同朝班與行事更换殿名。其中，紫宸殿更重禮儀性，垂拱殿兼具禮儀與政務性。

（四）内朝：宋代的宫殿中，垂拱殿、紫宸殿、崇政殿、延和殿在内朝，紫宸殿、垂拱殿爲内朝前殿，崇政殿、延和殿爲内朝後殿。

（五）正衙：宋制，正衙常朝在文德殿，此爲外朝正殿。

（六）外朝：宋代制度，凡不釐務的朝臣日赴文德殿正衙常朝，此爲『外朝』，與指宰臣、樞密使日赴内殿（如垂拱殿）問候起居的『常起居』及每五日文武朝臣等赴内朝『百官大起居』的『内朝』相對。

（七）地步：地段、位置。窄隘：狹小、狹窄。

（八）排立：排隊站立。

（九）管軍：統領軍事，這裏指統領軍事之官，范仲淹《奏議許懷德差遣》（《范文正奏議》卷上）：『如王信、狄青，實有武勇，堪任管軍。』

（一〇）環列：宋制中的環衛官，主要在宫禁中領宿衛官，但當時多爲無職事的武官贈官。

（一一）禁衛：即禁衛軍，指保衛帝王或京城的軍隊。

（一二）儀制： 禮儀制度及其具體規定。

（一三）閤門： 宋代閤門司，掌朝會、游幸、宴享贊相禮儀等事。《宋史》卷一六六《職官志六》：『舊制有東、西上閤門，多以處外戚勳貴。建炎初元，並省爲一……五年，詔右武大夫以上並稱知閤門事兼客省、四方館事。』禁衛所： 指主管禁衛所。南宋初設『行宮禁衛所』，掌出入皇城宮門等敕號，給三種牌號，稽驗出入，皇帝出行則糾察導從。紹興元年（一一三一），行宮禁衛所一分爲二： 行在皇城司、主管禁衛所。後者掌管車駕行幸扈從禁旅及禁衛諸班、直事務。條具： 分條開列，分條陳述。

乞裒高宗御集及立閣名奏（存目）

【編年】

據周必大《思陵錄》下（《文忠集》卷一七三）： 『〔六月〕甲申，後殿坐，呈尤袤《乞裒高宗御集及立閣名》。』該篇當作於淳熙十五年（一一八八）六月。

【繫地】

該篇當作於臨安，周必大於十九日甲申（一一八八年七月十五日）上呈。

【箋注】

該奏議原文今已不存。宋高宗趙構（一一〇七—一一八七），字德基，徽宗第九子，母韋賢妃。初授定武軍節度使、檢校太尉，封蜀國公。大觀二年（一一〇八），封廣平郡王。宣和三年（一一二一），進封康王。欽宗靖康元年（一一二六）冬，被詔使河北，至磁州，不進，轉赴相州，拜河北兵馬大元帥，開帥府。二年夏，聞金兵俘徽、欽二帝北去，遂南赴南京應天府（今河南商丘）。五月，即帝位，改元建炎。史稱南宋。初用李綱爲相，宗澤守汴，力謀恢復。然性素怯懦，拒絶李綱、宗澤抗金主張，復用黄潛善、汪伯彦逃跑之議，初退至揚州，繼渡江奔杭州。三年三月，苗傅、劉正彦發動政變，被迫退位，政變平，復位。尋爲金人窮追至浙東海中，不得已，復任用岳飛、吴玠、韓世忠、劉錡等抗金名將，擊退金人，還駐臨安府，遂以爲行都。然猥懦猜忌，坐失事機，相秦檜，殺岳飛，收諸大將兵權，乞和於金，於紹興十一年（一一六一）與金訂立割地、稱臣、納貢之屈辱和議，偷安忍恥達二十餘年。紹興三十二年傳位於孝宗趙昚，稱太上皇帝。後累上尊號曰『光堯壽聖憲天體道性仁誠德經武緯文紹業興統明謨盛烈』。在位三十六年，年號二：建炎、紹興。淳熙十四年（一一八七）崩，年八十一。葬思陵，謚曰聖神武文憲孝皇帝，廟號高宗。光宗紹熙二年（一一九一），加謚受命中興全功至德聖神武文昭仁憲孝皇帝。有御集一百卷。喜書法，著有《翰墨志》一卷，今存。事蹟具《宋史》卷二四至三二《高宗本紀》。今《全宋詩》卷一九八二，據《寶慶會稽續志》等書所録宋高宗詩，編爲一卷；《全宋文》卷四四三九至卷四五五七收其文一一九卷。所謂『立閣名』，指淳熙所建藏高宗御集之『焕章閣』之定名。《宋史》卷三五《孝宗本紀》：『〔淳熙十五年〕十一月庚子，建焕章閣，藏《高宗御集》。』

【附録】

周必大《思陵録》下（《文忠集》卷一七三）：『〔六月〕甲申，後殿坐，呈尤袤《乞裒高宗御集及立閣名》。予奏：「依典故，只合令實録院裒集。昨日方定置實録院（『置』，《四庫全書》本作『制』），今當作直旨行。又閣名，須候旬日，令兩制或禮官定。」上曰：「此非禮官事。」予曰：「合是學士、舍人。」』

聖節人使禮數奏（存目）

【編年】

據周必大《思陵錄》下（《文忠集》卷一七三）：『〔七月〕癸卯……尤袤等議聖節人使禮數，三兩日可申。』該篇作於淳熙十五年（一一八八）七月。

【繫地】

該篇當作於臨安。尤袤應右丞相周必大邀至都堂議金國賀使事，而有是作。

【箋注】

該奏議原文今已不存。聖節：皇帝生日爲『聖節』。

【附錄】

周必大《思陵錄》下（《文忠集》卷一七三）：『〔七月〕癸卯，後殿坐……又奏：「尤袤等議聖節人使禮數，三兩日可申。」上曰：「禮官只討論禮文。若謀謨予決，則在卿等籌運帷幄之中。」』《建炎以來朝野雜記》乙集卷三『淳熙諒闇罷誕節正旦慶禮』條：『其年（按，淳熙十五年），北虜賀使當至，季海已去位，右相周子充疑之，召禮官尤延之至都堂議，延之請退而討論。子充以奏，上曰：「敵國事亦不可專靠禮官，運籌帷幄，卿等事也。去歲生辰使到，朕方在哀疚之中，不欲使人朝見，卿等無人主張，朕堅執不與引見。虜使退聽。」子充媿謝而已。（七月九日癸卯。）』

擬皇太后宮殿名奏（殘句）

恭擬殿名曰『慈福』。

《宋會要輯稿·方域三》之二。

【編年】

據《宋會要輯稿》著錄，該篇作於淳熙十五年八月初五日（一一八八年八月二十八日）。

【繫地】

該篇當作於臨安。淳熙十五年八月二日（一一八八年八月二十五日），詔修蓋皇太后宮。五日，詔擬宮名，與李巘、鄭僑、羅點、張體仁、倪思、葉適等人擬名『慈福』，詔依。

【箋注】

同上奏者，有給事中兼直學士院李巘、起居舍人鄭僑、戶部員外郎權太常少卿羅點、太常丞張體仁、祕書省著作郎兼權禮部郎官倪思、太常博士葉適等。

論引見金國人使奏

依正旦例，於垂拱殿東楹設淡黃幄引見。仍用紹興三十年故事，移宴於館，不用樂。

《建炎以來朝野雜記・乙集》(《四庫全書》本、《適園叢書》本)卷三『淳熙諒闇罷誕節正旦慶禮』條，記爲『延之與奉常羅春伯合奏』。

【編年】

據文末小注，該篇作於淳熙十五年九月十四日(一一八八年十月六日)。

【繫地】

該篇當作於臨安。尤袤與羅點合奏引見金國人使事。

跋歐陽文忠公《集古録跋尾》(一)

此卷有米襄陽題，尤可寶玩。《楊統碑跋》嘆其名之磨滅(二)，蓋公偶未考爾(三)。統以建寧元年三月癸丑卒，而《跋》以爲五月(四)，當由筆誤。淳熙十五年季冬廿三日，錫山尤袤觀。

歐陽脩《集古録跋尾》(臺北故宫博物院藏原件)，又見《祕殿珠林石渠寶笈合編》第九冊第一四〇三頁、《全宋文》卷五〇〇〇。

【編年】

據文末之落款，作於淳熙十五年十二月二十三日(一一八九年一月十一日)。

【繫地】

該篇當作於臨安。淳熙十五年十二月二十三日，跋王厚之所藏歐陽脩《集古録跋尾》。

書)

【箋注】

(一)《集古録跋尾》: 歐陽脩撰,行書,金石考證彙編。成於北宋嘉祐八年(一〇六三)。紙本,縱二十七點二釐米,横一百七十一點二釐米。凡五十八行,每行字數不一,共七百九十二字。據楊萬里所述(詳見附録),其時爲王厚之所藏。

(二)『楊統……磨滅』句: 歐陽脩《後漢沛相楊君碑》(《集古録》卷二): 『其終始尚可見,而惜其名字亡矣。』(治平元年六月十日書)『右漢楊君碑者,其名字皆已磨滅。』(治平元年閏五月二十八日書)

(三)『蓋公偶未考爾』句: 婁機《漢隸字源》卷一: 『沛相楊統碑: 建寧元年立在陝府閿鄉震墓側,碑殘缺。《集古》云失其名字,以楊震碑考之,則知其爲統。』《楊統碑》原在陝縣閿鄉楊震墓側,碑高二百零七點五公分,寬七十一公分。款式與傳世漢碑相同,碑文有殘損,失其名字。據《楊震碑》載,震長子權爲富波侯相,權子統爲金城太守、沛相,正與此碑相合,故知爲楊統碑。統卒於東漢建寧元年(一六八),大致就是立碑的年代。《楊統碑》字體深厚回潤,筆力雄厚,結體方整,厚重古樸,在漢碑中别具風韻。今拓本在一九二〇年前後歸天津吴彭秋收藏,命名其藏齋號爲『仰統樓』,有羅振玉等人題跋。後流入甘肅,現藏甘肅省博物館。具體文字詳見洪适《隸釋》卷七。

(四)『統以……五月』句: 歐陽脩《後漢沛相楊君碑》(《集古録》卷二): 『建寧元年六月癸丑遘疾而卒』(治平元年六月十日書)。『建寧元年五月癸丑遘疾而卒』(治平元年閏五月二十八日書)。光立案: 據歐陽氏文字可知,尤袤所據之《集古録》文字,當爲治平元年閏五月二十八日所書者。

【附録】

米芾《歐陽文忠公〈集古録〉跋尾》（臺北故宫博物院藏原件）：『芾多識前輩，唯不識公，臨紙想其風采。丙戌八月旦。謹題。』

趙明誠《歐陽文忠公〈集古録〉跋尾》（臺北故宫博物院藏原件）：『右歐陽文忠公《集古録》跋尾四。崇寧五年仲春重裝，十五日德父題記，時在鴻臚直舍。』『後十年於歸來堂再閲。實政和丙（原爲「甲」字，旁改「丙」字）申六月晦。』『戊戌仲冬廿六夜，再觀。』『壬寅歲除日，於東萊郡宴堂重觀舊題，不覺悵然，時年四十有三矣。』

韓元吉《書歐陽文忠公〈集古録〉跋尾後》（《晦庵先生朱文公文集》卷八二）：『歐陽文忠公《集古》所録，蓋千卷也。頃嘗見其曾孫當世家尚二百本，但跋尾及一二名公題字，其石刻謂離亂之後逸之爾。今觀此四紙，自趙德父來，則在崇寧間已散落也。不然，豈其藁耶？以校文集所載，多訛舛脱畧，是當爲正，而楊君集碑文集則無。惟「中」字作「仲」、「宗」，「建武之元」作「孝武」，恐卻乃筆誤也。然德父平生自編《金石録》亦二千卷，又倍於文忠公，今復安在？公所謂「君子之垂不朽，不託於事物而傳」者，真知言哉。三復嘆息。淳熙九年重五日，潁川韓元吉書。』

洪邁《跋〈集古録〉》（《石渠寶笈三編》第九函第二册）：『邁前此多見《集古》諸跋，已書於順伯所藏序録中，晦庵引《隸釋》所辨仲宗假借字是也。延之以爲「此卷有米襄陽題，尤可寶玩」，切以爲未然。以六一翁翰墨論議，其當寶玩，正不待米老也。慶元二年十二月廿一日，洪邁書。』

楊萬里《跋王順伯所藏歐公〈集古録序〉真蹟》（《誠齋集》卷二四）：『遂初欣遇兩詩伯，臨川先生一禪客。三人情好元不疏，祇是相逢逢不得。渠有貞觀碑，儂有永和詞。真贋爭到底，未說妍與蚩。珊瑚擊得如粉碎，趙璧博城翻手悔。不似三家鬥斷碑，夜半戰酣莫先退。皇朝愛碑首歐陽，《集古》萬卷六一堂。玄珪漆玉堆墨寶，黟霜黑水塗緇裳。臨川無端汲古手，席卷歐家都奄有。岣山科斗不要論，嶧山野火不經焚。尤家沈家喙如鐵，未放臨川第一勛。不知臨川何許得尤物？《集古》序篇出真筆。遂初心妒口不言，君看跋語猶悵然。（遂初、欣遇，尤延之、沈虞卿自號也。二公與順伯皆喜收碑刻，各自誇尚。）』據此可知，《集古錄跋尾》其時爲王厚之所藏。

朱熹《書歐陽文忠公〈集古錄〉跋尾後》（《晦庵先生朱文公文集》卷八二）：『《集古跋尾》以真蹟校印本，有不同者，韓公論之詳矣。然《平泉草木記》跋後印本尚有六七十字，深誚文饒處富貴、招權利而好奇貪得，以取禍敗，語尤緊切，足爲世戒。且其文勢至此乃有歸宿。又「鬼谷之術所不能爲者」之下，印本亦無「也」字。凡此疑皆當以印本爲正云。十二年四月既望，朱熹記。』又：『《華山碑》「仲」「宗」字，洪丞相《隸釋》辨之，乃石刻本文假借用字，非歐公筆誤也。』

論人才奏（殘句）

近召趙汝愚，中外皆喜，如王藺亦望收召（一）。

《宋史》本傳，又見《欽定續通志》卷三八七、《東林列傳》卷一。

【編年】

據《宋史》本傳記載，是奏提及趙汝愚、王藺等人，上於高宗崩後，以權禮部侍郎兼權中書舍人前；則當作於淳熙十五年（一一八九）底。

【繫地】

該篇當作於臨安。

【箋注】

（一）王藺：藺（一一三九？—一二一四），字謙仲，號軒山（居士），無爲軍廬江（今屬安徽）人。孝宗乾道五年（一一六九）進士，爲上饒主簿、鄂州教授、四川宣撫司幹辦公事。爲武學諭，擢樞密院編修官，除宗正丞，遷起居舍人。淳熙八年（一一八一）奏對稱旨，除監察御史，兼崇政殿說書。累遷中書舍人兼侍讀，吏部侍郎，丁母憂去。十四年十一月二十四日，知隆興府。十六年，進同知樞密院事兼參知政事。光宗卽位，除知樞密院事兼參知政事。紹熙元年（一一九〇）拜樞密使，旋罷。四年，起帥江陵。寧宗卽位，改帥湖南。慶元三年（一一九七）四月二十九日罷。嘉定七年（一二一四）卒於家，謚獻肅。事蹟具杜範《清獻集》卷一九《王藺傳》、《宋史》卷三八六本傳、《宋宰輔編年錄》卷一八、一九。著有《軒山集》，已佚。《全宋詩》卷二五七一錄其詩四首，《全宋文》卷六一八三錄其文六篇。紹熙二年（一一九一），其與尤袤先後跋李結《西塞漁社圖卷》；尤袤作於三月十五日（一一九一年四月十日），其作於五月十六日（一一九一年六月九日）。其《孝宗聖政》一書首見於《遂初堂書目》（國史類）。收召：招回。光立案：據《宋史》記載，尤袤上奏後不久，藺卽除知樞密院事兼參知政事。

【附録】

袁説友《論人材奏》(《歷代名臣奏議》卷一五七)：『臣以駑下不才，蒙陛下過聽，擢在版曹，蓋三年矣。心力竭而事功蔑有，歲月久而曠責益深。陛下既不賜誅斥，且復進而使之，全蜀重寄，華閣新班，一旦盡以畀臣而無難者。恍拜絲綸，從天而下，乾坤施厚，螻蟻命輕，臣實未知縻捐報稱之地也。兹者陛辭引道，遂遠闕庭，而跫跫孤忠，願有以仰贊睿謨，少裨廟算，惟陛下垂聽焉。臣仰惟陛下臨御以來，于今三載，凡規摹之創立，好惡之弛張，定國是以正人心，懲異端以明正學，此其爲治之大要，立政之宏綱，蓋亦知其説矣。然而上之明效大驗，下之游談聚議，殆亦有所未喻者，臣請掇其大者㮣言之。今日之事，患在人才之不振，而議論之未一也。人才不振，何以立事功？議論未一，何以靖邦國？事功不立，則陛下雖日焦勞，雖日圖治，恐無事則可以苟安，緩急則不可爲矣。邦國不靖，則陛下雖日號召，雖日勸懲，臣恐無事則君子猶可自存，緩急則小人乘間而起矣。此臣之所甚慮者也。然則將何術以處此哉？臣願陛下必有以作成天下之人材，必有以堅守今日之議論可也。臣聞天下未嘗無才也，激之則强，抑之則弱，勵之則鋭，銷之則鈍。而强弱鋭鈍之間，皆在人主用之如何耳。今以天下之大，而謂之無人才，可乎？其平居暇日，孰無趨事赴功之心也，往往欲有所爲，百未一見，而掣其肘者已在後矣。小有建立，不要其成，而議其害者已沮之矣。甚者以姑息爲美政，而士大夫之欲慷慨敢爲者，則又恐以過當獲譴矣。姑息之政既行，於是官府無綱紀，名分無等衰，當官不敢爲，而小人無忌憚矣。此則姑息之害人才者也。以循嘿爲官業，而士大夫之欲興利除害者，則又恐以生事受謗矣。循嘿之風既盛，於是百弊日以滋，吏姦日以熾，才否之不分，而一事不可爲矣。此則循嘿之害人才者也。

非無可用之人才，而人才不容其自見；非無可爲之事業，而事業無路以自修。於此而諉曰今日而無人才，豈不負陛下也？臣願陛下奮乾之剛，用夬之決，慨然以人才爲急務。凡臣下之可與有爲者，使之各用其長，各盡其力。毋使掣肘者之在其後，毋使議害者之沮其成。盡斥姑息之說，深懲循嘿之弊，有以大振其强鋭之氣，而毋導其鈍弱之機。有弊使之必革，有姦使之必治。上則奬借激勵而作其事功之心，下則滌蕩振刷而絶其怠惰之意。如此則無事之日，既能爲陛下長久之計，一有緩急，皆足爲陛下用矣。臣故曰作成天下之人材者，此也。臣聞天下之理長久而可恃者，莫過於誠實。夫誠與僞對，實與虚對。誠實虚僞，蓋薰蕕玉石之不相似也。古之人臣所以尊君親上，建功立業，愈久愈信，牢不可破者，惟誠與實而已，是豈有一毫僞心，一毫虚語哉？如金石之堅，如蓍龜之信，此誠天下長久可恃之理也。彼虚僞者，誠何人哉？聽其言甚美，觀其貌甚莊，其口才則辨給而甚吝，其心謀則婉曲而叵測，然其志則無不私也，無不欲也。心勞日拙，動見肺肝，欲以欺人，且將自欺矣。其於尊君親上，建功立業，臣知其必不可保也。且居仁由義以爲道，正心誠意以爲學，儒者以斯道斯學爲己任，未嘗不誠且實也。使見彼之虚與僞，亦甚惡而攻之，何者？誠恐竊近似而累其戶庭。陛下天縱聰明，曉然知誠實者之可恃，而虚僞者之可嫉也。苟得道學之誠且實者而用之，豈不足比隆盛世乎？故凡道學固本於誠且實，奈何多爲竊道之名，以沽名媒利者所累。上之人辨形察迹，率不復用，謂若可以少革矣。然疑防過當，賢者退伏，玉石俱焚。今其虚僞之徒，反自煽於在下之議論，乃猶有可慮者，黨與之密謀，將有以搖國論，訕謗之横起，將有以恐衆心。斂形匿色，而懷乘間投隙之姦，内合外連，而有指天誓日之憤，此其志甚不小也。豈惟爲清朝之累，而道學諸君子亦因之而爲累，誠非誠實者之所樂聞。議論之未一，蓋莫甚於此矣。夫人心最易搖也，況人主之好惡哉！唐太宗嘗曰：「人主惟一心，而攻之者衆。」陛下深居九重，苟非卓然自有堅確之見，斷不可易，臣恐日復一日，歲復一歲，如所謂虚僞假託之徒，必將多端百計，候罅伺隙，以攻陛下之心。而道學之誠且實者，同歸於廢棄，而不得復用於世矣。其說一售，其計一行，如潰癰疽，如決隄防，其爲禍害，庸有已也，可不畏哉！《中庸》、《大學》，豈非格言；存誠務實，豈非吉士。惟其兼收並蓄，務廣戶庭，歸斯受之，反爲所累。論久則定，事覈則明，誠實者固難混棄，而虚僞者强爲簧鼓。臣願陛下以今日之議論，既已深求誠實之可恃，虚僞之可嫉，堅持此說，力守此見，理到之議論勿變勿易，道學之誠實勿惑勿疑。宰執、臺諫、侍從，皆所以維持軒輊此議論者也。自此或小不審，捨其誠實，一用虚僞之黨而爲之，則議論卽變於上矣。周行百執事，皆視聽此議論者也。自此或小不審，捨其誠實，一用虚僞之黨而爲之，則議論卽變於下矣。願陛下詳加謹擇，多爲審辨，凡除授之際，使誠實者幸得見用，而虚僞者斷無間之可入，則陛下斯可高枕而臥矣。臣故曰，堅守今日之議論者，此也。陛下儻采臣言，以堅聖志，歷千百年而守之常如一日，則人才可用，議論可一，天下之事斯可以有爲矣。人才之趨事赴功者，豈無足以爲陛下用；而道學之誠且實者，亦何負於陛下哉？臣一遠清光，萬里而去，貪戀聖恩，有懷欲吐，一則恐以循嘿而壞有志之人才，一則恐以虚僞而傷誠實之道學。獨以一劄，專以二說爲陛下獻，少效臣子愛君之忠。其他細務瑣說，不復以瀆天聽，惟聖慈財幸。』

言攻道學之非疏〔一〕

夫道學者〔一〕，堯、舜所以帝，禹、湯、武所以王〔二〕，周公、孔、孟所以設教。近立此名，詆訾士君子〔二〕，故臨財不苟得所謂廉介〔三〕，安貧守分所謂恬退〔三〕〔四〕，擇言顧行所謂踐履〔五〕，行己有恥所謂名節〔六〕，皆目之爲道學。此名一立，賢人君子欲自見於世〔七〕，一舉足且入其中，俱無得免〔四〕，此豈盛世所宜有？願循名必責其實，聽言必觀其行〔五〕，人才庶不壞於疑似〔六〕。

《宋史》本傳，又見《遂初小稿》、《宋史紀事本末》卷二一（《全宋文》引作『八〇』，誤）、《經濟類編》卷四九、《資治通鑑後編》卷一二六、《東林列傳》卷一、《錫山文集》卷四、尤刊、《全宋文》卷四九九九。

【編年】

據《宋史》本傳記載，該篇乃爲孝宗進言；則當作於光宗登基前，即淳熙十六年（一一八九）正月。

【繫地】

該篇當作於臨安。尤袤以道學爲陳賈等人所攻，上疏孝宗言攻道學之非。

【彙校】

〔一〕『夫』，《宋史紀事本末》、《經濟類編》、《資治通鑑後編》均無。

〔二〕『武』，《宋史紀事本末》、《經濟類編》、《資治通鑑後編》均作『文武』。

〔三〕『分』，《宋史紀事本末》、《資治通鑑後編》均作『道』，《經濟類編》作『退』。『安貧守分』：安於清苦的日子守本分。『安貧守道』：指安於貧窮，恪守信仰。蘇軾《薦布衣陳師道狀》：『臣等伏見徐州布衣陳師道文詞高古，度越流輩，安貧守道。』

〔四〕『得免』，《宋史紀事本末》、《資治通鑑後編》均作『所免』，《經濟類編》作『得出』。

〔五〕『徇名必責其實，聽言必觀其行』，《宋史紀事本末》、《經濟類編》、《資治通鑑後編》均作『循名責實，聽言觀行』。

〔六〕『才』，《宋史紀事本末》、《經濟類編》、《資治通鑑後編》均作『情』。『願……疑似』，《遂初小稿》無。

【箋注】

〔一〕道學：求道之學，儒家所倡，《宋史》立『道學傳』，記載周敦頤、张载、程颢、程頤、朱熹等理學家及其哲学思想。

〔二〕詆訾：亦作『詆訿』，詆謗、非議。《史記》卷六三《老子韓非列傳》：『作《漁父》、《盜蹠》、《胠篋》，以詆訿孔子之徒，以明老子之術。』司馬貞《索隱》：『詆，訐也……謂詆訐毁訾孔子也。』

〔三〕臨財不苟：面對錢財不隨便求取，廉潔自好。出自《禮記·曲禮上》：『臨財毋苟得，臨難毋苟免。』廉介： 清廉耿介。

（四）恬退： 淡於名利，安於退讓。

（五）擇言： 選擇適當的話。 顧行： 顧全德行。 漢賈誼《治安策》（《新書》卷二）：『顧行而忘利，守節而仗義。』踐履： 本爲足踏地之意，後轉爲步行、經歷等義，再引申爲行動、實行、實踐，從而具有了一定的哲學意義。

（六）行己有恥： 一個人行事，凡自己認爲可恥的就不去做。《論語·子路》：『子曰：「行己有恥，使於四方，不辱君命，可謂士矣。」』名節： 名譽和節操。

（七）自見： 自我表白，顯露自己。 司馬遷《報任少卿書》（《文選》卷四一）：『垂空文以自見。』

論接送伴使服飾奏（一）

接送伴使副與金國使副初接見日（二），合依典故，權服公服、黑帶、佩魚，以後沿路相見，其接伴使副自合純吉服。

《宋會要輯稿·職官五一》之三三。

【編年】

據《宋會要輯稿》著錄，該篇作於淳熙十六年二月初八日（一一八九年二月二十四日）。

【繫地】

該篇當作於臨安。時金國報哀使至，禮部商定接送伴使相關服制，尤袤參禮制，而有是作。

【箋注】

（一）接送伴使：接待外國使臣的官員。

講筵奏一（殘句）

願謹初戒始（一），孜孜興念。

《宋史》本傳，又見《欽定續通志》卷三八七、《東林列傳》卷一；《江南通志》卷一四二引『謹初戒始』句。

【編年】

據《宋史》本傳所述，是奏上於『光宗卽位，甫兩旬』，卽淳熙十六年二月二十日（一一八九年三月八日）。

【繫地】

該篇當作於臨安。淳熙十六年（一一八九）二月下旬，尤袤在講筵屢屢論奏，而有是作。

【箋注】

（一）謹初：一開始就要謹慎。孜孜：形容勤勉，不懈怠。

講筵奏二（殘句）

天下萬事失之於初〔一〕，則後不可救。《書》曰：『慎厥終，惟其始。』〔一〕

《宋史》本傳，又見《資治通鑑後編》卷一二七、《欽定續通志》卷三八七、《東林列傳》卷一。

【編年】

據《宋史》本傳記載（『越數日，講筵又奏』），是奏當上於淳熙十六年（一一八九）二月底。

【繫地】

該篇當作於臨安。淳熙十六年（一一八九）二月下旬，尤袤在講筵屢屢論奏，而有是作。

【彙校】

〔一〕『天下萬』，《欽定續通志》作『凡』。

【箋注】

〔一〕『慎厥終，惟其始』句：出自《尚書·仲虺之誥》。慎終的辦法，在於善謀它的開始。

講筵奏三（存目）

【編年】

據《宋史》本傳記載，該篇亦作於淳熙十六年（一一八九）二月。

【繫地】

該篇當作於臨安。淳熙十六年（一一八九）二月下旬，尤袤在講筵屢屢論奏，而有是作。

【箋注】

該奏議出《宋史》本傳，據其記載，該篇『歷舉唐太宗不私秦府舊人爲戒』。原文今已不存。

【附錄】

樓鑰《進資治通鑑故事》（《攻媿集》卷五〇）：『武德九年，房玄齡嘗言：「秦府舊人未遷官者皆嗟怨曰：『吾屬奉事左右，幾何年矣，今除官反出前宮齊府人之後。』」太宗曰：「王者至公無私，故能服天下之心。朕與卿輩日所衣食，皆取諸民者也。故設官分職，以爲民也。當擇賢才而用之，豈以新舊爲先後哉？新而賢，舊而不肖，安可舍新而取舊乎？今不論其賢不肖而直言嗟怨，豈爲政之體乎？」……臣聞《書》曰：「官不及私昵，惟其賢；爵罔及惡德，惟其能。」蓋官爵者，天下之公器，人主所以厲世摩鈍，犇走天下，而天下爲之服役者，以其用之公也。唐太宗由秦王嗣位，其平日陪從于左右者，往往經百戰之餘，冒矢石，犯霜露，出萬死而得一生。及見興王之盛者，蓋無幾也。太宗以至公爲心，雖有故人舊勳而求遷官者，未始輕予。祈入衛者，不肯偏用。至于坐貪者，雖憐之，而終遣之去。犯法者，雖不忘而終不敢赦。惟其見之明而行之果，是以能成貞觀之治。本朝列聖故事，一一可攷。陛下毓德春宫之久，攀附之人官之禄之，其人甚多。既歷四年，而扳援求請，今猶未已，動煩宸衷，曲爲區處。臣願陛下遠鑑文皇之公心，近遵列聖之定法，裁抑僥倖，使各安分而退聽，則外此而妄求者，亦當息心。朝政清明，非爲小補。』

論官制奏

武臣諸司使八階爲常調（一），横行十三階爲要官（二），遥郡五階爲美職（三），正任六階爲貴品（四），祖宗待邊境立功者。近年舊法頓壞，使被堅執鋭者積功累勞（五），僅得一階；權要貴近之臣（六），優游而歷華要（七）。舉行舊法。

《宋史》本傳，又見《欽定續通志》卷三八七、《東林列傳》卷一、《全宋文》卷四九九九。

【編年】

據《宋史》本傳記載（『又五日講筵，復論官制』），該篇當作於淳熙十六年（一一八九）三月。

【繫地】

該篇當作於臨安。淳熙十六年（一一八九）三月，尤袤在講筵奏論官制，而有是作。

【箋注】

（一）武臣：指武階之官。《宋史》卷一六九《職官志九》：『武階舊有横行正使、横行副使，有諸司正使、諸司副使，有使臣。』諸司使八階：《宋史》卷一六九《職官志九》：『武功大夫、武德大夫、武顯大夫、武節大夫、武略大夫、武經大夫、武義大夫、武翼大夫（以上係舊諸司正使八階）……武功郎、武德郎、武顯郎、武節郎、武略郎、武經郎、武義郎、武翼郎（以上舊諸司副使八階）。』常調：按常規逐階遷轉。

（二）横行十三階：據《宋史》卷一六九《職官志九》：指横行十三階，通侍大夫、正侍大夫、宣正大夫、履正大夫、協忠大夫、中侍大夫、中亮大夫、中衛大夫、翊衛大夫、親衛大夫、拱衛大夫、左武大夫、右武大夫。横行官不像諸司使副列入武官磨勘遷轉，除授依特旨，故爲『要官』。

（三）遙郡五階：宋代承宣使（政和前稱節度觀察留後）、觀察使、防禦使、團練使以及刺史都作爲虚銜，雖帶某州之名，但並不履某州之任，名爲『遙郡』。美職：很好的職位。

（四）正任六階：節度使、承宣使（政和七年以前稱節度觀察留後）、觀察使、防禦使、團練使、刺史。貴品：正任官爲武臣遷轉官階，但不列入常調磨勘，原以待邊境立功者，殊不易得，故稱『貴品』。

（五）被堅執鋭：穿著堅固的盔甲，拿著鋭利的武器。累勞：猶積功。司馬遷《報任少卿書》（《文選》卷四一）：『下之不能積日累勞，取尊官厚禄，以爲宗族交遊光寵。』

（六）權要：猶權貴。貴近：顯貴的近臣。陸贄《奉天論擬與翰林學士改轉狀》（《翰苑集》卷一四）：『夫行罰先貴近而後卑遠，則令不犯；行賞先卑遠而後貴近，則功不遺。』

（七）優游：生活得十分閒適。華要：指這些顯貴清要的官階。

張武子詩集序（存目）

【編年】

尤袤作序之具體時間難以確定，而淳熙十六年六月二十二日（一一八九年八月四日），其罷權禮部侍郎；據樓鑰《書張武子詩集後》（《攻媿集》卷七〇）中之稱謂（『遂初尤貳卿』：『貳卿』，即侍郎。舊時尚書稱爲卿，侍郎副之，故稱），則該篇當作於是年六月。

【繫地】

該篇當作於臨安。尤袤爲張良臣詩集作序。

【箋注】

該序跋原文今已不存。張良臣，字武子，一字漢卿，號雪窗，原籍拱州（今河南睢縣），南渡後僑居鄞縣（今屬浙江寧波），王之道女壻（其籍貫，《全宋文》卷五七一六《張良臣小傳》作『開封人』）。孝宗隆興元年（一一六三）進士，官至監左藏庫。篤學好古，受知魏杞。事蹟具樓鑰《攻媿集》卷七〇《書張武子詩集後》，元袁桷《延祐四明志》卷五，清胡文學《甬上耆舊詩》卷二本傳。著有《雪窗集》十卷，度宗咸淳間曾刊行，已佚；現存《雪窗小集》一卷。今《全宋詩》卷二四六一以毛晉汲古閣影宋《六十家集》本爲底本，補入清鮑廷博輯《雪窗小集補遺》，校以影印文淵閣《四庫全書·兩宋名賢小集》本等，與新輯集外詩合編爲一卷；《全宋文》卷五七一六録其《龍井新廟紀德碑》一篇。

【附録】

樓鑰《書張武子詩集後》（《攻媿集》卷七〇）：『武子，拱人也。父避地南來，往返明、越，遂家於明。隆興初與余爲同年生，自爾益相好。人物高勝，筆力可畏，非敢以友友也。不幸齎志而歿，吾黨共哀之。其季以道哀詩二編，期以行遠，遂初尤貳卿爲之序。以道示余，泣且言曰：「尤公知吾兄之詩，而不深知其平生，知平生者惟子爾。更爲我言之。」余曰：「尚忍言哉！」武子天資絶高，少以流寓名薦書，文已怪怪奇奇。或誚之，笑曰：「吾寧僻無俗，寧怪無凡。」此意卒不變，然亦以此不偶。閒居好與諸禪游，佛日、宏智皆入其室，穎悟超卓，學亦與之大進。結交老蒼，聞見多前輩事，聽之使人忘倦。丞相壽春魏公作尉姚江，一見君奇之，君亦歸心，投以詩曰：「願同丑萬輩，終老孟子門。」後二十年試南宫，魏公得其三策，心知爲武子之文，袖以見知舉張公真定，曰：「適得一卷，舍人如欲取時文，則不敢進。果欲得士人否？」張公曰：「吾嘗言，寧取有瑕玉，不欲取無瑕石。」讀之以爲佳，魏公曰：「此某故人張某之文也。」舍人異而記之，比揭榜，驚謂魏公曰：「果張某也。」魏公罷相，居小溪山中，武子日從之游，如裴迪之在輞川。兩仕都城，司糴於外，司帑於内，皆甚劇，泊然如在山林。苟非所知，雖貴而欲見，不造也。平時若不以事物自嬰，而官業井井可觀。惜乎不見用，惟詩傳於江湖間爾。余嘗跋其詩卷云：「與武子評詩，謂當有悟入處，非積學所能到也。」君讀之以爲得我意。嘗曰：「山谷晚年詩皆是悟門，愛其『金狨繫馬曉鶯邊』之句。」又曰：「『四更山吐月，殘夜水明樓。』東坡嘗賦五更五詩，詞雖工，蓋惟四更爲佳爾。」又嘗自哦其詩曰：「客向愁中都老盡，只留平楚伴銷凝。」又哦其詞曰：「昨日豆花籬下過，忽然迎面好風吹，獨自立多時。」其大約可見矣。閉門讀書，室中無一物。凴案開卷，終日凝然。性雖嗜詩，未嘗輕作。或終歲無一語，故所作必絶人。妻孥至不免飢寒，或謂君不爲歲晚計。君曰：「水禽有名信天翁者，食魚而不能捕，兀立沙上，俟他禽偶墜魚於前，乃拾之，然未聞有餓死者。」其夷澹雅謔類此，詩不必贊也。其清麗粹潔，上參古作，旁出入禪門，寄興高遠，遽讀之或不易了，而中有理窟，覽者當自知之。』

與楊廷秀書（存目）

【編年】

據楊萬里《與周子充少保書》（《誠齋集》卷六六）：『某自得邸報，知釋位去國，而莫知風帆所指。近得尤延之書，乃知度夏於陽羨。』則該篇當提及周必大自行在歸廬陵，於六月下旬經過陽羨（今江蘇宜興）之事；應作於淳熙十六年（一一八九）七月。

【繫地】

該篇當作於無錫。尤袤居東帶河大第，會晤周必大，書告楊萬里。

【箋注】

該書啓原文今已不存。楊萬里《與周子充少保書》（《誠齋集》卷六六）：『某伏以涉秋益熱，恭惟觀使少保丞相小泊雲莊，天棐忠藎，鈞候動止萬福，相眷鈞慶。某自得邸報，知釋位去國，而莫知風帆所指。近得尤延之書，乃知度夏於陽羨。吾人仕宦有進便有退，有出便有處。丞相學力，豈不能築河隄以障屋霤？所可憾者，君子得時行道而不得究其緼耳。然道之興廢，聖人歸之命；斯文之興衰，聖人歸之天，則丞相又奚憾焉？當庚午試南宫，丞相雪中騎一馬於前、某荷一繖於後之時，豈知丞相至此？布衣位極上宰，此外復奚須哉！抑湯朝美飲醇酒之論，丞相尚記憶否？已矣，姑置是事，獨世路風濤真可畏耳。近有讀邸報感事詩：「去國還家一歲陰，鳳山錦水更登臨。别來蠻觸幾百戰，險盡山川多少心。何似閑人無籍在，不妨冷眼看昇沈。荷花政鬧蓮蓬嫩，月下松醪且滿斟。」當左席進步時，高揖辭去，此舉甚善，惜再留耳。聲利之場，輕就者固不爲世所恕，蔡定夫是也；而不輕就者亦復不恕，何哉？朱元晦是也。論至於此，則去就辭受皆不可耶！可畏可畏！某此間隨分支吾，儘可卒歲。但年來家私事殊惱懷抱，今年閏月中男房下一男孫未晬而夭，止有此一孫耳，苦哉苦哉！丞相何時西歸，别得修敬。心事無聊，草草奏記。黄蘗茶二斤，聊復伴書。竦仄竦仄。願言盡珍重理，以繫善類之望。」

跋《蘭亭帖》四〔一〕

《蘭亭》舊刻，此本最勝。而世貴定武本，特因山谷之論爾。余在中祕〔二〕，見唐人臨本皆肥，以楊橲所藏、薛道祖所題本驗之，實唐古本也。而近世以此爲定武〔三〕，則誤矣。余凡見前輩所跋定武本，悉有依據，不敢臆斷。其『湍』、『流』、『帶』、『右』、『天』五字皆損。後有見余所嘗見者，當自識之，難以筆舌辨也〔二〕。尤袤。

《蘭亭考》卷六，又見《六藝之一録》卷一五四、《梁溪遺稿》卷二、盛刻、尤刊、《全宋文》卷四九九九。

【編年】

據其中申論定武本可知，該篇當作於《題王順伯第二本》後，卽淳熙四年（一一七七）之後；具體時間，難以確定，據《蘭亭考》之次序，姑繫於此。

【繫地】

該篇或作於無錫。

【彙校】

〔一〕『帖』，《梁溪遺稿》無。

〔二〕『武』，《六藝之一録》作『本』。

【箋注】

（一）中祕：祕書省的別稱。

（二）筆舌：筆爲書寫工具，舌爲言語器官，故常以『筆舌』泛指文章和言論。

【附録】

王明清《題楊槃齋所藏〈蘭亭帖〉》（《蘭亭續考》卷一）：『《蘭亭》皆以定武爲貴，其實有三，各不同。始，慶曆中宋景文爲帥，得唐石本，匣藏庫中。至元豐中，薛居正爲帥，惡摹打聲，乃刻別本置譙樓。未幾，其子紹彭又別刻，易元石歸長安。蓋道祖嗜古工書，臨摹盡善，三本皆出定武，而宋之所得者當謂之唐石本，薛氏父子所刊者卽謂之定武本可也。大觀旣詔取元易石本，龕置宣和殿。靖康時，岐陽石鼓共載以北。南渡以來，舊物多不存，後人所在摹刻，不知幾本。觀之者有肥瘦剷損取況之說，紛紛不一，皆未足爲證，多取他本較出，自然萬萬不侔。余亦嘗以後凡所見參考，兼見楊槃齋所藏薛道祖籤題本，與此無纖毫異，故知此本爲定武無疑。淳熙丁未仲冬後一日，山陰王明清題。」

跋《蘭亭帖》六〔一〕

此本有晁美叔、宋次道跋，爲可寶。〔一〕宋所書蘇公詩，乃參政易簡題其家所藏唐人摹本絹素上書。〔二〕今藏太常博士汪逵季路家，余嘗見之。第二本與楊樫伯時所藏、薛道祖親題正同〔二〕，以爲唐古本云〔三〕。尤袤題。

《蘭亭考》卷七，又見《梁溪遺稿》卷二、《六藝之一錄》卷一五四、盛刻、尤刊、《全宋文》卷四九九九。

【編年】

據汪逵居官「太常博士」可知，尤袤是跋當作於淳熙末。

【繫地】

該篇或作於無錫。

【彙校】

〔一〕『帖』，《梁溪遺稿》無。光立案：《梁溪遺稿》列該篇爲第八。

〔二〕『與』，尤刊無。

〔三〕『古』，尤刊無。

【箋注】

（一）『此本……可寶』句：《蘭亭考》卷七《審定下》：『元豐元年閏正月晦日，謁美叔，因書之。常山宋敏求。元豐七年十月九日，夜觀《蘭亭》，見次道手墨，令人慨慕。端彦題。』晁端彦（一〇三五—一〇九五），字美叔，其先清豐（今屬河南）人，後徙彭城。仁宗嘉祐二年（一〇五七）進士（據《東坡全集》卷七《懷西湖寄晁美叔同年》，《曲洧舊聞》卷五作『章子厚與晁祕監美叔同生乙亥年、同榜及第』）。蘇軾於嘉祐二年登進士乙科，章惇於嘉祐二年舉進士，恥出姪衡下，四年再登甲科；則晁氏當於二年登第）。神宗熙寧四年（一〇七一），權發遣開封府推官。七年，以都官員外郎提點淮南東路刑獄，徙兩浙路。元豐五年（一〇八二）爲金部郎中。哲宗元祐元年（一〇八六），以司勳郎中爲賀遼國正旦使。四年知蘇州，五年爲右司郎中、江淮荊浙等路發運使。紹聖初以祕府少監黜知陝州。二年卒。與蘇軾相友善，文章書法，爲時所宗。事蹟具盛陶《晁端彦墓誌銘》。《全宋詩》卷七四八錄其詩五首，《全宋文》卷一八三二錄其文三篇。宋敏求（一〇一九—一〇七九），字次道，趙州平棘（今河北趙縣）人，綬子。仁宗寶元二年（一〇三九）以父蔭召試學士院，賜進士及第。爲館閣校勘，後充編修官，預修《唐書》。出知亳州。英宗治平中，累擢知制誥、判太常寺。後出知絳州，尋召還，除史館修撰、集賢院學士。神宗熙寧十年（一〇七七），修仁宗、英宗兩朝正史。元豐二年（一〇七九）卒，年六十一，贈禮部侍郎。敏求學識博洽，著述甚豐，著作今存《春明退朝錄》三卷、《長安志》二十卷。事蹟具《名臣碑傳琬琰集》中集卷一六范鎮《宋諫議敏求墓誌銘》、《蘇魏公集》卷五一《龍圖閣直學士修國史宋公神道碑》、《宋史》卷二九一本傳。《全宋詩》卷五一四錄其詩六首，又殘句五條；《全宋文》卷一一一四錄其文二十一篇。

（二）『宋所書……上書』句：《蘭亭考》卷一〇《詠贊》：『蘇易簡題家藏《蘭亭》詩：「有若像夫子，尚興闕里門。虎賁類蔡邕，猶傍文舉尊。昭陵自一閉，真蹟不復存。今余獲此本，可以比璵璠。」』絹素：未曾染色的白絹。

紹熙年間（一一九〇—一一九四）

與吳斗南書〔一〕（一）

頃得呂東萊所定《古易》一編〔二〕（二），朱元晦爲之跋（三），當以板行〔三〕，乃與左右所刊呂汲公《古經》無毫髮異〔四〕。而東萊不及徵仲〔四〕（五），嘗編此書，豈偶然同邪〔五〕？

《梁溪遺稿》卷二（光立案：《全宋文》誤作『文鈔補編』）轉引之吴仁傑《周易古經》（《永樂大典》本），又見元胡一桂《周易本義啓蒙翼傳》（中篇）、元董真卿《周易會通》（卷首·因革）、《經義考》卷一九、清耿文光《萬卷精華樓藏書記》卷一、盛刻、尤刊、《全宋文》卷四九九九。

【編年】

據『頃得……朱元晦爲之跋』的提法，該篇當作於紹熙元年（一一九〇）十月朱熹完成《書臨漳所刊四經後》後不久。

【繫地】

該篇當作於無錫。紹熙初，尤袤有書函與吴仁傑，討論吕大防、吕祖謙《古周易》雷同的問題。

【彙校】

〔一〕『吴斗南』，《周易本義啓蒙翼傳》、《周易會通》均作『吴氏仁傑』，《萬卷精華樓藏書記》作『吴仁傑』。

〔二〕『編』，《梁溪遺稿》作『篇』。

〔三〕『當以』，《周易本義啓蒙翼傳》、《經義考》、《萬卷精華樓藏書記》均作『嘗以』，《周易會通》作『嘗已』。『板』，《周易會通》作『版』。

〔四〕『不』，《周易本義啓蒙翼傳》作『乃不』。

〔五〕『邪』，《周易本義啓蒙翼傳》、《經義考》、《萬卷精華樓藏書記》均作『耶』。

【箋注】

（一）吴斗南：吴仁傑，字斗南，一字南英，號蠡隱，又號蠹豪，其先洛陽（今屬河南）人，移居崑山（今屬江蘇）。孝宗淳熙五年（一一七八）進士，嘗爲羅田令。寧宗慶元初，主管户部架閣文字，遷國子録，未幾罷。仁傑學識廣博，尤長經史，嘗講學於朱熹之門，以詩文名一時。事蹟具明張景春《吴中人物志》卷六。著有《易圖説》、《古周易》、《離騷草木疏》、《陶靖節先生年譜》、《兩漢刊誤補遺》等作品，《全宋文》卷六一一七録其文《古周易自序》、《古周易後序》（淳熙十六年七月）、《樂菴先生語録後序》（淳熙五年八月）、《離騷草木疏跋》（慶元三年四月）、《太學釋褐記》（慶元三年四月）等五篇。其亦跋李結《西塞漁社圖卷》，跋語今已不存。其《吴氏古周易》（周易類）、《吴仁傑禘祫議》（禮類）、《吴仁傑樂舞新書》（樂類）等書均首見於《遂初堂書目》。

（二）『頃得……一編』句：吕祖謙（一一三七—一一八一），字伯恭，浙江婺州（今金華）人。學者稱東萊先生。《遂初堂書目》（周易類）著録『吕氏《古周易》』一書，或即此《古易》。吕祖謙《書所定〈古周易〉十二篇後》（《東萊吕太史文集》卷七）：『漢興，言《易》者六家，獨費氏傳古文《易》，而不立於學官。劉向以中古文《易經》校施、孟、梁丘經，或脱去無咎、悔亡，惟費氏經與古文同，然則真孔氏遺書也。東京馬融、鄭玄皆爲費氏學，其書始盛行。今學官所立王弼《易》，雖宗莊、老，其書固鄭氏書也。費氏《易》在漢諸家中最近古，最見排擯。千載之後，巋然獨存，豈非天哉！自康成、輔嗣合《彖》、《象》、《文言》於經，學者遂不見古本。近世嵩山晁氏編《古周易》，將以復於其舊，而其刊補離合之際，覽者或以爲未安。某謹因晁氏書，參攷傳記，復定爲十二篇，篇目卷帙，一以古爲斷，其説具於《音訓》。」

（三）「朱元晦爲之跋」句：　朱熹《書臨漳所刊四經後·易》（《晦庵先生朱文公文集》卷八二）：「右古文《周易》經傳十二篇，亡友東萊呂祖謙伯恭父之所定，而《音訓》一篇，則其門人金華王莘叟之所筆受也。熹嘗以爲《易經》本爲卜筮而作，皆因吉凶以示訓戒，故其言雖約而所包甚廣。夫子作傳，亦略舉其一端以見凡例而已。然自諸儒分經合傳之後，學者便文取義，往往未及玩心全經，而遽執傳之一端以爲定說，於是一卦一爻僅爲一事，而《易》之爲用，反有所局而無以通乎天下之故。若是者，熹蓋病之，是以三復伯恭父之書而有發焉，非特爲其章句之近古而已也（『爲』，《古周易》卷末作『謂』）。《音訓》則妄意其或有所遺脫，莘叟蓋言書甫畢而伯恭父沒，是則固宜。然亦未敢輒補也，爲之別見於篇後云。淳熙九年夏六月庚子朔旦，新安朱熹。」

（四）「乃與……毫髮異」句：　左右：　對人不直稱其名，只稱左右，以表示尊敬。信劄亦常用以稱呼對方，這裏指吳仁傑。《史記》卷七〇《張儀列傳》：「是故不敢匿意隐情，先以聞於左右。」呂汲公：　呂大防（一〇二七—一〇九七），字微仲，其先汲郡人，後徙居京兆藍田（今屬陝西）。仁宗皇祐元年（一〇四九）進士（清雍正《陝西通志》卷三〇）。調馮翊主簿、知永壽、青城縣，入權鹽鐵判官。英宗卽位，改太常博士、監察御史裏行。神宗熙寧元年（一〇六八），知泗州。召直舍人院，除知制誥。四年，知延州，以事落知制誥，以太常博士知臨江軍，徙華州、秦州。元豐初，徙永興。數年，知成都。哲宗卽位，召爲翰林學士、權開封府。元祐元年（一〇八六），拜尚書右丞，進中書侍郎，封汲郡公（《全宋文》卷一五七〇《呂大防小傳》誤作『汲國公』）。三年，超拜尚書左僕射兼門下侍郎。哲宗親政，以黨籍，奪學士，知隨州，貶祕書監，分司南京。紹聖四年（一〇九七），再貶舒州團練副使，循州安置，赴貶所途中，至虔州信豐病卒，年七十一。謚正愍。著有《杜工部年譜》、《韓吏部文公集年譜》、《呂汲公文錄》。事蹟具《宋史》卷三四〇、《東都事略》卷八九本傳。《全宋詩》卷六二〇錄其詩六首，又殘句三條；《全宋文》卷一五七〇至一五七三收其文四卷。據此，則吳氏亦曾刊刻呂大防之《古周易》（詳見附錄）。呂大防《呂氏周易古經序》（通志堂經解本《古周易》卷首）：『右《周易》古經者，《彖》、《象》所以解經。始各爲一書，王弼專治《彖》、《象》以爲注，乃分綴卦爻之下，學者於是不見完經，而《彖》、《象》辭次第貫穿之意，亦缺然不屬。予因案古文而正之，凡經二篇，《彖》、《象》、《繫辭》各二篇，《文言》、《說卦》、《序卦》、《雜卦》各一篇，總一十有二篇。元豐壬戌七月既望，汲郡呂大防序。』

（五）『而東萊不及微仲』句：　呂大防乃北宋人，呂祖謙爲南宋人，彼此夠不上接觸。

【附錄】

吳仁傑《〈古周易〉後序》（通志堂經解本《古周易》）：『《漢·藝文志》《易經》十二篇，古經也，纔一見於此，魏、晉以後，便自失之。隋氏藏書最備，亡慮八萬九千卷有奇，唐開元麗正殿所藏亦八萬五千餘卷，皆不著錄。今國朝文物之盛，一時儒宗嗜古者衆，古文班班間出。如《孝經》、《尚書》，學者昔所未覩，因司馬文正、呂汲公遂大傳於時。於是《古易》有呂氏書，又有晁氏書，刊於成都、宜春兩郡。李仁甫侍郎嘗合二氏之說刊焉。今復出此編，世遂有三書矣。後進坐眠前脩，無能爲役，何敢妄出意見，而《易》則古《易》也，亡一字加損。縣故有學事兼奉，自仁傑之來，一切以資公家，乃取爲工木費，並二氏篇第顛末、三君子後記，刻寘諸校宮。淳熙十六年七月九日，儒林郎、知蘄州羅田縣吳仁傑書。』

税與權《周易古經跋(淳祐八年十月)》(《易學啓蒙古經傳》卷末):『按吕汲公元豐壬戌昉刻《周易古經》十二篇於成都學官,景迂晁生建中靖國辛巳并爲八篇,號《古周易》,繕寫而藏于家。巽巖李文簡公紹興辛未謂北學各有師授,經名從吕,篇第從晁,而重刻之。逮淳熙壬寅,新安朱文公表出東萊吕成公《古文周易經傳音訓》,迺謂編《古易》自晁生始,豈二公或不見?然成公則議晁生并上下經爲非,而文公《易本義》則篇第與汲公脗合。與權鼎侍先師鶴山魏文靖公,討論此經,將以邵子《觀物》所言爲斷,著文王、周公正者八卦,變者二十八卦之繇辭于冊,題曰《周易古經》上下篇,冠于《十翼》,以還孔子韋編之舊,使百世之下,學者復見全經,而附數公序辨于末。天不憖遺,先師夢奠,倏踰一紀。慨師友之凋謝,懼異學之支離,不量固陋,推本邵子所述,刊定《周易古經》上下篇如前,以卒先師之志。而羲文經卦重卦大義,則於《易學啓蒙小傳》詳之。若夫訓詁之真謁,講解之得失,則有漢、魏以來諸儒之説在,學者其審於決擇哉。聖宋淳祐戊申良月初吉,後學巴郡税與權謹識。』

紀昀《四庫全書總目》卷三《古周易》提要:『宋吕祖謙編……宋吕大防始考驗舊文,作《周易古經》二卷,晁説之作《録古周易》八卷,薛季宣作《古文周易》十二卷,程迥作《古周易考》一卷,李燾作《周易古經》八卷,吴仁傑作《古周易》十二卷,大致互相出入。祖謙此書與仁傑書最晚出,而較仁傑爲有據,凡分《上經》、《下經》、《彖上傳》、《彖下傳》、《象上傳》、《象下傳》、《繫辭上傳》、《繫辭下傳》、《文言傳》、《説卦傳》、《序卦傳》、《雜卦傳》爲十二篇。《宋志》作一卷,《書録解題》作十二卷,蓋以一篇爲一卷,其實一也。朱子嘗爲之跋,後作《本義》即用此本。其書與吕大防書相同,而不言本之大防,尤袤《與吴仁傑書》嘗論之,然祖謙非竊據人書者。税與權《校正周易古經序》謂「偶未見大防本」,殆得其實矣……』

中奉大夫直焕章閣王公誄辭（存目）

【編年】

據王柏《復陳本齋》（《魯齋集》卷一七）：『大父與錫山尤公爲同年進士，情好甚密，大父卒，錫山亦賜誄辭。』則該篇當作於王師愈卒後歸葬家鄉金華之際，即紹熙元年（一一九〇）七月後不久。

【繫地】

該篇當作於兩浙東路婺州金華（今屬浙江）。同年友人王師愈卒，尤袤爲誄辭。

【箋注】

該哀祭原文今已不存。王師愈（一一二一—一一九〇），字與正，一字齊賢，婺州金華（今屬浙江）人。初從楊時游，受《易》、《論語》，又學於吕本中。高宗紹興十八年（一一八四）進士，爲臨江軍軍學教授，調和州教授。改京秩，知長沙縣，歷知嚴、婺二州。孝宗乾道七年（一一七一）召對，除金部郎官，尋兼崇政殿説書。出知饒州，徙鄱陽，遷江南東路轉運判官。以疾請祠，再除福建轉運判官，移兩浙西路提刑。以直焕章閣致仕。光宗紹熙元年（一一九〇）七月卒，年六十九。師愈爲政以仁恕爲本，而綱目嚴整，守之有常，頗著政績。事蹟具朱熹《晦庵先生朱文公文集》卷八九《中奉大夫直焕章閣王公神道碑銘》（『八九』，《全宋文》卷四八八九《王師愈小傳》作『九〇』）。

【附錄】

朱熹《中奉大夫直焕章閣王公神道碑銘》（《晦庵先生朱文公文集》卷八九）：『孝宗皇帝嗣服之初，慨念陵廟之讎耻未報，中原之版圖未復，寤寐俊傑，以圖事功。而羣臣駑下，曾莫有以當上意者。蓋十餘年，乃得金部郎官王公於奏對間，意聳然異其言。既退，又出手札以訪焉，俾悉其詞以對。公自以孤遠一朝，得見人主，論天下事，便蒙開納，而詔墨下詢，其勤又如此，誠爲不世之遇，遂極言無所隱。上益嘉歎，詔兼崇政講官，夜直必召，反覆咨訪，屢移晷刻。大臣忌之，啓以爲淮東帥。上不許，曰王某諫官御史材也。由是忌者愈側目，則使人通慇懃，更以美官啖公。公不爲屈，彼計無所施，而猜懼益深。會公與本曹尚書爭職事，乃潛相表裏，爲巧語以中公，使出補郡。蓋公自是轉徙於外幾二十年，而孝宗念公終始不替，數對近臣及公，猶有臺諫語。比復召還，則已迫移御，不及對矣。以是公訖不得復與朝廷議以沒。有識爲公嘆恨，而公處之怡然，無幾微見言面。其所以言於上者，亦未嘗以一字語人，雖親子弟，莫得聞焉。蓋公之爲人，於此可見其梗概，而君臣之際，從古所難，可勝歎哉！可勝歎哉！公世爲婺州人，八世祖始自義烏之鳳林徙居金華郡城下。曾祖□、祖□、父□皆不仕，而父以公貴贈中散大夫，母賈氏亦贈令人。公諱師愈，字與正，一字齊賢。生七年，逢兵亂，從父嬰城，誓死不暫去其側。少長，讀書郊外精舍，鄉先生潘舍人義榮出游，見而異之，指菴前竹命賦詩。公遜謝一再，操筆立成，其卒章有「願堅松柏操，同保歲寒心」之句。潘公大嗟賞之，命刻其語竹上。後復以書論爲文養氣之法於潘公，時年甫十三，而義正詞達，意象和雅，蔚然有成人之度。潘公益奇之，召致門下，教視均子姪。與見龜山先生楊公，受《易》、《論語》之説，公又自從東萊呂舍人居仁問，知中朝諸老言行之懿，二公皆器許之。於是益自刻厲，大肆其力於六經子史百氏之書，手抄口誦，晝夜不息。俄遭父喪，貧不得窆，族姻欲使從俗爲火葬。公號泣不食者累日，見者感動，合力助之，乃克襄事。終喪，家益窮空，教學以養母，而自奉甚薄，人所難堪。其教飭子弟極懇款，與其父兄言，亦未嘗不依於孝弟忠信。而閭巷田野之間，情僞休戚皆習知之，其所以動心忍性、拂亂增益而進於日新者，又非他人所及知也。年二十有七，乃登進士第，調建州崇安尉。未行，遭母喪，哀毁骨立，得疾幾殆。服除，調臨江軍軍學教授。江西之俗，右文詞而左學行。及公之來，諸生見其色溫氣和，言動有法，固已深敬服之。及開講席，則又告以學爲君子之說，聞者亦動心焉。其不率者教詔懇惻，亦多自悔改。行僧杲有時名，竄嶺外得歸，所過士大夫爭先禮敬。至臨江，郡守延致，俾升高坐說佛法，而率其屬往聽焉。召公與俱，公謝曰：「彼之說某所不能知，然以儒官委講而北面於彼，某縱自輕，奈辱吾道何？」守不能强，識者韙之。再調和州教授，軍興官省，更授提點坑冶司幹辦公事。未赴，改潭州南嶽廟，蓋居閒又七八年，生事益落而德學益進。朋舊間有去登要路者，視之漠如也。尋改京官，知潭州長沙縣事。其爲政一以仁恕安靜爲本，而綱目嚴整，守之有常，人亦莫得而犯也。民以事至廷中，降意循撫，辨告諄悉。事有難處，爲之反復計慮深遠，不以一旦決遣快健爲己能，而要以民不受弊於數十年之後爲己安。人始而或笑其迂，久而後服其存心之厚、愛人之周也。里正之役困於科擾，故多隱避。吏又操先後予奪之柄以導其爭，而又久不爲決，使必破産而後已。公至，罷諸無名之歛，人已欣然就役。至有當代，則又第其丁産之高下，停年之近遠，先期下之，俾自推擇定當役者以告。於是民無以役訟至常平使者之臺者。臺吏病之，反白使者下書詰公爲骫法狥情者。公不爲變。楚俗尚巫鬼，窮山中有叢祠，號影株神，愚民千百輩操兵會祭，且欲爲亂。郡議發兵討之，公曰：「此非所以靖亂也。」退，密召語一二士豪，貼以射士，出其不意，往悉禽其魁桀以送州，而散其黨與。因撤其廟，禁勿復祠。民間疾病婚嫁，舊皆決於巫史，俗以甚弊。而官利其多鬻乳香，不之禁也。公復下令毋以香市於巫，其爲奇袞以惑衆者，必罰無赦，俗爲少變。時汶上劉子駒、廣漢張敬夫皆居郡中，公以暇日與之遊，從容講貫，所造益深遠。一旦莫府所下文書有不便於民者，公以利害爭之不得，退將引去。敬夫疑之曰：「行而無資，奈何？」公曰：「吾之來也固已慮此，而先辦歸裝矣，豈待今日而後計耶？」敬夫面歎加敬，而事亦竟得寢。帥守張安國舍人知公深，既剡薦之，及移荊州，又奏取以爲屬，而公已有召命矣。入對，首論人主不可自用其聰明以失委任之體，又論災異之來，當恐懼修省，以盡應天之實，言甚剴切，上皆嘉納。公復進言：「辛巳之變，天實授我以中原，而我無以待之，坐失機會。今當亟爲修德惠民、搜羅俊傑、屯據要害之計，庶幾異日幾會復來，有以待之。」因及邊事甚悉，上意良悅。問：「卿何以知此？」對曰：「臣在長沙，戍將往來，臣必詢之，故得其實。」上益喜曰：「卿爲縣，乃能留意於此耶！」除知嚴州。先是，張敬夫守此邦，民安樂之。既召還，而諸公難其代，故特以授公。公至，一躡其故迹，無所更改，民又益喜。敬夫嘗奏請蠲丁鹽紬絹之稅，得免一年。至是公又奏曰：「州土窮瘠，唯產蠶桑，乃不取其紬絹而使折錢，已非任土之意。而所折又太重，是以民尤苦之。今未能盡罷，而僅免其一年，不若但令歲輸本色，猶足以少紓民力也。」會歲旱，爲請於朝，得移婺州米五千斛以糴，且俾糴於秋成以償。公又奏曰：「郡無良田，多水旱，有如異日復致饑饉而後奏請俟報，則恐有不及事之悔。況郡素少米，使糴以償，亦非計也。願詔有司異時嚴州饑，則移婺州之粟如今歲，而卽以其直歸之，則於事爲兩得矣。」詔皆從之。公爲政大略如長沙時，然於權豪則用法無所貸。大姓倚勢合黨，貪賴民田，公數其罪，杖之，而奪田歸其主。凡姦民大駔，詐冒侵誣，皆下吏案驗，悉置之法。賞信罰必，威令肅然，姦宄帖息不敢犯，而善良獲安其業。邦人畏而愛之，至今猶曰：「安得復如王奉議時也。」然嚴距行都密邇，士大夫往來無虛日。公莊正自持，接遇以禮，不以形勢有所低昂，以故多不悅者。因謂公政過嚴，相與騰口以撼公。會上饒驕兵讙譟，臺臣因露章請移公守信以彈壓之。蓋名以材選，而實非善意也。然公威望素孚，驕兵聞風畏讋，不敢復爲故態。公至，更爲申明紀律，而壹以寬惠撫之，遂以無事。歲復大旱，它郡流民就食者衆。公先事定計，時方仲秋，卽議發廩以糶。或咎其太蚤，恐後無以繼。公曰：「此非若所知也。救之早則民心安而流移少，且各愛其屋廬生業，而無與爲亂。矧吾已致米二十萬斛矣，不患其無以繼也。」卽命揭牓賑糶，始自今日，以盡來年八月而後已。時民間米價已騰踴，公命官糶之直財少損之，使不至大相絕。視私價自平，則又益下之，故無冒濫之姦而私價亦不得起。於是人心帖然，而富室自知無所牟大利，莫復有閉糴者，顧有以佐縣官者聽之，而亦弗之强也。公又益以金錢致船粟，來者舳艫相銜，日糴千斛而猶不乏。常平司下書，俾移五萬斛於番陽，官吏皆言勿予，父老亦遮道泣訴。公曉之曰：「彼與若曹皆國家赤子，吾食既有餘矣，亦何忍視彼之莩死而不之救乎？」亟具舟輸之，番陽賴以濟。明年，流民欲歸其郡者，復予行資以遣之。蜀人黄鈞仲秉，知名士也，聞其事，貽書贊美，以爲富公青社之功不是過，以是政譽日聞。有旨召對，除金部郎官，尋兼崇政殿說書，乾道七年也。公時年已五十餘矣，數召對言事，上所賜書若曰：「比聞奏對，頗及治道之具而未詳也。尚有可裨政體而宜於今者，亟復條奏。」其眷待之渥，一時在廷之士莫得望焉。執政曾懷以財利進，而前在版曹，貸内府緡錢數百萬，未有以償。一日，上以問戶部尚書楊倓，倓不知所對。退，取諸郡積逋緡錢七百萬付金部，使督之。公曰：「此錢徒有名耳，督之未必有得，而文移一下，所擾者不知幾何人。且中外一體，若邦計未裕，不若歸誠君父，以幸寬免，豈宜舉此虛籍以罔上而病民耶？」持其事不下。倓大不樂，乃密言於上曰：「王某以學術自負，不肯屑意金穀事。」而曾懷亦畏公在上左右斥其短，又譖公漏洩省中語，上始怒，詔罷公。而臺諫有爲公辨明者，上復問懷所洩何語，懷不能對。上悟，遂改知饒州。待次兩年，以例入奏，所論縣令宜以三年爲任，事亦施行。當軸或欲留公以自助，公遜辭謝去。上命更以公爲京西路轉運判官，公以楊倓方帥湖北，兩路事多相關，不欲行，乃卒赴番陽。番陽久廢不理，公私凋弊。公到郡，爲振綱維、決滯訟，政始有經；塞弊源、革浮蠹，財用有紀。郡歲輸米十二萬斛於建康，僦載之資取之民者有常數。後多爲總所移它處，而道里或過倍，則其費無所取，郡常輟它錢以續之，以故郡日益貧而綱運亦有愆期折閱之患。至是，公力請於朝，凡綱運皆無得改撥，有不獲已，卽先期告下，俾得預辦其費以行。朝廷從之，綱運遂得無耗失，而郡歲省緡錢六七萬云。郡故多盜，妖賊酋帥韓政黨衆日盛，且爲亂。公設方略禽捕獲之。及將受代，淮甸劇賊劉五從惡少五十餘人轉掠入境，殺人縱火。與官軍遇，輒以九人分三隊以迎敵，其鋒不可當。或被圍，則合其衆爲圓陳，外向潰出，所殺傷官軍民兵甚衆。公不以當去自弛，調兵定計，命毋得與賊戰，但嚴守津要而日驅逐之，晝夜毋得休息。一旦乘其憊盡獲之，於是羣盜震懾，其後累年猶相告戒，以番陽爲不可犯也。就除本路轉運判官。時諸郡多賢守，而政事之才不能無短長。有訟不決而訴於臺者，公爲更互委屬而陰喻以意，要使訟者得伸而聽者無所貶，一路稱治。會歲大旱，奏請出樁積米百萬斛分予諸郡，使爲賑糶，以安民心，人以爲便。而用事者靳之，僅得其什一。又奏閣畸零夏税，免甲札牛皮馬穀諸賦，詔皆從之，饑民賴焉。改除荊湖北路轉運判官。而湖北之旱甚於江東，公究心賑恤，奏請規畫曲盡其至，遂得寒疾，得請主管武夷山沖祐觀，除兩浙東路提點刑獄公事。未行，改福建路轉運判官。始至，承空乏之後，入不支出。公念一路之寄獨仰漕司，而經費猶不給，奈緩急何？卽爲校索源流，整飭程度，節宂費、檢吏姦，要使歲用之餘常有倍積而後已。行之有常，不徐不疾，未幾，帑藏日充而民不告病，後之繼者皆莫能及也。閩上四州官鬻鹽以給歲費，始皆爲民病。後屢改法，三郡得少蘇，而汀之爲郡，獨以兵寇之餘，田税隱陷，故公私百計皆倚鹽以辦。而鹽所自來，則官運遠而私販近，故官價高而私直平。又以距諸使治所皆絶遠，故抑配刼假之公行而民無所訴，困極無聊，數起爲亂，輒見夷滅。議者欲變官鬻爲鈔引以救之，公獨言：「鬻鹽固不能無弊，然異時鈔或不售，則科買之害必有甚於鬻鹽者。今但盡蠲汀州宿負漕司緡錢若干，而下其鹽直斤十有五錢，其當送漕司以轉餉者若干，分隸諸司者若干，皆丐之以足留州之用，則一歲之間，公私所損合爲緡錢五萬有奇矣。若更精擇守令，一意奉行，自爲悠久之利，而法亦不必改也。」然鈔議既寢，而公説亦竟不行，汀民之病迄今不得瘳，議者蓋兩惜之。孝宗猶念公不忘，屢欲召用，而輔臣以宗屬爲嫌，竟不果。垂滿，乃詔公以直祕閣居故官。餘年，上更用宰相，乃除公兩浙西路提點刑獄公事。促召入對，會孝宗已厭萬機，乃見今壽康皇帝，卽奏宜體付託之重，勿忘未報之讎，并及中外輕重大勢，上亦褒歎再三。始至，卽發平江通守姦贓累鉅萬，畿甸肅然。然公於是時已決退休之志，未數月，卽上章丐閒。詔進職一等，提舉武夷山沖祐觀。公從容還家，燕閒自適，讀書玩理，教誘後進，德望隱然，爲東州之重。明年，紹熙改元七月七日，以疾終于居第之正寢，時年六十有九矣。階至中奉大夫，職直煥章閣，爵金華縣男、邑戶三百。蓋公爲人沉靜篤實，簡淡和粹，得之天資。平居莊默，不妄言笑。雖在暗室，如對大賓。其於接物溫恭誠信，充積有餘，而出之謹嚴，如有劑量，使人可親而不可狎。嘗念親在時貧無以養，食飲服用終身不忍有所加。歲時祀享，輒哀慕如弗勝。書史外，泊然無所嗜，几案間無一長物。居官取予，問法如何。推達賢才，不爲勢屈。其見於施設者，大要以聖賢之言爲必可行，師友之論爲必可信。雖其中所以自守者凜然有不可奪之操，至於稱人之善，則又色愉神暢，如己有之。雖剸繁治劇，剔蠹鉏姦，隨事制變，各有條理，然仁厚之意、惻怛之誠藹然行於其中，則又有非一時長於吏治者所能及。晚年更練益精，涵養益厚，渾然不見圭角。病革，猶爲諸子誦説前賢事業，勉勵訓飭，語訖而逝。其間於死生之際又如此。公於文不苟作，議奏又多削稿，今次其存者若干卷藏于家。娶同郡俞氏，封令人。其父持國倜儻有遠志，蚤以文試有司，不合，遂放意山水間，自號溪西老人。令人歸公時，公甚貧，佐公養親盡其力，斥奩中裝以遺諸妹，無少吝。後公居閒累年，相與攻苦食淡，處之甚安。使公得以厲志德業而無内顧之憂者，令人之力爲多也。及公宦達，而令人儉素勤力不改平日之舊。治家甚整，教子甚嚴，遇族姻甚厚，奉祀享賓甚敬而潔。至是哭公過哀，後三月，亦不起疾。子男四人：長瀚，從事郎、新武當軍節度推官；次漢，迪功郎、新臨安府仁和縣尉；次洽，未仕；次潭，迪功郎、新紹興府會稽縣主簿。女五人：長適進士陳思，次適太學上舍生時涇，次適進士俞衮，次適進士葉紹彭，次適將仕郎潘晉孫。孫男六人：桐、集、操，餘未名。明年十月，諸孤奉公及令人之柩葬于金華縣白沙鄉石筍原之臺山。後三年，乃以太府寺丞呂君祖儉之狀來請銘。熹與公雖同年進士，視公爲前輩。自公在長沙時，始獲從遊，固已敬愛其爲人。及公入閩，而聞其議論，觀其行事又益熟，義不得辭。

且讀吕君之狀，事皆詳實不誣，乃删其要而系以銘。銘曰：天賦之奇，又粹以溫。篤行敏學，有本有文。誠意所通，士服民信。入告于廷，帝有清問。孰媒而合？孰隙以離？歛其餘功，梟兇哺饑。曰首來歸，謂諧曩契。時與事違，卒不大試。白沙之里，石筍之原。一丘之閟，萬世之安。石筍之原，白沙之里。孰詔無窮，視此哀誄。』

《河南集》跋〔一〕

師魯集二十七卷〔二〕，承旨姚公手録本。予往嘗刻師魯文百篇於會稽行臺〔二〕，今乃得閲其全集，甚慰，因復梓行之。我朝古文之盛，倡自師魯，一再傳而後有歐陽氏、王氏、曾氏〔二〕，然則師魯其師資云。紹熙庚戌〔三〕，錫山尤袤延之跋。

尹洙《河南集》（《四庫全書》本）附録，又見《全宋文》卷五〇〇〇。

【編年】

據文末之落款，該篇作於紹熙元年（一一九〇）。

【繫地】

該篇當作於金華。尤袤復刊尹洙《河南集》，有跋。

【彙校】

〔一〕『七』，《全宋文》無。

〔二〕『嘗』，《全宋文》無。

〔三〕『紹』，底本誤作『淳』，現據《全宋文》校改。光立案：庚戌年元月改元紹熙，則當作『紹』。

【箋注】

〔一〕尹洙少嘗師事穆修，深於《春秋》，爲文簡而有法，實歐、蘇古文之前導。《全宋詩》卷二三〇以《四部叢刊》影印春岑閣鈔本《河南先生文集》爲底本，參校《兩宋名賢小集》、中國國家圖書館藏黄丕烈校明鈔本、清光緒三年（一八七七）刊《三宋人集》翻嘉慶十二年（一八〇八）秦瀛校本、影印文淵閣《四庫全書》本；《全宋文》卷五八一至五九〇以《四部叢刊》本《河南先生文集》（涵芬樓影印春岑閣舊抄本）爲底本，校以中國國家圖書館藏明抄本及清張位、吴翌鳳抄校本，參校文淵閣《四庫全書》本、清李文藻等抄校本，并酌取李文藻批校。《四部叢刊》本某些篇章脱誤太甚，則改用明抄本爲底本。

〔二〕歐陽氏、王氏、曾氏：歐陽脩（一〇〇七—一〇七二）、王安石（一〇二一—一〇八六）、曾鞏（一〇一九—一〇八三）。鞏，字子固，建昌軍南豐縣（今屬江西）人。仁宗嘉祐二年（一〇五七）進士。歷官太平州司法參軍、館閣校勘、集賢校理兼判官告院，出通判越州，歷知齊、襄、洪、福、明、亳、滄諸州。神宗元豐三年（一〇八〇），判三班院，遷史館修撰、管勾編修院，兼判太常寺。五年，爲中書舍人。六年，病逝於江寧，年六十五。世稱南豐先生，理宗時追謚文定。事蹟具《宋史》卷三一九本傳。曾鞏出歐陽脩門下，詩文俱稱著於世，尤以散文見長，爲『唐宋古文八大家』之一。有《元豐類稿》五十卷，《續元豐類稿》四十卷，《外集》十卷。今僅存《元豐類稿》，并有宋刻《曾南豐先生文粹》十卷和金刻《南豐曾子固先生集》三十四卷傳世，另有史學著作《隆平集》。

《西塞漁社圖卷》跋(一)

漁社主人以尚書郎萬里使蜀(二)，洗手奉法(三)，一毫不以自污。歸裝枵然(四)，止朝天石一二塊，真不負朝家委任之意(五)。出示《漁社圖》及趙、周、范三老跋語(六)，欲余附名其間。夫自古湖山風月，漁人、樵子，有而不能享；詩人、詞士，愛而不能有。(七)今公袖功名之手，歸休林壑，又得玄真子之故居(八)，其樂何可勝道(九)。老子於此，興復不淺，(一〇)爲我問訊山前白鷺(一一)，未知玄真子，何如今日爾？予生甲辰，與公同歲，而衰病特甚，方丐祠(一二)，未得請(一三)。見公還淛，復披此圖，浩然起冥鴻之慕(一四)。行當歸耕故園(一五)，望西塞山，一葦可航(一六)，挐舟訪公雲水間(一七)，扣舷歌『青蒻緑蓑』之句(一八)，道舊故为笑樂(一九)，亦一快也！因書軸尾，東坡所謂『異日不爲山中生客』云(二〇)。紹熙辛亥暮春中澣(二一)，錫山尤袤書。

李結《西塞漁社圖卷》(美國紐約大都會藝術博物館藏原件)。

【編年】

據文末之落款，該篇作於紹熙二年三月十五日(一一九一年四月十日)。

【繫地】

該篇當作於太平州。據王藺《西塞漁社圖卷跋》：『今春，余罷政還淮鄉，而次山自四蜀總計，奉祠東下，舟過江上，不遠數十里，前來訪余。余方杜門掃軌，得次山來，相對話舊，衰病頓醒。次山復出圖與諸公題跋，求踐前约。余雖未得重爲西塞游，然不可辭也……紹熙二年五月既望，軒山居士王藺。』是年五月十六日李結於淮南西路無爲軍廬江（今屬安徽）拜訪友人王藺，請跋其《西塞漁社圖卷》。之前舟行江上，於三月拜訪尤袤，當在江南東路太平州當塗（今屬安徽）。

【箋注】

（一）明張丑《真蹟日錄》卷四：『《王晉卿〈西塞漁社圖〉》爲李次山作。絹本，大著色。董玄宰題語謂其與《瀛山圖》同格，恐未必然。其後吳仁傑、范成大、洪景盧、周必大、王藺、閻蒼舒、趙雄溫叔、尤袤、翁埜九跋，皆南宋表表著名者。此卷藏王遜志家，真名蹟也（細按：引首畫圖，係院人筆，非晉卿也）。』王楙《石頭石城西塞》（《野客叢書》卷二九）：『有兩西塞，一在霅川，一在武昌。案：……洪內翰作《西塞漁社圖》亦嘗辨此。』李結（一一二四—一一九一），字次山。原籍孟州濟源縣（今河南濟源），僑居湖州烏程縣（今浙江湖州）。按，《直齋書錄解題》卷一八《別集類》：『《濟溪老人遺藁》一卷。通判明州濟源李迎彥將撰。』李迎乃李結之父。唐武宗會昌三年（八四三），升河陽爲孟州，領河陽、濟源、溫、汜水、河陰五縣爲屬邑，隸河北道。北宋的京西北路孟州，相當於今河南孟州、濟源、溫縣等市縣地；濟源，今河南濟源市。周必大《文忠集》卷七五《朝奉大夫致仕李君迎墓表》：『父弼儒，右中奉大夫、直祕閣致仕，贈少師……享年七十有二，明年正月己酉，葬於湖州烏程縣三碑鄉金山原祕閣墓之左。』李弼儒乃李結祖父。據其祖、父葬地可知，其原籍孟州濟源縣（今河南濟源），南渡後當寓居湖州烏程縣（今浙江湖州）。高宗紹興二十六年（一一五六），爲休寧主簿（范成大《西塞漁社圖卷跋》）。孝宗乾道元年（一一六五），爲崑山宰。六年，監行在都進奏院。七年，以奉議郎提舉兩浙西路常平茶鹽公事。淳熙三年（一一七六），知常州，坐事放罷。起知蘄春，後以尚書郎總領四川財賦。後改荊湖北轉運副使，未及赴任，以言者劾罷，差主管建寧府武夷山沖祐觀。二年，還淛。善畫，工山林人物。卜築霅上，名爲漁社，有圖卷，范成大、周必大、尤袤等人均爲之跋。事蹟具《吴興備志》卷一三《寓公徵第七》。《全宋文》卷五四〇二錄其文《治田三議》、《乞權借左藏南庫會子趁時收糴奏》、《言利州紹興監兵匠揀放等事奏》三篇。

（二）『漁社……使蜀』句：《吴興備志》卷一三《笄禕徵》：『李結，字元明，河陽人，迎子也。慕元次山之風，因以「次山」自號。卜築霅上，扁舟夤緣葦間，鷗來相從，百轉不止，名爲漁社。後以尚書郎奉使全蜀，凡六十一郡之官吏，數十萬之將士，莫不欽受約束，乃念舊社不置，繪漁社圖，周必大序之。』趙雄《西塞漁社圖卷跋》：『詔以次山爲尚書郎，出總蜀計……紹熙庚戌日南至，資中趙雄溫叔書。』閻蒼舒《西塞漁社圖卷跋》：『次山自總領蜀計歸吴，予自荊州還蜀，始識面，相與傾倒，如平生歡……紹熙二年正月廿五日，太原閻蒼舒書。』《宋會要輯稿·職官四三》之一七六：『〔紹熙〕二年二月五日，四川總領李結言……』使蜀，總領蜀計，即總領四川財賦，爲南宋新設路級差遣，掌管財賦。美國紐約大都會藝術博物館藏絹本李結《西塞漁社圖卷》，周必大跋曰：『唐元結字次山，嘗家樊上，與衆漁者爲鄰，帶笭箵而歌《欸乃》，自號聱叟。今河陽李君名元名也，字元字也，卜築霅溪，又號漁社，其善學柳下惠者耶？』此跋，《文忠集》卷一八《省齋文藁》題作《跋李次山〈雪溪漁社圖〉》。

（三）洗手奉法：謂廉潔無私，忠於職守。汪藻《贈左大中大夫致仕陳君墓誌銘》（《浮溪集》卷二七）：『君洗手奉法，不以一錢假人。』

（四）枵然：空虛貌。劉禹錫《猶子蔚適越戒》（《劉賓客文集》卷二〇）：『始乎斲輪，因入規矩，刳中廉外，枵然而有容者。』

（五）朝家：國家、朝廷；皇帝。

（六）趙、周、范三老：指趙雄、周必大、范成大等三人（具體跋語，詳見附錄）。《吳興備志》卷二五《書畫徵》：『李次山有《雪溪漁社圖》，周益公必大爲之跋（《省齋稿》）。』

（七）『夫自古……不能有』句：仲并《江陰君山浮遠堂記》（紹興二十年正月）：『江山之勝，非名人達士煥飾表見之，亦不能自勝也。樵夫、牧叟，生長游處其間，不知江山之爲江山也。僧廬、道院，往往占江山之形勝，而其徒知江山爲江山者幾何人？騷人墨客與羈旅憔悴之士，間能攜笻躡屐、把酒賦詩，取適俄頃，亦何能發江山之勝概，使聞者願來而至者忘歸乎？郡侯、縣大夫，力固足以辦此，然汩沒文墨間，知江山之爲勝者又幾人？』

（八）玄真子：唐代張志和自號。

（九）何可勝道：哪能說得完呢？

（一〇）『老子……不淺』句：指興趣很高。《晉書》卷七三《庾亮傳》：『亮在武昌，諸佐吏殷浩之徒乘秋夜往共登南樓，俄而不覺亮至，諸人將起避之，亮徐曰：「諸君少住，老子於此處，興復不淺。」便據胡床與浩等談詠，竟坐。其坦率行已，多此類也。」

（一一）山前白鷺：張志和《漁歌子》（《全唐詩》卷三〇八）：「西塞山前白鷺飛。」

（一二）丐祠：謂請求奉祠。

（一三）得請：謂所請獲準。

（一四）冥鴻：《法言》卷五《問明》：「鴻飛冥冥，弋人何篡焉。」李軌注：「君子潛神重玄之域，世網不能制禦之。」後因以「冥鴻」喻避世隱居之士。陸龜蒙《和寄題羅浮軒轅先生所居》（《全唐詩》卷六二五）：「暫應青詞爲穴鳳，卻思丹徼伴冥鴻。」

（一五）行當：即將、將要。《婦病行》（《樂府詩集》卷三八）：「行當折搖，思復念之！」

（一六）一葦可航：用一捆蘆葦作成一隻小船就可以通行過去。比喻水面相隔很近，不難渡過。《三國志・吴書》卷二〇《賀邵傳》：「長江之限，不可久恃，苟我不守，一葦可航也。」

（一七）挐：牽引。韓愈《送區册序》：「有區生者，誓言相好，自南海挐舟而來。」

（一八）扣舷……之句」句：張志和《漁歌子》（《全唐詩》卷三〇八）：「青箬笠，綠蓑衣，斜風細雨不須歸。」

（一九）「道舊故为笑樂」句：敘談往事，嬉笑戲樂。語本《史記》卷八《高祖本紀》：「父兄諸母故人，日樂飲極驩，道舊故爲笑樂十餘日。」

（二〇）「東坡……云」句：《東坡志林》卷二：「子由作《栖賢僧堂記》，讀之便如在堂中，見水石陰森，草木膠葛也。僕當爲書之，刻石堂上，且欲與廬山結緣，予他日入山，不爲生客也。」

（二一）中澣：古時官吏中旬的休沐日，後泛指每月中旬。

【附録】

范成大《跋》（淳熙十二年正月十五日）：『始余筮仕歙掾，宦情便薄，日思故林。次山時主簿休寧，蓋屢聞此語。後十年，自尚書郎歸故郡，遂卜築石湖。次山適爲崑山宰，極相健羡，且云：「亦將經營苕霅間。」又二十年，始以《漁社圖》來。噫！余雖蚤得石湖，而違己交病，奔走四方，心勦形瘵，其獲往來湖上，通不過四五年。今退閑休老，可以放浪丘壑，從容風露矣。屬抱衰疾，還鄉歲餘，猶未能一跡三徑間，令長鬚檢校松菊而已。次山雖晚得漁社，而彊健奉親，時從板輿，徜徉勝地，稱壽獻觴，子孫滿前，人生至樂，何以過此？余復不勝健羡，較次山疇昔羡余時，何止相千萬哉！尚冀拙恙良已，候桃花水生，扁舟西塞，煩主人買魚沽酒，倚棹謳之，調賦沿溪，詞使漁童、樵青輩歌而和之，清飈一席，興盡而返。松陵具區，水碧浮天，篷窗雨鳴，醉眠正佳，得了此緣，亦一段奇事。姑識卷末，以爲兹游張本。淳熙乙巳上元，石湖居士書。』其署款下連鈐印章五方，自上而下依次爲『順陽范氏』、『石湖居士』、『壽櫟堂書』、『吴郡侯印』、『匋唐、御龍、豕韋、唐杜之後，范氏世爲興家』。

洪邁《跋》（淳熙十五年十月二十三日）：『先公從朝廷還，得玄真子所作《清江漁釣》一軸，宣和故物也。天筆題識其上，由存挂之素壁，正不識畫者，知其爲超妙入神，視丹青蹊徑漠然相絶。雖釣竿篷艇，葛巾野服，常羊於菰蒲風露閒，使人之意也消。若著腳於絳闕清都之上，玩其位置，直與西塞溪山寫真，縹縹陵雲，人間世無此境也。而河陽李次山一旦實得之。不得從玄真子游，得從次山游，足矣；不得至西塞山，得見此《漁社圖》，足矣。次山三爲二千石，而苦貧如窶士。物莫能兩大，豈桃花流水，天固有以嗇其亨邪？西塞在吳興，故玄真有「霅溪灣裏釣魚翁」之句。而黄州亦有之，乃唐曹成王用師處，東坡公嘗以偶「散花洲」，被諸樂府，姑借爲齊安重。至於「雲天箬笠，江海蓑衣」之章，則固表其下曰「吳興」矣。淳熙戊申十月廿三日，野處洪景盧書。』光立案：蘇軾《浣溪沙》：『西塞山邊白鷺飛，散花洲外片帆微，桃花流水鱖魚肥。　自庇一身青箬笠，相隨到處綠蓑衣，斜風細雨不須歸。』

周必大《跋》（紹熙元年三月三日，《文忠集》卷一八《省齋文稿》題作『跋李次山《霅溪漁社圖》』）：唐元結字次山，嘗家樊上，與衆漁者爲鄰，帶笭箵而歌《欸乃》，自號聱叟。今河陽李君名元名也，字元字也，卜築霅溪，又號漁社，其善學柳下惠者耶？始乾道間，予官中都，君以先世之契，數携此圖求跋。自念身游東華塵土中，欲爲西塞溪山下語，難矣。屬者奉祠歸廬陵，所居在城東隅，去江無五十步，洲名白鷺，横陳其前，日以扁舟寅緣葦間，漚來相從，百住而不止，雖未敢竊比張志和，亦庶幾乎元次山矣。而君方以尚書郎奉使全蜀，凡六十一郡之官吏，數十萬之將士，莫不斂板受約束，銜枚聽號令，猶念舊社不置，萬里遣書，與圖偕來，督踐前約。予欲遽數忘機之樂，則君權任如此，顧豈招隱時邪？須君它日奉計甘泉，厭直承明，尚寄聲于我，當有以告君。今未可也，姑題卷軸歸之。紹熙元年三月三日適逢丁巳，青原野夫周必大（『必大』，《文忠集》作『某』）。』

趙雄《跋》（紹熙元年十一月冬至日）：『始予識次山於吳中，知其才術敏彊，所至辦治，號一時能吏。或曰：「此特見於用者耳。次山宦業雖隆，宦情寔薄，其胷次恢廓，韻度清遠，有高人逸士之風。」予姑唯唯否否。紹□□□（光立案：疑當作『紹熙改元』），詔以次山爲尚書郎，出總蜀計。予適叨守潼川，潼川鹽策之□□計府至多，月課不登，郡邑俱病。次山則蠲其苛取，而舒其期會，潼川於是復爲樂國。予益知次山之能。居無何，予以請祠得歸。方增治衡宇於內江之陰，□領僮奴，□松種菊，自所居達江上可里所，亦欲葺成小圃，爲終焉之計。然規橅狹隘，景物寒儉，猶恐不及陶彭澤之三徑，況大焉者乎。俄而次山□來，言曰：「萬里孤宦，豈人之情。有詞籲天，蒙恩報可。今移節湖右，出峽有日，將歸老於西塞山下矣。舊卽山趾卜築，名曰『漁社』，敢圖以獻，其丐我一言。」予披圖閱之。西塞雪溪，蓋吳興勝絕處，漁社實據其會，山水明秀，花木奇麗，延袤十數里，皆爲几席間物，猗歟盛哉！退視予之所營，益蕪陋可笑，因歎次山胷次韻度，誠如曩時或人之言云。然次山方以才術聞，今天子纘祚，首加識擢，豈終隱於漁社者耶？予雖未登漁社堂，然得閱其圖，圖末又有周益公、范吳公大書，紀述頗詳。二公，予平生所敬信，敢嗣書其後。紹熙庚戌日南至，資中趙雄溫叔書。』趙雄（一一二九—一一九三），字溫叔，資州（今屬四川）人。孝宗隆興元年（一一六三）類省試第一。乾道五年（一一六九），除正字。一歲中歷右史、舍人及中書舍人。淳熙二年（一一七五），除禮部侍郎，授端明殿學士、簽書樞密院事。光宗紹熙四年（一一九三）卒。寧宗嘉定二年（一二〇九），謚文定。事蹟具《宋史》卷三九六本傳。《全宋文》卷五三九〇至五三九一收其文兩卷。是年其除潼川府，請祠得歸。

閻蒼舒《跋》（紹熙二年正月二十五日）：『始予在朝行，李公次山守毗陵，書疏往來，知其才氣不羣，風流可想，恨未識之，距今十有六年。次山自總領蜀計歸吳，予自荊州還蜀，始識面，相與傾倒，如平生歡。出此圖相示，索「西塞漁社」及「西塞山」七大字。舟中搖兀，勉彊書之。若夫次山所以追迹釣徒，景慕聱叟者，則前鉅公偉人，瑰詞傑筆，固已盡之，茲不復贅。顧關山脩岨，江湖渺茫，未知見日。時展斯卷，如接勝游於苕霅之上云。紹熙二年正月廿五日，太原閻蒼舒書。』其署款下連鈐印章三方，自上而下依次爲『閻蒼舒印章』、『晉原開國』、『寶守堂記』。閻蒼舒，字才元，蜀州晉原（今屬四川）人。據其《西塞漁社圖卷跋》落款，其先當爲太原人。高宗紹興二十七年（一一五七）進士。孝宗淳熙五年（一一七八），以右司員外郎兼國史院編修官，累遷吏部侍郎兼同修國史。光宗紹熙初，知江陵府。卒謚恭惠。有《閻蒼舒集》，已佚，《全宋文》卷五〇一一錄其文十二篇。是年其爲刑部員外郎。

王藺《跋》（紹熙二年五月十六日）：『余十數年前備官周行，聞毗陵守李次山政術敏健，而持身甚廉，以不得識面爲恨。忽報臺評罷去，昉疑焉，有來自毗陵者，必詢之，其說不異於前。最後一故人，家毗陵之外邑，誠篤可信，適調官來謁，坐定，首扣所疑。故人曰：「某雖居是邦，與之情分絶疏，然公論不可掩。」且言其罷去之日，闔郡之人，下至胥史走卒，皆稱歎其廉，以爲前未之見。余疑頓釋，屢爲稱屈於儕輩間。後二三年，次山以親養之迫造朝，余時在從班，一見知其爲磊落人，又過於所聞矣。剖符蘄春，復來訪別，袖出此圖相示，欲丐數語。余披圖驚喜，謂次山曰：「頃年過霅上，霅之二三子邀余游道場諸山，望西塞，指似白鷺飛處，曰此卽玄真子之故棲。小舟夷猶，舉酒相屬，愛其清絶，而想見其人，安得有此山而居之？不知乃今爲次山物也。它時得歸，浮家迂路，繫西塞下，求見次山，當承雅命，今則未有暇。」次山卽持圖去。自是出處參差，不相值者復七八年。今春，余罷政還淮鄉，而次山自四蜀總計，奉祠東下，舟過江上，不遠數十里，前來訪余。余方杜門掃軌，得次山來相對話舊，衰病頓醒。次山復出圖與諸公題跋，求踐前约。余雖未得重爲西塞游，然不可辭也。余中間立朝近十年，以憂去國，來歸故廬，上漏下濕，不庇風雨，竭使北之橐，僅成此屋。旁闢數畝園，粗有卉竹，杖屨觴詠，日與兄弟同之。偶與次山話其故，次山顧視棟宇朴陋，不覺發笑，余亦從旁自笑。次山猶未見荒蕪之園，當不一笑而足。然余知次山清貧，漁社新築，想必不能宏壯。因詢其規橅，則曰：「此行息肩，將伐松誅茅，隨宜創數十椽，管領溪山，以娱暮景。若必宏壯而後居，則貧不異昔，猝未可辦，是俟河之清也。」余因撫掌大笑曰：「然則漁社之圖，特畫餅爾，又何暇笑余之朴陋哉？」次山亦復大笑曰：「此可書也。」乃併書以與之。紹熙二年五月既望，軒山居士王藺。』

呂午《跋漁社圖》（《竹坡類稿》卷三）：『余自癸酉暮春，試吏烏程，李君謙父數爲余言其先正西塞漁社風景之美，去城十八里而近。沉首朱墨，迄終更不得一至爲恨。再轉而丞當塗，君來訪道舊，且出示《漁社圖》。展玩，始知道場孤在其左右，疇昔固嘗以公事扁舟輕車往來兩地，誦東坡佳句，閱春申君故壘，而未知西塞介其中，若此不遠也，益使人悵然。君謂余：「是可無一語？」竊惟三年簿領，多贅郡幕，飲冰自誓，遇事必與人分曲直，而不敢爲一毫過甚。故雪人至今不相忘，余亦夢寐無時不在苕溪之上，得非所謂前緣者耶？今雖幸連得奉親竊稍，貧窶如故，望黄山白水，無田廬可以歸耕，異時或有買山之資，當卜鄰西塞，與君相過從，遡玄真子之清風，景漁社主人之高致，盡滌塵襟，以酬素願，亦可爲一快。君笑而許之，因涉筆以示信。』

翁埜《跋》（宋恭宗德祐元年）：『山人家住萬山裏，十八面峯鸞鳳峙。自從束髮讀坡詞，人間知有玄真子。西塞山邊白鷺飛，西塞山從何處起？桃花流水鱖魚肥，桃花何處隨流水？寤寐此景不可見，掩卷三嘆而已矣。我今往來苕霅間，維舟幾度上衡山。客愛青山山愛客，白鷺飛去又飛還。不知西塞在此境，望雲惆悵空盤桓。自從今日見此圖，酒邊不覺爲破顔。恍如舟遇桃源僊，翻疑身在八節灘。名公題跋語言妙，雲烟滿紙輝林巒。漁社主人何處去？空留遺跡與人看。漁社子，在何許？君昔慕張今慕汝。猿驚鶴怨蕙帳空，滿地白雲誰是主？山川如畫人物非，此度經過須記取。只呼白鷺作主人，白鷺飛來無一語。山青水緑思悠悠，船頭一霎斜風雨。德祐乙亥良月，莆陽筆峯翁埜敬書。』

明董其昌《跋》：『王晉卿山水，米海岳謂其設色似普陀巖，得大李將軍法。余有《夢游瀛山圖》，與此卷相類。宋、元名公題賞尤夥，可寶也。董其昌觀。』其署款下連鈐内容爲董氏名號的印章兩方，自上而下依次爲『宗伯學士』、『董氏玄宰』。

清鄂容安《西塞漁社歌題王晉卿畫》（清高宗乾隆十一年）：『烟螺幾疊青模糊，江澄如鏡芙蓉鋪。漁舟蕩漾葦間出，叩舷髣髴歌烏烏。編茆結網自成社，百壺夜向沙頭沽。何人世外有此樂，緑蓑青笠神仙徒。晉卿王孫生富貴，紫裘驄馬天街趨。平生雅擅山水癖，不知斯境身親無。邈然含豪寄遐想，白雲浩蕩江鷗俱。得毋均州既放後，濯纓欲賦滄浪乎。流傳百禩宛無恙，妙蹟豈有神明扶。主人愛此若拱璧，赫蹏牢裹將軍厨。晴窗偶爾出卷示，花香嵐翠粘輕襦。壺冰一片朗相映，何必漁釣耽清娱。』《又得八截句》：『手挽江流洗俗塵，釣竿相伴號玄真。泥塗軒冕渾忘卻，自是巖陵後一人。』『鱖魚跳浪鷺絲飛，閒擁烟蓑臥釣磯。如此溪山家合住，斜風細雨更何歸。』『刺史開筵禮法疎，山人高唱傲菰蘆。千秋絶調誰能繼？賸有風流入畫圖。』『綺裘公子畫通靈，山水因緣契杳冥。爲問錦堂高宴處，雲鬟可得及樵青？』『西塞山頭別有天，浩歌獨往志和船。落花流水非人境，莫辨黄州與霅川。』『石湖題後益公題，逸品人爭鑒賞之。若使當時坡老見，定書水調墨淋漓。』『宣和名畫知多少？總把烟雲付劫灰。瀟灑獨留此卷在，只應看作鏡花來。』『丹青品鑒古難真，吮墨濡豪看幾巡。妙處但參空色外，瓊英燕石不須論。』落款爲『乾隆十一年丙寅孟夏既望，西林鄂容安。』其署款下鈐印章兩方，自上而下依次爲『鄂容安印』、『虚亭』。鄂容安（一七一四—一七五五），西林覺羅氏，字休如，滿洲鑲藍旗人，大學士鄂爾泰長子，清朝大臣。雍正十一年（一七三三）進士，改庶吉士。世宗命充軍機處章京。乾隆初，以編修在南書房行走。以兵部侍郎出爲河南巡撫。入伏牛山親自勘察，飭行保甲。興水利，糴補府、州、縣常平倉。從定邊右副針軍薩喇爾出兵准噶爾。與班第駐守伊犁。值阿睦爾撒叛徒亂，與班第力戰不支，自殺。

清沈德潛《跋》（乾隆十七年二月六日）：『王晉卿係宋駙馬，生長豪貴，而能與蘇子瞻、黄魯直、米元章諸公游，宜其畫筆之高，擅聲于宣、政朝也。卷寫西塞山漁社，按：西塞山凡兩處，一在金陵，劉夢得《西塞山懷古》所云「王濬樓船下益州，金陵王氣黯然收」是也；一在吴興，張志和《漁歌》所云「西塞山邊白鷺飛，桃花流水鱖魚肥」是也。此卷山川平遠，漁家翁媪、童稚與夫罾網、汕罩、鳴榔之類駢集，光景在苕溪、霅溪間，其爲吴興西塞山無疑矣。畫後歸李氏次山，次山致政歸老，往還苕、霅，與畫中風物相宜。題詠者，爲周益公、范石湖、尤延之諸公。諸公望尊學富，不妄許人，而傾倒次山如許，則次山之爲人從可知矣。晉卿畫本流傳漸稀，有終身不得見者。前奉敕題仙山樓閣，今於寧王府中復題《漁社》一圖，微名藉前人以存，于晉卿有夙世緣也。乾隆十七年歲次壬申二月朔後五日，長洲沈德潛謹題，昆明湛福謹書。』其署款下連鈐印章七方，依次爲『湛福私印』、『介庵』、『十年書』、『會心處』、『聊以自娱』、『筆禪』、『一簾花雨飛香』；該篇起首處尚有一方，名爲『硯田農』。沈德潛（一六七三—一七六九），字確士，號歸愚，著名詩人、詩歌批評家。長洲縣（今江蘇蘇州）人。乾隆元年（一七三六）薦舉博學鴻詞科，四年（一七三九）進士，曾任內閣學士兼禮部侍郎。爲葉燮門人，論詩主格調，提倡溫柔敦厚之詩教。其詩多歌功頌德之作，少數篇章對民間疾苦有所反映。所著有《沈歸愚詩文全集》。又選有《古詩源》、《唐詩別裁》、《明詩別裁》、《清詩別裁》等，流傳頗廣。湛福，字介庵，雲南昆明人。室名墨雨堂，幼入報國寺，能書，善八分，楷臨鍾繇。工畫梅，精鑒別。

近人葉公綽《跋》：『此圖重以諸名賢題識，益增聲價。余中年後卜居無地，屢欲于吳、越間爲小築，均未遂。讀此增慨，因題二絕以諗大千：「青卞何緣賦隱居（余祖籍湖州），石林舊址感凋流。買山問舍都無計，白首沈吟展此圖。」「藝事精深儼作家，能回光景到桑麻。不須悵憶春鶯囀，一卷還珍蝶戀花（晉卿書《蝶戀花詞》曾在余所）。」遐翁葉公綽。』其署款下鈐印章一方，爲『公綽之印』。又追跋：『董思翁一跋，乃圖爲王作之證，舊裝于畫幅後，極有意義。有騎縫印可以爲據。不知梁蕉林何改裝于諸跋之後，豈以時代之故耶。不知宋代諸跋未言及王畫，乃一漏洞。董題適在隔水，固不宜移之後幅，亦千慮之一失矣。綽再志。』葉公綽（一八八一—一九六八），又名譽虎（一作裕甫），號遐庵、矩園。廣東番禺人。現代詞學家、書畫家。出身於京師大學堂仕學館，留學日本。早歲從政，曾任北洋政府交通總長。一九二三年應孫中山召，至廣州任財政部長，抗戰時仗義避居香港，以賣字爲生。建國後，歷任北京中國畫院院長、中央文史館副館長等職。葉公綽工書法，由顏真卿、趙孟頫入手而取百家之長，自辟徑畦。書風峭拔剛勁，綽約多姿，跌宕有韻。善畫竹石，畫竹秀勁，多取元人神韻，每畫輒書題詩，用筆運腕，雄柔蒼渾，自成一格。

李白墓〔一〕（一）

嗚呼謫仙，一世之英。乘雲御風〔二〕，捉月騎鯨〔三〕。來游人間，蜕骨遺形〔四〕。其卓然不朽，與江山相爲終始者，則有萬古之名〔二〕。吾意其崢嶸犖落〔三〕，決不與化俱盡。或吐爲長虹〔五〕，而聚爲華星〔六〕。青山之下，埋玉荒塋〔七〕。祠貌巍然〔四〕，斷碑誰銘。

清王琦《李太白集注》卷三六，又見清朱肇基等《太平府志》卷四〇《藝文·詩》、尤刊、《全宋文》卷五〇〇一。

【編年】

尤袤紹熙二年（一一九一）知太平州，此篇當作于此時。

【繫地】

該篇當作於江南東路太平州當塗（今屬安徽）。尤袤移守當塗，拜謁青山李白墓，有歌行雜體詩一首。

【彙校】

〔一〕題名又作『祭李白文』（尤刊、《全宋文》）。

〔二〕『名』，尤刊、《全宋文》均作『精靈』。

〔三〕『犖落』，尤刊、《全宋文》均作『突兀』。

〔四〕『巍』，尤刊、《全宋文》均作『巋』。『巍然』：　形容山或建築物雄偉的樣子。『巋然』：　高大獨立的樣子。

【箋注】

（一）該篇乃尤袤守當塗時，拜謁青山李白墓所寫的一首歌行雜體詩。詩中極力歌頌了李白的豪氣、性格和聲名，謂其萬古之名，將卓然不朽，『與江山相爲終始』。同時對李白祠後的『荒塋』、『斷碑』表示了深深的哀惋和感嘆。

（二）乘雲：　駕雲、馭雲。《楚辭·離騷》：　『吾令豐隆乘雲兮，求宓妃之所在。』御風：　乘風而行。《莊子·逍遥游》：　『夫列子御風而行，泠然善也。』

（三）『捉月』句：　指傳説中李白酒醉捉月、騎鯨升天的故事。五代王定保《唐摭言》：　『李白著宫錦袍，游采石江中，傲然自得，旁若無人，因醉入水中捉月而死。』（光立案：　此據清王琦《李太白全集》卷三五所引，今本《唐摭言》無此條）洪邁《李太白》（《容齋隨筆》卷三）：　『世俗多言李太白在當塗采石因醉泛月於江，見月影俯而取之，遂溺死，故其地有捉月臺。』其後，時人又把『捉月』與『騎鯨』聯繫起來，紛傳李白騎鯨升天成仙。

（四）蜕骨：　指死亡，道家所謂蜕去凡骨。孟郊《終南山下作》（《孟東野集》卷九）：　『因思蜕骨人，化作飛桂仙。』遺形：　道教指屍解登仙。晉陸雲《登遐頌》（《陸士龍集》卷六）：　『梅公指景，有皇遺形。』

（五）長虹：　指虹彩。梁江淹《丹砂可學賦》（《江文通集》卷一）：　『軒惝惘於長虹，階佬傺於奔鯨。』

（六）華星：指明星。曹丕《芙蓉池作》（《文選》卷二二）：『丹霞夾明月，華星出雲間。』李善注：『《法言》曰：「明星皓皓，華藻之力也。」』

（七）埋玉：『埋玉樹』的省稱，埋葬有才華的人。語本《世說新語》卷下之上《傷逝》：『庾文康亡，何揚州臨葬云：「埋玉樹箸土中，使人情何能已已？」』後以爲傷悼亡友之詞。李白《宣城哭蔣徵君華》（《李太白集注》卷二五）：『敬亭埋玉樹，知是蔣徵君。』

答楊客亭啓（一）

右衮啓。屈臨都騎（二），寵貺華編（三）。集工部之詩，恍如己作；（四）誦客亭之稿（五），大慰心期。老眼增明，衰襟知幸。伏惟夢錫先輩（六），學追前輩，名動一時。獨草玄文，喜家聲之未泯；（七）屈居王後，知世德之方昌。（八）南山詎隱於豹章（九），北海卽看於鵬運（一〇）。不圖暮景，獲預榮觀（一一）。流水高山，敢自期於真賞；夜光明月，應已悔於暗投。頌詠之私，敘陳奚究。

楊冠卿《客亭類稿》卷一五『諸老先生惠答客亭書啓編』，又見尤刊、《全宋文》卷四九九九。

【編年】

此篇題名作『待制尤侍郎啓』。

《宋史》本傳：『紹熙元年，起知婺州，改太平州，除煥章閣待制，召除給事中。』尤袤於紹熙三年（一一九二）三月以給事中兼侍講，則是除當在此前，具體時間難以考證，據其所題『待制』，姑繫於此。

【繫地】

該篇或作於太平州。尤袤或有書函與楊冠卿。

【彙校】

該篇題名，底本作『待制尤侍郎啓』，現據他書改。尤刊案語：『文簡公此篇，即在第十五卷《惠答客亭書啓編》內者。文簡公工爲四六，《誠齋文集》卷八十六《詩話》云：「梁叔子丞相生日，孝宗賜酒物。是時梁母太夫人在，尤延之代作《謝表》云：『小人有母，雖喜君羹之嘗；大烹養賢，每（光立案：《誠齋詩話》一作『無』）虞公餗之覆。』」可證也。又喜閱四六，《誠齋詩話》云：「尤延之嘗舉前輩四六有云：『秉圭執璧，禮天地之神祇；潔粢豐盛，報祖宗之功德。』謂其不造語而體面大。又嘗愛子由行詞有云：『養德丘園，本無求於當世；書名史策，恍若疑其古人。』」蓋公所爲《內外制》三十卷，固皆駢體文字也。』

【箋注】

（一）楊客亭：楊冠卿（一一三八—？），字夢錫，江陵（今屬湖北）人。嘗舉進士，官位不顯，以詩文游各地幕府。嘗知廣州，以事罷職，僑寓臨安。冠卿才華清雋，四六尤流麗渾雅。與范成大、陸游等人多有唱和。孝宗淳熙十四年（一一八七），編有《羣公詞選》三卷，已佚。事蹟具《客亭類稿》有關詩文、《四庫全書總目提要》卷一六〇。著有《客亭類稿》十五卷、《草堂集》等作品，《彊村叢書》輯有《客亭樂府》一卷。《客亭類稿》久無全本，清四庫館臣據舊刊《客亭類稿》巾箱小字本，並補綴《永樂大典》所收詩文，釐爲《客亭類稿》十四卷。《全宋詩》卷二五五四至二五五六收其詩三卷，以影印文淵閣《四庫全書·客亭類稿》爲底本，校以中國國家圖書館藏舊刊巾箱本、影印文津閣本等，新輯集外詩附于卷末；《全宋文》卷六一一九至六一二六收其文八卷，以影印文淵閣《四庫全書·客亭類稿》爲底本，校以宋刻殘本，重釐爲八卷。

（二）屈臨：猶『屈駕』，敬辭。用於邀請賓客光臨。《晉書》卷六八《賀循傳》：『望必屈臨，以副傾遲。』都騎：對他人坐騎的美稱。

（三）寵貺：用爲稱人贈與的敬辭。華編：指書簡、著述。錢起《和劉七讀書》（《錢仲文集》卷四）：『雲陰留墨沼，螢影傍華編。』

（四）『集工部……己作』句：指楊冠卿《集句杜詩》一書，陸游有《楊夢錫〈集句杜詩〉序》（《渭南文集》卷一五）：『文章要法，在得古作者之意。意既深遠，非用力精到，則不能造也。前輩于《左氏傳》、《太史公書》、韓文、杜詩，皆熟讀暗誦，雖支枕據鞍間，與對卷無異。久之，乃能超然自得。今後生用力有限，掩卷而起，已十亡三四，而望有得于古人，亦難矣。楚人楊夢錫才高而深于詩，尤積勤杜詩，平日涵養不離胷中，故其句法森然可喜。因以暇戲集杜句。夢錫之意，非爲集句設也，本以成其詩耳。不然，火龍黼黻手，豈補綴百家衣者耶？予故爲表出之，以告未深知夢錫者。嘉泰三年正月丁亥，笠澤陸某務觀序。』

（五）客亭之稿：指《客亭類稿》一書，今本《遂初堂書目》未載。

（六）先輩：對文人的敬稱。

（七）玄文：指漢楊雄的著作《太玄》。《法言》卷四《問神》：『育而不苗者，吾家之童烏乎，九齡而與我玄文。』家聲：家族世傳的聲名美譽。

（八）『屈居……方昌』句：《唐書·楊炯傳》：『吾媿在盧前，恥居王後。』世德：累世的功德，先世的德行。

（九）『南山詎隱於豹章』句：語本《列女傳》卷二《陶答子妻》：『妾聞南山有玄豹，霧雨七日而不下食者，何也？欲以澤其毛而成文章也，故藏而遠害。』後因以『豹隱』比喻潔身自好，隱居不仕。

（一〇）『北海卽看於鵬運』句：語本《莊子·逍遥游》：『〔鯤〕化而爲鳥，其名爲鵬……海運則將徙於南冥。』後卽以『鵬運』謂大鵬之奮然高飛遠行。

（一一）榮觀：榮幸地觀賞。

就職昌言

老矣，無所補報。凡貴近營求內降小礙法制者〔一〕，雖特旨令書請〔二〕，有去而已，〔三〕必不奉詔。

《宋史》本傳，又見《遂初小稿》、《欽定續通志》卷三八七、《東林列傳》卷一。

【編年】

據《宋史》本傳記載，該篇作於紹熙三年（一一九二）就任給事中時。

【繫地】

該篇當作於臨安。尤袤除給事中。既就職，即昌言。

【彙校】

〔一〕『貴近』，《遂初小稿》無。『降』，底本作『除』，據《遂初小稿》校改。『内降』：謂不按常規經中書等省議定，而由宮内直接發出詔令。《續資治通鑑長編》卷二〇六《英宗·治平二年》：『先是僧官有闕，多因權要請謁内降補人，台諫累有論列。』

〔二〕『請』，《欽定續通志》無。

〔三〕『雖特……而已』，《遂初小稿》無。

【箋注】

昌言，正當的言辭。昌，當也。《尚書·大禹謨》：『禹拜昌言，曰：「俞。」班師振旅。』

繳中貴四人賞（存目）

【編年】

據《宋史》本傳記載，該篇作於紹熙三年（一一九二）任給事中後數日。

【繫地】

該篇當作於臨安。尤袤任給事中甫數日，中貴四人希賞，繳奏者三，竟格不下。

【箋注】

該奏議原文今已不存。中貴：指有權勢的太監。中，即『禁中』，指皇宫。繳奏：謂給事中行使職權，駁正制敕之違失而封還章奏。

入對奏劄（一）

願上謹天戒（二），下畏物情（三），內正一心，外正五事（四），澄神寡欲〔一〕，保毓太和（五），虛己任賢，酬酢庶務（六）。不在於勞精神，耗思慮，屑屑事爲之末也。〔二〕

《宋史》本傳，又見《歷代名臣奏議》卷四、《欽定續通志》卷三八七、《東林列傳》卷一、《全宋文》卷四九九九。

【編年】

該篇作於紹熙三年（一一九二）三月任給事中兼侍講時。此據《南宋館閣續錄》卷九。《歷代名臣奏議》作元年。

【繫地】

該篇當作於臨安。

【彙校】

（一）『神』，《欽定續通志》作『清』。『澄神』：用心專一。

（二）『不在於……末也』，《欽定續通志》無。

【箋注】

（一）入對：臣下進入皇宫回答皇帝提出的問題或質問。

（二）天戒：謂上天給予的儆戒。《尚書·胤征》：『先王克謹天戒，臣人克有常憲，百官修輔，厥後惟明明。』

（三）物情：衆情、民心。《後漢書》卷七八《爰延傳》：『事多放濫，物情生怨。』

（四）五事：指古代統治者修身的五件事，謂貌恭、言從、視明、聽聰、思睿。《尚書·洪範》：『五事，一曰貌，二曰言，三曰視，四曰聽，五曰思。貌曰恭，言曰從，視曰明，聽曰聰，思曰睿。』

（五）太和：人的精神、元氣，平和的心理狀態。劉長卿《同姜濬題裴式微餘干東齋》（《劉隨州集》卷五）：『藜杖全吾道，榴花養太和。』

（六）酬酢：應對、應付。《周易·繫辭上》：『顯道神德行，是故可與酬酢，可與佑神矣。』韓康伯注：『可以應對萬物之求，助成神化之功也。酬酢，猶應對也。』庶務：古時指各種政務。

【附錄】

朝鮮吴瑗《承政院日記》（第七八七册）：『〔英祖十年〕九月二十二日酉時，上御熙政堂。召對，參贊官韓師得，侍讀官吴瑗、俞健基，假注書南德老，記事官朴王詹，記注官金啓白，入侍……瑗曰：「尤袤之言好矣。人主宜無所畏，而乃以『謹天戒』、『畏物情』，勉戒其君。」』

論廢法用例之弊奏一（存目）

【編年】

據《宋史》本傳：『嘗因登對，專論廢法用例之弊，至是復申言之。』則該篇當作於紹熙三年（一一九二）屢次上奏之際。

【繫地】

該篇當作於臨安。

【箋注】

該奏議原文今已不存。登對：謂上朝對答皇帝詢問。

請施行諸州教養課試陞貢之法奏（一）

竊惟待補之法〔一〕，其弊已多，因仍歲時（二），弊將益甚。今欲易之混試（三），固足取快一時。然多士沓來，以數萬計，非惟有司重有勞費（四），日力有限（五），較閱難精，亦恐道路奔衝，不無寒暑之患；塲屋湫隘〔二〕，更多蹂踐之虞（六）。彼此相形（七），得失居半。盍有根本之論，稍師古始而言〔三〕（八）。夫三代鄉舉里選之法（九），雖世遠事異，不可遽復，然其教育作成之意〔四〕（一〇），本諸天地而合乎人情者，則雖百世不能改也。

惟我國家，內自京師，外及郡縣〔五〕，皆置學校。慶曆以後，文物彬彬，與三代同風矣。逮至崇、觀，創行舍法（一一），所在養士，誠得黨庠、遂序之遺意（一二）。故一時學者，粗知防檢（一三），非冠帶不敢行於道路，遇鄉曲之長上及學校之職事（一四），則斂容而避之，其風俗亦誠美矣。然其失也，在於專習新義，崇尚老、莊，廢黜《春秋》，絶滅史學，又罷去科舉，使寒畯之士，捨此無以爲進身之路（一五）。事理俱礙，旋行廢革〔六〕，此亦非舍法之罪，其時弊則然也。中興以來，投戈講藝（一六），行都重建太學（一七），諸郡復行貢舉（一八），士生斯時，可謂幸矣。然浮僞之風勝（一九），忠信之俗微，有司頗以爲病者，亦由州縣之間，士之榮辱進退，皆不由乎學校。至論德行道藝（二〇），則惟取決於糊名（二一）。苟爲雕篆之文（二二），無復進修之志（二三），其視庠序有同傳舍〔二四〕，視師儒幾若路人，月書季考〔二五〕，盡爲文具〔二六〕，殊失朝廷教養之意。某等擬遠稽古制〔七〕，近酌時宜，不煩朝廷建官，不勞有司增費，惟重教官之選，假守貳之權〔二七〕，倣舍法以育才，因大比而貢士，考終場之數〔二八〕，定所貢之員，期以次年，試於太學，庶幾士脩實行，不事虚文，漸復淳風，仰裨大化。有三舍之利，無三舍之害，其法頗爲近古。如蒙朝廷采錄，所有諸州教養、課試、升貢之法〔二九〕，乞下有司詳議施行。然科舉事嚴，試期甫邇，其今歲待補試，欲乞且與依舊放行一次〔三〇〕。

《宋會要輯稿·崇儒一》之四六，又見《宋趙忠定奏議》卷四、《宋史》卷一五七《選舉志》（三）、《文獻通考》卷四二、《歷代名臣奏議》卷一七〇、《五禮通考》卷一七一、《欽定續通志》卷一四三、《御定淵鑑類函》卷一六〇、《全宋文》卷六一九一。

【編年】

據《宋會要輯稿》著録，該篇作於紹熙三年六月二十四日（一一九二年八月四日）。

【繫地】

該篇當作於臨安。趙汝愚、李巘、羅點、马大同、尤袤、黄裳、謝申甫、樓鑰、張叔椿等人同上奏。

【彙校】

〔一〕『竊』，《歷代名臣奏議》、《全宋文》。『待補』，《歷代名臣奏議》作『太學待補』。

〔二〕『隘』，底本作『塞』，據《歷代名臣奏議》、《全宋文》校改。『湫隘』：低下狹小。《左傳·昭公三年》：『子之宅近市，湫隘囂塵，不可以居，請更諸爽塏者。』杜預注：『湫，下；隘，小。』

〔三〕『師』，底本作『始』，據《歷代名臣奏議》、《全宋文》校改。

〔四〕『其』，底本作『有』，據《歷代名臣奏議》、《全宋文》校改。

〔五〕『及』，《歷代名臣奏議》、《全宋文》作『而』。

〔六〕『行』，《歷代名臣奏議》、《全宋文》作『以』。

〔七〕『某』，底本作『汝愚』，據《歷代名臣奏議》、《全宋文》校改。

【箋注】

（一）《歷代名臣奏儀》首云『汝愚又上奏曰』。《全宋文》屬該篇於趙汝愚名下，題作《請施行諸州教養課試陞貢之法奏》。待補：因應試者過多，乃加限制，凡諸路解試終場人，挑選百分之六送往太學補試，謂之待補。

（二）因仍：猶因襲、沿襲。《三國志·魏書》卷一四《程昱傳》：『轉相因仍，莫正其本。』歲時：歲月、時間。杜甫《遭田父泥飲美嚴中丞》：『名在飛騎籍，長番歲時久。』

（三）混試：每三年科舉完後，所有落第舉人允許應試，取其程度合格者補入太學，謂之混補。

（四）勞費：謂耗費人力、精力或財力。

（五）日力：一天的力氣。泛指時間、光陰。

（六）蹂踐：踩踏、踐踏。

（七）相形：相互比較，對照。

（八）古始：遠古，指上古三代（夏商周）。

（九）鄉舉里選：古代選拔人才的一種方式。從鄉里中考察推薦。

（一〇）作成：培育、造就。

（一一）『逮至崇、觀，創行舍法』句：三舍法分太學爲外舍、內舍、上舍，別生員爲三等而置之。依一定年限和條件，由外舍升入內舍繼而升上舍。最後按科舉考試法，分別規定其出身並授以官職。在舍讀經爲主，以濟當時科舉偏重文詞之不足。徽宗崇寧元年（一一〇二）八月，政府要求地方州縣都要興辦學校，並以三舍法進行選拔考核，確立了從縣學通過考試升州學、州學依三舍法升入太學的全國性三舍補選制度。州縣學生的學習費用由國家承擔。三年（一一〇四），三舍法取代科舉取士，『天下取士，悉由學校升貢，其州郡發解及試禮部並罷』（《宋史》卷一五五《選舉志一》）。

（一二）黨庠遂序：指古代鄉學。語出《禮記·學記》：『古之教者，家有塾，黨有庠，遂有序，國有學。』商代稱學校爲『序』，周稱『庠』，後泛稱地方學校。黨：古代基層戶籍編制單位，五百家爲一黨。遂：古代地方一級的行政區劃單位。

（一三）防檢：防範和檢束。《後漢書》卷五四《馬援傳》：『今宜加防檢，式遵前制。』

（一四）鄉曲：指鄉里地方。長上：長輩、尊長，官長、上司。

（一五）寒畯：出身寒微而才能傑出的人。王定保《唐摭言》卷七《好放孤寒》：『李太尉德裕頗爲寒畯開路，及謫官南去，或有詩曰：「八百孤寒齊下淚，一時南望李崖州。」』進身：提高社會地位，入仕做官。

（一六）投戈講藝：原指在軍中仍不廢學，這裏泛謂偃武修文。

（一七）行都：在首都之外另設的一個都城，以備必要時政府暫駐。南宋建炎三年（一一二九）改江寧府爲建康府作爲行都，稱『東都』。紹興元年（一一三一）升杭州爲臨安府作爲『行在』，八年（一一三八）正式定臨安爲行都，建康改爲留都。重建太學：據《宋史》卷三〇《高宗本紀》：『［紹興十二年夏四月］甲申，增修臨安府學爲太學』，則南宋於紹興十二年（一一四二）後開始重建太學。

（一八）貢舉：指南宋恢復諸州發解、升貢等制度。

（一九）浮僞：虛僞。《後漢書》卷六〇下《郎顗傳》：『當其遷者，競相薦謁，各遣子弟，充塞道路，開長姦門，興致浮僞，非所謂率由舊章也。』

（二〇）德行道藝：《周禮·地官·鄉大夫》：『正月之吉，受教灋於司徒，退而頒之於其鄉吏，使各以教其所治，以考其德行，察其道藝。』賈公彥疏：『察其道藝者，謂萬民之中有六藝者並擬賓之。』道藝，指學問和技能。

（二一）糊名：科舉考試中防止舞弊的措施之一。凡試卷均糊其姓名，使試官難於徇私作弊。

（二二）雕篆：雕琢文字，寫作。劉勰《文心雕龍》卷九《時序》：『集雕篆之軼材，發綺縠之高喻。』

（二三）進修：猶言進德修業。《魏書》卷八四《高允傳》：『置學官於郡國，使進修之業，有所津寄。』

（二四）傳舍：古時供行人休息住宿的處所。

（二五）月書：　每月考試登記簿。宋代太學每月私試，孟月經義，仲月論，季月策，按文理優劣，逐月書於簿籍，以決升降。季考：　宋代太學中每一季度末舉行的考試。

（二六）文具：　謂空有條文。《史記》卷一〇二《張釋之馮唐列傳》：『且秦以任刀筆之吏，吏爭以亟疾苛察相高，然其敝徒文具耳，無惻隱之實。』司馬貞《索隱》：『謂空具其文而無其實也。』

（二七）守貳：　指知州、通判等官。蘇轍《王佺通判荊南》（《欒城集》卷二八）：『南郡控引江湖，商賈之淵，而盜賊之會也，守貳之事於南方爲劇。』

（二八）終場：　科舉時代考試分數場，最後一場稱爲終場。《宋史》卷一五五《選舉志一》：『開寶三年，詔禮部閱貢士及十五舉嘗終場者，得一百六人，賜本科出身。』

（二九）課試：　考試。《後漢書》卷六《順帝紀》：『年四十以上課試如孝廉科者，得參廉選，歲舉一人。』升貢：　宋代州學、辟雍取士的一種方法。崇寧三年（一一〇四），罷州郡解試和禮部試，州學、辟雍取士皆由縣學上舍中選拔，稱升貢。縣學按外舍、内舍、上舍逐等升補；同時，由縣學上舍中選拔優異者升貢入州學，由州學升貢入京師辟雍。宣和三年（一一二一），撤銷辟雍，全國州縣學亦罷三舍法，升貢遂停。

（三〇）放行：　批準執行。

【附録】

倪思《乞罷待補奏（紹熙三年六月）》（《宋會要輯稿·崇儒一》之四六）：『國家開設太學，所以網羅天下之材。三歲一補，所以收拾科舉之遺。自淳熙四年，議者厭就試者之多，乃創爲待補之説，蓋欲以限節其來。來者既少，而取人之額如舊，中選之人得以僥倖。兩浙、福建解額既窄，住學亦便，士子願一試而不可得，則必巧爲經營。遠方之州，解額自寬，於補試無甚利害，縱或得之，住學亦非所便，雖中待補，第爲虛名。於是有貨賣文帖，改移鄉貫，變易父祖之弊。近時臣僚屢有以爲言者，可見此弊，人皆知之，不可以不革也。臣以爲不若自今舉罷去待補，只循舊制，每三歲放混試一次，以廣其來。所取之額，初不增加，庶幾不絕士子進取之望，而擇之既精，得人必多。如臣言可采，更乞命侍從、臺諫、學官集議施行。又臣契勘向者就補試者，至以萬計。緣貢院狹窄，若作一場，則不能容，若分作前後場，則必有兩次就試之弊。臣竊見近者臨安府、轉運司各建立貢院，若以經義詩賦分作兩處，同日引試，則無向者之患。』

林大中、胡瑑、何異、曾三復《太學待補不當徑罷奏（紹熙三年六月）》（《宋會要輯稿·崇儒一》之四六）：『國家開設太學，本以混試招延士類，混試既弊，遂行待補。然關防之不密，考校之不精，抑又不能無弊，此議臣所以有放行混試之請。若以待補之弊，尚多遺才，所宜放行混試，但來者既衆，恐有喧閧躁踐之患。今若令有司措置，保其無他，即與權住今年諸州所取待補，然亦未宜徑罷也。如明年場屋果無喧閧蹂踐，則自放省試年分，即與放行。倘有未便，則待補既未嘗罷，只就其間更加措置，使關防之密，考校之精，未爲不善也。今若徑罷待補，萬一明年混試，致有疏虞，而後舉又復待補，恐非朝廷更制立事之體。』

與周子充觀文必大劄子(存目)

【編年】

據周必大《與尤延之侍郎袤劄子》(《文忠集》卷一八九)所述(詳見箋注),該篇於問候周氏之餘,尚論及鄒浩之事;又據『某丐祠度須遂請』,則該篇當作於周氏入奏辭免觀文殿大學士之時,即紹熙三年(一一九二)六月。

【繫地】

該篇當作於臨安。尤袤與周必大書函往來,論及鄒浩事。

【箋注】

該書啓原文今已不存。周必大《與尤延之侍郎袤劄子》(《文忠集》卷一八九):『某時獲通問,足慰啓仰。鄒浩事曲折頗多,曲不在彼,難用中國法治之。若止編管來長沙爲便,又恐已施行,輒謾言之。某丐祠度須遂請,病悴望歸甚切。平生故人,今日所望,惟全其晚節耳。至懇至懇!它未暇及,敢冀台察。』

《獨醒雜志》跋(一)

浮雲居士曾公以文學行義有聲江西(二),予恨不識其人,而獲從其子監簿游(三)。文獻彬彬,所謂能世其家者。一日,見公所著《獨醒雜志》十卷,前言往行(四),登載不遺(五),有補於世,語簡事核(六),非其他稗官小説之比。讀其書,想其人,如親見其抵掌談論(七),益知監簿家學淵源所從來遠矣。嗚呼,士君子抱負所有,不見於用,必託於言。若公者高見遠識,尚友前輩(八),雖陸沈於下(九),而遺書滿家,足以垂世傳後。其視富貴無聞者,孰得孰失?況又有子方駸駸顯榮(一〇),足以爲不亡矣。因書其後。紹熙壬子孟秋望日,錫山尤袤題。

曾敏行《獨醒雜志》(知不足齋刊本)附錄,又見尤刊、《全宋文》卷五〇〇〇。

【編年】

據文末之落款,該篇作於紹熙三年七月十五日(一一九二年八月二十四日)。

【繫地】

該篇當作於臨安。

【彙校】

該篇題名下,尤刊案語作:『吉水曾達臣敏行所作《獨醒雜志》十卷,楊萬里序之,公與周必大、謝謂、樓鑰、趙汝愚、陳傅良俱爲之跋。』

【箋注】

（一）曾敏行（一一一八—一一七五），字達臣，號獨醒道人、浮雲居士、歸愚老人，吉州吉水（今屬江西）人。與胡銓、楊萬里、謝諤相友善。年甫二十，以病廢，不能仕進，遂專意學問。所著《獨醒雜志》，其子三聘編爲十卷，楊萬里爲序（詳見附録）。是書首見於《遂初堂書目》（小説類）。

（二）行義：品行、道義。《荀子》卷一三《禮論》：『禮者，斷長續短，損有餘，益不足，達愛敬之文，而滋成行義之美者也。』

（三）其子監簿：曾三聘（一一四四—一二一〇），字無逸，臨江軍新淦（今屬江西）人，敏行子。孝宗乾道二年（一一六六）進士，調贛州司戶參軍，累遷軍器監主簿。光宗紹熙四年（一一九三），遷祕書郎。寧宗即位，兼考功郎，出知郢州。韓侂胄爲相，指爲趙汝愚腹心，坐追兩官，奉祠。後起知郴州，改提點廣西、湖北刑獄，皆辭不赴。嘉定三年（一二一〇）十月卒，年六十七。謚忠節。事蹟具游似《忠節曾公神道碑》（清嘉慶《廣西通志》卷二二六、《粵西金石略》卷一二）、《宋史》卷四二二本傳。《全宋詩》卷二六四八録其詩《玉梁觀》一首，《全宋文》卷六三六〇録其文七篇。

（四）前言往行：指前代聖賢的言行。

（五）登載：記載。陸游《遠遊二十韻》（《劍南詩稿》卷八一）：『舊史所登載，一一嘗考驗。』

（六）語簡事核：語言簡練，事情確實。《漢書》卷六二《司馬遷傳贊》：『其文直，其事核。』

（七）抵掌：擊掌，表示高興。

（八）尚友：上與古人爲友，亦指與高於己者交遊。

（九）陸沈：陸地無水而沉。比喻隱居，出自於《莊子・則陽》：『方且與世違而心不屑與之俱，是陸沉者也。』郭象注：『人中隱者，譬無水而沉也。』

（一〇）騷騷：迅疾的樣子。《廣雅》卷六《釋訓》：『騷騷，疾也。』顯榮：顯赫榮耀。多指仕宦。

【附錄】

楊萬里《〈獨醒雜志〉序》（《誠齋集》卷七九）：『古者有亡書，無亡言。南人之言，孔子取之；夏諺之言，晏子誦焉。而孔子非南人，晏子非夏人也。南北異地，夏、周殊時，而其言猶傳，未必垂之策書也，口傳焉而已矣。故秦人之火能及漆簡，而不能及伏生之口，然則言與書孰堅乎哉？雖然，言則堅矣，而言者有在亡也；言者亡，則言亦有時而不堅也，書又可廢乎？書存則人誦，人誦則言存，言存則書可亡而不亡矣，書與言其交相存者歟？廬陵浮雲居士曾達臣，少刻意於問學，慨然有志於當世，非素隱者也。嘗與當世之士商略古今，平章前代之豪傑，知光武不任功臣而知其有大事得論諫，知武侯終身無成而知司馬仲達實非其對，知鄧禹之師無敵而知其短於馭眾，知孫權之兵不勤遠略而知其度力之所能。若夫以兵車爲活城，以紙鳶爲本於兵器，談者初笑之，中折之，卒服之。古之人蓋有生不用於時，而沒則有傳於後，夫豈必皆以功名之焯著哉！一行之淑、一言之臧而傳者多矣，其不傳者亦不少也，豈有司之者歟？抑有幸有不幸歟？抑其後世之傳不傳亦如當時之用不用，皆出於適然歟？是未可知也。若達臣之志而不用世，可嘆也。既不用世，豈遂不傳世歟？達臣既沒，吾得其書所謂

《獨醒雜志》十卷於其子三聘，蓋人物之淑慝，議論之與奪，事功之成敗，其載之無諛筆也。下至謔浪之語，細瑣之彙，可喜可笑，可駭可悲，咸在焉。是皆近世賢士大夫之言，或州里故老之所傳也。蓋有予之所見聞者矣，亦有予之所不知者矣。以予所見聞者無不信，知予之所不知者當無不信也。後之覽者豈無取於此書乎？淳熙乙巳十月十七日，誠齋野客楊萬里序。』

曾三聘《〈獨醒雜志〉跋》（知不足齋刊本附録）：『右《獨醒雜志》，先君記事之書也。先君隱居不仕，凡所見聞，皆筆於冊。既没世，諸孤不肖，懼弗克紹，因併追記平日燕談，編次爲十卷。誠齋先生見之，辱賜之序，仍刻版於家塾。淳熙丙午正月望，三聘謹書。』

樓鑰《跋曾氏〈獨醒雜志〉》（《攻媿集》卷六九，知不足齋刑本附録亦載，末多『紹興三年中元日樓鑰』一句，疑『紹興』爲『紹熙』之誤）：『余比官成均，臨江曾無逸爲寮，嘗言其先君子平生示以書一卷，蓋狀其行事，樊少從博士爲之哀辭者。端明忠簡胡公遺墨二書，得艮齋、誠齋諸公爲之跋。誠齋又序其《獨醒雜志》。嗚呼，備矣！無逸又曰：「先子非無意於用世，蚤歲得疾，遂棄舉子業。專務古學，能懸腕作行草，追配前良。鄉也視富貴若不足浼，而曰浮雲居士。久益高尚，又以『獨醒』名齋。晚號『歸愚』，所造愈深。故死生禍福之至，了達如此。家有章伯益友直飛跂墨戲數幅，初未嘗摹倣，落筆輒過之。一日於敗紙寫二蟲，精彩勝絶。未幾遂下世，故并手澤藏焉。」余曰：「畫不足爲居士道也。以誠齋之親且厚，猶不知游藝之妙，其藴蓄不見之外如此畫者多矣，可勝歎哉！」尋得《獨醒志》，讀之，益知其爲博雅篤論之君子。徐節孝平日默處一室，幾若與世相忘。至其論天下事，則衮衮不倦，有不出戶而知天下之稱，然猶居山陽往來之衝。若居士遠在江右，而中原故事歷歷能言，則又過之矣。』

趙汝愚《〈獨醒雜志〉跋》（知不足齋刊本附録）：『右《獨醒雜志》十卷，廬陵曾君所作也。紹熙壬子歲秋，君之子三聘出以示余，喜而讀之，得所未見。竊惟古之君子所貴乎多識前言往行者，非夸其文，耀其富，蓋將以畜德也。然則曾君之所以遺其子，□無逸之所以幸教余者，可不敬勉之哉！開封趙汝愚題。』

謝諤《〈獨醒雜志〉跋》（知不足齋刊本附録）：『諤頃寓曾氏槐堂者七年，積臣時已出仕，正臣亦欲用世。唯達臣自少遇疾，盡捐世事，心閒意適，多所見聞，前言往行，記録甚備，文藁盈篋，平日不苟以示人。間或與之議論，則上下古今，具有本末。諤每思其言，一一不可忘。淳熙己亥秋，過其諸子龍城新居，三聘謂諤欲編集以傳，時已有次第，今《獨醒雜志》是也。比者，三畏攜本相訪者幾，三聘又封以爲寄，覽之，悵然追念疇昔。所載玉笥山，則其家可望而見。飈御在玉笥之旁，王嶺爲彭玕舊寨，諤皆嘗同遊焉。黄鋼劍者，融守陸子楫亦嘗以一見遺，不知黄鋼之名爲何，因達臣之言乃得之。至如欲倣古車戰之法爲活城，設網可以禦礮，以漢三科處特恩之類，又皆有用之學，可以推行于世。獨恨達臣嘗談宣和、靖康事尤詳，皆親得于故老，而志或不載，豈有所避而未傳乎？所稱民師，乃諤曾伯祖也；毛應佺并其子洵，□子君卿，蓋里之先達；劉中叟、劉偉明兩公，江湖名儒也，中叟之清古，偉明之奇削，自見一世豪而人乃罕知，惟《志》中見之。諤亦因此徧尋兩公事迹，欲續達臣之意，庶使不泯。三聘以書來請題其後，因思從遊四十年前，回首如夢，念往興懷，悲不能已，姑略述昔所聞于達臣者，授其諸子，以見交友之義云。紹熙五年六月朔（原作「紹興六年五月」，然《獨醒雜志》成書於淳熙十三年，則此云「紹興」必誤。又文末自稱「太平興國散吏」，則當在紹熙之時，然周必大《謝公神道碑》云諤卒於紹熙五年十一月，頗疑此處「六年五月」爲「五年六月」

之誤），太平興國散吏謝謂書。』

周必大《題浮雲居士曾達臣〈雜志〉後》（《平園續稿》卷七，知不足齋刊本附録亦載，末多『周必大子充書』一句。）：『姓氏書：曾氏望廬陵。本朝大江以南，清源、南豐兩族皆出宰執侍從，嘗通譜系。其後贛之雩都則叔夏尚書，天猷、吉甫侍郎兄弟，繼爲禁路之英。惟廬陵一族，文獻相承，登科無慮數十人，而未及三郡之顯。今浮雲居士達臣有博古通今之學，偶遺於科舉，有知機應變之才，不白於功名，緒餘著書，追迹前輩。向使盡發胷中之所藴，其成就宜如何哉？是生諸子，才學俱茂，或仕於小官，或貢名天府，而仲氏無逸策第太常，典中祕書，爲尚書郎，羣從孜孜爲善，方競爽迭興而未艾，視前三家何患不及？特時有先後爾。況猶子無玷嘗以奉使朔方假大兩制，歸而勸講修注，備膺寵章，是固爲之兆矣，姑少徐之。慶元丁巳冬至日。』

陳傅良《〈獨醒雜志〉跋》（知不足齋刊本附録）：『余嘗次本朝學問多出江西，至歐公，遂以議論文章師表天下，曾、王又相次第起，最後魯直且以詩擅一代，盛矣！余生晚，蓋嘗識曾□鯉求甫（疑當作「曾季貍裘甫」。曾季貍，字裘甫，臨川人，著有《艇齋雜著》），得其書一編。今又得曾無逸所藏其先君子《獨醒雜志》一編，則亦三不逢者也。「魯無君子，斯焉取斯」，信然！夫逢不逢何足道，顧其書可傳不耳。方《三經義》行時，學者非王氏不學。由今觀之，視《獨醒志》果何如？永嘉陳傅良書。』

論駁除奏（存目）

【編年】

據《宋史》本傳記載：『陳源除在京宫觀，耶律适嘿除承宣使，陸安轉遥郡，王成特補官，謝淵、李孝友賞轉官，吴元允、夏永壽遷秩，皆論駁之』，該篇作於紹熙三年（一一九二）。

【繫地】

該篇當作於臨安。尤袤任給事中日，屢有論駁。

【箋注】

該奏議原文今已不存。《宋史》卷四六九《陳源傳》：『陳源，淳熙中提舉德壽宫，頗有寵……日久，特落階官，與京祠。』樓鑰《隨龍御前忠佐馬步軍都軍頭陸安轉遥郡刺史》（《攻媿集》卷三八）：『敕具官某：爾事朕潛藩，首尾三十載，勤且久矣。然稍逾三尺，則有司執法以裁正；既進六資，則朕之寵命復行。上下俱爲得體，而爾受之亦宜。往刺一州，益務忠恪。』陳傅良《皇后歸謁家廟，親姪忠訓郎閤門宣贊舍人幹辦軍頭司李孝純、武經郎帶御器械幹辦皇城司李孝友，各特轉右武郎》（《止齋集》卷一一，外制：自紹熙四年正月以後）：『敕具官某等：朕惟古后妃有求賢審官之志而不私謁，而人主則特隆於肺腑之親。夫惟后妃彌遜，人主彌恩，斯可觀已。日者吾后省家廟，爾某、某皆以猶子祗服厥事，朕何愛一横行郎而不以寵汝？惟無忝爾祖，以長守富貴，則予汝嘉。可。』虞儔《夏永壽制》

（《尊白堂集》卷五）：『朕追念先帝，羹墻見之。爾嘗執事宫闈，勤勞備至，進官一列，以示朕恩。』

繳韓侂胄轉官（一）

正使有止法（一）（二），可回授不可直轉（三）。侂胄，勳賢之後，（四）不宜首壞國法，開攀援之門。

《宋史》本傳，又見《欽定續通志》卷三八七、《東林列傳》卷一。

【編年】

據《宋史》本傳記載，該篇作於紹熙三年（一一九二）。

【繫地】

該篇當作於臨安。韓侂胄以武功大夫、和州防禦使用應辦賞直轉横行，尤袤繳奏之。

【彙校】

〔一〕『止』，《欽定續通志》、《東林列傳》均誤作『正』。

【箋注】

（一）韓侂胄（一一五二——一二〇七）：字節夫，相州安陽（今屬河南）人，南宋權相。魏郡王韓琦曾孫，寶寧軍承宣使韓誠之子，憲聖皇后吳氏之甥，恭淑皇后韓氏叔祖，宋神宗第三女唐國長公主之孫。以恩蔭入仕，淳熙末年以汝州防禦使知閤門事。紹熙五年（一一九四），與知樞密院事趙汝愚等人策劃紹熙内禪，擁立宋寧宗趙擴即位，以『翼戴之功』，初封開府儀同三司，而後官至太師、平章軍國事。任内禁絶朱熹理學，貶謫以宗室趙汝愚爲代表的大臣，史稱『慶元黨禁』。他追封岳飛爲鄂王，追削秦檜官爵，力主『開禧北伐』，因將帥乏人而功虧一簣。

（二）止法：即『礙止法』，宋代文武官吏、内侍磨勘遷轉官階到一定階位，停止磨勘，即不許再升階，除非特旨。

（三）回授：宋代官員升遷有止法，一旦達到止法所限之階，雖不能往上升，但可將所獲升遷機會轉投給弟姪、子孫入仕或遷官，並可回贈親屬（如去世之父母）。

（四）『侂胄……之後』句：《宋史》卷四七四《韓侂胄傳》：『韓侂胄，字節夫，魏忠獻王琦曾孫也。父誠娶高宗憲聖慈烈皇后女弟，仕至寶寧軍承宣使。侂胄以父任入官，歷閤門祗候、宣贊舍人、帶御器械，淳熙末以汝州防禦使知閤門事。』勳賢：指有功勳有才能的人。

【附録】

陳傅良《武功大夫、和州防禦使、權知閤門事、兼客省四方館事韓侂胄特與落階官，臣寮繳奏，特與轉行右武大夫》（《止齋集》卷一一，外制：自紹熙四年正月以後）：『敕：嘉祐、治平之間，爾先正可謂社稷臣矣。肆列聖寵嘉之施，及子孫簡在戚里，於焉尚主，於焉納后，凡可以熾韓氏之門者，無愛也。具官某蚤以才稱，荐膺器使，庀職上閤，宣勞累年。唯彼横行，賞典所吝。獨以命汝，庸示殊恩。一以懽慈福之心，一以大忠獻之後。盍亦自勉，庶穆羣言。可。』

再繳韓侂冑轉官

侂冑四年間已轉二十七年合轉之官，今又欲超授四階(一)，復轉二十年之官，是朝廷官爵專徇侂冑之求，非所以爲摩厲之具也(二)。

《宋史》本傳，又見《欽定續通志》卷三八七、《東林列傳》卷一。

【編年】

據《宋史》本傳記載，該篇作於紹熙三年(一一九二)。

【繫地】

該篇當作於臨安。韓侂冑轉官奏入，手詔令書行，尤袤復奏，命遂格。

【箋注】

(一)超授：越數階以上或數官以上除授。

(二)摩厲：切磋、磨煉。《國語》卷二〇《越語上》：『其達士，絜其居，美其服，飽其食，而摩厲之於義。』

諫不省重華宮封事〔一〕

壽皇事高宗歷二十八年如一日，陛下所親見，〔一〕今不待倦勤以宗社付陛下〔二〕，當思所以不負其託，望勿憚一日之勤〔三〕，以解都人之惑〔三〕。

又見清黄宗羲《宋元學案》卷二五、《欽定續通志》卷三八七、《東林列傳》卷一、《錫山文集》卷四、尤刊、《全宋文》卷四九九九。

【編年】

據《宋史》卷三六《光宗本紀》記載，該篇作於紹熙三年（一一九二）十一月。

【繫地】

該篇當作於臨安。光宗以疾，一再不省重華宮，尤袤上封事諫之。

【彙校】

〔一〕「封」，尤刊作「上封」。

〔二〕「勤」，尤刊作「勞勤」。

【箋注】

〔一〕「壽皇……親見」句：自紹興三十年（一一六〇）二月孝宗被立爲太子，至淳熙十四年（一一八七）十月高宗駕崩，恰好二十八年。宋光宗趙惇生於紹興十七年（一一四七），自可親歷。壽皇：指至尊壽皇聖帝。宋孝宗於淳熙十六年（一一八九）傳位與子光宗，光宗上孝宗尊號爲『至尊壽皇聖帝』，省稱『壽皇』。

〔二〕倦勤：謂帝王厭倦於政事的辛勞。語出《尚書·大禹謨》：『朕宅帝位，三十有三載，耄期倦於勤。』孔《傳》：『言已年老，厭倦萬機。』宗社：宗廟和社稷的合稱，這裏指國家。

〔三〕都人：京都的人。

繳林大中辭免權吏部侍郎除直寶文閣事與郡〔一〕（一）

臣等聞之，蘇軾上書於神宗，其論存紀綱曰：『建隆以來，未嘗罪一言者。縱有薄責，旋卽超升。許以風聞，而無官長，風采所繫，不問尊卑。言及乘輿，則天子改容；事關廊廟，則宰相待罪。臺諫固未必皆賢，所言未必皆是，然須養其鋭氣而借之重權者，豈徒然哉！將以折姦臣之萌，而救内重之弊也。』又曰：『彈劾積威之後，雖庸人亦可奮揚；風采消委之餘，卽豪傑有所不能振起。』〔二〕此天下之至論也。仰惟陛下隆寬盡下〔三〕，和顔受言，而臺諫之臣相繼去國者已多。侍御史林大中任言責者三年餘矣〔四〕，最蒙眷注〔五〕，言聽諫行。前因論事，除吏部侍郎，雖去言職，遂正從班，人皆以爲陛下賞之也。辭免一再，除職與郡。大中以書生起家，陛下拔擢至此，在大中之分足矣，而臣等猶敢有言者，非爲一大中也，爲臺諫事體惜也。

非止爲臺諫事體也，爲國家惜紀綱之地也。大中論一少卿，亦不知所言之詳，而同日與郡。陛下既以爲權侍臣矣，而僅一直寶文閣，天下傳聞必以爲朝廷以言罪人，乃與所論之人俱坐汰斥（六），實傷國體，且虧仁厚之政。近年臺諫風采日消，正賴陛下主張，使之振作，以强主威，以尊朝廷，以讐姦邪（七），以沮僥倖。言脱於口，應之如響，中外竦動，紀綱自張。不然，則所損甚多，來者亦不可爲矣。公議皆賴陛下選大中言職，或留之論思獻納之班〔二〕（八），度今事勢，大中義難復留。敢望聖慈念祖宗之深意（九），鑒蘇軾之至論，詳察事體，無令言者與被論者同日而去，施行稍有次第，使得從容引退，優禮以遣之（一〇），養臣下敢言之氣，全國家退臣之禮，猶足以示四方。儻陛下慨然感悟，曲留其行，則臣等幸甚過望，士大夫感悦奮勵（一一），孰不思罄竭以圖報哉（一二）！所有録黄（一三），臣等未敢書行〔三〕。

《攻媿集》卷二六，又見《全宋文》卷五九三三（屬樓鑰名下）。

【編年】

據史載，該篇作於紹熙三年（一一九二）。

【繫地】

該篇當作於臨安。林大中以論事左遷，尤袤率左史樓鑰論奏。

【彙校】

〔一〕『侍』，文淵閣《四庫全書》本《攻媿集》無。『事』，文津閣《四庫全書》本《攻媿集》無。原題下有夾注『同給事中尤袤』。

〔二〕『班』，底本誤作『斑』，現據《全宋文》校改。

〔三〕『書行』，《全宋文》作『書行書讀』。『書行』：即『書可』，批閱公文，書字認可。

【箋注】

〔一〕林大中（一一三一—一二〇八）：字和叔，婺州永康（今屬浙江）人。高宗紹興三十年（一一六〇）進士，調烏程縣主簿。孝宗淳熙間歷知撫州金谿縣、湖州長興縣，幹辦行在諸司糧料院。十二年（一一八五），除太常寺主簿。光宗紹熙元年（一一九〇），遷殿中侍御史。三年，出知贛州。五年，遷中書舍人、給事中兼侍講。寧宗慶元元年（一一九五）知慶元府。五年，提舉武夷山沖祐觀。六年，致仕。嘉泰三年（一二〇三），起爲吏部尚書。開禧三年（一二〇七）十二月，擢端明殿學士、簽書樞密院事。嘉定元年（一二〇八）卒，年七十八。謚正惠。事蹟具《攻媿集》卷九八《簽書樞密院事致仕贈資政殿學士正惠林公神道碑》、《宋史》卷三九三本傳。有奏議十卷，外制三卷，文集二十卷，皆佚。《全宋詩》卷二三九七錄其詩《題椿桂堂》一首，《全宋文》卷五四二一錄其文十八篇。

〔二〕『蘇軾……振起』句：見蘇軾《上皇帝書》（《東坡全集》卷五一）。薄責：輕微的責備或責罰。超升：越級提升。風采：謂廣泛搜集傳聞。內重：形容京官權大。奮揚：奮發激揚。消委：衰敗。

〔三〕盡下：聽憑臣下，對臣下放心。謂帝王寬以待下。《漢書》卷九《元帝本紀贊》：『寬弘盡下，出於恭儉，號令溫雅，有古之風烈。』

(四)言責： 進言勸諫的責任，指諫官。《孟子・公孫丑下》：『有言責者，不得其言則去。』趙岐注：『言責，獻言之責，諫諍之官也。』

(五)眷注： 亦作『睠注』。垂愛關注。

(六)汰斥： 淘汰斥退。

(七)讋： 震懾。

(八)論思獻納： 班固《〈兩都賦〉序》（《文選》卷一）：『朝夕論思，日月獻納。』論思，議論、思考。特指皇帝與學士、臣子討論學問。獻納，指獻忠言供採納。

(九)聖慈： 聖明慈祥，舊時對皇帝或皇太后的諛稱。

(一〇)優禮： 優待禮遇。

(一一)感悅： 感動喜悅。奮勵： 振奮、激勵。

(一二)罄竭： 盡心竭力。《舊唐書》卷二〇《哀帝本紀》：『罔思罄竭，唯貯姦邪，雖已謫於遐方，尚難寬於國典。』圖報： 謀求報答。

(一三)錄黄： 宋時中書省行用之文書。凡小事，由中書省擬奏狀進入，如得旨，書於黄紙上送門下省審覆。如屬急速文字，許以錄黄直送門下省審、覆奏。

【附録】

樓鑰《新除吏部侍郎林大中辭免不允詔（五月十一日）》（《攻媿集》卷四三）：『卿天資鯁挺，論事不回。比以久居臺端，慈皇蓋嘗命以小宰之職矣。去爲劇郡，召歸近班。既殫批敕之勤，庸畀典銓之任。踐敭惟舊，選用匪輕。清吾文部，以助官人之能，不亦休哉！避寵丐閒，非朕所望。』

繳耶律适嘿除承宣使（存目）

《宋史》本傳，又見《欽定續通志》卷三八七、《東林列傳》卷一。

【編年】

據《宋史》本傳記載，該篇作於紹熙三年（一一九二）。

【繫地】

該篇當作於臨安。尤袤繳奏耶律适嘿除官。

【箋注】

承宣使：官名。宋初沿唐制，置『節度觀察留後』，無定員，無職守，雖冠有軍名而不赴任，僅爲武臣加官虛銜。政和七年（一一一七）改稱『承宣使』。

論天下爵禄屬公議（殘句）

天下者，祖宗之天下；爵禄者，祖宗之爵禄。壽皇以祖宗之天下傳陛下，安可私用祖宗爵禄而加於公議不允之人哉？

《宋史》本傳，又見《欽定續通志》卷三八七、《東林列傳》卷一。

【編年】

據《宋史》本傳記載，該篇作於紹熙三年（一一九二）。

【繫地】

該篇當作於臨安。尤袤上疏論天下爵禄乃公器。

【箋注】

據《宋史》本傳：『侍御史林大中以論事左遷，袤率左史樓鑰論奏，疏入，不報，皆封駁不書黄。耶律适嘿復以手詔除承宣使，一再繳奏，輒奉内批，特與書行。袤言……疏入，上震怒，裂去後奏，付前二奏出。袤以後奏不報，使吏收閣，命遂不行。』是時尤袤先後上疏三奏，依次駁林大中、繳耶律適嘿、論天下爵禄屬公議。

乞裁節濫賞奏（存目）

【編年】

據《宋史》本傳記載，該篇作於紹熙三年（一一九二）十二月。

【繫地】

該篇當作於臨安。尤袤力言中宫謁家廟推賞官吏一百七十二人之濫，乞痛裁節。光宗從之。

【箋注】

該奏議原文今已不存。據陳傅良《止齋集》卷一一收録《皇后歸謁家廟，親姪忠訓郎閤門宣贊舍人幹辦軍頭司李孝純、武經郎帶御器械幹辦皇城司李孝友，各特轉右武郎》、《隨龍脩武郎、閤門祇候兼皇后閤主管進奉袁佐，額内翰林醫官、太醫局教授王良佐，成安郎陳翊，額内翰林醫官郭儀，忠訓郎、幹辦人船伊昱，忠訓郎、主管文字傅昌時，忠訓郎、掌牋奏劉玘，忠翊郎、主管進奉周良臣，成忠郎、掌牋奏黄允文，隨龍成忠郎、浙西安撫兼准備將領、主管進奉趙友信，成忠郎、私名掌牋奏吴衍，保義郎王寧、費師旦，承信郎陳琪，承信郎、轉運司准備差使王演，承信郎魏嘉言，承節郎薛拱，承節郎、幹辦人船李祓，進武校尉、私名掌牋李大受，該遇皇后歸謁家廟，並特轉一官》等文，尤袤所謂『濫賞』可見一斑。

論廢法用例之弊奏二（存目）

【編年】

據《宋史》本傳：『嘗因登對，專論廢法用例之弊，至是復申言之』，則再論當作於紹熙三年（一一九二）底。

【繫地】

該篇當作於臨安。

【箋注】

該奏議原文今已不存。尤袤是作，申言廢法用例之弊。

跋徐仁叔藏《樂毅論》（一）

予嘗親見歐陽公《集古》所藏高氏本（二），梅聖俞於碑後白紙闕處，題『甚妙』二字，（三）與此卷前一本不同。

陳櫄《負暄野錄》卷上。

【編年】

據陳櫄《樂毅論》（《負暄野錄》卷上）中『尤延之給事袤、王順伯大卿厚之皆有題跋』的提法，尤袤是跋，當作於任給事中時，具體時間難以考證，姑繫於紹熙三年（一一九二）。

【繫地】

該篇當作於臨安。尤袤任給事中，跋徐壽卿所藏《樂毅論》碑。

【箋注】

（一）徐仁叔：徐壽卿，字仁叔，常州無錫（今屬江蘇）人。杭州於潛縣令徐康直平甫孫。尤袤同時代人。紹熙末慶元初，官臨安丞（據徐安國《重修南下湖塘記》，見明夏時正等《成化杭州府志》）。事蹟具王厚之《徐仁叔藏〈樂毅論〉帖跋》（陳思《寶刻叢編》卷一四《兩浙西路·常州》）。《樂毅論》：共四十四行，小楷，是王羲之的楷書書法作品。原爲三國時期魏夏侯玄（字泰初）撰寫的一篇文章，文中論述的是戰國時代燕國名將樂毅及其征討各國之事。夏侯泰初《樂毅論》（清卞永譽《式古堂書畫彙考》卷六）：『世人多以樂毅不時拔莒、即墨爲劣，是以敘而論之。夫求古賢之意，宜以大者、遠者先之，必迂迴而難通，然後已焉可也。今樂氏之趣，或者其未盡乎？而多劣之，是使前賢失指於將來，不亦惜哉？觀樂生遺燕惠王書，其殆庶乎機，合乎道，以終始者與？其喻昭王曰：『伊尹放大甲而不疑，大甲受放而不怨。』是存大業於至公，而以天下爲心者也。夫欲極道之量，務以天下爲心者，必致其主於盛隆，合其趣於先王。苟君臣同符，斯大業定矣。于斯時也，樂生之志，千載一遇也，亦將行千載一隆之道，豈其局蹟當時，止於兼并而已哉？夫兼并者，非樂生之所屑；强燕而廢道，又非樂生之所求也。不屑苟得，則心無近事；不求小成，斯意兼天下者也。則舉齊之事，所以運其機而動四海也。夫討齊以明燕主之義，此兵不興於爲利矣。圍城而害不加於百姓，此仁心著於遐邇矣。舉國不謀其功，除暴不以威力，此至德全於天下矣。邁全德以率列國，則幾於湯、武之事矣。樂生方恢大綱，以縱二城，牧民明信，以待其弊，使即墨、莒人，顧仇其上，願釋干戈，賴我猶親，善守之智，無所之施。然則，求仁得仁，即墨大夫之義也；任窮則從，微子適周之道也。開彌廣之路，以待田單之徒；長容善之風，以申齊士之志。使夫忠者遂節，通者義著。昭之東海，屬之華裔，我澤如春，下應如草，道光宇宙，賢者託心，鄰國傾慕，四海延頸，思戴燕主，仰望風聲，二城必從，則王業隆矣。雖淹留於兩邑，乃致速於天下。不幸之變世，所不圖敗於垂成，時運固然。若乃逼之以威，劫之以兵，則攻取之事，求欲速之功。使燕齊之士，流血於二城之間，侈殺傷之殘，示四國之人，是縱暴易亂，貪以成私。鄰國望之，其猶豺虎。既大墮稱兵之義，而喪濟弱之仁，虧齊士之節，廢廉善之風，掩宏通之度，棄王德之隆。雖二城幾於可拔，霸王之事，逝其遠矣。然則燕雖兼齊，其與世主，何以殊哉？其與鄰敵，何以相傾？樂生豈不知拔二城之速了哉？顧城拔而業乖，豈不知不速之致變？顧業乖與變同，由是言之，樂生不屠二城，其亦未可量也。』

（二）高氏本：歐陽脩《晉樂毅論（永和四年）》（《集古錄》卷四）：『右晉《樂毅論》，石在故高紳學士家。紳死，家人初不知惜，好事者往往就閱，或模傳其本。其家遂祕藏之，漸爲難得。後其子弟以其石質錢於富人，而富人家失火，遂焚其石，今無復有本矣，益爲可惜也。』

（三）『梅聖俞……二字』句：歐陽脩《晉樂毅論（永和四年）》（《集古錄》卷四）：『後有「甚妙」二字，吾亡友聖俞書也。論與《文選》所載時時不同，考其文理，此本爲是，惜其不完也。』

【附錄】

徐康直《樂毅論石刻跋》（《寶刻叢編》卷一四）：『《樂毅論》石刻有二本：其一，元豐初吳人得其石於太湖水中，石缺過半，背、面皆有刻。面十三行，背六行。後題「永和四年十一月二十四日書賜官奴」。其上書「異、僧權」，卽梁人朱異、徐僧權也。又有草書兩行云：「知足下行至吳，念遠離不可居，叔當西爾。」今《十七帖》中亦有此一帖，然「不可居」三字亦已缺不全。後有小字一行云「大和六年中勒畢」。大和，唐文宗年號，疑若唐玄度兄弟所摹，蓋其字勢甚類玄度書故也。其一，卽周越《法書苑》所記高紳學士得其石於秣陵井中者是也。凡二十九行，石缺一角。後兩行只有最下一字，至「海」字止。紳之子安世死於吴，其家以石質錢，因没入州民錢氏。石已破爲數片，以鐵束之。當官者每令摹拓，錢氏厭之，紿言比失火焚毁矣。熙寧中，吴大饑疫，吾姻家趙子立以黄金貿得之。子立每欲摹本，必躬濡紙傅石，以綿帛漬墨拓之。自此雖權勢皆不可得，向之傳於人者益寶之矣。或以爲舊傳《樂毅論》乃右軍親書於石，其後石入昭陵。朱梁時温韜得之，復傳人間，卽高氏本是也。又按，張彦遠《法書要録》記智永云：「《樂毅論》者，正書第一。梁世摹出，天下珍之。蕭、阮之徒，莫不臨學。」又褚遂良記：「貞觀十二年，内出《樂毅論》，是王右軍真蹟。令直弘文館馮承素模寫，賜長孫無忌等六人。於是在外乃有六本，並稱精妙，備盡楷則。」又《書譜》云：「太平公主愛《樂毅論》，則天與之，以織成錦袋盛之。主敗籍没。咸陽嫗竊舉袖中，吏覺，嫗投之竈中，不可復得。」而考此數者之説，未審孰是。而子立所得高氏本，字勢奇絶，非右軍親書於石，亦模真蹟而刻之者。然石已破裂，而字蹟稍存，得者宜寶藏之。』

周必大《題汪季路所藏書畫四軸(二)》(《平園續稿》卷六)：『右高學士家《樂毅論》，歐陽文忠公《集古録》跋云碑石燬於回祿，而尤延之謂無錫徐氏蓄此碑，殘缺已甚，得非後人摹刻者耶？乾道己丑，同年史志道又以文忠所藏刻之金陵，失真愈多。茲乃天錫楊氏舊物，近世士大夫家絶無而僅有也。紹熙五年九月旦，周某書。』

朱熹《跋舊石本〈樂毅論〉》(《晦庵先生朱文公文集》卷八四)：『沈存中《筆談》云，皇祐中，嘗於高紳之子錢塘主簿安世家見此石。後十餘年，安世在蘇州，石已破爲數片，以鐵束之。後安世死，石不知所在。或云蘇州一富家得之，亦不復見。存中所記，與歐陽公不同如此。延之所謂錫山徐氏者，豈又得之蘇州富家耶？延之又謂損泐模糊，則石雖幸存，亦無復如此本之清勁矣。《續閣帖》中所刻全文，又不知所自來。頃年曾於折子明家見其所藏舊本，筆意絕類徐季海，要皆非此本之比也。慶元丁巳十月己卯，朱熹。』

王厚之《徐仁叔藏〈樂毅論〉帖跋》（《寶刻叢編》卷一四）：『《樂毅論》，淳熙癸卯歲徐仁叔持以見遺，云此卽周越《法書苑》所記高紳學士得於秣陵井中者也。紳之子安世死於吳，其家以石質錢，沒入州民錢氏。錢氏遺火石焚，裂爲數片，雖未甚損缺，素厭州縣索取，因紿以不存。熙寧間，吳中大饑疫，始出碎石求售。趙子立捐黃金數十兩得之，鐵掬匣藏，躬自濡紙，以綿帛漬墨挹取，所傳於人蓋寡。子立死，以授徐平甫，徐氏二世祕藏，不以語人。雖極加愛護，亦日就剝落。今則石面盡脫，初見若不復有字，側面細視，僅存髣髴。拓取稍不謹，石屑隨紙而起，想不復能傳遠矣。子立名竦，泉南人，曾漕兩浙，爲都水使者。二女，無子。徐平甫諱康直，實子立長壻。仁叔名壽卿，平甫孫也。因以其說考之。歐陽公《集古錄》云：「高紳死，其子弟以石質錢於富人，富人失火，遂焚其石，今無復有本矣。」趙德甫《金石錄》云：「《集古》云非也。元祐間，余侍親官徐州，時故郎官趙竦被旨開呂梁洪，挈此石隨行，已斷裂，用木匣貯之。竦甚珍惜，親舊有求墨本者，必手摹以遺之。竦沒，今遂不知所在。」蓋歐公爲質錢所紿，而趙德甫不知後歸徐氏也。按褚遂良《右軍書目》，《樂毅論》四十四行，而高緡（光立案：『緡』當作『紳』）舊本存二十九行，又缺一角，損者九行，而最後二行止有一字，至「海」字止，字之全者三百五十七。今伯仁所摹可見者一百八十九字，又內二十二字不全，疏瘦僅存字骨，不復見運筆勢矣。

予先得舊本，校歐陽氏所藏文忠公本，分毫不異。今又得此，遂附其後。可以見物之變遷，雖金石之堅，亦就泯滅也。臨川王厚之。』

跋《蘭亭帖》五〔一〕

《蘭亭敘》肥不剩肉〔二〕，瘦不露骨，如山谷語，頗似定武本〔三〕。但以越紙拓〔一〕，故多疑之。今觀王仲言所聞〔二〕，殆幾是耶〔四〕。尤袤觀。

《蘭亭考》卷七，又見《梁溪遺稿》卷二、《六藝之一錄》卷一五四、盛刻、尤刊、《全宋文》卷四九九九。

【編年】

王明清於紹熙三年七月十五日（一一九二年八月二十五日）題此本（詳見箋注三所引），則尤袤該篇當作於其後。

【繫地】

該篇當作於臨安。尤袤跋王明清所題《蘭亭序帖》。

【彙校】

〔一〕『帖』，《梁溪遺稿》無。光立案：《梁溪遺稿》列該篇爲第七。

〔二〕『剩』，盛刻亦作『賸』，現據他書校改。

〔三〕『武本』，底本作『本』，《梁溪遺稿》作『武本』，據之補。盛刻作『武』。

〔四〕『是』，尤刊作『是如』。

【箋注】

〔一〕越紙：宋代紙名，有竹紙和剡藤紙兩種。

〔二〕『王仲言所聞』句：《蘭亭考》卷七《審定下》：『定武《蘭亭》爲薛師正之子紹彭易去。宣和初，其弟嗣昌獻於天上，徽宗命龕置睿思東閣壁。靖康亂，獨此石棄不取。高宗駐蹕廣陵，宗澤居守東都，見之，遣騎馳進。未逾月，復南寇，大駕幸浙，失之。紹興中，向子固叔堅帥淮南，密旨令搜訪，不獲。其後叔堅遭臺評，以謂窮窖藏掘地土，蓋由此。紹熙（光立案：原誤作『紹興』，據其生平改）壬子夏，覓官修門，與順伯言此，世所未聞，當識之所藏舊本之左。斯碑紙乃越竹，豈非維揚橅打者歟！中元日汝陰王明清題於寓舍芙蓉閣。』王明清（一一二七—一二〇二），字仲言，潁州汝陰（今安徽阜陽）人。銍次子（《揮塵前録》程迥跋）。孝宗即位，得補官（《玉照新志》卷五）。乾道初，奉祠居山陰。乾道末爲安豐軍判官。淳熙中爲滁州來安令。十二年（一一八五），以朝請大夫主管台州崇道觀（《揮塵前録跋》）。光宗紹熙三年（一一九二），爲雜買務雜賣場提轄官（何異《宋中興行在雜買務雜賣場提轄官題名》）。四年，任簽書寧國軍節度判官（《揮塵餘話》卷二、《玉照新志》卷四）。五年五月，添差泰州通判（陸游《送王仲言倅泰州絕句》）。寧宗嘉泰二年（一二〇二），爲浙西參議官（《攻媿集》卷一〇六《參議方君墓誌銘》）。終於某府知府。事蹟具余嘉錫《四庫提要辨證》卷一七《揮塵録》條所考。有《揮塵前録》四卷、《後録》十一卷、《三録》三卷、《餘話》二卷、《玉照新志》三卷、《摭青雜說》一卷、《投轄録》

一卷及《清林詩話》等作品；《全宋詩》卷二三三八録其詩一首，《全宋文》卷五三八〇録其文十二篇。其《王明清投轄録》、《揮麈録》等書首見於《遂初堂書目》（小説類）。

贈故太師王公神道碑〔一〕

淳熙十有六年正月，壽皇聖帝將遜于位〔二〕，以今端明殿學士、通奉大夫、提舉臨安府洞霄宫王公藺自禮部尚書爲參知政事〔三〕，詔有司寵其先世，於是贈皇考故朝奉大夫之道爲太子少師〔三〕。閲月，上踐阼，覃及天下〔四〕，加贈太子太師〔五〕。四月，遷知樞密院事，贈少師。明年，拜樞密使，加贈太師。樞使罷政還故鄉，周視松檟〔六〕，乃謀刻其先德於墓之碑，而以其辭屬袤。於是太師之薨，蓋二十有五年矣。曩建炎間，敵犯江浙〔二〕，長淮千里，莽爲盜區〔七〕，握兵者畏避不敢戰，有城者遁逃不能守。太師以一書生，率數千烏合之衆，保胡避山水抗羣賊〔三〕〔八〕。區區一隅之地，東有張琪，南有邵青，西有李成，北有李伸，合其兵數十萬〔四〕，環布四境，磨牙有毒〔九〕，卒不能吞噬。使一方之民仰事俯育〔一〇〕，脱死鋒刃，公之力也。不幸忤觸權臣，才不究於用。而遺慶所鍾〔一一〕，乃在其子。樞使既致位二府〔一二〕，爲時名臣，而公贈官一品，榮耀身後，非陰德之報歟？袤待罪史官〔一三〕，方衷次建炎以來故事，如公言議風烈〔一四〕，法所當載，故不敢辭，而爲之銘。

按：公字彦猷，無爲人。曾祖諱用和，隱德不仕〔一五〕。祖諱□〔五〕，贈太保。考諱奇〔六〕，累贈太傅。曾祖妣馮氏、祖妣于氏，贈衛國夫人；妣施氏，累贈福國夫人。公幼穎悟，八歲通一經，弱冠貢辟雍，與兄之義、弟之深同登宣和六年進士第〔一六〕。搢紳榮之，榜其所居堂曰『三桂』。時太平久，用事者開邊隙，公知必亂，對策極言，考官惡其直，寘之下列。靖康初，調和州歷陽丞。縣有大圩〔一七〕，積雨將敗，皆豪家所占，請於官，欲增埂〔一八〕，郡檄公督役。公呼諸豪諭之曰：『爾圩爾修，將責之誰？』鞭其不率者，皆爭出夫，得數千人，捍水而圩全，歲乃大熟。郡以爲能，俾攝令烏江。甫視事，御營使劉光世檄言大軍且至〔一九〕，令具芻糧〔二〇〕。視倉庫無銖粒〔二一〕，里豪素服恩信，不移晷得錢七十萬，米三千斛。事定，悉以償之。或謂軍興科借不必償〔二二〕，公曰：『信不可去也。民相信，何憂匱乏。』宣撫司檄清野，期以三日責軍令狀，公曰：『敵未至而先困吾民，可乎？譴，吾自當之。』即書以授使者，令民安堵如故，不踰旬，清野之議亦寢。以循資丐罷〔二三〕，奉二親還鄉，率族黨保胡避山，使其弟之深守之。公以兵法部其丁壯，轉戰於外，且誘鄉民運粟於山，能致一石者與其半，故糧不乏。山西有毛公寨，李伸圍之急。公以精卒從間道出不意，大破之。寨人德公，拔寨與公合。伸恥其敗，攻益力。會伸破張琪，據濡須城〔二四〕，遣鍾乂以十餘萬衆來攻〔七〕，語寨人曰：『爲我請王縣丞來，否則必屠爾寨。』公料衆寡不敵，將挺身說賊，諭其衆曰：『彼圍益急，吾勢益孤，生路絶矣。伸雖麤悍，聞頗知書，可以誠動。幸而聽則免禍，縱見殺猶愈於束手待斃也。』衆感泣爭止公，公曰：『吾以一身救數萬老幼，何畏死？』卽以數十騎出見乂。乂與衆賊大驚曰：『公何勇耶！我來無他，蓋以公得衆心，欲以郡城相委而去爾。』公辭不可。乂以矛擁公馬而東，日且暮，遂入城。而張琪復振，與伸戰，伸敗走。琪刼公過荻港（二五），令招誘胡避之衆，公以計脫歸。時所在盜賊蠭起，殺人如麻，獨在胡避者皆得免。未幾，丁母憂，鎮撫使趙霖以便宜起公攝鄉郡（二六），公拊摩瘡痍，招集流冗（二七），境内帖然（二八）。有僞爲皇姪奉徽宗詔領大元帥者，移檄州郡，公引雋不疑辨戾園事，抵鎮撫司，擒送行在所，果得其姦。（二九）霖以公守胡避功聞於朝，改承奉郎（三〇），就差充鎮撫司參謀官。都督府築滁州瓦梁堰，爲小北海以備敵，委公往視。公言：『捨江淮天設之險，而積水於敵所不經之地，徒擾民費財爾。』遂不復築。（三一）含山當合肥往來之衝（三二），有狼爲害，又委公驅除。（三三）公齋戒入境，狼悉屏迹〔八〕，人以比宋均渡虎（三四）、韓愈徙鱷云（三五）。丁父憂，服除，通判滁州。時方議和，公移書吏部魏公矼、諫議曾公統〔九〕（三六），言辱國非便。又上疏陳敵有可勝者五（三七），且繳所與二公書，大忤宰相秦檜意，責監南雄州溪塘鎮鹽稅（三八），會赦不果行。異議者率得重譴，公遂絕意仕進，卜居相山之下，自號相山居士，以詩酒自娛，凡二十年。檜死，起知信陽軍。紹興三十一年至郡。明年，北人敗盟〔一〇〕，詔沿邊爲守備。公疏言應敵之策（三九），不報。建康都統乞拘沿江舟船，毋泊北岸。轉運司以朝旨移郡，公奏拘老小則失人心，禁商旅則走官課（四〇），大將措置乖謬，貽敵笑侮（四一）。鄂州都統乞團結西湖北保甲，遇征行許充本軍鄉道，公復言：『統帥所謂鄉道，是欲驅百姓爲先鋒耳。』（四二）朝廷是公言，事俱寢。除就湖北提舉常平茶鹽。或言辰、沅、靖三州洞丁習武藝（四三），宜募二千人順流赴建康。詔提刑司具舟楫。公時兼憲事，得符驚曰：『敵未平，豈可復搖遠人心？』奏罷之。湖北十四郡常平積粟三十八萬，而在鼎州者十五萬（四四），陳腐幾半，詔以餉荊鄂軍。公曰：『徒費輦運而愈耗折（四五），乞留以爲旱備。』未幾，鼎州大旱，公遂發廩以平糴價，取腐壞欠折之數，請於朝而蠲除之。歲稔，和糴以補其舊，而官吏得逃責，百姓免流殍（四六），二十年積弊悉去。前提舉張公震語人曰：〔一一〕『王公所爲，是吾前日睥睨而不敢爲者。』攝鼎州，有僧崇一居桃源，以妖言惑眾〔一二〕，公召致獄。民爭言僧有神術，治之將不利，公弗聽。獄具，流筠州，卒無能爲，乃大詘服（四七）。荊帥乞調鼎、澧、岳鄉兵之半同守禦，公遺帥書言：『鄉兵本以護鄉井，豈堪裹甲赴敵。況三郡水旱相仍，安可騷動？』帥服其言而止。除湖南轉運判官。郴寇李金竊發，諸司蒙蔽不以聞。公至攝帥事，乞兵於朝。賊偶歸巢穴〔一三〕，憲遽奏賊就招撫，朝廷信之，追還所遣兵，人情憂懼。公檄憲：『賊若果降，當詣郴公參；若自去自來，後必爲患。』檄未至郴，而賊作。憲懼罪，即報當路以『賊之再發，檄於公參』之一語〔一四〕。言者不察，劾公罷。已而朝廷知其非，憲與二郡守俱鐫責（四八），公前枉盡白，而竟不復出矣，遂以朝奉大夫致仕。

公爲人質直剛勁（四九），尚風節（五〇）。平居恂恂（五一），氣和而色溫。至臨大事，區處剖決（五二），多出人意表。遇人患難，雖讎隙亦極力拯之，不顧家有無。壯歲入仕，遭時多故，慨然欲以功名自奮。數上書陳利害〔五三〕，忠義激烈，聽者竦然〔五四〕。又以策干丞相趙公鼎、張公浚、呂公頤浩、參政李公光，蓋以數公可與共功業者。〔五五〕其在歷陽，料杜充之必敗〔五六〕，和州之必變，皆如其言。和議既成，而公廢脱。守邊郡，持使節，當壽皇勵精之初〔一五〕，可以有爲，而公已老，亦命也夫！以乾道五年六月朔日終於家，公之將終也，忽語其子曰：『吾衰，久無夢。疇昔之夜，夢帝召我而命之曰：「以爾有功，當禄其後。」吾年七十七，死何憾！』捐館數日，有白氣如練，止舍中，人以爲異云。以其年十月甲申葬於郡城北三十里長岡之原。胡避遺民存者尚衆，扶老攜幼，遮哭於道，喪車至不得前。配魯國夫人孫氏，先公四十二年卒。〔五七〕子十人：蘩，奉議郎〔五八〕、簽書武岡郡判官；蘧，迪功郎〔五九〕、郢州長壽尉，皆後公卒；邁，承直郎〔六〇〕、監蘄州蘄口鎮；著，迪功郎、監西京嶽廟；薳，朝奉郎〔六一〕、通判廬州；次即樞密使也；茹，承務郎〔六二〕；萊，承議郎、前知池州貴池縣；芾、荀，未仕。女六人：適承議郎趙善治、承議郎徐一夔、文林郎許棟〔一六〕、從事郎張漢卿〔六三〕、通直郎万俟侃，幼疾廢。孫男二十人，孫女十九人，曾孫七人。有文集三十卷，藏於家。嗚呼！讀其書可以見公之學，考其始終大節可以知公之心，觀其子孫繁衍盛大，又可證天之報施爲不誣也〔六四〕。銘曰：

著姓維王，出自太原。唐季避亂，派分河南。自河徂淮〔六五〕，累世乃顯。視彼淮水，知其源遠。〔一七〕烈烈太師，以文起家。與其伯仲，聯登雋科。粤自少年，志出人上。議論偉然，風節豪壯。始仕邑佐，逢時棘艱。父母之邦，毀於寇殘。鳩集遺黎，依險自保。耰鋤棘矜〔六六〕，以抗羣盜。盜環四境，莫嬰其鋒。稚耋數萬，寄命於公。誰謂書生，有謀有勇。云誰厄之，弗究其用。活人之功，上帝所知。不耀其躬，而後之貽。是生樞臣，爲國碩輔。維垣一品，以賁其墓〔一八〕。長岡之原，公墓在焉。植碑勒銘，垂千萬年。

王之道《相山集》卷三〇（《永樂大典》本），又見尤刊之『文鈔補編』（《全宋文》誤作『梁溪遺稿文鈔』）、《全宋文》卷五〇〇一（《全宋文》誤作『王藺』）。

【編年】

王之道卒於乾道五年（一一六九），該篇作於『二十有五年』後，即紹熙四年（一一九三）。又徐自明《宋宰輔編年錄》卷一九《紹熙元年》：『四年三月，除知江陵府。』據此可知，王藺於是年三月起帥江陵，則尤袤此文當作於之前。

【繫地】

該篇當作於臨安。尤袤受王藺之托，爲其父王之道撰神道碑。

【彙校】

〔一〕『遜于位』，他書均作『遜位』。

〔二〕『犯』，他書均作『侵』。

〔三〕『水』，他書均作『以』。

〔四〕『十』，《全宋文》誤作『千』。

〔五〕該句《相山集》注『原本缺字』，尤刊注『原本缺』。

〔六〕該句《全宋文》校語：『諱：原作「贈」，據文意改。』光立案：《相山集》即作『諱』字。

〔七〕『來』，他書均作『夾』。

〔八〕『狼』，底本漏，現據他書增補。

〔九〕『曾』，《全宋文》誤作『魯』。曾統（一〇七六—一一四二），字元中，建昌軍南豐（今屬江西）人，肇子。以蔭入官，累除提舉福建常平。高宗駐蹕揚州，召爲工部員外郎。建炎四年（一一三〇），官廣南東路提刑。紹興二年（一一三二）十一月，以左司員外郎賜進士出身。三年五月，除祕書省少監。八月，爲起居郎。後以朝請郎充祕閣修撰，權知徽州。九年，爲諫議大夫、知婺州。十二年五月卒，年六十七。事蹟具《南宋館閣録》卷七、《宋會要輯稿·職官七一》之三、《崇儒四》之二三、《職官二》之一七、《宋史》卷三一九、《京口耆舊傳》卷二。《全宋文》卷三〇八四録其文十一篇。

〔一〇〕『亮』，他書均作『人』。

〔一一〕『震』，他書均作『宸』。

〔一二〕『言』，底本漏，現據他書增補。

〔一三〕『穴』，尤刊誤作『六』。

〔一四〕該句《全宋文》校語：『「參」前原有一「彥」字，據《相山集》刪。』『公參』：官員赴任後到上司處參拜。趙升《朝野類要·職任》：『小官赴任，詣長貳公參訖，衙前聽候三日，方敢退歸本職，今制遂禁庭拜。』李綱《申督府密院相度措置虔州盜賊狀》：『其招安出，首領雖已補授官資或與差遺，多是不離巢穴，不出公參，依舊安居鄉土。」

〔一五〕「勵」，底本作「厲」，據尤刊校改。「勵精」：振奮精神，致力於某種事業或工作。《周書》卷三五《薛端傳》：「〔端〕與弟裕勵精篤學，不交人事。」

〔一六〕「文」，尤刊誤作「於」。「文林郎」：文散官名。隋置，取北齊徵文學之士充文林館之義，後世因之。

〔一七〕「水」，尤刊注：「「水」字下脫一字。」「其」，尤刊無，《全宋文》校語：「其：原脫，據右引（光立案：當指《相山集》，下同）補。」

〔一八〕「墓」，尤刊作「基」，注「「基」字恐誤」；《全宋文》校語：「墓：原作「基」，據右引改。」

【箋注】

〔一〕王之道（一〇九三——一一六九），字彦猷，自號相山居士，無爲軍無爲縣（今屬安徽）人。徽宗宣和六年（一一二四）進士。欽宗靖康初調和州歷陽縣丞，攝烏江令，以奉親罷。金兵南侵，率鄉人退保胡避山，全活甚衆。改承奉郎、差充鎮撫司參謀官。高宗紹興間通判滁州。因上疏反對和議忤秦檜，責監南雄州溪堂鎮鹽稅，會赦不果行，居相山近二十年。秦檜死後，起知信陽軍，歷提舉湖北常平茶鹽公事、湖南轉運判官、權安撫使，後以朝奉大夫致仕。事蹟具《相山集》卷三〇尤袤《贈故太師王公神道碑》、《宋史》卷二〇八《藝文志七》及《宋史翼》卷一〇本傳。著有《相山集》三十卷、《相山長短句》二卷。《相山居士文集》三十卷，《直齋書錄解題》卷一八作二十六卷，《宋史》卷二〇八《藝文志七》作二十五卷，已佚。清四庫館臣從《永樂大典》輯爲《相山集》三十卷，其中詩十五卷。《全宋詩》以影印清文淵閣《四庫全書》本爲底本，新輯集外詩附于卷末；《全宋文》亦以文淵閣《四庫全書》本爲底本，集外輯得佚文八篇，共釐爲八卷。神道碑：指的是立於墓道前記載死者生平事蹟的石碑。多記錄死者生平年月，所作貢獻等。神道卽墓道，碑指的是立在墓道上的碑。記錄帝王大臣生前的活動，也指神道碑上的文字記錄。

（二）端明殿學士：宋代職名，正三品，無職掌，僅出入侍從備顧問。通奉大夫：寄祿官名，北宋徽宗大觀二年（一一〇八）增置階名，換右正議大夫階，從三品。南宋紹興元年（一一三一）分左、右，淳熙元年（一一七四）三月罷分。提舉臨安府洞霄宮：祠祿官名，宋代宰相大臣乞退或免官，常以提舉該宮繫銜。洞霄宮在浙江餘杭縣大滌山中嶺下。

（三）太子少師：復宋太子三少，至仁宗爲太子時始置，常以大臣兼職。後常以三少爲前執政加官，亦不常置。

（四）覃：此指广施（恩惠）。

（五）太子太師：宋太子太師、太傅、太保，作爲加官，只授給宰相相官未至僕射者與致仕的樞密使，實非東宮官。

（六）周視：巡視，謂仔細察看。松檟：松、檟二樹常被栽植墓前，亦作墓地的代稱。《北史》卷一一《隋本紀上·文帝紀論》：『墳土未乾，子孫繼踵爲戮；松檟纔列，天下已非隋有。』

（七）莽爲盜區：各地强盜四起。《新唐書》卷二一四《藩鎮宣武彰義澤潞傳贊》：『唐中衰，姦雄圜睨而奮，舉魏、趙、燕之地，莽爲盜區，掔叛百年，夷狄其人，而不能復。』莽，廣闊。盜區，盜賊藏身、活動的地區。

（八）胡避山：在無爲州西六十里，舊名『狐鼻山』。

（九）磨牙有毒：指騷擾爲害。

（一〇）仰事俯育：上要侍奉父母，下要養活妻兒。泛指維持一家生活。《孟子·梁惠王上》：『是故明君制民之産，必使仰足以事父母，俯足以畜妻子。』

（一一）遺慶：餘慶，澤及後人的餘福。《隸釋》卷一九《三國魏公卿上尊號奏》：『至乎天瑞人事，皆先王聖德遺慶，孤何有焉。』

（一二）二府：宋代稱中書省和樞密院。《宋史》卷一六二《職官志二》：『宋初，循唐五代之制，置樞密院，與中書對持文武二柄，號爲「二府」。』

（一三）待罪：官吏供職的謙辭，意謂隨時準備因失職而被治罪。

（一四）言議：議論、言論。《墨子》卷一二《公孟》：『因左右而獻諫，則謂之言議。』風烈：風操、風範。《新唐書》卷一二六《張九齡傳》：『建中元年，德宗賢其風烈，復贈司徒。』

（一五）隱德：立志。王禹偁《殿中丞贈户部員外郎孫府君墓誌銘》（《小畜集》卷二九）：『高祖簡，徙居於蔡，曾祖中，祖真，皆隱德不仕。』

（一六）『與兄之義、弟之深同登宣和六年進士第』句：《江南通志》卷一一九《選舉志·進士·宣和》：『王之義（無爲人）、王之深（無爲人）……王之道（無爲人）……魏矼（和州人）。』

（一七）圩：指的是江淮低窪地區周圍防水的堤。

（一八）埂：　地勢高起的長條地方。

（一九）御營使：　官名。五代時爲皇帝出巡而設，掌行營守衛。至南宋初，爲特要之職，以宰相兼領，總攝軍政，後罷。劉光世（一〇八九—一一四二），字平叔，保安軍（今陝西延安）人。宋高宗即位後，其任提舉御營使司一行事務、行在都巡檢使。事蹟具《宋史》卷三六九本傳。

（二〇）芻糧：　糧草。多指供軍隊用的飼料和糧食。

（二一）銖粒：　一銖一粒。形容極少的數量。

（二二）軍興：　謂徵集財物以供軍用。科借：　課税、征税。

（二三）循資：　按年資逐級晉升。《抱朴子·釋滯》（《内篇》卷二）：『士有待次之滯，官無暫曠之職，勤久者有遲敘之嘆，勳高者有循資之屈。』

（二四）濡須：　三國時古城，現安徽省無爲市城北邊，於東南孫權曾建有濡須口，爲戰時港口，蔣欽、周泰、朱桓、駱統、朱然先後擔任濡須督而鎮守此地。

（二五）荻港：　地處安徽長江中下游，長江南岸，位於蕪湖市與銅陵市之間，相距各四十五公里，北與無爲縣隔江相望。

（二六）鎮撫使：　管理地區軍隊的長官。南宋始置。高宗建炎四年（一一三〇），以參知政事范宗尹議，以武裝集團首領李成、桑仲、郭仲威、許慶爲鎮撫使。在諸使所據地區，除茶鹽由朝廷置官提舉外，其餘均歸鎮撫使便宜行事。趙霖：　霖（？—一一三四），和州（治今安徽和縣）人。崇寧二年（一一〇三）登進士第。政和時爲提舉官，建炎四年（一一三〇）爲朝奉郎、知和州。紹興二年（一一三二）官和州、無爲軍鎮撫使。四年以左中奉大夫、直徽猷閣奉祠居家，守本官致仕。十二月詔與郡，命下已卒。事蹟具《建炎以來繫年要錄》卷三三、三四、五一、一八〇，《宋史》卷二六、九六、二四六、四五三，光緒《安徽通志》卷一五四。《全宋文》卷三一一九錄其文《三十六浦利害》一篇。便宜：指便宜行事之權。

（二七）流亢：指流離失所的人。《新唐書》卷一一〇《泉男生傳》：『儀鳳二年，詔安撫遼東，並置州縣，招流亢，平斂賦，罷力役，民悦其寬。』

（二八）帖然：順從服氣，俯首收斂。

（二九）『有僞……其姦』句：《宋史》卷二四六《越王偲傳》：『紹興初，有崔紹祖者，至壽春府，稱越王次子，受上皇蠟詔爲天下兵馬大元帥，興師恢復。鎮撫使趙霖以聞，召赴行在。事敗，送臺獄，伏罪，斬於越州市。』

（三〇）承奉郎：寄禄官名。北宋神宗元豐三年（一〇八〇）九月，由太常寺太祝、奉禮郎階改。爲文臣京朝官寄禄官三十階之第二十九階。正九品。爲執政官蔭子初官。

（三一）『都督府……遂不復築』句：瓦梁堰，在今安徽來安雷官境内的姜家渡，和江蘇六合新集交界。瓦，是陶土燒制的瓦塊；梁，是捕魚的小壩；堰，即是堰塘。這裏的堰塘早期只是個在滁河（即塗水）漁民用於漁業生産攔魚的簡易網壩，後來由於戰爭防禦的需要，加高加寬了壩埂，成爲了有軍事用途的堰塘，這就是瓦梁堰。《論瓦梁利害申都督孟參政狀》（《相山集》卷二二）：『右，之道所准前項指揮，尋依應躬親前去真州、滁州、和州接界地名後湖，沿河相度，迤邐至瓦梁。同真州六合縣丞諸葛缶呼集地分父老詢問，得瓦梁河東至瓜步口出大江一百六十里，北接後湖，西南至再安二百七十里。其水係廬州慎縣、滁州來安、清流、全椒、和州烏江等處山水相合，流入此河，東注大江。每遇春夏，山水暴漲，卽沿河低田往往淹没。若築合瓦梁口堰，住水源壅入後河，卽南北淹民田及行路十餘里，其東西係是上通再安、下通瓦梁河道，並無利害。內所淹地只是斷得自全椒南入綽門至和州路，計九十五里。其全椒西卻有一路徑由六丈、再安至和州，計二百二十里，比綽門路只多一百二十里，不甚迂曲。況瓦梁堰成，卽堰上自是一條大路，不復似河道有水阻礙，須用船筏方可濟渡。若徑自滁州界白塔入真州界竹墩，過瓦梁堰至宣化渡，比之他路更爲順便。兼瓦梁下口又有六合渡、薛家渡、滁口山渡三處，通宿、泗、滁、濠等州，入真、揚州路，别無阻節之道。今相度上件，瓦梁若從官員白劄子內所請築合堰口，不惟困民力、費民財、浸民田，有此三害，其於控扼江左，實不見其毫髪之利。契勘金人前後兩次侵犯淮南，第一次係由泗州入真州路，第二次係由廬州入和州路，卽不曾經由滁州後湖過江。若論控扼建康，今日天設之險，上則莫若阻淮，次則莫若阻江。今言事者上既不能以阻淮爲言，次又不能以阻江爲言，而乃以爲建康雖倚江以爲固，其控扼之勢，實在江北。欲積水後湖以爲北海，斷滁之全椒，距和之烏江一路，而期以控扼制北兵，不得徑至江山，豈不謬哉？之道竊聞之，周世宗時李氏苦周兵之南侵，其臣何延錫爲畫此策，方犇雷塘石封瓦梁口，未及告成，而數州之民皆去而歸周，故是役罷。今國家紹開中興，遣兵戍淮，乃所以爲江南之屏蔽。自兹以往，要當日闢千里，廓清中原，以副四海望霓之心。上件官員白劄子所陳，實恐未爲利便。今以沿河父老所言及之道所見，謹具狀申都督相公，伏乞鈞旨，更賜詳酌施行。』

（三二）含山：唐武德六年（六二三），分歷陽縣西部地區原龍亢縣境域設含山縣，縣以境內的含山命名。含山，又名横山。因『羣山列峙，勢若吞含』得名，素有吳頭楚尾之稱。兩宋時期，含山屬淮南西路和州防禦使。

（三三）『有狼爲害，又委公驅除』句：《和州含山縣驅狼文》（《相山集》卷二八）：『人君以斯民付之吏，譬猶上帝以斯人付之神，其責實相似。民有病苦而吏不能救，亦猶人有禍患而神不能去，其罪實相等。夫人君之愛民，與上帝之愛人不異也。其視元元之災害，不翅自我招之，自我受之也。若吏不汝省，神不汝顧，以爲時數實當然，而不聞於君、請於帝，使民人之情不能上達則已，若獲上達，爲吏與神者，其被譴宜何如哉？和抱江負山，當賓客軍旅往來之衝，而含山又爲通道。自强敵入寇，迨今八年，更戎馬賊兵之變，無慮數十次，所至荊棘，爨無盛烟。幸而未血斧鑕者，又以齕草茹木爲命。今豺狼成羣，白晝入市，與飢羸格鬭，力不勝則恣殘噬如驅羣羊。而向之齕草茹木者，且復有畏塗之戒，往往束手啼飢，坐以待盡。吏奉天子命，牧養小民，使民至此，吏亦安所逃罪？神以功在國，德在民，實受命于天，作庇此方。正使吏不以聲于帝，而帝不以咎于神，爲神之職，當如何耶？昔宋均爲九江守，初境多暴虎，檻穽所不能制，下車自責，去檻穽而虎爲之渡江。今太守趙公賢且仁，不減宋均，其不以長刀大劍、强弓勁弩有事於狼，而遣屬吏同縣官有請於神，蓋與宋均之去檻穽不謀而同。官吏誠不德，有以致之，冀神力請於帝，俾殃及於厥身，勿使百姓無辜同此濫罰。不然，神爲不職，某當聞之州，俾含山之民毀像撤廟，以爲神羞。神其聽之，毋爽！』

（三四）宋均渡虎：漢代宋均擔任九江太守。郡內多虎，傷害百姓，設置檻阱仍然不能避免。宋均說：『這是因爲官員貪暴，應該進忠言，退姦吏，可以移去檻阱。』老虎果然向東渡江而去。

（三五）韓愈徙鱷：韓愈爲潮州刺史時，爲了使當地百姓免受鱷魚之害，作《鱷魚文》以祭之，命令鱷魚於五七日內遷到海裏去，否則將誅殺之。傳說鱷魚果然於次日遠離潮州而去。唐張讀《宣室志》卷四：『吏部侍郎韓昌黎公愈，自刑部侍郎貶潮陽守。先是郡西有大湫，中有鱷魚，長者百尺，每一怒，則湫水騰溢，林嶺如震。民之馬牛有濱其水者，輒吸而噬之，一瞬而盡。爲所害者，莫可勝計。民患之有年矣。及愈刺郡，卽至之三日，問民間不便事，俱曰：「郡西湫中之鱷魚也。」愈曰：「吾聞至誠感神：昔魯恭宰中牟，雉馴而蝗避；黄霸治九江，虎皆遁去。是知政之所感，故能化鳥獸矣。」卽命庭掾以牢醴陳於湫之傍，且祝曰：「汝，水族也，無爲生人患。將以酒沃之。」是夕，郡西有暴風雷，聲振山郭，夜分霽焉。明日，里民視其湫，水已盡。公命使窮其跡，至湫西六十里易地爲湫，巨鱷亦隨而徙焉。自是郡民獲免其患。』

（三六）移書：又稱爲貽書。卽致書，官吏通書函往來。吏部魏公矼：魏矼（一〇九七—一一五一），字邦達，和州瀝陽（今屬安徽）人。宣和三年（一一二一）上舍及第，紹興初權吏部侍郎。事蹟具《宋史》卷三七六本傳。《上侍郎魏矼書（紹興八年六月十二日）》（《相山集》卷二四）：『之道竊聞之，先民有言詢於芻蕘，以謂人有所長，不可以其微賤故忽之也。之道比緣赴調，居於臨安之隘巷者八十餘日，朝夕獲聞閭閻之言，似有可取者，輒敢以其所聞上瀆聽覽，惟執事擇焉。其言曰：「王倫使金還，金遣使隨倫報聘。國家自靖康以來，失於議和，致兩君北狩，萬乘東巡，百姓墜於塗炭。迨今十有四年，尚不覺悟，又復縱倫賣國，引盜入家，以闞（原作『闖』，據《三朝北盟會編》校改）我虛實，排辦館待之具，所至騷然。夫金人之爲此也，利得子女玉帛爾，不以吾之所以館待者過禮而遂已也。今有被盜者家徒四壁立，復不自量，又從而東借西乞，以其所有而夸於盜，其不爲盜之招者幾希。頃年章誼、孫近使金，餘人盡留南京，惟誼與近得至軍前稟議。今金使之來，自合引用此例，留餘人於韓世忠軍中，令其使副造朝，不惟有以褫其魄而奪其氣，亦足以示朝廷之尊。乃若議和，則有九不可而一可。」之道聞此言，如醉而醒，如夢而覺，因謂同舍郎曰：「智者千慮，必有一失；愚者千慮，必有一得。茲殆所謂一得者乎！」請試爲執事陳之：父母之讎不與同戴天，兄弟之讎不與同國。金人昨犯京師，自徽宗皇帝、明德皇后以下，悉從播越。今茲仙去，雖云厭世，其實殺之，又況淵聖之與六宮，尚囚沙漠。四海共憤恨，爲人子弟者義當何如？此其不可和者一也。當唐德宗時，吐蕃因沙堡之敗，懼而求和，宰相張延賞入馬燧之言，請於德宗，從之。當時諸將獨李晟以爲不可，諸相獨柳渾所言與晟意合，曰：「豺狼之性，非盟誓可結。」已而，吐蕃果劫盟如晟、渾言。此其不可和者二也。和戎所以息民也，斯民厭亂久矣，孰不欲其通和而幸其休息哉？今輿議乃爾，蓋傷弓之心猶思靖康覆車之轍，而懼其復蹈也。必欲議和，是咈民心，民心則天意也，天可違乎？此其不可和者三也。頃自車駕南幸，金立劉豫於濟南，以有中原之地，歲責幣三百六十萬緡，豫奉之未嘗少有墜失。一旦以計廢豫，盡豫所藏，擔囊揭篋，倒廩傾囷而去，若取諸懷，不煩顧指。而我師以君伐臣，睥睨累年，終不敢進。非金勇而豫怯，我弱而豫强也，蓋豫已臣事金人，則金猶父也，豫猶子也，爲人子者固不虞其父之見逐；惟不虞其見逐，故金得以逐豫如反手之易。爲豫計者，亦初不謂豫曰：「汝於金非有父子之親，徒以我之廢吏故立，汝以爲得志，必將與我抗而爲己之捍蔽也，抗我則所以事己者不敢不至。」豫既挾金以抗我，則其於我也，不復若金之不虞其見逐也，且日夜求所以勝我，惟恐其不勝而見擒。是則我之所以不能取豫者，以豫視我若讎；而豫之所以見執於金者，以其待金者過於親也。今金欲和，是以劉豫畜我，此其不可和者四也。當寶元、康定間，契丹以重兵壓境，遣蕭英（原脱『英』字，據《三朝北盟會編》及《宋史》卷一一《仁宗本紀》所載補）、劉六符來聘，意在劫取關南十縣。朝廷命右正言富弼爲報聘之行，仁祖重念兩國生靈之故，許其屈己增幣而契丹平。逮卒事，弼不肯受賞，曰：「此非臣之本志也。」嗚呼，忠臣之謀國一至此耶！今金無約請和，非出於謀則是厭兵，而欲結好於我以邀歲貢。從之而遂罷兵，則非特不能保其不叛盟而乘我之間，又恐朱克融輩變生不測。從之而兵不可罷，則不能不於養兵之外横賦重斂，歲供谿壑無厭之求。其勢必至陳勝、吳廣之起於秦，青犢、黄巾之起於漢，爲禍殆有甚於此者。此其不可和者五也。頃年以來，諸將非不進討，終不能取淮北尺寸之地，或暫得之復旋失之。正使舉大河以南盡還朝廷，度其力果能保有之乎？與其隨得隨失，不若置之度外，以俟其力足以制金，徐爲進築之計。此其不可和者六也。自古中興之主，未嘗不因於險阻艱難。惟其履險阻艱難，而益挫益堅，因能興衰撥亂而光祖宗之業，刷父兄之恥而見稱於天下後世，若周宣復文武之境土，漢光之恢復疆宇是也。今得河南之地不足以立國，金藉此求和，則必矢（原無，據《三朝北盟會編》補）天地以要我。自此以往，雖使王靈日張，軍聲日振，尚敢議恢復之圖哉？此其不可和者七也。漢、唐以來，中國之待外夷，不過征伐之與和親，征伐則將帥任其責，和親則廟堂主其議。今天下之權不在廟堂而在諸將，諸將擁重兵據要地，偃蹇自肆，視國家之安危存亡，如越人視秦人之肥瘠，漫不加意。遇緩急，則雖請援者駢肩於庭，督戰者接武於塗，方且傲睨而不顧，逗留而不發，曰「將在軍，君命有所不受」。儻從金盟而不與諸將議，使金誠和，猶恐自疑而至於潰叛。萬一挾詐，如尚結贅之意在窺窬，是使諸將得以有詞而不復出兵矣。此其不可和者八也。李義琰嘗曰：「大國之使可當小國之君。」今主上以休兵息民爲重，固不憚臣事金人，且以其主爲君，則其使蓋同列也。若金使援此爲言，倨慢無禮，不知朝廷何以待之。此其不可和者九也。然則所謂一可者，孰可哉？韓原之戰，秦伯獲晉惠公，晉遣陰飴甥使於秦，秦伯曰：「晉國和乎？」對曰：「不和。小人恥失其君而悼喪其親，不憚征繕以立圉，曰必報讎；君子愛其君而知其罪，不憚征繕以待秦命，曰必報德。以此不和。」秦伯曰：「國謂君何？」對曰：「小人慼，謂之不免；君子恕，以爲必歸。小人曰：『我毒秦，秦豈歸君？』君子曰：『我知罪矣，秦必歸君。』貳而執之，服而舍之，德莫厚焉，刑莫威焉。納而不定，廢而不立，以德爲怨，秦不其然。」於是秦伯說陰飴甥之對，改館晉侯而歸之，初不聞其以賄盟也。今金誠欲還二帝、六宮與祖宗之故地，而爲德於我，以要我盟，曰既盟之後，言歸於好，各守封疆，世世子孫慎勿相犯，有渝此盟，明神殛之，而無所事賄，夫誰曰不可？同舍郎曰：「子之所言九不可，理固然矣。所謂一可，乃服而舍之，如秦伯之歸晉侯也。夫晉侯以三施不報，有負於秦之君民，秦伯尚且歸之，我徽宗皇帝初不聞有負於金，而生不得反其國，死又且要其盟，豈服而舍之之（原脫二「之」字，據《三朝北盟會編》補）道哉？使金無所要，但以有負於（原無，據《三朝北盟會編》補）我，遂歸梓宮之與天眷，猶當愧於秦伯，況不如是耶？爲今日計，當以此意明告使者，而俾復命。苟惟不從，是金無意於盟，我何罪也？大抵主和者徒苟目前之安，遂忘父子君臣之義，他日儻修先帝之怨，亦不過臨時失信敗盟而已。夫信者國之寶、民之庇、言之瑞、善之主也，苟信不繼，盟何益哉？且自古失信敗盟，未有不身罹其禍而殃及後世者，不可不戒也，不可不慎也。」之道今月初四日已嘗具稟目，少見野人區區之意。明日遂有無爲之行，不果再詣屏著。跧伏小舟中，念古人身在畎畝，心不忘君，將次宜興，復紬繹前日臨安之有得於街談巷議者，爲之書以獻。庶幾有聞於吾君、吾相，而使敵計無所施焉。轉禍爲福，實在侍郎一言。干冒威嚴，無任皇懼之至。』《上諫議曾統書（紹興九年五月二十二日）》（《相山集》卷二五）：『之道不佞，待次里社，與木石鹿豕爲伍，不識治體，不聞國論。惟是區區愛君之心，實寤寐不忘宗社安危存亡之長慮。此無他，嫠不恤緯而憂宗周之隕，女不念嫁而憂太子之幼，亦其利害禍福有以相及，不得不然，非過慮也。金人自宣和、靖康以來，愚弄朝廷，有同兒戲，卒以陵夷我國家，迄於今而不振。方其設一謀、施一計，雖下而小夫賤隸，咸能料其將然，且曰如是者姦也，如是者詐也，已而合若符契，不差毫釐。而朝廷之上乃獨斷然以爲非姦非詐，惟恐其奉承之不暇，以自取欺侮戮辱，而終不悔且悟，何哉？孔子曰：「鄙夫可與事君也與哉！其未得之也，患得之；既得之，患失之。苟患失之，無所不至矣。」嗟乎，此言誠足以箴當世之膏肓也！去年夏，金人遣使隨王倫報聘講和。之道是時調官臨安，獲聞輿論有「九不可一可」之説，嘗欲掇拾，效愚獻忠，以裨廟堂末議。晝度夜思，將成復毀，曰位卑言高罪也，因止而趣裝以歸。行次宜興，復念古人身在畎畝，心不忘君，如之道雖不肖，奈何竄名仕版，乃忍坐視安危存亡之幾而不爲一言耶？於是慨然裁書，託故人遣驛致之前吏部侍郎魏公矼，以丐有聞於上。凡半年不得報，而胡銓之書傳焉。言至於此，賈誼之流涕痛哭不爲過也。遂事不諫，之道尚何言哉？側聆道路，以謂金人歸我河南故地，奉還兩宫，此其爲策不淺。蓋以今日所用之將，所養之兵，皆五路兩河之人，歸我以地，則不復限以爾界此疆，遲以歲月，其勢必至解散。茲殆與漢軍楚歌無以異也。頃自兩宫播遷，天下之人恥失其君而悼喪其親，常有不共戴天之憤。而主上之所以宵衣旰食，勵精政事，注意甲兵者，豈有他哉，亦欲掃除强敵，以刷父兄之辱，而光於祖宗也。夫人怒則威，威則勇，驕則怠，怠則弱。我師之不逮金人，雖三尺童子所共知也，而支梧累年未嘗敗衄者，以其素所蓄積者怒也。金人之意，若曰此不可以力勝，吾當還兩宫以驕之，彼既臣妾於我，則將恃和弛備，然後可圖也。茲不必以商爲鑑，前日劉豫之擒猶未遠也，又況包藏禍心，未易窺測其萬一耶！且事固有未見其利，而先受其害者。淮西昨更兵火，井邑聚落化爲炎埃。比雖招徠流亡，整葺廬舍，然餘民百無二三，所謂井邑聚落，亦皆蓽門圭竇，多者纔十數間，少者不過四五椽而已。自春及夏，監司守令以奉迎兩宫爲名，排備牲餼次舍，纖悉責具，急若星火，峻如雷霆，貧窮盡於誅求，凋瘵敝於營繕，其奪民時、勞民力，固在所不論。竊嘗以一邑計，其費不下五七萬緡。使金人誠還兩宫，斯民正復竭膏血、鬻妻子以應所須，猶將欣然。不爾，雖食王倫之肉，何能謝哉！愚謂今日之事，殆古人所謂可弔不可賀者。請以五事上瀆聽覽，庶幾朝夕造膝之際，有獻於吾君而備其采擇焉。謹按魯僖公十五年，晉侯、秦伯戰於韓，秦獲晉侯以歸。及秦伯歸晉侯，將反國，先使告國人曰：「孤雖歸，辱社稷矣。」衆皆哭。愚以爲淵聖之南來，俟其渡河，卽下手疏以自訟，可乎？此一事也。謹按僖公三十二年，晉人敗秦師於殽，獲其帥（原作「師」，據《三朝北盟會編》卷二〇三校改）孟明視、白乙丙、西乞術。及晉還三帥，秦伯素服郊次，鄉師而哭以迓之。愚以爲梓宫及淵聖到日，自天子以下素服郊次而哭，乃密諭河南所過州縣，一切準此，而其供帳之類，悉去華麗采色而純用布素，可乎？此二事也。謹按襄公二十七年宋之會，楚人衷甲。竊聞梓宫以下神櫬無慮十（原作「千」，據《三朝北盟會編》卷二〇三校改）百，愚以爲委西京守臣待其將至，豫修陵寢，繼遣一二大臣涖葬中，取神櫬之最下者，斲而視之，然後奉安，及令諸道飭武備以戒不虞，可乎？此三事也。謹按唐開元全盛時，明皇幸東都，命三百里縣令刺史各以聲樂集。河內太守輂優妓（輂：原作「輦」；妓：原作「奴」。據《三朝北盟會編》卷二〇三校改）數百，被以錦繡，飾以犀象，而魯山令元德秀獨製《于蔿于》之曲，遣樂工數十，聯袂而歌之。明皇見而嘆曰：「賢人之言哉，河內之民其塗炭乎！」因黜河內而陟魯山。今兩宮寂無來音，而淮西一郡之民已有二十萬緡之費矣。百姓足，君孰與不足？百姓不足，君孰與足？愚以爲兩宮宿食供頓，所經或無屋宇，乞依南郊青城故事，行下有司預辦數千匹青布（「青布」上原有一「之」字，據《三朝北盟會編》卷二〇三刪），臨時設帳，以庇風雨，而明詔諸路勿造宮殿，勿飾器用，以重勞費斯民，可乎？此四事也。謹按《檀弓》，衛司徒文子問於子思曰：「喪服既除，然後乃葬，則其服何服？」對曰：「三年之喪，未葬服不變，除何有焉？」愚以爲梓宮之還，天子哭泣衰絰，以從《檀弓》未葬之禮，可乎？此五事也。是五者雖若無補於國，安危存亡實此係焉。昔齊仲孫湫來省魯難，既歸，齊侯問曰：「魯可取乎？」對曰：「不可。猶秉周禮，周禮所以本也。國將亡，本必先顛，而後枝葉從之。魯不棄周禮，未可動也。君其務寧魯難而親之。」親有禮，霸王之器也。庸詎知兩宮來歸，金人之使不有若仲孫湫者乎？愚是以知安危存亡，實卜斯舉。《檀弓》曰：「子思之母死於衛，柳若謂子思曰：『子聖人之後也，四方於子乎觀禮，子蓋慎諸！』」孟子亦曰：「滕定公薨，文公五月居廬，未有命戒。及至葬，四方來觀之，顔色之戚，哭泣之哀，弔者大悅。」嗚呼，斯禮也，何可（原作「豈」，據《三朝北盟會編》卷二〇三校改）忽哉！至於金人之情僞，則愚已略見於前，及詳於魏公之書。敵情之不可信也尚矣，盟如皦日，而平涼之會猶或劫之。今我臣妾於金，而金以臣妾蓄我，初無盟誼（原作「詛盟」，據《三朝北盟會編》卷二〇三校改）。夫以奉之者有限，而求之者無厭，此其勢必至於用兵。所不可知者，特其遲速遠近，而要不能免也。雖然，昔者越王句踐亦嘗臣妾於吳矣，而卒滅吳，以朝魯、衛、陳、蔡執玉之君。愚以爲爲今日計，患在夫主上不能禮下羣臣以集其能，與羣臣不能輔佐主上以雪其恥，如越王之報吳，而不在臣妾於金也。不然，危亡且在朝夕。不識執事以爲何如？祖宗積累至難，宗廟社稷至重，惟執事其爲國家念之。干冒威嚴，無任戰慄。』

（三七）《上皇帝書（紹興十年閏六月）》（《三朝北盟會編》卷二〇二）：『臣聞《兵法》曰：「未戰而廟算勝者，得算多也；未戰而廟算不勝者，得算少也。多算勝，少算不勝，而況於無算乎？」又曰：「知己知彼，百戰不殆；不知彼，而知己，一勝一負；不知彼，不知己，每戰必敗。」其言具在，昭若日月，信如四時，後之用兵者不可不鑑也。恭惟皇帝陛下比以虜人犯順，入寇郊畿，肆命諸將出師，恭行天討。茲固子犯所謂「師直爲壯」者，然而不知陛下宵旰之暇，亦嘗爲廟算計耶？其未戰而勝耶，其未戰而不勝耶？臣雖至愚，竊嘗爲陛下籌之。且有義兵，有應兵，有貪兵，有驕兵。救亂誅暴者謂之義兵，兵義者王。敵加於己，不得已而起者謂之應兵，兵應者勝。利人民土地寶貨者謂之貪兵，兵貪者敗。恃國家之大，矜人民之眾，欲見威於敵者謂之驕兵，兵驕者滅。今以吾之義兵而敵彼之貪，以吾之應兵而敵彼之驕，其論廟算之勝與不勝，固較然也。若曰不知彼而知己，一勝一負，不知彼不知己，每戰必敗，則所謂知己知彼，實戰之所先急。不知羣臣爲陛下計，亦嘗言及此乎？陛下自爲宗廟社稷生靈計，亦嘗慮及此乎？知彼可勝者，果有幾乎？我可勝者，果有幾乎？我之所不可勝者，其相當乎？抑亦有優而有劣乎？昔之善爲戰者先爲不可勝以待敵之可勝，常使不可勝在己，可勝在敵，此所以能不戰而屈人之兵也。臣請爲陛下言之：且强弱、眾寡之不敵也尚矣。以强弱言，則劉固非項敵也；以衆寡言，則曹固非袁敵也。而項卒歸於劉，袁卒歸於曹者，豈有他哉！得其道，則雖弱能强，雖寡能衆；失其道，則雖强易弱，雖衆易寡爾。臣觀虜有五敗，陛下有五勝，虜雖强且衆，固無能爲矣。然在我有未必勝者三，又安得不自知也？且虜專事攘竊，而陛下一本仁義，此道勝也。虜專務姦詐，而陛下一本忠信，此德勝也。虜起兵三十年，用人如牛羊，殺人如草菅；而陛下視民如傷，不憚屈己增幣，俯徇講和之請，冀與天下休息，此仁勝也。虜自兀术用事，上則欺幼主以擅權，下則殺親族以播虐；而陛下夙興夜寐，不忘父兄播遷之難，方虜踐約請和，許還兩宫，羣臣以爲不可，獨聖意篤於孝悌，幸其必信，斷然從之，此義勝也。虜前後專以和議欺罔國家，劫質二帝，屠戮萬方。天下之人恥失其君，悼喪其親，恨不得食其肉而寢其皮久矣。陛下頃緣王倫與之畫地，復聽其和，當是時下而樵夫牧子，皆以爲虜人得計而陛下失計。蓋古人所謂和戎國之福者，爲其有以休兵息民也。今兵不得休，民不得息，於養兵之外，歲取於民，以供谿壑無厭之欲，一有不滿，必至興師。雖遠近未可知，而理所不免。臣每念及此，未嘗不痛心疾首，至於無如之何，輒復自寬曰「福兮禍所伏，禍兮福所倚」，一是一非，一失一得，夫何常之有哉！虜人之得計，所謂禍也，安知不爲福所倚耶？和之必至於變，無可疑者，但變速則禍小，變遲則禍大，變自彼則禍小，變自我則禍大。禍小則可轉而爲福，禍大則滅亡無日矣。速則三年之内，遲則五年之外，自彼則彼實先之，自我則我實起之。今虜曾不二年，無故敗盟，引兵入寇，然後知虜人向之所謂得計者，今爲失計；而陛下向之所謂失計者，今爲得計。向得而今失者，福兮禍所伏也；向失而今得者，禍兮福所倚也。此計勝也。陛下有此五勝，固可以勝矣。然以臣觀之，未見其必勝之理，何則？唐肅宗詔九節度討安慶緒，重以郭子儀、李光弼皆一時元功，難相統攝，特用魚朝恩爲觀軍容宣慰使而不立帥。師次鄴南，方與賊對，未及戰而潰，史臣以爲王師無統，進退顧望，責功不專，是以及於敗。今者諸軍大會境上，而不置統帥，臣所謂未可必勝者，此其一也。齊景公召司馬穰苴爲將，以扞燕、晉之師，穰苴辭以臣素卑賤，士卒未附，百姓不服，願得君之寵臣以爲監軍。景公使莊賈往，賈後期不至，穰苴斬之以徇三軍，士皆爲之震慄。由是晉師聞之罷去，燕師聞之渡河而解，盡取所亡邦内故境以歸。今國家用兵十有六年矣，士卒之隸諸將者不可謂不親附矣，而罰終不行，緩急果可用哉？臣所謂未可必勝者，此其二也。今日之兵分隸張俊者則曰張家軍，分隸岳飛者則曰岳家軍，分隸楊沂中者則曰楊家軍，分隸韓世忠者則曰韓家軍，相視如仇讎，相防如盜賊。自不能奉公，惴惴然惟恐他人之奉公而名譽賢於己也。自不能立功，惴惴然惟恐他人之立功而官爵軋於己也。且其平日猶或矛盾若此，使臨大利害，想其中心必不能效相如之屈於廉頗、寇恂之不仇賈復，先國家之難而後其私怨，安能保其不自爲敵國而以刃相向耶？臣所謂未可必勝者，此其三也。又況兀朮所領之兵，無非脅從瓦合，猶能自號元帥以統之。初不聞契丹自爲一軍，而各聽本國之號令也。今不置統帥而欲求勝，能保其必勝乎？虜自與我角，前後無慮數百戰，虜未嘗不勝，我未嘗不敗者，非虜能自勝，特我師不戰而潰，遂成其勝爾。夫所以不戰而潰者非他，不畏我而畏敵故也。使皆畏我而不畏敵，虜亦何能爲哉？今罰不行於三軍，而欲求勝，能保其必勝乎？春秋以來，如晉、楚用兵，以將帥不和而敗績者多矣。惟是虜人前後驅迫鄰國，入爲邊患，逮二十年，未嘗聞其有違衆犯令，自爲釁隙以相攻者。今諸將不和，無以合之而欲求勝，能保其必勝乎？陸贄奏李晟、李建徽、楊惠元、李懷光四節度狀云：「四軍接壘，羣帥異心，論勢力則敻絶高卑，據職名則不相統屬。懷光輕晟等兵微位下，而忿其制不如心。晟等疑懷光養寇蓄姦，而怨其事多陵己。端居則互防飛謗，欲戰則第恐分功，齟齬不和，嫌隙滋甚，覆亡之禍，翹足可期。舊寇未平，新患方起，憂憤所切，實堪疚心。」由是言之，臣前所謂可勝者五，恐不足恃以勝，而所未可必勝者三，恐不可不深思熟計而求其所以勝也。臣願陛下慨然奮發，自謀諸心，選擇耆德素負天下之望者，謀及龜筮，謀及士庶。儻龜從筮從，卿士從，庶民從矣，然後下明詔，遣驛車而召焉。逮其入見，陛下宜避正殿，親出玉音而諭之曰：「今敵國深侵，邦内騷動，士卒暴露於境，予一人臥不安席，食不甘味，社稷安危一在將軍，願將軍率師應之。」將軍既已受命，陛下乃齋戒告於太廟，灼龜卜吉，以授斧鉞，如武王之命太公望，然後遣行。先行之數日，遣誥諸軍曰：「予一人以爾諸軍元帥不立，日夜憂懼，恐貽『一國三公，其誰適從』之誚，今謀之卜筮、卿士、庶民，蔽自予一人之志，得元老某，俾統六師，自閫以外，咸得制之。邦有邦典，軍有軍政，用命賞於祖，不用命戮於社。毋或不和不靖，自底於罪。」而爲將軍者臨屯之日，又能拊循士卒，同其甘苦，上不失於關羽之驕，下不失於張飛之不恤士。有所不誅，誅必及其大而威；有所不賞，賞必及其小而明。夫然後勒兵赴敵，臣見其一戎衣而天下定，不得專爲有周美矣。伏望陛下追懷祖宗積累之難、畀付之重，痛憤父兄戮辱之苦、暌隔之憂，矜念軍興以來，犬羊所至，積屍腥於草木，流血丹於川原，毋以臣人微言輕，遂忽而不聽，棄而不用。古語云：「投機之會，間不容髮。」又云：「後將噬臍，悔可及乎？」臣願陛下不爲衆口所奪，斷自宸衷而必行之，使異時獲投機之功，而免噬臍之悔，實天下幸甚。臣之狂瞽，不獨今日。當紹興八年六月王倫使虜還，虜遣使隨倫報聘，臣於是時固嘗有書致之前吏部侍郎魏矼，以述和議有「九不可一可」之説。當紹興九年五月，和議既定，淮上興役，以備兩宮來歸宿食供頓，臣於是時亦嘗有書致之前左諫議大夫曾統，以迎奉兩宮有五事當爲先務之急。惟臣區區憂國愛君之心，無易二書，重以家貧地寒，遠去軒陛，不獲自達，是用致之魏矼、曾統，庶幾有聞於陛下。不圖今日乃見茲事似與臣意有相符者。雖然，亦非臣之私言，天下之公言也，故敢復盡千慮一得之愚，獻於闕下。位卑言高，罪在不貸，惟陛下憐其愚忠而曲賜保全，無使天下以臣爲妄。不勝俯伏待罪憂懼之至。』

（三八）南雄州：南雄，簡稱『雄』，古稱『雄州』。地當庾嶺要口，爲南北咽喉，控帶羣蠻，襟會百越，故以『雄』名。今廣東韶關南雄市。南漢乾亨四年（九二〇），劉龑割韶州之湞昌縣置雄州。

（三九）『公疏言應敵之策』句：《乞舉兵北伐奏（紹興三十一年）》（《歷代名臣奏議》卷二三三）：『臣昨奉聖旨，令諸路都統制并沿邊帥守監司照應今來事體，隨宜應變，疾速措置，務要不失機會，仍先具知稟聞奏，不下所司，并錄白到備劄內事件。臣讀之痛憤感泣，莫能自已，至於寢食俱廢。以爲虜人南牧，迨今三十七年，專用詭詐，愚弄朝廷，求無不獲。而皇帝陛下天性仁孝，上念父兄，下憐赤子，不憚屈己講和。雖中外臣庶有所不堪，而陛下篤於守信，冀與天下休息，德至渥也。而狼子野心，邇來離其巢穴，狂奔浪走，直抵西京。今使人之來，所奏不一，包藏非淺，其用意殆與苻堅之寇晉無異，揆之以天時人事，似是滅亡之日。而况淮北之民，蒙被國家二百年涵養之賜，昨自淪陷塗炭，且復苦於殘虐，其謳吟思漢，不翅飢渴之望飲食。蓋前後間探類言彼民日夜延頸跂踵，以待王師北來，倒戈內應。觀其所爲如此，實今日之機會也。臣愚欲乞因今來使人之請，特賜宸斷，仰承天心，俯順人心，下哀痛罪己之詔，以叛盟之意明告中外，使天下之人扼腕切齒，咸起不共戴天之憤。然後舉兵北伐，將見自淮以北，必有馘其首以獻者，豈特簞食壺漿以迎我師，而扶老攜幼望風降附哉？臣某以疏遠小臣，輒緣忠憤所激，采輿人之言，上干天聽，死有餘責。』

（四〇）官課：官府的税收。

（四一）笑侮：嘲笑戲弄。《晉書》卷四五《劉毅傳》：『陳平、韓信，笑侮於邑里，而收功於帝王。』

（四二）『鄂州都統』句：《論建江北義社事奏（紹興三十一年）》（《歷代名臣奏議》卷二二二）：『契勘今日江北義社，與建炎之末所謂義社，事勢大段相遠。蓋當時緣金人入寇，而羣盜相繼蜂起，百姓東西南北逃竄無所，惟有依山據水，建置寨栅，庶幾可以保聚老幼，以幸須臾無死。且如一村五百家，其間必有六七十家儲積穀粟，可以贍給其餘，而貧窶者既與父母妻子同其死生，亦復樂爲之用。蓋臣當是時嘗同里人保守無爲軍胡避山寨，備見利害，試以無爲一郡言之：建寨之始，不下二三十處，而積日累月之久，能獲保全者僅一二數，餘皆不潰則破，至有至相吞噬者，言之可爲寒心。自經兵火，江北之民十不存一，紹興以來生養蕃息，而雜以江浙等處流徙之人，通計十有三四。其疲瘵在所不論，而其稍有儲積可以霑及貧弱者，五百家中實無三兩家。方無事之時，州縣或有科擾，則望望然去之，今乃欲籍其丁壯，緩急責之以禦敵，與驅市人使戰何異，果可恃哉？今之議者不知今昔事勢之不同，乃爲奇謀祕計，僥冒爵賞，肆爲巧辯，以求售於上，但恐爲淵驅魚，爲叢驅雀，其失人心有非言之所能盡者。蓋今日控扼敵人去處，惟江北最爲要切，而其所籍義社莫非耕鑿之人，乃不問其欲惡，一槩驅而爲之，反置數十年所養將士於無用之地。至如鄂州駐劄都統制田師中，乃欲將湖北、京西兩路所管保伍，乞依淮西路密行團結，如遇盜賊竊發，許師中充鄉道。若此，是必欲擁百姓以爲諸軍之前驅也。且平時養兵之費悉出於百姓，至於調發供億，又責辦於百姓，逮其兩陣相對，復以鄉道爲名而驅之於死地，是猶代庖人宰，代大匠斲。以情度情，所謂一人之情千萬人情，是者果安在哉？今朝廷以議者之言似可聽，或信而從之，萬一至於誤事，雖食議者之肉，安能救哉？爲今之計，莫若責官軍移屯沿邊要害去處，俾之捍禦，而責義社以保聚老幼，防托州縣，庶幾可以同心協力，以成恢復之功。實天下幸甚。』征行：從軍出征。

（四三）洞丁：古代南方少數民族部落的壯丁。

（四四）鼎州：南宋建炎四年（一一三〇）設鼎澧州鎮撫使，紹興元年（一一三一）置荊湖北路安撫使，治鼎州，領澧、辰、沅、靖州，三十二年（一一六二）罷。

（四五）輂運：運輸。《魏書》卷六五《李平傳》：『資產罄於遷移，牛畜斃於輂運。』耗折：減少、亏損。賈思勰《齊民要術》卷二《小豆》引《氾勝之書》：『大豆、小豆，不可盡治也。古所以不盡治者，豆生布葉，豆有膏，盡治之則傷膏，傷則不成。而民盡治，故其收耗折也。』

（四六）流殍：災民流亡而餓死。《資治通鑒·後唐明宗天成四年》：『農家歲凶則死於流殍，歲豐則傷於穀賤，豐凶皆病者，惟農家爲然。』

（四七）詘服：屈服。出處《漢書》卷六四上《吾丘壽王傳》：『書奏，上以難丞相弘，弘詘服焉。』

（四八）鐫責：降低官職，追究責任。

（四九）質直：樸實正直。剛勁：剛健强勁。

（五〇）風節：風骨節操。

（五一）平居：平日、平素。恂恂：溫順恭謹貌。

（五二）區處：處理、籌畫安排。剖決：剖斷、決斷。

（五三）『數上書陳利害』句：王之道相關奏議，今存《乞罷無額上供錢減年賞劄子》（《相山集》卷二一）、《論賞罰不當劄子》（《相山集》卷二二）、《論擇守令以結民心奏（紹興四年）》（《歷代名臣奏議》卷一四二）、《乞擇良將授以方略以圖恢復奏（紹興四年）》（《歷代名臣奏議》卷二三八）等作。

（五四）竦然：恭敬貌。

（五五）『又以策干』句：趙鼎（一〇八五—一一四七），字元鎮，號得全居士，解州聞喜（今屬山西）人。徽宗崇寧五年（一一〇六）進士，累官河南洛陽令，開封府士曹參軍。高宗建炎三年（一一二九），除司勳員外郎，擢右司諫，遷侍御史。金兵逼長江，陳戰守避三策，拜御史中丞。紹興二年（一一三二），除端明殿學士、簽書樞密院事。出知平江、改知建康，移知洪州。四年，襄陽陷，召拜參知政事。都督川、陝諸軍事。同年九月，拜尚書右僕射、同中書門下平章事，兼知樞密院事。五年，晉守左僕射、知樞密院事，與張浚幷相。監修神宗、哲宗實錄，書成，高宗親書『忠正德文』四字賜之。六年，出知紹興。七年，召拜尚書左僕射、同中書門下平章事，兼樞密使。八年，爲秦檜所擠，再知紹興。九年，徙知泉州。屢謫清遠軍節度副使，潮州居住。十四年，移吉陽軍，在吉陽三年，不食而卒，年六十三。孝宗即位，追謚忠簡。有《忠正德文集》十卷、《得全居士集》三卷（《直齋書錄解題》卷一八、二〇），已佚。清四庫館臣據《永樂大典》輯成《忠正德文集》十卷。事蹟具《宋元學案》卷四四、《宋史》卷三六〇本傳。張浚（一〇九七—一一六四），字德遠，號紫巖，漢州綿竹（今屬四川）人。徽宗政和八年（一一一八）進士，調山南府士曹參軍。靖康初，爲太常簿。建炎三年（一一二九），苗、劉之變，勤王復辟有功，除知樞密院事。爲川陝宣撫處置使，得便宜黜陟。紹興四年（一一三四），除知樞密院事；五年，除尚書右僕射、同中書門下平章事兼知樞密院事，都督諸路軍馬。十二年，封和國公。秦檜執政，貶徙在外近二十年。三十一年，金完顔亮南下，復觀文殿大學士、判潭州。隆興元年（一一六三），除少傅、江淮東西路宣撫使，節制建康鎮江府池州江陰軍屯駐軍馬，進封魏國公。二年八月卒，年六十八，謚忠獻。事蹟具《晦庵集》卷九五《少師保信軍節度使魏國公致仕贈太保張公行狀》、《誠齋集》卷一一六《張魏公傳》、《宋史》卷三六一本傳。呂頤浩（一〇七一—一一三九），字元直，世居滄州樂陵（今山東樂陵西南），五世祖官於齊州，遂爲齊州（今山東濟南）人。哲宗紹聖元年（一〇九四）進士。歷成安尉，密州司戶參軍，邠州教授。徽宗宣和末燕山之役，以轉輸功累官河北都轉運使。以病辭，提舉崇福宮。高宗建炎元年（一一二七），起知揚州。三年，金人犯揚州，拜同簽書樞密院事、江淮兩浙制置使，改江南東路安撫制置使兼知建康府。未幾，拜同中書門下平章事兼御營使。四年，罷充醴泉觀使，旋爲建康府路安撫大使，兼知池州。紹興元年（一一三一），以江東安撫制置大使兼宣撫淮南，旋拜同中書門下平章事兼知樞密院事。三年罷，提舉臨安府洞霄宮。五年，爲荊南路安撫制置大使兼知潭州。六年十二月，改兩浙西路安撫制置大使兼知臨安府。八年，因疾充醴泉觀使。九年卒，年六十九。贈秦國公，謚忠穆。有《忠穆集》十五卷，已佚。清四庫館臣據《永樂大典》輯爲八卷。事蹟具《景定建康志》卷四八、《宋史》卷三六二本傳。李光（一〇七八—一一五九），字泰發，一字泰定，越州上虞（今屬浙江）人。徽宗崇寧五年（一一〇六）進士，調知開化縣，移知常熟縣。入爲符寶郎，以言事貶監汀州酒稅。欽宗即位，擢右司諫，遷侍御史。高宗建炎元年（一一二七），擢祕書少監。三年，知宣州。改知臨安府。紹興元年（一一三一），除知婺州，甫至郡，擢吏部侍郎。二年，授淮西招撫使，改江東安撫大使、知建康府兼壽春府，落職提舉台州崇道觀。尋知湖州，歷知平江府、台州、溫州。七年，爲江南西路安撫制置大使兼知洪州。八年，拜參知政事。九年，因與秦檜不合，出知紹興府，改提舉洞霄宮。十一年，貶藤州安置；十四年，移瓊州；二十年，移昌化軍；二十五年秦檜死，內遷郴州；二十八年，復左朝奉大夫，任便居住。二十九年，致仕，行至江州卒，年八十二。孝宗即位，賜謚莊簡。有前後集三十卷（《宋史·藝文志》），已佚。《兩宋名賢小集》卷一五八存《椒亭小集》一卷，清四庫館臣據《永樂大典》輯有《莊簡集》十八卷。事蹟具《宋史》卷三六三本傳。《上都督張丞相書（紹興七年五月一日）》（《相山集》卷二五）：「之道聞遭非常之變者必立非常之功，以震耀乎天下，而使疲瘵起望霓之嘆，姦雄消問鼎之心，然後神器亦隨以定，而天下莫有敢覬覦者。當西漢之末，新都侯王莽乘間抵隙，攘竊神器，十有五年。光武以高帝九世孫起布衣，發迹舂陵。昆陽之役，自將千騎與營部俱進，一戰而斬敵數十級，諸部喜曰：『劉將軍平生見小敵怯，今見大敵勇，甚可怪也。且復居前，請助將軍！』遂再戰而斬敵數百千級。諸將既累捷，膽氣益壯，無不一當百。逮三戰，乃與敢死士三千人殺王邑，破其百萬之衆，而莽遂伏誅。嗚呼，人心所歸，天命所向，雖有若林之旅，何能爲哉！今主上自靖康間，以道君之子、淵聖之弟、兵馬之元帥，嗣承千載之統，撫綏九有之師，固異乎光武之起於布衣矣。即位之初，盜賊遍海內，蜂屯蟻聚，屠掠生靈，燔毁郡邑。金人乘之，再犯江淮，虐焰彗雲，不可嚮邇。方是時，人人朝不謀夕，獨恃祖宗德澤在民，比年以來，王靈日張，國勢日强。綠林黄巾之流，畏威者接踵請降，拒命者駢首就戮，譬猶以湯沃雪，舉山壓卵，無往留礙。而喁喁萬宇，始知人心自有所歸，天命自有所嚮，而不復有所睥睨者矣。惟是叛臣劉豫，僭竊位號，占據京師，南面稱尊，驅逼境內丁壯，歲一再至淮上，出没作過，未遂撲滅。然而士馬之强弱，與新都侯莽相去，實楚越也。方莽遣尋、邑將百萬來犯昆陽，時城中纔七八千人，諸將度衆寡非敵，各欲散歸保守妻子。使非光武笑以待之，爲圖畫成敗，而身先諸將，其不敗於尋、邑者幾希，尚安能赫然中興爲漢世祖，使天下後世想望其功烈，凜若神人而不可跂及耶？今日之事，要當主上自將深入，如光武昆陽之戰，梟劉豫以獻廟社，上以昭祖宗之靈，下以雪臣民之恥。其或未然，願下親征之詔，誠諭諸路將帥曰：「其修車馬，備器械，以待親往視師。應橋梁，責州縣粗修，令通輿馬便止，無致刬平除治，重以擾民，所至官吏不得迎送。」播告中外，咸使聞知。茲正《兵法》所謂「形人而我無形，則我專而敵分」者也。我專而敵分，故備前則後寡，備後則前寡，備左則右寡，備右則左寡，無所不備而無所不寡。雖使孫吴復生，亦不知爲劉豫計矣。然後都督、僕射、相公與二三大臣，時因政事之暇，扈從車駕，今日幸揚、楚，明日幸廬、壽，其次幸襄、漢，又其次幸關陝。使其行詭祕，人莫能測，微至於無形，神至於無聲，如高帝之自稱漢使，晨入韓信、張耳臥內奪其印符，麾召諸將，咸易置之，而信、耳猶不知者。然後可以作士氣，振軍聲，發號布令而人樂聞，興師動衆而人樂戰，交兵接刃而人樂死。自此以往，雖復鞭笞四夷，功在期月，而況其餘哉！之道愚直拙疏，位在百寮底，而遽不知分守，妄言天下之利害，以上瀆鈞嚴，罪在不赦。伏惟都督、僕射、相公哀其誠而恕其僭，且無以文采蕪穢而遂簡其説，幸甚。』《代人上張德遠丞相書》（《相山集》卷二五）：『某觀今日天下之患，不在夫强敵與盜賊，而在夫號令不得行於諸將。蓋諸將才非盡韓、彭，賢非皆李、郭，徒以尺寸之勞、父兄之慶，致位師保傅之重，擁千百萬之衆，侈然養尊，視國家之休戚安危，如越人視秦人之肥瘠，漫不加於其心，惟務廣田宅、保妻子而已。至於所統偏裨士卒，無事則共耗官餉，自營私計，一有不滿意，則逼脅長吏，捶撻巡尉，而恣行兇悖。有事則以將在軍爲辭，坐視將命者接武於道，請援者駢肩於庭，傲睨而不顧，逗留而不進。正復不得已而一出，則駐兵境上，自開寇掠之隙，徒害我人民、壞我州縣，其爲患有不可勝言者。逮其寇退，則攘取巡捕官所獻之馘、所受之俘，以爲己功，上之朝廷，又從而冒增首級，僥倖賞典。既使天下不敢言而敢怒，又使同功一體之人，用命者效之而無所勸，不用命者恃之而無所憚。深可痛哭。昔漢文帝有匈奴之憂，常恨不得廉頗、李牧爲將，而馮唐以白首郎面折文帝，以爲雖得廉頗、李牧，亦不能用。愚嘗原其意，特以當時法太明、賞太輕、罰太重，而魏尚之罪不應削爵而削爵，故唐有是言耳。夫法太明、賞太輕、罰太重，固未爲甚失也，猶且不可以用人。又況賞不當功，罰不當罪，法不行於驕蹇之臣，而欲使用命者勸、不用命者憚，以佐中興之功，難矣。恭惟僕射都督相公，以文武兼資之才，當安危自任之寄，内總百揆，出臨六軍。高牙所指，積年逋誅之寇，一旦望風震潰，詣營乞降。雖裴度平蔡之勳，不足進焉。然而猶有可議者，號令未行於諸將也。在唐張九齡嘗曰：「穰苴出師，必斬莊賈；孫武習戰，猶戮宫嬪；守珪法行於軍，祿山不容免死。」今日之事正類於此。誠欲行法，則向之所謂驕蹇者，豈得不斬以徇，而一新其號令耶？果能若此，愚將見强敵不足滅，盜賊不足擒也。位卑言高，罪在不貸，伏惟鈞慈以社稷生靈之故而留意焉。』

（五六）『料杜充之必敗』句：杜充（？—一一四一），字公美，相州人。紹聖間進士。建炎二年（一一二八），代宗澤爲留守。拜尚書右僕射、同平章事。授江淮宣撫使，留建康使。三年，兵敗降金。

事蹟具《宋史》卷四七五本傳。王之道有《上江東宣撫李端明書》（《相山集》卷二四）論其無能：『方金人南渡之歲，杜充守建康而委淮甸，有識者咸知其無能爲。前軍已覆，不可不戒也。』

（五七）『配魯國夫人』句：《孫宜人墓誌（紹興四年十一月）》（《相山集》卷二九）：『亡妻富春孫氏。曾大父守宗，大父倚，父祉，皆高尚不求聞達。其先避五季亂，自和之烏江徙居巢之麞牙，今二百有餘歲矣。父字無悔，世所謂善人君子也。凡三娶：秦氏、張氏、魏氏。夫人蓋秦出也。生十七年，而曾大父許字我。明年秦氏亡，迨外除始來歸。溫柔靜恭，承順舅姑，兢兢然惟恐不及。事無巨細，必稟而後敢爲，未嘗自專。與諸姑處，常怡顏下氣，若見所畏者，不浪笑語。歸王氏二十年，而予游上庠者十年，雖風雨、寒暑、疾病，家人不見其有兒女戚戚之態。尤勤於婦功，非夜分不寐，嘗謂予曰：「使爲學如此，取官何足道哉？」予以是知自勉，獲與兄弟輩登進士第。吾家無爲之軒車，號大族，無慮數百口，咸以夫人爲賢。建炎三年冬，予官歷陽，將泛舟還里中。屬金人圍合肥，王善陷巢，予弟彥逢侍雙親浮家避地江山，至泥汊適相遇。太夫人喜曰：「兒婦歸，吾無憂矣。」四年，賊盜遍江之南北，予始與里人保胡避山。初，太夫人有翻胃之疾，至是寖劇，以五月三日卒於山之所茇。夫人後太夫人之卒四十五日而疾，七十三日而終，年始三十八。當夫人之屬纊，李仲擁兵數十萬攻豹子山甚急，遣人求援胡避，以夫人之喪未果行。明日而豹子陷，眾皆泣且言曰：「微夫人，我曹殆不免。不然，一不成而萬有餘喪。」嗚呼哀哉！夫人死無憾矣。以一死活十萬人之命，而獲從太夫人於地下，有是二事，吾又何哭焉？生三男：曰蘧，曰蘧，曰邁。二女：曰寅，曰申。將以紹興四年十一月某日葬於麞牙之西三里，曰帶漁河之原，爲之銘云：宜壽而夭，世所不曉。以一易萬，孰多孰少？帶漁之原，山水環繞。

予亦老矣，之死同兆。』據此可知，孫氏卒於紹興四年（一一三四），『先公四十二年卒』的提法有誤，當爲三十六年。

（五八）奉議郎：文散官名。唐始置，秩從六品上。宋初沿置，品亦同。太平興國元年（九七六）改爲奉直郎。元豐三年（一〇八〇）改京朝官階官太常、祕書、殿中丞及著作郎爲奉議郎，秩正八品。

（五九）迪功郎：官名。宋朝始置。徽宗政和六年（一一一六）改原將仕郎置，爲從九品寄祿官。

（六〇）承直郎：散官名號。北宋始置。前期爲正六品下文散官。神宗元豐三年（一〇八〇）廢罷。徽宗崇寧二年（一一〇三）改置爲選人新寄祿官，取代舊寄祿官留守、節度、觀察判官。從八品。

（六一）朝奉郎：官名。北宋前期，爲正六品上文散官。神宗元豐三年（一〇八〇）廢文散官，用爲文臣新寄祿官，取代舊寄祿官後行員外郎、左右司諫，正七品。

（六二）承務郎：官名。從八品下。元豐改制用以代校書郎、正字、將作監主簿。

（六三）從事郎：文散官名。宋崇寧二年（一一〇三）改選人階官第四階爲從事郎，秩從八品。

（六四）報施：猶報應。

（六五）徂：本義是行軍或類似行軍那樣的行走。往、去。

（六六）耰鋤棘矜：賈誼《過秦論》（《新書》卷一）：『鉏耰棘矜，非銛於鈎戟長鎩也。』耰，鋤柄；棘，棘木；矜，杖。棘矜，即伐棘以爲杖。

【附録】

紀昀《四庫全書總目》卷一五六《相山集》提要：『宋王之道撰。之道字彦猷，廬州人。宣和六年與兄之義、弟之深同登進士第，調歷陽丞。南渡後，累官湖南轉運判官，以朝奉大夫致仕，後以其子藺官樞密使，追贈太師。《宋史》爲藺立傳而不及之道，故其事蹟不詳。惟尤袤所撰神道碑尚在《永樂大典》中，可以考見大略。之道嘗自號相山居士，其集卽以爲名。《宋史·藝文志》作二十五卷，《書錄解題》作二十六卷，寶祐《濡須志》及《濡須續志》俱作四十卷，尤袤碑文作三十卷，彼此乖互不合。今原集既亡，無可復證。然袤碑乃據其子家狀所書，似當得其實也……』

乞朝重華宮疏（殘句）

壽皇有免到宮之命，願力請而往，庶幾可以慰釋羣疑〔一〕，增光孝治〔二〕。

《宋史》本傳，又見《欽定續通志》卷三八七、《東林列傳》卷一。

【編年】

據《宋史》卷三六《光宗本紀》記載（『三月丙子，帝朝重華宮，皇后從』），該篇當作於紹熙四年三月丙子，卽初九日（一一九三年四月十二日）之前。

【繫地】

該篇當作於臨安。光宗駕當詣重華宮，復以疾不出。三月，尤袤率同列奏言。

【箋注】

〔一〕慰釋：寬慰、寬解。《漢書》卷八五《谷永傳》：『慰釋皇太后之憂慍，解謝上帝之譴怒。』顏師古注：『釋，散也。』

（二）孝治：《孝經》卷四《孝治》：『昔者，明王之以孝治天下也，不敢遺小國之臣，而況於公侯伯子男乎。』後用『孝治』謂以孝道治理國家，教化百姓。

【附録】

魏了翁《敷文閣直學士贈通議大夫吴公行狀》（《鶴山先生大全文集》卷八九）：『……（紹熙四年）夏六月，召姜特立，公率同列上封事，命隨寢。上以疾久不朝重華宫，秋九月，公又率三館之士上封，不報，退以書責宰相。冬十月，與同列三上封，不報，公又自爲疏以諫。會慶節，公又奏，略曰：「今慈福宫有八十之太母，重華殿有垂白之二親，陛下宜於此時問安上壽，恪共子職，否則無以慰兩宫之望。」詞甚切至也……』

題楊補之《四清圖》（存目）

【編年】

元吴澄《跋楊補之四清圖》（《草廬吴文正公文集》卷二九）：『……紹興癸丑，錫山尤公等七人題字於左，而此庵羅公有書……』據尤袤生平，『紹興』當作『紹熙』。『紹興癸丑』乃紹興三年（一一三三），尤袤時年方十歲，恐難有『鑒賞』之事。『紹熙癸丑』乃紹熙四年（一一九三）。姑繫於此。

【繫地】

該篇當作於臨安。尤袤題楊無咎《四清圖》。

【箋注】

該序跋原文今已不存。楊無咎（一〇九七—一一七一），字補之，號逃禪老人，又號清夷長者。自稱爲《草玄》後裔，清江（今江西樟樹西南）人，晚寓豫章（今江西南昌）。高宗朝累徵不起。善書，師法歐陽詢，小字清勁。能畫，水墨人物學李公麟。又擅水墨梅、竹、松、石、水仙，而以畫梅最著名，有『透梅肝膽入梅心』之譽。家有老梅，花開時常對之寫生，創以墨線圈出花瓣筆法，一變前人以彩色或墨暈作花之法。影響後世畫梅風格。存世作品有《四梅花》、《雪梅圖》等。亦工詞，所著有《逃禪詞》一卷傳世。孝宗乾道七年（一一七一）卒，年七十五（《全宋詞·楊無咎》）。事蹟具《皇宋書錄》卷下、元夏文彥《圖繪寶鑑》卷四、《書史會要》卷六。四清：卽梅、蘭、竹、石。

【附録】

元吳澄《跋楊補之四清圖》（《草廬吳文正公文集》卷二九）：『尚書月湖何公之弟之子竹居君好尚清雅，得楊補之梅蘭竹石手卷一於從公游宦時，遍求鑒賞。紹興癸丑，錫山尤公等七人題字於左，而此庵羅公有書；嘉定庚午，吳興沈公等十人題字於左，而梅亭李公有跋。何、羅、李，吾鄉三先達。二次一十六人同觀，皆一時巨公，至今見其姓字，莫不竦慕。夫補之墨戲有名，不待他人鑒賞而後重。竹居君猶拳拳借重於人，惟恐不及，蓋貴游習氣如此。君後以此轉授子壻袁主一，兩家寶藏之且百年餘，主一又每持以示人，意度一如其婦翁，所謂冰清玉潤者歟。』

劉克莊《跋花光梅》（《後村先生大全集》卷一〇七）：『曩余爲宜春守，謁仰山祠，閲廟中藏寶，見楊補之梅花障子。其枝幹蒼老如鐵石，其葩蘤芳敷如玉雪，信乎名不虚得也。郡人言神尤寶愛，有位者或借觀越宿不還，輒現變怪。後爲鄭德言銘墓，其家以補之所作梅蘭竹石《四清圖》六幅潤筆，與廟中障子筆意略同。蓋補之畫梅花尤宜巨軸。花光則不然，直以矮紙稀筆作半枝數朶，而盡畫梅之能事。此卷就和靖八詩，各摘二字，爲梅傳神，爲和靖箋詩，花光得意之作也。末有鄭尚明跋，甚佳。余亦有梅癖者，然善畫不如花光、補之，工詞翰不如和靖、簡齋，未知此跋視鄭老何如耳。』

題桑澤卿《蘭亭博議》（存目）

【編年】

據陳耆卿《嘉定赤城志》卷三四所述：『子世昌，自號莫庵，有文集三十卷。事見尤尚書袤、楊閣學萬里、陸待制游、樓參政鑰、葉侍郎適序跋。』除尤袤外，尚有楊、陸、樓、葉四家序跋，今僅存後兩者（詳見附録）：樓鑰《跋桑澤卿〈蘭亭博議〉》（《攻媿集》卷七五）、葉適《題桑世昌〈蘭亭博議〉後》（《水心集》卷二九）。又據其『尤尚書袤』的提法，該篇當作尤袤任尚書之時，姑繫於此。

【繫地】

該篇當作於臨安。

【箋注】

該序跋原文今已不存。桑澤卿：桑世昌，字澤卿，淮海（今江蘇揚州）人，居天台。陸游諸甥（《劍南詩稿》卷一六《初夏同桑甥世昌過鄰家》）。輯有《蘭亭考》、《回文類聚》等。有《莫庵集》，已佚。事蹟具《回文類聚》自序及《天台續集別編》卷五。今《全宋詩》卷二六五〇錄其詩《寄丹丘林詠道》、《夜對巾山塔燈呈史君李孟達寺簿》等二首，又殘句『翠添鄰塹竹，紅照屋山花』一條；《全宋文》卷五八二六錄其文《回文類聚序》、《回文類聚題記》、《和靖先生傳》等三篇。《蘭亭博議》：法帖研究著作，桑世昌撰。原本十五卷，後經高似孫刪改，是爲今傳《蘭亭考》十二卷。

【附錄】

樓鑰《跋桑澤卿〈蘭亭博議〉》（《攻媿集》卷七五）：『禊序之傳，歌詩序跋不知其幾。愈出愈新，贊揚不盡，澤卿又從而鳩集之。後之作者，殆未已也，余復何言？嘗記本長老赴闕時過金山，佛印見其樸野，强使賦詩，仍誦唐人以來佳句。本忽使人代書云：「水裏有塊石，石上有箇寺。千人萬人題，只是這箇事。」印深服之。余輒用其語曰：「定州有片石，石上幾行字。千人萬人題，只是這箇事。」可以發好事者一笑。』

葉適《題桑世昌〈蘭亭博議〉後》（《水心集》卷二九）：『字書自《蘭亭》出，上下數千載，無復倫擬，而定武石，遂爲今世大議論。桑君此書，信足以垂名矣。君事事精習，詩尤工。其《卽事》云：「翠添鄰塹竹，紅照屋山花。」蓋著色畫也。』

喻璆《〈蘭亭博議〉跋》（《六藝之一錄》卷一四九）：『《蘭亭》專論損壞處，惟《博議》上一跋云：

此是右軍平生得意書，不必計較于毫釐之間。如堯、舜君臣，都俞賡歌，區區四凶，正何傷於極治也。又爭肥瘦本，亦惟《博議》云：世人於《蘭亭》肥瘦二本，互有去取，余以爲飛燕、太真俱是國色也。』

高文虎《〈蘭亭博議〉敘》（《蘭亭續考》卷一）：『《蘭亭博議》，予友桑君澤卿所輯也。予挈故書入山陰，結廬茂林修竹間，訪問王、謝諸人遺躅，但見壑流巖秀、雲物興蔚而已。既而於屋東得鄰士地數畝，益藝卉竹，治堂觀。又有以汪龍溪家所藏《禊圖》見遺者，乃揭之屋壁間。又有舊藏定武石刻，亦設諸几席。日與兒輩來游，觀圖玩字，如與王、謝諸人相接。一日澤卿忽攜《博議》見過，予驚且歎曰：「此越故事也，吾曹不能爲之，而澤卿所編其勤且篤，而又精贍貫串如此！」余每謂右軍召爲侍中尚書，皆不拜，又擢護軍將軍，仍不就，至於兒娶女嫁，便有尚子平之意，縷縷書辭間，其識宇度量，似非江左諸傳所可及。天若有晉，使昌於事業，當不在司徒叔、太傅公之下。而論者僅推其研精篆素盡善盡美而已。吁，是何其不知右軍者耶！繭紙一帖，辨者多矣，自有確論，固不復云。獨愛我澤卿續燈詩書之系，膏肓大雅之傳，凡所考訪，一一詳的，直有括囊流略，苞舉藝文，編該緗素，殫極丘墳之意。因以此敘《博議》，且以策兒曹之苟簡鮮工云。開禧元年十二月望日，四明高文虎書。』

諫召陳源、姜特立封事〔一〕

近年以來，給舍、臺諫論事〔二〕，往往不行，如黄裳、鄭汝諧事遷延一月〔一〕〔三〕，如陳源者奉祠〔二〕，人情固已驚愕，至姜特立召〔三〕，尤爲駭聞。向特立得志之時，昌言臺諫皆其門人，竊弄威福，一旦斥去，莫不誦陛下英斷。今遽召之，自古去小人甚難，譬除蔓草，猶且復生，況加封植乎（四）？若以源、特立有勞，優以外任（五），或加錫賚（六），無所不可。彼其閑廢已久（七），含憤蓄怨，待此而發，儻復呼之，必將潛引黨類，力排異己，朝廷無由安靜〔四〕。

《宋史》本傳，又見明錢士升《南宋書》卷三四、《欽定續通志》卷三八七、《東林列傳》卷一、《錫山文集》卷四、尤刊、《全宋文》卷四九九九。

【編年】

據《宋史》卷三六《光宗本紀》記載，紹熙四年五月丙戌，即二十一日（一一九三年六月二十一日）召浙東總管姜特立，丞相留正上疏諫言，不行。六月初三（一一九三年七月三日），沈有開、彭龜年（詳見附錄）、項安世等亦上疏乞寢。則尤袤該篇當亦作於其間。

【繫地】

該篇當作於臨安。召浙東總管姜特立，尤袤上封事論之。

【彙校】

〔一〕『諧』，他本均作『楷』。鄭汝諧（一一二六—一二〇五），字舜舉，號東谷居士，處州青田（今屬浙江）人。高宗紹興二十七年（一一五七）中教官科進士。孝宗淳熙中歷知盱眙軍、信州，召爲考功員外郎。十四年（一一七八），爲兩浙轉運判官，除浙東安撫使兼知紹興府。光宗朝歷大理少卿、宗正少卿，除右文殿修撰、知池州。官終徽猷閣待制、吏部侍郎。著有《易翼傳》二卷、《論語意源》四卷、《東谷集》（今佚）。事蹟具樓鑰《攻媿集》卷三八《宗正少卿鄭汝諧右文殿修撰之池州》、《直齋書錄解題》卷一《易翼傳》提要、《宋史》卷四一〇《沈煥傳》又卷四三六《陳亮傳》、《宋詩紀事》卷四五、清康熙《青田縣志》卷九、又一〇、雍正《浙江通志》卷三八《關梁》。《全宋詩》卷二三三八錄其詩《題盱眙第一山》、《水南寺》、《題石門洞》等三首，《全宋文》卷五四一〇錄其文九篇。

〔二〕『如』、『者』，《欽定續通志》無。

〔三〕『召』，《欽定續通志》作『之召』。

〔四〕『若以源……安靜』，《欽定續通志》無。

【箋注】

〔一〕陳源： 宦官，頗有寵。紹熙四年（一一九三）自拱衛大夫、永州防禦使除入内内侍省押班。事蹟具《宋史》卷四六九本傳。姜特立（一一二五—？）： 字邦傑，號南山老人，處州麗水（今屬浙江）人。以父綬靖康中殉難恩，補承信郎。孝宗淳熙中，累遷福建路兵馬副都監。十一年（一一八四），以趙汝愚薦，獻所爲詩百篇，召試中書，時年六十。除閤門舍人，充太子宮左右春坊兼皇孫平陽王侍讀。光宗卽位，除知閤門事，恃恩無忌。紹熙二年（一一九一），以擅權並與右相留正不洽，奪職奉祠。未幾，除浙東馬步軍都總管。寧宗朝，拜慶遠軍節度使。慶元六年（一二〇〇），再奉祠，并賜節。八十歲時尚存世。事蹟具《梅山續稿》中有關詩篇，《宋史》卷四七〇入《佞幸傳》。特立以能詩稱，與楊萬里、范成大、陸游等人多有唱和。有《梅山集》，已佚；傳世有《梅山續稿》，係淳熙十一年（一一八四）後詩，亦有脱漏，《永樂大典》殘本中引《梅山續稿》詩，卽有多首不見今本。《全宋詩》以影印文淵閣《四庫全書》本爲底本，校以上海圖書館藏清朱氏潛采堂抄本及《兩宋名賢小集·梅山小稿》，新輯集外詩附于卷末；《全宋文》卷四九六一錄其文《跋永康陳宰先夫人繡羅漢》、《跋陳宰梅花賦》、《跋趙君鼎風月集》、《種松説》、《琅山長生庫記》、《節堂上梁文》等六篇。

（二）給舍：給事中及中書舍人的並稱。朱弁《曲洧舊聞》卷六：『近來給舍封駁太多，而晁舍人特甚。』

（三）『如……一月』句：黄裳（一一四六—一一九四），字文叔，號兼山，劍州普成（今四川劍閣南）人。少穎異，能屬文。登孝宗乾道五年（一一六九）進士第，調巴州通江尉，改興元府錄事參軍，遷國子博士。光宗時，除太學博士，進祕書郎，遷嘉王府翊善。紹熙二年（一一九一），遷起居舍人。三年，試中書舍人。未幾，除給事中，以顯謨閣待制充翊善。寧宗繼位，改禮部尚書，尋兼侍讀。紹熙五年卒，年四十九。謚忠文。著有《王府春秋講義》、《兼山集》。事蹟具《攻媿集》卷九九《黄公墓志銘》及《宋史》卷三九三本傳。《全宋文》卷六三九六錄其文十八篇。所謂『遷延一月』之『事』，當即樓鑰《繳鄭汝諧除權吏部侍郎》（《攻媿集》卷二八）所述：『臣伏見四月二十七日鄭汝諧除權吏部侍郎，二十八日給事中黄裳繳奏，五月二日黄裳除兵部侍郎，于是汝諧與裳俱不就職，因仍不決，遂至踰月……』

（四）『自古……封植乎』句：《左傳·隱公元年》：『蔓草猶不可除，況君之寵弟乎。』

（五）外任：舊指在京城以外的地方做官。《三國志》卷二七《魏書·王昶傳》：『昶雖在外任，心存朝廷。』

（六）錫賚：賞賜。劉勰《文心雕龍·指瑕》：『夫賞訓錫賚，豈關心解。』

（七）閑廢：亦作『間廢』。舊指失官落職。

【附録】

彭龜年《論羣臣進言當酌是非早賜處分疏（紹熙四年六月，以宰執、給舍、臺諫論列姜特立、陳源除命未回，特上此疏。時爲祕書郎）》（《止堂集》卷二）：『臣以菲材，備數三館，月糜廩粟，無所補報。嘗伏自念，三館之士在祖宗時許以議政，比偕同列，僭上封章，待罪浹旬，未聞報罷。竊知聖德優容，必無呵譴，然而所論之事，亦無施行。呵譴不加，不敢自喜；從違未卜，實切私憂。臣仰惟陛下自卽位以來，隆寬待下，虚己受人，聽納之勤，前古無有。只因近日二三差除，大臣執奏，給舍繳駁，臺諫論劾，未合聖心，反覆月餘，尚無予決。羣臣既不肯背理而徇陛下，陛下復不肯屈勢而聽羣臣，君臣之間，齟齬既久，情意不通，易成睽阻。一日二日，萬幾沓來，設於其間又有同異，展轉激烈，或貽威怒，則豈特羣臣之罪不勝誅夷而已哉！陛下，父母也；羣臣，臣子也。子事父母，只欲其喜，豈欲其怒？父母怒，則一家不寧；陛下怒，則天下不寧，此臣所甚懼也。陛下聖度如天，萬萬無此，臣但見羣臣屢批逆鱗，恐其至是，是以願爲陛下先事言之。然臣亦非敢以臆説欺陛下也，臣嘗讀周公旦《無逸》之書，至篇之終曰：「自商王中宗及高宗，及祖甲，及我周文王，兹四人迪哲。厥或告之曰：『小人怨汝詈汝。』則皇自敬德。厥愆，曰『朕之愆，允若時不啻，不敢含怒』。此厥不聽，人乃或譸張爲幻，曰『小人怨汝詈汝』，則信之，則若時不永念厥辟，不寬綽厥心，亂罰無罪，殺無辜，怨有同，是叢於厥身。」旦之此言，真萬世帝王龜鑑也。夫所謂小人怨汝詈汝者，乃後世指斥乘輿之類，其犯上瀆尊與抗疏陳議者，蓋不可同年而語矣。而四君聞之，反取之以爲德，任之以爲愆，然則怒安從而生哉？儻不如四君之能聽，則譸張爲幻之人，必指其言曰：「此怨吾君之詞也，此詈吾君之詞也。」人君不察，從而信之，則失爲君之道，無寬裕之德，其弊至於亂罰無罪、殺無辜者，蓋有之矣。陛下慈仁覆物，謙虛無我，固當上擬四君，然臣猶不免以譸張爲幻之人爲懼者，誠不爲無見也。劉向曰：「執狐疑之心者，來讒賊之口；持不斷之志者，開羣枉之門。」抑臣之言，陛下既疑而不聽，則譸張爲幻者，可以投間而起矣。臣逆料其說不過有三：必曰陛下之命，羣臣執之不行，是天下之事盡由羣臣，不由陛下。爲此說者，是以唐明皇待陛下，非忠臣也。昔明皇欲加牛仙客尚書，張九齡以爲不可；又欲加實封，九齡又以爲不可。李林甫揣上意，曰：「仙客，宰相才也，何有於尚書！」明皇信之，復以仙客實封爲言，九齡固執如初。明皇曰：「事皆由卿耶？」自是林甫進，九齡罷，而唐之治亂分矣。此豈陛下所欲聞乎？又必曰：羣臣爲此，不過欲歸過於上，邀名於己耳。爲此說者，是以唐德宗待陛下，亦非忠臣也。德宗欲爲唐安公主造塔，姜公輔表諫，德宗曰：「唐安造塔，其費甚微，非宰相所宜論。止欲指朕過失，自求名耳！」夫不善之事，行之則爲過，改之則爲名。人君能改，則名在人君；人君不能改，則名在諫者。德宗終守改過之吝，竟失從諫之名，褊心忌克，此豈陛下所欲聞乎！又必曰：號令已行，不可復反，是又以反汗之小嫌，傷從諫之盛德，亦非忠於陛下之言也。臣請復以慶曆、元祐之事辨之。慶曆三年，仁宗既除夏竦樞密使，後用御史中丞王拱辰、諫官歐陽脩等十一疏，追竦樞密使敕；元祐元年，哲宗除安燾知樞密院，給事中王巖叟封駁，竟因燾辭免之章，令依舊職。此皆大臣也，尚不憚於改除，又何取號令之不可反乎？且羣臣獲仕清時，固欲陛下躋祖宗之盛際，邁帝王之極功，身荷美名，主都顯號，偶有違拂，誠非得已。陛下諒其忠，則跼蹐恐悚，猶不自安；陛下不諒其忠，則流移轉徙，何所不至？寧肯不顧妻子，故犯君父之怒乎？陛下今日雖未有怒羣臣之意，臣恐譸張之說萬一不解，則必有觸此機而動者矣。蓋人君胷中當如清水明鏡，一毫不留，乃得其正。四君之所以不敢含怒，蓋謂是也。臣愚欲望陛下恢廓聖懷，和平宸慮，以天下之理，察羣臣之言，酌其是非，早賜處分，或罷召命，或與外除。毋使譸張之說，能惑聰明，忠藎之臣，或罹擯棄，實天下幸甚，宗社幸甚。』

遺奏（殘句）

以孝事兩宮，以勤康庶政（一），察邪佞，護善類。

《宋史》本傳。

【編年】

據《宋史》本傳記載，該篇作於紹熙四年（一一九三）。

【繫地】

該篇當作於臨安。尤袤以國事多舛，積憂成疾，乞致仕，不報，卒於位。上該篇以勸諫光宗。

【箋注】

（一）康：安撫，使安定。庶政：各種政務。《周易·賁》：『君子以明庶政，無敢折獄。』

【附錄】

陳傅良《繳奏張子仁除節度使狀（八月十一日）》（《止齋先生文集》卷二三）：『……非特此也，

趙雄以抱痾不痊，均供鄉郡，陛下强起之以帥江西，雄之遜牘亦一再上，而重違天威，當暑出峽，竟以舊恙卒於官下。萬里旅櫬，道路惻然。雖雄勛業不敢望過厚之禮，而有司常度安用損益，何爲恤典遲遲至今？至如尤袤，三朝老儒，而陛下之潛邸僚友也。最蒙睿簡，行且大用，而其致仕遺表之章，亦數月未報。然則今置雄等弗問，而遽加恩於子仁，又何歟？恩足以及勛臣之後，而念不至故老，此臣之所未曉者二也……』

遺書（存目）

【編年】

據《宋史》本傳記載，『又口占遺書別政府』，則該篇當作於紹熙四年（一一九三）。

【繫地】

該篇當作於臨安。尤袤以國事多舛，積憂成疾，乞致仕，不報，卒於位。上奏以別政府。

【箋注】

該奏議原文今已不存。宋代中書門下又稱政府。

瑣語

與楊廷秀論舊詩(殘句)

焚之可惜。

詩何必一體哉！此集存之亦奚悔焉？

【編年】

楊萬里於淳熙十五年(一一八八)四月出知筠州，七月到任，則尤袤之具體言論，當發在七月前。

【繫地】

該篇當作於臨安。

【箋注】

該論説出《誠齋江湖集序》(《誠齋集》卷八〇)。楊萬里《誠齋江湖集序》(《誠齋集》卷八〇)：『予少作有詩千餘篇，至紹興壬午七月皆焚之，大槩江西體也。今所存曰《江湖集》者，蓋學後山及半山及唐人者也。予嘗舉似舊詩數聯於友人尤延之，如「露窠蛛卹緯，風語燕懷春」，如「立岸風大壯，還舟燈小明」，如「疏星熠熠沙貫日，綠雲擾擾水舞苔」（『舞』，《全宋文》誤作『無』），如「坐忘日月三杯酒，臥護江湖一釣船」，延之慨然曰：「焚之可惜。」予亦無甚悔也。然焚之者無甚悔，存之者亦未至於無悔。延之曰：「詩何必一體哉！此集存之亦奚悔焉？」舊所存五百八十首（『存』，《全宋文》作『存者』），大兒長孺再得一百五十八首，於是並錄而序之云。同郡之士永新張德器屢求之不置（『屢』，《全宋文》誤作『婁』），因以寄之。淳熙戊申九月晦日，誠齋野客楊萬里序。」

與楊廷秀論八卦（殘句）

此古人未嘗言，平生未嘗聞也。

【編年】

楊萬里於淳熙十五年（一一八八）四月出知筠州，七月到任，則尤袤之具體言論，當發在七月前。

【繫地】

該篇當作於臨安。

【箋注】

該論說出《周易宏綱序》（《誠齋集》卷八三）。尤袤與楊萬里論《易》，楊萬里以《屯》、《蒙》、《需》、《訟》、《師》、《比》、《小畜》、《履》等八卦求教於尤袤。楊萬里《答袁機仲寄示〈易解〉書》（《誠齋集》卷六七）：『注六十四卦，自戊申發功，至己未畢務，嘗出《屯》、《蒙》以降八卦於尤延之矣。延之我愛不我棄也，皆有所竄定焉，某皆聽從而改之焉。』自《屯》至《履》，乃《誠齋易傳》卷二、三，《遂初堂書目》又收録該書，足見尤袤曾爲之出力。

【附録】

楊萬里《周易宏綱序》（《誠齋集》卷八三）：『……《易》之八卦，其畫各三，説者曰：此卦也。予曰：『卦者其名，而畫者非卦也，此伏羲氏初製之字也。』聞者愕焉，曰：『嘻，甚矣，其好異也！』予亦疑之。淳熙戊申，予與亡友延之同寮，因語及之。延之大喜曰：『此古人未嘗言，平生未嘗聞也。』予猶疑之……嘉泰甲子七月庚午，誠齋野客楊萬里序。』

論祭金國文奏（殘句）

既是國書，自來止用月日，其祭文卽合一體。

周必大《祭金國文添年號回奏》（《文忠集》卷一五二）。

【編年】

據周必大文之著録，該篇當作於淳熙十六年（一一八九）三月初。

【繫地】

該篇當作於臨安。淳熙十六年（一一八九）三月初，尤袤祭金國文，而有是作。

【箋注】

《祭金國文添年號回奏》（淳熙十六年三月九日）：『臣等適準付下薛叔似奏，乞追改祭金國文，添入年號。緣臣等已曾招直學士院尤袤商量，袤云：「既是國書，自來止用月日，其祭文卽合一體。」兼袤已將泗州遺留牒徧示臺諫侍從，亦說及祭文不寫年號，蓋與國書一同，衆遂無說。』

與姜堯章論詩體（一）

近世人士喜宗江西，溫潤有如范致能者乎？痛快有如楊廷秀者乎？高古如蕭東夫（二），俊逸如陸務觀（三），是皆自出機軸（四），亶有可觀者，又奚以江西爲！

姜夔《白石道人詩集》卷首《原序》。

【編年】

據姜夔序之著錄，該篇當作於淳熙十六年（一一八九）秋。近人馬維新《姜白石先生年譜》誤尤袤卒年爲嘉定五年（一二一二），而繫此事於慶元二年（一一九六）；然據《白石詩集》卷首《原序》之描述（詳見附錄），當是姜夔於秋日赴合肥路過無錫時與尤袤會也。

【繫地】

該篇當作於無錫。姜夔訪尤袤於無錫，袤與之論詩體，提及『范、楊、蕭、陸』等四人。

【箋注】

(一)姜堯章：　姜夔(一一五五？—一二二一？)，字堯章，饒州鄱陽(今屬江西)人。父噩，高宗紹興進士，歷新喻丞，知漢陽縣，卒於官。夔孩幼隨父宦，繼居姊家，往來沔、鄂近二十年。孝宗淳熙間客湖南，識閩清蕭德藻。德藻以其兄子妻之，攜之同寓湖州武康。居與白石洞天爲鄰，因號白石道人，又號石帚。寧宗慶元中，曾上書乞正太常雅樂，得免解，試禮部不第。自是不復求仕，遨游大江南北，與楊萬里、范成大、辛棄疾諸人爲友。其卒年約爲嘉定十四年(一二二一)。夔通音律，擅書法，工詩詞。其詩格高秀，詞亦精深華妙，爲南宋詞人中之重要作家。夔詩詞均自成一派。詩格秀美，爲楊萬里、范成大等人所重；詞尤嫻於音律，好度新腔，繼承周邦彦的詞風，在當時和後世詞人中有較大影響。晚年自編詩集三卷，已佚。著有《白石詩》一卷、詞五卷，又有《絳帖平》、《續書譜》等作品。今存《白石道人詩集》、《白石道人歌曲》、《白石詩説》等書。事蹟具《宋史翼》卷二八本傳、夏承燾《姜白石繫年》、陳思《白石道人年譜》、《全宋詞》之『姜夔』條。《全宋詩》卷二七二四以汲古閣影抄《南宋六十家小集·白石道人詩集》爲底本，校以《四部叢刊》影印清乾隆水雲漁屋刊本，并酌校清嘉慶石門顧氏讀畫齋刊《南宋羣賢小集》、影印文淵閣《四庫全書·兩宋名賢小集》，與新輯集外詩合編爲一卷；《全宋文》卷六六一一録其文十七篇。

(二)蕭東夫：　蕭德藻(約一一二二—一一九五)，字東夫，又字敦夫，號千巖，福州長樂(今屬福建)人。高宗紹興二十一年(一一五一)進士。孝宗淳熙三年(一一七六)，爲龍川縣丞。八年，任湖州參議官。官終峽州知州、荊湖北路峽州夷陵(今屬湖北)太守。楊萬里極譽其詩，謂與范成大、尤袤、陸游齊名。有《千巖摘稿》、《千巖集》，已佚。事蹟具《誠齋集》卷八一《千巖摘稿序》、《宋史翼》卷二八本傳。《全宋詩》卷二一〇八錄其詩十二首，又殘句十三條；《全宋文》卷五四二三錄其文《重修英列廟記》（淳熙三年九月）、《吳五百》等兩篇。其具體生平，詳見筆者《蕭德藻年譜》，《古籍研究》（總第六十七卷），第一八一—一九二頁。

（三）陸務觀：陸游（一一二五—一二一〇），字務觀，越州山陰（今浙江紹興）人，宰子。年十二能詩文，以蔭補登仕郎。高宗紹興二十三年（一一五三）兩浙轉運司鎖廳試第一，以秦檜孫塤居其次，抑置爲末。明年禮部試，主司復置前列，爲檜黜落。檜死，二十八年始爲福州寧德主簿。三十年，力除敕令所删定官。三十一年，遷大理寺司直兼宗正簿。孝宗即位，遷樞密院編修官兼編類聖政所檢討官，賜進士出身。因論龍大淵、曾覿招權植黨，出通判建康府，乾道元年（一一六五），改通判隆興府，以交結臺諫，鼓唱是非，力説張浚用兵論罷。六年，起通判夔州。八年，應王炎辟，爲川陝宣撫使幹辦公事。其後曾攝通判蜀州，知嘉州、榮州。淳熙二年（一一七五），范成大帥蜀，爲成都路安撫司參議官。三年，被劾攝知嘉州時燕飲頹放，罷職奉祠，因自號放翁。五年，提舉福建路常平茶監。六年，改提舉江南西路。以奏發粟賑濟災民，被劾奉祠。十三年，起知嚴州。十五年，召除軍器少監。光宗即位，遷禮部郎中兼實錄院檢討官，未幾，復被劾免。寧宗嘉泰二年（一二〇二），詔同修國史，實錄院同修撰，兼祕書監。三年，以寶章閣待制致仕。開禧三年（一二〇七），進爵渭南縣伯。嘉定二年十二月二十九日（一二一〇年一月二十六日）卒，年八十五。事蹟具《宋史》卷三九五本傳。陸游是著名愛國詩人，畢生主張抗金，收復失地，著作繁富，有《高宗聖政草》一卷、《南唐書》十五卷、《會稽志》二十卷、《老學庵筆記》十卷、《山陰詩話》一卷、《劍南詩稿》《續稿》八十七卷、《渭南集》五十卷、《放翁詞》一卷等作品。《全宋詩》以明末毛晉汲古閣刊挖改重印本爲底本，校以汲古閣初印本，中國國家圖書館藏宋嚴州刻殘本、中國國家圖書館藏宋刻殘本、明劉景寅由《瀛奎律髓》抄出的《別集》、明弘治刊《澗谷精選陸放翁詩集・前集》及《須溪精選陸放翁詩集・後集》等，並參校錢仲聯《劍南詩稿校注》。底本所附《放翁逸稿》、《逸稿續添》編爲第八十六、八十七卷，輯自《劍南詩稿》之外的詩編爲第八十八卷；凡出自《渭南文集》者，以明弘治十五年（一五〇二）錫山華珵銅活字印本爲底本，校以《四庫全書》本。現存陸游文集以嘉定十三年（一二二〇）溧陽學宮刻《渭南文集》爲最早刻本，含文與詞共五十卷。明清兩代續有補刻。《全宋文》卷四九二三至四九五五所收陸游文即以中國國家圖書館藏南宋嘉定本《渭南文集》爲底本，原書缺卷三、四、一一、一二，參校明正德八年（一五一四）梁喬刻本、文淵閣《四庫全書》本、中華書局一九七六年出版標點本《陸游集》，并補足闕文。標點本《陸游集》附有明毛晉汲古閣刊本《放翁遺稿》二卷，今分類采入書中。除原集及《放翁遺稿》之文以外，另輯得佚文三十五篇，分爲三十三卷。其《高宗聖政》一書首見於《遂初堂書目》（國史類），其父《會稽公唱和》一書僅見於《遂初堂書目》（別集類）。

（四）自出機軸：亦作『自出機杼』。比喻作文章能創造出一種新的風格和體裁。《魏書》卷八二《祖瑩傳》：『文章須自出機杼，成一家風骨。』機軸，比喻詩文的構思、詞采、風格。

【附錄】

姜夔《白石道人詩集自敘》（《白石道人詩集》卷首）：『詩本無體，三百篇皆天籟自鳴。下逮黃初，迄於今，人異韞，故所出亦異。或者弗省，遂罅其各有體也。近過梁谿，見尤延之先生，問余詩自誰氏，余對以異時泛閲衆作，已而病其駁如也，三薰三沐，師黄太史氏。居數年，一語噤不敢吐，始大悟學卽病，顧不若無所學之爲得，雖黄詩亦偃然高閣矣。先生因爲余言：「近世人士喜宗江西，溫潤有如范致能者乎？痛快有如楊廷秀者乎？高古如蕭東夫，俊逸如陸務觀，是皆自出機軸，亶有可觀者，又奚以江西爲？」余曰：「誠齋之説政爾。昔聞其歷數作者，亦無出諸公右，特不肯自屈一指耳。雖然，諸公之作，殆方圓曲直之不相似，則其所許可，亦可知矣。余識千巖於瀟湘之上，東來識誠齋、石湖，嘗試論茲事，而諸公咸謂其與我合也，豈見其合者而遺其不合者耶？抑不合乃可以爲合耶？抑亦欲俎豆余於作者之間，而姑謂其合耶？不然，何其合者衆也？」余又自唶曰：「余之詩，余之詩耳。窮居而野處，用是陶寫寂寞則可，必欲其步武作者，以釣能詩聲，不惟不可，亦不敢。」』

與王仲言論史籍

中興以來，省中文字亦可引證。但建炎己酉之冬〔一〕，高宗東狩四明，登舶涉嶮，至次年庚戌三月，回次越州，數月之間，翠華駐幸之所〔二〕，排日不可稽考〔三〕，奈何？甚善！便當理會。

《揮麈三録》卷一。

【編年】

王明清於紹熙五年（一一九四）通判泰州（卽漢海陵縣，唐武德三年改爲吳陵）；而據其所述，『明清前年虱底百僚，夏日訪尤丈延之……繼而延之病矣……去秋赴官吳陵』，則該對談當在紹熙四年（一一九三）夏。

【繫地】

該對談在臨安。紹熙四年（一一九三）夏日，王明清來訪，尤袤與之論史籍。

【箋注】

（一）建炎己酉：宋高宗建炎三年，公元一一二九年。

（二）翠華：天子儀仗中以翠羽爲飾的旗幟或車蓋，這裏爲御車或帝王的代稱。唐陳鴻《長恨歌傳》（《白氏長慶集》卷一二）：『潼關不守，翠華南幸。』

（三）排日：每天、逐日。

【附錄】

王明清《揮麈三錄》卷一：『明清前年虱底百僚，夏日訪尤丈延之，語明清云：『中興以來，省中文字亦可引證。但建炎己酉之冬，高宗東狩四明，登船涉嶮，至次年庚戌三月，回次越州，數月之間，翠華駐幸之所，排日不可稽考，奈何？』明清卽應之曰：『自昔以來，大臣各有日錄，以書是日君臣奏對之語。當時呂元直爲左僕射，范（《四庫全書》本無）覺民爲參知政事，張全真爲簽書樞密院，皆從上浮於海。早晚密衛於舟中者，樞密都承旨辛道宗兄弟也。逐人必有家乘存焉。今呂、范二家皆居台州，全真鄉里常州(『鄉』,《四庫全書》本作『歸』)。若行下數家,取索日錄參照,則瞭然不遺時刻矣。』延之云:『甚善！便當理會。』繼而延之病矣,不知曾及施行否? 去秋赴官吳陵,舟過茂苑,訪一親舊,觀其所藏書,因得己酉年李方叔正民代言詞掖,從行航海,所紀頗備。明清所緝《後錄》,取王穎彥、錢穆記錄其間,於此亦有相犯者,姑悉存之。所恨尤先生不及見之耳。其目云《中書舍人李正民乘桴記》。』

紀昀《四庫全書總目》卷五二《己酉航海記》提要:『宋李正民撰……《北盟會編》一百三十四卷,王明清《揮麈三錄》第一卷,皆全載其文。明清記尤袤謂高宗東狩四明,數月之間,排日不可稽考。後於茂苑得此書,所記頗備。蓋當日國史,實藉此書考定矣。』

與王仲言論米元章《章聖天臨殿銘》(殘句)

天臨殿在於何時邪?

才方得之。公可謂博物洽聞矣。

《揮麈三錄》卷三。

【編年】

據王明清『公任文昌』的提法,當尤袤任尚書之時,則該對談當在紹熙四年(一一九三)。

【繫地】

該對談在臨安。尤袤與王明清之論米芾《章聖天臨殿銘》。

【箋注】

米元章：米芾，其《章聖天臨殿銘》（《寶晉英光集》卷六）云：『五僞既掃，真符錫寶。晏晏太平，物茂人好。告岱垂統，省方于宋。天步所及，澤浹植動。我先大夫，頒慶觀酺。平箱載酒，號太平車。帝功不宰，衍衍衎衎。年流恩住，臣職司護。不掃不汙，下有帝武。宗岳極坤，穹碑觸雲。祖烈燿焞，留俟後昆。陛下承業，萬國一攝。德廣翕協，深文可法。頌碑瑑牒，臣筆日涉。在雍丘壬申歲製。』又《章聖天臨殿記》（《寶晉英光集》卷六）：『章聖天臨殿者，真宗膺符稽古成功讓德文明武定章聖元孝皇帝之御座也。煒哉！建隆根滋，雍熙幹挺，祥符之後，蔚然垂陰。太平休氣，被於無垠。天子於是講漢唐之彌文，紹帝皇之絕業，升岱報天，臨汾禮地。問道泰清，旋軫興王。肆覲省方，六飛還都。勾陳絡蹕，建枃弭車。重瞳天臨，繡黼下照。慶賜是邑，此其所也。已而雲氣常繞，神靈密衛，天扆有響，皇威凜然。及臣之至者八十三年矣。方今加惠萬靈，蕃字育養，以增方來之隆，而欲追已睹之盛。臣芾於是丹堊其上，冀修封之後，有是舉也。謹刻石以俟。令臣芾謹序。』章聖：宋真宗謚號。

【附錄】

王明清《揮麈三錄》卷三：『明清晚識遂初尤延之先生，一見傾蓋，若平生懽，借舉引重，恩誼非輕。公任文昌，一日忽問云：「天臨殿在於何時邪？」明清云：「自昔以來，蓋未有之。紹聖初，米元章爲令畿邑之雍丘，游治下古寺，寺僧指方丈云：『頃章聖幸亳社，千乘萬騎經從，嘗愒宿於中。』元章即命彩飾建鴟，嚴其羽衛，自書榜之曰天臨殿。時呂升卿爲提點開封府縣鎮公事，以謂下邑不白朝廷，擅創殿立名，將按治之。蔡元長作內相，營救獲免。聞有自製殿贊，恨未見之。」尤即從袖間出文書，迺元章所書贊也。云：「才方得之。公可謂博物洽聞矣。」翌日入省，形言稱道於稠人廣眾中焉。樓大防作夕郎，出示其近得周文矩所畫《重屏圖》，祐陵親題白樂天詩於上，有衣帽中央（《四庫全書》本作『有衣中央帽』）而坐者，指以相問云：「此何人邪？」明清云：「頃歲大父牧九江，於廬山圓通寺撫江南李中主像藏於家。今此繪容卽其人。文矩丹青之妙，在當日列神品，蓋畫一時之景也。」亟走介往會稽，取舊收李像以呈，似面貌冠服，無豪髮之少異。因爲跋其後，樓深以賞激。繼而明清丐外得請，以詩送行，後一篇云：「遂初陳迹遽淒涼，擊節青箱極薦揚。談笑於儂情易厚，典刑使我意差强。《重屏》唐畫論中主，古殿遺文話阿章。舊事從今向誰問，尺書時許到淮鄉。」』

趙不譾《〈揮麈餘話〉跋》（《揮麈餘話》卷二）：『……雖名卿鉅公，無不欽服敬慕，蓋有自來。遂初尤丈，一時之鴻儒也，淹貫古今，罕見其比。一日詢仲言以天臨殿與南唐中主畫像，仲言詳陳本末，無一不符。遂初驚愕歎仰，以爲世不多得，至形諸公。送行泰倅詩，擬欲告于上，收寘史館，不果……慶元庚申秋七月既望，昭武假守浚儀趙不譾師厚父。』

題《淳化帖》

鳳皇一毛〔一〕，麒麟一甲，終是希世之寶。

王柏《魯齋集》卷五，又見《御定佩文齋書畫譜》卷八九、《六藝之一錄》卷一四四。

【彙校】

〔一〕『毛』，《續金華叢書》本誤作『手』。

【箋注】

淳化閣帖，簡稱『閣帖』，匯刻叢帖。凡十卷。淳化三年（九九二）宋太宗出祕閣所藏歷代法書，敕命侍書學士王著編次摹刻而成。此後歷代多有翻刻。雖采擇未精，但古人法書頗賴之以傳。自此刻帖盛行，後世因稱此帖爲『法帖之祖』。

【附錄】

王柏《淳化帖記》（《魯齋集》卷五）：『本朝儒學獨盛，非漢唐可比，而碑刻尤多，蓋太宗皇帝偃武修文，一洗五季鋒鏑之腥，以闡吾道伊洛之原。天下甫定，卽遣使購募前賢真蹟，集爲法帖十卷而藏之，鏤板于中禁，每大臣登進天府者賜以墨本。歐陽《集古録》云：時禁中災，碑板被焚，遂不復。或云板今在，但不賜耳，故人間以官法帖爲難得。然當時命王著辨精粗，而著之識鑑不明，真僞莫察，玉石雜糅，遂爲全帖之累。前人論此固多矣。此雖不能無疵，今彙萃古人筆，千百年間，一開卷而粲然在目，使人擊節賞歎不已，豈不快哉！後來未暇論其少繆，政恨真法帖之難見。《絳帖》銓次不同，劉希白《長沙帖》字行疏密亦異，陳王本病於無精神，臨江本病於瘦弱，俱不足以比肩閣本，紛紛各自夸張，不特字體變動，而模拓亦無精墨。是以山谷云：當時用歙州貢墨模打則色濃。李莊簡云：用李廷珪墨。後用潘谷墨則色淡。此墨色濃淡之分也。李莊簡云，初時板完好，不用銀釘；後來板漸拆裂，然後用銀釘。此銀釘有無之分也。山谷又謂墨濃則瘦，墨淡則肥，此字畫肥瘦之分也。然非閣本，則此皆不足辨。予所見閣帖凡四本：一爲李莊簡舊藏，此爲墨最濃而未見銀釘；一爲先伯文定家藏，墨淡而肥，已有銀釘；一爲聞人仲信家藏，亦非先本；一爲潘氏維屏得故家物，疑陳王本也。淳祐癸丑之夏，予偶得鬻碑廛敗之帖兩卷人所不售者，細視之，真李廷珪墨打者也，精神體致絶出前四本。手自裝褫，分爲四冊，永爲閣本之式。以予草茅下士，邂逅而得中原盛時難得之帖，亦大過分矣，而敢望其全乎！惟其不全，故予得而寶之。錫山尤公有云「鳳皇一毛，麒麟一甲，終是希世之寶」，況已得十分之二矣。天下之尤物，豈盡出於金題玉蹼中耶？」

論秦漢碑刻

西漢碑〔一〕，自昔好古者〔二〕，固嘗旁採博訪，片簡隻字，搜括無遺〔三〕，竟不之見。如陽朔磚〔四〕（一），要亦非真漢代之碑刻〔五〕。聞是新莽惡稱漢德，凡所在有石刻〔六〕，皆令仆而磨之，仍嚴其禁不容略留〔七〕。至於秦碑，乃更加營護〔八〕，遂得不毀，故至今尚有存者〔九〕。

《負暄野錄》卷上，又見元陸友仁《研北雜志》卷上、《六藝之一錄》卷一二六。

【彙校】

〔一〕『碑』，《研北雜志》作『刻石文』。

〔二〕『者』，《研北雜志》作『之士』。

〔三〕『採』，《六藝之一錄》作『求』。『旁採博訪，片簡隻字，搜括無遺』，《研北雜志》作『博采』。

〔四〕『磚』，《研北雜志》作『磚字』。

〔五〕『漢』，《六藝之一錄》作『一』。『漢代之碑刻』，《研北雜志》無。

〔六〕『所在』，《研北雜志》無。

〔七〕『不容略留』，《研北雜志》作『略不容留』。

〔八〕『護』，《研北雜志》作『覆』。『營護』：保護、救護。《三國志·吳志》卷一三《陸遜傳》：『其所生得，皆加營護，不令兵士干擾侵侮。』

〔九〕『尚有』，《研北雜志》作『猶』。

【箋注】

（一）陽朔磚：趙明誠《金石錄》卷一四《跋尾四·漢陽朔塼字》：『右漢陽朔塼字云：「尉府壺壁，陽朔四年，正朔始造，設已所行。」字畫奇古，西漢文字，世不多有，此字完好，可喜。然所謂「尉府壺壁」，又云「已所行」者，莫曉其爲何等語。』陽朔四年，漢成帝年號，公元前二一年。

說高麗本《孟子》

《孟子》『仁也者人也』章下，高麗本云：『義也者，宜也；禮也者，履也；智也者，知也；信也者，實也；合而言之，道也。』

《朱子語類》卷一三三。

【箋注】

《朱子語類》卷一三三《本朝·夷狄》：『……但嘗聞尤延之云：「《孟子》『仁也者人也』章下，高麗本云：『義也者，宜也；禮也者，履也；智也者，知也；信也者，實也；合而言之，道也。』」此說近是。』

【附録】

《朱子語類》卷六一《孟子十一·盡心下·仁也者人也章》：『問：「先生謂外國本下更有云云

者，何所據？」曰：「向見尤延之説，高麗本如此。」』

題定武舊本《蘭亭》帖

此舊本蓋道祖未鑱去之前摹拓者，尤可愛重也。

該序跋出沈揆《題定武舊本蘭亭帖》（《蘭亭續考》卷一），又見嘉慶《嘉興縣志》卷三一、《全宋文》卷五四〇八。

【附録】

沈揆《題定武舊本蘭亭帖》（《蘭亭續考》卷一）：『右《蘭亭修禊敘》，劉餗《嘉話》云：「《蘭亭敘》，梁亂，出在外。陳天嘉中僧智永得之。隋平陳，或以獻晉王，即煬帝也。僧智果借搨不還。後果死，歸弟子辨才。唐太宗爲秦王時，見模本喜甚，使歐陽詢求之，以武德二年入秦王府。貞觀中，搨十本賜近臣，世言遣蕭翼詭計取之者妄也。後遂入昭陵。溫韜發唐諸陵，《蘭亭》復出人間。」世所傳橅刻本極多，而獨貴定武本者，自山谷始，所謂彷彿存古人筆意者是已。此刻是定武舊本。慶曆中，韓魏公守定武，有李學究者得此刻，魏公力求之，迺埋石土中，刻別本以獻。李死，其子稍稍摹以售人。宋景文爲帥，伶人孟水清得之以獻子京。子京愛而不敢有，留於公帑。元豐中，薛師正樞密爲帥，攜石去，其子紹彭道祖刻別本在郡。大觀中，次子嗣昌始納之御府，龕於宣和殿。後與岐陽石鼓俱載以北。或云道祖於定武舊本鑱去「湍流帶右天」五字以惑人，或云道祖別刻本鑱去此五字，未知孰是。尤延之云：「此舊本蓋道祖未劖去之前摹拓者，尤可愛重也。」延之平生所見禊帖不一，其言當可信。檇李沈揆題。」

跋范文度模《禊帖》〔一〕(一)

范文度所書《蘭亭》，不拘拘然求合其形似〔二〕，而盡得右軍用筆之意〔三〕，真所謂『善學柳下惠』者〔四〕(二)。歐陽公《集古録》已載此書(三)，恨未見之。今始識面，信『名下無虚士』也(四)。錫山尤袤。〔五〕

尤袤《遂初集》（轉引自《御定佩文齋書畫譜・纂輯書籍》、《六藝之一録》，文字據《式古堂書畫彙考》），又見《御定佩文齋書畫譜》卷三二、《式古堂書畫彙考》卷五、《六藝之一録》卷三三八、《全宋文補》卷三四。

【彙校】

〔一〕『跋』，《全宋文補》卷三四作『題』。『范文度模《禊帖》』，《六藝之一録》題作『范文度模本《蘭亭敘》』。

〔二〕『拘拘』，《御定佩文齋書畫譜》、《六藝之一録》均作『相類』。『求合』，《御定佩文齋書畫譜》、《六藝之一録》均作『舍』。『拘拘』：拘泥貌。『相類』：相近似。

〔三〕『盡』，《御定佩文齋書畫譜》、《六藝之一録》均無。

〔四〕『所謂』，《御定佩文齋書畫譜》、《六藝之一錄》均無。

〔五〕『歐陽……尤袤』，《御定佩文齋書畫譜》、《六藝之一錄》均無。

【箋注】

〔一〕范文度：代郡人，書法家。《六藝之一錄》卷一六〇又著錄『范文度摹禊帖』（蔡襄、歐陽脩書、滁山醉翁題、歐陽脩又書、山谷題、尤袤）。『此帖見藏新安汪書家，帖後隨所錄附見下方：尤袤、丘崈、王藺、章良能、王黃疇若婁機並有曾觀題字。』

〔二〕『善學柳下惠』句：『善學柳下惠，莫如魯男子。』釋克勤《示華藏明首座（住江寧府天寧）》（《佛果圓悟真覺禪師心要》卷上始）：『所謂善學柳下惠，終不師其迹。』清王澍《竹雲題跋》卷三《孫過庭書譜》：『或者云：「善學柳下惠，莫如魯男子。有右軍，卽不可無顛素。循塗守轍，正不如獨開生面也。」余謂：魯男子，正也；柳下惠，變之正也。謂善學柳下惠，莫如魯男子，則可謂善學魯男子，莫如柳下惠。』

〔三〕『歐陽……此書』句：《跋范文度模本〈蘭亭敘〉》（《集古錄》卷四）：『右軍《蘭亭》最著，今世尚有搨本：祕閣一本，蘇才翁一本，周越一本，猶有氣象存焉。今觀摹仿，蓋得之矣。嘉祐壬寅五月廿六日，莆陽蔡襄。』《范文度模本〈蘭亭序〉》（《集古錄》卷四）：『余嘗集錄前世遺文數千篇，因得悉覽諸賢筆蹟。比不識書，遂稍通其學。然則人之於學，其可不勉哉！今老矣，目昏手顫，雖不能揮翰，而開卷臨几，便別精粗。若范君所書，在余《集錄》實爲難得也。竊幸覽之，爲之忘倦。嘉祐七年夏五月二十八日，廬陵歐陽脩書。』『書雖列於六藝，非如百工之藝也。蔡君謨以書名當世，其稱范君者如此，不爲誤矣。滁山醉翁題。』《跋范文度模本〈蘭亭敘〉》（《集古録》卷四）：『自唐末干戈之亂，儒學文章掃地而盡。宋興百年之間，雄文碩儒比肩而出，獨字學久而不振，未能比蹤唐之人，余每以爲恨。今乃獲見范君筆法，信乎時不乏人，而患知之不博。不然，有於中必形於外。若范君者，筆跡不傳於世，而獨傳其家，蓋其潛光晦德，非止其書閟不傳也。』（原注此爲真跡，文後另收有集本：『自唐末兵戈之亂，儒學文章掃地而盡。聖宋興百餘年間，雄文碩學之士相繼不絶，文章之盛，遂追三代之隆。獨字書之法寂寞不振，未能比蹤唐室，余每以爲恨。今乃獲見范君之書，信乎時不乏人，而患聞見之不博也。然若君之筆法，宜傳於世，久閟於家，蓋其潛光晦伏，非獨其書之閟也。』又據原本卷末校記引另一種真跡，此後尚有『嘉祐七年五月旬休日廬陵歐陽某』等十四字。）

（四）『名下無虚士』句：猶言『名不虚傳』，謂有盛名的人必有實學。《陳書》卷二七《姚察傳》：『沛國劉臻竊於公館訪《漢書》疑事十餘條，竝爲剖析，皆有經據。臻謂所親曰：「名下定無虚士。」』

【附録】

韓絳《題范本蘭亭》（《蘭亭考》卷五）：『絳覽范文度書真本，體法勁秀，想見其人，欽歎愛玩，不能自止。元豐壬戌歲仲冬二十日，潁川韓絳子華題。』

評張文定慶曆兩制（一）

大哉言乎！簡而盡，直而婉，丁寧惻怛之意（二），見於言外。至今誦之，盎然如在春風中。

豈特公之文足以導上之德意志慮(三)，亦當時善治足以起其文也(四)。

王應麟《困學紀聞》卷一九，又見明胡爌《拾遺錄·儷攷》。

【箋注】

(一)張文定：　卽張方平(一〇〇七—一〇九一)，字安道，號樂全居士，應天宋城(今河南商丘)人。仁宗景祐元年(一〇三四)，舉茂材異等，爲校書郎、知崑山縣。寶元元年(一〇三八)又舉賢良方正，遷著作佐郎、通判睦州。西夏叛，上《平戎十策》。召直集賢院，俄知諫院。歷知制誥，權知開封府，進翰林學士，拜御史中丞、三司使。加端明殿學士、判太常寺。坐事出知滁州，頃之，知江寧府，入判流內銓。以侍講學士知滑州，徙益州。復以三司使召，遷尚書左丞、知南京。未幾，以工部尚書帥秦州。十易藩鎮。英宗立，遷禮部尚書，知鄆州，還爲翰林學士承旨。神宗卽位，除參知政事，尋以父憂免。服闋，以觀文殿學士留守西京，又歷數郡。與王安石政見不合，極論新法之害。又轉徙中外，數請老，元豐二年(一〇七九)以太子少師致仕。哲宗元祐六年(一〇九一)卒，年八十五。贈司空，謚文定。事蹟具《東坡全集》卷八八《張文定公墓誌銘》、《宋史》卷三一八本傳。《全宋詩》以影印清文淵閣《四庫全書》本《樂全集》爲底本，校以中國國家圖書館藏清吳興陶氏抄本、清抄本、清抄季錫疇校本；又據《欒城集》等輯得集外詩，附于卷末。《全宋文》以四庫珍本初集《樂全集》作底本，校以宋刻殘本(存卷一七至三四)、季錫疇校并跋之清抄本、清汪如藻家藏本(卽《四庫全書》底本)；另輯得佚文三十八篇，編爲五十卷。其所撰制詞，《全宋文》失收，詳見附錄。今本《遂初堂書目》(別集類)著錄『張安道

《樂全集》，又《玉堂集》（淳熙九年江西漕臺重刻本）』。

（二）丁寧：言語懇切貌。惻怛：懇切。

（三）德意：佈施恩德的心意。《周禮・秋官・掌交》：『道王之德意志慮，使咸知王之好惡。』志慮：精神、思想。《周禮・考工記・弓人》：『凡爲弓，各因其君之躬志慮血氣。』鄭玄注：『又隨其人之情性。』

（四）起文：撰文、撰稿。《周禮・天官・宰夫》：『六曰史，掌官書以贊治。』鄭玄注：『贊治，若今起文書草也。』

【附錄】

《薦舉敕》：『蓋舉類之來舊矣，三代之盛王，其必由之。如聞外之議云：「是且啓私謁告請之弊也。」予不以是待士大夫，何士大夫自待之淺耶！』舉類：舉薦善類。語出《左傳・襄公三年》：『建一官而三物成，能舉善也夫。唯善，故能舉其類。』

《察舉守令敕》：『夫天下之大，官吏之衆，獨不聞循良尤異者之達予聽，外臺之職，豈非闕歟？抑朝廷未有以導之也？其視守令，能以仁政得民，民心愛之，如古循吏然者，宜以名上，予得以褒慰之；亦以使四方之民，知予不專寵健吏，所貴仁者爾。』健吏：精幹的官吏。

河魨所原起（一）

左太沖《吳都賦》敘『王鮪鯸鮐』〔一〕（二），劉淵林注〔二〕：『鯸鮐，魚狀如科斗，大者尺餘〔三〕，腹下白，脰微〔四〕，背上青黑，有斑文。性有毒，雖水獺及大魚不敢啖之〔五〕。蒸煮食之肥美。』以是考之河魨本原，莫明白於此。

葉寘《河魨所起》（《坦齋筆衡》，涵芬樓本《説郛》卷一八），又見王世貞《宛委餘編》（《弇州四部稿》卷一五六）。

【彙校】

〔一〕『敘』，《宛委餘編》無。

〔二〕『林』，底本作『冰』，據《宛委餘編》改。劉逵，字淵林，濟南人。西晉學者，元康中爲尚書郎。永康中趙王倫執政期間，劉逵先後任黄門侍郎、侍中等職。左思《三都賦》成，劉逵爲其作注。

〔三〕『尺』，《宛委餘編》作『長尺』。光立案：《文選》注本無『長』字。

〔四〕『脰微』，《宛委餘編》作『脰微黄』。光立案：《文選》注本無此三字。『脰』，脖子、頸。

〔五〕『水獺及大魚』，《宛委餘編》作『小獺大魚』。

【箋注】

〔一〕魨：河豚。

〔二〕左太沖：左思（約二五〇—三〇五），字太沖，齊國臨淄（今屬山東）人，西晉著名文學家。其《三都賦》頗被當時稱頌，造成『洛陽紙貴』。其詩文語言質樸凝練。後人輯有《左太沖集》。王鮪：巨大的鮪魚。鯸鮐：河豚的別稱。

【附録】

葉寘《河魨所起》（《坦齋筆衡》）：『楊廷秀因舉河魨所原起，古書未見有載敘者，以問尤延之，曰：「左太沖《吳都賦敘》『王鮪鯸鮐』，劉淵冰注：『鯸鮐，魚狀如科斗，大者尺餘，腹下白，脜微，背上青黑，有斑文。性有毒，雖水獺及大魚不敢啖之。蒸煮食之肥美。』以是考之河魨本原，莫明白於此。」廷秀檢視之，言無殊，因歎曰：「延之，真書府也。人目爲廚，何以胷中著數萬卷書乎？予不及，予不及。」』

題西臺書（存目）

【箋注】

該序跋原文今已不存。李建中（九四五—一〇一三），字得中。其先京兆（今陝西西安）人，避地入蜀，後移居洛陽（今屬河南）。太宗太平興國八年（九八三）進士甲科，釋褐大理評事，知岳州録事參軍，歷通判道、郢二州，入爲太常博士，直集賢院，出爲兩浙轉運副使，再遷主客員外郎，通判河南府，知曹、解、潁、蔡四州。真宗景德中，以久次進金部員外郎，掌西京留守御史臺。加司封員外郎、工部郎中、判太府寺，參與校定《道藏》。大中祥符六年（一〇一三）卒，年六十九。建中好古勤學，善書札，尤工行筆，有《土母帖》等傳世。有集三十卷。事蹟具《宋史》卷四四一本傳。今《全宋詩》卷四七録其詩十九首，《全宋文》卷一〇五録其文十一篇。黄庭堅《答郭英發書》（《山谷全書·正集》卷一八）：

『西臺，禮部員外郎李建中，名士也，國初權西京御史臺，故時號「李西臺書」。』

【附錄】

朱熹《題西臺書》（《晦庵先生朱文公文集》卷八二）：『西臺書在當時爲有法要，不可與唐中葉以前筆蹟同日而語也。細觀此帖，亦未見如延之所云也。新安朱熹仲晦父。』

歐陽脩《跋李西臺書》（《歐陽文忠公集》卷七三）：『嘉祐三年三月晦日，和叔攜以過余，因得覽之，不能釋手。嗟今之人清尚如西臺君者，何少也！遂書其後而還之。廬陵歐陽脩。』『李公爲人端重清方，爲當時所重，不徒愛其筆蹟也。嘉祐三年三月晦日，脩題。』

黄庭堅《題李西臺書》（《山谷全書・別集》卷六）：『余嘗評西臺書，所謂「字中有筆」者也。字中有筆，如禪家句中有眼。他人聞之，瞠若也，惟蘇子瞻一聞便欣然耳。』

孔武仲《黄師是家所藏書跋尾・李建中書》（《宗伯集》卷一五）：『近世學書者浸少，如西臺筆法，尤不易得。聞其爲人，清直之士也。』

《七君子帖》題辭（存目）

【箋注】

該序跋原文今已不存。據馬廷鸞《跋家藏〈七君子帖〉》（《碧梧玩芳集》卷一五）所述，『七君子帖，其一爲楊文公，其二爲文潞公，其三爲張文定公，其四爲歐陽公，其五爲東坡公，其六爲韓魏公，其七未詳，末有題辭，則梁溪尤延之先生也。』七人中，署名的六人分別是楊億、文彦博、張方平、歐陽脩、蘇軾、韓琦。楊億（九七四—一〇二一），字大年，建州浦城（今屬福建）人。幼穎異，太宗雍熙元年（九八四），年十一，召試詩賦，授祕書省正字。淳化三年（九九二）賜進士及第，遷光禄寺丞。四年，直集賢院。至道二年（九九六）遷著作佐郎。真宗即位初，預修《太宗實録》。咸平元年（九九八）書成，乞外補就養，知處州。三年，召還，拜左司諫。四年，知制誥。景德二年（一〇〇五）與王欽若同修《册府元龜》。三年，爲翰林學士。大中祥符六年（一〇一三）以太常少卿分司西京。天禧二年（一〇一八）拜工部侍郎。三年，權同知貢舉，坐考成就差謬，降授祕書監。四年，復爲翰林學士，十二月卒，年四十七。謚文（《宋會要輯稿》禮五八之三）。所著《括蒼》、《武夷》、《潁陰》等集共一百九十四卷。傳世有《武夷新集》二十卷，另編有《西崑酬唱集》二卷。事蹟具《宋史》卷三〇五本傳。文彦博（一〇〇六—一〇九七），字寬夫，汾州介休（今屬山西）人。仁宗天聖五年（一〇二七）進士。歷殿中侍御史、河東轉運副使、知州判府、樞密副使、參知政事、平章軍國事，拜太師，封潞國公。哲宗紹聖四年（一〇九七）卒，年九十二。徽宗崇寧間預黨籍，後追復太師，謚忠烈。一生更事仁、英、神、哲四朝，洊躋二府，七換節鉞，出將入相五十餘年。著有《文潞公文集》四十卷。事蹟具《名臣碑傳琬琰集》下集卷一三、《宋史》卷三一三本傳。

【附録】

馬廷鸞《跋家藏〈七君子帖〉》（《碧梧玩芳集》卷一五）：『七君子帖，其一爲楊文公，其二爲文潞公，其三爲張文定公，其四爲歐陽公，其五爲東坡公，其六爲韓魏公，其七未詳，末有題辭，則梁溪尤延之先生也。尤公，乾、淳名儒，其子木石先生端明公焴（光立案：尤焴乃尤袤之孫），寶祐間提綱史事，以校勘辟余。是數帖者，雖紙敝墨渝，不可盡讀，而三百餘年典刑文獻在焉。《詩》云：「云誰之思？西方美人。彼美人兮，西方之人兮。」謹書以貽子孫。』

跋鄧隱《十二國圖》（存目）

【箋注】

該序跋原文今已不存。據周密《張受益謙號古齋所藏》（《雲烟過眼錄》卷一）所述，『鄧隱白描卷《十二國圖》後有劍南樵客趙昌押字，跋云：「雖太古文籀所不及」。尤袤延之亦有跋，賈師憲物也，甚奇。』則尤袤題跋後，此圖歸賈似道所有。鄧隱，梓州人。工雜畫，兼佛像鬼神。有山水花鳥傳於世。事蹟具郭若虛《圖畫見聞誌》卷四本傳。黄庭堅《與胡逸老書（五）》（《山谷全書·別集》卷一四）：『良翰又爲摹得韓幹二十餘馬，及閻立本十二國圖，皆比佳物，何時復能强行來一觀邪？』

【附録】

劉克莊《跋李伯時畫十國圖》（《後村先生大全集》卷一〇二）：『十國者：日本，卽倭國；于闐，在葱嶺北；三童國人眼皆有三睛，「童」、「瞳」通用，此誤題爲三瞳；日南，古越裳氏，唐爲驩州；天竺，卽漢身毒國；拂菻，一名大秦，一名犁鞬；女國有二，一在扶桑東，一在葱嶺南；堅昆，在康居西北；波斯，在達曷水之西；又一國失其名。皆去漢、唐舊都萬餘里，然日本、日南、波斯至今猶與中國相聞，則所圖亦非虚幻恍惚意貌爲之者。其王或蓬首席地，或戎服踞坐，或剪髮露骭，或丫髻跣行，或與羣下接膝而飲，或瞑目酣醉，曲盡鄙野乞索之態。惟天竺者乘象，往往國俗皆然，不必文殊、普賢也。荒遠小夷，非有衣冠禮樂之教，而其國人所以奉其主者甚恭，或執蓋，或奏技，或獻寶，或雅舞，或膜拜，或進酒，或扶上鞍，其笙簫鼓笛、樽罍牲果之類亦與今同。又一國不知名者，爲鷙獸將犯穹蒼，或張弓抽矢、或徒手欲搏之狀，華人尊君親上者無以加也。畫外國人物非一家，精妙鮮有及此。舊題云李伯時學吳道子畫，按梁元帝自畫《職貢圖》，至唐猶存，似非道子作古，竊意此畫源流甚遠。留觀數日，以歸竹溪。』

附 瑣語

殘句一

子奚笑約齋子？

子之笑約齋子，秖所以嘉約齋子歟？

【箋注】

該篇出楊萬里《約齋南湖集序》（《誠齋集》卷八〇）。

【附録】

楊萬里《約齋南湖集序》（《誠齋集》卷八〇）：『初，予因里中屠德璘，談循王之曾孫約齋子有能詩聲，余固心慕之，然猶以爲貴公子，未敢即也。既而訪陸務觀於西湖之上，適約齋子在焉，則深目顰蹙，寒肩臞膝，坐於一草堂之下，而其意若在巖壑雲月之外者（『壑』，《全宋文》作『岳』），蓋非貴公子也，始恨識之之晚。既而又從尤延之、京仲遠過其所居曰桂隱者，於是盡出其平生之詩，蓋詩之臞（『之』，《四庫全書》本無）又甚於其貌之臞也。大抵祖黄、陳，自徐、蘇而下不論也。延之、仲遠退而深嘉之，余笑而不言。二君曰：『子奚笑約齋子？』余曰：『彼其先王翼真主，以再造王家，大忠高勛，塞兩儀而貫三光。爲之子若孫者，謂宜掉馬箠，嗚孤劍，略中原以還天子（『還』，《四庫全書》本作『還於』）。若夫面有敲推之容，而吻作秋蟲之聲（『作』，《四庫全書》本無），與陰、何、郊、島先登，優入於飢凍窮愁之域，此我輩寒士事也。顧汲汲於此，而於彼乎悠悠爾，此余之所以笑約齋子也。』二君曰：『子之笑約齋子，秪所以嘉約齋子歟？』余出守高安，約齋子寄其詩千餘篇曰《南湖集》，且諗予序之，乃書其説於篇首云。約齋子張氏，名鎡，字功父。淳熙己酉四月庚辰，誠齋野客廬陵楊萬里序。』

殘句二

仕而報怨，私也；　仕而報恩，亦私也。

【箋注】

該篇出楊萬里《庸言（十一）》（《誠齋集》卷九三），又見《宋元學案》卷二五《龜山學案·尤延之語》。

【附錄】

楊萬里《庸言（十一）》（《誠齋集》卷九三）：『或問：「士大夫當仕而報怨，不可也，報恩獨不可乎？」楊子曰：「不可。」「未喻。」曰：「吾聞之吾友尤延之曰：『仕而報怨，私也；仕而報恩，亦私也。』以公家之恩，報己之恩，不私乎？」』

殘句三

古君子也。

【箋注】

該篇出朱熹《篤行趙君彥遠墓碣銘》（《晦庵先生朱文公文集》卷九二），又見《宋史》卷三九二《趙汝愚傳》。

【附錄】

朱熹《篤行趙君彥遠墓碣銘》（《晦庵先生朱文公文集》卷九二）：『……公資純篤孝謹，少時父病，訪醫行禱，暑不解帶。遭喪，不內勺飲。既殯，居廬歠粥；既葬，乃食菜果；終喪，比御猶弗入也。事母益兢兢致養，嘗以寒夜遠歸，從者將扣門。公遽止之曰：「無，恐吾母爲也。」露坐達旦，門啓而入。以母畏雷，夜或聞雷，必披衣走其所，視門隙有光，則扣而入，否則屏立以待。官薄食貧，諸弟未製衣不敢製，已製矣，未服不敢服。雖一瓜果，必相待共嘗之。諸妹遠嫁者，極力致之，相與娱侍親側。內外諸孫合貴賤且百口，菜羹疏食，恩意均洽，人無間言。從姊妹之遠而貧者，亦以令分俸給之。遭母喪時，年五十有五矣。始侍疾時，嘗刺血和藥以進。至是哭泣嘔血，毁瘠柴立，終日俯首柩旁。聞雷猶起，側立垂涕。凡食之可於口者，不必酒肉；衣之適於體者，不必華采；聲之悦於耳者，不必音樂，皆弗忍以身接。雖其哭泣有時，而哀痛之心無時忘也。三年之外，生朝必哭于廟。有欲爲禮者，號泣向之。其後累年，言每及親，猶未嘗不揮涕。晉陵尤袤延之見而歎曰：「古君子也。」父以肺疾終，終身不忍以諸肺爲羞。母生歲直卯，謂兔卯神，亦終身不食也。墓戸有不能事其母者，觀公之爲，惕然悔悟，遂以孝稱……』

殘句四

正伯之文過於詩、詞。

【箋注】

該篇出王稱《〈書舟詞〉序》（《書舟詞》卷首）。正伯：程垓，字正伯，眉山（今屬四川）人。蘇軾中表程之才（字正輔）孫。淳熙十三年（一一八六）游臨安，陸游爲其所藏山谷帖作跋，未幾歸蜀。紹熙三年（一一九二），楊萬里薦以應賢良方正科。有《書舟詞》一卷。事蹟具王稱《〈書舟詞〉序》。其『程正伯《集》』僅見於《遂初堂書目》（別集類）。

【附録】

王稱《〈書舟詞〉序》（《書舟詞》卷首）：『程正伯以詩詞名，鄉之人所知也。余頃歲游都下，數見朝士往往亦稱道正伯佳句，獨尚書尤公以爲不然，曰：「正伯之文過於詩、詞。」此乃識正伯之大者也。今鄉人有欲刊正伯歌詞，求余書其首。余以此告之，且爲言正伯方爲當塗諸公以制舉論薦，使正伯惟以詞名世，豈不小哉？則曰：「古樂府亦文爾，初何損於正伯之文哉？」余用是樂爲書之。雖然，昔晏叔原以大臣子處富貴之極，爲靡麗之詞，其政事堂中舊客尚欲其捐有餘之才，覬未至之德者，蓋叔原獨以詞名爾，他文則未傳也。至少游、魯直則已兼之，故陳無己之作，自云不減秦七、黃九。是亦推尊其詞爾。余謂正伯爲秦、黃則可，爲叔原則不可。紹熙甲寅端午前一日，王稱季平序。』

陸游《跋程正伯所藏山谷帖》（《渭南文集》卷三一）：『此卷不應攜在長安逆旅中，亦非貴人席帽金絡馬傳呼入省時所觀。程子他日幅巾筇杖，渡青衣江，相羊喚魚潭、瑞草橋清泉翠樾之間，與山中人共小巢龍鶴菜飯，掃石置風爐，煮蒙頂紫茁，然後出此卷共讀，乃稱爾。』

魏了翁《跋程正伯家所藏山谷書杜少陵詩帖》（《鶴山先生大全文集》卷六一）：『前輩評昌黎示符、樊川示宜詩，謂不當以利祿施於始教者，今杜詩、黃字皆同此意。古今人己之學之異，自孔子時而既然矣，此四君子者，抑未免稍徇流俗以爲循誘之術乎！』

殘句五

吾自是有師法矣。

【箋注】

該篇出清陳夢雷等《文學名家列傳·陳造》（《古今圖書集成·理學彙編·文學典》卷八〇），又見《江南通志》卷一一三《職官志·名宦·蘇州府》。

【附録】

陳夢雷等《文學名家列傳·陳造》（《古今圖書集成·理學彙編·文學典》卷八〇）：『按《揚州府志》：造字唐卿，高郵人，年踰二十。直院崔大雅奇其才，勸以求仕。初調繁昌尉，後分教姑蘇。范成大見其詩文謂龔頤正曰：「唐卿使遇歐、蘇，盛名當不在少游下。」尚書尤袤得其騷辭雜著，愛之不置，謂人曰：「吾自是有師法矣。」尋宰定海及倅房陵，攝郡事，皆有最績，有詩文雜著四十卷。』

附録　尤袤集資料彙編

宋陳振孫《直齋書録解題》卷一八《梁溪集》提要

禮部尚書錫山尤袤延之撰。家有遂初堂，藏書爲近世冠。

元方回《桐江集》卷二《跋遂初尤先生尚書詩》

宋中興以來，言治必曰乾、淳，言詩必曰尤、楊、范、陸，其先或曰尤、蕭，然千巖蚤世不顯，詩刻留湘中，傳者少。尤、楊、范、陸，特擅名天下，三家全集板行，遂初先生尚書文簡公厥後□□□，獨未暇及此。歲在甲戌，公之曾孫、尚書都官郎之孫、滁陽使君之子，爲古歙通守，博雅好古，善飛白、行草、八分書，詩有家法。以回嘗請益斯文，慨然有感，先以公詩二十卷鋟諸梓，命回是正訛僞。回謂光堯龍渡時，則有詩人陳去非、呂居仁、徐師川、韓子蒼之徒，所謂及聞正始之音者。至阜陵在宥，而四鉅公出焉，非以其渾大典正，與中原諸老並歟。誠齋時出奇峭，放翁善爲悲壯，然無一語不天成。公與石湖，冠冕佩玉，度《騷》媲《雅》，蓋皆胷中貯萬卷書，今古流動，是惟無出，出則自然。近世乃有刻削以爲新，組織以爲麗，怒駡以爲豪，譎觚以爲怪，苦澀以爲清，塵腐以爲熟者，是不可與言詩也哉（「哉」，《全元文》無）！舉是而泝沿上下其説，則於今而夢想乾、淳之盛者，豈止於詩而已哉！

清尤侗《〈梁溪遺稿〉跋》

南宋詩家首推尤、楊、范、陸，號「中興四將」，蓋比之張、韓、劉、岳云。顧其時習尚爭學唐風，由元訖明，鮮有齒及。宋詩者，洎乎昭代，然後大行，蘇、黄而下，劍南爲盛，石湖次之，誠齋雖拙於用多，亦篇什斐然矣。獨吾祖文簡公有《梁溪集》、《遂初稿》二刻庋置萬卷樓中，間厄於兵燹，浸尋散失，歷今五百餘年，靡有孑遺。勝國之末，錫山顧先輩有《宋文鑑》之選，偏覓文簡箸作，了不可得，僅傳其《落梅詞》一首而已。海内藏書家縹緗不乏，何獨靳於吾祖，百無一存，咄咄怪事，子孫不肖，未能奉守典章，致先賢手澤委諸草莽，更可痛也。

今歲庚辰，秀水朱竹垞檢討偶過西堂，追話及此，自言家有載籍，略見一斑。遂歸搜篋衍，得古今詩四十三首（「三」，《常州先哲遺書》本、尤刊均作「七」），雜文二十五首（「五」，《常州先哲遺書》本、尤刊均作「六」），彙成二卷，手鈔示予，予捧持趯躍，如獲異寶，其拜賜我友多矣。隨命梓人，授之剞劂，既考詩文所出，如《赤城》、《臨安》、《茅山志》、《朝野雜記》、《瀛奎律髓》等類，亦非希有之書，但世間讀書者少，闡幽索隱，不暇以爲。儻有閎覽博物君子漁獵所及，拾遺補闕，惠而教我，庶使延津之劍，離而復合；合浦之珠，去而復還。此後生小子所禱祠而求也。

先是，文簡公賜塋在西孔山，下世久矣，無何爲夫己氏盜葬，其旁不辨阡陌。予因祭掃，一見蹙然，走訴中丞，遂而遷之，旋加修葺，於是穹碑巋然，封樹如故。今重鋟遺稿，焚告墓門，亦足慰吾祖於九京矣。校訂之餘，僭跋卷尾，以志歲月。時康熙三十九年中秋既望，第十世孫侗百拜謹書，是年八十有三矣。

清朱彝尊《〈梁溪遺稿〉序》

宋南渡後，以詩齊名者四家。楊廷秀詩所稱『尤、蕭、范、陸』是已。千巖詩學於曾幾吉甫，授之姜夔堯章。當時劉潛父（《四庫全書》本《梁溪遺稿》、《曝書亭集》均作『夫』）許（《曝書亭集》作『稱』）爲誠齋敵手，而方萬里謂其詩苦硬頓挫，而極其工，使不早死，雖誠齋猶出其下。蓋爲詩家矜許若是。顧其詩曾刊於永州，歲久散失。而尤公《梁溪集》五十卷，公之孫藻鋟木新安，燹於兵火。故范、陸詩盛（《文津閣四庫全書》本《梁溪遺稿》作『或』）行，而尤公之作流傳者寡。蕭特僅見其數首而已。後之論者遂易之曰『尤、楊、范、陸』，於是蕭愈湮晦，至有不能舉其姓氏者。翰林檢討西堂先生（《曝書亭集》有『向』字）自梁溪徙吳，實文簡裔孫，慮公之詩文罕傳於世，乃鈔撮其僅存者爲二卷，鏤板行之，屬其同年友秀水朱彝尊爲之序。予因摭其大略，書之簡端。蕭，西江人，諱德藻，字東夫，別字千巖。潛夫稱其（《曝書亭集》無此四字）《詠梅絕句》有云：『湘妃危立凍蛟背，海月冷挂珊瑚枝。』又云：『百千年蘚著枯樹，一兩點花供老枝。』造句奇崛，洵足與文簡公『梁溪西畔小橋東』之作並傳者也（《曝書亭集》『西畔』作『一曲』）。秀水朱彝尊錫鬯（《四庫全書》本《梁溪遺稿》、《曝書亭集》、《常州先哲遺書》本均無此七字）。

清紀昀《四庫全書總目》卷一五九《梁溪遺稿》提要

宋尤袤撰。袤有《遂初堂書目》，已著録。《宋史》袤本傳載所著（文淵閣庫書前提要、文津閣提要、尤刊均作『著有』）《遂初小稿》六十卷、《内外制》三十卷，陳振孫《書録解題》載《梁溪集》五十卷，今並久佚。國朝康熙中，翰林院侍講長洲尤侗，自以爲袤之後人，因裒輯遺詩，編爲此本，蓋百分僅存其一矣。厲鶚作《宋詩紀事》即據此本爲主，而別摭《三朝北盟會編》所載《淮民謡（文津閣提要漏『謡』字）》一首，《茅山志》所載《庚子歲除前一日游茅山》一首，《荊溪外紀》所載《游張公洞》一首，《揚州府志》所載《重登斗野亭》一首，《郁氏書畫題跋記》所載《題米元暉瀟湘圖》二首，《後村詩話》所載『逸句』四聯。而『去年江南荒』兩聯即《淮民謡》中之語，前後複出（『《揚州府志》……複出』，尤刊無），良由瑣碎掇拾，故失於檢校（文津閣提要作『核』），知其散亡已甚，不可復收拾也。方回嘗作袤詩跋，稱『中興以來言詩必曰尤、楊、范、陸。誠齋時出奇峭，放翁善爲悲壯，公與石湖，冠冕佩玉，度《騷》（文津閣提要作『風度』，浙本、粤本、尤刊均作『端莊』）娩《雅》。』則袤在當時本與楊萬里、陸游、范成大並驚齊驅。今三家之集皆有完本，而袤集獨湮没不存，蓋文章傳不傳，亦有幸不幸焉（『方回……不幸焉』，尤刊無）。然即今所存諸詩觀之，殘章斷簡，尚足與三家抗行，以少見珍，彌增寶惜，又烏可以殘賸棄歟！

清紀昀《四庫全書簡明目録》卷一六《梁溪遺稿》提要

宋尤袤撰。尤、楊、范、陸稱南宋四家；而楊、范、陸三集皆存，尤獨散佚。此本爲康熙中尤侗所搜輯，百分僅存其一。然片羽一鱗，猶見龍鸞之章采。

清法式善《陶廬雜録》卷三

南宋大家尤、楊、范、陸，惟尤延之集，世無行本。尤西堂所輯《梁溪遺稿》，詩四十三首，文二十五篇，亦采自詩文選本及志乘諸書。《永樂大典》各韻，時時遇之，余録成帙，付孫編修平叔。平叔意欲刻行，延之蓋其鄉先輩也。

清尤興詩《〈梁溪遺稿〉跋》

吾祖文簡公著《梁溪集》五十卷，遭兵火失傳，幸竹垞老人家猶存百一，從祖西堂先生網羅得之，欣然授梓。閲百餘年，後人罔知慎守，板又散亡，可慨也。豈公之學行勳業，炳耀青史，不藉詩文傳世耶？抑公之名重於南宋，天故欲晦而彌章耶！第後之論宋四家詩者，知公之爲人，末由見公之全集，並是區區百一之存而仍不復存，子孫之忝厥祖甚矣。余學詩三十年，今忽忽老矣，先澤就湮，蠹然心傷，爰亟重鐫，以貽久遠，諗後人勿再失守墜緒，余之願也。道光元年辛巳之秋七月既望，二十三世孫興詩百拜謹跋，時年六十又二。

清陳徵芝《帶經堂書目》卷四《梁溪集》提要

宋尤袤撰。《四庫全書》著録《梁溪遺稿》一卷，乃康熙中尤侗所搜輯，百不存一。此元大德刊本，與宋時卷數相合。真希世之祕笈也。前有曾幾序及『杭州聚德堂鋟梓』一條，明建安楊榮曾經收藏。

楊公名榮，有《文敏集》二十五卷著錄《四庫》。此外收藏圖記甚多，有『岫』字小印，想乃方山吴氏也。

清莫友芝撰，傅增湘訂補《藏園訂補郘亭知見傳本書目》卷一三《梁溪遺稿》

宋尤袤撰。〇宋尤藻刊於新安本五十卷，後燬於兵火。〇康熙中尤氏輯刪本二卷。

〔補〕《梁溪遺稿》二卷（宋尤袤撰，清朱彝尊輯，爲文鈔一卷，詩鈔一卷。〇清康熙三十九年尤侗刊本，十行二十一字 〇清道光元年尤興詩本）

〔補〕《梁溪遺稿》二卷、《補編》一卷、《附錄》一卷（宋尤袤撰。〇清光緒二十三年盛宣懷刊《常州先哲遺書》本）

清朱學勤《朱修伯批本四庫簡明目錄》卷一六《梁溪遺稿》提要

五十卷本，尚存。宋尤藻刊《梁溪集》五十卷於新安，後燬於兵火，故傳世特少，今已不可得見矣。

清盛宣懷《〈梁溪遺稿〉跋》

右《梁溪遺稿》二卷，宋尤袤撰。按：延之所著有《遂初小稿》六十卷、《内外制》三十卷，見《宋史》本傳。有《梁溪集》五十卷，見陳振孫《書錄解題》。明《文淵閣書目》即未著錄，可見明初已佚。其十八世孫長洲尤西堂先生，得秀水朱竹垞本，存詩四十七首、文二十六首，釐爲兩卷，康熙庚辰付梓，竹垞爲之序，止存百分之一，即所收《大行太上皇帝廟號》兩疏、《賀正使不當卻疏》文均未全，碎璧零珠，彌增寶惜。道光辛巳，其廿三世孫興詩再刻之，而傳本亦罕見。今爲重梓，以廣其傳，復搜得《三朝北盟會編》載《淮民謡》一首，《天台別編》載詩十首、《文選跋》一首，以益之。光緒丁酉清明節武進盛宣懷跋。

胡玉縉《四庫全書總目提要補正·梁溪遺稿》

厲鶚作《宋詩紀事》，卽據此本爲主，而别摭《三朝北盟會編》所載《淮民謡》一首，《茅山志》所載《庚子歲除前一日游茅山》一首，《荊溪外紀》所載《游張公洞》一首，《揚州府志》所載《重登斗野亭》一首，《郁氏書畫題跋記》所在《題米元暉〈瀟湘圖〉》二首，《後村詩話》所載逸句四聯。而『去年江南荒』兩聯，卽《淮民謡》中之語，前後複出，良由瑣碎捃拾，故失於檢校，知其散亡已甚，不可復收拾也。

瞿氏《目録》於《誠齋詩話》下云：『卷中有稱尤延之《寄友詩》云：「胷中襞積千般事，到得相逢一語無」，《台州秩滿而歸》云：「送客漸稀城漸遠，歸塗應減兩三程」，《淮民謡》云：「去年江南荒，趁熟過江北。江北不可住，江南歸未得」，皆《梁溪遺稿》所無，是竹垞、西堂未見此書也。』丁氏《藏書志》有勞季言增輯本，云：『尤侗輯一卷，凡文二十四首，詩四十三首，仁和勞季言從《相山集》、《景定建康志》、《鐵綱珊瑚》、《客亭書啓編》、《三朝北盟會編》、《揚州府志》、《赤城志》、《天台續集》、《萬柳溪邊舊話》諸書增輯，較原書幾及半矣。』

高夑《〈梁溪遺稿〉跋》

亡友宜秋館主人李君振唐刻宋人集甲乙丙丁四集，而此書未有，殆將備刻諸戊己集中，亦未可知。

此乃鈔諸《四庫全書》，未有傳刻，至可貴也。壬申六月葩翁識。

尤桐《〈梁溪遺稿〉跋》

尤、楊、范、陸爲南宋四大詩家，楊爲吉水廷秀萬里，范爲吳縣致能成大，陸爲山陰務觀游，尤則先文簡公也。先文簡之箸作，見於《宋史》本傳者，《遂初小稿》六十卷、《内外制》三十卷；見於陳氏《書錄解題》暨馬氏《文獻通考·經籍考》者，《梁溪集》五十卷、《遂初堂書目》一卷；見於焦竑《國史經籍志》者，《梁溪集》五十卷；見於《江南通志》，康熙、乾隆、嘉慶等《無錫縣志》者，《周禮辨義》、《老子音訓》、《内外制》三十卷、《遂初小稿》六十卷、《樂溪集》五十卷，是公之文章卷帙繁富。歙縣方虛谷回《瀛奎律髓》云：『遂初詩，其孫新安半刺藻嘗刊行而焚於兵。』又《桐江集》言：『文簡公之曾孫爲古歙通守，以公詩二十卷鋟之梓，命回是正訛謬。』是公集當宋末元初曾經鋟木，方氏就詩論詩，故但云『詩』，實則詩既刊行，文亦宜然。原板雖燬，而印本流佈決不在少數。顧至清初，竟求一完本而不可得。族祖西堂公裒輯遺稿詩文各一卷，以康熙庚辰付之剞劂，朱竹垞序之，卽今《四庫全書》本也。方乾隆癸巳，清廷曾命諸臣將《永樂大典》擇取繕寫，各自爲書，嚮令當日諸臣悉心於此中求之，所得必不止此，因其時兩淮馬裕已將西堂公輯本采進，遂不復另起爐竈。今則《永樂大典》業已無存，此願不復可償矣！厥後族祖興詩曾於道光辛巳重授梨棗，光緒丁酉武進盛氏刻《常州先哲遺書》卽用此本，道光庚寅曾叔祖堃等在惠山宗祠另刻一本，益以《呂氏家塾讀詩記序》、《南康五賢祠記》、《定業院新鑄銅鐘記》、《祭李白文》、《論藏記》（光立案：『論』當作『輪』），文凡五篇，《浮遠堂》、《送趙成都》，詩各二首。

宜秋館主人李振唐者，曾刻宋人甲乙丙丁四集者也，擬列先文簡詩文爲戊己集，嘗於手鈔四庫本外，別益以《相山集》之《贈故太師王公神道碑》、《景定建康志》之《龍圖閣錢周林（光立案：「林」當作「材」）誌銘》、《〈說文繫傳〉跋》、《〈獨醒雜志〉跋》、《〈山海經〉跋》、《〈申鑒〉題辭》、《跋米元暉〈瀟湘圖卷〉》、《范文正公與尹師魯二帖跋》、《答楊客亭啓》，文凡十篇。桐此次校刊遺稿，係合各本而彙輯之，《錫山文集》及《梁溪文鈔》俱列有《應詔上封事》、《諫不省重華宮》、《諫召陳源、姜特立上封事》、《言攻道學之非》四則，乃摘自《宋史》本傳者，非全文也。惟既爲《錫山文集》、《梁溪文鈔》所有，茲亦仍之。《天台別編》所載詩十首，《〈文選〉序》一篇，李鈔及盛刻兩補編均有之，今合而校錄之。《宋詩紀事》攟採之《淮民謠》、《游茅山》、《游張公洞》、《登斗野亭》、《題〈瀟湘圖〉》等六首，《四庫總目》言係由厲氏所別摭者。然西堂原跋已言得古今體詩四十七首，今詳稽篇什，必連此六首並計在內，方符四十七之原數，則《四庫書目》所謂厲氏別摭者，實亦西堂葺本所原有也。李本本鈔自四庫，故其正編亦與西堂本同。桐之重刊，於文字既詳加校核，於題解亦略附考證，復於諸本之外，增《與曾侍郎無玷書》、《綏定配享疏》各一篇。憶宦游燕京時，曾在京華印書局獲所印歐陽文忠《集古錄》草稿一冊，其前有先文簡手書序文一通，攜置案頭，珍同拱璧，不意戊辰南旋，忽忽失之，至深悵惘。總之，先文簡公爲當時四大名家之一，南宋距今時代匪遙，意其全集必有舊家什襲而保存之者。

番禺葉玉虎總長恭綽於庚午二月購得宋版《華嚴經疏》一冊，末尾刊有施資人之姓名，爲廣平居士尤時中、孺人尤氏善悟，尤襄、尤哀、尤裒、尤袤、尤褒，是先文簡所刻佛經，現尚存留於天壤也。顧氏廣圻、彭氏兆蓀語胡氏克家以吳下有得尤槧《文選》者，乃據之以影摹校刊。而《〈文選〉考異》之宋本原刻，則盛氏宣懷得之於常熟故家，是先文簡所刻之《文選》，現尚存留於天壤也。所刻之經與書，既皆經收藏家輾轉覓得之，安知其全集不亦由收藏家慨借而鈔得之乎！ 西堂公曰：『儻有閎覽博物君子，惠而教我，使延津之劍，離而復合；合浦之珠，去而復還，此小子所禱祠而求也。』誠哉斯言也，世有此君子乎？ 我尤氏子姓，當世世買絲繡之鑄金事之。中華民國乙亥之秋二十五世孫桐感誠跋，時年六十有九。

劉聲木《萇楚齋隨筆》卷一《尤袤〈梁溪集〉五十卷原本》

南宋以詩名家者，曰尤、楊、范、陸，卽尤袤、楊萬里、范成大、陸游四人。楊、范、陸三家全集皆存，獨尤集久佚。康熙中，尤西堂太史侗自以爲係尤袤之裔，搜集各書，編爲《梁溪遺稿》一卷。收入《四庫》，卽是此本，除此之外，並無他書。不意閩縣陳蘭□□徵芝《帶經堂書目》中，尚載有尤袤全集，真希世之祕笈，恐普天之下，無第二本矣。《書目》云：『《梁溪集》五十卷，宋尤袤撰，元刊本，明建安楊氏藏書。』並注云：『此元大德刊本，與宋時卷數相合。前有曾幾序，及杭州聚德堂鋟梓一條。明建安楊榮曾經收藏。』云云。惜未詳列卷數次第及詩文種類，更惜其未能影刊行世，供人誦讀。陳氏之書，久已散佚，莫可蹤蹟，真憾事也。

尤乙照等《〈梁溪遺稿〉跋》

家君感誠先生重印《梁溪遺稿》，係合宜秋館本、《常州先哲遺書》本、族祖興詩道光辛巳刻本、族祖堃道光庚寅刻本，參以諸家選本，凡文字之異同，就目之所見，一一加以勘語，間或附録題解及評語，視以前刻本較完備而篇數亦稍稍增多矣。詩鈔內《拄杖》一首，係西堂原葺所有，而《瀛奎律髓》則署滕元發作。補編內《送趙成都》二首，係道光庚寅刻本所益，庚寅刻本録自《文翰類選大成》，而據《瀛奎律髓》則實趙昌父所作。家君因其爲舊刻所有，故姑仍之。文簡文字流傳世宙者，斷不祗此，邇者交通日便，名山之藏漸次發露，收藏舊家對於此種珍本、孤本，容有肯慨相假者。渴盼海內通人、族中英俊廣爲蒐求，苟有所得，錫而餉之，借而鈔之，則連成不啻，紉感靡涯矣。二十六世孫乙照、寅照、巽照、箕照同識。

參考文獻

《梁溪詩鈔》，〔清〕顧光旭輯，清嘉慶元年（一七九六）雙橋草堂刻本。
《梁溪文鈔》，〔清〕周有壬編，民國三年（一九一四）游藝齋活字本。
《梁溪遺稿》（補遺一卷、附録一卷），〔宋〕尤袤撰，《叢書集成續編》本。
《梁溪遺稿》（詩鈔一卷、文鈔一卷），〔宋〕尤袤撰，〔清〕朱彝尊輯，清康熙三十九年（一七〇〇）尤侗刻本，现藏中國國家圖書館（索書號爲〇四三三六）。
《梁溪遺稿》（詩鈔一卷、文鈔一卷、補遺），〔宋〕尤袤撰，〔清〕朱彝尊輯，清道光元年（一八二一）尤興詩刻本，现藏中國國家圖書館（索書號爲一〇一〇六七）。
《梁溪遺稿》，〔宋〕尤袤撰，道光十年（一八三〇）尤堃惠山祠堂刻本。
《梁溪遺稿》（一卷），〔宋〕尤袤撰，勞格校補鈔本，现藏南京圖書館。
《梁溪遺稿》，〔宋〕尤袤撰，清光緒二十二年（一八九六）武進盛氏思惠齋朱文印本，现藏南京圖書館。
《梁溪遺稿》，〔宋〕尤袤撰，民國間李之鼎宜秋館鈔本。
《梁溪遺稿》，〔宋〕尤袤撰，民國二十四年（一九三五）《叢書集成續編》本。
《梁溪遺稿》，〔宋〕尤袤撰，影印文津閣《四庫全書》本，商務印書館二〇〇六年版。

《梁溪遺稿》，〔宋〕尤袤撰，影印文淵閣《四庫全書》本，臺北商務印書館一九八六年版。
《錫山尤氏叢刊·甲集》，尤桐輯，民國乙亥年（一九三五）錫山尤氏鉛印本。
《遂初堂書目》，〔宋〕尤袤撰，廣文書局一九六八年版。
《遂初堂書目》，〔宋〕尤袤撰，清道光二十六年（一八四六）番禺潘仕成輯《海山仙館叢書》本。
《遂初堂書目》，〔宋〕尤袤撰，清光緒二十二年（一八九六）武進盛氏朱文印本。
《遂初堂書目》，〔宋〕尤袤撰，清光緒六年（一八八〇）秋霖澍鈔本。
《遂初堂書目》，〔宋〕尤袤撰，商務印書館《叢書集成初編》本。
《遂初堂書目》，〔宋〕尤袤撰，影印文津閣《四庫全書》本。
《遂初堂書目》，〔宋〕尤袤撰，影印文淵閣《四庫全書》本。
《遂初小稿》（《兩宋名賢小集》卷二二三），〔宋〕尤袤撰，〔宋〕陳思編，〔元〕陳世隆補，影印文津閣《四庫全書》本。
《遂初小稿》（《兩宋名賢小集》卷二二三），〔宋〕尤袤撰，〔宋〕陳思編，〔元〕陳世隆補，影印文淵閣《四庫全書》本。
《愛日精廬藏書志》，〔清〕張金吾編，清道光七年（一八二七）昭文張氏刻本。
《安陽集》，〔宋〕韓琦撰，影印文淵閣《四庫全書》本。
《安陽集》，〔宋〕韓琦撰，影印文津閣《四庫全書》本。

《白居易集箋校》，朱金城箋校，上海古籍出版社一九八八年版。
《白居易詩集校注》，謝思煒撰，中華書局二〇〇六年版。
《白石道人詩集》，〔宋〕姜夔撰，影印文淵閣《四庫全書》本。
《白石詩集》，〔宋〕姜夔撰，影印文津閣《四庫全書》本。
《白氏長慶集》，〔唐〕白居易撰，影印文淵閣《四庫全書》本。
《白氏長慶集》，〔唐〕白居易撰，影印文津閣《四庫全書》本。
《白香集》，〔明〕沈行著，明萬曆間刊本。
《寶晉英光集》，〔宋〕米芾撰，影印文津閣《四庫全書》本。
《寶晉英光集》，〔宋〕米芾撰，影印文淵閣《四庫全書》本。
《寶刻叢編》，〔宋〕陳思撰，清光緒十四年（一八八八）陸氏十萬卷樓刻本。
《寶刻叢編》，〔宋〕陳思撰，影印文津閣《四庫全書》本。
《寶刻叢編》，〔宋〕陳思撰，影印文淵閣《四庫全書》本。
《鮑明遠集》，〔劉宋〕鮑照撰，影印文津閣《四庫全書》本。
《鮑明遠集》，〔劉宋〕鮑照撰，影印文淵閣《四庫全書》本。
《鮑溶詩集》，〔唐〕鮑溶撰，影印文淵閣《四庫全書》本。
《鮑溶詩集》，〔唐〕鮑溶撰，影印文津閣《四庫全書》本。
《抱朴子》，〔晉〕葛洪，上海古籍出版社二〇一八年版。

《北齊書》，〔唐〕李百藥撰，中華書局一九七二年版。
《北山集》，〔宋〕程俱撰，影印文津閣《四庫全書》本。
《北山集》，〔宋〕程俱撰，影印文淵閣《四庫全書》本。
《北史》，〔唐〕李延壽撰，中華書局一九七四年版。
《皕宋樓藏書志》，〔清〕陸心源編，清光緒八年（一八八二）歸安陸氏十萬卷樓刻本。
《碧梧玩芳集》，〔宋〕馬廷鸞撰，影印文津閣《四庫全書》本。
《碧梧玩芳集》，〔宋〕馬廷鸞撰，影印文淵閣《四庫全書》本。
《蔡氏九儒書》，〔明〕蔡有鵾輯，清光緒十二年（一八八六）廬峯書院刻本。
《藏園訂補郘亭知見傳本書目》，〔清〕莫友芝撰，傅增湘訂補，傅熹年整理，中華書局一九九三版。
《曹植集校注》，曹植著，趙幼文校注，人民文學出版社一九八四年版。
《草廬吴文正公文集》，〔元〕吴澄撰，清乾隆二十一年（一七五六）萬璜刻本。
《册府元龜》，〔宋〕王欽若等編纂，周勛初等校訂，鳳凰出版社二〇〇六年版。
《茶山集》，〔宋〕曾幾撰，影印文津閣《四庫全書》本。
《茶山集》，〔宋〕曾幾撰，影印文淵閣《四庫全書》本。
《常郡八邑藝文志》，〔清〕盧文弨輯，清光緒十六年（一八九〇）刻本。
《常州府志》，〔清〕于琨修，清光緒十二年（一八八六）木活字重印本。
《常州先哲遺書》，〔清〕盛宣懷輯，清光緒二十五年（一八九九）武進盛氏刻本。

《萇楚齋隨筆》，〔清〕劉聲木撰，中華書局一九九八年版。
《陳傅良先生文集》，〔宋〕陳傅良著，周夢江點校，浙江大學出版社一九九九年版。
《陳拾遺集》，〔唐〕陳子昂撰，影印文淵閣《四庫全書》本。
《陳拾遺集》，〔唐〕陳子昂撰，影印文津閣《四庫全書》本。
《陳書》（全二册），〔唐〕姚思廉撰，中華書局一九七二年版。
《承政院日記》，朝鮮都承旨撰，韓國國史編纂委員會一九七四年版。
《赤城集》，〔宋〕林表民編，影印文津閣《四庫全書》本。
《赤城集》，〔宋〕林表民編，影印文淵閣《四庫全書》本。
《初學記》，〔唐〕徐堅等撰，中華書局二〇〇四年版。
《楚辭章句補注》，〔漢〕王逸、〔宋〕洪興祖，吉林人民出版社一九九九年版。
《傳家集》，〔宋〕司馬光撰，影印文津閣《四庫全書》本。
《傳家集》，〔宋〕司馬光撰，影印文淵閣《四庫全書》本。
《春秋公羊經傳解詁·春秋穀梁傳》，商務印書館民國二十五年（一九三六）《四部叢刊》初編本。
《春秋左傳注》（修訂本），楊伯峻編著，中華書局一九九〇年版。
《春渚紀聞》，〔宋〕何薳撰，影印文津閣《四庫全書》本。
《春渚紀聞》，〔宋〕何薳撰，影印文淵閣《四庫全書》本。
《淳熙稿》，〔宋〕趙蕃撰，影印文津閣《四庫全書》本。

《淳熙稿》，〔宋〕趙蕃撰，影印文淵閣《四庫全書》本。
《詞綜》，〔清〕朱彝尊編，影印文津閣《四庫全書》本。
《詞綜》，〔清〕朱彝尊編，影印文淵閣《四庫全書》本。
《次山集》，〔唐〕元結撰，影印文淵閣《四庫全書》本。
《次山集》，〔唐〕元結撰，影印文津閣《四庫全書》本。
《大戴禮記彙校集注》，黄懷信主撰，孔德立、周海生參撰，三秦出版社二〇〇五年版。
《大隱居士詩集》，〔宋〕鄧深撰，影印文津閣《四庫全書》本。
《大隱居士詩集》，〔宋〕鄧深撰，影印文淵閣《四庫全書》本。
《帶經堂書目》，〔清〕陳徵芝藏，陳樹杓編次，民國順德鄧氏風雨樓鉛印本。
《丁卯詩集》，〔唐〕許渾撰，影印文淵閣《四庫全書》本。
《丁卯詩集》，〔唐〕許渾撰，影印文津閣《四庫全書》本。
《東都事略》，〔宋〕王稱撰，清光緒九年（一八八三）淮南書局刻本。
《東觀漢記校注》，〔漢〕劉珍等撰，吴樹平校注，中州古籍出版社一九八七年版。
《東觀漢記校注》，〔東漢〕劉珍等撰，吴樹平校注，中華書局二〇〇八年版。
《東觀集》，〔宋〕魏野撰，影印文津閣《四庫全書》本。
《東觀集》，〔宋〕魏野撰，影印文淵閣《四庫全書》本。
《東萊集》，〔宋〕呂祖謙撰，影印文津閣《四庫全書》本。

《東萊集》，〔宋〕呂祖謙撰，影印文淵閣《四庫全書》本。
《東萊詩集》，〔宋〕呂本中撰，影印文津閣《四庫全書》本。
《東萊詩集》，〔宋〕呂本中撰，影印文淵閣《四庫全書》本。
《東林列傳》，〔清〕陳鼎撰，影印文津閣《四庫全書》本。
《東林列傳》，〔清〕陳鼎撰，影印文淵閣《四庫全書》本。
《東牟集》，〔宋〕王洋撰，影印文津閣《四庫全書》本。
《東牟集》，〔宋〕王洋撰，影印文淵閣《四庫全書》本。
《東坡全集》，〔宋〕蘇軾撰，影印文津閣《四庫全書》本。
《東坡全集》，〔宋〕蘇軾撰，影印文淵閣《四庫全書》本。
《東坡志林》，〔宋〕蘇軾撰，王松齡點校，中華書局一九八一年版。
《東坡志林》、《仇池筆記》，華東師範大學古籍研究所點校注釋，華東師範大學出版社一九八三年版。
《東堂集》，〔宋〕毛滂撰，影印文津閣《四庫全書》本。
《東堂集》，〔宋〕毛滂撰，影印文淵閣《四庫全書》本。
《東塘集》，〔宋〕袁說友撰，影印文津閣《四庫全書》本。
《東塘集》，〔宋〕袁說友撰，影印文淵閣《四庫全書》本。
《東軒筆錄》，〔宋〕魏泰撰，影印文津閣《四庫全書》本。

《東軒筆録》，〔宋〕魏泰撰，影印文淵閣《四庫全書》本。
《洞天清録》，〔宋〕趙希鵠撰，影印文津閣《四庫全書》本。
《洞天清録》，〔宋〕趙希鵠撰，影印文淵閣《四庫全書》本。
《獨醒雜志》，〔宋〕曾敏行撰，上海師範大學古籍整理研究所編《全宋筆記》第四編五，大象出版社二〇〇八年版。
《讀禮通考》，〔清〕徐乾學撰，影印文津閣《四庫全書》本。
《讀禮通考》，〔清〕徐乾學撰，影印文淵閣《四庫全書》本。
《杜甫全集校注》，蕭滌非主編，人民文學出版社二〇一三年版。
《杜詩詳註》，〔唐〕杜甫著，〔清〕仇兆鰲注，中華書局一九七九年版。
《二十史朔閏表》，陳垣著，中華書局一九六二年版。
《法言義疏》，汪榮寶撰，陳仲夫點校，中華書局一九八七年版。
《樊川詩集注》，〔唐〕杜牧著，〔清〕馮集梧注，上海古籍出版社一九七八年版。
《范村梅譜》，〔宋〕范成大撰，影印文津閣《四庫全書》本。
《范村梅譜》，〔宋〕范成大撰，影印文淵閣《四庫全書》本。
《范文正集》二十卷、《別集》四卷、《補編》五卷，〔宋〕范仲淹撰，影印文津閣《四庫全書》本。
《范文正集》二十卷、《別集》四卷、《補編》五卷，〔宋〕范仲淹撰，影印文淵閣《四庫全書》本。
《方輿勝覽》，〔宋〕祝穆撰，影印文津閣《四庫全書》本。

《方輿勝覽》，〔宋〕祝穆撰，影印文淵閣《四庫全書》本。
《斐然集》，〔宋〕胡寅撰，影印文津閣《四庫全書》本。
《斐然集》，〔宋〕胡寅撰，影印文淵閣《四庫全書》本。
《浮溪集》，〔宋〕汪藻撰，影印文津閣《四庫全書》本。
《浮溪集》，〔宋〕汪藻撰，影印文淵閣《四庫全書》本。
《負暄野録》，〔宋〕陳櫄纂，影印文津閣《四庫全書》本。
《負暄野録》，〔宋〕陳櫄纂，影印文淵閣《四庫全書》本。
《高僧傳》，〔梁〕釋慧皎撰，中華書局一九九二年版。
《高適岑參詩選》，〔唐〕高適、岑參著，孫欽善等選注，人民文學出版社一九八五年版。
《攻媿集》，〔宋〕樓鑰撰，朱墨合校舊鈔本，现藏臺北『中央圖書館』。
《攻媿集》，〔宋〕樓鑰撰，影印文津閣《四庫全書》本。
《攻媿集》，〔宋〕樓鑰撰，影印文淵閣《四庫全書》本。
《公是集》，〔宋〕劉敞撰，影印文津閣《四庫全書》本。
《公是集》，〔宋〕劉敞撰，影印文淵閣《四庫全書》本。
《姑蘇志》，〔明〕王鏊等纂修，明正德丙寅年（一五〇六）刻本。
《古畫品録》，〔南齊〕謝赫撰，影印文津閣《四庫全書》本。
《古畫品録》，〔南齊〕謝赫撰，影印文淵閣《四庫全書》本。

《古今圖書集成》，〔清〕陳夢雷等編，中華書局一九八六年版。
《古靈集》，〔宋〕陳襄撰，影印文津閣《四庫全書》本。
《古靈集》，〔宋〕陳襄撰，影印文淵閣《四庫全書》本。
《古詩紀》，〔明〕馮惟訥撰，影印文津閣《四庫全書》本。
《古詩紀》，〔明〕馮惟訥撰，影印文淵閣《四庫全書》本。
《古文舊書考》，〔日〕島田翰撰，上海古籍出版社二〇一七年版。
《顧千里集》，〔清〕顧千里著，王欣夫輯，中華書局二〇〇七年版。
《管子補注》，〔明〕劉績補注，鳳凰出版社二〇一六年版。
《灌園集》，〔宋〕呂南公撰，影印文津閣《四庫全書》本。
《灌園集》，〔宋〕呂南公撰，影印文淵閣《四庫全書》本。
《廣東通志》，〔清〕郝玉麟等修，影印文津閣《四庫全書》本。
《廣東通志》，〔清〕郝玉麟等修，影印文淵閣《四庫全書》本。
《廣弘明集》，〔梁〕釋僧祐撰，上海古籍出版社一九九一年版。
《廣陵集》，〔宋〕王令撰，影印文津閣《四庫全書》本。
《廣陵集》，〔宋〕王令撰，影印文淵閣《四庫全書》本。
《廣雅》，〔魏〕張揖撰，影印文津閣《四庫全書》本。
《廣雅》，〔魏〕張揖撰，影印文淵閣《四庫全書》本。

《貴耳集》，〔宋〕張端義撰，清刻本，現藏新疆大學圖書館。
《國語》，上海師範大學古籍整理組校點，上海古籍出版社一九七八年版。
《過庭録》，〔宋〕范公偁撰，影印文津閣《四庫全書》本。
《過庭録》，〔宋〕范公偁撰，影印文淵閣《四庫全書》本。
《海陵集》，〔宋〕周麟之撰，影印文津閣《四庫全書》本。
《海陵集》，〔宋〕周麟之撰，影印文淵閣《四庫全書》本。
《韓昌黎詩繫年集釋》，〔唐〕韓愈著，錢仲聯集釋，上海古籍出版社一九八四年版。
《韓非子校注》（修訂本），周勛初校注，鳳凰出版社二〇一六年版。
《韓内翰别集》，〔唐〕韓偓撰，影印文津閣《四庫全書》本。
《韓内翰别集》，〔唐〕韓偓撰，影印文淵閣《四庫全書》本。
《漢隸字源》，〔宋〕婁機撰，影印文津閣《四庫全書》本。
《漢隸字源》，〔宋〕婁機撰，影印文淵閣《四庫全書》本。
《漢書》，〔漢〕班固撰，〔唐〕顔師古注，中華書局一九六二年版。
《漢魏南北朝墓誌集釋》，趙萬里撰，廣西師範大學出版社二〇〇八年版。
《翰苑集》，〔唐〕陸贄撰，影印文津閣《四庫全書》本。
《翰苑集》，〔唐〕陸贄撰，影印文淵閣《四庫全書》本。
《河南集》，〔宋〕尹洙撰，影印文津閣《四庫全書》本。

《河南集》，〔宋〕尹洙撰，影印文淵閣《四庫全書》本。
《何水部集》，〔梁〕何遜撰，影印文津閣《四庫全書》本。
《何水部集》，〔梁〕何遜撰，影印文淵閣《四庫全書》本。
《鶴山集》，〔宋〕魏了翁撰，影印文淵閣《四庫全書》本。
《鶴山全集》，〔宋〕魏了翁撰，影印文津閣《四庫全書》本。
《鶴山先生大全文集》，〔宋〕魏了翁撰，《四部叢刊初編》本。
《後村集》，〔宋〕劉克莊撰，影印文津閣《四庫全書》本。
《後村集》，〔宋〕劉克莊撰，影印文淵閣《四庫全書》本。
《後村先生大全集》，〔宋〕劉克莊撰，清賜硯堂鈔本。
《後漢書》，〔劉宋〕范曄撰，〔唐〕李賢等注，中華書局一九六五年版。
《後樂集》，〔宋〕衛涇撰，影印文津閣《四庫全書》本。
《後樂集》，〔宋〕衛涇撰，影印文淵閣《四庫全書》本。
《後山集》，〔宋〕陳師道撰，影印文津閣《四庫全書》本。
《後山集》，〔宋〕陳師道撰，影印文淵閣《四庫全書》本。
《後山詩注補箋》，〔宋〕陳師道撰、任淵注，冒廣生補箋，冒懷辛整理，中華書局一九九五年版。
《湖山集》，〔宋〕吴芾撰，影印文津閣《四庫全書》本。
《湖山集》，〔宋〕吴芾撰，影印文淵閣《四庫全書》本。

《虎丘山志》，〔清〕顧湄修，清康熙十五年（一六七六）刻本。

《淮南子校釋》，张雙棣撰，北京大學出版社一九九七年版。

《皇宋中興兩朝聖政》，不著撰人，趙鐵寒主編《宋史資料萃編》第一輯，文海出版社一九六七年版。

《黄庭堅全集》，〔宋〕黄庭堅著，劉琳、李勇先、王蓉貴校點，四川大学出版社二〇〇一年版。

《黄御史集》，〔唐〕黄滔撰，影印文津閣《四庫全書》本。

《黄御史集》，〔唐〕黄滔撰，影印文淵閣《四庫全書》本。

《揮麈錄》，〔宋〕王明清撰，中華書局一九六一年版。

《會昌一品集》二十卷、《别集》十卷、《外集》四卷，〔唐〕李德裕撰，影印文津閣《四庫全書》本。

《會昌一品集》二十卷、《别集》十卷、《外集》四卷，〔唐〕李德裕撰，影印文淵閣《四庫全書》本。

《雞肋編》，〔宋〕莊季裕撰，中華書局一九八三年版。

《吉安府志》，〔清〕定祥修，清光緒二年（一八七六）吉安府署刻本。

《集古錄跋尾》，〔宋〕歐陽脩書，紙本，臺北故宫博物院藏。

《集韻校本》，趙振鐸撰，上海辭書出版社二〇一三年版。

《給事集》，〔宋〕劉安上撰，影印文津閣《四庫全書》本。

《給事集》，〔宋〕劉安上撰，影印文淵閣《四庫全書》本。

《嵇中散集》，〔魏〕嵇康撰，影印文津閣《四庫全書》本。

《嵇中散集》，〔魏〕嵇康撰，影印文淵閣《四庫全書》本。
《記纂淵海》，〔宋〕潘自牧撰，影印文津閣《四庫全書》本。
《記纂淵海》，〔宋〕潘自牧撰，影印文淵閣《四庫全書》本。
《嘉定赤城志》，〔宋〕陳耆卿撰，清嘉慶二十三年（一八一八）臨海宋氏刻本。
《嘉慶重修揚州府志》，〔清〕阿克當阿修，清嘉慶十五年（一八一〇）刻本。
《簡齋集》，〔宋〕陳與義撰，影印文津閣《四庫全書》本。
《簡齋集》，〔宋〕陳與義撰，影印文淵閣《四庫全書》本。
《澗泉日記》，〔宋〕韓淲撰，影印文津閣《四庫全書》本。
《澗泉日記》，〔宋〕韓淲撰，影印文淵閣《四庫全書》本。
《建炎以來朝野雜記》，〔宋〕李心傳撰，徐規點校，中華書局二〇〇〇年版。
《建炎以來繫年要録》，〔宋〕李心傳編撰，胡坤點校，中華書局二〇一三年版。
《劍南詩稿校注》，〔宋〕陸游著，錢仲聯校注，上海古籍出版社一九八五年版。
《姜白石詞編年箋校》，〔宋〕姜夔著，夏承燾箋校，上海古籍出版社一九八一年版。
《江村銷夏録》，〔清〕高士奇撰，影印文津閣《四庫全書》本。
《江村銷夏録》，〔清〕高士奇撰，影印文淵閣《四庫全書》本。
《江湖長翁集》，〔宋〕陳造撰，影印文津閣《四庫全書》本。
《江湖長翁集》，〔宋〕陳造撰，影印文淵閣《四庫全書》本。

《江南通志》，〔清〕趙宏恩等修，影印文津閣《四庫全書》本。
《江南通志》，〔清〕趙宏恩等修，影印文淵閣《四庫全書》本。
《江文通集》，〔梁〕江淹撰，影印文津閣《四庫全書》本。
《江文通集》，〔梁〕江淹撰，影印文淵閣《四庫全書》本。
《江陰縣志》，〔明〕趙錦修，一九六三年上海古籍書店影印明嘉靖本。
《江陰縣志》，〔清〕陳延恩修，清道光二十年（一八四〇）江陰縣署刻本。
《江陰縣志》，〔清〕盧思誠修，清光緒四年（一八七八）江陰縣署刻本。
《江陰縣志》，陳思修，民國十年（一九二一）刻本。
《羯鼓録》，〔唐〕南卓撰，影印文津閣《四庫全書》本。
《羯鼓録》，〔唐〕南卓撰，影印文淵閣《四庫全書》本。
《金石録校證》，〔宋〕趙明誠撰、金文明校證，廣西師範大學出版社二〇〇五年版。
《錦繡萬花谷續集》，〔宋〕佚名編，影印文津閣《四庫全書》本。
《錦繡萬花谷續集》，〔宋〕佚名編，影印文淵閣《四庫全書》本。
《晉書》，〔唐〕房玄齡等撰，中華書局一九七四年版。
《荆溪外紀》，〔明〕沈敕編，《四庫全書存目叢書·集部三八二》，齊魯書社一九九七年版。
《荆溪外紀》，〔明〕沈敕編，清宣统三年（一九一一）武进盛氏家刊本。
《涇縣志》，〔清〕李德淦修，民國三年（一九一四）涇縣翟氏影印本。

《經濟類編》，〔明〕馮琦、馮瑗撰，影印文津閣《四庫全書》本。

《經濟類編》，〔明〕馮琦、馮瑗撰，影印文淵閣《四庫全書》本。

《景定建康志》，〔宋〕周應合纂，清嘉慶六年（一八〇一）孫星衍刻本。

《九朝編年備要》，〔宋〕陳均撰，影印文津閣《四庫全書》本。

《九朝編年備要》，〔宋〕陳均撰，影印文淵閣《四庫全書》本。

《九靈山房集》，〔元〕戴良撰，影印文津閣《四庫全書》本。

《九靈山房集》，〔元〕戴良撰，影印文淵閣《四庫全書》本。

《舊唐書》，〔後晉〕劉昫等撰，中華書局一九七五年版。

《舊五代史》，〔宋〕薛居正等撰，中華書局一九七六年版。

《橘山四六》，〔宋〕李廷忠撰，影印文津閣《四庫全書》本。

《橘山四六》，〔宋〕李廷忠撰，影印文淵閣《四庫全書》本。

《郡齋讀書志校證》，〔宋〕晁公武撰、孫猛校證，上海古籍出版社一九九〇年版。

《康熙字典》，〔清〕張玉書等編，上海書店出版社一九八五年版。

《柯山集》，〔宋〕張耒撰，影印文津閣《四庫全書》本。

《柯山集》，〔宋〕張耒撰，影印文淵閣《四庫全書》本。

《客亭類稿》，〔宋〕楊冠卿撰，影印文津閣《四庫全書》本。

《客亭類稿》，〔宋〕楊冠卿撰，影印文淵閣《四庫全書》本。

《孔叢子》，王鈞林、周海生譯注，中華書局二〇〇九年版。
《孔子家語》，〔三國魏〕王肅注，〔日〕太宰純增注，宋立林校點，上海古籍出版社二〇一九年版。
《困學紀聞》，〔宋〕王應麟撰，影印文津閣《四庫全書》本。
《困學紀聞》，〔宋〕王應麟撰，影印文淵閣《四庫全書》本。
《困學紀聞》，〔宋〕王應麟著，〔清〕翁元圻等注，上海古籍出版社二〇〇八年版。
《蘭亭考》，〔宋〕桑世昌撰，清長塘鮑氏知不足齋刻本，現藏中國國家圖書館。
《蘭亭續考》，〔宋〕俞松撰，《知不足齋叢書》本，上海古書流通處一九二一年版。
《浪語集》，〔宋〕薛季宣撰，影印文津閣《四庫全書》本。
《浪語集》，〔宋〕薛季宣撰，影印文淵閣《四庫全書》本。
《黎嶽集》，〔唐〕李頻撰，影印文津閣《四庫全書》本。
《黎嶽集》，〔唐〕李頻撰，影印文淵閣《四庫全書》本。
《李長吉歌詩編年箋注》，〔唐〕李賀著，吴企明箋注，中華書局二〇一二年版。
《李商隱詩歌集解》，劉學鍇、余恕誠著，中華書局一九八八年版。
《李太白集注》，〔唐〕李白撰，〔清〕王琦注，上海古籍出版社一九九二年版。
《歷代名臣奏議》，〔明〕楊士奇等編，影印文津閣《四庫全書》本。
《歷代名臣奏議》，〔明〕楊士奇等編，影印文淵閣《四庫全書》本。
《隸釋》，〔宋〕洪适撰，影印文津閣《四庫全書》本。

《隸釋》，〔宋〕洪适撰，影印文淵閣《四庫全書》本。
《梁書》，〔唐〕姚思廉撰，中華書局一九七三年版。
《兩朝綱目備要》，影印文津閣《四庫全書》本。
《兩朝綱目備要》，影印文淵閣《四庫全書》本。
《兩漢紀》（《漢紀》，〔漢〕荀悅著；《後漢紀》，〔晉〕袁宏著），張烈點校，中華書局二〇〇二年版。
《列女傳》，〔漢〕劉向撰，劉曉東校點，遼寧教育出版社一九九八年版。
《列子集釋》，楊伯峻集釋，中華書局一九七九年版。
《臨川先生文集》，〔宋〕王安石撰，中華書局一九五九年版。
《臨海縣志稿》，〔民國〕孫熙鼎修，民國二十五年（一九三六）臨海縣署刻本。
《靈樞經》，影印文津閣《四庫全書》本。
《靈樞經》，影印文淵閣《四庫全書》本。
《劉賓客文集》，〔唐〕劉禹錫撰，影印文淵閣《四庫全書》本。
《劉賓客文集》，〔唐〕劉禹錫撰，影印文津閣《四庫全書》本。
《劉隨州集》，〔唐〕劉長卿撰，影印文淵閣《四庫全書》本。
《劉隨州集》，〔唐〕劉長卿撰，影印文津閣《四庫全書》本。
《柳河東集》，〔唐〕柳宗元著，上海人民出版社一九七四年版。
《六藝之一錄》，〔清〕倪濤撰，清鈔本。

《六藝之一錄》，〔清〕倪濤撰，影印文津閣《四庫全書》本。
《六藝之一錄》，〔清〕倪濤撰，影印文淵閣《四庫全書》本。
《廬陵周益國文忠公集》，〔宋〕周必大撰，清道光二十八年（一八四八）歐陽棨瀛塘别墅刊、咸豐元年（一八五一）續刊本。
《魯齋集》，〔宋〕王柏撰，影印文津閣《四庫全書》本。
《魯齋集》，〔宋〕王柏撰，影印文淵閣《四庫全書》本。
《陸九淵集》，〔宋〕陸九淵撰，中華書局一九八〇年版。
《陸士龍集》，〔晉〕陸雲撰，影印文津閣《四庫全書》本。
《陸士龍集》，〔晉〕陸雲撰，影印文淵閣《四庫全書》本。
《陸游集》，〔宋〕陸游著，中華書局一九七六年版。
《呂氏春秋》，〔漢〕高誘注，〔清〕畢沅校，徐小蠻標點，上海古籍出版社二〇一四年版。
《呂氏家塾讀詩記》，〔宋〕呂祖謙撰，商務印書館民國二十六年（一九三七）《四部叢刊續編》本。
《呂祖謙全集》，黄靈庚、吴戰壘主编，浙江古籍出版社二〇〇八年版。
《欒城集》，〔宋〕蘇轍撰，上海古籍出版社一九八七年版。
《論衡校注》，〔漢〕王充撰，張宗祥校注，上海古籍出版社二〇一〇年版。
《論語譯注》，楊伯峻譯注，中華書局一九八〇年版。
《茅山志》，〔元〕劉大彬撰，中國國家圖書館藏明刻本。

《梅溪集》，〔宋〕王十朋撰，影印文津閣《四庫全書》本。
《梅溪集》，〔宋〕王十朋撰，影印文淵閣《四庫全書》本。
《梅堯臣集編年校注》，〔宋〕梅堯臣著，朱東潤編年校注，上海古籍出版社二〇〇六年版。
《梅苑》，〔宋〕黄大輿編，影印文津閣《四庫全書》本。
《梅苑》，〔宋〕黄大輿編，影印文淵閣《四庫全書》本。
《孟東野詩集》，〔唐〕孟郊撰，影印文津閣《四庫全書》本。
《孟東野詩集》，〔唐〕孟郊撰，影印文淵閣《四庫全書》本。
《孟浩然集》，〔唐〕孟浩然撰，影印文津閣《四庫全書》本。
《孟浩然集》，〔唐〕孟浩然撰，影印文淵閣《四庫全書》本。
《孟子譯注》，楊伯峻譯注，中華書局一九六〇年版。
《祕殿珠林石渠寶笈合編》，上海書店出版社二〇一一年版。
《明一統志》，〔明〕李賢等撰，影印文津閣《四庫全書》本。
《明一統志》，〔明〕李賢等撰，影印文淵閣《四庫全書》本。
《墨子閒詁》，〔清〕孫詒讓撰，中華書局二〇〇九年版。
《南部新書》，〔宋〕錢易撰，黄壽成點校，中華書局二〇〇二年版。
《南湖集》，〔宋〕張鎡撰，影印文津閣《四庫全書》本。
《南湖集》，〔宋〕張鎡撰，影印文淵閣《四庫全書》本。

《南澗甲乙稿》，〔宋〕韓元吉撰，影印文津閣《四庫全書》本。
《南澗甲乙稿》，〔宋〕韓元吉撰，影印文淵閣《四庫全書》本。
《南史》（全六册），〔唐〕李延壽撰，中華書局一九七五年版。
《南宋館閣録》，〔宋〕陳騤撰，張富祥點校，中華書局一九九八年版。
《南宋館閣續録》，〔宋〕佚名撰，張富祥點校，中華書局一九九八年版。
《南宋書》，〔明〕錢士升撰，清嘉慶二年（一七九七）上海精一閣書局刻本。
《南宋文範》，〔清〕莊仲方編，吉林人民出版社一九九八年版。
《南宋文範》，〔清〕莊仲方編，清光緒十四年（一八八八）江蘇書局刻本。
《南宋文録録》，〔清〕董兆熊輯，清光緒十七年（一七九一）蘇州書局本。
《能改齋漫録》，〔宋〕吳曾撰，影印文津閣《四庫全書》本。
《能改齋漫録》，〔宋〕吳曾撰，影印文淵閣《四庫全書》本。
《歐陽脩全集》，李逸安點校，中華書局二〇〇一年版。
《盤洲文集》，〔宋〕洪适撰，影印文津閣《四庫全書》本。
《盤洲文集》，〔宋〕洪适撰，影印文淵閣《四庫全書》本。
《平庵悔稿》，〔宋〕項安世撰，清吳長元鈔本，現藏中國國家圖書館。
《平陽縣志》，王理孚修，劉紹寬纂，民國十五年（一九二六）刻本。
《平齋集》，〔宋〕洪咨夔撰，影印文津閣《四庫全書》本。

《平齋集》，〔宋〕洪咨夔撰，影印文淵閣《四庫全書》本。
《平齋文集》，〔宋〕洪咨夔撰，商務印書館民國二十三年（一九三四）《四部叢刊續編》本。
《屏山集》，〔宋〕劉子翬撰，影印文津閣《四庫全書》本。
《屏山集》，〔宋〕劉子翬撰，影印文淵閣《四庫全書》本。
《曝書亭集》，〔清〕朱彝尊撰，清康熙五十三年（一七一四）刻本。
《曝書亭集》，〔清〕朱彝尊撰，影印文津閣《四庫全書》本。
《曝書亭集》，〔清〕朱彝尊撰，影印文淵閣《四庫全書》本。
《齊東野語》，〔宋〕周密撰，張茂鵬點校，中華書局一九八三年版。
《齊民要術校釋》，〔後魏〕賈思勰原著，繆啓愉校釋，繆桂龍參校，農業出版社一九八二年版。
《耆舊續聞》，〔宋〕陳鵠撰，影印文津閣《四庫全書》本。
《耆舊續聞》，〔宋〕陳鵠撰，影印文淵閣《四庫全書》本。
《錢塘集》，〔宋〕韋驤撰，影印文津閣《四庫全書》本。
《錢塘集》，〔宋〕韋驤撰，影印文淵閣《四庫全書》本。
《錢仲文集》，〔唐〕錢起撰，影印文津閣《四庫全書》本。
《錢仲文集》，〔唐〕錢起撰，影印文淵閣《四庫全書》本。
《欽定四庫全書總目》（整理本），〔清〕紀昀等原著，《四庫全書》研究所整理，中華書局一九九七年版。

《欽定續通典》，影印文津閣《四庫全書》本。
《欽定續通典》，影印文淵閣《四庫全書》本。
《欽定續通志》，影印文津閣《四庫全書》本。
《欽定續通志》，影印文淵閣《四庫全書》本。
《秦觀集編年校注》，周義敢、程自信、周雷編注，人民文學出版社二〇〇一年版。
《清江三孔集》，〔宋〕孔文仲、孔武仲、孔平仲撰，影印文津閣《四庫全書》本。
《清江三孔集》，〔宋〕孔文仲、孔武仲、孔平仲撰，影印文淵閣《四庫全書》本。
《慶元條法事類》，〔宋〕謝深甫修，民國三十七年（一九四八）燕京大學圖書館刻本。
《秋崖集》，〔宋〕方岳撰，影印文津閣《四庫全書》本。
《秋崖集》，〔宋〕方岳撰，影印文淵閣《四庫全書》本。
《曲江集》，〔唐〕張九齡撰，影印文津閣《四庫全書》本。
《曲江集》，〔唐〕張九齡撰，影印文淵閣《四庫全書》本。
《曲洧舊聞》，〔宋〕朱弁撰，孔凡禮點校，中華書局二〇〇二年版。
《全宋詞》，唐圭璋編纂，王仲聞參訂，孔凡禮補輯，中華書局一九九九年版。
《全宋詩》，北京大學古文獻研究所編，北京大學出版社一九九一—一九九八年陸續出版。
《全宋文》，曾棗莊、劉琳主編，上海辭書出版社、安徽教育出版社二〇〇六年版。
《全唐詩》（增訂本），〔清〕彭定求等校點，中華書局一九九九年版。

《全元文》，李修生主編，江蘇古籍出版社一九九九年版。
《日本訪書志》，楊守敬撰，清光緒丁酉年（一八九七）宜都楊氏鄰蘇園刻本。
《日本訪書志》，楊守敬撰、張雷校點，遼寧教育出版社二〇〇三年版。
《日涉園集》，〔宋〕李彭撰，影印文津閣《四庫全書》本。
《日涉園集》，〔宋〕李彭撰，影印文淵閣《四庫全書》本。
《容齋隨筆》，〔宋〕洪邁撰，孔凡禮點校，中華書局二〇〇五年版。
《三朝北盟會編》，〔宋〕徐夢莘撰，上海古籍出版社一九八七年版。
《三朝北盟會編》，〔宋〕徐夢莘撰，臺北大化書局一九七九年版。
《三國志》，〔晉〕陳壽撰，〔劉宋〕裴松之注，中華書局一九五九年版。
《山海經》，〔晉〕郭璞注，南宋淳熙七年（一一八〇）池陽郡齋刻本，現藏中國國家圖書館。
《山海經校注》，袁珂校注，上海古籍出版社一九八〇年版。
《珊瑚木難》，〔明〕朱存理編，影印文津閣《四庫全書》本。
《珊瑚木難》，〔明〕朱存理編，影印文淵閣《四庫全書》本。
《珊瑚網》，〔明〕汪砢玉撰，影印文津閣《四庫全書》本。
《珊瑚網》，〔明〕汪砢玉撰，影印文淵閣《四庫全書》本。
《剡録》，〔宋〕高似孫撰，影印文津閣《四庫全書》本。
《剡録》，〔宋〕高似孫撰，影印文淵閣《四庫全書》本。

《商子譯注》，山東大學《商子譯注》編寫組編，齊魯書社一九八二年版。
《尚書故實》，〔唐〕李綽撰，影印文津閣《四庫全書》本。
《尚書故實》，〔唐〕李綽撰，影印文淵閣《四庫全書》本。
《紹興十八年同年小錄》，〔宋〕佚名編，影印文津閣《四庫全書》本。
《紹興十八年同年小錄》，〔宋〕佚名編，影印文淵閣《四庫全書》本。
《申鑒》，〔漢〕荀悦撰，明嘉靖間文始堂刻本。
《申鑒》，〔漢〕荀悦撰，明正德十三年（一五一八）李濂刻本。
《升庵集》，〔明〕楊慎撰，影印文津閣《四庫全書》本。
《升庵集》，〔明〕楊慎撰，影印文淵閣《四庫全書》本。
《聲畫集》，〔宋〕孫紹遠編，影印文津閣《四庫全書》本。
《聲畫集》，〔宋〕孫紹遠編，影印文淵閣《四庫全書》本。
《詩人玉屑》，〔宋〕魏慶之著，王仲聞點校，中華書局二〇〇七年版。
《詩淵》，書目文獻出版社一九八五年版。
《十三經注疏》，李學勤主編，北京大學出版社二〇〇〇年版。
《石倉歷代詩選》，〔明〕曹學佺編，影印文津閣《四庫全書》本。
《石倉歷代詩選》，〔明〕曹學佺編，影印文淵閣《四庫全書》本。
《石湖詩集》，〔宋〕范成大撰，《四部叢刊》影印清康熙顧氏愛汝堂刊本。

《石屏詩集》,〔宋〕戴復古撰,影印文津閣《四庫全書》本。
《石屏詩集》,〔宋〕戴復古撰,影印文淵閣《四庫全書》本。
《石渠寶笈》,影印文津閣《四庫全書》本。
《石渠寶笈》,影印文淵閣《四庫全書》本。
《石洲詩話》,〔清〕翁方綱著,陳邇冬校點,人民文學出版社一九八一年版。
《拾遺錄》,〔明〕胡爌撰,吴興劉氏嘉業堂民國十六年(一九二七)《吴興叢書》本。
《拾遺錄》,〔明〕胡爌撰,影印文津閣《四庫全書》本。
《拾遺錄》,〔明〕胡爌撰,影印文淵閣《四庫全書》本。
《史記》,〔漢〕司馬遷撰,中華書局一九八二年版。
《史記索隱》,〔唐〕司馬貞撰,清光緒十九年(一八九三)廣雅書局刻本。
《式古堂書畫彙考》,〔清〕卞永譽撰,影印文津閣《四庫全書》本。
《式古堂書畫彙考》,〔清〕卞永譽撰,影印文淵閣《四庫全書》本。
《世說新語校箋》,徐震堮著,中華書局一九八四年版。
《事物紀原》,〔宋〕高承撰,影印文津閣《四庫全書》本。
《事物紀原》,〔宋〕高承撰,影印文淵閣《四庫全書》本。
《書道全集》,〔日〕下中邦彦編,平凡社一九五五年版。
《書畫彙考》,〔清〕卞永譽撰,影印文津閣《四庫全書》本。

《書畫彙考》，〔清〕卞永譽撰，影印文淵閣《四庫全書》本。
《書舟詞》，〔宋〕程垓撰，影印文津閣《四庫全書》本。
《書舟詞》，〔宋〕程垓撰，影印文淵閣《四庫全書》本。
《述異記》，〔梁〕任昉撰，影印文津閣《四庫全書》本。
《述異記》，〔梁〕任昉撰，影印文淵閣《四庫全書》本。
《水經注校證》，〔北魏〕酈道元著，陳橋驛校證，中華書局二〇〇七年版。
《水心集》，〔宋〕葉適撰，影印文津閣《四庫全書》本。
《水心集》，〔宋〕葉適撰，影印文淵閣《四庫全書》本。
《說文解字注》，〔清〕段玉裁撰，江蘇廣陵古籍刻印社一九九七年版。
《說文繫傳》，〔南唐〕徐鍇撰，影印文津閣《四庫全書》本。
《說文繫傳》，〔南唐〕徐鍇撰，影印文淵閣《四庫全書》本。
《說文解字徐氏繫傳》，〔南唐〕徐鍇撰，清道光十九年（一八三九）江陰壽陽祁寯藻影宋刻本，現藏陝西省圖書館。
《司空表聖文集》，〔唐〕司空圖撰，影印文津閣《四庫全書》本。
《司空表聖文集》，〔唐〕司空圖撰，影印文淵閣《四庫全書》本。
《四川通志》，〔清〕黄廷桂等修，影印文津閣《四庫全書》本。
《四川通志》，〔清〕黄廷桂等修，影印文淵閣《四庫全書》本。

《四庫全書簡明目録》，〔清〕永瑢等著，上海古籍出版社一九八五年版。
《四庫全書總目》，〔清〕永瑢等撰，中華書局一九六五年版。
《四庫全書總目提要補正》，胡玉縉撰，王欣夫輯，上海書店一九九八年版。
《四友齋叢説》，〔明〕何良俊撰，中華書局一九五九年版。
《宋代路分長官通考》，李之亮撰，巴蜀書社二〇〇三年版。
《宋代蜀文輯存》，傅增湘纂輯，民國三十二年（一九四三）刻本。
《宋會要輯稿》，〔清〕徐松輯，中華書局一九五七年版。
《宋會要輯稿·崇儒》，苗書梅等點校，河南大學出版社二〇〇一年版。
《宋集珍本叢刊書目提要》，綫裝書局二〇〇四年版。
《宋兩淮大郡守臣易替考》，李之亮撰，巴蜀書社二〇〇一年版。
《宋遼金詩選注》，范寧、華岩選注，北京出版社一九八八年版。
《宋人别集敘録》，祝尚書著，中華書局一九九九年版。
《宋詩鈔》，〔清〕吴之振、吕留良、吴自牧編，中華書局一九八六年版。
《宋詩紀事》，〔清〕厲鶚輯撰，上海古籍出版社一九八三年版。
《宋詩紀事補遺》，〔清〕陸心源撰，徐旭、李建國點校，山西古籍出版社一九九七年版。
《宋詩略》，〔清〕汪景龍輯，清乾隆三十五年（一七七〇）竹雨山房刻本。
《宋詩選注》，錢鍾書選注，人民文學出版社一九八九年版。

《宋詩一百首》，上海古籍出版社一九七八年版。
《宋史》，〔元〕脱脱等撰，中華書局一九七七年版。
《宋史紀事本末》，〔明〕馮琦原編，〔明〕陳邦瞻增輯，影印文津閣《四庫全書》本。
《宋史紀事本末》，〔明〕馮琦原編，〔明〕陳邦瞻增輯，影印文淵閣《四庫全書》本。
《宋史全文》，影印文津閣《四庫全書》本。
《宋史全文》，影印文淵閣《四庫全書》本。
《宋書》，〔梁〕沈約著，中華書局一九七四年版。
《宋文鑑》，〔宋〕呂祖謙編，齊治平點校，中華書局一九九二年版。
《宋文選》，〔清〕顧宸輯，清康熙二十八年（一六八九）襄陵吴氏刻本。
《宋元詩會》，〔清〕陳焯編，影印文津閣《四庫全書》本。
《宋元詩會》，〔清〕陳焯編，影印文淵閣《四庫全書》本。
《宋元學案》，〔清〕黄宗羲原著，〔清〕全祖望補修，陳金生、梁運華點校，中華書局一九八六年版。
《宋元資治通鑑》，〔明〕薛應旂撰，明天啓六年（一六二六）自刻本，現藏中國國家圖書館。
《宋宰輔編年録校補》，〔宋〕徐自明撰，王瑞來校補，中華書局一九八六年版。
《宋趙忠定奏議》，〔宋〕趙汝愚撰，宣統庚戌（一九一〇）葉氏觀古堂刻本。
《宋中興學士院題名　中興東宫官寮題名　中興行在雜買務雜賣場提轄官題名》，〔宋〕何異撰，清光緒二十二年（一八九六）繆氏刻藕香零拾本。

《蘇軾詩集》，〔清〕王文誥輯註，孔凡禮點校，中華書局一九八二年版。
《蘇軾詩集合注》，〔清〕馮應榴輯注，黄任軻、朱懷春點校，上海古籍出版社二〇〇一年版。
《蘇軾文集》，孔凡禮點校，中華書局一九八六年版。
《蘇魏公文集》，〔宋〕蘇頌撰，影印文津閣《四庫全書》本。
《蘇魏公文集》，〔宋〕蘇頌撰，影印文淵閣《四庫全書》本。
《涑水記聞》，〔宋〕司馬光撰，影印文津閣《四庫全書》本。
《涑水記聞》，〔宋〕司馬光撰，影印文淵閣《四庫全書》本。
《隋書》，〔唐〕魏徵等撰，中華書局一九七三年版。
《孫臏兵法》，銀雀山漢墓竹簡整理小組編，文物出版社一九七五年版。
《太倉稊米集》，〔宋〕周紫芝撰，影印文津閣《四庫全書》本。
《太倉稊米集》，〔宋〕周紫芝撰，影印文淵閣《四庫全書》本。
《太平府志》，〔清〕朱肇基修，〔清〕陸綸纂，清乾隆二十二年（一七五七）刻本。
《太平廣記》，〔宋〕李昉等編，中華書局二〇〇三年版。
《太平寰宇記》，〔宋〕樂史撰，王文楚等點校，中華書局二〇〇七年版。
《太平御覽》，〔宋〕李昉編纂，夏劍欽、王巽齋校點，河北教育出版社一九九四年版。
《唐鈔文選集注匯存》，佚名編選，上海古籍出版社二〇〇〇年版。
《唐國史補》，〔唐〕李肇，黄紹筠、盛鍾健、張嵩嶽選譯，浙江古籍出版社一九八六年版。

《唐六典》，〔唐〕張九齡等撰，影印文津閣《四庫全書》本。
《唐六典》，〔唐〕張九齡等撰，影印文淵閣《四庫全書》本。
《唐宋千家聯珠詩格校證》，〔宋〕于濟、蔡正孫編，〔朝鮮〕徐居正等增注，卞東波校證，鳳凰出版社二〇〇七年版。
《唐宋詩三千首》，〔宋〕方虚谷編、〔清〕紀曉嵐批點，中國書店一九九〇年版。
《唐英歌詩》，〔唐〕吳融撰，影印文津閣《四庫全書》本。
《唐英歌詩》，〔唐〕吳融撰，影印文淵閣《四庫全書》本。
《唐摭言》，〔五代〕王定保編，上海古籍出版社二〇一二年版。
《陶廬雜錄》，〔清〕法式善撰，涂雨公點校，中華書局一九八四年版。
《陶淵明集箋注》，袁行霈箋注，中華書局二〇〇三年版。
《天台續集別編》，〔宋〕林表民編，影印文津閣《四庫全書》本。
《天台續集別編》，〔宋〕林表民編，影印文淵閣《四庫全書》本。
《通志》，〔宋〕鄭樵撰，浙江古籍出版社二〇〇七年版。
《桐江集》，〔元〕方回著，《宛委別藏》本，江蘇古籍出版社一九八八年版。
《宛陵羣英集》，〔元〕汪澤民、張師愚編，影印文津閣《四庫全書》本。
《宛陵羣英集》，〔元〕汪澤民、張師愚編，影印文淵閣《四庫全書》本。
《萬卷精華樓藏書記》，〔清〕耿文光撰，《清人書目題跋叢刊》本，中華書局一九九三年版。

《萬柳溪邊舊話》，〔元〕尤玘撰，民國乙亥年（一九三五）錫山尤氏鉛印本。
《王荊公詩文沈氏注》，〔清〕沈欽韓注，中華書局一九五九年版。
《王魏公集》，〔宋〕王安禮撰，影印文津閣《四庫全書》本。
《王魏公集》，〔宋〕王安禮撰，影印文淵閣《四庫全書》本。
《王右丞集箋注》〔清〕趙殿成箋注，上海古籍出版社一九八四年版。
《韋蘇州集》，〔唐〕韋應物撰，影印文津閣《四庫全書》本。
《韋蘇州集》，〔唐〕韋應物撰，影印文淵閣《四庫全書》本。
《渭南文集》，〔宋〕陸游著，《四部叢刊初編》本，上海書店出版社二〇一五年版。
《魏書》，〔北齊〕魏收撰，中華書局一九七四年版。
《魏文節遺書》，〔宋〕魏杞撰，魏頌唐輯，《四明叢書》本。
《溫飛卿詩集箋注》，〔明〕曾益撰，影印文津閣《四庫全書》本。
《溫飛卿詩集箋注》，〔明〕曾益撰，影印文淵閣《四庫全書》本。
《文定集》，〔宋〕汪應辰撰，學林出版社二〇〇九年版。
《文翰類選大成》，〔明〕李伯璵等編，明成化六年（一四七〇）淮府刻本。
《文祿堂訪書記》，王文進著，上海古籍出版社二〇〇七年版。
《文心雕龍注》，〔梁〕劉勰著，范文瀾注，人民文學出版社一九五八年版。
《文獻通考》，〔元〕馬端臨著，中華書局一九八六年版。

《文獻通考》，〔元〕馬端臨著，清光緒二十二年（一八九六）浙江書局刻本。

《文獻通考・經籍考》，〔元〕馬端臨著，華東師範大學出版社一九八五年版。

《文選》，〔梁〕蕭統編，〔唐〕李善注，明成化二十三年（一四八七）唐藩朱芝址重刊元張伯顏本。

《文選》，〔梁〕蕭統編，〔唐〕李善注，岳麓書社二〇〇二年版。

《文選》，〔梁〕蕭統編，〔唐〕李善注，中華書局一九七七年版。

《文選》，〔梁〕蕭統編，〔唐〕李善注；《文選考異》十卷，〔清〕胡克家撰；清嘉慶十四年（一八〇九）鄱陽胡氏据宋淳熙尤袤刊本影刊。

《文選》，〔梁〕蕭統編，〔唐〕呂延濟等五臣注，景印宋紹興辛巳（一一六一）建陽陳八郎崇化書坊刊本，臺灣『中央圖書館』一九八一年版。

《文選》，〔梁〕蕭統選輯，〔唐〕李善注，中華書局一九七四年版。

《文苑英華》，〔宋〕李昉等編，中華書局一九六六年版。

《文忠集》，〔宋〕歐陽脩撰，影印文津閣《四庫全書》本。

《文忠集》，〔宋〕歐陽脩撰，影印文淵閣《四庫全書》本。

《文忠集》，〔宋〕周必大撰，影印文津閣《四庫全書》本。

《文忠集》，〔宋〕周必大撰，影印文淵閣《四庫全書》本。

《吳郡志》，〔宋〕范成大撰，江蘇古籍出版社一九九九年版。

《吳禮部詩話》，〔元〕吳師道撰，《知不足齋叢書》本。

《吳興備志》，〔明〕董斯張撰，吳興劉氏嘉業堂民國十六年（一九二七）《吳興叢書》本。
《吳興備志》，〔明〕董斯張撰，影印文津閣《四庫全書》本。
《吳興備志》，〔明〕董斯張撰，影印文淵閣《四庫全書》本。
《無錫金匱縣志》，〔清〕秦瀛纂修，清嘉慶十八年（一八一三）刻本。
《無錫縣志》，〔明〕佚名撰，民國十一年（一九二二）上海中華書局鉛印本。
《五禮通考》，〔清〕秦蕙田撰，影印文津閣《四庫全書》本。
《五禮通考》，〔清〕秦蕙田撰，影印文淵閣《四庫全書》本。
《五十萬卷樓羣書跋文》，莫伯驥撰，民國三十七年（一九四八）鉛印本。
《西塞漁社圖卷》，〔宋〕李結，絹本，美國紐約大都會藝術博物館藏。
《錫金考乘》，〔清〕周有壬編，鳳凰出版社二〇一二年《無錫文庫》（第二輯）影印本。
《錫金志外》，〔清〕華湛恩編，鳳凰出版社二〇一二年《無錫文庫》（第二輯）影印本。
《錫山景物略》，〔明〕王永積撰，明末嘉樂堂刻本。
《錫山文集》，〔清〕王史直編，清道光二十年（一八四〇）親仁堂刻本。
《咸淳臨安志》，〔宋〕潛說友纂，清道光庚寅年（一八三〇）錢唐汪氏振綺堂刻本。
《咸淳毗陵志》，〔宋〕史能之纂修，中華書局一九九〇年《宋元方志叢刊》（第二冊）影印本。
《咸平集》，〔宋〕田錫撰，影印文津閣《四庫全書》本。
《咸平集》，〔宋〕田錫撰，影印文淵閣《四庫全書》本。

《現存宋人别集版本目録》，四川大學古籍整理研究所編，巴蜀書社一九九〇年版。
《相山集》，〔宋〕王之道撰，影印文津閣《四庫全書》本。
《相山集》，〔宋〕王之道撰，影印文淵閣《四庫全書》本。
《象山集》，〔宋〕陸九淵撰，影印文津閣《四庫全書》本。
《象山集》，〔宋〕陸九淵撰，影印文淵閣《四庫全書》本。
《象山先生年譜》，〔宋〕李子愿編，清雍正十年（一七三二）刻本。
《小畜集》，〔宋〕王禹偁撰，影印文津閣《四庫全書》本。
《小畜集》，〔宋〕王禹偁撰，影印文淵閣《四庫全書》本。
《孝經譯注》，胡平生譯注，中華書局一九九六年版。
《新唐書》，〔宋〕歐陽脩、宋祁撰，中華書局一九七五年版。
《新書校注》，〔漢〕賈誼撰，閻振益、鍾夏校注，中華書局二〇〇〇年版。
《新五代史》，〔宋〕歐陽脩撰，〔宋〕徐無黨注，中華書局一九七四年版。
《徐孝穆集箋注》，〔陳〕徐陵撰，影印文津閣《四庫全書》本。
《徐孝穆集箋注》，〔陳〕徐陵撰，影印文淵閣《四庫全書》本。
《續金華叢書》，〔清〕胡宗楙輯，民國甲子年（一九二四）永康胡氏夢選廔刻本。
《續書畫題跋記》，〔明〕郁逢慶編，影印文津閣《四庫全書》本。
《續書畫題跋記》，〔明〕郁逢慶編，影印文淵閣《四庫全書》本。

《續資治通鑑》，〔清〕畢沅編，清嘉慶六年（一八〇一）桐鄉馮氏補刻本。

《續資治通鑑長編》，〔宋〕李燾著，中華書局一九七九—一九九五陸續出版。

《宣室志》，〔唐〕張讀撰，影印文津閣《四庫全書》本。

《宣室志》，〔唐〕張讀撰，影印文淵閣《四庫全書》本。

《玄英集》，〔唐〕方干撰，影印文津閣《四庫全書》本。

《玄英集》，〔唐〕方干撰，影印文淵閣《四庫全書》本。

《荀子》，〔戰國〕荀況撰，〔唐〕楊倞注，耿芸標校，上海古籍出版社一九九六年版。

《鹽鐵論校注》，〔漢〕桓寬撰，王利器校注，中華書局一九九二年版。

《研北雜志》，〔元〕陸友仁撰，影印文津閣《四庫全書》本。

《研北雜志》，〔元〕陸友仁撰，影印文淵閣《四庫全書》本。

《揅經室集》（上下），〔清〕阮元著，鄧經元點校，中華書局一九九三年版。

《嚴陵集》，〔宋〕董弅編，影印文津閣《四庫全書》本。

《嚴陵集》，〔宋〕董弅編，影印文淵閣《四庫全書》本。

《顔魯公集》，〔唐〕顔真卿撰，影印文津閣《四庫全書》本。

《顔魯公集》，〔唐〕顔真卿撰，影印文淵閣《四庫全書》本。

《弇州四部稿》，〔明〕王世貞撰，影印文津閣《四庫全書》本。

《弇州四部稿》，〔明〕王世貞撰，影印文淵閣《四庫全書》本。

《揚雄集校注》，〔漢〕揚雄著，張震澤校注，上海古籍出版社一九九三年版。
《揚州歷代詩詞》，李坦主編，人民文學出版社一九九八年版。
《楊萬里集箋校》，〔宋〕楊萬里撰，辛更儒箋校，中華書局二〇〇七年版。
《野客叢書》，〔宋〕王楙撰，明鈕氏世學樓抄本。
《野客叢書》，〔宋〕王楙撰，鄭明、王義耀校點，上海古籍出版社一九九一年版。
《葉適集》，〔宋〕葉適著，劉公純等點校，中華書局一九六一年版。
《倚松詩集》，〔宋〕饒節撰，影印文津閣《四庫全書》本。
《倚松詩集》，〔宋〕饒節撰，影印文淵閣《四庫全書》本。
《藝文類聚》，〔唐〕歐陽詢撰，汪紹楹校，上海古籍出版社一九八二年版。
《易學啓蒙古經傳》，〔宋〕稅與權撰，影印文津閣《四庫全書》本。
《易學啓蒙古經傳》，〔宋〕稅與權撰，影印文淵閣《四庫全書》本。
《逸周書彙校集注》，黃懷信、張懋鎔、田旭東撰，上海古籍出版社一九九五年版。
《瀛奎律髓彙評》，〔元〕方回選評，李慶甲集評校點，上海古籍出版社一九八六年版。
《雍正江西通志》，〔清〕謝旻等修，清雍正十年（一七三二）刻本。
《永樂大典》，〔明〕解縉輯，中華書局一九八六年版。
《詠梅詩集錦》，劉維才編著，南京出版社二〇〇七年版。
《于湖居士文集》，〔宋〕張孝祥著，徐鵬校點，上海古籍出版社一九八〇年版。

《輿地紀勝》，〔宋〕王象之編，中華書局一九九二年版。
《輿地紀勝》，〔宋〕王象之編，清道光二十九年（一八四九）甘泉岑氏刻本。
《玉海》，〔宋〕王應麟輯，江蘇廣陵書社二〇一六年版。
《玉瀾集》，〔宋〕朱槔撰，商務印書館民國二十三年（一九三四）《四部叢刊續編》本。
《玉瀾集》，〔宋〕朱槔撰，影印文津閣《四庫全書》本。
《玉瀾集》，〔宋〕朱槔撰，影印文淵閣《四庫全書》本。
《御定分類字錦》，影印文津閣《四庫全書》本。
《御定分類字錦》，影印文淵閣《四庫全書》本。
《御定佩文韻府》，影印文津閣《四庫全書》本。
《御定佩文韻府》，影印文淵閣《四庫全書》本。
《御定佩文齋廣羣芳譜》，影印文津閣《四庫全書》本。
《御定佩文齋廣羣芳譜》，影印文淵閣《四庫全書》本。
《御定佩文齋書畫譜》，影印文津閣《四庫全書》本。
《御定佩文齋書畫譜》，影印文淵閣《四庫全書》本。
《御定孝經衍義》，〔清〕韓菼纂修，影印文津閣《四庫全書》本。
《御定孝經衍義》，〔清〕韓菼纂修，影印文淵閣《四庫全書》本。
《御定淵鑒類函》，影印文津閣《四庫全書》本。

《御定淵鑒類函》，影印文淵閣《四庫全書》本。
《御定韻府拾遺》，影印文津閣《四庫全書》本。
《御定韻府拾遺》，影印文淵閣《四庫全書》本。
《御批歷代通鑑輯覽》，影印文津閣《四庫全書》本。
《御批歷代通鑑輯覽》，影印文淵閣《四庫全書》本。
《御批續資治通鑑綱目》，影印文津閣《四庫全書》本。
《御批續資治通鑑綱目》，影印文淵閣《四庫全書》本。
《御選歷代詩餘》，〔清〕沈辰垣等編，影印文津閣《四庫全書》本。
《御選歷代詩餘》，〔清〕沈辰垣等編，影印文淵閣《四庫全書》本。
《御選宋詩》，〔清〕張豫章等編次，清康熙四十八年（一七〇九）内府刊本。
《元豐類藁》，〔宋〕曾鞏撰，影印文津閣《四庫全書》本。
《元豐類藁》，〔宋〕曾鞏撰，影印文淵閣《四庫全書》本。
《元和郡縣圖志》，〔唐〕李吉甫著，中華書局一九八三年。
《元刊夢溪筆談》，〔宋〕沈括著，文物出版社一九七五年版。
《元氏長慶集》，〔唐〕元稹撰，影印文淵閣《四庫全書》本。
《元氏長慶集》，〔唐〕元稹撰，影印文津閣《四庫全書》本。
《元稹集》，〔唐〕元稹撰，冀勤點校，中華書局一九八二年版。

《樂府詩集》，〔宋〕郭茂倩編，中華書局一九七九年版。
《雲巢編》，〔宋〕沈遼撰，影印文津閣《四庫全書》本。
《雲巢編》，〔宋〕沈遼撰，影印文淵閣《四庫全書》本。
《雲溪居士集》，〔宋〕華鎮撰，影印文津閣《四庫全書》本。
《雲溪居士集》，〔宋〕華鎮撰，影印文淵閣《四庫全書》本。
《篔窗集》，〔宋〕陳耆卿撰，影印文津閣《四庫全書》本。
《篔窗集》，〔宋〕陳耆卿撰，影印文淵閣《四庫全書》本。
《趙飛燕外傳》，吉林文史出版社二〇〇六年版。
《趙氏鐵網珊瑚》，〔明〕趙琦美編，影印文津閣《四庫全書》本。
《趙氏鐵網珊瑚》，〔明〕趙琦美編，影印文淵閣《四庫全書》本。
《張耒集》，〔宋〕張耒撰，李逸安、孫通海、傅信點校，中華書局一九九〇年版。
《浙江通志》，〔清〕嵇曾筠等修，清光緒二十五年（一八九九）浙江書局刻本。
《真誥》，〔梁〕陶弘景撰，影印文津閣《四庫全書》本。
《真誥》，〔梁〕陶弘景撰，影印文淵閣《四庫全書》本。
《真蹟日錄》，〔明〕張丑撰，清鮑廷博刻本。
《真蹟日錄》，〔明〕張丑撰，影印文津閣《四庫全書》本。
《真蹟日錄》，〔明〕張丑撰，影印文淵閣《四庫全書》本。

《震川先生集》，〔明〕歸有光著、周本淳校點，上海古籍出版社二〇〇七年版。
《鄭忠肅奏議遺集》，〔宋〕鄭興裔撰，清康熙三十二年（一六九三）《鄭氏六名家集》刊本。
《鄭忠肅奏議遺集》，〔宋〕鄭興裔撰，影印文津閣《四庫全書》本。
《鄭忠肅奏議遺集》，〔宋〕鄭興裔撰，影印文淵閣《四庫全書》本。
《直齋書録解題》，〔宋〕陳振孫撰，徐小蠻、顧美華點校，上海古籍出版社一九八七年版。
《止堂集》，〔宋〕彭龜年撰，影印文津閣《四庫全書》本。
《止堂集》，〔宋〕彭龜年撰，影印文淵閣《四庫全書》本。
《止齋集》，〔宋〕陳傅良撰，影印文津閣《四庫全書》本。
《止齋集》，〔宋〕陳傅良撰，影印文淵閣《四庫全書》本。
《止齋先生文集》，〔宋〕陳傅良撰，《四部叢刊初編》本。
《中國歷代人物年譜考録》，謝巍編撰，中華書局一九九二年版。
《中國歷史地圖集》（宋·遼·金時期），譚其驤主編，地圖出版社一九八二年版。
《中華古今注》，〔後唐〕馬縞撰，商務印書館一九五六年版。
《中興禮書續編》，〔宋〕葉宗魯纂修，〔清〕徐松編輯，清鈔本。
《周書》，〔唐〕令孤德棻撰，中華書局一九七一年版。
《周易本義啓蒙翼傳》，〔元〕胡一桂撰，影印文津閣《四庫全書》本。
《周易本義啓蒙翼傳》，〔元〕胡一桂撰，影印文淵閣《四庫全書》本。

《周易會通》，〔元〕董真卿撰，影印文津閣《四庫全書》本。
《周易會通》，〔元〕董真卿撰，影印文淵閣《四庫全書》本。
《周易譯注》，周振甫譯注，中華書局一九九一年版。
《周益公文集》，〔宋〕周必大撰，明澹生堂鈔本，现藏中國國家圖書館。
《竹坡類稿》，〔宋〕宋呂午撰，清鈔本，现藏中國國家圖書館。
《竹雲題跋》，〔清〕王澍撰，影印文津閣《四庫全書》本。
《竹雲題跋》，〔清〕王澍撰，影印文淵閣《四庫全書》本。
《朱修伯批本四庫簡明目錄》，〔清〕朱學勤標注，北京圖書館出版社二〇〇一年版。
《朱子全書》，〔宋〕朱熹撰，朱傑人、嚴佐之、劉永翔主编，上海古籍出版社、安徽教育出版社二〇〇二年版。
《莊子集釋》，〔清〕郭慶藩撰，中華書局一九六一年版。
《資治通鑒》，〔宋〕司馬光著，中華書局一九五六年版。
《資治通鑑後編》，〔清〕徐乾學撰，影印文津閣《四庫全書》本。
《資治通鑑後編》，〔清〕徐乾學撰，影印文淵閣《四庫全書》本。
《祖英集》，〔宋〕釋重顯撰，影印文津閣《四庫全書》本。
《祖英集》，〔宋〕釋重顯撰，影印文淵閣《四庫全書》本。
《尊白堂集》，〔宋〕虞儔撰，影印文津閣《四庫全書》本。

《尊白堂集》，〔宋〕虞儔撰，影印文淵閣《四庫全書》本。
《尤袤詞學發微》，朱光立，《中國韻文學刊》二〇二一年第一期。
《尤袤生卒新考》，朱光立，《古籍整理研究學刊》二〇一四年第二期。
《〈西溪叢語〉與〈昭明文選〉關係考論》，朱光立，《文學遺產》二〇一一年第三期。
《蕭德藻年譜》，朱光立，《古籍研究》（總第六十七卷）。